SIETE PIEDRAS PARA RESISTIR O CAER

DIANA
GABALDON

SIETE PIEDRAS PARA RESISTIR O CAER

Traducción del inglés de
Laura Fernández Nogales

Título original: *Seven Stones to Stand or Fall*

Ilustración de la cubierta: Photolibrary/Getty Images

Publicaciones y Ediciones Salamandra, S.A.
Almogàvers, 56, 7º 2ª - 08018 Barcelona - Tel. 93 215 11 99
www.salamandra.info

ISBN: 978-84-9838-874-9
Depósito legal: B-7.941-2018

1ª edición, mayo de 2018
Printed in Spain

Impresión: Liberdúplex, S.L. Sant Llorenç d'Hortons

Dedico este libro, con todo mi respeto y gratitud, a Karen Henry, Rita Meistrell, Vicki Pack, Sandy Parker y Mandy Tidwell (conocidas como el «Escuadrón de rastreadoras quisquillosas»), por su inestimable ayuda a la hora de encontrar errores, incongruencias y todo tipo de disparates.

(Cualquier error que pueda quedar en el texto es responsabilidad de la autora, quien no sólo ignora con alegría las incongruencias de vez en cuando, sino que, además, se sabe que incurre en más de una de manera deliberada.)

Índice

Introducción

Cronología de la saga Forastera

Si el lector ha empezado a leer este libro con la idea de que se trata de la novena novela de la saga Forastera, debe saber que no es así. Pero si no es la novena novela, ¿qué tipo de libro es? Se trata de una colección de siete relatos de diferente extensión y tema, aunque todos ellos están relacionados con el universo de Forastera. En cuanto al título, básicamente se debe a que a mi editora no le gustaba el que yo había elegido en un primer momento, *Salmagundi*,* y, de hecho, yo misma he de admitir que la entiendo muy bien. En cualquier caso, me hizo saber, con mucha educación y a través de mi agente, que prefería algo que estuviera más en consonancia con la naturaleza «sonora y poética» de los títulos de las novelas principales. Sin entrar demasiado en el proceso mental que me condujo hasta el título definitivo (me vienen a la mente conceptos como «elaboración de embutidos» y «picar piedra»), deseaba hallar un nombre que, como mínimo, sugiriese que el libro estaba constituido por diversos relatos (de ahí el término «siete»), motivo por el que, como es natural, se me ocurrió «siete piedras», un concepto que quedó bien y, además, contenía una aliteración (aunque no es del todo poética ni tiene demasiado ritmo).** Así que después de pensar un poco más se me ocurrió «para resistir o caer», ya que tenía el tono pomposo que estaba buscando. Necesité cierta reflexión *ex post facto* para averiguar qué significaba, aunque, por lo general, las cosas acaban teniendo un sentido si piensas en ellas el tiempo suficiente. En este caso, «para resistir o caer» está relacionado con la reacción de las personas frente al dolor y la adversidad; es decir, si

---

* *Salmagundi*: 1) colección de elementos diversos; 2) plato compuesto de carnes, frutas, y/o cualquier ingrediente que el cocinero tenga a mano, que a menudo se ofrece como acompañamiento *ad hoc* de una comida insuficiente.

** En el título original aparecen las palabras «*Seven Stones*», de ahí el comentario sobre la aliteración que se pierde con la traducción. *(N. de la t.)*

no te mata lo que haya sucedido, puedes elegir de qué forma vas a vivir el resto de tu vida: si sigues en pie, a pesar de estar un poco maltrecho y lastimado por el tiempo y los elementos, y continúas siendo un pilar y una baliza, o bien si caes y regresas en silencio a la tierra de la que saliste, tus elementos ayudarán a quienes lleguen después de ti.

Así pues, este libro consta de siete novelas breves (obra de ficción de menor extensión que una novela convencional, pero más larga que un cuento), aunque todas forman parte del universo de Forastera y van intercaladas en las líneas temporales de las novelas principales. Cinco de las novelas breves que se incluyen en este libro fueron escritas para distintas antologías; las otras dos, «Un verde fugitivo» y «Sitiados», son nuevas y nunca se han publicado. Debido a los distintos criterios que tienen los editores de los diferentes países, es posible que algunos de estos relatos, que ya se habían publicado con anterioridad, se hayan editado en papel en forma de colección de cuatro novelas breves (como, por ejemplo, en Reino Unido y Alemania), o como libros electrónicos independientes (en Estados Unidos). *Siete piedras* es la colección completa editada en papel para los lectores que sienten predilección por los libros físicos, e incluye dos historias más. Como estas novelas encajan en distintos puntos de la serie principal (y en ellas aparecen diversos personajes), a continuación se menciona una cronología general de la saga Forastera, donde se informa sobre el quién, el qué y el cuándo de cada una.

Forastera está constituida por tres tipos de historias: los grandes libros de la saga principal, que no encajan en ningún género específico; las novelas breves, que son una especie de novelas históricas de suspense (aunque en ellas también aparecen batallas, anguilas eléctricas y prácticas sexuales de cualquier índole), y las «jorobas», que son escritos de menor extensión que encajan en cierto sentido en las novelas principales, como si fueran presas engullidas por una serpiente gigante. Estas historias suelen relatar (aunque no siempre) episodios de las vidas de personajes secundarios (son precuelas o secuelas) y/o aclarar alguna laguna que hubiera quedado sin tratar en la historia original.

Los grandes libros de la serie principal narran las vidas y la época de Claire y Jamie Fraser. Las novelas de menor extensión, en cambio, explican las aventuras de lord John Grey, aunque también se cruzan con los libros principales (en *Lord John y el prisionero escocés*, por ejemplo, aparecen lord John y Jamie Fraser en la misma historia). En las novelas breves aparecen personajes de la serie principal, e incluso, en alguna ocasión, Jamie y/o Claire. En la siguiente descripción se explica qué personajes aparecen en cada historia.

La mayoría de las novelas y las novelas breves de lord John (que existen en la actualidad) transcurren en la enorme laguna temporal que quedó en *Viajera*, entre los años 1756 y 1761. Algunas de las «jorobas» también encajan en ese período, mientras que otras, no.

Por eso, y para la comodidad del lector, esta lista detalla la secuencia de los distintos elementos en términos de línea temporal. Sin embargo, es importante tener en cuenta que tanto las novelas menos extensas como las breves están diseñadas de tal forma que pueden leerse de manera independiente, ya que no hacen referencia a los grandes libros (es importante comentarlo por si al lector le apetece un pequeño aperitivo literario en lugar de engullir un banquete de nueve platos con maridaje de vinos y carrito de postres).

Para que resulte más sencillo, la descripción de cada una de las historias viene acompañada de las fechas en las que transcurre y, si ya se ha publicado con anterioridad, también la fecha de publicación. Esta información resultará de gran utilidad para coleccionistas y bibliófilos, aunque espero que también pueda satisfacer al mayor número de personas posible.

«Vírgenes» (novela breve): transcurre en 1740, en Francia. Jamie Fraser (que cuenta diecinueve años) y su amigo Ian Murray (de veinte) se convierten en jóvenes mercenarios. Se publicó en inglés por primera vez en 2012, en la antología *Dangerous women.* (No publicado en España.)

Forastera (libro principal): recomiendo empezar por este libro en caso de que el lector no haya leído ninguno de los volúmenes de la saga. Si se tienen dudas con respecto a su lectura, lo mejor es abrir el libro por cualquier punto y leer tres páginas. La novela abarca los años 1946/1743.

Atrapada en el tiempo (libro principal): no empieza donde se cree que debería hacerlo. Y tampoco acaba donde se piensa. La novela abarca los años 1968/1744-1746.

«Un verde fugitivo» (novela breve): transcurre en los años 1744-1745 en París, Londres y Ámsterdam, y narra la historia del hermano mayor de lord John, Hal (Harold, conde de Melton y duque de Pardloe), y la que al final se convertirá en su esposa, Minnie, que en este relato es una chica de diecisiete años de edad que se dedica a la compra-venta de libros insólitos, negocio que utiliza como tapadera para otras actividades ilegales, como falsificaciones, chantajes y robos. En esta historia también aparece Jamie Fraser. (No publicado en España.)

Viajera (libro principal): este libro fue galardonado con un premio de la revista *EW* a la mejor frase de inicio, que es la siguiente: «Estaba muerto. Sin embargo, la nariz le palpitaba dolorosamente, cosa que le resultó extraña, dadas las circunstancias.» Si el lector ha iniciado la saga en orden, en lugar de ir de una novela a otra, aconsejo que lea este libro antes de empezar con las novelas breves y las «jorobas». La novela abarca los años 1968/1746-1767.

Lord John y la mano del diablo («El Club Hellfire») [novela breve]: sólo para agregar un poco más de confusión, este libro (*La mano del diablo*) incluye tres novelas breves. La primera historia, «Lord John y el Club Hellfire», transcurre en Londres, en 1756, y en ella aparece un hombre pelirrojo que busca a lord John Grey para pedirle ayuda, justo antes de morir delante de él. Se publicó por primera vez en inglés en 1998, en la antología *Past Poisons*.

Lord John y un asunto privado (novela): transcurre en Londres, en 1757. Se trata de una novela histórica de suspense, sangrienta y otras muchas cosas más, en la cual lord John conoce (en este orden) a un ayudante de cámara, a un traidor, a un boticario con un remedio infalible para la sífilis, a un alemán engreído y a un príncipe comerciante sin escrúpulos.

Lord John y la mano del diablo («Lord John y el súcubo») [novela breve]: es la segunda historia que se incluye en *La mano del diablo*. En ella encontramos a lord John en Alemania, en 1757, donde tiene unos sueños inquietantes en los que aparece Jamie Fraser, encuentros perturbadores con una princesa sajona, con brujas y con un enorme Graf hanoveriano rubio. Originalmente se publicó en la antología *Legends II*, en 2003.

Lord John y la Hermandad de la espada (novela): es la segunda gran novela centrada en lord John (aunque también incluye a Jamie Fraser). Transcurre en 1758 y el tema central es un gran escándalo familiar que ocurrió veinte años atrás. Asimismo, aparece la relación de lord John con la explosión de un cañón y con unas emociones aún más controvertidas.

Lord John y la mano del diablo («Lord John y el soldado hechizado») [novela breve]: es la tercera novela breve de esta colección y transcurre en 1758, en Londres y el arsenal Woolwich. Lord John se enfrenta a una corte de inquisición debido a la explosión de un cañón, y descubre que en la vida hay cosas mucho más peligrosas que la pólvora.

«La costumbre del ejército» (novela breve): transcurre en 1759, año en que su señoría asiste a una fiesta de anguilas eléctricas en Londres y, como consecuencia, acaba en la batalla de Quebec. Lord John es la clase de persona a la que le suceden estas cosas. Se publicó por primera vez en 2010 en *Warriors*. (No publicado en España.)

Lord John y el prisionero escocés (novela): se desarrolla en 1760, en el Distrito de los Lagos, Londres e Irlanda. Es una especie de novela híbrida, que se divide de manera equitativa entre Jamie Fraser y lord John Grey, que hablarán de política, corrupción, asesinatos, sueños inducidos por el opio, caballos e hijos ilegítimos.

«Una plaga de zombis» (novela breve): transcurre en 1761 en la isla de Jamaica, adonde destinan a lord John como comandante de un batallón con la misión de acabar con lo que parece una sublevación de los esclavos, y donde descubre que tiene cierta afinidad (desconocida hasta entonces) por las serpientes, las cucarachas y los zombis. Se publicó por primera vez en *Down These Strange Streets* en el año 2010. (No publicado en España.)

Tambores de otoño (libro principal): se trata de la cuarta novela de la saga. Comienza en 1767, en el Nuevo Mundo, donde Jamie y Claire encuentran su nuevo hogar en las montañas de Carolina del Norte, y su hija Brianna se entera de muchas cosas cuando una misteriosa noticia en un periódico la empuja a buscar a sus padres. La novela abarca los años 1969-1970/1767-1770.

La cruz ardiente (libro principal): el trasfondo histórico de esta novela es la guerra de la Regulación que tuvo lugar en Carolina del Norte (1767-1771), y que fue una especie de ensayo previo a la revolución posterior. En esta novela, Jamie se convierte en un rebelde, aunque a regañadientes, y su esposa, Claire, en una hechicera que conoce a un fantasma. Al marido de Brianna, Roger, le ocurre algo mucho peor. Este libro obtuvo diversos galardones a la mejor frase final. La novela abarca los años 1770-1772.

Viento y ceniza (libro principal): es la sexta novela de la saga y obtuvo los premios Corine y Quill (este libro ha aventajado a novelas escritas por George R. R. Martin y Stephen King, lo cual me resultó muy gratificante). Todos mis libros tienen una «estructura» interna que visualizo mientras los estoy escribiendo; en este caso, el cuadro de Hokusai titulado *La gran ola de Kanagawa*. Aquí hay que imaginarse un tsunami y multiplicarlo por dos. La novela abarca los años 1773-1776/1980.

Ecos del pasado (libro principal): la historia se desarrolla en América, Londres, Canadá y Escocia, y es la séptima novela de la saga. La cubierta del libro refleja su estructura interna: un abrojo. El abrojo es una antigua arma militar con unas púas afiladas; los romanos los utilizaban para ahuyentar elefantes, y las patrullas de las autopistas todavía las usan para detener vehículos en persecuciones. Este libro tiene cuatro argumentos centrales: Jamie y Claire; Roger y Brianna (y familia); lord John y William; y el joven Ian, y todas las líneas tienen el nexo común de la revolución americana, todas ellas con unas púas afiladas. La novela abarca los años 1776-1778/1980.

Escrito con la sangre de mi corazón (libro principal): es el octavo libro de la saga. Comienza donde termina *Ecos del pasado*, en el verano de 1778 (y el otoño de 1980). La revolución de las trece colonias está en su máximo apogeo, al mismo tiempo que están sucediendo muchísimas cosas terribles en Escocia a mediados de la década de 1980.

«Una hoja en el viento de Todos los Santos» (novela breve): gran parte de la historia tiene lugar entre 1941 y 1943, y en ella se narra lo que les ocurrió en realidad a los padres de Roger MacKenzie. Originalmente se publicó en 2010 en la antología *Songs of Love and Death.* (No publicado en España.)

«El espacio intermedio» (novela breve): transcurre sobre todo en París, en 1778, y trata principalmente de Michael Murray (el hermano mayor del joven Ian), Joan MacKimmie (la hermana menor de Marsali), el conde de Saint Germain (que no había muerto), la madre Hildegarde y otros personajes interesantes. Pero ¿qué es el espacio intermedio? Eso dependerá de con quién se hable. Se publicó por primera vez en 2013 en la antología *The mad scientist's guide to world domination.* (No publicado en España.)

«Sitiados» (novela breve): la historia tiene lugar en 1762 en Jamaica y La Habana. Cuando lord John está a punto de dejar su puesto como gobernador militar temporal de Jamaica descubre que su madre se encuentra en Cuba, en concreto en La Habana, hecho que no tendría importancia si no fuera porque la marina británica se dirige hacia allí para asediar la ciudad. Con el apoyo de su ayudante de cámara, Tom Byrd, un ex zombi llamado Rodrigo y la esposa con tendencias homicidas de Rodrigo, Azeel, lord John parte con el objetivo de rescatar a la anterior viuda de Pardloe antes de que lleguen los buques de guerra. (No publicado en España.)

Y recordad...

Es posible leer tanto las novelas como las novelas breves de forma independiente, o siguiendo el orden que se desee. Aunque yo recomiendo leer los libros principales en orden cronológico. ¡Espero que disfrutéis mucho!

LA COSTUMBRE
DEL EJÉRCITO

Introducción

Uno de los placeres de escribir ficción histórica es que las mejores partes no son inventadas. Esta historia en particular surgió después de que leyera la excelente biografía que escribió Wendy Moore sobre el doctor John Hunter, *The Knife Man*, y, al mismo tiempo, una edición facsímil de un libro publicado por el servicio de parques nacionales acerca de las regulaciones del ejército británico durante la revolución americana.

No estaba buscando nada en concreto en ninguno de los dos libros, sólo estaba leyendo para tener información general acerca del período, y la posibilidad, siempre seductora, de hallar algún dato fascinante, como las fiestas con anguilas eléctricas en Londres (cuyas celebraciones, así como el propio doctor Hunter, que aparece brevemente en esta historia, son datos históricos).

En cuanto a las regulaciones del ejército británico, hay algunas muy importantes; como novelista, es necesario resistir la tentación de explicarle cosas al lector sólo porque se tiene conocimiento de ellas. Sin embargo, en ese libro también encontré alguna perla de sabiduría, como que la palabra «bomba» se empleaba con frecuencia en el siglo XVIII, y a qué se refería la gente cuando la utilizaba. Así, además de significar «artefacto explosivo», también hacía referencia a un recipiente de lata o lona lleno de bolas de plomo o trozos de hierro que se disparaba con un cañón, aunque debemos tener cuidado de no utilizar la palabra «*shrapnel*», que procede del mayor Henry Shrapnel, un oficial de artillería inglés que se valió del concepto de bomba original y desarrolló el *shrapnel*, un obús lleno de metralla y pólvora diseñado para desintegrarse en el aire después de ser disparado desde un cañón. Por desgracia, lo inventó en 1784, cosa que es una lástima, porque el término «*shrapnel*» es muy atractivo para hablar sobre conflictos armados.

Sin embargo, entre otros datos interesantes, me sorprendió una breve descripción sobre el proceso de un consejo de guerra:

«La costumbre del ejército es que un consejo de guerra esté presidido por un oficial de rango superior y el número de oficiales que este último crea conveniente para hacer las veces de consejo. Aunque por lo general son cuatro, pueden ser más, pero nunca menos de tres. La persona acusada tiene derecho a llamar a testigos que la apoyen, y el consejo los interrogará, así como a cualquier otra persona que considere oportuno, y así el consejo determinará las circunstancias y, si cabe condenar al acusado, la sentencia a imponer.»

Y eso era todo. Nada de complejos procedimientos para la presentación de pruebas. No existían las condenas estandarizadas, no había directrices que regularan las sentencias y ningún requisito que estipulara quién podía o debía formar parte de un consejo de guerra, sólo la costumbre del ejército. Está claro que la frase se me quedó grabada en la mente.

Dedico este relato a Karen Henry,
Edil Curul y Pastora Jefa de Abejorros

Bien mirado, es probable que la anguila eléctrica tuviera la culpa de todo. John Grey podía, y durante un tiempo lo hizo, culpar también a la honorable Caroline Woodford. Y al cirujano. Y, sin duda, a ese maldito poeta. Y, sin embargo, no, la culpa definitivamente fue de la anguila.

La fiesta se había celebrado en casa de Lucinda Joffrey. Sir Richard no estaba; un diplomático de su rango jamás habría consentido algo tan frívolo. Las fiestas con anguilas eléctricas estaban de moda en el Londres de la época, pero debido a la escasez de estos peces, las fiestas privadas eran muy poco frecuentes. La mayoría de las fiestas de esa clase se celebraba en teatros públicos, con los pocos afortunados elegidos para interactuar con la anguila reunidos en el escenario, donde recibían una descarga; después los volvían a mandar abajo, tambaleándose como bolos para entretenimiento del público.

—¡El récord es de cuarenta y dos a la vez! —le había dicho Caroline.

Dejó de mirar a la criatura, que nadaba en el depósito de agua, y le contestó con los ojos brillantes:

—¿En serio?

Era una de las cosas más peculiares que había visto, aunque no era muy impresionante. Medía casi un metro de largo, tenía un cuerpo anguloso y pesado, con una cabeza chata que parecía haber sido moldeada por un escultor inexperto, y unos ojos tan minúsculos que semejaban canicas opacas. Tenía poco en común con las anguilas ágiles y nerviosas del mercado, y lo cierto es que no parecía capaz de derribar a cuarenta y dos hombres a la vez.

La criatura no tenía ningún atractivo, salvo por un pequeño volante muy delgado en forma de aleta que recorría todo su cuerpo por debajo y ondulaba como si fuera una cortina de gasa movida por el viento. Lord John expresó esta observación a la honorable Caroline y ella comentó que era poético.

—¿Poético? —preguntó una voz cantarina por detrás de él—. ¿Es que los encantos de nuestro galante mayor no tienen fin?

Lord John se volvió torciendo el gesto por dentro, pero sonriendo por fuera, y saludó a Edwin Nicholls inclinando la cabeza.

—Jamás se me ocurriría pisarle el terreno, señor Nicholls —dijo con educación.

Nicholls escribía unas poesías abominables, gran parte de ellas sobre amor, y era muy admirado por jovencitas de cierta ideología. La honorable Caroline no era una de ellas; había escrito una parodia muy ingeniosa acerca de su estilo, aunque Grey creía que Nicholls no había oído hablar de ella. O eso esperaba.

—¿Ah, no?

Nicholls alzó una ceja de color miel y lanzó una breve mirada de gran significado a la señorita Woodford. Su tono era jocoso, pero su mirada no, y Grey se preguntó cuánto habría bebido el señor Nicholls. El poeta tenía las mejillas sonrosadas y los ojos brillantes, pero podía tratarse sólo de la calidez de la estancia, que era considerable, y de la excitación de la fiesta.

—¿Ha pensado en componerle una oda a su amiga? —preguntó Grey, ignorando la insinuación de Nicholls y gesticulando en dirección al enorme depósito que contenía la anguila.

Nicholls se rió demasiado alto y agitó la mano. De hecho, había bebido un poco más de la cuenta.

—No, no, mayor. ¿Cómo se me iba a ocurrir malgastar mi energía en una criatura tan repugnante e insignificante cuando existen deliciosos ángeles como éste en los que puedo inspirarme?

Le lanzó una mirada lasciva a la señorita Woodford y ella sonrió apretando los labios y le dio un golpecito censurador con el abanico. Grey no deseaba calumniar al hombre, pero era evidente que éste la había mirado con deseo.

Grey se preguntaba dónde estaba el tío de Caroline. Simon Woodford compartía el interés por la historia natural que tenía su sobrina y, sin duda, la habría acompañado en... ¡Oh, ahí estaba! Simon Woodford estaba enfrascado en una discusión con el señor Hunter, el famoso cirujano. ¿En qué estaba pensando Lucinda cuando decidió invitarlo? Entonces vio que Lucinda miraba al señor Hunter con los ojos entornados por encima del abanico y fue consciente de que no había sido ella quien lo había invitado.

John Hunter era un cirujano famoso y un experto en anatomía infame. Se rumoreaba que el hombre no se detenía ante nada para conseguir un cuerpo que deseara especialmente, fuera humano o no. Se codeaba con la sociedad, pero no se movía en los círculos de Joffrey.

Lucinda Joffrey tenía unos ojos muy expresivos. Eran preciosos, con forma de almendra, de color ambarino, y capaces de enviar mensajes bastante amenazadores desde el otro extremo de una sala llena de gente.

«¡Venga aquí!», le decían. Grey sonrió y levantó la copa en su dirección a modo de saludo, pero no hizo ademán de obedecer. Ella entornó más los ojos, que brillaban con gran peligro, y los posó de pronto en el cirujano, que se estaba acercando al depósito de agua con el rostro encendido por la curiosidad y la codicia.

Volvió a clavarle los ojos a Grey.

«¡Deshágase de él!», ordenaban.

Grey miró a la señorita Woodford. El señor Nicholls la había cogido de la mano y parecía que le estuviera recitando algo; sin embargo, la impresión que daba era que quería recuperar su mano. Grey volvió a mirar a Lucinda y se encogió de hombros haciendo un pequeño gesto en dirección a la espalda de terciopelo ocre del señor Nicholls para expresar que la responsabilidad social no le dejaba satisfacer su petición.

—No sólo la cara de un ángel —estaba diciendo Nicholls mientras le estrechaba los dedos a Caroline tan fuerte que la chica dio un respingo—, sino también la piel. —Le acarició la mano y la lascivia de su mirada se enardeció—. Me gustaría saber a qué huelen los ángeles por la mañana.

Grey valoró su comportamiento con cautela. Una sola frase más de esa clase y se vería obligado a pedirle al señor Nicholls que lo acompañara a la calle. Nicholls era alto y robusto, pesaba casi trece kilos más que Grey y tenía fama de violento. «Lo mejor será que primero intente romperle la nariz —pensó Grey cambiando el peso a la otra pierna—. Luego lo lanzaré de cabeza a un seto. Si lo dejo hecho un desastre no volverá a entrar.»

—¿Qué está mirando? —preguntó Nicholls con desagrado al advertir cómo lo estaba mirando Grey.

Alguien comenzó a dar palmadas con fuerza y Grey no tuvo que contestar: era el propietario de la anguila, que llamaba la atención de los asistentes a la fiesta. La señorita Woodford aprovechó la distracción para recuperar la mano con las mejillas ruborizadas por la vergüenza. Grey se acercó enseguida a ella y la cogió del codo mientras le clavaba una mirada gélida a Nicholls.

—Venga conmigo, señorita Woodford —dijo—. Busquemos un buen sitio desde donde observarlo todo.

—¿Observar? —preguntó una voz por detrás de él—. Supongo que no habrá venido sólo a observar, ¿verdad, señor? ¿No tiene algo de curiosidad por experimentar el fenómeno por sí mismo?

Era el mismísimo Hunter, que le sonreía con el cabello espeso recogido con esmero hacia atrás y ataviado con un traje de color rojo ciruela; el cirujano era robusto y musculoso, pero bastante bajito, apenas un metro sesenta, y Grey le sacaba más de diez centímetros. Era evidente que había advertido el intercambio silencioso con Lucinda.

—Pues creo que... —empezó a decir Grey, pero Hunter ya lo había cogido del brazo y lo estaba arrastrando en dirección a la multitud que se reunía alrededor del depósito. Caroline lanzó una mirada de alarma a Nicholls, que echaba chispas por los ojos, y se apresuró a seguir a Grey.

—Me interesará mucho escuchar su descripción de la sensación —le estaba diciendo Hunter en tono amistoso—. Hay quien asegura que se siente euforia, una desorientación momentánea, falta de aliento, o mareo, y en ocasiones dolor en el pecho. No tendrá problemas de corazón, ¿verdad, mayor? ¿Y usted, señorita Woodford?

—¿Yo?

Caroline parecía sorprendida.

Hunter inclinó la cabeza.

—Estoy especialmente interesado en presenciar su reacción, señorita —dijo con respeto—. Hay pocas mujeres que tengan el valor de embarcarse en esta aventura.

—Ella no quiere participar —se apresuró a afirmar Grey.

—Bueno, quizá sí quiera —repuso ella, y lo miró con el ceño algo fruncido antes de clavar los ojos en el depósito que contenía la larga criatura gris. Se estremeció un poco, pero Grey, como hacía mucho tiempo que conocía a la dama, advirtió que se trataba de un escalofrío de emoción y no de rechazo.

El señor Hunter también fue consciente de ello. Sonrió con más ganas y le hizo otra reverencia, luego le tendió el brazo a la señorita Woodford.

—Permítame buscarle un sitio, señorita.

Tanto Grey como Nicholls hicieron ademán de desplazarse para impedírselo y chocaron, y permanecieron allí fulminándose con la mirada mientras el señor Hunter acompañaba a Caroline hasta el depósito y le presentaba al propietario de la anguila, una pequeña criatura oscura llamada Horace Suddfield.

Grey apartó a Nicholls de un codazo y se abrió paso entre la gente con aspereza hasta llegar al frente. Hunter lo vio y esbozó una gran sonrisa.

—¿Todavía tiene restos de metal en el pecho, mayor?

—¿Que si tengo qué?

—Metal —repitió Hunter—. Arthur Longstreet me detalló la operación en la cual le extrajo treinta y siete fragmentos de metal del pecho, y me pareció impresionante. Sin embargo, si todavía le queda algún resto, le aconsejo que no experimente con la anguila. El metal conduce la electricidad, y existe la posibilidad de sufrir quemaduras...

Nicholls también se había abierto paso a través de la gente y soltó una desagradable carcajada al oír aquel comentario.

—Una buena excusa, mayor —repuso con evidente mofa en la voz. Grey pensó que estaba muy bebido. Aun así...

—No me queda nada —respondió secamente.

—Perfecto —exclamó Suddfield con educación—. Imagino que es usted soldado, ¿verdad? Un caballero valiente, por lo que veo; ¿quién mejor que usted para empezar?

Y antes de poder protestar, Grey estaba junto al depósito, Caroline Woodford lo había cogido de una mano y Nicholls la cogía a ella de la otra con una mirada maliciosa en los ojos.

—¡¿Está todo el mundo preparado, señoras y caballeros?! —aulló Suddfield—. ¿Cuántos tenemos, Dobbs?

—¡Cuarenta y cinco! —gritó su ayudante desde la estancia contigua, por donde serpenteaba la fila de participantes unidos por las manos. Los voluntarios se retorcían emocionados mientras el resto de los asistentes aguardaban impacientes y bien alejados.

—¡¿Todo el mundo se está tocando?! —gritó Suddfield—. ¡Agárrense con fuerza a sus compañeros, por favor, con mucha fuerza! —Se volvió hacia Grey con el pequeño rostro iluminado—. ¡Adelante, señor! Cójala con fuerza, por favor, justo por ahí, ¡justo antes de la cola!

Sin pararse a pensarlo ni valorar las consecuencias que podía ocasionar a su puño de encaje, Grey apretó los dientes y metió la mano en el agua.

En cuanto agarró aquella criatura resbaladiza esperaba experimentar algo parecido al chispazo que uno siente al tocar una botella de Leiden y encenderla. Entonces salió disparado con fuerza hacia atrás, se le contrajeron todos los músculos del cuerpo y acabó tendido en el suelo retorciéndose como un pez fuera del agua y jadeando en vano mientras trataba de recordar cómo se respiraba.

El cirujano, el señor Hunter, se puso en cuclillas a su lado y lo observó con emocionado interés.

—¿Cómo se encuentra? —preguntó—. ¿Está mareado?

Grey negó con la cabeza al tiempo que boqueaba como un pez dorado y se golpeaba el pecho con cierto esfuerzo. El señor Hunter aceptó la invitación, se inclinó sobre él, le desabrochó el chaleco y le pegó la oreja al pecho. Lo que fuera que oyera o dejara de oír pareció alarmarlo, porque dio un respingo, entrelazó los puños y golpeó a Grey en el pecho con tanta fuerza que el impacto resonó hasta la columna vertebral.

El golpe tuvo el saludable efecto de extraerle el aire de los pulmones; se llenaron de nuevo por reflejo y, de pronto, recordó cómo se respiraba. Su corazón también pareció recordar su función y empezó a latir de nuevo. Se sentó, esquivando otro golpe del señor Hunter, y observó, parpadeando, la carnicería que había a su alrededor.

El suelo estaba lleno de cuerpos. Algunos seguían retorciéndose, otros estaban inmóviles, con las extremidades extendidas, y había quienes ya se habían recuperado y sus amigos los estaban ayudando a ponerse de pie. Se oía todo tipo de exclamaciones de emoción, y Suddfield se colocó muy sonriente junto a su anguila para aceptar las felicitaciones. La anguila parecía contrariada; no dejaba de nadar en círculos y contorsionaba su pesado cuerpo con brusquedad.

Grey vio que Edwin Nicholls estaba a cuatro patas y empezaba a levantarse poco a poco. Cogió a Caroline Woodford de los brazos y la ayudó a levantarse. Y ella lo hizo, pero con tanta dificultad que perdió el equilibrio y cayó de cara sobre el señor Nicholls. Él, a su vez, perdió el equilibrio y cayó de culo, con la honorable Caroline encima. Ya fuera debido a la conmoción, a la excitación, a la bebida, o a su simple tosquedad, aprovechó el momento, y a Caroline, y le dio un tórrido beso en los labios.

A partir de ese momento las cosas se complicaron un poco. Grey tenía la vaga impresión de que le había roto la nariz a Nicholls, idea corroborada por un par de nudillos hinchados en la mano derecha. Pero había mucho ruido y tenía la desconcertante sensación de que no estaba del todo confinado en el interior de su cuerpo. Parecía como si ciertas partes de él flotaran a la deriva y hubieran escapado de los límites de su carne.

Lo que fuera que siguiera en su interior continuaba tintineando. Su oído, que todavía estaba un poco dañado por la explosión del cañón de hacía unos meses, había cedido por completo a la presión de la descarga eléctrica. Sí que oía, pero aquello no tenía ningún sentido. Oía palabras al azar a través de una cortina de zumbidos y pitidos, pero no era capaz de relacionarlas con coherencia a las bocas en movimiento que lo rodeaban. Además, tampoco estaba del todo seguro de que su boca estuviera diciendo lo que él pretendía expresar.

Estaba rodeado de voces y de caras, o, lo que era lo mismo, un mar de sonido febril y movimiento. La gente lo tocaba, tiraba de él y lo empujaba. Alargó el brazo tratando de descubrir dónde estaba, pero notó cómo su mano impactaba con el cuerpo de alguien. Y después más ruido. De vez en cuando veía alguna cara conocida: Lucinda, conmocionada y furiosa; Caroline, abatida, tenía la melena roja despeinada, suelta, y había perdido todo el polvo que le adornaba el cabello.

Lo cierto es que no estaba seguro de si había sido él quien había desafiado a Nicholls o al revés. Tenía que haber sido el poeta. Recordaba muy bien haberlo visto con el pañuelo empapado de sangre pegado a la nariz y un brillo homicida en los ojos entornados. Pero entonces se había descubierto en la calle, en mangas de camisa, plantado en el pequeño parque situado delante de la casa de los Joffrey, con una pistola en la mano. Él jamás habría decidido batirse en duelo con la pistola de un desconocido, ¿verdad?

Quizá Nicholls le hubiera insultado y él había desafiado al poeta sin apenas ser consciente de lo que hacía.

Antes había llovido y ahora hacía frío; el viento le agitaba la camisa. Tenía el sentido del olfato muy despierto; parecía que era lo único que le funcionaba bien. Percibió el olor a humo de las chimeneas, la humedad de las plantas y el de su propio sudor, con un matiz metálico. Y algo en cierto sentido fétido, algo que olía a barro y babas. Por instinto, se frotó contra los calzones la mano con la que había tocado la anguila.

Alguien le estaba diciendo algo. Con cierta dificultad fijó la vista en el doctor Hunter, que estaba a su lado, y lo observaba todavía con esa mirada de penetrante interés. «Bueno, es evidente. Necesitarán un cirujano —pensó vagamente—. En todo duelo debe haber un cirujano.»

—Sí —dijo al ver que Hunter alzaba las cejas con actitud inquisitiva.

Luego, asediado por el terror de haberle prometido su cuerpo al cirujano en caso de morir, se agarró al abrigo de Hunter con la mano que tenía libre.

—No... se le ocurra... tocarme —repuso—. Nada de... cuchillos. Demonio necrófago —añadió para que quedara claro, al encontrar, al fin, las palabras que buscaba. Hunter asintió, no parecía ofendido.

El cielo estaba nublado, la única luz que se veía era la que proyectaban las antorchas distantes que ardían en la entrada de la casa. Nicholls era un borrón blanquecino que se aproximaba.

De pronto alguien agarró a Grey, lo obligó a darse la vuelta y se encontró espalda contra espalda con el poeta. El calor de aquella persona tan corpulenta le sorprendió al percibirlo tan cerca.

«Mierda —pensó de pronto—. ¿Tiene alguna oportunidad?»

Alguien habló y Grey empezó a caminar, o pensó que estaba caminando, hasta que un brazo extendido lo detuvo y se volvió en respuesta a alguien que señalaba con urgencia por detrás de él.

«Al infierno —pensó con cansancio al ver que Nicholls bajaba el brazo—. Me da igual.»

Parpadeó al recibir el disparo a bocajarro (el resultado se perdió en el conmocionado jadeo de la multitud) y permaneció allí plantado un instante preguntándose dónde le habría alcanzado. Pero no parecía que le faltara nada, y alguien que estaba a su lado lo estaba apremiando para que disparara.

«Maldito poeta —pensó—. Me retiraré y ya está. Quiero irme a casa.» Levantó el brazo y apuntó directamente al cielo, pero su brazo perdió el contacto con su cerebro durante un segundo y se le encorvó la muñeca. Sacudió la mano para corregir la postura y la tensó en el gatillo. Apenas tuvo tiempo de ladear el cañón y disparó.

Le sorprendió ver que Nicholls se tambaleaba un poco y luego se sentaba en la hierba. Tenía una mano apoyada en el suelo y se había llevado la otra al hombro. Se lo agarraba con dramatismo y había echado la cabeza hacia atrás.

En ese momento llovía con fuerza. Grey parpadeó para quitarse el agua de las pestañas y negó con la cabeza. El aire tenía un sabor intenso, como metálico, y durante un instante le pareció que olía... a violeta.

—Eso no tiene sentido —dijo en voz alta, y advirtió que parecía que había recuperado el habla.

Se volvió para dirigirse a Hunter, pero el cirujano se había marchado corriendo hacia donde estaba Nicholls y estaba examinando el cuello de la camisa del poeta. Grey advirtió que lo tenía manchado de sangre, pero Nicholls se negaba a tumbarse y no dejaba de hacer gestos vigorosos con la mano que tenía libre. La nariz le sangraba. Quizá eso fuera todo.

—Márchese, señor —dijo una voz queda a su lado—. Esto no le conviene a lady Joffrey.

—¿Qué? —Pareció sorprendido de encontrarse a Richard Tarleton, que había sido su alférez en Alemania, ataviado con un uniforme de teniente de los lanceros—. Ah, sí, claro.

Batirse en duelo era ilegal en Londres, y si la policía arrestaba a los invitados de Lucinda delante de su casa sería un escándalo, cosa que no le haría ninguna gracia a su marido, sir Richard.

La gente ya se había dispersado, como si la lluvia los hubiera disuelto. Habían apagado las antorchas de la puerta. Hunter estaba ayudando a Nicholls con la colaboración de alguien más, y los tres hombres se alejaban tambaleándose bajo la lluvia, que cada vez era más intensa. Grey se estremeció. Sólo Dios sabía dónde estaba su abrigo o su capa.

—Pues vámonos —dijo.

Grey abrió los ojos.

—¿Has dicho algo, Tom?

Tom Byrd, su ayuda de cámara, había soltado una tos de deshollinador a unos treinta centímetros de la oreja de Grey. Al ver que había captado la atención de su señor, le ofreció el orinal.

—Su excelencia está abajo, milord. Con su señoría.

Grey parpadeó mirando por la ventana que había detrás de Tom, por donde las cortinas abiertas dejaban entrever un débil resplandor de luz lluviosa.

—¿Su señoría? ¿Quién, la duquesa?

¿Qué había ocurrido? No podían ser más de las nueve. Su cuñada nunca visitaba a nadie por la mañana, y jamás había visto que fuera a ninguna parte con su hermano durante el día.

—No, milord. La pequeña.

—La peque..., ah. ¿Mi ahijada?

Se incorporó. Se encontraba bien pero un poco raro, y cogió el utensilio que sostenía Tom.

—Sí, milord. Su excelencia ha dicho que quiere hablar con usted sobre lo acontecido la pasada noche.

Tom se había acercado a la ventana y estaba examinando con actitud crítica los restos de la camisa de Grey y los calzones, que se había manchado de hierba, barro, sangre y pólvora, y había colgado de manera descuidada del respaldo de la silla. Le lanzó una mirada de reproche a Grey y éste cerró los ojos tratando de recordar exactamente lo que había ocurrido la noche anterior.

Se sentía un poco extraño. La noche anterior había sido un poco confusa, pero la recordaba. La fiesta de la anguila, Lucinda Joffrey, Caroline... ¿Por qué diantre tendría que preocuparse Hal del... duelo? ¿Por qué se interesaría su hermano por esa tontería? Y aunque así fuera, ¿por qué iba a presentarse en casa de Grey al alba con su hija de seis meses?

Le sorprendía más la hora que la presencia de la niña, ya que su hermano solía llevarse a la pequeña consigo con la débil excusa de que el bebé necesitaba aire fresco. Su mujer lo acusaba de querer exhibir al bebé, una niña preciosa, pero Grey opinaba que el motivo era más simple. Su feroz, despótico y dictatorial hermano, coronel de su propio regimiento, terror tanto de sus tropas como del enemigo, se había enamorado de su hija. El regimiento saldría hacia su nuevo emplazamiento al cabo de un mes. Hal, sencillamente, no soportaba dejar de verla.

Y por eso encontró al duque de Pardloe sentado en el comedor de verano acunando a lady Dorothea Jacqueline Benedicta Grey, que estaba mordisqueando el trozo de pan tostado que le ofrecía su padre. En la mesita que estaba junto al codo del duque había un gorrito de seda de bebé, su minúsculo conejito de tela y dos cartas, una abierta y la otra todavía sellada.

Hal levantó los ojos para mirarlo.

—He pedido que te traigan el desayuno. Dile hola al tío John, Dottie.

Giró al bebé con delicadeza. La niña no dejó de mirar el pedazo de pan, pero hizo un sonido alegre.

—Hola, cariño. —John se inclinó y le dio un beso en la cabeza, que estaba cubierta por una suave pelusilla rubia ligeramente húmeda—. ¿Disfrutando de un placentero paseo con papá bajo la lluvia?

—Te hemos traído una cosa.

Hal cogió la carta abierta y se la entregó alzando una ceja.

Grey le devolvió el gesto y empezó a leer.

—¿Qué?

Levantó la vista del papel con la boca abierta.

—Sí, eso mismo he dicho yo cuando me la han dejado en la puerta justo antes del alba —reconoció Hal con cordialidad. Alargó la mano para coger la carta sellada sosteniendo al bebé con cuidado—. Toma, ésta es tuya. Ha llegado justo después del alba.

Grey soltó la primera misiva como si estuviera ardiendo, cogió la segunda y la abrió.

«Oh, John —decía sin preámbulos—. Discúlpame, no pude detenerlo, de verdad que no, lo siento mucho. Se lo he explicado, pero no ha querido escucharme. Me escaparía, pero no sé adónde ir. Por favor, ¡por favor, haz algo!»

No estaba firmada, y no era necesario. Reconoció la letra de la honorable Caroline Woodford, escrita con el mismo frenesí que transmitía. El papel estaba manchado y arrugado, ¿eran lágrimas?

Sacudió la cabeza con fuerza, como para aclararse las ideas, y volvió a coger la primera carta. Ponía exactamente lo mismo que había leído la primera vez: era una petición formal de Alfred, lord Enderby, a su excelencia el duque de Pardloe, mediante la cual exigía satisfacción, pues, según él, el hermano de su excelencia, lord John Grey, había mancillado el honor de su hermana, la honorable Caroline Woodford.

Grey alternó la mirada entre ambas cartas varias veces, y luego miró a su hermano.

—¿Qué diantre es esto?

—Imagino que pasaste una noche memorable —repuso Hal, gruñendo un poco mientras se agachaba para recoger el trozo de pan que Dottie había tirado a la alfombra—. No, cariño, ya no te lo puedes comer.

Dottie mostró su desacuerdo con vehemencia y sólo se distrajo cuando el tío John la cogió y le sopló al oído.

—Memorable —repitió—. Lo cierto es que sí. Pero lo único que le hice a Caroline Woodford fue cogerla de la mano mientras recibía la descarga de una anguila eléctrica, lo juro. Cuchicuchicuchicuuuuuu —añadió mirando a Dottie, que chilló y se rió emocionada.

Cuando levantó la vista advirtió que su hermano lo estaba mirando fijamente.

—La fiesta de Lucinda Joffrey —especificó—. Imagino que tú y Minnie estabais invitados.

Hal rugió.

—Ah, sí, pero yo ya tenía un compromiso previo. Minnie no mencionó lo de la anguila. Pero ¿de qué va eso que he oído de que te batiste en duelo por la chica?

—¿Qué? Yo no... —Se interrumpió y trató de pensar—. Bueno, quizá sí, ahora que lo pienso. El degenerado de Nicholls, que como sabes escribió una oda sobre los pies de Minnie, besó a la señorita Woodford, y ella no quería que lo hiciera, así que le golpeé. ¿Quién te ha dicho lo del duelo?

—Richard Tarleton. Llegó bastante tarde al salón de juegos de White la pasada noche y comentó que te había acompañado a casa.

—En ese caso lo más probable es que sepas tanto como yo. Oh, quieres volver con papá, ¿verdad?

Le devolvió a Dottie y se limpió una mancha de saliva del hombro de la casaca.

—Supongo que a eso se refiere Enderby. —Hal hizo un gesto con la cabeza en dirección a la carta del conde—. A que hiciste pública la vergüenza de esa pobre chica y comprometiste su virtud batiéndote en un duelo escandaloso por ella. Supongo que tiene parte de razón.

Ahora Dottie estaba succionando el nudillo de su padre y emitía pequeños quejidos. Hal se metió la mano en el bolsillo y sacó un mordedor de plata que le ofreció a cambio de su dedo mientras miraba a su hermano de reojo.

—No querrás casarte con Caroline Woodford, ¿no? A eso se reduce la petición de Enderby.

—Dios, no.

Caroline era una buena amiga, simpática, guapa y propensa a las escapadas locas, pero ¿matrimonio? ¿Él?

Hal asintió.

—Es una chica encantadora, pero acabarías en Newgate o en Bedlam en un mes.

—O muerto —repuso Grey, tirando con cautela del vendaje que Tom había insistido en ponerle en el nudillo—. ¿Sabes cómo ha amanecido Nicholls?

—Ah. —Hal se reclinó un poco y respiró hondo—. Bueno... la verdad es que está muerto. He recibido una carta bastante desagradable de su padre en la que te acusa de asesinato. Ha llegado durante el desayuno; no he pensado en traerla. ¿Tenías intención de matarlo?

Grey se sentó de repente, se había quedado sin sangre en la cabeza.

—No —susurró. Tenía los labios acartonados y las manos entumecidas—. ¡Por Dios, no!

Hal se sacó la caja de rapé del bolsillo, extrajo la botellita de sales que guardaba dentro y se la ofreció a su hermano. Grey se mostró agradecido; no iba a desmayarse, pero el olor de los gases del amoníaco le dio una excusa para explicar los ojos llorosos y la respiración congestionada.

—¡Dios! —repitió, y estornudó con fuerza varias veces seguidas—. No tiré a matar, lo juro, Hal. Ni lo intenté —añadió con sinceridad.

De pronto, la carta de lord Enderby adquirió más sentido, así como la presencia de Hal. Lo que había sido una tontería, que debería haberse esfumado con el rocío de la mañana, se había convertido, o lo haría, en cuanto los rumores empezaran a extenderse, no sólo en un escándalo, sino, posiblemente, en algo peor. No era inconcebible que acabaran arrestándolo por asesinato. Sin previo aviso, el mosaico de la alfombra bostezó a sus pies dibujando el abismo por el que su vida podría escurrirse.

Hal asintió y le dio su pañuelo.

—Ya lo sé —dijo con tranquilidad—. A veces las cosas ocurren sin más. Hay veces en que uno no tiene intención, que daría su vida por volver atrás.

Grey se limpió la cara y aprovechó para mirar a su hermano a escondidas por detrás del pañuelo. De repente Hal parecía mayor, tenía el gesto compungido por algo más que mera preocupación por Grey.

—¿Te refieres a Nathaniel Twelvetrees?

Normalmente no habría mencionado ese asunto, pero ambos tenían la guardia baja.

Hal lo observó con firmeza y luego apartó la mirada.

—No, Twelvetrees no. No me quedó otra opción. Y sí que tenía intención de matarlo. Tenía muy claro todo lo que condujo a ese duelo. —Torció el gesto—. Me precipité al casarme y me arrepentí. —Miró la nota que estaba encima de la mesa y negó con la cabeza. Acarició la cabeza de Dottie con suavidad—. No quiero que repitas mis errores, John —dijo en voz queda.

Grey asintió en silencio. Nathaniel Twelvetrees había seducido a la primera esposa de Hal. Al margen de los errores de éste, Grey nunca había tenido intención de casarse con nadie, y seguía pensando lo mismo.

Hal frunció el ceño y dio unos golpecitos sobre la carta con aire pensativo. Miró a John y suspiró, luego dejó la carta, se metió la mano en el bolsillo de la casaca y sacó más documentos, uno de ellos oficial, el sello que llevaba no dejaba lugar a dudas.

—Tu nueva graduación —repuso acercándoselo—. Por lo de Crefeld —añadió alzando una ceja al advertir la expresión de extrañeza de su hermano—. Te ascendieron a teniente coronel. ¿No te acuerdas?

—Yo, bueno..., no exactamente.

Tenía la remota sensación de que alguien, tal vez Hal, le había comentado algo al respecto poco después de lo de Crefeld, pero había estado muy malherido y no estaba en condiciones de pensar en el ejército, por no hablar de preocuparse por los ascensos en el campo de batalla. Después...

—¿No había cierta confusión al respecto? —Grey cogió la graduación y abrió el sobre con el ceño fruncido—. Pensaba que habían cambiado de opinión.

—Entonces sí que te acuerdas —respondió Hal con la ceja todavía alzada—. El general Wiedman te la concedió después de la batalla. Sin embargo, congelaron la confirmación debido a la investigación sobre la explosión del cañón, y luego por... mmm, el escándalo con lo de Adams.

—Ah. —Grey todavía estaba conmocionado por la noticia de la muerte de Nicholls, pero la mención de Adams le volvió a poner el cerebro en marcha—. Adams, claro. ¿Me estás diciendo que Twelvetrees retrasó el ascenso?

El coronel Reginald Twelvetrees, de la artillería real, hermano de Nathaniel y primo de Bernard Adams, el traidor que estaba esperando a que lo juzgaran en la Torre como resultado de la investigación que había llevado Grey el otoño anterior.

—Sí, el muy bastardo —añadió Hal desapasionadamente—. Un día de éstos me lo comeré para desayunar.

—Espero que no lo hagas por mí —comentó Grey con sequedad.

—¡Qué va! —le aseguró Hal, meciendo con suavidad a su hija para evitar que se enfadara—. Será un placer personal.

A pesar de lo intranquilo que estaba, Grey sonrió al escucharlo y dejó el papel de la graduación.

—Claro —dijo mirando el cuarto documento, que seguía doblado sobre la mesa. Parecía una carta oficial, y ya la habían abierto, puesto que el sello estaba roto—. Una proposición de matrimonio, una denuncia por asesinato y una nueva graduación; ¿qué diantre es eso? ¿Una factura del sastre?

—Bien, no tenía intención de enseñártelo —reconoció Hal, inclinándose con cautela para no soltar a Dottie—. Pero dadas las circunstancias...

Aguardó con tranquilidad mientras Grey abría la carta y la leía. Era una petición, o más bien una orden, para que el mayor lord John Grey asistiera al consejo de guerra del capitán Charles Carruthers, para hacer las veces de testigo. En...

—¿En Canadá?

La exclamación de John asustó a Dottie, que arrugó la cara y amenazó con comenzar a llorar.

—Tranquila, cariño. —Hal la meció más deprisa y se apresuró a darle unas palmaditas en la espalda—. No pasa nada; es sólo el tío John haciendo el tonto.

Grey ignoró su comentario y blandió el papel de la carta delante de su hermano.

—¿Por qué diablos le han hecho un consejo de guerra a Charlie Carruthers? ¿Y por qué diantre me citan a mí en calidad de testigo?

—Por haber sido incapaz de reprimir un motín —respondió Hal—. En cuanto a por qué tú... Por lo visto fue él quien pidió que fueras tú. Un oficial acusado tiene derecho a llamar a sus propios testigos para cualquier propósito. ¿No lo sabías?

Grey suponía que lo habría leído en algún libro. Pero nunca había asistido a un consejo de guerra; no era un procedimiento habitual, y no tenía una idea muy clara sobre el funcionamiento de esos procesos. Miró de reojo a Hal.

—¿Y dices que no tenías intención de enseñarme la carta?

Hal se encogió de hombros y sopló con suavidad en la cabeza de su hija, cosa que hizo que su pelo rubio se agitara y se levantara como el trigo azotado por el viento.

—No tiene sentido. Pensaba escribirles para decirles que, como tu oficial superior, te necesito aquí. ¿Por qué querrías desplazarte hasta el salvaje Canadá? Aunque teniendo en cuenta la capacidad que tienes para meterte en problemas... ¿Qué sentiste? —preguntó con curiosidad.

—¿A qué te refie...? ¡Ah, la anguila! —Grey estaba acostumbrado a los repentinos cambios de conversación de su hermano y se adaptaba con facilidad—. Pues fue bastante sorprendente.

Se rió, un tanto tembloroso, al ver la mirada amenazadora de Hal, y Dottie se retorció entre los brazos de su padre y alargó sus rollizos bracitos hacia su tío.

—Coqueta —le dijo, cogiéndola de los brazos de Hal—. No, de verdad, fue increíble. ¿Sabes lo que se siente cuando te rompes un hueso? ¿Esa especie de punzada antes de notar el dolor que te recorre, cuando te quedas ciego un momento y tienes la sensación de que alguien te ha clavado una tachuela en la tripa? Fue algo así, pero mucho más intenso, y duró más tiempo. Me quedé sin aliento —admitió—. Literalmente. Y me parece que también se me paró el corazón. El doctor Hunter, el anatomista, estaba allí y me golpeó el pecho para que me volviera a latir el corazón.

Hal lo estaba escuchando con mucha atención y le hizo varias preguntas, que Grey contestó de forma automática, pues no dejaba de pensar en aquel último y sorprendente comunicado.

Charlie Carruthers. De jóvenes habían sido oficiales, aunque en distintos regimientos. Lucharon mano a mano en Escocia, habían recorrido un poco Londres los dos juntos durante su siguiente permiso. Habían tenido..., bueno, no se podía llamar «aventura». Tres o cuatro encuentros breves, unos sudorosos y jadeantes cuartos de hora en esquinas oscuras que podían olvidarse de manera conveniente a la luz del día, o atribuirse a la ebriedad, y de los que nunca había hablado ninguno de los dos.

Todo ello en los malos tiempos, como él pensaba en aquella época, durante los años posteriores a la muerte de Hector, cuando había buscado el olvido donde pudiera encontrarlo, y lo hallaba a menudo, antes de empezar a recuperarse poco a poco.

Probablemente no habría recordado a Carruthers, salvo por una cosa.

Carruthers había nacido con una interesante malformación: tenía una mano doble. La mano derecha de Carruthers era normal y funcionaba de manera adecuada, pero encima tenía otra mano enana que le salía de la muñeca y se apoyaba sobre la primera, que era más grande. A Grey se le revolvió el estómago al pensar que era posible que el doctor Hunter pagara cientos de libras por esa mano.

La mano enana sólo tenía dos dedos cortos y un pulgar regordete, pero Carruthers podía abrirla y cerrarla, aunque no sin abrir y cerrar también la grande. La sensación que experimentó Grey cuando Carruthers las cerró al mismo tiempo alrededor de su pene fue casi tan extraordinaria como la que había vivido con la anguila.

—Todavía no han enterrado a Nicholls, ¿verdad? —preguntó de pronto, interrumpiendo los comentarios de Hal al pensar en la fiesta de la anguila y recordar que el doctor Hunter se lo había llevado.

Su hermano pareció sorprendido.

—Claro que no. ¿Por qué? —Miró a Grey con los ojos entornados—. No pretenderás asistir al funeral, ¿no?

—No, no —se apresuró a contestar Grey—. Sólo estaba pensando en el doctor Hunter. Él, mmm, tiene cierta reputación, y Nicholls se marchó con él. Después del duelo.

—¿Reputación de qué, por el amor de Dios? —exigió saber Hal con impaciencia.

—De secuestrador de cuerpos —espetó Grey.

Se hizo un repentino silencio y la comprensión iluminó el rostro de Hal. Se había quedado pálido.

—¿No pensarás...? ¡No! ¿Cómo iba a hacerlo?

—Esto... mmm... lo habitual es sustituir el cuerpo por piedras de unos cien kilos antes de cerrar el ataúd, o eso me han contado —explicó Grey lo mejor que pudo mientras Dottie le clavaba el puño en la nariz.

Hal tragó saliva. Grey vio cómo se le erizaba el vello de la muñeca.

—Se lo preguntaré a Harry —repuso Hal después de un breve silencio—. Todavía no deben de haber hecho los preparativos del funeral, y si...

Ambos hermanos se estremecieron, pensativos, al imaginar con demasiada precisión la escena que se ocasionaría si algún miembro exaltado de la familia insistía en que abrieran la tapa del ataúd y descubrían que...

—Quizá sea mejor que no —opinó Grey tragando saliva.

Dottie había dejado de intentar arrancarle la nariz y le estaba dando palmaditas en los labios con su minúscula manita mientras él hablaba. El contacto de esa mano sobre la piel...

Se la apartó con delicadeza y se la devolvió a Hal.

—No sé cómo cree Charles Carruthers que puedo ayudarlo, pero está bien, iré. —Miró la nota de lord Enderby y la carta arrugada de Caroline—. A fin de cuentas, supongo que hay cosas peores que acabar sin cabellera a manos de los pieles rojas.

Hal asintió con seriedad.

—Ya te he reservado el pasaje de barco. Sale mañana. —Se puso de pie y levantó a Dottie—. Venga, cariño. Dale un beso de despedida al tío John.

Un mes después, Grey estaba desembarcando del *Harwood* junto a Tom Byrd para subir a una de las pequeñas embarcaciones que los llevaría, tanto a ellos como al batallón de granaderos de Louisbourg con quienes habían viajado, hasta una enorme isla pegada a la desembocadura del río San Lorenzo.

Nunca había visto nada igual. El río ya era mucho más grande que cualquiera de los que había visto hasta entonces. Era ancho y profundo, una oscura serpiente de color azul marino bajo el sol.

A ambos lados del río se elevaban colinas y montes ondulados poblados por una vegetación tan densa que las piedras de debajo apenas se veían. Hacía calor y el arco del cielo brillaba en lo alto, mucho más reluciente y más extenso que cualquier cielo que hubiera visto. De la exuberante vegetación surgía un zumbido intenso: supuso que se trataba de insectos, pájaros y el flujo del agua. Aunque daba la impresión de que fuera la propia naturaleza canturreando para sí misma, con una voz que sólo escuchaba la sangre de Grey. A su lado, Tom prácticamente vibraba de la emoción, y lo contemplaba todo con los ojos abiertos como platos para no perderse nada.

—¡Caramba! ¿Eso es un piel roja? —susurró, acercándose a Grey en el barco.

—Me parece que hay pocas opciones de que sea otra cosa —contestó, pues el caballero que paseaba por el muelle sólo vestía los calzones, llevaba una manta a rayas sobre un hombro y estaba recubierto de una capa de algo que parecía, por el brillo de sus brazos, algún tipo de grasa.

—Pensaba que serían más rojos —comentó Tom, haciéndose eco de los pensamientos de Grey.

La piel india era mucho más oscura que la de Grey, eso era evidente, pero era de un agradable color marrón claro, semejante al de las hojas secas del roble. Para el indio, ellos eran casi tan interesantes como les había parecido él; en particular, estaba observando a Grey con detenimiento.

—Es por su pelo, milord —le siseó Tom al oído—. Ya le dije que debería haberse puesto una peluca.

—Tonterías, Tom.

Al mismo tiempo que lo decía, Grey experimentó un extraño escalofrío que le ascendió por la nuca y le contrajo el cuero cabelludo. A Grey le gustaba mucho su cabello, rubio y espeso, y no solía llevar peluca; prefería recogérselo y empolvárselo cuando lo requerían las situaciones formales. Y esa ocasión no tenía nada de formal. Como disponían de agua limpia a bordo, Tom había insistido en lavárselo aquella mañana, y todavía lo tenía suelto sobre los hombros, aunque ya estaba seco.

El barco crujió al llegar a la playa de guijarros y el indio se quitó la manta que llevaba sobre el hombro para ayudar a los hombres a aproximarlo a la orilla. Grey acabó al lado de aquel hombre, estaba tan cerca que podía olerlo. Su olor era muy diferente al de todos los hombres que había conocido; era un olor intenso, pero con el toque a hierbas y sudor del cobre recién cortado. Se preguntó, con cierta excitación, si la grasa que aquel tipo se había aplicado en el cuerpo sería de oso.

El indio se irguió en la borda, se encontró con la mirada de Grey y sonrió.

—Tenga cuidado, inglés —le dijo con un notable acento francés. Alargó el brazo y pasó la mano por el pelo suelto de Grey con despreocupación—. Con su cabellera se podría hacer un cinturón precioso.

Aquello provocó las carcajadas de todos los soldados que había a bordo, y el indio se volvió hacia ellos sin dejar de sonreír.

—Los abenaki que trabajan para los franceses no son tan poco comunes. Una cabellera es una cabellera y los franceses las pagan bien, con independencia del color. —Asintió con cordialidad a los granaderos, que habían dejado de reírse—. Vosotros, venid conmigo.

En la isla ya había un pequeño campamento, un destacamento de infantería a las órdenes del capitán Woodford, cuyo nombre le provocó cierto recelo a Grey, aunque, gracias a Dios, no estaba emparentado con la familia de lord Enderby.

—En esta zona de la isla estamos bastante seguros —le comentó a Grey mientras le ofrecía una botella de coñac a las puertas de su tienda antes de la cena—. Pero los indios suelen asaltar la otra parte con regularidad. La semana pasada perdí cuatro hombres: tres fueron asesinados y el otro está desaparecido.

—Entonces, ¿cuenta con sus propios exploradores? —preguntó Grey, ahuyentando con la mano los mosquitos que habían empezado a acercarse a ellos en la oscuridad.

No había vuelto a ver al indio que los había llevado hasta el campamento, pero había más en el puesto, por lo general reunidos alrededor de su propio fuego, aunque uno o dos de ellos se habían acuclillado entre los granaderos de Louisbourg que habían hecho la travesía junto a Grey a bordo del *Harwood*. Tenían los ojos rojos y observaban todo a su alrededor con una actitud vigilante.

—Sí, y la mayoría es de fiar —contestó Woodford, respondiendo a la pregunta que había callado Grey. Se rió, aunque su risa estaba desprovista de humor—. Por lo menos eso esperamos.

Woodford lo invitó a cenar y jugaron una partida de cartas mientras Grey le ofrecía noticias sobre Londres a cambio de los rumores sobre la campaña que tenía entre manos.

El general Wolfe había pasado mucho tiempo en Montmorency, situada por debajo de la ciudad de Quebec, pero sus esfuerzos habían sido en vano y muy decepcionantes, por lo que había abandonado el puesto y había reagrupado a la mayor parte de sus tropas varios kilómetros por encima de la ciudadela de Quebec. Se trataba de una fortaleza hasta la fecha inexpugnable, encaramada en lo alto de los grandes acantilados que se alzaban sobre el río y desde donde con sus cañones alcanzaban perfectamente el río y las llanuras del oeste, cosa que obligaba a los buques de guerra ingleses a cruzar al amparo de la noche, aunque no siempre lo conseguían.

—Wolfe estará encantado ahora que han llegado sus granaderos —pronosticó Woodford—. Tiene mucha fe en esos chicos, luchó con ellos en Louisbourg. Vaya, coronel, se lo están comiendo vivo, pruebe a ponerse un poco de esto en las manos y la cara.

Rebuscó en su arcón y sacó una lata llena de una grasa maloliente que le acercó desde el otro lado de la mesa.

—Grasa de oso con menta —explicó—. Los indios la utilizan; se ponen esto y también se cubren de barro.

Grey se untó con abundancia; el olor no era exactamente el mismo que había percibido en el indio, pero se parecía mucho, y sintió una extraña agitación al aplicársela. De hecho, resultó bastante útil para evitar que los mosquitos siguieran picándole.

No había ocultado el motivo de su presencia y le preguntó directamente por Carruthers.

—¿Sabe dónde está confinado?

Woodford frunció el ceño y se sirvió más coñac.

—No está encerrado. Está en libertad condicional; se aloja en la ciudad de Gareon, justo donde se encuentran los cuarteles generales de Wolfe.

—¿Ah, sí? —Grey estaba un poco sorprendido, pero lo cierto es que Carruthers no estaba acusado de amotinamiento, sino de haber sido incapaz de evitarlo, una acusación bastante extraña—. ¿Conoce los pormenores del caso?

Woodford abrió la boca como si fuera a hablar, pero suspiró, negó con la cabeza y bebió coñac, gesto del cual Grey dedujo que era probable que todo el mundo conociera los detalles, pero que el asunto era un tanto peliagudo. Bueno, todo a su tiempo. Ya se lo explicaría Carruthers en persona.

Comenzaron a hablar de temas banales y, un rato después, Grey le dio las buenas noches. Los granaderos habían estado ocupados; había aparecido una pequeña ciudad nueva de tiendas de lona en los márgenes del campamento, y el aire olía a apetitosa carne fresca a la brasa y té caliente.

No tenía ninguna duda de que Tom habría conseguido plantar su propia tienda entre todas las que había. Aunque Grey no tenía prisa por encontrarla; estaba disfrutando de las novedosas sensaciones que le provocaba el suelo firme bajo los pies y la soledad, después de haber pasado semanas en un barco atestado de gente. Rodeó las hileras de tiendas nuevas y paseó justo un paso por detrás del brillo de la luz del fuego. Se sentía placenteramente invisible, aunque seguía estando lo bastante cerca de la seguridad, o eso esperaba. El bosque estaba a pocos metros de distancia; como todavía no era noche cerrada, aún se veían los contornos de los árboles y los arbustos.

Una chispa flotante de color verde llamó su atención y sintió una inmensa alegría. Había otra, y otra más, diez, una docena, y de pronto el aire estaba lleno de luciérnagas, suaves chispas verdes que parpadeaban y brillaban como velas minúsculas a lo lejos entre el follaje oscuro. Había visto luciérnagas en una o dos ocasiones en Alemania, pero nunca tantas. Eran mágicas, puras como la luz de la luna.

No sabía cuánto tiempo había pasado contemplándolas, paseando despacio por los confines del campamento, pero al final suspiró y se volvió hacia el centro del puesto, con el estómago lleno, presa de un agradable cansancio y sin ninguna obligación inminente. No tenía tropas a su mando, no debía redactar ningún informe..., en realidad no tenía nada que hacer hasta que llegara a Gareon y encontrara a Charles Carruthers.

Suspiró con tranquilidad, cerró la portezuela de la tienda y se quitó las prendas exteriores.

Estaba empezando a quedarse dormido cuando unos gritos lo despertaron y se incorporó de golpe. Tom, que estaba durmiendo en su saco a los pies de Grey, saltó como una rana sobre manos y pies, comenzó a buscar la pistola como un loco y se abalanzó sobre el arcón.

Grey no quiso esperar y cogió la daga que había colgado en el palo de la tienda antes de retirarse, abrió la portezuela y miró fuera. Los hombres corrían de un lado a otro, chocaban con las tiendas, gritaban órdenes y aullaban pidiendo ayuda. Había cierto brillo en el cielo, las nubes bajas habían enrojecido.

—¡Brulotes! —gritó alguien.

Grey se puso los zapatos y se unió a la marabunta de hombres que corrían hacia el agua.

En el centro del ancho río oscuro se veía la silueta del *Harwood* anclado. Y acercándose a la embarcación había uno, dos y hasta tres barcos en llamas. Una balsa llena de residuos inflamables empapada con petróleo y ardiendo. Un barquito con el mástil y la vela brillando en la noche. Pero había algo más. ¿Era una canoa india con un montón de hierba y hojas quemándose? Se hallaba demasiado lejos como para verlo bien, pero se estaba acercando.

Miró hacia el barco y vio movimiento a bordo. Aunque se encontraba demasiado lejos como para distinguir a los hombres, era evidente que ocurría algo. El barco no podía levar anclas y alejarse navegando, ya que tardaría demasiado tiempo, pero estaban bajando los botes de rescate cargados de marineros para tratar de desviar las embarcaciones en llamas e intentar alejarlas del *Harwood*.

Como estaba absorto por lo que veía, no había advertido los gritos y aullidos que procedían de la otra parte del campamento. Sin embargo, cuando los hombres que estaban en la orilla guardaron silencio mientras observaban los brulotes, se hizo patente que empezaban a moverse intranquilos al ser conscientes, con retraso, de que ocurría algo más.

—Indios —afirmó el hombre que había junto a Grey cuando un aullido particularmente agudo cruzó el aire—. ¡Indios!

El grito se generalizó y todos empezaron a correr en dirección contraria.

—¡Deténganse! ¡Un momento! —Grey extendió el brazo, alcanzó al hombre en el cuello y lo derribó. Levantó la voz con la vana intención de detener la estampida—. ¡Usted! Usted y usted, cojan a su compañero y vengan conmigo.

El hombre al que había derribado se puso en pie, a la luz de las estrellas se le veían los ojos blancos.

—¡Podría ser una trampa! —gritó Grey—. ¡Quédense aquí! ¡A las armas!

—¡Esperen! ¡Esperen!

Un caballero bajito en camisa de dormir siguió gritando su consigna con todas sus fuerzas y, para darle mayor énfasis, cogió una rama muerta del suelo y empezó a golpear a cualquiera que intentara correr hacia el campamento.

Otra chispa subió río arriba, y detrás, otra: más brulotes. Ahora las embarcaciones estaban en el agua: más luceros en la oscuridad. Si pudieran reducir el avance de los brulotes, quizá podrían salvar al *Harwood* de su destrucción inminente. Grey temía que lo que fuera que estuviera sucediendo en el fondo del campamento fuera una argucia pensada para alejar a los hombres de la orilla y dejar al barco únicamente bajo la protección de sus marineros. Así, los franceses podrían enviar una barcaza cargada de explosivos, o un navío para abordarlo, esperando que no los descubrieran, ya que todos los hombres estaban deslumbrados u ocupados con las embarcaciones en llamas y el ataque.

La primera embarcación había virado hacia la orilla y se estaba quemando de forma inofensiva en la arena. Su preciosa silueta brillaba en la noche. El caballero bajito de voz grave, que, según Grey, debía de ser sargento, había conseguido reunir a un pequeño grupo de hombres, y los presentó ante Grey al tiempo que lo saludaba con energía.

—¿Pueden ir a por los mosquetes, señor?

—Sí —contestó Grey—. Y rápido. Vaya con ellos, sargento. ¿Es sargento?

—Sargento Aloysius Cutter, señor —respondió el caballero bajito asintiendo—, y me alegro de conocer a un oficial con cerebro.

—Gracias, sargento. Y consiga todos los hombres que pueda, por favor. Armados. Un fusilero o dos, si es que puede encontrarlos.

Después de haber puesto un poco de orden, se volvió de nuevo hacia el río, donde dos de los botes del *Harwood* estaban alejando uno de los brulotes. Lo habían rodeado y empujaban el agua con los remos; escuchaba las salpicaduras y los gritos de los marineros.

—¿Milord?

Aquella voz tan cercana hizo que se sobresaltara. Se volvió tratando de conservar la calma y dispuesto a regañar a Tom por haberse aventurado en aquel caos, pero antes de poder encontrar las palabras, su joven asistente se detuvo junto a él con algo en las manos.

—Le he traído los calzones, señor —anunció Tom con la voz temblorosa—. He pensado que podría necesitarlos en caso de pelea.

—Muy considerado por tu parte, Tom —le aseguró a su ayudante, reprimiendo las ganas de echarse a reír. Se puso los calzones, tiró de la prenda hacia arriba y se remetió la camisa—. ¿Sabes qué ha pasado en el campamento?

Oía la respiración acelerada de Tom.

—Indios, milord —dijo Tom—. Han pasado gritando entre las tiendas y han prendido fuego a una o dos. He visto cómo mataban a un hombre, y... y le cortaban la cabellera. —Tenía la voz apelmazada, como si estuviera a punto de vomitar—. Ha sido asqueroso.

—Me lo imagino.

La noche era cálida, pero Grey notó cómo se le erizaba el vello de los brazos y la nuca. Los gritos espeluznantes habían cesado, y aunque todavía oía un considerable alboroto en el campamento, ahora el tono era distinto; no se oían gritos a lo loco, ahora eran las voces de los oficiales, sargentos y cabos que daban órdenes a los hombres, comenzaban el proceso de agrupación para contar a los supervivientes y hacer recuento de daños.

Por suerte, Tom le había llevado a Grey la pistola, la bolsa de la munición y la pólvora, además de la casaca y las calcetas. Consciente de lo oscuro que estaba el bosque y del largo y estrecho camino que separaba la orilla del campamento, Grey no envió de vuelta a Tom, sino que le pidió que se apartara mientras el sargento Cutter —quien, con buen instinto militar, también había ido a ponerse los calzones— aparecía con sus reclutas armados.

—Ya estamos aquí, señor —anunció Cutter saludando—. ¿A quién tengo el honor de dirigirme, señor?

—Soy el teniente coronel Grey. Mande a sus hombres a vigilar el barco, por favor, sargento. Que presten una atención especial a las embarcaciones oscuras que desciendan por el río, y que después regresen al campamento a informar de lo que hayan descubierto.

Cutter saludó y desapareció inmediatamente gritando:

—¡Venga, sacos de mierda! ¡Con alegría, con alegría!

Tom profirió un breve grito sofocado y Grey se volvió desenfundando la daga por instinto. Cuando se dio la vuelta, se topó con una silueta oscura justo detrás de él.

—No me mate, inglés —dijo el indio que los había acompañado hasta el campamento. Parecía un tanto divertido—. *Le capitaine* me ha mandado a buscarlo.

—¿Por qué? —preguntó Grey con brevedad. Todavía tenía el corazón acelerado a causa del sobresalto. No le gustaba que lo cogieran por sorpresa, y todavía odiaba más saber que aquel hombre podría haberlo matado antes siquiera de que Grey supiera que estaba allí.

—Los abenaki han quemado su tienda; ha pensado que podrían haberlos llevado a usted y a su ayudante al bosque.

Tom soltó una palabrota e hizo ademán de internarse entre los árboles, pero Grey lo detuvo agarrándolo del brazo.

—Quédate, Tom. No importa.

—Y una mierda —contestó Tom, enojado; la agitación había hecho que olvidara su comportamiento habitual—. Imagino que puedo conseguirle más ropa interior, aunque no será fácil, pero ¿qué me dice del autorretrato de su prima y del que mandó para el capitán Stubbs? ¿Y qué hay de su sombrero bueno con el encaje dorado?

Durante un instante Grey se alarmó. Su joven prima Olivia le había confiado una miniatura de ella y su hijo recién nacido y le había pedido que se la hiciera llegar a su marido, el capitán Malcolm Stubbs, que en ese momento se encontraba con las tropas de Woolfe. Pero se llevó la mano al costado y se sintió aliviado al comprobar que la silueta ovalada de la miniatura estaba segura en su envoltorio y a salvo en su bolsillo.

—No pasa nada, Tom; la tengo yo. En cuanto al sombrero... Creo que podemos ocuparnos de eso en otro momento. Aquí el señor..., ¿cómo se llama, caballero? —preguntó al indio; no quería tutearlo.

—Manoke —contestó el indio, todavía divertido.

—Muy bien. ¿Podría acompañar a mi ayudante hasta el campamento?

Vio la pequeña y decidida figura del sargento Cutter que aparecía en el camino y, haciendo caso omiso a las protestas de Tom, lo dejó al cuidado del indio.

Al final, los cinco brulotes o bien se desviaron, o fueron alejados del *Harwood*. Algo que tal vez pudiera ser una embarcación para el abordaje apareció río arriba, pero se alejó tras la aparición improvisada de las tropas de Grey en la orilla, desde donde les lanzaban descargas. No obstante, como el alcance de sus armas era, por desgracia, corto, no pudieron alcanzar ningún objetivo.

Aun así, el *Harwood* estaba a salvo y el campamento se había sumido en un estado de vigilancia intranquila. Grey había visto a Woodford un momento cuando volvió, casi al alba, y descubrió que el ataque se había saldado con dos hombres muertos y otros tres capturados, que se habían llevado al bosque. Ellos habían matado a tres indios y otro estaba herido; Woodford tenía la intención de interrogarlo antes de que muriera, pero dudaba que fuera a proporcionarle alguna información de utilidad.

—Nunca hablan —había dicho frotándose los ojos, enrojecidos por el humo. Tenía bolsas y el cansancio le había oscurecido el rostro—. Se limitan a cerrar los ojos y entonar esos malditos cantos mortuorios. Les da absolutamente igual lo que les hagan, ellos siguen cantando.

Grey lo había oído, o eso le había parecido, cuando se metió, cansado, al amanecer, en la tienda que le habían prestado. Era un canto agudo distante, que subía y bajaba como el zumbido del viento en los árboles. Continuó durante un rato, luego se detuvo de golpe y el indio lo volvió a entonar, leve y entrecortado, mientras él estaba a punto de quedarse dormido.

Se preguntó qué estaría diciendo aquel hombre. ¿Tendría alguna importancia que ninguno de los soldados que lo escuchaban supieran lo que estaba diciendo? Quizá Manoke, el explorador, se encontrara allí; tal vez él lo supiera.

Tom le había conseguido a Grey una tiendecita al final de la hilera. Probablemente hubiera expulsado a algún subalterno, pero Grey no quería protestar. Apenas era lo bastante grande como para que cupiera el saco de lona que estaba tendido en el suelo y la caja que hacía las veces de mesa, sobre la que había un candelero vacío, pero era un refugio. Cuando recorrió el camino hasta el campamento había empezado a llover un poco, y ahora la lluvia estaba golpeando con fuerza la lona que tenía sobre la cabeza, y percibía un dulce olor a humedad. Si aquel indio seguía con su canto mortuorio, ya no se oía con el ruido de la lluvia.

Grey se dio la vuelta, lo que hizo que el relleno de hierba del saco susurrara bajo su cuerpo, y se quedó dormido enseguida.

Se despertó de golpe, y se encontró cara a cara con un indio. Sin embargo, en lugar de ponerle un cuchillo en el cuello, el hombre respondió a su agitada reacción con una risa grave y retirándose un poco, y Grey cruzó la bruma del sueño a tiempo de evitar hacerle daño de verdad al explorador Manoke.

—¿Qué? —murmuró, y se frotó los ojos con la palma de la mano—. ¿Qué pasa?

«¿Y qué diantre haces en mi cama?»

El indio respondió poniéndole la mano detrás de la cabeza, se lo acercó y lo besó. La lengua de aquel hombre se deslizó con suavidad por su labio inferior, se le internó en la boca como una lagartija y desapareció.

Y el indio también.

Grey se tendió boca arriba y parpadeó. Un sueño. Todavía estaba lloviendo, aunque ahora con más intensidad. Inspiró hondo; percibía el olor a grasa de oso y a menta en su propia piel. Pero ¿advertía también un toque metálico? La luz era más intensa, lo que indicaba que debía de ser de día. Escuchó al tamborilero paseándose por los pasillos de tiendas para despertar a los hombres. El repicar de sus baquetas se mezclaba con el sonido de la lluvia y los gritos de cabos y sargentos, pero el día seguía siendo suave y gris. Pensó que era imposible que hubiera dormido más de media hora.

—Dios —murmuró, y se dio la vuelta a toda prisa, se tapó la cabeza con la casaca e intentó volver a dormirse.

El *Harwood* remontó el río despacio, poniendo especial atención a los posibles saqueadores franceses con los que pudiera encontrarse. Hubo algunas alarmas, incluido otro asalto por parte de indios hostiles cuando estaban acampados en la orilla. En esta ocasión acabó mejor, ya que murieron cuatro saqueadores y sólo resultó herido un cocinero, aunque no fue nada grave. Se vieron obligados a aguardar un poco, esperando una noche nublada, para poder cruzar la ciudadela de Quebec, que se cernía amenazante en lo alto de las colinas. En realidad, los avistaron, y uno o dos cañones dispararon contra ellos, pero no ocurrió nada. Y al final llegaron al puerto de Gareon, donde se encontraban los cuarteles del general Wolfe.

La ciudad estaba casi engullida por el creciente campamento militar que la rodeaba, hectáreas de tiendas que se extendían hacia arriba desde su enclave en la orilla del río, todas ellas presididas por una pequeña misión católica francesa, cuya minúscula cruz asomaba en lo alto de la colina que se alzaba por detrás de la ciudad. Los habitantes franceses, con la indiferencia política propia de los comerciantes de cualquier lugar, se encogían de hombros a la gala y estaban encantados de vender sus productos a un precio más elevado a las fuerzas ocupantes.

Alguien informó a Grey de que el general no estaba. Se encontraba peleando en el interior, pero sin duda regresaría antes de un mes. Un teniente coronel sin un propósito o un regimiento al cargo no era más que un incordio, así que le proporcionaron un acomodo acorde a su rango y lo relegaron con educación.

Como no tenía ninguna tarea que atender, Grey se mostró tan indiferente ante su situación como los galos, y se dispuso a descubrir el paradero del capitán Carruthers.

No le costó hallarlo. El patrón de la primera taberna que visitó Grey le indicó enseguida el alojamiento de *le capitaine*, una habitación en casa de una viuda llamada Lambert, cerca de la iglesia de la misión. Grey se preguntó si cualquier otro tabernero de la ciudad le hubiera sabido informar con el mismo detalle. Charlie ya era aficionado a la bebida cuando Grey lo conoció, y era evidente que seguía siéndolo, a juzgar por la actitud que había demostrado el patrón en cuanto oyó mencionar el nombre de Carruthers. Aunque tampoco era que Grey pudiera culparlo, dadas las circunstancias.

La viuda, una joven con el cabello castaño y bastante atractiva, observó con gran suspicacia al oficial inglés que apareció en su puerta, pero cuando Grey le preguntó por el capitán Carruthers y le explicó que era un viejo amigo del capitán, a ella se le relajó el semblante.

—*Bon* —dijo, y abrió la puerta de golpe—. Necesita amigos.

Subió dos tramos de escalera estrecha hasta el ático de Carruthers, mientras advertía que el aire que lo rodeaba era cada vez más cálido. Era agradable a esa hora del día, pero a media tarde debía de resultar agobiante. Llamó a la puerta y se sorprendió gratamente al reconocer la voz de Carruthers dándole permiso para entrar.

Su viejo amigo estaba sentado a una mesa desvencijada en camisa y calzones. Debía de estar escribiendo, ya que tenía un tintero hecho con una calabaza pegado al codo y un tarro lleno de cerveza al otro lado. Miró a Grey con el semblante inexpresivo durante un momento; después, la alegría le tiñó el rostro y se levantó, momento en que estuvo a punto de tirar ambas cosas.

—¡John!

Antes de que Grey pudiera ofrecerle la mano, sintió el abrazo de su amigo, y se lo devolvió con sinceridad. Lo asaltó un recuerdo cuando olió el cabello de Carruthers y notó el roce de la mejilla sin afeitar contra la suya. Sin embargo, incluso imbuido de esa sensación, percibió la delgadez de Carruthers y cómo los huesos le sobresalían por encima de la ropa.

—Pensaba que no vendrías —estaba repitiendo Carruthers tal vez por cuarta vez.

Lo soltó y dio un paso atrás, y sonrió al tiempo que se frotaba, sin vergüenza y con la palma de la mano, los ojos húmedos.

—Bueno, tienes que agradecerle mi presencia a una anguila eléctrica —le explicó Grey, también sonriendo.

—¿Una qué?

Carruthers lo miró sorprendido.

—Es una larga historia, ya te la explicaré luego. Ahora dime, ¿qué diantre has hecho, Charlie?

La felicidad desapareció, en parte, del rostro enjuto de Carruthers, pero no se desvaneció del todo.

—Ah, bueno. Eso también es una larga historia. Deja que le pida a Martine que nos traiga más cerveza.

Le indicó a Grey que se sentara en la única banqueta que había en la habitación y salió antes de que el teniente pudiera protestar. Se sentó con cuidado por miedo a que la banqueta cediera, pero aguantó su peso. Aparte de la banqueta y la mesa, el ático estaba amueblado con sencillez: un camastro estrecho, una bacinilla y un viejo lavamanos con una jofaina de cerámica y un aguamanil que completaban el conjunto. Estaba todo muy limpio, pero flotaba un olor un tanto extraño en el aire. Era de algo dulce y enfermizo que enseguida atribuyó a una botella que vio tapada con un tapón de corcho que se hallaba detrás del lavamanos.

Aunque tampoco necesitaba percibir el olor del láudano; con mirar la cara de Carruthers había tenido suficiente. Volvió a la banqueta y echó una ojeada a los papeles en los que había visto trabajar a su amigo. Según parecía, estaba tomando notas para preparar el consejo de guerra; el primer documento de la pila era el informe de una expedición llevada a cabo por tropas al mando de Carruthers, por orden del mayor Gerald Siverly.

> Nos habían ordenado que marcháramos hacia un pueblo llamado Beaulieu, a unos dieciséis kilómetros al este de Montmorency, para saquear las casas e incendiarlas, y ahuyentar a cualquiera con quien nos encontráramos. Y eso hicimos. Algunos de los hombres del pueblo opusieron resistencia; iban armados con guadañas y otras herramientas. Abatimos a tiros a dos de ellos, mientras que los otros huyeron. Regresamos con dos carretillas llenas de harina, quesos y pequeños útiles domésticos, tres vacas y dos buenas mulas.

Entonces se abrió la puerta y Grey no pudo seguir leyendo. Carruthers entró, se sentó en la cama y asintió en dirección a los documentos.

—He pensado que era preferible anotarlo todo. Sólo por si llego con vida al consejo de guerra. —Hablaba con seguridad, y cuando vio la mirada de Grey esbozó una débil sonrisa—. No te preocupes, John. Siempre he sabido que no llegaría a viejo. Esto

—levantó la mano derecha y dejó caer el puño de la camisa— no es todo.

Se dio un golpecito suave en el pecho con la mano izquierda.

—Más de un médico me ha dicho que tengo un problema grave en el corazón. No sé con seguridad si también tengo dos —le sonrió a Grey con esa repentina y encantadora sonrisa que recordaba tan bien—, o si sólo tengo medio, o qué tengo. Antes me desmayaba de vez en cuando, pero está empeorando. A veces noto que deja de latir y siento un aleteo en el pecho, y todo empieza a ponerse negro y me quedo sin respiración. Hasta ahora siempre ha retomado su ritmo, pero uno de estos días no lo hará.

Grey había clavado los ojos en la mano de Charlie, la pequeña mano enana acurrucada junto a su hermana mayor, lo que hacía que pareciera que tuviera una flor extraña en la palma de la mano. Mientras las contemplaba, ambas manos se abrieron despacio y los dedos se movieron en una extraña pero preciosa sincronía.

—Está bien —dijo—. Cuéntamelo.

La incapacidad de reprimir un motín era un cargo poco habitual, difícil de demostrar, y, por tanto, improbable, a menos que hubiera otros factores relacionados, cosa que, en este caso, era evidente.

—Conoces a Siverly, ¿verdad? —preguntó Carruthers, poniéndose los papeles sobre las rodillas.

—No. Tengo entendido que es un bastardo. —Grey gesticuló en dirección a los documentos—. Pero ¿qué clase de bastardo?

—Un bastardo corrupto. —Carruthers golpeó los papeles contra la mesa y los alineó con cuidado mirándolos fijamente—. Lo que has leído no era de Siverly. Era una orden del general Wolfe. No sé si el objetivo es dejar la fortaleza sin provisiones con la esperanza de acabar matándolos de hambre, o presionar a Montcalm para que envíen tropas a defender la campiña, donde Wolfe podría abordarlos. En mi opinión se trata de ambas cosas. Pero tiene toda la intención de aterrorizar los enclaves que hay a ambas orillas del río. No, lo hicimos bajo las órdenes del general. —Contrajo un poco el gesto y de repente miró a Grey—. ¿Recuerdas las Highlands, John?

—Ya sabes que sí.

Nadie que hubiera estado involucrado en la maniobra de limpieza de las Highlands encabezada por Cumberland podría olvidarlo jamás. Había visto demasiados pueblos escoceses como Beaulieu.

Carruthers respiró hondo.

—Sí, bueno. El problema fue que Siverly empezó a apropiarse de los botines que traíamos del campo con el pretexto de venderlo todo para distribuirlo de forma ecuánime entre las tropas.

—¿Qué? —Esa práctica era contraria a las costumbres habituales del ejército, donde cualquier soldado tenía derecho a quedarse con el botín que consiguiera—. ¿Quién se cree que es, un almirante?

La marina sí que dividía los botines entre la tripulación basándose en una fórmula, pero la marina era la marina; las tripulaciones actuaban con más unidad que las compañías del ejército, y existían tribunales marítimos que se encargaban de gestionar las ventas de los barcos capturados.

Carruthers se rió de su pregunta.

—Su hermano es comodoro. Puede que se inspirara en él. En cualquier caso —añadió, poniéndose serio—, nunca llegó a distribuir los fondos. Peor aún, empezó a retener la paga de los soldados. Cada vez pagaba más tarde y embargaba sueldos por ofensas menores alegando que el arcón con las pagas no había llegado, cuando varios hombres habían visto con sus propios ojos cómo lo descargaban del carruaje.

»Esa práctica ya era mala de por sí, pero los soldados seguían alimentados y vestidos. Pero entonces se pasó de la raya.

Siverly empezó a robar al comisario, desviaba ciertas cantidades de suministros y las vendía de forma privada.

—Yo sospechaba —explicó Carruthers—, pero no tenía pruebas. Sin embargo, había empezado a vigilarlo, y él sabía que lo estaba controlando, así que, durante un tiempo, fue con cuidado. Pero no pudo resistirse a un cargamento con doce rifles nuevos, muy superiores a los clásicos mosquetes Brown Bess, y muy poco habituales en el ejército. Creo que el error pudo deberse a una negligencia administrativa. No teníamos fusileros y, en realidad, no los necesitábamos. Tal vez ése fuera el motivo por el que Siverly pensara que podía salirse con la suya.

Pero no lo consiguió. Dos soldados rasos habían descargado el arcón y, extrañados por el peso, lo abrieron. Ya había corrido la voz, los soldados estaban emocionados, y la excitación dio paso al disgusto cuando, en lugar de los rifles nuevos, se distribuyeron unos mosquetes visiblemente viejos. Los rumores se extendieron, y los hombres ya estaban muy enojados.

—Alentados, además, por una cuba de ron que habíamos confiscado en una taberna de Levi —explicó Carruthers con un suspiro—, bebieron toda esa noche de enero, un mes en que las noches son muy largas, y decidieron ir a buscar los rifles. Y los encontraron debajo del suelo de los aposentos de Siverly.

—¿Y dónde estaba Siverly?

—En sus aposentos. Me temo que acabó bastante perjudicado. —Carruthers reprimió una sonrisa—. Sin embargo, consiguió escapar por una ventana y corrió treinta y dos kilómetros por la nieve hasta llegar al siguiente cuartel. Perdió un par de dedos por congelación, pero sobrevivió.

—¡Qué pena!

—Sí, exacto.

De nuevo una sonrisa reprimida.

—¿Qué ocurrió con los amotinados?

Carruthers resopló y negó con la cabeza.

—La mayoría desertó. Cogieron a dos de ellos y los ahorcaron de inmediato; encontraron a otros tres un poco más tarde, y están encarcelados aquí.

—Y tú...

—Y yo. —Carruthers asintió—. Yo era el segundo de Siverly. No sabía nada sobre el motín, pero llegué antes de que acabaran, ya que uno de los insignias vino a buscarme enseguida cuando los hombres se dirigieron a los aposentos de Siverly.

—Tampoco es que pudieras hacer mucho en esas circunstancias, ¿no?

—De hecho, no lo intenté —contestó Carruthers con franqueza.

—Ya entiendo —dijo Grey.

—¿Ah, sí?

Carruthers esbozó media sonrisa.

—Claro. Entiendo que Siverly sigue en el ejército y conserva su rango. Claro. Debía de estar lo bastante furioso contigo como para aplicarte la sentencia habitual, pero tú sabes tan bien como yo que, bajo circunstancias normales, es muy probable que hubieran olvidado el asunto en cuanto se hubiera descubierto toda la información. Insististe en el consejo de guerra, ¿verdad? Así podrás hacer público todo lo que sabes.

Dado el estado de salud de Carruthers, no parecía preocuparle saber que se arriesgaba a pasar una larga temporada en la cárcel si lo declaraban culpable.

Su amigo sonrió con más ganas, era una sonrisa genuina.

—Sé que he elegido al hombre adecuado —afirmó Carruthers.

—Me siento muy halagado —contestó Grey con sequedad—. Pero ¿por qué yo?

Carruthers dejó los papeles a un lado y se meció un poco en el camastro entrelazándose las manos en la rodilla.

—¿Por qué tú, John? —La sonrisa desapareció y Carruthers le clavó sus ojos grises—. Tú sabes lo que hacemos. Nuestro negocio es el caos, la muerte, la destrucción. Pero también sabes por qué lo hacemos.

—¿Sí? En ese caso tal vez tengas la amabilidad de explicármelo. Siempre he querido saberlo.

El humor iluminaba los ojos de Charlie, pero hablaba con seriedad.

—Alguien tiene que mantener el orden, John. Los soldados luchan por toda clase de motivos, la mayoría de ellos innobles. Pero tú y tu hermano... —Se interrumpió negando con la cabeza. Grey advirtió que tenía mechones grises en el pelo, aunque sabía que Carruthers no era mayor que él—. El mundo es caos, muerte y destrucción. Pero las personas como tú no se rigen por esas cosas. Si existe algún orden en este mundo, si existe la paz, es gracias a ti, John, y a los pocos hombres que son como tú.

Grey pensaba que tenía que decir algo, pero no sabía qué contestar. Carruthers se levantó y se acercó a Grey, le posó la mano izquierda en el hombro y le acercó la otra a la cara con suavidad.

—¿Qué es eso que dice la Biblia? —preguntó Carruthers en voz queda—. ¿Bienaventurados los que tienen hambre y sed de justicia, porque ellos serán saciados? Yo estoy hambriento, John —susurró—. Y tú estás sediento. Tú no me fallarás.

Los dedos de Charlie se deslizaron en secreto por su piel en una especie de plegaria, una caricia.

> La costumbre del ejército es que un consejo de guerra esté presidido por un oficial de rango superior y el número de oficiales que este último crea conveniente para hacer las veces de consejo. Aunque por lo general son cuatro, pueden ser más, pero nunca menos de tres. La persona acusada tiene derecho a llamar a testigos que lo apoyen, y el consejo los interrogará, así como a cualquier otra persona que considere oportuna, y de ese modo el consejo determinará las circunstancias, y si cabe condenar al acusado, la sentencia a imponer.

Esa declaración un tanto imprecisa era, evidentemente, todo lo que existía en forma de definición escrita y directriz sobre el funcionamiento de los consejos de guerra o, como mínimo, era la única información que había encontrado Hal en el breve período de tiempo previo a su partida. No había leyes formales que regularan dichos consejos ni tampoco se podían aplicar a sus casos las leyes generales. Resumiendo, el ejército era, como siempre, según Grey, una ley en sí mismo.

Teniendo esto en cuenta, era posible que dispusiera, o no, de bastante margen para conseguir lo que quería Charlie Carruthers, dependiendo de las personalidades y las alianzas profesionales de los oficiales de que constara el consejo. Y le correspondía a él descubrir a esos hombres tan pronto como fuera posible.

Mientras tanto, tenía otro pequeño asunto que despachar.

—Tom —llamó mientras rebuscaba en su arcón—, ¿has localizado los aposentos del capitán Stubbs?

—Sí, milord. Y si deja de destrozar sus camisas le diré dónde están. —Tom lo apartó con habilidad y una mirada censuradora—. ¿Qué está buscando aquí?

—La miniatura de mi prima y su hijo.

Grey se retiró y permitió que Tom se inclinara sobre el arcón abierto. El asistente volvió a doblar las camisas revueltas con delicadeza. El arcón estaba bastante chamuscado, pero para alivio de Tom, los soldados habían conseguido encontrarlo, y también la ropa de Grey.

—Tenga, milord. —Tom sacó el paquetito y se lo entregó con cuidado a Grey—. Dele recuerdos al capitán Stubbs. Creo que se alegrará de recibir la miniatura. El pequeño se parece bastante a él, ¿verdad?

Incluso con las indicaciones de Tom, tardó un poco en encontrar los aposentos de Malcolm Stubbs. La dirección, si es que podía llamarse así, se encontraba en la parte más pobre de la ciudad, en una calle llena de barro que desembocaba en el río. A Grey le sorprendió mucho: Stubbs era un hombre muy sociable y un oficial meticuloso. ¿Por qué no le habían buscado alojamiento en una pensión o en una buena casa privada, cerca de sus tropas?

Cuando encontró el camino lo asaltó cierta intranquilidad, sensación que fue aumentando a medida que se abría paso a través de las chabolas saqueadas y los grupos de niños políglotas sucios que dejaban de jugar, interesados en seguirlo mientras se murmuraban especulaciones ininteligibles los unos a los otros, aunque, al mismo tiempo, lo miraban con rostros impasibles y boquiabiertos cuando él les preguntaba por el capitán Stubbs, señalándose el uniforme a modo explicativo y moviendo las manos con actitud interrogativa.

Antes de encontrar a alguien dispuesto a contestarle, ya había recorrido todo el camino y tenía las botas llenas de barro, estiércol y una espesa capa formada por las hojas que no dejaban de caer de los árboles gigantes. Preguntó a un indio anciano que estaba sentado tranquilamente en una roca a orillas del río y pescaba abrigado con una manta raída con la bandera inglesa. El hombre hablaba una mezcla de tres o cuatro idiomas, de los cuales Grey sólo entendía dos, pero fue suficiente para sentar una base de comprensión.

—*Un, deux, trois*, para atrás —afirmó el anciano señalando el camino con el pulgar, luego torció el dedo a un lado.

A continuación dijo algo en su idioma, y a Grey le pareció entender que hacía referencia a una mujer, sin duda la propietaria de la casa donde se alojaba Stubbs. La última referencia que hizo a *le bon capitaine* pareció reforzar dicha impresión, y, después de darle las gracias tanto en francés como en inglés, Grey retrocedió hasta la tercera casa del camino, seguido, todavía, por una hilera de curiosos niños de la calle, como si fuera la cola harapienta de una cometa.

Como nadie respondió cuando llamó, rodeó la casa, aún acompañado de los niños, y descubrió una pequeña cabaña en la parte posterior. En la cubierta había una chimenea de piedra gris de la que salía una nube de humo.

Hacía un día muy bonito, el cielo era de color zafiro y el aire desprendía los olores propios de principios de otoño. La puerta de la cabaña estaba entornada para que penetrara el aire fresco, pero Grey no la empujó. Lo que hizo fue desenfundar la daga que llevaba envainada en el cinturón y llamar con la empuñadura, cosa que suscitó varios jadeos de admiración de su público. Reprimió el impulso de dar media vuelta y hacer una reverencia.

No oyó pasos en el interior de la casita, pero la puerta se abrió de golpe y ante él apareció una mujer india, cuyo rostro se iluminó de alegría al verlo.

Grey parpadeó, sorprendido, y en un abrir y cerrar de ojos, la alegría se esfumó y la joven se agarró al marco de la puerta para no perder el equilibrio, y le clavó el puño en el pecho.

—*Batinse?* —jadeó evidentemente aterrada—. *Qu'est-ce qui s'passe?*

—*Rien* —contestó igual de sorprendido—. *Ne vous inquiétez pas, madame. Est-ce que le capitaine Stubbs habite ici?* —«No se aflija, señora. ¿Vive aquí el capitán Stubbs?»

La mujer puso sus enormes ojos en blanco y Grey la agarró del brazo por temor a que se desplomara a sus pies. El mayor de los niños que lo seguían se abalanzó hacia delante y abrió la puerta, cogió a la mujer de la cintura y la metió, medio a rastras, dentro de la casa.

El resto de los niños interpretaron el gesto como una invitación y entraron detrás de él murmurando en aparente tono de simpatía mientras el otro chiquillo llevaba a la joven hasta la cama y hacía que se tumbara. Una niña pequeña, vestida tan sólo con unos calzones atados con un pedazo de cordel alrededor de su minúscula cintura, se acercó a él por detrás y le dijo algo a la joven. Al no recibir respuesta alguna, la niña reaccionó como si le hubiera contestado, dio media vuelta y salió corriendo por la puerta.

Grey vaciló, no sabía muy bien qué hacer. La mujer respiraba, aunque estaba pálida, y los párpados se le movían de manera nerviosa.

—*Voulez-vous un petit eau?* —preguntó, volviéndose en busca de agua.

Vio un cubo lleno cerca de la chimenea, pero se distrajo al advertir que había un objeto apoyado justo al lado. Era una especie de cuna rudimentaria unida a una tabla, dentro de la cual había un bebé bien abrigado que parpadeaba en su dirección con unos ojos enormes.

Aunque ya sabía lo que era, se arrodilló delante del bebé y movió un dedo vacilante ante sus ojos. El pequeño tenía unos ojos grandes y oscuros, como los de su madre, y la piel un poco más pálida que la de ella. Sin embargo, el cabello no era liso, espeso y negro. Era de color canela y nacía de la cabeza del bebé en una profusión de rizos que eran idénticos a los que Malcolm Stubbs tenía pegados a su cabeza y ocultos bajo la peluca.

—¿Qué le ha pasado a *le capitaine*? —quiso saber una voz perentoria por detrás de él. Grey se dio la vuelta y se encontró con una mujer bastante corpulenta que asomaba por encima de él. Se levantó y le hizo una reverencia.

—Nada, madame —le aseguró. «Por lo menos de momento»—. Sólo he venido a ver al capitán Stubbs para darle un mensaje.

—Ah. —La mujer, que era francesa y que era evidente que era la madre o la tía de la joven, dejó de fulminarlo con la mirada y pareció desanimarse un poco; después adoptó una postura menos amenazante—. Muy bien. *D'un urgence*, ¿el mensaje?

Lo observó; era evidente que los oficiales británicos no solían ir de visita a casa de Stubbs. Lo más probable era que

Stubbs tuviera un alojamiento oficial en alguna otra parte, donde se ocupaba de sus asuntos con el ejército. No era de extrañar que pensaran que había ido a informarles de que Stubbs estaba muerto o herido. «Todavía no», añadió con tristeza para sus adentros.

—No —dijo, sintiendo el peso de la miniatura que llevaba en el bolsillo—. Es importante pero no urgente.

Entonces se marchó. Ninguno de los niños lo siguió.

Normalmente no era difícil encontrar las dependencias de un soldado en particular, pero Malcolm Stubbs parecía que se hubiera esfumado. Durante el transcurso de la semana siguiente, Grey registró cuarteles, el campamento militar y el pueblo, pero no encontró ni rastro de su deshonroso primo político. Y lo más extraño de todo era que nadie parecía haber echado de menos al capitán. Los hombres de la compañía de Stubbs se encogieron de hombros, confundidos, cuando los interrogó, y estaba claro que su oficial superior había remontado el río para inspeccionar el estado de distintos enclaves. Grey, frustrado, se retiró a la orilla del río para pensar.

Se le ocurrieron dos posibilidades lógicas o, mejor dicho, tres. La primera era que Stubbs conociera la llegada de Grey, supusiera que su primo se enteraría de lo que acababa de descubrir y, en consecuencia, hubiera desertado presa del pánico. La segunda era que alguien lo hubiera secuestrado en una taberna o en un callejón oscuro, lo hubieran asesinado y, en ese momento, estuviera descomponiéndose en silencio debajo de una capa de hojas del bosque. Y la tercera era que lo hubieran enviado a algún sitio a hacer algo con discreción.

Grey dudaba mucho que se tratara de la primera opción. Stubbs no era propenso al pánico, y si se hubiera enterado de la llegada de Grey, lo primero que habría hecho Malcolm habría sido ir a su encuentro, lo que habría evitado que fuera a buscarlo al pueblo y descubriera lo que había descubierto. Por tanto, descartó esa posibilidad.

También desechó la segunda opción. Si hubieran asesinado a Stubbs, ya fuera de manera deliberada o por accidente, alguien habría dado la alarma. El ejército solía saber dónde estaban sus soldados, y si no se encontraban donde se suponía que debían estar, se tomaban medidas. Y se procedía de igual forma en caso de deserción.

Muy bien. Si Stubbs había desaparecido y nadie lo estaba buscando, era evidente que el ejército lo había enviado a donde fuera que estuviese. Como nadie parecía saber dónde estaba, era posible que su misión fuera secreta. Y dada la actual posición de Wolfe y su obsesión, era muy probable que eso significara que habían enviado a Malcolm Stubbs río abajo en busca de algún modo de atacar Quebec. Grey suspiró satisfecho con sus deducciones, que, a su vez, significaban que, a menos que lo hubieran capturado los franceses, un grupo de indios hostiles le hubiera cortado la cabellera, lo hubieran secuestrado o se lo hubiera comido algún oso, Stubbs acabaría regresando. Por tanto, no podía hacer otra cosa que esperar.

Se apoyó en un árbol y observó un par de canoas de pescadores que descendían río abajo cerca de la orilla. El cielo estaba nublado y notaba la suavidad del aire en la piel, un contraste agradable respecto al calor del verano. Los cielos nublados eran buenos para pescar; se lo había enseñado el guardabosques de su padre. Se preguntó por qué. ¿Acaso a los peces les molestaba la luz del sol y por eso buscaban lugares oscuros para ocultarse en las profundidades, pero se acercaban a la superficie cuando había poca luz?

De pronto pensó en la anguila eléctrica. Suddfield le había explicado que esos animales vivían en las aguas cenagosas del Amazonas. Aquel bicho tenía unos ojos curiosamente pequeños, y su propietario había dicho que era capaz de utilizar su electricidad de alguna forma para percibir, además de electrocutar, a sus presas.

No sabía qué le llevó a levantar la cabeza en ese preciso momento, pero, cuando lo hizo, advirtió que una de las canoas estaba en la orilla a pocos metros de él. El indio que remaba le dedicó una brillante sonrisa.

—¡Inglés! —lo llamó—. ¿Quieres pescar conmigo?

Le recorrió una punzada de electricidad y se irguió de golpe. Manoke lo estaba mirando fijamente y Grey rememoró el sabor de sus labios y su lengua, así como el olor a cobre recién cortado. Se le aceleró el corazón. ¿Marcharse acompañado de un indio al que apenas conocía? Podría ser una trampa. Podría acabar sin cabellera o algo peor. Pero pensó que las anguilas eléctricas no eran las únicas criaturas que percibían las cosas mediante un sexto sentido.

—¡Sí! —gritó—. ¡Te veo en el muelle!

• • •

Dos semanas después, Grey se bajó de la canoa de Manoke en el muelle. Estaba delgado, moreno, alegre y tenía todo su cabello. Pensó que Tom Byrd estaría hecho una furia. Le había informado de su escapada, pero, como era evidente, no había podido darle una fecha aproximada de regreso. Sin duda, el pobre Tom estaría pensando que lo habían capturado, convertido en esclavo, o que le habrían cortado la cabellera para vendérsela a los franceses.

En realidad, habían descendido lentamente río abajo. Se detenían a pescar donde les apetecía, acampaban en bancos de arena y pequeños islotes, cocinaban lo que pescaban y degustaban la cena oliendo a humo y en paz bajo las hojas de los robles y los alisos. Habían visto otras embarcaciones de vez en cuando, no sólo canoas, sino también muchos paquebotes y bergantines franceses, además de dos buques de guerra ingleses que remontaban el río despacio y con las velas hinchadas. Los gritos lejanos de los marineros le habían resultado tan ajenos como los idiomas de los iroqueses.

Y bajo el crepúsculo estival del primer día, Manoke se había lavado las manos después de comer, y se había levantado y desatado el taparrabos para dejarlo caer. Después aguardó muy sonriente mientras Grey se apresuraba a quitarse la camisa y los calzones.

Habían nadado en el río para refrescarse antes de comer. Aunque el indio estaba limpio y no tenía la piel grasienta, todavía parecía que tuviera un ligero sabor a caza, un intenso e inquieto sabor a venado. Grey se preguntó si sería algo típico de su raza o de su alimentación.

—¿A qué sabe mi piel? —le había preguntado por curiosidad.

Manoke, absorto en su tarea, había dicho algo que sonó a «polla», pero también podría haber sido una expresión de desagrado, por lo que Grey pensó que era mejor no seguir por ese camino. Además, si su piel tenía sabor a ternera y galletas, o a pudin de Yorkshire, ¿habría podido reconocer el indio esos sabores? Y en cualquier caso, ¿de verdad quería saberlo? Decidió que no, y disfrutaron del resto de la velada sin hablar.

Se rascó la parte inferior de la espalda, justo donde le rozaban los calzones. Le molestaban las picaduras de mosquito y la piel que empezaba a descamarse debido a las quemaduras del sol. Cuando se dio cuenta de las ventajas que tenía la vestimenta de Manoke, intentó vestirse como los nativos, pero se chamuscó el trasero cuando permaneció demasiado tiempo tumbado al sol una tarde y, a partir de ese momento, recurrió a los calzones porque no le apetecía seguir escuchando comentarios jocosos acerca de la palidez de su culo.

Ya había recorrido media ciudad perdido en esos agradables pero inconexos pensamientos, cuando advirtió que había muchos más soldados de los que había visto cuando se marchó. Los tambores, que se oían a lo largo y ancho de las empinadas calles cenagosas, llamaban a los hombres para que dejaran sus aposentos; la rutina militar era evidente. Sus propios pasos se adaptaron al ritmo de los tambores, momento en que se irguió y pudo advertir su atracción hacia el ejército, que lo alejaba de su ensoñación veraniega.

Miró hacia arriba sin darse cuenta y vio las banderas ondeando sobre la enorme pensión que hacía las veces de cuartel general. Wolfe había regresado.

Grey halló sus aposentos, tranquilizó a Tom y le aseguró que se encontraba bien. Dejó que le desenredara el pelo, se lo cepillara, lo empolvara y se lo recogiera en una cola formal. Después se puso el uniforme limpio, que le rozaba la piel quemada por el sol, y fue a presentarse ante el general tal como ordenaba el protocolo. Conocía a James Wolfe de vista. Éste tenía su misma edad. Aunque había combatido en Culloden y había sido oficial de rango inferior a las órdenes de Cumberland durante la campaña de las Highlands, Grey no lo conocía personalmente, pero había oído hablar mucho de él.

—Grey, ¿verdad? Usted es el hermano de Pardloe, ¿no?

Wolfe alzó su larga nariz en dirección a Grey como si lo estuviera olfateando igual que un perro que olisqueara el trasero de otro. Grey esperaba que no le pidiera que hiciera lo mismo y prefirió hacer una educada reverencia.

—Mi hermano le manda saludos, señor.

En realidad, lo que su hermano había dicho distaba mucho de ser agradable. Hal había afirmado que era un capullo melodramático cuando escribió a Grey apresuradamente antes de que partiera. «Ostentoso, no tiene criterio, es un pésimo estratega. Aunque el diablo está de su parte, reconozco que tiene suerte. No dejes que te convenza para hacer ninguna estupidez.»

Wolfe asintió con una actitud bastante amistosa.

—¿Y usted ha venido como testigo de..., ¿cómo se llama, el capitán Carruthers?

—Sí, señor. ¿Ya han elegido una fecha para celebrar el consejo de guerra?

—No lo sé. ¿Lo han hecho? —le preguntó Wolfe a su asistente, una criatura alta y larguirucha con los ojos pequeños y brillantes.

—No, señor. Aunque ahora que su señoría está aquí, podemos proceder. Se lo comentaré al brigadier Lethbridge-Stewart, el presidente del proceso.

Wolfe le hizo un gesto con la mano.

—No, espere un poco. El brigadier tendrá otras cosas en mente. Hasta después de...

El asistente asintió y tomó nota.

—Sí, señor.

Wolfe estaba mirando a Grey como lo haría un niño pequeño ansioso por compartir un secreto.

—¿Comprende usted a los escoceses, coronel?

Grey parpadeó confundido.

—Si tal cosa es posible, señor —contestó con educación, y Wolfe soltó una risotada.

—Es usted un buen hombre. —El general ladeó la cabeza y observó a Grey como si lo estuviera evaluando—. Tengo unas cien criaturas de esa índole; llevo un tiempo pensando para qué podría utilizarlas. Creo que he encontrado una pequeña aventura.

El asistente sonrió sin querer y, cuando se dio cuenta, se apresuró a borrar la sonrisa de su cara.

—¿Ah, sí, señor? —respondió Grey con cautela.

—Es un poco peligroso —prosiguió Wolfe con despreocupación—. Pero son escoceses, nada es lo bastante peligroso para ellos. ¿Le apetece unirse a nosotros?

«No dejes que te convenza para hacer ninguna estupidez.»

«Eso está muy bien, Hal. ¿Tienes alguna sugerencia para declinar una oferta como ésa del mismísimo comandante?»

—Me encantaría, señor —contestó, sintiendo un pequeño escalofrío de incomodidad en la espalda—. ¿Cuándo?

—Dentro de dos semanas, cuando haya luna nueva.

A Wolfe sólo le faltaba ponerse a menear la colita con entusiasmo.

—¿Se me permite conocer la naturaleza de esta... expedición?

Wolf intercambió una mirada de ilusión con su asistente, después se volvió para mirar a Grey con un brillo excitado en los ojos.

—Vamos a tomar Quebec, coronel.

• • •

Así que Wolfe pensaba que había encontrado su *point d'appui*. O más bien había sido su leal explorador, Malcolm Stubbs, quien lo había hallado en su lugar. Grey regresó un momento a sus aposentos, se metió la miniatura de Olivia y Cromwell en el bolsillo y fue a buscar a Stubbs.

No se molestó en pensar qué iba a decirle a Malcolm. En su opinión, había sido una suerte que no lo hubiera encontrado inmediatamente después de haber descubierto a la amante india y a su hijo, ya que era muy probable que lo hubiera golpeado sin molestarse en oír sus explicaciones. Pero había transcurrido cierto tiempo y ahora tenía la sangre más fría. Se había distanciado.

O eso creía hasta que entró en una taberna. Como a Malcolm le gustaba el buen vino, lo encontró sentado a una mesa, relajado y jovial, rodeado de amigos. Stubbs tenía un apellido muy acertado,[1] ya que medía aproximadamente un metro sesenta y cinco en ambas dimensiones y era un tipo de cabello claro con tendencia a enrojecer cuando se lo pasaba muy bien o bebía en exceso.

En ese momento parecía que estaba experimentando ambos estados, ya que se reía de algo que había dicho uno de sus compañeros y agitaba la copa vacía en dirección a la camarera. Se dio la vuelta, vio cómo Grey se aproximaba y se iluminó como una baliza. Grey advirtió que Stubbs había estado mucho tiempo al aire libre, ya que su piel se había quemado casi tanto como la suya.

—¡Grey! —aulló—. ¡Qué alegría verte! ¿Qué diablos te ha traído a esta selva?

Entonces advirtió la expresión de Grey y su jovialidad se desvaneció un poco al tiempo que fruncía el ceño, desconcertado.

No tuvo mucho tiempo de permanecer con esa expresión en la cara, ya que Grey se abalanzó sobre la mesa, tiró todos los vasos y agarró a Stubbs de la pechera de la camisa.

—Ven conmigo, maldito granuja —susurró con la cara pegada a la del joven—, o juro por Dios que te mataré aquí mismo.

Lo soltó. Le palpitaba la sangre en los oídos. Stubbs se frotó el pecho, agraviado, sorprendido y temeroso. Lo vio en sus grandes ojos azules. Stubbs se levantó haciéndoles un gesto a sus compañeros para que se quedaran donde estaban.

---

[1] *Stubby* en inglés significa «bajito», «achaparrado». *(N. de la t.)*

—No os preocupéis, amigos —dijo, consiguiendo transmitir cierta despreocupación—. Es mi primo. Se trata de una emergencia familiar, ¿o no?

Grey vio que dos de los hombres intercambiaban una mirada cómplice y luego miraban a Grey con cautela. Lo sabían.

Le hizo un gesto seco a Stubbs para que saliera delante de él y cruzaron la puerta fingiendo dignidad. Pero una vez fuera, agarró del brazo a Stubbs y lo arrastró hasta la esquina en dirección a un pequeño callejón. Lo empujó con tanta fuerza que perdió el equilibrio y chocó contra la pared. Grey lo derribó de una patada y luego se arrodilló encima de su muslo clavándole la rodilla con fuerza en el músculo. Stubbs dejó escapar un sonido estrangulado que no era exactamente un grito.

Grey rebuscó en el bolsillo con la mano temblando de rabia y sacó la miniatura, se la enseñó a Stubbs un momento y luego se la clavó en la mejilla. Stubbs chilló, la cogió y Grey se levantó de encima del hombre con cierta inestabilidad.

—¿Cómo te atreves? —dijo en voz baja y cargado de rabia—. ¿Cómo te atreves a deshonrar a tu esposa y a tu hijo?

A Malcolm le costaba respirar, y aunque se agarraba el muslo dolorido con una mano, estaba empezando a recuperar la compostura.

—No significa nada —anunció—. No tiene nada que ver con Olivia. —Tragó saliva, se limpió la boca con la mano y miró con cautela la miniatura que tenía en la mano—. Es el pequeño, ¿verdad? ¡Qué niño tan guapo! Se parece a mí, ¿eh?

Grey le dio una buena patada en el abdomen.

—Sí, y tu otro hijo también —siseó—. ¿Cómo has podido hacer algo así?

Malcolm abrió la boca, pero no salió nada de ella. Se esforzó por respirar como un pez fuera del agua. Grey lo observó sin sentir ninguna lástima. Estaba dispuesto a cortar a aquel hombre por la mitad y a asarlo al carbón. Se inclinó, cogió la miniatura de la mano flácida de Stubbs y volvió a metérsela en el bolsillo.

Después de un buen rato, Stubbs consiguió jadear, soltó un quejido y su rostro, que se había puesto morado, recuperó su tono bronceado habitual. Tenía restos de saliva en las comisuras de los labios. Se los humedeció, escupió, luego se sentó respirando con dificultad y levantó la vista para mirar a Grey.

—¿Vas a volver a pegarme?

—Todavía no.

—Bien.

Le tendió la mano y Grey la cogió. Rugió al ayudar a Stubbs a levantarse. Malcolm se apoyó en la pared sin dejar de jadear y lo miró.

—Dime, ¿quién te ha nombrado Dios, Grey? ¿Quién eres tú para juzgarme?

Grey estuvo a punto de volver a golpearlo, pero desistió.

—¿Que quién soy? —repitió—. El puto primo de Olivia, ¡ése soy yo! ¡El pariente masculino más cercano que tiene en este continente! Y tú, permíteme que te recuerde, y es evidente que debo hacerlo, que eres su puto marido. ¿Juzgarte? ¿Qué quieres decir con eso, sátiro asqueroso?

Malcolm tosió y volvió a escupir.

—Sí, bueno. Ya te he dicho que no tiene nada que ver con Olivia y, por tanto, tampoco te incumbe a ti. —Hablaba con aparente calma, pero Grey veía cómo le latía el pulso en la garganta, la nerviosa deshonra era evidente en sus ojos—. No es nada raro, es la maldita costumbre, por amor de Dios. Todo el mundo...

Le dio un rodillazo en los testículos.

—Inténtalo de nuevo —le advirtió a Stubbs, que se había caído y estaba acurrucado en posición fetal, gimiendo—. Tómate tu tiempo; no tengo nada más que hacer.

Grey se dio cuenta de que lo estaban observando. Se volvió y advirtió que algunos soldados se habían reunido en la boca del callejón, vacilantes. Pero él seguía llevando el uniforme, que, aunque no estaba impoluto, continuaba reflejando su rango, de manera que, cuando los miró mal, los hombres se dispersaron a toda prisa.

—Debería matarte aquí mismo —le dijo a Stubbs. Sin embargo, la rabia que lo había azuzado iba disminuyendo mientras observaba cómo aquel hombre jadeaba a sus pies, y le habló con cansancio—: Sería preferible que Olivia tuviera un esposo que hubiera muerto, y que fuera propietaria de las posesiones que le hubieras dejado, que vivir con un sinvergüenza que la traicionará con sus amigas, e incluso probablemente con su propia doncella.

Stubbs murmuró algo ininteligible y Grey se agachó, lo agarró del cabello y le levantó la cabeza.

—¿Qué has dicho?

—Que no... ha sido así.

Malcolm rugió, se rodeó con los brazos y maniobró con cautela para sentarse encogiendo las piernas. Jadeó un poco con la cabeza apoyada en las rodillas antes de poder seguir.

—No sabes nada, ¿verdad? —Hablaba en voz queda sin levantar la cabeza—. Tú no has visto lo que yo he visto. No... has hecho lo que he tenido que hacer yo.

—¿A qué te refieres?

—A la... la matanza. No fue una batalla. No fue un acto honorable. Granjeros. Mujeres... —Vio cómo se movía la pesada garganta de Stubbs al tragar saliva—. Yo... nosotros..., ya hace meses. Saqueamos el campo, quemamos granjas, pueblos. —Suspiró y dejó caer sus anchos hombros—. A los hombres no les importa. La mitad de ellos son unos animales. —Cogió aire—. No tienen ningún reparo en dispararle a un hombre en la puerta de su casa y tomar a su mujer junto a su cadáver. —Tragó saliva—. Montcalm no es el único que paga por las cabelleras —dijo en voz baja. Grey no pudo evitar percibir la aspereza de su voz, un dolor que no era físico.

—Todos los soldados han visto esas cosas, Malcolm —repuso tras un breve silencio casi amable—. Tú eres oficial. Tu responsabilidad es controlarlos.

«Y sabes muy bien que no siempre es posible», pensó.

—Ya lo sé —admitió Malcolm, y comenzó a llorar—. No pude.

Grey aguardó mientras sollozaba, sintiéndose cada vez más estúpido e incómodo. Al final, los anchos hombros de Stubbs descendieron por última vez y se detuvieron. Al poco, Malcolm habló con una voz un tanto temblorosa:

—Cada cual encuentra su forma, ¿no? Y no hay muchas maneras. Bebida, juego o mujeres. —Levantó la cabeza y se removió un poco haciendo muecas mientras adoptaba una postura algo más cómoda—. Pero a ti no te van mucho las mujeres, ¿verdad? —añadió, mirando hacia arriba.

Grey sintió que se le caía el estómago a los pies, pero enseguida se dio cuenta de que la intención de Malcolm había sido la de exponer un hecho objetivo, sin intención de acusarlo de nada.

—No —contestó, y soltó el aire con fuerza—. Sobre todo me doy a la bebida.

Malcolm asintió y se limpió la nariz con la manga.

—La bebida no me ayuda —admitió—. Me quedo dormido, pero no olvido. Sólo sueño con cosas. Y las prostitutas, yo, bueno, no quería coger sífilis y podría..., bueno, Olivia —murmuró con la cabeza gacha—. No se me dan bien las cartas —dijo carraspeando—. Pero dormir en brazos de una mujer... de esa forma sí que puedo dormir.

Grey se apoyó en la pared, se sentía casi tan maltrecho como Malcolm Stubbs. Una corriente de hojas verdes se arremolinó en el aire, los rodeó y se posó sobre el barro.

—Muy bien —respondió al fin—. ¿Qué piensas hacer?

—No lo sé —contestó Stubbs con tono de resignación—. Supongo que tendré que pensar algo.

Grey se agachó y le ofreció la mano. Stubbs se levantó con cuidado, se despidió de Grey asintiendo con la cabeza y se tambaleó hacia la boca del callejón. Iba encorvado y se rodeaba con los brazos como si se le fueran a desprender los órganos internos. Sin embargo, cuando había recorrido medio camino, se detuvo y miró hacia atrás por encima del hombro. Tenía una mirada nerviosa, medio avergonzada.

—Puedo... ¿la miniatura? Siguen siendo míos, Olivia y el..., mi hijo.

Grey dejó escapar un suspiro que le surgió del tuétano de los huesos y se sintió como si tuviera mil años.

—Sí, lo son —concedió, y se sacó la miniatura del bolsillo para meterla, con cuidado, en el abrigo de Stubbs—. Recuérdalo, ¿quieres?

Dos días después llegó un convoy de embarcaciones cargadas de soldados a las órdenes del almirante Holmes. La ciudad volvió a llenarse de militares hambrientos de carne fresca, pan recién horneado, licor y mujeres. Y un mensajero, que portaba un paquete de su hermano con los saludos del almirante, se plantó en los aposentos de Grey.

Era pequeño, pero estaba empaquetado con cariño, envuelto con tela impermeable y atado con un cordel; sobre el nudo, estaba el sello con el blasón de su hermano. Aquello era muy impropio de Hal, que solía comunicarse mediante notas apresuradas en las que no empleaba las palabras necesarias para transmitir su mensaje. No acostumbraba a firmarlas, y mucho menos a sellarlas.

A Tom Byrd el paquete también le dio mala espina. Como lo había recogido él, lo separó del resto del correo y colocó una gran botella de coñac encima, por lo visto para evitar que escapara. O eso, o sospechaba que Grey necesitaría el coñac para que lo ayudara en la ardua tarea de leer una carta con una extensión mayor de una página.

—Muy considerado de tu parte, Tom —murmuró sonriendo para sí, alargando el brazo para coger el abrecartas.

En realidad, la carta en sí ocupaba menos de una página, no contenía ningún saludo ni estaba firmada, y era típica de Hal.

> Minnie quiere saber si estás pasando hambre, aunque no sé lo que pretende hacer en caso de que respondas que sí. Los niños quieren saber si has arrancado alguna cabellera; están convencidos de que ningún piel roja conseguiría arrebatarte la tuya, y yo comparto su opinión. Será mejor que traigas tres hachas de guerra cuando vuelvas a casa.
>
> Aquí tienes tu pisapapeles; el joyero estaba impresionado con la calidad de la piedra. Lo otro es una copia de la confesión de Adams. Lo ahorcaron ayer.

En el paquete también había un pequeño zurrón de cuero y un documento, que parecía oficial, escrito en varias hojas de papel de buena calidad debidamente doblado y sellado, en este caso con el sello de Jorge II. Grey lo dejó sobre la mesa, cogió una de las copas de peltre de su arcón y la llenó de coñac hasta arriba mientras se preguntaba de nuevo por la perspicacia de su asistente.

Cuando se sintió con más fuerzas, se sentó y cogió el zurrón, que contenía un pequeño pisapapeles de oro macizo. Se trataba de una media luna que asomaba entre las olas del océano. Llevaba engastado un zafiro muy grande que brillaba como si fuera una estrella. Se preguntó de dónde habría sacado James Fraser un objeto como aquél.

Lo examinó por todos los lados y admiró la calidad de la pieza, pero luego lo dejó a un lado. Tomó un poco de coñac mientras observaba el documento oficial como si fuera a explotar, algo que casi con seguridad haría.

Sopesó los papeles con la mano y notó que la brisa que penetraba por la ventana los levantaba un poco, como la punta de una vela antes de llenarse de aire e hincharse haciendo un ruido seco.

Esperar no le serviría de nada. Y, de todas formas, era evidente que Hal ya sabía su contenido; acabaría explicándoselo a Grey, tanto si quería como si no. Suspiró, dejó la copa de coñac y rompió el sello.

> Yo, Bernard Donald Adams, firmo esta confesión por voluntad propia...

Se preguntó si sería cierto. No conocía la escritura de Adams, no sabía si habría escrito el documento él mismo o lo habría dictado. Decidió pasar las páginas y examinar la firma. Era la misma letra. Era evidente que lo había escrito él mismo.

Contempló la escritura con los ojos entornados. Parecía firme. En ese caso, era probable que no lo hubieran obligado con torturas. Quizá fuera cierto.

—Idiota —se dijo entre dientes—. ¡Lee la maldita confesión y acaba con esto!

Apuró el resto del coñac de un trago, alisó las páginas sobre la piedra del parapeto y leyó, al fin, la historia de la muerte de su padre.

El duque llevaba algún tiempo sospechando de la existencia de un círculo jacobita, y había identificado a tres hombres que creía que podían estar involucrados. Sin embargo, no hizo nada para desenmascararlos hasta que expidieron su orden de arresto, acusado de traición. Al enterarse, había mandado buscar a Adams para que lo llevaran al país natal del duque, en Earlingden.

Adams desconocía cuánto sabría el duque acerca de su implicación, pero no osó mantener las distancias por miedo a que el duque, que estaba arrestado, lo denunciara. Así que se armó de una pistola y cabalgó por la noche hasta Earlingden, adonde llegó justo al alba.

Se encontraba en las puertas exteriores del invernadero, y el duque lo había invitado a entrar. Y allí mantuvieron «una conversación».

> Me había enterado ese mismo día de la orden expedida para arrestar al duque de Pardloe por traición. Eso me incomodó, pues el duque había dudado de mí y de algunos de mis colegas, de formas que sugerían que sospechaba de la existencia de un movimiento secreto para restaurar el trono de los Estuardo.
>
> Protesté por la detención del duque, pues desconocía la magnitud de sus averiguaciones o sospechas, y tenía miedo de que, en caso de verse en peligro, pudiera acusarme a mí o a alguno de mis colegas principales, que eran Joseph Arbuthnot, lord Creemore y sir Edwin Bellman. Aunque sir Edwin le quitaba importancia, él opinaba que era inofensivo; cualquier acusación que lanzara Pardloe podría desestimarse arguyendo que no eran más que tentativas sin ninguna base para salvarse, mientras que el motivo de su arresto provocaría

una presunción de culpabilidad y distraería cualquier atención que quisiera dirigir hacia nosotros.

El duque, al enterarse de que se había expedido dicha orden, llamó para que vinieran a buscarme a mi casa esa noche y me pidió que fuera a visitarlo a su casa de campo inmediatamente. No osé ignorar su citación, pues desconocía las pruebas que tendría en su poder, y por eso fui a su casa en plena noche y llegué antes del alba.

Adams se había encontrado con el duque en el invernadero. Fuera cual fuese el contenido de esa conversación, el resultado había sido drástico.

Yo había cogido una pistola y la había cargado antes de entrar en la casa. Sólo lo hice como protección, porque no sabía lo que haría el duque.

Era evidente que sería peligroso. Gerard Grey, duque de Pardloe, también había ido armado al encuentro. Según Adams, el duque había sacado la pistola de entre los pliegues de la chaqueta (aunque no se sabía si para atacarlo o sólo con la intención de amenazarlo), momento en que Adams habría desenfundado presa del pánico. Ambos hombres dispararon. Adams pensó que la pistola del duque había fallado, porque el duque no podía haber errado el tiro desde aquella distancia.

El disparo de Adams no salió mal ni falló su objetivo y, cuando vio la sangre en el pecho del duque, a Adams le entró el pánico y huyó. Había mirado atrás y había visto al duque, mortalmente herido pero todavía en pie, agarrar la rama del melocotonero que tenía al lado para sostenerse. Entonces, el duque habría empleado sus últimas fuerzas para lanzar su pistola inútil a Adams antes de desplomarse.

John Grey permaneció allí sentado, inmóvil, frotando, despacio, las hojas de pergamino con los dedos. No estaba viendo los trazos pulcros con los que Adams había plasmado su cruel historia. Veía la sangre, de un rojo oscuro tan precioso como una joya, en la que se había reflejado de pronto el sol que se colaba por el techo de cristal. Y el cabello de su padre, despeinado como cuando volvía de cazar. Y el melocotonero, que se había desplomado sobre esos mismos azulejos, cuya perfección se había esfumado.

Dejó los documentos en la mesa; el viento los levantó un poco y, por impulso, cogió su nuevo pisapapeles para sujetarlos.

¿Cómo lo había llamado Carruthers? Alguien que mantenía el orden. «Tú y tu hermano —había dicho—. Tú no te riges por esas cosas. Si existe algún orden en este mundo, es gracias a hombres como tú.»

Tal vez. Se preguntaba si Carruthers conocía el precio de la paz y el orden, pero entonces recordó el rostro demacrado de su amigo. La belleza de su juventud había desaparecido por completo, ya sólo quedaban los huesos y la feroz determinación que lo mantenía con vida.

Sí que lo sabía, sí.

Cuando anocheció subieron a bordo de los barcos. El convoy estaba formado por el buque insignia del almirante Holmes, el *Lowestoff*; tres barcos de guerra, el *Squirrel*, el *Sea Horse* y el *Hunter*; un buen número de balandros armados; otros cargados de artillería, pólvora y munición, y algunos transportes marítimos para las tropas, mil ochocientos hombres en total. El *Sutherland* se había quedado abajo, anclado justo fuera del alcance de la fortaleza, para controlar los movimientos del enemigo. Allí, el río estaba plagado de baterías flotantes y pequeñas embarcaciones francesas que merodeaban por los alrededores.

Él viajó con Wolfe y los escoceses a bordo del *Sea Horse*, y durante todo el viaje permaneció en cubierta porque estaba demasiado nervioso como para bajar.

Seguía dándole vueltas a la advertencia de su hermano: «No dejes que te convenza para hacer ninguna estupidez», pero ya era demasiado tarde para pensar en ello, y para bloquear ese pensamiento, desafió a otro oficial a un concurso de silbidos. Cada uno debía silbar «The Roast Beef of Old England», y perdía el primero en reírse. Perdió él, pero no volvió a pensar en su hermano.

Justo después de medianoche, las enormes embarcaciones arriaron velas en silencio, echaron el ancla y se quedaron aguardando como gaviotas soñolientas sobre el río negro. Anse au Foulon, el punto de desembarque que Malcolm Stubbs y sus exploradores habían recomendado al general Wolfe, estaba once kilómetros río abajo, a los pies de las imponentes colinas de pizarra que daban paso a las llanuras de Abraham.

—¿Crees que le pusieron el nombre por el Abraham de la Biblia? —había preguntado Grey con curiosidad al oír el nombre, aunque le explicaron que, en realidad, en la montaña había una granja que pertenecía a un antiguo piloto que se llamaba Abraham Martin.

En cualquier caso, le pareció que los orígenes resultaban igual de prosaicos. Era probable que aquella zona ya fuera lo bastante dramática sin necesidad de sacar a relucir antiguos profetas, conversaciones con Dios o cualquier cálculo acerca de los hombres justos que podrían encontrarse en el interior de la fortaleza de Quebec.

Sin hacer apenas ruido, los escoceses y sus oficiales, Wolfe y sus tropas, entre los que se encontraba Grey, desembarcaron en el pequeño *bateaux* que los llevaría en silencio hasta tierra firme.

El ruido de los remos fue atenuado por el rugido del río, y nadie hablaba mucho en las barcazas. Wolfe iba sentado en la proa de la embarcación que iba en cabeza, de cara a sus tropas, y de vez en cuando miraba hacia la orilla por encima del hombro. Empezó a hablar sin previo aviso. A pesar de que no levantó la voz, la noche era tan tranquila que los que iban en la embarcación pudieron oírlo muy bien. A Grey le sorprendió advertir que estaba recitando «Elegía escrita en un cementerio de aldea».

«Capullo melodramático», pensó Grey y, sin embargo, no pudo negar que el poema resultaba extrañamente emotivo, aunque Wolfe no lo pretendiera. Era como si estuviera hablando para sí mismo, y Grey notó que un escalofrío le recorría la espalda cuando llegó a la última estrofa:

> La gloria de la heráldica, la pompa del poder,
> y todo lo que aportan la riqueza y belleza
> aguardan por igual la inevitable hora.

«Los senderos de gloria conducen a la tumba», concluyó Wolfe, en voz tan baja que sólo pudieron oírlo los tres o cuatro hombres que tenía más próximos. Grey estaba lo bastante cerca como para oír cómo carraspeaba, y vio cómo erguía los hombros.

—Caballeros —dijo Wolfe levantando la voz—. Preferiría haber escrito estos versos que tomar Quebec.

Se hizo un pequeño revuelo y se oyeron risas entre los hombres.

«Yo también —pensó Grey—. Es probable que el poeta que los escribió esté sentado junto a un buen fuego en Cambridge comiendo galletas de mantequilla, en lugar de preparándose para desplomarse desde una gran altura o para que le disparen.»

No sabía si aquello formaba parte de la clásica faceta dramática de Wolfe. Era posible, «aunque también pudiera ser que no», pensó. Aquella misma mañana había conocido junto a las letrinas al coronel Walsing, quien le había mencionado que Wolfe le había dado un colgante la noche anterior y le había pedido que se lo entregara a la señorita Landringham, su prometida.

Pero tampoco era de extrañar que los hombres confiaran sus pertenencias personales a algún amigo antes de que tuviera lugar alguna batalla importante. En caso de morir o resultar herido, podían robarte antes de que tus compañeros lograran encontrarte, y no todo el mundo tenía un sirviente de confianza a quien dejarle esas cosas. Él mismo había llevado consigo cajas de rapé, relojes de bolsillo o anillos de amigos en las batallas (y antes de lo de Crefeld tenía reputación de que traía buena suerte). Aquella noche nadie le había pedido que le guardara nada.

Cambió de postura de forma instintiva al ser consciente de la variación en la corriente, y Simon Fraser, que estaba a su lado, se volvió en el sentido opuesto y le dio un golpe.

—*Pardon* —murmuró Fraser.

Wolfe, la noche anterior, les había pedido a todos que recitaran una poesía en francés mientras cenaban, y decidieron que Fraser era quien tenía mejor acento, ya que había luchado contra los franceses en Holanda hacía algunos años. Si algún centinela les daba el alto, él sería el encargado de contestar. Grey se dijo que no era de extrañar que Fraser siguiera pensando en francés con el fin de empaparse del idioma para que no se le escapara ni una sola palabra en inglés por culpa del pánico.

—*De rien* —le contestó Grey, y Fraser dejó escapar una carcajada gutural.

Estaba nublado. En el cielo flotaban los restos de las nubes cargadas de lluvia, algo que era bueno para ellos. La superficie del río estaba movida, moteada de una luz tenue, fracturada por las piedras y las ramas; no obstante, lo cierto es que un centinela decente vería el grupo de embarcaciones.

Aunque el frío le había entumecido el rostro, le sudaban las palmas de las manos. Volvió a palpar la daga que llevaba en el bolsillo. Sabía que no dejaba de tocarla, como si necesitara asegurarse de que estaba en su sitio, pero no podía evitarlo y tampoco le preocupaba. Además, mientras, estaba entornando los ojos para observar cualquier detalle: el brillo de una hoguera, el movimiento de una roca que en realidad no fuera una roca..., nada.

Se preguntó cuánto quedaría. ¿Tres kilómetros, cinco? Como no había visto las colinas, no sabía a qué distancia se encontraban de Gareon.

El flujo del agua y el suave vaivén del barco lo estaban adormilando un poco a pesar de los nervios, y sacudió la cabeza bostezando con fuerza para desperezarse.

—*Quel est ce bateau?* —«¿Qué barco es ése?»

El grito procedente de la orilla resultó decepcionante, ya que apenas se oyó más alto que el trino de un pájaro nocturno. No obstante, un segundo después, la mano de Simon Fraser aplastó la suya y le chafó los huesos mientras Fraser tomaba aire y gritaba:

—*Celui de la Reine!*

Grey apretó los dientes para que no se le escapara ninguna blasfemia. Pensó que si el centinela le pedía una contraseña, tal vez se quedara tullido de por vida. Sin embargo, un instante después, el centinela gritó: «*Passez!*», y Fraser dejó de apretarle la mano. Simon jadeaba como un loco, pero le dio un codazo y susurró de nuevo «*Pardon*».

—*De rien*, joder —murmuró, frotándose la mano y flexionando los dedos con cuidado.

Se estaban acercando. Los hombres se agitaban nerviosos, mucho más que Grey cuando comprobaba sus armas; se ponían bien las casacas, tosían y escupían por la borda; en definitiva, se preparaban. Aun así, todavía tardaron un tenso cuarto de hora más hasta que empezaron a acercarse a la orilla, y otro centinela gritó desde la oscuridad.

A Grey se le encogió el corazón y estuvo a punto de jadear al notar la punzada de dolor que sintió en sus antiguas heridas.

—*Qui etes-vous? Que sont ces bateaux?* —«¿Quiénes sois? ¿Qué embarcaciones son ésas?», preguntó con recelo una voz en francés.

Esa vez estaba preparado, y fue él quien agarró la mano de Fraser. Simon mantuvo la compostura, se inclinó hacia la orilla y gritó con fuerza:

—*Des bateaus de provisions! Taisez-vous, les anglais sont proches!* —«¡Embarcaciones de avituallamiento! ¡Cállate, los ingleses están cerca!»

Grey sintió unas ganas locas de echarse a reír, pero se contuvo. En realidad, el *Sutherland* sí que estaba cerca, aguardaba fuera del alcance de sus cañones río abajo, y no había duda de que los franceses lo sabían. En cualquier caso, el guardia gritó «*Passez!*» en voz más baja, y la serie de embarcaciones se deslizó con cuidado hasta doblar la última curva.

La panza de la barcaza rozó la arena y la mitad de los hombres se bajó a empujarla. Wolfe, nervioso, dio un salto para abalanzarse por encima del lateral. Ya no se apreciaba en él ni rastro de sobriedad. Habían desembarcado en un pequeño banco de arena, justo frente a la orilla, y las demás embarcaciones estaban llegando en ese momento, un enjambre de siluetas negras agrupadas como hormigas.

Veinticuatro de los escoceses debían intentar ascender en primer lugar y encontrar un camino para el resto, y siempre que fuera posible también despejar la colina, porque además de contar con la defensa que le proporcionaba su altura, también había barricadas de ramas puntiagudas. La voluminosa silueta de Simon desapareció en la oscuridad y su acento francés se transformó en un sibilante gaélico cuando empezó a murmurar a sus hombres para que tomaran posiciones. Grey añoró su presencia.

No sabía a ciencia cierta si Wolfe había elegido a los escoceses por su habilidad para escalar o porque prefería que se arriesgaran ellos en lugar de sus tropas. Pensó que debía de tratarse de esta última opción. Como la mayoría de los oficiales ingleses, Wolfe desconfiaba de los escoceses y los despreciaba, ya que nunca habían peleado con ellos ni contra ellos.

Desde donde se encontraba, al pie de la colina, Grey no podía verlos, pero sí oírlos: el ruido de sus pies, algún que otro derrumbe ocasional y el sonido de las piedras pequeñas que descendían por la montaña, así como fuertes rugidos que indicaban esfuerzo, y diversas invocaciones en gaélico, tanto las que iban destinadas a Dios como las que se dirigían a la madre de alguien y a distintos santos. Un hombre que tenía al lado tiró de un rosario que llevaba colgado del cuello y besó la minúscula cruz que pendía de él; luego volvió a guardarlo y, agarrando un saliente que asomaba de la roca, trepó hacia arriba. Grey vio cómo se le movía el kilt con la espada colgada del cinturón antes de que lo engullera la oscuridad. Volvió a tocar la empuñadura de la daga, su talismán particular que lo protegía del mal.

Tuvieron que esperar un buen rato en la oscuridad. En cierto modo envidiaba a los escoceses, quienes, a pesar de que pudieran estar tropezando y de los ruidos que sugerían resbalones, que algún camarada se agarrara de la mano o del brazo de otro y que la escalada fuera tan imposible como parecía, no tenían que enfrentarse al aburrimiento.

Se oyó un repentino rumor y un golpe procedente de arriba, y los hombres que aguardaban en la orilla se dispersaron aterrorizados cuando unos cuantos troncos cayeron de la oscuridad al desengancharse de una barricada. Uno de ellos había caído a menos de dos metros de donde se hallaba Grey, y se quedó de pie temblando en la arena. Los hombres no se lo pensaron dos veces y se retiraron hasta el banco de arena que había en el río.

Los ruidos a causa del esfuerzo y los rugidos eran cada vez más débiles, y cesaron de repente. Wolfe, que se había sentado en una roca, se levantó de inmediato y miró hacia arriba con los ojos entornados.

—Lo han conseguido —susurró, y apretó los puños presa de la misma emoción que sentía Grey—. Dios, ¡lo han conseguido!

Así era, y los hombres que aguardaban a los pies de la colina contuvieron el aliento; había un puesto de vigilancia en lo alto de la montaña. Se hizo el silencio a pesar del rugido permanente de los árboles y el río. Y entonces se oyó un disparo.

Sólo uno. Los hombres se movieron nerviosos, se llevaron las manos a las armas y se prepararon, aunque no sabían muy bien para qué.

¿Se oía algún ruido en lo alto de la colina? No estaba seguro y, presa del nerviosismo, se volvió para orinar en la montaña. Se estaba anudando los calzones cuando oyó la voz de Simon Fraser en lo alto.

—Los hemos vencido, ¡gracias a Dios! —exclamó—. Venga, chicos, ¡la noche es muy corta!

Las siguientes horas fueron tan arduas como las que recordaba Grey cuando tuvo que cruzar las montañas escocesas con el regimiento de su hermano para llevarle cañones al general Cope. No, en realidad, aquello era peor, ya que había tenido que esperar en la oscuridad con una pierna metida entre un árbol y la montaña, con un kilómetro de vacío a sus pies, y una cuerda quemándole las palmas de las manos con un peso invisible de unos cien kilos al otro extremo.

Los escoceses habían sorprendido al guardia, habían disparado a su capitán en el pie cuando trataba de huir y lo habían hecho prisionero. Aquélla fue la parte fácil. Luego tuvieron que ascender todos los demás, cuando el camino (si es que podía llamarse de esa forma) estuvo despejado, ya que allí se iban a realizar los preparativos para albergar no sólo a las tropas, que se acercaban por el río a bordo de los buques de transporte, sino también a diecisiete cañones, doce obuses, tres morteros y todos los complementos necesarios en forma de proyectiles, pólvora, palancas y armones para conseguir la máxima eficiencia de dicha artillería. Grey pensó que, como mínimo, cuando acabaran con todo aquello, era probable que la pared vertical de la colina se hubiera convertido en una mera cañada.

Cuando el cielo empezó a clarear, Grey levantó la vista desde su puesto en lo alto de la colina, donde estaba supervisando cómo ascendían las últimas piezas de artillería por el borde de la montaña, y vio cómo se acercaban los *bateaux* como si fueran un enjambre de golondrinas, después de haber cruzado el río para recoger a los mil doscientos efectivos más que Wolfe había enviado hasta Levi por la orilla opuesta del río con órdenes de ocultarse en los bosques hasta que tuvieran la certeza de que los escoceses habían logrado su objetivo.

Entonces apareció una cabeza por el borde de la colina maldiciendo en voz alta. El cuerpo que la acompañaba subió justo detrás, tropezó y se desplomó a los pies de Grey.

—¡Sargento Cutter! —exclamó Grey sonriendo mientras se agachaba para ayudar al pequeño sargento que se había caído a sus pies—. Ha venido a unirse la fiesta, ¿verdad?

—¡Joder! —maldijo el sargento, sacudiéndose la suciedad del abrigo con fuerza—. Será mejor que ganemos, sólo digo eso. —Y sin esperar respuesta alguna, se volvió para gritar colina abajo—: ¡Venga, malditos sinvergüenzas! ¿Habéis desayunado plomo o qué? ¡Pues cagadlo y subid más deprisa! ¡Trepad, malditos!

El resultado de aquel gran esfuerzo fue que cuando el alba extendió su brillo dorado por las llanuras de Abraham, los centinelas franceses de la ciudadela de Quebec se quedaron mirando boquiabiertos las más de cuatro mil tropas británicas preparadas para entrar en combate justo delante de ellos.

Grey podía ver a los centinelas con su catalejo. A pesar de que estaba demasiado lejos para ver sus caras, se percibían con claridad sus actitudes de alarma y preocupación, y sonrió cuando vio cómo un oficial francés se llevaba las manos a la cabeza un segundo, luego movía los brazos como si estuviera asustando a un grupo de gallinas y hacía que sus subordinados salieran corriendo en todas direcciones.

Wolfe estaba en lo alto de un montículo y levantaba la nariz como si quisiera olfatear el aire de la mañana. Grey pensó que probablemente considerara que su pose era noble e imponente, y le recordó a un dachshund olisqueando a un tejón, ya que tenía el mismo aire de alarma impetuosa.

Wolfe no era el único. A pesar del esfuerzo de la noche, las manos lastimadas, los rasguños en las espinillas y las rodillas, y los tobillos torcidos, así como de la falta de alimento y descanso, las tropas desprendían una alegre excitación. Grey pensó que el agotamiento los había embargado a todos.

El viento le llevó un leve repicar de tambores; los franceses se retiraron a toda prisa. Pocos minutos después vio cómo salían de la fortaleza hombres a caballo y sonrió con tristeza. Iban a reunir todas las tropas de las que dispusiera Montcalm y, al verlo, se le hizo un nudo en la garganta.

Tampoco era que se hubiera dudado nunca de ello. Era septiembre y se acercaba el invierno. La ciudad y la fortaleza habían sido incapaces de abastecerse debido al largo sitio derivado de la táctica de la tierra quemada de Wolfe. Los franceses tenían a los ingleses delante, y la realidad, evidente para ambas partes, era que los primeros morirían de hambre mucho antes de que lo hicieran los ingleses. Montcalm pelearía; no tenía elección.

Muchos de los hombres habían llevado cantimploras llenas de agua, mientras que otros portaban algunos alimentos. Les permitieron descansar el tiempo suficiente para comer y relajar los músculos, aunque ninguno de ellos dejó de mirar a los franceses, que se estaban apostando delante de la fortaleza. Grey utilizó de nuevo su catalejo y advirtió que, aunque la masa de hombres no dejaba de aumentar, no se trataba de soldados entrenados. Montcalm había conseguido sus milicias en el campo (granjeros, pescadores y *coureurs du bois*), y también había recurrido a los indios. Grey observó con recelo sus rostros pintados y sus crestas grasientas, pero después de conocer a Manoke, los indios ya no le resultaban tan terroríficos, y no serían tan efectivos en campo abierto y contra los cañones como lo eran internándose en los bosques.

Montcalm tardó muy poco en preparar a sus tropas, por muy improvisadas que fueran. El sol todavía no había llegado a su cénit cuando los franceses empezaron a avanzar.

—¡No disparéis, bribones! ¡Si disparáis antes de recibir la orden, entregaré vuestras cabezas a los artilleros para que las empleen como balas de cañón!

A su espalda oyó la inconfundible voz del sargento Aloysius Cutter. A pesar de que se encontraba a cierta distancia, se le oía a la perfección. Otros oficiales repetían la misma orden, aunque de forma menos pintoresca, a lo largo de las líneas británicas, y aunque todos los oficiales del campo de batalla miraban con un ojo a los franceses, con el otro observaban al general Wolfe, que seguía en lo alto de su montículo embargado por la emoción.

Grey advirtió cómo se le encendía la sangre, y empezó a moverse con inquietud, ya que intentaba aliviar el calambre que tenía en una pierna. A continuación, se detuvo la línea francesa que estaba avanzando, y los hombres se arrodillaron y dispararon una ráfaga. Los soldados que aguardaban de pie justo detrás hicieron lo propio. Estaban demasiado lejos, se hallaban a demasiada distancia como para que el ataque tuviera algún efecto. De entre las tropas inglesas surgió un rugido grave, un sonido visceral y hambriento.

Grey llevaba tanto tiempo asiendo su daga que el dibujo de la empuñadura se le había quedado grabado en los dedos. Con la otra mano estaba agarrando un sable con fuerza. Allí no tenía autoridad, pero sentía una intensa necesidad de levantar la espada, llamar la atención de sus hombres y guiarlos. Sacudió los hombros para relajarse y miró a Wolfe.

Otra ráfaga, esta vez lo bastante cerca como para que algunos de los soldados británicos de las primeras líneas cayeran abatidos por el fuego de los mosquetes.

—¡Esperad! ¡Esperad!

La orden resonaba entre las tropas como si fuera fuego de artillería. El olor a azufre era intenso y se percibía más allá del humo de la pólvora; los artilleros también aguardaron.

Los franceses dispararon sus cañones y las balas recorrieron el campo de una manera letal, pero a pesar de los daños que causaron, parecían débiles e ineficaces. Grey se preguntó cuántos franceses habría. Quizá fueran el doble, pero no importaba.

Tenía la cara llena de sudor y se limpió los ojos con la manga.

—¡Esperad!

Más cerca, más cerca. Muchos de los indios iban a caballo; los veía reunidos a la izquierda. Ellos aguantarían la espera...

—¡Esperad!

Wolfe levantó el brazo poco a poco empuñando la espada y el ejército respiró hondo. Estaba apostado junto a la presencia sólida de sus queridos granaderos, envueltos en el humo sulfuroso procedente de las mechas que llevaban en los cinturones.

—Venid aquí, cabrones —murmuraba el hombre que estaba junto a Grey—. ¡Venga, venga!

El humo flotaba por el campo, unas nubes bajas de color blanco. Cuarenta pasos. Una marca efectiva.

—No dispares, no dispares, no dispares... —canturreaba alguien, luchando contra el pánico.

El sol incidía en las espadas alzadas de las líneas británicas, lo que hacía que resplandecieran, y los oficiales repetían las órdenes de Wolfe.

—Esperad... esperad...

Las espadas cayeron al mismo tiempo.

—¡Fuego!

El suelo tembló. Un grito ascendió por su garganta, parte del rugido del ejército, y cargó junto a los hombres que tenía al lado blandiendo el sable con todas sus fuerzas hasta encontrar carne.

La ráfaga fue devastadora; el suelo estaba salpicado de cuerpos. Saltó por encima de un francés que había muerto, asestó un buen golpe de sable, entre el cuello y el hombro, a otro que estaba recargando su arma, arrancó el sable del hombre que había fallecido y siguió adelante.

La artillería británica disparaba todo lo rápido que podía. Cada nueva explosión lo hacía temblar de pies a cabeza. Apretó los dientes, esquivó una bayoneta y se dio cuenta de que estaba jadeando. Los ojos le lloraban a causa del humo y se había quedado solo.

Se dio la vuelta con la respiración agitada, estaba desorientado. Había tanto humo a su alrededor que, por un momento, no supo dónde se hallaba. Pero no importaba.

Sintió a su lado una enorme ráfaga de algo que gritaba, y Grey se agachó por instinto; cayó al suelo justo cuando el caballo pasaba junto a él. Oyó el rugido del indio como si fuera un eco. El silbido de su machete había pasado volando sin conseguir impactar contra su cabeza.

—¡Mierda! —murmuró, y trató de levantarse.

Los granaderos estaban ocupados muy cerca; escuchó los gritos de los oficiales y los estallidos de sus explosiones mientras se internaban en las líneas francesas como las baterías móviles que eran.

Una granada estalló a escasos metros de distancia y notó un dolor intenso en el muslo; un fragmento de metal le había desgarrado los calzones y estaba sangrando.

—¡Dios! —exclamó, después de ser consciente de que estar cerca de los granaderos no era una buena decisión. Sacudió la cabeza para aclararse las ideas y se alejó de ellos.

Oyó un sonido que le resultó familiar y la fuerza del recuerdo hizo que retrocediera un momento: gritos escoceses salvajes, rebosantes de rabia y júbilo enloquecido. Los escoceses estaban muy ocupados blandiendo sus espadas. Vio aparecer a un par de ellos entre el humo, con las piernas desnudas agitándose por debajo de los kilts, persiguiendo a un grupo de franceses a la fuga, y notó cómo le ascendía una carcajada por el pecho agitado.

Con tanto humo, fue incapaz de ver al hombre. Su pie impactó con algo duro y cayó sobre el cuerpo. El hombre gritó y Grey se alejó a toda prisa.

—Lo siento. Está usted... Dios, ¡Malcolm!

Estaba de rodillas, agachado para evitar el humo. Stubbs jadeaba y se aferraba a su casaca con desesperación.

—¡Dios mío!

La pierna derecha de Malcolm había desaparecido justo por debajo de la rodilla. Tenía la carne hecha jirones y el hueso blanco astillado, salpicado de sangre. O... ¡no! No había desaparecido. Por lo menos el pie estaba un poco más lejos, todavía metido en su zapato y con la media raída.

Grey volvió la cabeza y vomitó.

La bilis le ardía por detrás de la nariz. Se atragantó, escupió, se dio la vuelta y se peleó con el cinturón hasta que consiguió desprenderse de él.

—No... —jadeó Stubbs, alargando la mano cuando Grey empezó a rodearle la pierna con el cinturón. Tenía la cara más blanca que el hueso de la pierna—. No. Es mejor... que muera.

—Vete al infierno —espetó Grey.

Le temblaban las manos, que, además, resbalaban debido a la sangre. Tuvo que intentarlo tres veces hasta que consiguió pasar el extremo del cinturón por la hebilla, pero al final lo consiguió y tiró de él con fuerza hasta arrancarle un grito a Stubbs.

—Ya está —dijo una voz desconocida junto a su oído—. Saquémoslo de aquí. Yo te..., ¡mierda!

Levantó la vista sorprendido y vio a un oficial británico alto abalanzándose hacia delante para bloquear la culata de un mosquete que hubiera impactado contra su cabeza. Sin pensarlo, desenvainó la daga y apuñaló al francés en la pierna. Éste gritó, la pierna le cedió y el oficial desconocido lo empujó, le dio una patada en la cara y le pisó el cuello hasta aplastarle la garganta.

—Le ayudaré —repuso el hombre con serenidad, agachándose para coger el brazo de Malcolm y tirando de él—. Cójalo por el otro lado; lo llevaremos atrás.

Levantaron a Malcolm agarrándolo por debajo de los hombros y lo arrastraron sin hacer ningún caso del francés, que se agitaba y gorjeaba en el suelo a sus espaldas.

Malcolm vivió lo suficiente como para llegar a la parte posterior de las líneas británicas, donde los cirujanos del ejército ya habían empezado a trabajar. Para cuando Grey y el otro oficial lo dejaron con los cirujanos, la batalla había concluido.

Grey se volvió y vio a los franceses, desperdigados por el campo y desmoralizados, huyendo en dirección a la fortaleza. Las tropas británicas se habían adueñado del campo pisoteado y gritaban de alegría mientras abordaban el cañón que habían abandonado los franceses.

La batalla había durado menos de un cuarto de hora.

Se sorprendió sentado en el suelo, con la mente prácticamente en blanco, sin saber cuánto tiempo había estado allí, aunque suponía que no podía haber sido mucho.

Advirtió que había un oficial de pie a su lado y pensó, algo disperso, que le resultaba familiar. ¿Quién...? ¡Ah, sí! El asistente de Wolfe. No sabía cómo se llamaba.

Se levantó despacio, más rígido que un pudin pasado.

El asistente estaba allí plantado sin más. Miraba la fortaleza y a los franceses que huían, pero Grey advirtió que, en realidad, no los veía. Grey miró por encima del hombro, hacia el montículo donde se había encaramado Wolfe, pero el general no estaba.

—¿Y el general Wolfe? —preguntó.

—El general... —contestó el asistente, y tragó saliva con dificultad—. Lo han alcanzado.

«Pues claro, estúpido», pensó Grey sin piedad. Estaba allí subido como si fuera una diana, ¿qué esperaba?

Pero entonces vio las lágrimas en el rostro del asistente y lo comprendió.

—¿Está muerto? —preguntó como un tonto, y el asistente, cuyo nombre desconocía, asintió y se frotó una manga manchada de humo por la cara, que también estaba sucia a causa del humo.

—Él... primero en la muñeca. Luego en el cuerpo. Ha caído y ha gateado, luego ha vuelto a desplomarse. Le he dado la vuelta... le he dicho que habíamos ganado la batalla, que los franceses se estaban retirando.

—¿Lo ha entendido?

El asistente asintió y respiró hondo, lo que hizo que le vibrara la garganta.

—Ha dicho... —Se detuvo y tosió, luego siguió hablando, esta vez con más firmeza—. Ha dicho que sabiendo que había ganado no le importaba morir.

—¿Ah, sí? —preguntó Grey sorprendido. Había visto morir a muchos hombres, e imaginaba que era mucho más probable que si James Wolfe había conseguido decir algo que no fuera un rugido, sus últimas palabras habrían sido «¡Mierda!» o bien «¡Oh, Dios!», dependiendo de la educación religiosa del general, que

Grey ignoraba—. Sí, bien —repuso de forma absurda, y se volvió hacia la fortaleza.

Varias hileras hombres se encaminaban hacia ella, y en medio de una de ellas vio la bandera de Malcolm, agitada por el viento. Debajo de la bandera, y reducido por la distancia, vio a un hombre con uniforme de general montado en su caballo, sin sombrero, encorvado y tambaleándose sobre su montura, flanqueado por un par de oficiales que vigilaban, nerviosos, que no se cayera.

Las líneas británicas se estaban reagrupando, aunque era evidente que no tendrían que volver a pelear. Como mínimo, no ese día. Allí cerca vio al oficial alto que le había salvado la vida y lo había ayudado a arrastrar a Malcolm Stubbs hasta un lugar seguro. Iba cojeando en dirección a sus tropas.

—Ese mayor de allí —dijo, dándole un codazo al asistente y haciéndole un gesto con la cabeza para señalar al individuo—. ¿Sabe cómo se llama?

El asistente parpadeó e irguió los hombros.

—Sí, claro. Es el mayor Siverly.

—Vaya. Tenía que ser él, ¿no?

Puesto que Wolfe y su segundo, el brigadier Monckton, habían fallecido en la batalla, fue el almirante Holmes, el tercer mando por debajo de Wolfe, quien aceptó la rendición de Quebec tres días después. Montcalm también había muerto la mañana posterior a la batalla. Los franceses no tenían más remedio que rendirse; se acercaba el invierno, y la fortaleza y su ciudadela perecerían mucho antes que sus asediadores.

Dos semanas después de la batalla, John Grey volvió a Gareon y se enteró de que la viruela se había extendido por el pueblo como una ráfaga de viento en otoño. La madre del hijo de Malcolm había fallecido, y la abuela se ofreció a venderle el niño. Él le pidió con educación que esperara.

Charlie Carruthers también había fallecido; la viruela no había esperado a que cediera a la debilidad de su cuerpo. Grey hizo que lo incineraran, porque no quería que nadie le robara la mano, ya que tanto los indios como los habitantes de aquella zona tenían supersticiones con aquellas cosas. Se subió solo a una canoa y, en una isla desierta del río San Lorenzo, esparció las cenizas de su amigo al viento.

Cuando regresó de su expedición le entregaron una carta que le había enviado su hermano de parte del señor John Hunter, el cirujano. Comprobó la cantidad de coñac que quedaba en el decantador y lo abrió suspirando.

Querido lord John:

Hace poco tiempo escuché una conversación acerca de la desafortunada muerte del señor Nicholls a principios de año, en la que se comentaba la idea general de que usted era el responsable de su muerte. En caso de que usted también comparta esa idea, he pensado que podría tranquilizarle saber que, en realidad, no fue culpa suya.

Grey se sentó lentamente en la banqueta con los ojos pegados a la hoja.

Es verdad que su bala impactó en el señor Nicholls, pero ese incidente contribuyó muy poco, o nada, a su muerte. Yo vi cómo usted disparaba al aire, y así se lo expliqué a todos los presentes en ese momento, aunque la mayoría de ellos no fue consciente de ello. Por lo visto, la bala ascendió un poco y luego cayó sobre el señor Nicholls desde arriba. En ese momento ya casi no tenía fuerza, y como el misil era muy pequeño y pesaba muy poco, apenas penetró en la piel de su clavícula, donde se quedó alojado junto al hueso sin provocar más daños.

La verdadera causa de su desmayo y posterior fallecimiento fue un aneurisma aórtico, una lesión en la pared de uno de los vasos sanguíneos principales que salen del corazón; estas dolencias suelen ser congénitas. Por lo visto, la conmoción de la descarga eléctrica y la emoción del duelo posterior hicieron que el aneurisma se rompiera. Me temo que cuando eso ocurre no hay nada que hacer. Fue imposible salvarlo.

A su servicio,

John Hunter, cirujano

Grey sintió una extraordinaria mezcla de emociones. Alivio, sí, tuvo una sensación de profundo alivio, como si despertara de una pesadilla. Y también cierta sensación de injusticia, teñida de un principio de indignación; por Dios, ¡por poco lo casan! Era evidente que podría haber quedado mutilado o haber fallecido como resultado del embrollo, pero eso parecía relativamente intrascendente; a fin de cuentas era soldado, esas cosas ocurrían.

Cuando dejó la nota en el escritorio le temblaba un poco la mano. Más allá del alivio, la gratitud y la indignación, descubrió una creciente sensación de horror.

«He pensado que podría tranquilizarlo...» Podía ver la cara de Hunter al decirlo; comprensivo, inteligente y alegre. Era una afirmación directa, pero también era consciente de la ironía que encerraba.

Sí, estaba contento de saber que no había sido el responsable de la muerte de Edwin Nicholls. Pero la forma de enterarse... Se le puso la piel de gallina en los brazos y se estremeció sin querer al imaginar...

—¡Oh, Dios! —exclamó.

Había estado en casa de Hunter en una ocasión, había acudido a una lectura de poesía, celebrada bajo el patrocinio de la señora Hunter, famosa por sus fiestas. El doctor Hunter no asistía a esos eventos, pero a veces bajaba de su parte de la casa a saludar a los invitados. En aquella ocasión lo hizo y, en plena conversación con Grey y un par de caballeros relacionados con el mundo de la ciencia, los había invitado a subir para enseñarles algunos de los componentes más interesantes de su colección: el gallo con un diente humano trasplantado en la cresta, el niño de dos cabezas, el feto con un pie sobresaliéndole del estómago.

Hunter no había mencionado las paredes llenas de tarros, que estaban llenos de ojos, dedos, trozos de hígado..., ni tampoco los dos o tres esqueletos humanos que colgaban del techo completamente articulados y sujetos por un tornillo clavado en la parte superior de los cráneos. En aquel momento a Grey no se le ocurrió preguntarse dónde, o cómo, había conseguido Hunter aquellos esqueletos.

A Nicholls le faltaba un diente, el incisivo que tenía junto al hueco estaba bastante roto. Si alguna vez volvía a visitar la casa de Hunter, ¿se encontraría con un cráneo al que le faltara un diente?

Cogió el decantador de coñac, le quitó el corcho y bebió directamente de él tragando de manera lenta pero repetida hasta que la visión desapareció.

Tenía la mesita llena de papeles. Entre ellos, y debajo del pisapapeles de zafiro, estaba el pulcro paquete que le había entregado la viuda Lambert con la cara hinchada de tanto llorar. Puso la mano encima sintiendo la doble caricia de Charlie rozándole la cara con suavidad, deslizándose con ternura por su corazón.

«Tú no me fallarás.»

—No —dijo en voz baja—. No, Charlie, no te fallaré.

• • •

Ayudándose de Manoke, que hizo las veces de traductor, compró el niño después de una larga negociación. Pagó dos guineas de oro, una manta de colores vivos, una libra de azúcar y un barril pequeño de ron. La abuela tenía el rostro como hundido, pero no era de pena, pensó Grey, sino de insatisfacción y cansancio. Ahora que su hija había muerto de viruela, su vida sería más dura. Los ingleses, le dijo a Grey a través de Manoke, eran unos bastardos muy rácanos; los franceses eran mucho más generosos. Resistió el impulso de darle otra guinea.

Ya era pleno otoño y las hojas se habían caído. Las ramas desnudas de los árboles proyectaban enrejados negros sobre el pálido cielo azul mientras él ascendía en dirección al pueblo, a la pequeña misión francesa. Había varios edificios pequeños alrededor de la iglesia minúscula y los niños jugaban en la calle. Algunos de ellos se detuvieron a mirarlo, pero la mayoría lo ignoraron; los soldados británicos ya no eran ninguna novedad.

El padre LeCarré cogió el fardo que llevaba en las manos y retiró la manta para mirar la cara del niño. El bebé estaba despierto; manoteó en el aire y el cura le tendió un dedo para que se lo cogiera.

—Vaya —repuso cuando vio las evidentes señales de mestizaje, y Grey supo que el cura pensaba que el niño era suyo. Empezó a explicarse, pero, a fin de cuentas, ¿qué más daba?

—Lo bautizaremos como católico, claro —afirmó el padre LeCarré levantando la vista para mirarlo. El cura era joven, bastante gordito, moreno e iba muy bien afeitado, y tenía un rostro amable—. ¿No le importa?

—No. —Grey sacó un monedero—. Tenga, para el sustento. Si es tan amable de informarme de su bienestar una vez al año, les enviaré cinco libras más al recibir la carta. Tenga, puede escribirme a esta dirección. —De repente se le ocurrió una cosa. No era que no confiara en el bueno del cura, se aseguró, pero...—. Envíeme un mechón de su pelo —dijo—. Cada año.

Se estaba volviendo para marcharse cuando el cura lo llamó sonriendo.

—¿El niño tiene nombre, señor?

—A... —Se quedó parado.

Estaba seguro de que su madre le habría puesto algún nombre, pero Malcolm Stubbs no había caído en decírselo antes de que lo enviaran de vuelta a Inglaterra en barco. ¿Cómo debía llamarlo? ¿Malcolm, por el padre que lo había abandonado? No era muy buena idea.

Charles, tal vez, en memoria de Carruthers...

«... uno de estos días no volverá a latir.»

—Se llama John —afirmó con brusquedad, y carraspeó—. John Cinnamon.

—*Mais oui* —contestó el cura asintiendo—. *Bon voyage, monsieur. Et voyez avec le Bon Dieu.*

—Gracias —contestó con educación, y se marchó sin mirar atrás en dirección a la orilla del río, donde lo esperaba Manoke para despedirse de él.

Notas de la autora

La batalla de Quebec es merecidamente famosa, puesto que fue uno de los grandes triunfos militares del ejército inglés del siglo XVIII.

Si visitáis el campo de batalla de las llanuras de Abraham (a pesar del nombre poético, en realidad su apelativo se debe al granjero propietario de la tierra, un tal Abraham Martin), veréis una placa a los pies de la colina que conmemora la heroica gesta de las tropas escocesas que escalaron la empinada montaña desde el río que fluye a sus pies, y abrieron el camino para que el ejército enemigo (y sus cañones, morteros, obuses y demás armas) pudieran culminar el difícil ascenso durante la noche y enfrentarse al general Montcalm en un impresionante espectáculo a la luz del alba.

Si llegáis hasta el mismo campo de batalla, encontraréis otra placa, ésta colocada por los franceses, en la que se explica (en francés) la sucia y desleal argucia que empleó esa escoria inglesa para engañar a las nobles tropas que defendían la ciudadela. ¡Esto es la perspectiva!

Evidentemente, el general James Wolfe, del mismo modo que Montcalm, fue un personaje histórico real, igual que el brigadier Simon Fraser (a quien ya conocéis, o conoceréis, de *Ecos del pasado*). Mi norma cuando trato con personajes históricos en relatos de ficción es no dejar que hagan nada peor de lo que sé que hicieron en la vida real según los archivos históricos.

En el caso del general Wolfe, la opinión que Hal tiene acerca de él y sus habilidades es compartida, y está debidamente documentada, por un buen número de militares coetáneos. Y también existen pruebas documentadas acerca de la actitud que demostró con los escoceses a los que utilizó para esa gesta, en forma de la carta que se cita en esta historia: «... no pasa nada si mueren». En este sentido, permitidme recomendar una novela maravillosa de Alistair MacLeod titulada *No Great Mischief*. No trata sobre Wolfe, sino que es la historia novelada de una familia de escoceses que se instala en Nueva Escocia. Empieza en el siglo XVIII y se extiende a lo largo de varias décadas, pero el libro recibe el título de la carta de Wolfe, y se lo menciona en sus páginas.

La política de Wolfe acerca de los pueblos que rodeaban la ciudadela (los saqueos, los incendios y la intimidación general de la población) está muy bien documentada. No era de extrañar que cualquier ejército invasor incurriera en tales prácticas.

Las palabras que dijo el general Wolfe antes de morir también están documentadas, pero, al igual que lord John, yo también dudo de que eso fuera realmente lo que dijo. Según diversas fuentes, es verdad que recitó la «Elegía escrita en un cementerio de aldea», de Gray, cuando iba en el barco de camino a la batalla, y creo que es algo tan insólito que quizá sea cierto.

En cuanto a Simon Fraser, se dice que fue el oficial británico que engañó a los centinelas franceses hablándoles en francés mientras los barcos avanzaban en la oscuridad, y, sin duda, hablaba un francés excelente, porque había hecho campaña en Francia. En cuanto a los detalles de lo que dijo exactamente, hay diversas versiones, y no es tan importante, así que lo inventé.

Por lo que respecta al francés, hay que destacar que el brigadier Fraser hablaba un francés excelente, al contrario que yo, que sé leer en francés, pero no sé ni hablarlo ni escribirlo, carezco de la mínima noción de gramática y se me da fatal la ortografía. Por ese motivo, para escribir este relato, seguí la costumbre de recurrir a diferentes franceses nativos para los diálogos en ese idioma. Estoy convencida de que recibiré (cosa bastante habitual siempre que incluyo frases en francés en alguna historia) correos de diferentes francoparlantes en los que aparecerán quejas acerca de los diálogos en esta lengua. Si las frases en francés me las facilita alguien de París, algún lector de Montreal afirma que son incorrectas, y si la fuente original es de Quebec, recibo quejas desde Francia. Y si las extraigo de un libro de texto o (*quelle horreur*) de alguna fuente académica..., bueno, *bonne chance*. También es verdad que es muy difícil corregir los errores tipográficos en un idioma que uno desconoce, pero lo cierto es que lo hacemos lo mejor que podemos. Y me gustaría pedir disculpas por las barbaridades que haya podido escribir.

También es posible que el lector advierta que John Hunter en algunos fragmentos de la novela aparece como «señor Hunter», mientras que en otros se hace mención a él como «doctor Hunter». Hace muchos años que existe la tradición de llamar «señor» a los cirujanos ingleses en lugar de «doctor», tal vez como un guiño a sus orígenes como barberos con tendencias sanguinarias. Sin embargo, John Hunter, como su hermano William, era médico, además de un eminente científico y anatomista, de ahí que le atribuya el título honorífico de «doctor».

EL ESPACIO INTERMEDIO

Introducción

El conde de Saint Germain que aparece en este relato fue un personaje histórico (probablemente hubiera más de uno). Asimismo, existen diversos informes (la mayoría de ellos sin verificar) acerca de una persona con este nombre que aparece en distintas partes de Europa a lo largo de dos siglos. Estas observaciones han llevado a algunas personas a especular que el conde (o algún conde con ese nombre) practicaba las ciencias ocultas, era místico, o incluso viajaba a través del tiempo. Sin embargo, lo cierto es que el conde de Saint Germain de esta historia no pretende documentar la vida del personaje histórico homónimo.

Junio de 1778, París

Todavía no entendía por qué la *Rana* no lo había matado. Paul Rakoczy, conde de Saint Germain, cogió la ampolla, la descorchó e inspiró con cuidado por tercera vez, pero luego le volvió a poner el corcho al frasco, todavía descontento. Quizá. O quizá no. El olor del polvo negro de la ampolla le recordaba a algo, pero habían transcurrido treinta años.

Se sentó un instante y frunció el ceño mientras miraba la hilera de botellas, frascos y alambiques que había en su banco de trabajo. Ya era tarde y el sol de la tarde primaveral de París era como la miel, una luz cálida que se le pegaba a la piel de la cara, pero que se reflejaba en las esferas de cristal y proyectaba los haces de luz roja, marrón y verde de los líquidos que contenían. La única nota discordante de esta sinfonía apacible de luz era el cuerpo de una rata enorme, tendida boca arriba en medio del banco de trabajo junto a un reloj de bolsillo abierto.

El conde posó dos dedos sobre el pecho de la rata con delicadeza y aguardó con paciencia. Esta vez no tardó tanto tiempo; estaba acostumbrado a sentir frialdad mientras su mente se internaba en el cuerpo. Nada de nada. Ni rastro de luz en el ojo de su mente, no vio el cálido brillo rojo que provocaban las pulsaciones de un corazón. Miró el reloj: media hora.

Retiró los dedos y negó con la cabeza.

—Mélisande, maldita bruja —murmuró con cierto afecto—. No pensarías que iba a probar lo primero que me dieras, ¿no?

Y, sin embargo, él había estado muerto bastante más de media hora cuando la *Rana* le había dado la sangre de dragón. Había sido a primera hora de la tarde, cuando entró en la recámara estrellada del rey Luis, hacía ya treinta años, con el corazón acelerado ante la perspectiva del inminente enfrentamiento, un duelo de magos, con los favores de un rey en juego; había pensado que ganaría. Recordaba la pureza del cielo, la belleza de las estrellas que tan bien se veían, Venus brillando en el horizonte y la alegría que le había transmitido. Todo se vive con mucha más intensidad cuando sabes que la vida puede cesar en los siguientes minutos.

Y una hora después pensó que su vida había acabado. En el centro de su mente se formó un gélido núcleo de incredulidad cuando la copa cayó de su mano insensible y el frío se adueñó de sus extremidades con una velocidad increíble y congeló las palabras «he perdido». No había mirado a la *Rana*; lo último que había visto a través de la creciente oscuridad de sus ojos fue a la mujer, a la Dama Blanca. Divisó su rostro por encima de la copa que le había ofrecido, horrorizada y blanca como un hueso. Pero lo que recordó, y ahora se acordaba de nuevo, con idéntica sorpresa y avidez, era el gran resplandor azul, tan intenso como el color del cielo nocturno que brillaba por detrás de Venus, que había emergido de la cabeza y de los hombros de la mujer mientras él moría.

No recordaba haber albergado ningún sentimiento de arrepentimiento o miedo; tan sólo sorpresa. Sin embargo, aquello no fue nada comparado con el asombro que había sentido cuando recuperó el sentido, desnudo sobre una losa en una asquerosa cámara subterránea junto a un cadáver. Por suerte, no había ningún ser viviente en aquella gruta repugnante y había podido arrastrarse, apestando y medio ciego, ataviado con la camisa húmeda y sucia del hombre ahogado, hasta un amanecer más precioso que cualquier crepúsculo. Por tanto, habían transcurrido entre diez y doce horas entre el momento de su aparente muerte y su renacimiento.

Miró a la rata, alargó un dedo y levantó una de sus pequeñas y pulcras patas. Casi doce horas. Estaba flácida, el rigor ya había cesado; allí, en lo alto de la casa, hacía calor. Entonces se volvió hacia el mostrador que recorría la pared del laboratorio, donde había una hilera de ratas, posiblemente inconscientes, o tal vez muertas. Pasó poco a poco por delante del desfile de animales y fue pinchando cada uno de los cuerpos. Flácida, flácida, rígida. Rígida. Rígida. Todas muertas, sin duda. Cada una había recibido una dosis menor que la anterior, pero todas habían fallecido. Lo cierto es que tenía que esperar un poco más para cerciorarse del todo, ya que todavía no estaba completamente seguro de esta afirmación. Necesitaba saberlo, puesto que había oído habladurías en la Corte de los Milagros. Decían que la *Rana* había vuelto.

Se afirmaba que el cabello pelirrojo era una señal del diablo. Joan miró los rizos rebeldes de su acompañante con una actitud meditabunda. El viento que soplaba en cubierta era tan intenso que le lloraban los ojos, y también soltaba de sus confines algunos de los mechones del pelo de Michael Murray y los hacía bailar alrededor de su cabeza, casi como si fueran llamas. Sin embargo, si se tratara de un esbirro del diablo cabría esperar que tuviera un rostro desagradable, y no era así.

La joven pensó que, por suerte para él, tenía la cara de su madre. Su hermano pequeño, Ian, no tenía tanta suerte, y eso dejando de lado los bárbaros tatuajes que llevaba. El de Michael era un rostro bastante agradable, pues su piel sólo estaba un poco irritada a causa de la exposición al viento y las evidentes marcas del dolor, y no era de extrañar, ya que acababa de perder a su padre y, antes, su esposa había fallecido en Francia hacía poco más de un mes.

Pero ella no se estaba enfrentando a aquel vendaval para admirar a Michael Murray, aunque él pudiera echarse a llorar o convertirse en el demonio allí mismo. Por si acaso, se tocó el crucifijo para tranquilizarse. Estaba bendecido por el sacerdote y su madre lo había llevado hasta el manantial de San Ninian y lo había metido en el agua para pedirle al santo que la protegiera. Y era a su madre a quien quería ver, por lo menos mientras pudiera.

Se quitó el pañuelo y lo hizo ondear agarrándolo con fuerza para que el viento no se lo llevara. Su madre era cada vez más pequeña en el muelle, y también agitaba las manos como una loca mientras Joe la agarraba rodeándole la cintura por la espalda para evitar que se cayera al agua.

Joan resopló un poco al ver a su nuevo padrastro, pero entonces lo pensó mejor y volvió a tocar el crucifijo murmurando un rápido acto de contrición como penitencia. A fin de cuentas, había sido ella misma la responsable de aquel matrimonio, y había sido algo bueno. Si no, seguiría atrapada en su casa de Balriggan, y no de camino, por fin, para convertirse en una de las novias de Jesús en Francia.

Notó un golpe en el codo, miró hacia un lado y vio que Michael le ofrecía un pañuelo. Normal. Si le lloraban los ojos y le goteaba la nariz, era a causa del aire. Cogió el pedazo de tela asintiendo en señal de agradecimiento, se limpió las mejillas un momento, e hizo ondear el pañuelo con más fuerza.

A Michael no había ido a despedirlo ningún miembro de su familia, ni siquiera su hermana gemela, Janet. Estaban ocupados con todo lo que había que hacer tras la muerte del viejo Ian Murray, y no era de extrañar. Tampoco había ninguna necesidad de acompañar a Murray hasta el barco. Michael Murray se dedicaba a vender vinos en París y era un hombre que había viajado mucho. A ella le tranquilizaba la idea de que él sabría qué hacer y adónde ir, y Michael había dicho que la dejaría sana y salva en el convento de los Ángeles, porque la idea de tener que cruzar ella sola las calles de París llenas de personas hablando en francés... Claro que ella hablaba bastante bien este idioma, ya que lo había estudiado durante todo el invierno y la había ayudado la madre de Michael. Aunque quizá sería mejor no decirle a la reverenda madre la clase de novelas francesas que Jenny Murray tenía en su biblioteca...

—*Voulez-vous descendre, mademoiselle?*

—¿Eh?

Miró a Michael y lo vio gesticulando hacia la escotilla que conducía hacia abajo. Se dio la vuelta, parpadeando, pero el muelle había desaparecido, y su madre también.

—No —contestó—. Todavía no. Sólo quiero... —Quería seguir viendo tierra todo el tiempo que fuera posible. Sería la última vez que vería Escocia, y la idea provocó que tuviera ganas de hacerse un ovillo diminuto. Hizo un gesto impreciso en dirección a la escotilla—. Pero vaya usted. Puedo quedarme sola.

Él no se marchó, sino que se acercó y se detuvo a su lado agarrado a la barandilla. Ella se separó un poco de él para que no la viera llorar, aunque en el fondo no le importaba que él se hubiera quedado.

No hablaron, y la tierra se fue reduciendo, como si el mar se la tragara, y ya sólo los rodeaba el mar abierto, de un vítreo color gris y ondeando bajo las nubes, que se desplazaban a toda prisa por el cielo. La perspectiva hizo que se mareara y cerró los ojos tragando saliva.

«Dios santo, ¡no permitas que me maree!»

Un pequeño ruidito la obligó a abrir los ojos y se encontró con Michael Murray observándola con cierta preocupación.

—¿Está usted bien, señorita Joan? —Le sonrió un poco—. ¿O debería llamarla «hermana»?

—No —contestó, haciendo acopio de fuerzas—. Todavía no soy monja, ¿no?

La miró de arriba abajo con la honestidad propia de los hombres de las Highlands, y sonrió con más ganas.

—¿Alguna vez ha visto una monja? —preguntó.

—No —respondió con toda la formalidad que pudo—. Pero tampoco he visto a Dios ni a la Virgen y creo en ellos.

Le molestó que él se echara a reír. Sin embargo, cuando Michael advirtió que a ella la incomodaba, dejó de reír enseguida, aunque Joan veía cómo reprimía las ganas de seguir haciéndolo temblando tras su fingida seriedad.

—Le ruego que me disculpe, señorita MacKimmie —repuso—. No estaba cuestionando la existencia de las monjas. Yo he visto a unas cuantas de esas criaturas con mis propios ojos.

Le temblaban ligeramente los labios y la joven lo fulminó con la mirada.

—¿Criaturas, dice?

—Es una forma de hablar. ¡Lo juro! Discúlpeme, hermana. ¡No sé lo que hago!

Levantó una mano aterrorizado. A ella también le entraron ganas de echarse a reír, y eso hizo que estuviera aún más furiosa, pero se conformó con un «mmfm» de desaprobación.

Sin embargo, la curiosidad se apoderó de ella, y después de pasar un rato examinando la estela espumosa que iba dejando el barco, le preguntó sin mirarlo:

—Y cuando vio a las monjas, ¿qué estaban haciendo?

En ese momento, él ya había recuperado el control y le contestó con seriedad.

—Bueno, muchas veces veo a las hermanas de Notre Dame que trabajan en la calle con los pobres. Creo que siempre salen en parejas y las dos llevan enormes cestos, supongo que llenos de comida, o tal vez de medicamentos. Aunque lo cierto es que como los llevan tapados, no estoy seguro de lo que contienen. Quizá lleven coñac y bebidas alcohólicas al muelle para venderlas de contrabando.

Se apartó, riendo, de la mano levantada de la joven.

—¡Va a ser una monja muy rara, hermana Joan! *Terror daemonum, solatium miserorum...*

Ella apretó los labios para no reírse. «Terror de los demonios», ¡qué descarado!

—No seré la hermana Joan —explicó ella—. Creo que en el convento me pondrán otro nombre.

—¿Ah, sí? —Se apartó el pelo de los ojos con una actitud de interés—. ¿Podrá elegir usted el nombre?

—No lo sé —admitió.

—Bueno, ¿y qué nombre elegiría si pudiera escogerlo usted?

—Mmm... bueno... —No se lo había dicho a nadie, pero a fin de cuentas, ¿qué daño podía hacer? Cuando llegaran a París, ya no volvería a ver a Michael Murray nunca más—. Hermana Gregory —espetó.

Se alegró de que él no se riera.

—Ah, pues es un buen nombre —dijo—. Es por san Gregorio el Grande, ¿no?

—Pues sí. ¿No le parece un poco presuntuoso? —preguntó un poco nerviosa.

—¡Oh, no! —exclamó sorprendido—. Es decir, ¿cuántas monjas se llaman María? Si no es presuntuoso ponerse el nombre de la madre de Dios, ¿por qué tendría que serlo ponerse el de un sencillo papa?

Michael sonrió con tanta alegría que ella le devolvió la sonrisa.

—¿Cuántas monjas se llaman María? —preguntó por curiosidad—. ¿Tan común es?

—Ah, es verdad, me ha dicho que nunca había visto a una monja. —Pero había dejado de reírse de ella—. Aproximadamente la mitad de las monjas que he conocido parecían llamarse hermana María Algo, ya sabe, hermana María Policarpo, hermana María José... y así.

—¿Y conoce usted a muchas monjas debido a su trabajo?

Michael Murray era un socio minoritario de Fraser et Cie, uno de los principales proveedores de vinos y licores de París, y por el atuendo que llevaba, era evidente que le iba bien.

Hizo una mueca con los labios, pero le contestó con seriedad.

—Pues la verdad es que sí. No todos los días, claro, pero las hermanas pasan por mi despacho con bastante frecuencia, o yo voy a verlas a ellas. Fraser et Cie suministra el vino a numerosos monasterios y conventos de París, y muchos de ellos envían a una pareja de monjas a hacer el pedido o a llevarse algo especial; si no, lo distribuimos nosotros mismos, claro. E incluso las órdenes que no solicitan vino para consumo propio, este último bastante habitual en el caso de las órdenes parisinas, porque son francesas, necesitan vino sacramental para sus capillas. Por lo que los pedidos llegan puntualmente.

—¿Ah, sí? —Estaba fascinada, lo bastante como para dejar a un lado su miedo a parecer una ignorante—. No sabía que..., o sea..., entonces, las distintas órdenes de monjas hacen cosas diferentes, ¿es eso lo que me está diciendo? ¿Qué otros tipos de monjas hay?

Él la miró un momento, pero después se volvió y entornó los ojos al viento mientras pensaba.

—Bueno..., existen las monjas que se pasan todo el día rezando, creo que las llaman «contemplativas». Las veo en la catedral a todas horas, día y noche. Pero hay más de una orden de esa clase; las integrantes de una de ellas visten un hábito gris y rezan en la capilla de San José, y las otras van de negro; se las suele ver en la capilla de Nuestra Señora del Mar. —La miró con curiosidad—. ¿Usted será de esa clase de monjas?

Ella negó con la cabeza y se alegró de que la irritación que le estaba provocando el viento en la piel ocultara su rubor.

—No —dijo con cierto pesar—. Probablemente ésa sea la clase de monja más sagrada que existe, pero yo ya he pasado buena parte de mi vida llevando una existencia contemplativa en los páramos, y no me ha satisfecho mucho. Considero que no poseo el tipo de alma adecuada para ello, ni siquiera en una capilla.

—Sí —contestó, y se volvió a apartar algunos mechones de pelo de la cara—. Conozco los páramos. Con el tiempo, el viento se te acaba metiendo en la cabeza. —Vaciló un instante—. Mi tío Jamie, o sea, su padre, estuvo oculto en una cueva después de Culloden. ¿Lo sabía?

—Durante siete años —contestó ella con cierta impaciencia—. Sí, todo el mundo conoce esa historia. ¿Por qué?

Él se encogió de hombros.

—Sólo estaba pensando. Yo sólo era un chiquillo en aquel entonces, pero iba de vez en cuando con mi madre a llevarle comida. Él se alegraba de vernos, pero no hablaba mucho. Y sus ojos me asustaban.

Joan notó un escalofrío que le recorría la espalda, algo que no tenía nada que ver con la intensidad de la brisa. De pronto le vino a la mente un hombre delgado y sucio, con la cara huesuda, y acuclillado en las sombras gélidas y húmedas de la cueva.

—¿De papá? —Ella se burló para ocultar el escalofrío que le había ascendido por los brazos—. ¿Cómo puede asustarse alguien de papá? Es un hombre encantador.

Las comisuras de la enorme boca de Michael se curvaron un poco.

—Supongo que eso depende de si lo ha visto pelear. Pero...

—¿Usted lo ha visto? —lo interrumpió con curiosidad—. ¿Lo ha visto pelear?

—Sí. Pero... —dijo con énfasis para que no le volviera a interrumpir—. No me refería a que me asustara a mí. Yo creía que estaba hechizado por las voces que oía en el viento.

Esa afirmación hizo que la boca se le secara y asomó un poco la lengua con la esperanza de que no se notara. No tenía de qué preocuparse, no la estaba mirando.

—Mi padre decía que era porque Jamie pasaba tanto tiempo solo que las voces se le metían en la cabeza y no podía dejar de oírlas. Cuando se sentía lo bastante seguro como para venir a casa, a veces tardaba horas antes de empezar a escucharnos a nosotros. Mamá no dejaba que le hablásemos hasta que había comido algo y entrado en calor. —Sonrió con cierto pesar—. Ella decía que hasta ese momento no era humano y, al rememorarlo, no creo que lo dijera en sentido figurado.

—Bueno —repuso ella, pero se interrumpió porque no sabía cómo seguir.

Deseó con todas sus fuerzas haber tenido aquella información antes. Su padre y su hermana iban a viajar a Francia un poco más tarde, pero quizá no lo viera. Tal vez podría haber hablado con su padre, haberle preguntado cómo eran las voces que oía, qué le decían. Si se parecían a las que oía ella.

Ya casi había anochecido y las ratas seguían muertas. El conde oyó las campanas de Notre Dame tocando la sexta y se miró el reloj de bolsillo. No le gustaba hacer las cosas de cualquier manera. Se levantó y se estiró, y rugió cuando le crujió la espalda como la descarga de un escuadrón de fusilamiento. No había ninguna duda, se estaba haciendo mayor, y la idea hizo que se estremeciera.

Y si... Si pudiera encontrar la forma de viajar hacia delante, quizá..., pero nunca se sabía, era muy complicado. Por un momento había pensado, y también esperado, que viajar hacia atrás en el tiempo podía detener el envejecimiento. Al principio le pareció lógico, como rebobinar un reloj. Pero la verdad es que no lo era, porque él siempre había retrocedido más allá de su propia línea temporal. Sólo en una ocasión había intentado retroceder algunos años, hasta cuando tenía poco más de veinte años. Aquello fue un error, y todavía se estremecía al recordarlo.

Se acercó a la alta ventana coronada por un gablete con vistas al Sena.

Aquella visión del río en particular apenas había cambiado un ápice en los últimos doscientos años; él la había visto en varias épocas distintas. La casa no había sido siempre suya, pero llevaba en esa calle desde 1620, y siempre se las había arreglado para entrar un momento, aunque sólo fuera para recuperar su propia sensación de realidad después de un pasaje.

Lo único que variaba de las vistas del río eran los árboles, y a veces se encontraba con alguna embarcación extraña. Pero el resto era siempre idéntico, y no había duda de que siempre sería así: los viejos pescadores agenciándose la cena con sus cañas desde el muelle en un obstinado silencio, cada uno de ellos asegurando su espacio al separar los codos, los más jóvenes descalzos y con los hombros caídos, fruto del cansancio, poniendo las redes a secar; y niños pequeños desnudos saltando al río desde el muelle. El río le provocaba una tranquilizadora sensación de eternidad. Quizá no importara tanto que muriera algún día.

—Ya lo creo que importa —murmuró para sí mismo, y levantó los ojos al cielo. Venus brillaba con fuerza. Debía marcharse.

Se detuvo un momento para poner los dedos sobre el cuerpo de cada una de las ratas y así asegurarse de que no quedaba en ellas ni rastro de vida, y luego las metió todas en un saco de arpillera. Si iba a ir a la Corte de los Milagros, por lo menos no iría con las manos vacías.

Joan todavía era reacia a bajar, pero cada vez había menos luz, el viento soplaba con más fuerza y arreciaba con una racha particularmente maliciosa que le subía las enaguas hasta la cintura, le agarraba el trasero con una mano gélida y le arrancaba unos gritos muy poco dignos. Se alisó la falda a toda prisa y se encaminó hacia la escotilla, seguida de Michael Murray.

Cuando lo vio toser y frotarse las manos a los pies de la escalera se sintió mal; lo había obligado a congelarse en cubierta porque era demasiado educado como para bajar y dejarla sola, y ella era demasiado egoísta para darse cuenta de que el pobre estaba helado. Le hizo un nudo a su pañuelo para recordarse que debía rezar una decena más del rosario a modo de penitencia cuando se pusiera a ello.

La acompañó hasta un banco y le dijo algunas palabras en francés a la mujer que estaba sentada a su lado. Era evidente que la estaba presentando, eso lo entendió, pero cuando la mujer asintió y contestó algo, se quedó con la boca abierta. No había entendido ni una sola palabra. ¡Ni una!

Michael se dio cuenta enseguida, porque le dijo algo al marido de la mujer para alejar la atención de Joan, y empezó a conversar con ellos, cosa que permitió que Joan se recostara contra la pared de madera del barco sudando avergonzada.

Se tranquilizó diciéndose que ya lo iría entendiendo. Tenía que hacerlo. Se esforzó por escuchar, e iba comprendiendo alguna palabra de vez en cuando. Le resultaba más sencillo entender a Michael; hablaba más despacio y no se comía la mitad final de cada palabra.

Estaba intentando averiguar cómo se deletreaba una palabra que sonaba como «pwufgweemiarniere», aunque lo más seguro era que no se pronunciara así, cuando vio un ligero movimiento en el banco de delante, y el borboteo de vocales se le quedó atrapado en la garganta.

Había un hombre, quizá de unos veinticinco años, la misma edad que ella, sentado en el banco. Era atractivo, aunque tal vez tuviera la cara un poco delgada, e iba bien vestido..., y estaba a punto de morir.

Estaba envuelto en un manto gris, como si estuviera rodeado de niebla, y Joan le veía la cara a través de la bruma. Ya había visto aquello mismo, ese velo gris entelando el rostro de una persona como si fuera niebla, lo había visto ya dos veces y siempre había sabido que se trataba de la sombra de la muerte. En una ocasión, lo había visto en un anciano, aunque aquello lo hubiera podido ver cualquiera, porque Angus MacWheen estaba enfermo, pero entonces, sólo algunas semanas después, lo había observado en el segundo de los hijos pequeños de Vhairi Fraser, y se trataba de un chiquillo con el rostro sonrosado y las piernecitas regordetas.

No había querido creer ni que lo había visto ni lo que significaba. Pero cuatro días después, un buey aplastó al chiquillo cuando salió despavorido después de que lo picara un abejorro. Cuando se lo dijeron vomitó, y fue incapaz de comer nada durante días, debido a la pena y al terror que sentía. Porque, ¿podría haberlo evitado si lo hubiera dicho? ¿Y qué haría, Dios mío, si volviera a suceder?

Y ahora había ocurrido y se le hizo un nudo en el estómago. Se levantó y se tambaleó hacia la escalerilla de los camarotes interrumpiendo el pausado discurso del francés.

«¡Otra vez no! —pensó con agonía—. ¿Por qué me enseñas estas cosas? ¿Qué puedo hacer yo?»

Se agarró a los peldaños de la escalera con frenesí y subió todo lo rápido que pudo, jadeando para tomar aire; necesitaba alejarse del hombre moribundo. Dios mío, ¿cuánto tiempo pasaría hasta que pudiera llegar al convento y sentirse segura?

La luna se estaba alzando sobre la Île de Notre-Dame y brillaba a través de la niebla. La observó y calculó la hora; no tenía sentido llegar a casa de madame Fabienne antes de que las chicas se hubieran quitado los papeles que utilizaban para rizarse el pelo y se hubieran puesto las medias rojas. Aunque debía ir a otros sitios antes: a los oscuros locales para beber donde los profesionales de la Corte se preparaban para la noche que les esperaba. En uno de aquellos antros había oído los rumores por primera vez, iría a comprobar cuánto se habían extendido y a valorar la seguridad de preguntar abiertamente por maître Raymond.

Ésa era una de las ventajas de ocultarse en el pasado. En lugar de marcharse a Hungría o Suecia, la vida en aquella Corte solía ser breve, y no había muchas personas que conocieran ni su rostro ni su historia, aunque se comentaban cosas. París y sus historias. Encontró la verja de hierro más oxidada que la última vez, ya que le dejó manchas rojas en la palma de la mano, y cuando la abrió, crujió con tanta fuerza que habría alertado a quienquiera que viviera ahora al final del callejón.

Tenía que ver a la *Rana*. Quizá no necesitara hablar con él (hizo una rápida señal contra el mal), pero quería verlo. Básicamente necesitaba saber una cosa: el hombre, si es que era eso, ¿habría envejecido?

—Claro que es un hombre —murmuró para sí mismo con impaciencia—. ¿Qué otra cosa podría ser, por el amor de Dios?

«Podría ser alguien como tú —fue la respuesta que se le ocurrió, y notó un escalofrío en la espalda—. ¿Tenía miedo? —se preguntó—. ¿O era la expectativa de un misterio filosóficamente intrigante? O quizá... ¿esperanza?»

«Qué desperdicio de trasero, es maravilloso —comentó monsieur Brechin en francés mientras observaba cómo Joan subía por el lado opuesto de la cabina—. Y, Dios mío, ¡menudas piernas! Imagínatelas rodeándote la espalda, ¿eh? ¿Le pedirías que se dejara puestas las medias a rayas? Yo sí.»

A Michael no se le había ocurrido imaginárselo, pero ahora le estaba costando mucho borrar esa imagen. Tosió con la cara pegada al pañuelo para ocultar el rubor de su rostro.

Madame Brechin le dio un buen codazo en las costillas a su marido. El hombre rugió, pero no dio muestras de alterarse por lo que parecía ser una forma habitual de comunicación marital.

—Animal —dijo la mujer sin aparente enfado—. Cómo puedes hablar así de una novia de Cristo. Tendrás suerte si Dios no decide fulminarte con un relámpago.

—Bueno, todavía no es su novia —protestó monsieur—. Y además, ¿quién creó ese culo? Estoy seguro de que Dios estaría encantado de escuchar un halago sobre su trabajo. Y más de alguien que, a fin de cuentas, es un experto en esos temas.

Miró a su mujer con picardía y afecto, y ella resopló.

Una suave risita procedente del hombre que estaba al otro lado de la cabina indicó que monsieur no estaba solo en su apreciación, y madame miró al joven con reproche. Michael se limpió la nariz con esmero e intentó no encontrarse con la mirada de monsieur. Percibió un temblor en las tripas, y no era sólo de diversión o debido a la conmoción que le había provocado la repentina lujuria. Se sentía muy raro.

Monsieur suspiró cuando las medias a rayas de Joan desaparecieron por la escotilla.

—Cristo no le calentará la cama —afirmó, negando con la cabeza.

—Cristo tampoco se tirará pedos en su cama —dijo madame, sacando su punto.

—*Pardonnez-moi...* —terció Michael con la voz entrecortada y, llevándose el pañuelo a la boca, corrió hacia la escalera, como si se hubiera mareado de repente.

Pero no era *mal de mer* lo que notaba en la tripa. Vio a Joan, su figura tenue pegada a la barandilla a la luz de la noche, y se dio la vuelta enseguida para marcharse hacia el otro lado, donde se agarró a la barandilla como si fuera un salvavidas, y dejó que las abrumadoras oleadas de dolor lo recorrieran de pies a cabeza. Era la única forma que había encontrado de seguir adelante aquellas últimas semanas. Aguantaba todo lo que podía, ponía buena cara, hasta que alguna tontería inesperada, un pedazo de escombro emocional, le atravesaba el corazón como la flecha de un cazador, y entonces corría a buscar un lugar donde esconderse y se hacía un ovillo presa del dolor hasta que encontraba la forma de recomponerse.

Esta vez había sido la afirmación de madame, ese comentario procedente de la nada, y él había esbozado una mueca dolorosa y se había reído a pesar de las lágrimas que le habían resbalado por la cara al recordar a Lillie aquella vez que había comido angulas al ajillo para cenar; siempre le provocaban unos gases silenciosamente letales, como los gases venenosos de los pantanos. Cuando la horrible miasma se había elevado a su alrededor, Michael se había sentado de repente en la cama sólo para encontrarse a su mujer mirándolo con una expresión indignada en el rostro.

—¿Cómo te atreves? —le había dicho con una voz de ofendido esplendor—. De verdad, Michael.

—¡Sabes muy bien que no he sido yo!

Lillie abrió la boca y la indignación se sumó al horror y al asco.

—¡Oh! —jadeó, llevándose su perrito al pecho—. No sólo te pedorreas como una ballena podrida, ¡además intentas culpar a mi pobre cachorrito! *Cochon!*

Y entonces había empezado a agitar las sábanas con delicadeza utilizando la mano que tenía libre para sacudir los gases nocivos en su dirección mientras compartía algunos comentarios críticos con *Plonplon*, que lanzó una mirada santurrona a Michael antes de volverse para lamer la cara de su dueña con gran entusiasmo.

—¡Oh, Dios! —susurró Michael, de vuelta al presente, y se agachó y pegó la cara a la barandilla—. ¡Oh, Dios, cariño, te quiero!

Se estremeció en silencio, con la cabeza oculta entre los brazos, consciente de los marineros que iban pasando de vez en cuando por detrás de él, pero ninguno de ellos lo vio en la oscuridad. Al final, la agonía disminuyó un poco y soltó el aire.

Muy bien. Ahora estaría bien durante un rato. Y dio las gracias, con cierto retraso, de tener a Joan, o a la hermana Gregory, si ella lo deseaba, y poder cuidar de ella durante un tiempo. No sabía cómo se las arreglaría para cruzar las calles de París hasta su casa él solo. Entrar, saludar a los sirvientes, o a su primo Jared, en caso de que estuviera allí, enfrentarse al dolor de la casa, aceptar sus condolencias por la muerte de su padre, pedir algo para comer, sentarse..., reprimiendo siempre las ganas de lanzarse al suelo del dormitorio vacío que compartían y aullar como un alma perdida. Tendría que afrontarlo, antes o después, pero todavía no. Y en ese mismo momento aprovecharía cualquier respiro que el destino le ofreciera.

Se sonó la nariz con seguridad, se guardó el pañuelo arrugado y bajó a buscar la cesta que le había mandado su madre. Él era incapaz de comer nada, pero ofrecerle algo de comer a la hermana Joan quizá lo ayudara a no pensar en nada durante un minuto más.

—Así es como se hace —le había dicho su hermano Ian cuando estaban los dos apoyados en la barandilla del cercado donde su madre guardaba las ovejas, con el gélido viento del invierno en la cara, mientras esperaban a que su padre muriera—. Encuentras la forma de vivir sólo un minuto más. Y luego otro. Y otro.

Ian también había perdido una esposa y sabía de lo que hablaba.

Él se había limpiado la cara (era capaz de llorar delante de Ian, aunque no podía hacerlo delante de su hermano mayor o de las chicas, y desde luego tampoco delante de su madre). Entonces le había preguntado:

—Y las cosas mejoran con el tiempo, ¿eso es lo que me estás diciendo?

Su hermano lo había mirado fijamente, y la serenidad de sus ojos asomó entre todos esos extraños tatuajes mohawk que llevaba.

—No —dijo con suavidad—. Pero después de un tiempo te das cuenta de que estás en un punto distinto a aquel en el que te encontrabas. Que eres una persona diferente. Y entonces miras a tu alrededor y puedes ver lo que te rodea. Quizá conozcas a alguien. Eso ayuda.

—Sí, claro —contestó entre dientes, y se puso derecho—. Ya veremos.

A Rakoczy le sorprendió encontrarse con una cara conocida tras la aspereza de la barra. Si Maximiliano *el Máximo* se sorprendió de verlo, no dio ninguna muestra de ello.

Los demás parroquianos —un par de estafadores a los que les faltaba un brazo a cada uno (pero el opuesto), una bruja desdentada que dio un chasquido y murmuró por encima de su jarra de *arak*, y algo que parecía una niña de diez años, pero muy probablemente no lo fuera— se volvieron para mirarlo, pero cuando no vieron nada de interés en sus ropas raídas y su saco de arpillera, se concentraron de nuevo en el objetivo de emborracharse lo suficiente como para poder hacer lo que debían aquella noche.

Asintió con la cabeza mirando a Max y se acercó uno de los taburetes llenos de astillas para sentarse.

—¿Qué va a tomar, señor?[2]

Rakoczy entornó los ojos; Max nunca había servido nada que no fuera *arak*. Pero los tiempos habían cambiado. Había una botella de piedra que contenía algo que quizá fuera cerveza y una botella de cristal oscuro con un garabato escrito en tiza junto al barril de licor más puro del local.

—*Arak*, por favor, Max —anunció—, más vale lo malo conocido. —Le sorprendió ver que el enano lo miraba a él también con los ojos entornados.

—Ya veo, señor, que conocía a mi querido padre —dijo el enano poniendo una copa en la barra—. ¿Hace mucho tiempo que no viene por París?

—*Pardon* —dijo Rakoczy, aceptándola y vaciando el contenido de un trago. Si podías permitirte más de una copa, no esperabas—. ¿Su querido y difunto padre, Max?

—Maximiliano *el Máximo* —le corrigió el enano con firmeza.

—Claro. —Rakoczy hizo un gesto para indicarle que le sirviera otro trago—. ¿Y con quién tengo el placer de hablar?

El español, aunque quizá su acento no fuera tan marcado como lo había sido el de Max, se irguió con orgullo.

—*Maxim Le Grande, monsieur, à votre service!*

Rakoczy lo saludó con formalidad y apuró el segundo trago, después gesticuló para que le sirviera un tercero, e invitó a Maxim a que lo acompañara.

—Ha pasado algún tiempo desde la última vez que estuve aquí —repuso. Y no era mentira—. Me pregunto si otro de mis viejos conocidos seguirá con vida, maître Raymond, también conocido como la *Rana*. ¿Sabe algo?

Percibió un pequeño temblor en el aire, un aleteo casi imperceptible, que desapareció casi en cuanto lo sintió. ¿Tal vez se había producido detrás de él?

—Una rana —repitió Maxim, sirviéndose una copa con aire meditabundo—. Yo no conozco a ninguna rana, pero si me encontrara con alguna, ¿quién debería decirle que pregunta por ella?

¿Debía dar su nombre? No, todavía no.

—No importa —dijo—. Pero puede avisar a madame Fabienne. ¿Conoce el lugar? ¿En la rue Antonie?

El enano alzó sus escasas cejas y esbozó media sonrisa.

—Sí que lo conozco.

No había duda de ello, pensó Rakoczy.

---

[2] En español en el original. *(N. de la t.)*

El apodo de *el Máximo* no reflejaba la estatura de Max y, probablemente, *Le Grande* tampoco. Además de tener sentido del humor, Dios también era justo.

—*Bon*. —Se limpió la boca con la manga y dejó una moneda, con la que habría podido pagar todo el barril—. *Merci*.

Se levantó. El cálido sabor del *arak* le burbujeaba en el fondo de la garganta, y eructó. Quizá pudiera visitar dos sitios más antes de ir a casa de Fabienne. No podría beber más y seguir manteniéndose en pie; se estaba haciendo viejo.

—Buenas noches.

Se despidió de los presentes con una reverencia y abrió la puerta de madera agrietada con cuidado; estaba colgada de una bisagra de cuero y parecía que estuviera a punto de ceder en cualquier momento.

—*Croac* —dijo alguien en voz baja justo antes de que la puerta se cerrara a su espalda.

A Madeleine se le iluminó la cara cuando lo vio, y a él se le caldeó el corazón. La pobre no era muy alegre, pero era guapa y simpática, y llevaba ejerciendo de prostituta el tiempo suficiente como para valorar las pequeñas muestras de cariño.

—¡Monsieur Rakoczy!

Le rodeó el cuello con los brazos y se frotó contra él con afecto.

—Madeleine, querida.

La cogió de la barbilla y le dio un suave beso en los labios, estrechándola hasta que su tripa quedó pegada a la de él. La abrazó un buen rato y le besó los párpados, la frente y las orejas hasta que ella hizo unos ruiditos de placer. Con ello, pretendía abrirse camino a través de su interior, sostener el peso de su útero con la mente, evaluar cuánto tiempo le quedaba.

Lo notó caliente. El corazón era de un oscuro rosa carmesí, como el que denominaban *sang-de-dragon*. Una semana antes, lo había sentido sólido, compacto como un puño; ahora había empezado a suavizarse, a ahuecarse a medida que ella iba preparándose. ¿Quedaban tres días más?, se preguntó. ¿O más bien cuatro?

La soltó, y cuando ella le hizo un bonito puchero, él se rió y se llevó su mano a los labios, sintiendo la misma excitación que había sentido cuando la encontró por primera vez, mientras el leve color azul que brillaba entre los dedos de la joven se tornaba rosa en respuesta a sus caricias. Ella no podía verlo, pero estaba allí. Él ya le había puesto sus manos entrelazadas delante de la cara en otras ocasiones y ella sólo se había mostrado confundida.

—Ve a buscar un poco de vino, *ma belle* —dijo, estrechándole la mano con delicadeza—. Necesito hablar con madame.

Madame Fabienne no era enana, pero era bajita y morena, y tenía tantas manchas como una seta venenosa; además, era tan atenta como un sapo, sus redondos ojos amarillos apenas parpadeaban y nunca los cerraba.

—Monsieur le Comte —repuso con elegancia invitándolo, con un gesto de la cabeza, a sentarse en un sillón de damasco del salón.

El aire olía a cera y a carne, una carne de una calidad superior a la que se ofrecía en la Corte de los Milagros. Y, sin embargo, madame había salido de esa Corte y seguía conservando sus contactos en aquel lugar; nunca lo había ocultado. No parpadeó ni una sola vez al ver su ropa, pero se le dilataron los orificios de la nariz, como si percibiera el olor de los antros y los callejones en los que había estado.

—Buenas noches, madame —dijo sonriéndole, y levantó el saco de arpillera—. He traído un pequeño regalo para *Leopold*. ¿Está despierto?

—Despierto e irritable —contestó ella observando el saco con interés—. Acaba de mudar la piel, será mejor que no haga ningún movimiento brusco.

Leopold era una pitón increíblemente hermosa y larga; era albina, un ejemplar excepcional. La opinión acerca de su origen estaba dividida; la mitad de la clientela de madame Fabienne aseguraba que un cliente noble le había regalado la serpiente (incluso había quien decía que había sido el difunto rey en persona), un hombre al que ella le había curado la impotencia. Otros afirmaban que la serpiente había sido en su día un cliente noble que se negó a pagarle por los servicios prestados. Rakoczy tenía su propia opinión al respecto, pero le gustaba *Leopold*, que por lo general era mansa como una gatita y, a veces, incluso acudía cuando la llamabas, siempre que tuvieras en la mano algo que ella considerara comestible.

—*¡Leopold!* ¡Monsieur le Comte te ha traído un regalito!

Fabienne alargó la mano hacia una jaula de mimbre, abrió la portezuela y sacó la mano con la suficiente rapidez como para que quedara claro a qué se refería cuando decía que el animal estaba «irritable».

Casi de inmediato, una enorme cabeza amarilla se asomó a la luz. Las serpientes tienen los párpados transparentes, pero Rakoczy podría jurar que la pitón parpadeaba con irritación, y movió un bucle de su enorme cuerpo un momento antes de salir de la jaula y deslizarse por el suelo con increíble rapidez para tratarse de una criatura tan grande, al tiempo que sacaba la lengua como la aguja de una costurera.

Se dirigió directamente hacia Rakoczy, abriendo las fauces mientras avanzaba, y éste cogió el saco antes de que *Leopold* tratara de engullirlo entero, incluido Rakoczy. Se apartó, cogió una rata a toda prisa y la tiró hacia arriba. Leopold lanzó un tirabuzón de su cuerpo sobre la rata, dando un golpe tan fuerte que hizo repicar la cucharilla del té que se estaba tomando madame, y antes de que los presentes pudieran parpadear, había estrangulado al animal con uno de sus bucles.

—Ya veo que además de malhumorada está hambrienta —observó Rakoczy, tratando de parecer despreocupado.

En realidad se le había puesto de punta el vello de la nuca y de los brazos. Normalmente, *Leopold* se tomaba su tiempo para alimentarse, y presenciar tan de cerca el voraz apetito de la pitón lo había inquietado.

Fabienne se estaba riendo, casi en silencio, y sus minúsculos hombros caídos se agitaban bajo la túnica verde de seda china que llevaba.

—Por un momento he pensado que se lo iba a comer a usted —comentó al fin enjugándose los ojos—. Si lo hubiera hecho, no tendría que haberle vuelto a dar de comer durante todo un mes.

Rakoczy enseñó los dientes en una expresión que podría haberse interpretado como una sonrisa.

—No podemos dejar que *Leopold* pase hambre —repuso—. Quiero hacerle una oferta especial por Madeleine. Debería bastar para alimentar el culo de este gusano amarillo durante bastante tiempo.

Fabienne dejó el pañuelo y lo miró con interés.

—*Leopold* tiene dos pollas, pero nunca le he visto ningún culo. Veinte escudos franceses al día. Dos más si necesita ropa.

Él le hizo un gesto con la mano.

—Tenía en mente algo más duradero.

Le explicó lo que había pensado y tuvo la satisfacción de ver cómo Fabienne se quedaba bastante pálida a causa del asombro. No duró más que un momento; para cuando había acabado, ella ya le estaba repitiendo sus condiciones iniciales.

Cuando llegaron a un acuerdo, se habían tomado media botella de un buen vino, y *Leopold* ya se había tragado la rata. Apareció un pequeño bulto en el tubo musculoso del cuerpo de la serpiente, pero el animal no ralentizó mucho su ritmo; los bucles se desplazaban sin descanso por el tapiz pintado en la alfombra, tan brillantes como el oro, y Rakoczy contempló las cenefas de su piel, que parecían nubes atrapadas bajo las escamas.

—Es preciosa, ¿verdad? —Fabienne advirtió su admiración y se regodeó un poco en ella—. ¿Alguna vez le he explicado de dónde la saqué?

—Sí, más de una vez. Y también me ha contado más de una historia diferente.

La mujer pareció sorprenderse y él apretó los labios. Aquella vez sólo llevaba unas semanas frecuentando su establecimiento. La había conocido quince años antes, aunque entonces sólo fueron un par de meses. No le había dicho su nombre en aquella ocasión, y una madame recibía a tantos hombres que había pocas probabilidades de que lo recordara. Por otra parte, también le parecía improbable que ella se molestara en recordar a quién le había explicado cada historia, justo lo que ocurría en ese momento, porque ella encogió un hombro con sorprendente elegancia y se rió.

—Sí, pero ésta es cierta.

—Ah, en ese caso...

Sonrió, metió la mano en el saco y le lanzó otra rata a *Leopold*. La serpiente se desplazó más despacio en esta ocasión, y no se molestó en estrangular a su presa inmóvil; tan sólo abrió la boca y la engulló con decisión.

—*Leopold* es una vieja amiga —dijo, mirando a la serpiente con afecto—. Me la traje de las Indias Occidentales hace muchos años. Es un *Mystère*, ¿sabe?

—Pues no lo sabía. —Rakoczy tomó más vino; llevaba tanto tiempo allí sentado que estaba empezando a sentirse ebrio—. ¿Y eso qué es?

Estaba interesado, no tanto por la serpiente como por el hecho de que Fabienne hubiera nombrado las Indias Occidentales. Había olvidado que ella había afirmado que procedía de allí, hacía ya muchos años, mucho antes de que él la conociera.

Cuando él había regresado, se había encontrado el polvo de *afile* esperándolo en su laboratorio; aunque no sabía cuántos años llevaba allí, los sirvientes no se acordaban. En la escueta nota de Mélisande: «Prueba esto. Podría ser lo que utilizó la *Rana*», no ponía la fecha, pero había un breve garabato en lo alto de la página, que rezaba: «Rose Hall, Jamaica.» Si Fabienne conservaba algún contacto en las Indias Occidentales, quizá...

—Hay quienes la llaman *loa* —frunció los labios arrugados como si besara la palabra—, pero ésos son los africanos. Un *Mystère* es un espíritu, uno que hace de intermediario entre Bondye y nosotros. Bondye significa *le bon Dieu*, claro —le explicó—. Los esclavos africanos hablan muy mal el francés. Dele otra rata; sigue teniendo hambre, y si la dejo cazar por la casa, las chicas se asustan.

La tercera rata le provocó otro bulto; la serpiente estaba empezando a parecer un enorme collar de perlas, y comenzaba a mostrar una inclinación por quedarse quieta para digerir lo que había comido. Seguía sacando la lengua para degustar el aire, pero ahora lo hacía más despacio.

Rakoczy volvió a coger el saco mientras sopesaba los riesgos; a fin de cuentas, si se corría la voz desde la Corte de los Milagros, pronto se sabría su nombre.

—Me pregunto, madame, si, como usted conoce a todo París —le hizo una pequeña reverencia que ella devolvió con elegancia—, ¿conoce usted a un hombre a quien llaman maître Raymond? Hay quien lo apoda la *Rana* —añadió.

Ella parpadeó, y luego pareció divertida.

—¿Está buscando a la *Rana*?

—Sí. ¿Es gracioso?

Metió la mano en el saco para coger una rata.

—Un poco. Puede que no deba decírselo, pero como es usted tan considerado... —Miró con satisfacción el monedero que él había dejado junto a su té, un generoso depósito a cuenta—. Maître Grenouille le está buscando.

Se quedó de piedra con un cuerpo peludo en la mano.

—¿Qué? ¿Lo ha visto?

Ella negó con la cabeza, dejó el vaso vacío y tocó una campanita para que acudiera una doncella.

—No, pero lo he oído de dos personas distintas.

—¿Y me busca por mi nombre?

A Rakoczy se le aceleró el corazón.

—Monsieur le Comte Saint Germain. ¿Es usted?

Lo preguntó con escaso interés; los nombres falsos eran habituales en su negocio.

Él asintió. De pronto tenía la boca demasiado seca para hablar y sacó la rata del saco. El animal se le retorció en la mano por sorpresa y un intenso dolor en el pulgar le hizo lanzar al roedor por los aires.

—*Sacrebleu!* Me ha mordido!

La rata, aturdida por el impacto, se tambaleó como borracha por el suelo en dirección a *Leopold*, que empezó a sacar la lengua más deprisa. Fabienne, sin embargo, dejó escapar una exclamación cargada de asco y le lanzó un cepillo con el reverso de plata. Asustada por el repentino impacto, la rata saltó, aterrizó y corrió directamente por encima de la sorprendida cabeza de la serpiente para desaparecer por la puerta del vestíbulo, donde, por el grito resultante, fue evidente que se había encontrado con la doncella antes de acabar escapando a la calle.

—*Jésus Marie* —dijo Madame Fabienne santiguándose piadosamente—. Una resurrección milagrosa. Y eso que ya hace dos meses que ha acabado la Semana Santa.

Fue un viaje tranquilo; la costa de Francia apareció justo después del amanecer del día siguiente. Joan la vio, una marca de color verde oscuro en el horizonte, y, a pesar de lo agotada que estaba, sintió un pequeño escalofrío de emoción ante aquella imagen.

No había dormido, aunque al caer la noche había acabado bajando de mala gana y se había envuelto en su capa y su chal mientras trataba de no mirar al joven con la sombra en la cara. Había pasado toda la noche tumbada escuchando los ronquidos y rugidos de los demás pasajeros, rezando sin cesar, y preguntándose, con desespero, si lo único que podía hacer para ayudar era rezar.

Muchas veces se preguntaba si se debía a su nombre. De niña se había sentido muy orgullosa de él; era un nombre heroico, el nombre de una santa, pero también el de una guerrera. Su madre se lo explicaba muy a menudo. No creía que su madre hubiera pensado que el nombre pudiera estar hechizado.

Suponía que aquello no les pasaría a todas las mujeres llamadas Joan, ¿o sí? Deseaba conocer otra Joan para preguntarle. Porque si les ocurría a todas, las otras debían de mantenerlo en secreto, igual que ella.

Una no va por ahí diciéndole a la gente que oye voces. Y mucho menos que ve cosas que no están ahí. Eso te lo callas.

Sí que había oído hablar de un vidente, claro; en las Highlands lo decía todo el mundo. Y casi todas las personas que conocía afirmaban que el anciano había predicho que Angus MacWheen estaba muerto cuando no regresó a casa en aquella ocasión el invierno pasado. Pero nadie mencionaba el hecho de que

Angus MacWheen fuera un sucio y viejo borracho y estuviera tan amarillo y arrugado que era evidente que moriría pronto o acabaría congelándose cualquier día de ésos.

Pero ella nunca había visto al vidente, y ése era el problema. ¿Cómo sacabas el tema? Te limitabas a decirle a la gente: «Oíd todos, soy vidente», y ellos asentían y te decían: «Ah, qué bien, ¿y qué va a pasar el martes que viene?» Y lo que era más importante, cómo diablos...

—¡Ay!

Se había mordido la lengua con fuerza como castigo por la blasfemia involuntaria, y se llevó la mano a la boca.

—¿Qué ocurre? —preguntó una voz con cierta preocupación a su espalda—. ¿Se ha hecho daño, señorita MacKimmie? Mmm..., o sea, ¿hermana Gregory?

—¡Mmm! No. No, sólo me... me he mordido la lengua.

Se volvió hacia Michael Murray tocándose, con suavidad, el paladar con la lengua herida.

—Bueno, suele pasar cuando uno habla consigo mismo. —Descorchó una botella que llevaba y se la ofreció—. Tenga, enjuáguese la boca con esto; la ayudará.

Ella dio un buen trago y se enjuagó la boca; le ardió un poco justo donde se había mordido, y luego se tragó el líquido, lo más lentamente posible, para que durara.

—Jesús, María y José —jadeó—. ¿Es vino?

El sabor que percibía en la boca se asemejaba a la bebida que ella conocía como vino como un huevo a una castaña.

—Sí, es bastante bueno —admitió él con modestia—. Alemán. Mmm... tome un poco más.

La joven no se lo discutió y bebió encantada sin apenas escuchar lo que él le explicaba sobre el vino, su nombre, que lo elaboraban en Alemania, dónde lo había conseguido... etcétera. Por fin se repuso lo suficiente como para recuperar sus modales y, de mala gana, le devolvió la botella, que ahora estaba medio vacía.

—Muchas gracias, señor —le dijo con delicadeza—. Ha sido muy amable. Pero no tiene por qué malgastar su tiempo haciéndome compañía; puedo quedarme sola.

—Sí, bueno..., no lo hago por usted —repuso, y tomó un buen trago él también—. Lo hago por mí.

Ella parpadeó al viento. Michael se había ruborizado, pero pensó que no se debía ni a la bebida ni al aire.

Se las arregló para contestarle con un breve «¿Eh...?».

—Bueno, quería preguntarle... —espetó, y apartó la mirada con las mejillas sonrojadas—: ¿Rezará por mí, hermana? Y por mi... mi esposa. Por el descanso de... de...

—¡Oh! —exclamó avergonzada por haber estado tan absorta en sus propias preocupaciones que no había advertido la angustia de su acompañante. «Crees que eres vidente, cielo santo, y eres incapaz de ver lo que tienes delante de las narices; no eres más que una tonta y, además, una tonta egoísta.» Posó la mano sobre la de Michael, apoyada en la barandilla, y se la estrechó con fuerza tratando de transmitirle la bondad de Dios.

—¡Claro que sí! —dijo—. Le recordaré en cada misa, ¡se lo prometo! —Por un momento se preguntó si sería adecuado jurar una cosa como ésa, pero a fin de cuentas...—. Y el alma de su pobre esposa, ¡claro que sí! Cómo... em... ¿cómo se llamaba? Así sabré qué debo decir cuando rece por ella —se apresuró a explicarle al ver que él entornaba los ojos de dolor.

—Lilliane —afirmó en voz tan baja que apenas pudo oírlo más allá del sonido del viento—. Yo la llamaba Lillie.

—Lilliane —repitió con cautela, tratando de pronunciar las sílabas igual que él. Era un nombre dulce y hermoso, pensó, que se deslizaba como el agua por las rocas en lo alto de un arroyo. «Jamás volverás a ver un arroyo», y sintió una repentina punzada, pero ignoró ese pensamiento y volvió la cara hacia la creciente costa de Francia—. Lo recordaré.

Él asintió en señal de agradecimiento y permanecieron allí en silencio durante un rato, hasta que ella se dio cuenta de que seguía teniendo la mano sobre la suya, y la retiró al instante. Michael pareció sorprenderse, y ella espetó lo que tenía en la mente:

—¿Cómo era su mujer?

Por el rostro de Michael desfiló una extraordinaria mezcla de emociones. Joan no supo discernir cuál era la dominante: pena, diversión o un completo desconcierto, y de pronto se dio cuenta de lo poco que conocía a aquel hombre.

—Ella era... —Se encogió de hombros y tragó saliva—. Era mi mujer —dijo en voz muy baja—. Era mi vida.

Debería haber sabido qué decirle para consolarlo, pero no lo sabía.

«¿Está con Dios?» Suponía que sí, y, sin embargo, estaba claro que para aquel joven lo único que importaba era que ella no estaba con él.

—¿Qué le ocurrió? —preguntó sin rodeos, sólo porque le pareció necesario decir algo.

Él respiró hondo y pareció tambalearse un poco; ella advirtió que había apurado el resto del vino y le quitó la botella de la mano y la lanzó por la borda.

—La gripe. Dijeron que fue rápido. Pero a mí no me lo pareció, y aun así lo fue, supongo que sí. Tardó dos días, y Dios sabe muy bien que recuerdo cada segundo de esos días y, sin embargo, tengo la sensación de que la he perdido en el lapso de tiempo que transcurre entre un latido de corazón y el siguiente. Y yo... sigo buscándola ahí, en ese espacio intermedio.

Tragó saliva.

—Ella... ella estaba...

Dijo en voz tan baja la palabra «embarazada» que Joan apenas la oyó.

—¡Oh! —exclamó con suavidad muy conmovida—. Oh, *a chiusle*.

Significaba «sangre del corazón», y ella se refería a que eso era lo que su mujer había significado para él. Dios santo, esperaba que no hubiera pensado que se refería a... No, no lo había hecho, y el nudo que se le había formado en el estómago se relajó un poco cuando vio la mirada de gratitud en su rostro. Él sabía a qué se refería y parecía alegrarse de que ella lo hubiera comprendido.

Joan parpadeó y apartó la mirada. Entonces descubrió al joven de la sombra, que estaba apoyado en la misma barandilla, pero un poco más lejos. Cuando lo vio se quedó sin aliento.

Con la luz de la mañana la sombra era más oscura. El sol estaba empezando a calentar la cubierta, mientras unas delicadas nubes blancas se mecían en el manto azul del clarísimo cielo francés y, sin embargo, la niebla parecía arremolinarse y espesarse, oscureciendo la cara de aquel joven, a quien rodeaba por los hombros como si fuera un chal.

«Querido Dios, ¡dime qué debo hacer!» Se convulsionó, quería acercarse al joven y hablar con él. Pero ¿qué podía decirle? «¿Estás en peligro, ten cuidado?» La tomaría por loca. Y si el peligro fuera algo que no podía evitar, como el pequeño Ronnie con el buey, ¿qué conseguiría hablando con él?

Era remotamente consciente de que Michael la estaba mirando con curiosidad. Le dijo algo, pero ella no le escuchaba, estaba concentrada en lo que ocurría dentro de su mente. ¿Dónde estaban aquellas malditas voces cuando las necesitaba?

Pero las voces callaban con obstinación, y ella se volvió hacia Michael. Se había agarrado con tanta fuerza a la barandilla del barco que le palpitaban los músculos del brazo.

—Disculpe —dijo—. No le estaba escuchando. Es que... estaba pensando en algo.

—Si la puedo ayudar en alguna cosa, hermana, sólo tiene que pedírmelo —repuso, esbozando una leve sonrisa—. ¡Oh! Y hablando de eso, quería decirle que le comenté a su madre que si quería escribirle a Fraser et Cie, yo me encargaría de que le llegaran sus cartas. —Encogió un hombro—. No sé qué normas tienen en el convento sobre recibir cartas del exterior.

Joan tampoco lo sabía y le preocupaba. Se sintió tan aliviada al escuchar aquello que esbozó una enorme sonrisa.

—Oh, ¡es usted muy amable! —exclamó—. Y si pudiera... ¿quizá contestarle...?

Michael sonrió, y el placer que sintió al poder ayudarla suavizó las huellas que el dolor le había dejado en el rostro.

—Cuando quiera —le aseguró—. Yo me ocuparé. Quizá podría...

Un grito entrecortado cortó el aire y Joan levantó la mirada, sorprendida, pensando que había sido alguna gaviota que había llegado desde la costa para sobrevolar el barco. Pero no era un pájaro. Se trataba del joven. Se había subido a la barandilla, agarraba el cordaje con una mano, y antes de que ella pudiera hacer nada más que tomar aire, se soltó y desapareció.

París

Michael estaba preocupado por Joan. Estaba hundida en el asiento del carruaje, sin tan siquiera molestarse en mirar por la ventanilla, hasta que un leve hedor que llevó la brisa de la primavera le rozó la cara. El olor la sorprendió tanto que la sacó del caparazón de tristeza conmocionada en el que se había encerrado desde que desembarcaron.

—¡Madre de Dios! —dijo llevándose la mano a la nariz—. ¿Qué es eso?

Michael rebuscó en su bolsillo, sacó su andrajoso pañuelo mugriento y lo miró con recelo.

—Es el cementerio público. Lo siento, no pensé...

—*Moran taing*. —Aceptó el pedacito de tela húmeda y se la llevó a la cara sin importarle el estado en el que se encontraba—. ¿Acaso los franceses no entierran a sus muertos en los cementerios?

Por el olor, parecía que hubiesen dejado mil cadáveres sobre el suelo húmedo para que se pudrieran, y ver las bandadas de cuervos negros en la lejanía no ayudaba a subsanar esa impresión.

—Sí que los entierran. —Michael estaba exhausto, ya que había tenido una mañana horrible, y se esforzó por recomponerse—. Pero allí hay un pantano; incluso aunque entierren a gran profundidad los ataúdes, y en muchos casos no lo hacen, acaban apareciendo a la superficie en cuestión de meses. Cuando hay alguna inundación, y es bastante frecuente cuando llueve, lo que queda de los ataúdes se desintegra, y... —Tragó saliva, agradecido de no haber desayunado.

»Se habla de trasladar los huesos, como mínimo, para depositarlos en un osario, que es como se llama. Hay unas viejas minas que se encuentran en las afueras de la ciudad, por allí —señaló con la barbilla—, y quizá..., pero todavía no han hecho nada al respecto —añadió a toda prisa, tapándose la nariz para respirar por la boca. Pero no importaba que se respirara por la nariz o por la boca, ya que el aire era tan espeso que se percibía su sabor.

Joan estaba tan indispuesta como indicaba su aspecto, y tenía la cara del color de las natillas pasadas. Había vomitado cuando la tripulación había logrado al fin subir al suicida a bordo, chorreando agua gris y cubierto de algas, que se le habían enredado en las piernas y habían hecho que se ahogara. Todavía tenía manchas de vómito en el pecho, y su cabello oscuro, que estaba lacio y apagado, se le salía de la cofia. Por supuesto, él tampoco había pegado ojo durante toda la noche.

No podía llevarla al convento en ese estado. Quizá a las monjas no les importara, pero a él sí. Estiró el brazo y dio unos golpecitos en el techo del carruaje.

—*Monsieur?*

—*Au château, vite!*

Primero la llevaría a su casa. No tenían que desviarse mucho del camino, y en el convento no la esperaban ningún día en particular ni tampoco a ninguna hora concreta. Se podría asear, comer algo y reponerse. Y si además eso le ahorraba tener que entrar solo en su casa, mejor, ya que se dice que las buenas obras tienen su recompensa.

Para cuando llegaron a la avenue Trémoulins, Joan había olvidado, en cierto sentido, los distintos motivos por los que estaba angustiada, gracias a la excitación de estar por fin en París. Nunca había visto a tanta gente en el mismo sitio al mismo tiempo, ¡y eso que sólo se trataba de las personas que salían de una misa que se celebraba en una iglesia parisina! Doblaron la esquina y vio una acera de piedra tan ancha como el río Ness, y esas piedras estaban cubiertas, de un extremo a otro, por carretillas, carretas y puestos repletos de frutas y verduras, y flores, y pescado, y carne... Le había devuelto a Michael su sucio pañuelo y ahora jadeaba como un perro, giraba la cabeza de un lado a otro y trataba de captar todos los olores al mismo tiempo.

—La veo un poco mejor —observó Michael sonriéndole. Él seguía estando pálido, pero también parecía más contento—. ¿Ya tiene hambre?

—¡Mucha! —Miró los últimos puestos del mercado, estaba hambrienta—. ¿Podríamos detenernos a comprar una manzana? Tengo un poco de dinero...

Rebuscó las monedas que llevaba ocultas en lo alto de las medias, pero él la detuvo.

—No, habrá comida de sobra en casa. Esperaban que llegara esta semana, lo tendrán todo preparado.

Joan miró el mercado con nostalgia, pero se volvió, obediente, a la dirección que él le señalaba, y asomó la cabeza por la ventanilla del carruaje para ver su casa cuando se acercaron.

—¡Es la casa más grande que he visto en mi vida! —exclamó.

—¡Qué va! —contestó él riendo—. Lallybroch es mucho más grande.

—Bueno..., ésta es más alta —respondió.

Y lo era; tenía cuatro plantas, una cubierta enorme de tejas de pizarra con las vetas de color verde cobre y una buena cantidad de ventanas de cristal incrustadas y...

Seguía intentando contar las ventanas cuando Michael la ayudó a bajar del carruaje y le ofreció el brazo para acompañarla hasta la puerta. Estaba observando los grandes setos de tejo plantados en macetas de latón y preguntándose cuánto costaría mantenerlos bien podados, cuando notó que el brazo que tenía bajo la mano se ponía rígido como la madera.

Miró a Michael sorprendida y después miró hacia donde miraba él, en dirección a la puerta de su casa. Se había abierto, y tres personas bajaban los escalones de mármol sonriendo, saludando y llamándolo.

—¿Quiénes son? —susurró Joan acercándose a Michael.

El tipo bajito con el delantal a rayas debía de ser el mayordomo; había leído acerca de los mayordomos. Pero el otro hombre era un caballero, flexible como un sauce, que vestía una casaca a rayas amarillo limón y rosa, y un sombrero ornamentado con..., bueno, suponía que debía de ser una pluma, pero habría pagado por ver el pájaro del que procedía. Y, sin embargo, apenas reparó en la mujer, que iba vestida de negro. Pero ahora advirtió que Michael sólo tenía ojos para esa mujer.

—Li... —empezó, y se interrumpió—. L... Léonie. Se llama Léonie. Es la hermana de mi mujer.

Entonces se puso seria, porque por el aspecto de Michael Murray, parecía que hubiera visto el fantasma de su mujer. Pero Léonie parecía de carne y hueso. Era delgada y hermosa, aunque en su semblante se adivinaban las mismas huellas de dolor que se reflejaban en el de Michael, y su rostro pálido asomaba por debajo de un pulcro sombrero negro con una minúscula pluma azul.

—Michel —dijo—. ¡Oh, Michel!

Y se abalanzó a sus brazos con los ojos de almendra llenos de lágrimas.

Joan, que se sentía fuera de lugar, se retiró un poco y observó al hombre con el chaleco a rayas amarillo limón; el mayordomo, con mucho tacto, se había vuelto a meter en casa.

—Charles Pépin, mademoiselle —repuso quitándose el sombrero. Le cogió la mano, se inclinó sobre ella y fue entonces cuando Joan pudo ver el brazalete de luto negro que llevaba en su manga brillante—. *À votre service.*

—¡Oh! —exclamó un poco nerviosa—. Mmm... Joan MacKimmie. *Je suis*... eh... mmm...

«Dile que no lo haga», le informó una repentina y relajada vocecita en el interior de su cabeza, y Joan apartó la mano de inmediato como si la hubiera mordido.

—Encantada de conocerle —jadeó—. Disculpe.

Y se volvió para vomitar en la maceta de bronce de uno de los setos.

Joan temía que le resultara incómodo ir a la afligida y vacía casa de Michael, pero se había armado de valor para poder ofrecerle su consuelo y apoyo en calidad de pariente lejana e hija de Dios. Por tanto, debía de sentirse un poco ofendida de verse del todo suplantada en cuanto a consuelo y apoyo; en realidad, estaba relegada a la posición de invitada, pues los habitantes de la casa le servían con educación y no dejaban de preguntarle si quería más vino, un poco de jamón o pepinillos, pero la ignoraban en todo lo demás; entretanto, los sirvientes de Michael, su cuñada y... no estaba segura de qué relación tenía con monsieur Pépin, aunque el hombre parecía tener alguna relación personal con Léonie (¿tal vez alguien había dicho que era su primo?), todos se arremolinaban alrededor de Michael como un baño de agua perfumada, cálida y ligera: lo tocaban, lo besaban (aunque había oído decir que en Francia los hombres se besaban, no pudo evitar mirarlos fijamente cuando monsieur Pépin le dio un par de besos en ambas mejillas) y, en general, lo alborotaban mucho.

Sin embargo, se sintió muy aliviada de no tener que conversar en francés, más allá de decir un sencillo *merci* o *s'il vous plaît* de vez en cuando. La situación le permitió relajarse, tanto mental como físicamente, porque seguía con el estómago revuelto, y le pareció que el vino lo ayudaba muchísimo, así como observar de cerca a monsieur Charles Pépin.

«Dile que no lo haga.» «¿Y a qué te refieres con eso?», le preguntó a la voz. No obtuvo respuesta, cosa que no la sorprendió. Las voces no solían dar muchos detalles.

No sabía si las voces eran masculinas o femeninas; no parecían ninguna de las dos cosas, y se preguntó si serían ángeles, ya que éstos no tenían sexo y, sin duda, eso les ahorraba muchas complicaciones. Las voces que oía Juana de Arco habían tenido la decencia de presentarse, pero las suyas, no. Por otra parte, si fueran ángeles y le dijeran sus nombres, tampoco los reconocería, así que quizá ése era el motivo por el que no se molestaban en hacerlo.

En fin. ¿Aquella voz en particular se refería a que Charles Pépin era un villano? Lo miró con atención. No daba esa impresión. Tenía un rostro atractivo y recio, y Michael parecía tenerle cariño, y, a fin de cuentas, Michael debía de juzgar bien el carácter, pensó, dedicándose, como se dedicaba, al negocio del vino.

Entonces ¿qué sería lo que querría hacer el señor Charles Pépin? ¿Estaría pensando en cometer algún crimen terrible? ¿O quizá en quitarse la vida, como aquel pobre chico del barco? Todavía tenía algo pegajoso en la mano a causa de las algas.

Se frotó la palma de la mano en el vestido con discreción, ya que sentía mucha frustración. Esperaba dejar de oír voces cuando estuviera en el convento. Eso era lo que pedía cuando rezaba por las noches. Y si no cesaban, por lo menos allí podría explicárselo a alguien sin temor a que la encerraran en un manicomio o a que la apedrearan por la calle. No sabía mucho, pero sí que tendría un confesor. Quizá pudiera ayudarla a descubrir lo que pretendía Dios cuando le otorgó aquel don sin darle ninguna explicación de lo que debía hacer con él.

Entretanto, tendría que vigilar a monsieur Pépin; quizá debería decirle algo a Michael antes de marcharse. «¿Sí? ¿Qué?», pensó con impotencia.

Sin embargo, se alegraba de ver que Michael iba perdiendo su palidez a medida que los demás seguían agasajándolo, intentando que comiera alguna exquisitez, rellenándole el vaso, explicándole chismes. También se alegró de descubrir que, cuanto más se relajaba, mejor entendía lo que decían. Jared, que debía de ser Jared Fraser, el primo mayor de Michael, el fundador de la compañía comercial de vinos y el propietario de aquella casa, seguía en Alemania, dijeron, pero esperaban que regresara en cualquier momento. También le había enviado una carta a Michael. ¿Dónde estaba? No importaba, ya aparecería..., y la comtesse de Maurepas había sufrido un ataque epiléptico, un auténtico ataque en la corte el miércoles anterior, cuando se encontró con mademoiselle de Perpignan y descubrió que llevaba un vestido de un tono verde guisante en particular que sólo lucía la comtesse, y sólo Dios sabía por qué, porque siempre parecía un pedazo de queso envuelto en esas telas, y había abofeteado a su doncella con tanta fuerza por decírselo que la pobre chica cruzó corriendo entre los juncos y chocó de cabeza contra una de las paredes de cristal, con tan mala suerte que también rompió el espejo, pero nadie se atrevía a señalar quién había tenido más mala suerte, si la Tour, la doncella, o la Perpignan.

«Pájaros —pensó Joan como si estuviera dentro de un sueño mientras bebía vino—. Parecen un grupo de alegres pajarillos en un árbol piando todos a la vez.»

—La que habrá tenido peor suerte de todas es la costurera que le hizo el vestido a la Perpignan —dijo Michael esbozando una pequeña sonrisa—. En cuanto la comtesse averigüe quién es.

Clavó la mirada en Joan, que estaba allí sentada con un tenedor de verdad, de plata para más señas, en la mano, con la boca medio abierta debido a la concentración que necesitaba para seguir la conversación.

—Hermana Joan, o sea, hermana Gregory, disculpe, lo había olvidado. Si ya ha acabado de comer, ¿quiere asearse un poco antes de que la lleve al convento?

Michael ya se estaba levantando con ademán de coger la campanilla, y antes de que Joan pudiera darse cuenta de dónde estaba, una doncella la había conducido a la planta superior, la había desnudado con mucha habilidad y, arrugando la nariz al percibir el olor de la ropa sucia, envolvió a Joan en una bata de la más maravillosa seda verde, ligera como el aire, y la metió en una pequeña estancia de piedra donde había una bañera de cobre; a continuación, desapareció pronunciando una frase de la que Joan sólo comprendió la palabra «*eau*».

Se sentó en una banqueta de madera que encontró y se estrechó la bata alrededor del cuerpo desnudo. La cabeza le daba vueltas, y no era sólo a causa del vino. Cerró los ojos y respiró hondo tratando de rezar. Dios estaba en todas partes, se aseguró, por muy violento que le resultara imaginárselo con ella en un baño de París. Apretó los ojos con más fuerza y empezó a rezar el rosario con firmeza, comenzando por los misterios gozosos.

Hasta que iba por la mitad de la visitación no empezó a sentirse relajada de nuevo. No era así como se había imaginado su primer día en París. Y, sin embargo, así tendría algo que contarle a su madre en las cartas, de eso no cabía duda. Siempre que la dejaran escribir cartas en el convento.

La doncella entró con dos latas enormes llenas de agua caliente y las vertió en la bañera salpicándolo todo. Llegó otra justo detrás, equipada exactamente de la misma forma, y, entre las dos, levantaron a Joan, le quitaron la bata, y la metieron en la bañera antes de que hubiera dicho la primera sílaba de la palabra de Dios en la tercera decena.

Le dijeron algunas cosas en francés, que no comprendió, y le ofrecieron una serie de instrumentos peculiares. Joan reconoció el pequeño tarro del jabón, lo señaló, y una de ellas le vertió agua sobre la cabeza y empezó a lavarle el pelo.

Llevaba meses despidiéndose de su pelo cada vez que se lo cepillaba. Estaba bastante resignada a perderlo, pero tanto si lo sacrificaba de inmediato, como postulante, como más tarde, cuando se convirtiera en novicia, estaba claro que tendría que cortárselo. La sorpresa de sentir unos hábiles dedos frotándole el cuero cabelludo, el auténtico placer sensual del agua caliente resbalándole por el pelo, el suave peso húmedo de los mechones descolgándose entre sus pechos... ¿Ésa era la forma que tenía Dios de preguntarle si lo había pensado bien? ¿Sabía a qué iba a renunciar?

Sí que lo sabía. Y sí que había pensado en ello. Por otra parte..., no podía pedirles que se detuvieran; sería una grosería. La calidez del agua estaba haciendo que el vino que había tomado se desplazara más deprisa por su torrente sanguíneo, y tuvo la sensación de que la estaban masajeando como si fuera *toffee*: estiraban de ella, que se descolgaba, reluciente, en lánguidos bucles. Cerró los ojos y dejó de intentar recordar cuántas avemarías le quedaban por rezar en la tercera decena.

Hasta que las doncellas la sacaron de la bañera con la piel sonrosada y vaporosa, y la envolvieron en una enorme toalla mullida, no emergió, de pronto, de su sensual trance. El aire frío se le pegó al estómago y le recordó que toda aquella lujuria era un cebo del diablo, pues al haberse dejado llevar por la gula y aquel baño pecaminoso, había olvidado por completo al pobre joven del barco, ese pobre pecador desesperado que se había arrojado al mar.

De momento las doncellas se habían marchado. Se dejó caer de rodillas al pavimento de piedra y se quitó las cómodas toallas para exponer su piel desnuda al aire frío en señal de penitencia.

«*Mea culpa, mea culpa, mea maxima culpa*», jadeó golpeándose el pecho con el puño en señal de pesar y arrepentimiento.

Tenía metida en la cabeza la imagen de aquel joven ahogado, su cabello, castaño claro, pegado a la mejilla, los jóvenes ojos medio cerrados, ciegos, ¿y qué sería eso tan terrible que habría visto antes de saltar, o qué habría pensado para gritar de aquella manera?

Pensó un momento en Michael, en la mirada que tenía cuando hablaba de su pobre esposa. ¿Era posible que el joven hubiera perdido a algún ser querido y se hubiera sentido incapaz de afrontar la vida él solo?

Tendría que haber hablado con él. Ésa era la innegable y terrorífica verdad. No importaba que no supiera qué decirle. Debería haber confiado en que Dios le daría palabras, tal como lo había hecho cuando habló con Michael.

—¡Perdóname, Padre! —dijo con urgencia y en voz alta—. Por favor, perdóname, ¡dame fuerzas!

Había traicionado a aquel pobre joven. Y a sí misma. Y a Dios, que le había concedido aquel terrible don de la visión por algún motivo. Y a las voces...

—¿Por qué no me lo dijisteis? —aulló—. ¿Es que no tenéis nada que decir?

Y ella había pensado que se trataba de voces de ángeles, y no lo eran, sólo eran susurros de la niebla del pantano que se le colaban en la cabeza, susurros inútiles y absurdos... tanto como ella. ¡Oh, Dios santo...!

No sabía cuánto tiempo había pasado allí arrodillada, desnuda, medio borracha y llorando. Escuchó las exclamaciones consternadas de las doncellas francesas que asomaban la cabeza en el baño y la retiraban a toda prisa, pero no les prestó atención. Ni siquiera sabía si era correcto rezar por el pobre joven, pues el suicidio era un pecado mortal, y seguro que el chico se había ido directamente al infierno. Pero no podía abandonarlo; no podía. Por algún motivo, tenía la sensación de que el chico había estado a su cuidado, que ella lo había dejado caer con total despreocupación, y estaba segura de que Dios no haría al chico completamente responsable, porque ella debería haber estado cuidando de él.

Y por eso rezó, con toda la energía de su cuerpo, mente y espíritu, pidiendo clemencia. Clemencia para el joven, para el pequeño Ronnie y el desdichado y viejo Angus; clemencia para el pobre Michael y para el alma de Lillie, su querida esposa, y su bebe nonato. Y clemencia para ella, esa indigna vasija de servicio divino.

—¡Lo haré mejor! —prometió, sorbiendo y limpiándose la nariz en la toalla mullida—. De verdad. Lo haré. Seré más valiente. Lo seré.

Michael cogió el candelero que le ofrecía el sirviente, le dio las buenas noches y cerró la puerta. Esperaba que la hermana Joan-Gregory estuviera cómoda; le había pedido al personal del servicio que la alojara en la habitación de invitados principal. Estaba bastante seguro de que se quedaría dormida. Sonrió con ironía para sí mismo; no estaba acostumbrada al vino y era evidente que la compañía la ponía nerviosa. Se había tomado casi todo el contenido del decantador de jerez antes de que él se diera cuenta, y se había quedado sentada en una esquina con la mirada perdida y una sonrisita que le recordaba a una pintura que había visto en Versalles, una mujer que el mayordomo había llamado *La Gioconda*.

Como no podía llevarla al convento en ese estado, la había acompañado con educación a la planta superior y la había dejado en manos de las doncellas, que la habían mirado con cierto recelo, como si una monja borracha fuera una mercancía peligrosa.

Él también había bebido bastante a lo largo de la tarde, y más incluso durante la cena. Él y Charles permanecieron despiertos hasta muy tarde, charlando y tomando ponche de ron. No charlaron sobre nada en particular; sencillamente, no había querido quedarse solo. Charles le había propuesto ir a los salones de juego, puesto que su amigo era un jugador empedernido, pero aceptó su rechazo con educación y se limitó a hacerle compañía.

La llama de la vela se difuminó un poco cuando pensó en la amabilidad de Charles. Parpadeó y negó con la cabeza, cosa que fue un error; el contenido de su mente cambió de súbito y su estómago se alzó en protesta por el repentino movimiento. Casi no llega a tiempo a la bacinilla de su dormitorio y, una vez evacuado el contenido de su estómago, se quedó tumbado en el suelo, como entumecido, con la mejilla pegada a los tablones fríos.

No era que no pudiera levantarse y meterse en la cama. Es que no podía soportar la idea de las sábanas blancas frías, las almohadas ahuecadas y suaves, como si la cabeza de Lillie nunca las hubiera aplastado, como si la cama jamás hubiera conocido el calor de su cuerpo.

Las lágrimas resbalaron a ambos lados del puente de su nariz y cayeron al suelo. Oyó un ruido, como algo que husmeaba, y *Plonplon* salió arrastrándose de debajo de la cama y le lamió la cara gimiendo con ansiedad. Al poco tiempo, se sentó, se apoyó en el lateral de la cama con el perro sobre el brazo, y alargó la mano para coger el decantador lleno de oporto que el mayordomo había dejado, siguiendo sus instrucciones, en la mesita contigua.

El hedor era terrible. Rakoczy se había colocado una colcha de lana sobre la parte inferior de la cara, pero el mal olor empalagoso se colaba por la tela y se le posaba en la parte posterior de la garganta, de forma que, aunque respirara por la boca, no conseguía evitar la pestilencia. Respiró lo más superficialmente que pudo mientras decidía, con cuidado, qué camino tomar por los confines del cementerio gracias al estrecho haz de luz de un quinqué que llevaba un poco tapado para que no proyectara demasiada luz. La mina estaba bastante lejos, pero cuando soplaba el viento del este, el hedor se extendía por todas partes.

La mina de yeso llevaba años abandonada; se rumoreaba que estaba encantada. Y lo estaba. Rakoczy sabía qué la había hechizado. Aunque nunca había sido religioso, ya que él era un filósofo y científico natural, un racionalista, seguía santiguándose por impulso cada vez que pasaba junto a lo alto de la escalera que descendía por el pozo de aquellas profundidades espectrales.

Por lo menos los rumores acerca de fantasmas, demonios y muertos vivientes evitarían que nadie se acercara a examinar una luz extraña procedente de los túneles de las minas, en caso de que alguien la viera. Aunque por si acaso... Abrió el saco, que seguía oliendo a rata, y sacó unas cuantas antorchas de uraninita y el paquete aceitoso que contenía varios pedazos de tela empapados en *salpêtre*, sales de potasio, polvo de vitriolo azul, cardenillo, manteca de antimonio y unos cuantos compuestos interesantes más de su laboratorio.

Encontró el vitriolo azul guiándose por el olor, enrolló la tela alrededor de la antorcha y después, mientras silbaba por lo bajo, realizó tres más, que impregnó con distintas sales. Le encantaba aquella parte. Era sencilla y asombrosamente hermosa.

Se detuvo un instante para escuchar, pero ya hacía un buen rato que había anochecido y los únicos sonidos que se oían eran los de la propia noche, el canto de las ranas procedente de las ciénagas que rodeaban el cementerio y el viento que agitaba las hojas del verano. Había algunas chozas a más de medio kilómetro de distancia, pero sólo una de ellas proyectaba el brillo de un fuego a través de la chimenea que sobresalía de la cubierta.

«Casi me sabe mal que no haya nadie aquí conmigo para ver esto.» Sacó la pequeña caja de yesca de su envoltorio y acercó un ascua a la tela de la antorcha. Se encendió una minúscula llama verde que parecía la lengua de una serpiente, y luego prendió en forma de un brillante globo de un color fantasmagórico.

Sonrió al verlo, pero no tenía tiempo que perder; las antorchas no arderían para siempre, y tenía mucho trabajo. Se ató el saco al cinturón y se internó en la oscuridad con el fuego verde chisporroteando con suavidad en una mano.

Se detuvo cuando llegó abajo y respiró hondo. El aire estaba despejado, puesto que hacía mucho tiempo que se había asentado el polvo de la mina. Nadie había pasado por allí últimamente. Las apagadas paredes blancas brillaban con una suavidad inquietante a la luz verde de la antorcha, y el pasaje bostezaba ante él, negro como el alma de un asesino. Incluso a pesar de que conocía aquel lugar muy bien, y de que llevaba una luz en la mano, sentía aprensión por entrar.

«¿La muerte es así? —se preguntó—. ¿Un vacío oscuro en el que te adentras con apenas un débil brillo de esperanza en la mano?» Apretó los labios. Bueno, ya lo había hecho antes, aunque de una forma menos permanente. Pero no le gustaba que durante los últimos días no consiguiera dejar de pensar en la idea de la muerte.

El túnel principal era largo y lo bastante ancho como para que dos hombres pudieran recorrerlo uno junto al otro, y el techo estaba tan alejado de su cabeza que la áspera excavación de yeso quedaba oculta entre las sombras, apenas iluminada por su antorcha. Pero los túneles laterales eran más pequeños. Contó los que iba dejando a la izquierda y, sin querer, aceleró un poco el ritmo cuando pasó junto al cuarto. Ahí era donde estaba, por el túnel lateral, un giro a la izquierda, y de nuevo hacia la izquierda. ¿No era eso lo que los ingleses consideraban ir en contra del sentido de la rotación del sol? Creía que se lo había explicado Mélisande cuando lo había llevado allí...

El sexto. La antorcha había empezado a apagarse y Rakoczy extrajo otra del saco y la encendió con los restos de la primera, que dejó caer al suelo, en la entrada del túnel lateral, para que se extinguiera a su espalda. El humo se le metió en la garganta. Sabía el camino, pero aun así era bueno ir dejando señales en aquel reino de noche infinita. La mina estaba constituida por cámaras profundas, y en el fondo había una en cuyas paredes había extrañas pinturas de animales que no existían, pero los dibujos tenían una intensidad sorprendente, como si fueran a saltar de la pared y salir corriendo en estampida por los pasajes. A veces, aunque no con demasiada frecuencia, se adentraba en las entrañas de la tierra sólo para contemplarlas.

La antorcha nueva ardía con la luz cálida del fuego natural y las paredes blancas adoptaron un brillo rosáceo. También lo hizo la pintura que había al fondo del pasillo, ésta distinta: se trataba de una representación de la Anunciación primitiva pero efectiva. No sabía quién había realizado los dibujos que aparecían inesperadamente por las minas, la mayoría de tipo religioso, pero resultaban útiles. Colocó su antorcha en un anillo de hierro que se encontraba en la pared junto a la pintura.

Volvió hacia la Anunciación, luego tres pasos... Pisó con fuerza, escuchó el suave eco y lo encontró. Llevaba una toalla en el saco, y sólo tardó un instante en descubrir la sábana de hojalata que ocultaba su caja fuerte.

La caja tenía un metro de profundidad y otro de longitud. Le encantaba recordar que se trataba de un cubo perfecto cada vez que la veía, puesto que cualquier alquimista, por su profesión, también era numerólogo. Estaba medio llena y el contenido estaba envuelto en arpillera o lona, ya que había cosas que uno no quiere llevar a la vista de cualquiera por la calle. Pasó un rato palpando paquetes y desenvolviendo algunos hasta que encontró las piezas que buscaba. Madame Fabienne le había propuesto un trato duro pero justo: doscientos escudos franceses al mes durante cuatro meses a cambio de poder gozar, en exclusiva, de los servicios de Madeleine.

Cuatro meses deberían bastar, pensó, palpando una forma redondeada entre sus paquetes. En realidad creyó que una noche sería suficiente, pero la prudencia científica restringía su orgullo masculino. E incluso si..., siempre existía cierto riesgo de aborto prematuro; quería asegurarse de que el niño nacía antes de hacer más experimentos personales con el tiempo del espacio intermedio. Si sabía que algo suyo, alguien con sus habilidades especiales, permanecía allí, en caso de que en esa ocasión...

Podía sentirlo allí, en algún rincón de la sofocante oscuridad que tenía detrás. Sabía que ahora no podría escucharlo; estaba en silencio, salvo los días de solsticio o equinoccio, o cuando se adentraba de verdad en él..., pero percibía el sonido en sus huesos, y le temblaron las manos que tenía sobre los paquetes.

El brillo de la plata, del oro. Cogió dos cajas de rapé, un collar con filigranas, y, con cierta duda, una pequeña ensaladera de plata. ¿Por qué el vacío no afectaba al metal?, se preguntó por enésima vez. En realidad, llevar oro o plata facilitaba el pasaje, o por lo menos eso creía. Mélisande le había dicho que sí. Pero las joyas siempre se destruían al cruzar, aunque proporcionaban más control y protección.

Aquello tenía cierto sentido; todo el mundo sabía que las gemas tenían una vibración específica que se correspondía con las esferas celestes, y era evidente que las propias esferas afectaban a la Tierra («Así en el cielo como en la tierra»). Todavía no tenía ni idea de cómo las vibraciones afectaban al espacio, al portal..., a todo eso. Pero al pensar en ello sintió la necesidad de tocarlas, de tranquilizarse, y fue apartando paquetes, escarbando por la esquina izquierda de la caja forrada en madera, donde, al presionar sobre la cabeza de un clavo en particular, hizo que se soltara una de las tablas, se girara y rotara con suavidad sobre sus ejes. Metió la mano en el compartimento oscuro que se había abierto, encontró una bolsita de cuero y, en cuanto la tocó, notó cómo se disipaba la sensación de incomodidad.

La abrió y se vació el contenido en la palma: las piedras brillaban y relucían en el hueco oscuro de su mano. Eran rojas, azules y verdes, además del blanco brillante de los diamantes, los tonos lavanda y violeta de la amatista y el brillo dorado del topacio y el citrino. ¿Sería suficiente?

Estaba seguro de que bastaría para viajar al pasado. Lo bastante para adentrarse con cierta precisión, para poder elegir lo lejos que llegaba. Pero ¿sería suficiente también para regresar?

Sopesó el puñado de piedras brillantes un instante y luego las volvió a introducir en la bolsa con cuidado. Todavía no. Pero tenía tiempo de encontrar más; no pensaba ir a ninguna parte durante, al menos, cuatro meses. No hasta asegurarse de que Madeleine estaba realmente embarazada.

—Joan. —Michael le posó la mano en el brazo y le impidió bajar del carruaje—. ¿Está segura? Me refiero a que si no se siente preparada, puede quedarse en mi casa hasta...

—Ya estoy lista. —No lo miró, y tenía el rostro tan pálido como la leche—. Suélteme, por favor.

Él le soltó el brazo de mala gana, pero insistió en bajarse con ella y tocar la campanilla de la verja para explicarle el motivo de su visita a la portera. Sin embargo, ella no dejaba de temblar. Michael lo notaba, se agitaba como un flan. Pero ¿se debía al miedo o a los comprensibles nervios? Michael pensó que él también estaría un poco asustado si se dispusiera a hacer un cambio como ése, a empezar una vida nueva tan distinta de la que había llevado hasta entonces.

La portera se marchó a buscar a la encargada de las postulantes y los dejó en el pequeño cercado que había junto a la verja. Desde allí veía el soleado patio con soportales que había a lo lejos y lo que parecían ser los huertos de la cocina a la derecha. A la izquierda se erigía el enorme edificio del hospital que gestionaba la orden y, detrás, las demás construcciones que pertenecían al convento. Pensó que era un sitio bonito, y esperaba que ella se tranquilizara al verlo.

Joan hizo un sonido raro y él la miró alarmado cuando vio lo que parecían ser lágrimas resbalándole por las mejillas.

—Joan —dijo en voz baja, y le ofreció su pañuelo limpio—. No tenga miedo. Si me necesita puede mandar alguien a buscarme cuando lo desee; yo vendré. Y le dije muy en serio lo de las cartas.

Habría seguido hablando, pero justo entonces reapareció la portera acompañada de la hermana Eustacia, la encargada de las postulantes, que saludó a Joan con una amable actitud maternal que pareció tranquilizarla, pues la joven sorbió por la nariz, se puso derecha y se metió la mano en el bolsillo para sacar un pequeño cuadradito doblado que, evidentemente, había conservado con cautela durante todo el viaje.

—*J'ai une lettre* —dijo en un francés vacilante—. *Pour madame le... pour...* ¿la reverenda madre? —preguntó en voz baja—. ¿La madre Hildegarde?

—*Oui?*

La hermana Eustacia cogió la nota con el mismo cuidado con el que le acababa de ser entregada.

—Es de... ella —le dijo a Michael; no había duda de que la joven había agotado su repertorio de francés. Seguía sin mirarlo—. Es... su... esposa. Ya sabe. Claire.

—¡Dios santo! —espetó Michael, haciendo que tanto la portera como la encargada de las postulantes se lo quedaran mirando con ojos críticos.

—Dijo que era amiga de la madre Hildegarde. Y que si seguía viva...

Le robó una mirada a la hermana Eustacia, que parecía haber comprendido lo que había dicho.

—Oh, claro que la madre Hildegarde está viva —le aseguró a Joan en inglés—. Y estoy segura de que tendrá muchas ganas de hablar con usted. —Se metió la nota dentro de su espacioso bolsillo y le tendió la mano—. Y ahora, mi querida niña, si estás preparada...

—*Je suis prête* —contestó Joan, temblorosa pero con dignidad.

Y entonces Joan MacKimmie de Balriggan cruzó las verjas del convento de Nuestra Señora Reina de los Ángeles aferrándose al pañuelo limpio de Michael Murray y oliendo el fragante jabón de su esposa fallecida.

Michael había dejado marchar su carruaje y paseaba con despreocupación por la ciudad después de haber dejado a Joan en el convento. No quería regresar a casa. Esperaba que fueran buenas con ella, que hubiera tomado la decisión correcta.

Se tranquilizó pensando en que, en realidad, todavía tardaría un tiempo en convertirse en monja. Desconocía cuánto tiempo transcurría desde que una chica ingresaba como postulante hasta que se convertía en novicia y asumía los votos finales de pobreza, castidad y obediencia, pero sabía que pasaban algunos años. Tendría el tiempo suficiente para asegurarse. Y por lo menos estaba en un lugar seguro; la mirada de terror y angustia que había visto en su cara mientras cruzaba las verjas del convento seguía obsesionándolo. Paseó en dirección al río, donde la luz de la tarde brillaba en el agua como si fuera un espejo de bronce. Los mozos de cubierta ya estaban cansados, y los gritos que se oían durante el día habían cesado. Con esa luz, los reflejos de los barcos que se deslizaban hacia la orilla parecían más sólidos que los propios barcos.

Se había sorprendido al ver la carta, y se preguntó si tendría que ver con la angustia de Joan. No sabía que la mujer de su tío había tenido relación con el convento de los Ángeles, aunque ahora que lo pensaba, recordaba que Jared había mencionado que el tío Jamie había trabajado en el negocio del vino de París durante algún tiempo, antes del Alzamiento. Supuso que Claire debía de haber conocido a la madre Hildegarde entonces..., pero todo aquello había sucedido antes de que él naciera.

Sintió una extraña calidez al pensar en Claire; no conseguía acabar de verla como una tía, aunque, de hecho, lo era. No había pasado mucho tiempo a solas con ella en Lallybroch, pero no podía olvidar el momento en que lo conoció cuando él estaba solo en la puerta. Lo saludó y después lo abrazó como por impulso. Y él había sentido un alivio instantáneo, como si ella le hubiera quitado una pesada carga del corazón. O quizá le hubiera quitado un forúnculo a su espíritu, como habría hecho de haberlo tenido en el trasero.

El recuerdo hizo que sonriera. No sabía lo que era Claire. En Lallybroch se rumoreaba de todo, desde que era una bruja hasta que era un ángel, aunque la mayoría se decantaba por pensar que era un hada, porque las criaturas mágicas eran peligrosas y no se hablaba mucho de ellas, pero Claire le gustaba. Y también le gustaba a su padre y al pequeño Ian, y eso tenía mucha importancia. Y al tío Jamie, claro..., aunque todo el mundo decía, con total seguridad, que el tío Jamie estaba embrujado. Sonrió con ironía al pensar en aquello. Sí, siempre que estar locamente enamorado de tu mujer fuera un embrujo.

Si alguien que no fuera de la familia supiera lo que ella les había dicho... Dejó de pensar en eso. No era algo que pudiera olvidar, pero tampoco quería centrarse en ello. Las alcantarillas de París llenas de sangre... Bajó la vista, sin querer, pero las alcantarillas rebosaban de la habitual mezcla de desechos animales y humanos, ratas muertas y otros desperdicios demasiado putrefactos como para que nadie pudiera comérselos, ni siquiera los vagabundos.

Se levantó y paseó, fue avanzando lentamente por las calles llenas de gente y pasó de largo por la Chapelle y Montmartre. Si caminaba lo suficiente, a veces lograba quedarse dormido sin beber demasiado vino.

Suspiró y se abrió paso a codazos entre un grupo de músicos callejeros con el que se encontró delante de una taberna, y después regresó de camino a la avenue Trémoulins. Había días que su cabeza era como un zarzal, en el que las espinas le pinchaban sin importar hacia qué lado se volviera, y no encontraba ningún camino que lo sacara del embrollo.

París no era una ciudad grande, pero sí era complicada; siempre había algún sitio más por el que pasear. Cruzó la place de la Concorde pensando en lo que le había explicado la esposa de su tío, viendo, en su cabeza, la sombra alargada de una máquina terrible.

Joan cenó con la madre Hildegarde, una señora tan anciana y santa que Joan temía respirar demasiado fuerte por temor a que la monja pudiera romperse como un cruasán rancio y partiera directamente al cielo delante de ella. Sin embargo, la madre Hildegarde se había mostrado encantada con la carta que le había mostrado Joan; había provocado un ligero rubor en sus mejillas.

—Es de parte de mi... mmm... —Jesús, María y José, ¿cómo se decía «madrastra» en francés?—. Ahh... la esposa de mi... —Caray, ¡tampoco sabía cómo se decía «padrastro»!—. La esposa de mi padre —concluyó con escasa convicción.

—¡Eres hija de mi buena amiga Claire! —había exclamado la madre—. ¿Cómo está?

—Bien, mmm..., *bon*, o sea, la última vez que la vi —dijo Joan.

Luego intentó explicarse, pero estaban hablando muy rápido en francés y aceptó el vaso de vino que le ofreció la madre Hildegarde. Pensó que iba a convertirse en una borracha mucho antes de asumir sus votos, e intentó ocultar su expresión de confusión agachándose para acariciar al perrito de la madre, una criatura muy simpática del color del azúcar quemado llamada *Bouton*.

No sabía si se debía al vino o a la amabilidad de la monja, pero su inseguridad disminuyó. La madre le había dado la bienvenida en nombre de la comunidad y le había plantado un beso en la frente cuando acabaron de cenar, antes de dejarla a cargo de la hermana Eustacia para que le enseñara el convento.

Ahora estaba tumbada en su estrecho camastro del dormitorio mientras escuchaba la respiración de una docena de postulantes. Parecía un establo lleno de vacas, y se percibía el mismo olor cálido y húmedo, pero sin el estiércol. Se le llenaron los ojos de lágrimas cuando vio en su cabeza una repentina y viva imagen del modesto establo de piedra de Balriggan. Reprimió el llanto apretando los dientes. Algunas de las chicas sollozaban en silencio, añoraban sus hogares y a sus familias, pero no quería convertirse en una de ellas. Era mayor que la mayoría, algunas no tendrían más de catorce años, y le había prometido a Dios que sería valiente.

La tarde no había estado mal. La hermana Eustacia había sido muy amable y les había enseñado las instalaciones a ella y a una pareja de postulantes nuevas; les había mostrado los enormes huertos donde el convento cultivaba hierbas medicinales y frutas y verduras para consumo propio; la capilla donde las devotas pasaban seis horas al día, más las misas de las mañanas; los establos y las cocinas, donde se turnaban para trabajar, y el gran Hôpital des Anges, el edificio más grande de la orden. Aunque sólo habían visto el hospital desde fuera; lo verían por dentro al día siguiente, cuando la hermana Marie-Amadeus les asignara sus tareas.

Pero todo era muy raro. Todavía seguía comprendiendo sólo la mitad de las cosas que le decían, y estaba convencida, por las caras que ponían, de que ellas entendían mucho menos de lo que ella intentaba explicarles, pero era maravilloso. Le encantaba la idea de la disciplina espiritual, las horas de devoción, con esa sensación de paz y unidad que transmitían las hermanas cuando cantaban y rezaban juntas. Adoraba la sencilla belleza de la capilla, un edificio de una pulcra elegancia increíble, las líneas sólidas del granito y la gracia de la madera tallada, además del suave olor a incienso que flotaba en el aire, como el aliento de los ángeles.

Las postulantes rezaban con las demás, pero todavía no contaban. Aunque les enseñarían música, ¡qué emocionante! Se rumoreaba que la madre Hildegarde de joven había sido una intérprete famosa, y consideraba que la música era una de las formas de devoción más importantes.

Pensar en las cosas nuevas que había visto y en las novedades que estaban por llegar hizo que se distrajera un poco y que dejara de pensar en la voz de su madre, en el viento de los páramos... Se esforzó por olvidar todo aquello y cogió su rosario nuevo, un objeto sólido precioso con suaves cuentas de madera que la ayudaba a relajarse.

Y por encima de todo allí había paz. No había oído ni una sola palabra de las voces, y no había visto nada extraño ni alarmante. No era tan ingenua como para pensar que había escapado de su peligroso don, pero por lo menos allí tendría ayuda si, o cuando, regresara otra vez.

Y por lo menos ya sabía el latín suficiente para poder rezar bien el rosario. Su padre le había enseñado las palabras «*Ave Maria* —susurró—, *gratia plena, Dominus tecum*», y cerró los ojos. Los sollozos de las nostálgicas fueron desapareciendo en sus oídos a medida que las cuentas se iban desplazando lenta y silenciosamente entre sus dedos.

Al día siguiente

Michael Murray estaba en el pasillo de la vieja bodega. Se sentía débil y confuso. Se había despertado con una terrible cefalea como consecuencia de haber tomado una buena mezcla de bebidas distintas con el estómago vacío, y aunque el dolor de cabeza ya no era más que una palpitación sorda en el fondo del cráneo, lo había dejado destrozado, como si estuviera muerto.

Su primo Jared, propietario de Fraser et Cie, lo examinó con la mirada fría de la experiencia, negó con la cabeza y suspiró con fuerza, pero no dijo ni una palabra, tan sólo se limitó a quitarle la lista de las manos e inició el recuento él mismo.

Michael deseó que su primo lo hubiera regañado. Todos seguían andando de puntillas a su alrededor y lo trataban con cuidado. Y como si de un paño húmedo sobre una herida se tratara, ese cuidado hacía que la herida que le había provocado la pérdida de Lillie siguiera abierta y sangrara. Tampoco le ayudaba ver a Léonie, que se parecía mucho a Lillie, aunque tenía un carácter muy distinto. Su cuñada decía que debían ayudarse y consolarse el uno al otro y, con ese propósito, iba a visitarlo cada dos por tres, o eso le parecía. Desearía que Léonie... que desapareciera, aunque se avergonzaba de pensarlo.

—¿Y cómo le va a la monjita? —La voz de Jared, seca y directa como siempre, hizo que se alejara de sus pensamientos dolidos y deprimentes—. ¿La despediste correctamente antes de llevarla al convento?

—Sí. Bueno, sí. Más o menos.

Michael se las arregló para esbozar una débil sonrisa. La verdad es que tampoco quería pensar en la hermana Joan-Gregory aquella mañana.

—¿Qué le ofreciste? —Jared le dio la lista a Humberto, el encargado italiano de la bodega, y miró a Michael con ojo crítico—. Espero que no fuera el nuevo rioja con el que te has puesto así.

—Ah... no. —Michael se esforzó por centrarse. El ambiente embriagador de la bodega, espeso debido a las emanaciones afrutadas que procedían de los barriles, lo estaba mareando—. Era en gran parte mosela. Y también jerez y un poco de ponche de ron.

—Ya veo. —Jared esbozó media sonrisa—. ¿No te he dicho que no mezcles el vino con ron?

—No más de doscientas veces.

Jared se estaba moviendo y Michael se vio obligado a seguirlo a través del pasillo. Los barriles apilados se elevaban por encima de ellos a ambos lados del pasillo.

—El ron es un demonio. Pero el whisky es un trago virtuoso —dijo Jared, deteniéndose junto a una hilera de barriles pequeños y ennegrecidos—. Si está bien destilado, nunca te hará daño. Y hablando del tema... —Golpeó uno de los barriles y se oyó el *tunc* grave propio de un barril lleno—. ¿Qué es esto? Ha llegado esta mañana del muelle.

—Ah, sí. —Michael reprimió un eructo y esbozó una sonrisa dolorida—. Eso, primo, es el *uisge baugh* conmemorativo de Ian Alastair Robert MacLeod Murray. Mi padre y mi tío Jamie lo elaboraron durante el invierno. Pensaron que te gustaría tener un barril pequeño para tu propio consumo.

Jared alzó las cejas y miró de reojo a Michael. Luego se volvió para examinar el barril y se acercó para olfatear el cierre, justo entre la tapa y las tablas.

—Ya lo he probado —le aseguró Michael—. No creo que te vayas a envenenar. Pero es probable que debas dejarlo reposar algunos años.

Jared hizo un sonido grosero y posó la mano con suavidad en el lugar donde los tablones estaban hinchados. Permaneció así un instante, como si lo estuviera bendiciendo; entonces se volvió de pronto y abrazó a Michael. También tenía la respiración entrecortada, congestionada por el dolor. Era mayor que su padre y que el tío Jamie y los conocía de toda la vida.

—Siento lo de tu padre, chico —dijo, al poco, y lo soltó dándole una palmadita en el hombro. Miró el barril y respiró hondo—. Estoy seguro de que estará muy bueno.

Se detuvo, respiró más despacio y luego asintió una vez, como si acabara de decidir algo.

—Tengo algo en mente, *a charaid*. Llevo pensándolo desde que partiste a Escocia, y ahora que tienes una pariente en la Iglesia, por así decirlo... Ven conmigo al despacho y te lo explicaré.

Hacía mucho frío en la calle, ya que los edificios inclinados impedían el paso del sol. Sin embargo, la trastienda del orfebre era muy acogedora. Tenía una estufa de porcelana que mantenía el ambiente cálido, y tapices de lana que ornamentaban las paredes. Rakoczy se quitó la bufanda de inmediato; no era bueno sudar cuando uno estaba en el interior de algún local, ya que el sudor se congelaba en cuanto pisabas la calle de nuevo, y antes de darte cuenta habías pillado la gripe, y eso con suerte, ya que en el peor de los casos se convertía en una pleuritis o una neumonía.

Rosenwald parecía cómodo en mangas de camisa y chaleco; ni siquiera llevaba peluca, tan sólo un turbante de color ciruela con el que mantenía caliente su cuero cabelludo pelado. Los dedos rechonchos del orfebre repasaron el contorno de la bandeja de plata, le dio la vuelta, y se quedó paralizado. Rakoczy sintió un hormigueo cálido en la base de la columna y se esforzó por relajarse fingiendo una seguridad despreocupada.

—¿Puedo preguntarle de dónde la ha sacado, monsieur?

Rosenwald levantó la mirada para observarlo, pero no había acusación alguna en el rostro anciano del orfebre, sólo una cautelosa excitación.

—Es una herencia —dijo Rakoczy, brillando con sincera inocencia—. Esta pieza y otras más me las dejó una tía anciana. ¿Tiene algún valor aparte del mero precio de la plata?

El orfebre abrió la boca, luego la cerró y miró a Rakoczy. ¿Era un hombre honrado?, se preguntó Rakoczy con interés. «Ya me ha dicho que es una pieza especial. ¿Me explicará por qué con la esperanza de conseguir más piezas? ¿O mentirá para obtener ésta a un precio inferior?» Rosenwald tenía buena reputación, pero era judío.

—Paul de Lamerie —repuso Rosenwald con respeto mientras deslizaba el dedo por el sello—. La realizó Paul de Lamerie.

Un sentimiento de sorpresa ascendió por la espalda de Rakoczy. *Merde!* ¡Había llevado la que no era!

—¿Ah, sí? —preguntó, fingiendo simple curiosidad—. ¿Y eso significa algo?

«Significa que soy tonto», pensó, y se preguntó si debía recuperar la bandeja y salir de allí de inmediato. Pero el orfebre se la había llevado para examinarla más de cerca debajo de la lámpara.

—De Lamerie fue uno de los mejores orfebres que han trabajado en Londres, quizá incluso del mundo —afirmó Rosenwald como si hablara para sí mismo.

—¡Vaya! —contestó Rakoczy con educación.

Estaba sudando como un loco. *Nom d'une pipe!* Pero, un momento, Rosenwald había dicho «fue». Entonces Lamerie estaba muerto, gracias a Dios. Quizá el duque de Sandringham, a quien le había robado la bandeja, también hubiera fallecido. Empezó a respirar con más calma.

Rakoczy se regía por un principio: nunca robaba nada que se pudiera identificar durante los cien años posteriores a su adquisición. La otra bandeja la había conseguido en una partida de cartas que había jugado contra un comerciante rico en los Países Bajos en el año 1630; ésta la había robado en 1745, demasiado próxima a su época como para estar cómodo. Y, sin embargo...

El ruido de la campanita de la puerta interrumpió sus pensamientos, y cuando se volvió, vio entrar a un joven que se quitó el sombrero para rebelar una sorprendente cabeza con un abundante cabello rojo oscuro. Iba vestido *à la mode*, y se dirigió al orfebre en un francés perfectamente parisino, aunque no parecía de Francia. Una nariz larga en un rostro de ojos un tanto sesgados: aquella cara le resultaba en cierto sentido familiar y, sin embargo, Rakoczy estaba convencido de que jamás había visto a aquel hombre.

—Por favor, señor, siga con lo suyo —dijo el joven haciendo una reverencia cortés—. No pretendía interrumpir.

—No, no —contestó Rakoczy dando un paso adelante. Le hizo un gesto al joven en dirección al mostrador—. Por favor, adelante. Monsieur Rosenwald y yo sólo estamos discutiendo sobre el valor de este objeto. Tendremos que pensarlo un poco.

Alargó el brazo y cogió la bandeja, se sintió un poco mejor cuando la tuvo pegada al pecho. No estaba seguro; si decidía que era demasiado arriesgado venderla, podía escabullirse con discreción mientras Rosenwald estaba ocupado con el joven pelirrojo.

El judío pareció sorprenderse, pero tras un instante de duda, asintió y se volvió hacia el joven, que se presentó como Michael Murray, socio de Fraser et Cie, la tienda de vinos.

—Supongo que conoce a mi primo, Jared Fraser.

El rostro redondo de Rosenwald se iluminó enseguida.

—¡Oh, claro que sí, señor! Es un hombre con un gusto refinado y con mucho criterio. ¡Le hice un enfriador de botellas ornamentado con mariposas y claveles hace menos de un año!

—Lo sé.

El joven sonrió, y el gesto hizo que se le arrugaran las mejillas y que entornara los ojos, y Rakoczy volvió a sentir esa punzada de reconocimiento. Pero el nombre no le resultaba familiar, sólo la cara, y de una manera bastante vaga.

—Mi tío tiene otro encargo para usted, si le va bien.

—Yo nunca me niego al trabajo honrado, monsieur.

El placer evidente que reflejó el rubicundo rostro del orfebre dejó claro que el trabajo honrado bien pagado era todavía más bienvenido.

—Estupendo. Con su permiso.

El joven se sacó un papel doblado del bolsillo, pero se volvió un poco hacia Rakoczy, alzando la ceja con duda. Rakoczy le hizo un gesto para que procediera y se dio la vuelta para examinar una caja de música que había sobre el mostrador, un objeto enorme del tamaño de una cabeza de res, coronado por una ninfa casi desnuda, engalanada con una ligera prenda dorada y bailando sobre setas y flores en compañía de una rana enorme.

—Un cáliz —estaba diciendo Murray con el papel extendido sobre el mostrador. Con el rabillo del ojo, Rakoczy vio que había una lista de nombres—. Es para la capilla de los Ángeles, para entregarla en memoria de mi difunto padre. Una joven prima mía acaba de ingresar como postulante —explicó—. Por eso monsieur Fraser ha pensado que sería el mejor lugar para hacer la ofrenda.

—Una elección excelente. —Rosenwald cogió la lista—. ¿Y quiere que grabe todos estos nombres?

—Sí, si es posible.

—¡Monsieur! —Rosenwald hizo ondear la mano con el orgullo profesional lastimado—. ¿Éstos son los hijos de su padre?

—Sí, los del final. —Murray se inclinó sobre el mostrador y deslizó el dedo por las líneas mientras iba leyendo los extraños nombres con cautela—. Los de arriba son los nombres de mis padres: Ian Alastair Robert MacLeod Murray y Janet Flora Arabella Fraser Murray. También quiero, es decir, queremos, estos dos nombres: James Alexander Malcolm MacKenzie Fraser y Claire Elizabeth Beauchamp Fraser. Son mi tío y mi tía; mi tío tenía una relación muy estrecha con mi padre —explicó—. Eran como hermanos.

Siguió hablando, pero Rakoczy ya no le estaba escuchando. Se agarró al borde del mostrador y se le nubló tanto la vista que la ninfa parecía reírse de él.

«Claire Fraser.» Ése era el nombre de la mujer, y su marido, James, un lord de las Highlands escocesas. Era a él a quien se parecía el joven, aunque no era tan imponente como..., pero ¡la Dama Blanca! Era ella, tenía que ser ella.

Y un segundo después, el orfebre lo confirmó al separarse de la lista con un repentino aire de recelo, como si uno de los nombres fuera a saltar del papel para morderlo.

—Ese nombre..., ¿es su tía, dice? ¿Ella y su tío han vivido alguna vez en París?

—Sí —contestó Murray un tanto sorprendido—. Puede que haga treinta años, pero no pasaron aquí mucho tiempo. ¿La conoce?

—Ah. No puedo decir que la conociera personalmente —explicó Rosenwald con media sonrisa—. Pero era... conocida. La llamaban la Dama Blanca.

Murray parpadeó, era evidente que le sorprendía oírlo.

—¿Ah, sí?

Parecía bastante horrorizado.

—Sí, pero fue hace mucho tiempo —se apresuró a añadir Rosenwald. Estaba claro que creía que había hablado demasiado.

Hizo un gesto en dirección a la trastienda—. Si tiene un momento, monsieur, precisamente tengo un cáliz aquí mismo al que puede echar un vistazo, y también una patena; podríamos arreglar el precio si se lleva las dos cosas. Las hice para un mecenas que murió de forma repentina, antes de que acabara el cáliz, y apenas está ornamentado; además, queda mucho espacio para grabar los nombres, y quizá podamos poner los de, mmm, su tía y su tío en la patena, ¿qué le parece?

Murray asintió interesado y, cuando Rosenwald le hizo un gesto, rodeó el mostrador y siguió al anciano hacia la trastienda. Rakoczy se puso la bandeja bajo el brazo y se marchó, con la mayor discreción posible y un hervidero de preguntas en la cabeza.

Jared examinó a Michael desde el otro extremo de la mesa, negó con la cabeza y se inclinó sobre el plato.

—¡No estoy borracho! —espetó Michael; luego inclinó él también la cabeza con la cara ardiendo. Notaba cómo Jared le clavaba la mirada en la cabeza.

—Ahora no. —Jared no estaba empleando un tono acusador. En realidad, era relajado y casi amable—. Pero lo has estado. No has tocado la comida y tienes la piel del color de la cera podrida.

—Yo... —Las palabras se le quedaron atascadas en la garganta, igual que le había ocurrido con la comida, angulas al ajillo. El olor ascendía del plato y se levantó de golpe para evitar vomitar o comenzar a llorar.

»No tengo apetito, primo —consiguió decir antes de darse la vuelta—. Discúlpame.

Se habría marchado, pero vaciló un momento demasiado largo, ya que no quería subir a un dormitorio donde ya no encontraría a Lillie, y tampoco deseaba salir a la calle para que no pareciera que se había enfadado. Jared se levantó y se acercó a él con paso decidido.

—Yo tampoco tengo mucha hambre, *a charaid* —repuso Jared cogiéndolo del brazo—. Ven a sentarte conmigo un rato y tómate un trago. Te asentará el estómago.

No tenía muchas ganas, pero no se le ocurría qué otra cosa podía hacer, y, al poco tiempo, se encontró frente a un fragante fuego de madera de manzano, con un vaso del whisky de su padre en la mano, y el calor de ambas cosas empezó a aliviarle la tirantez que sentía en el pecho y la garganta. No le curaría el dolor, eso ya lo sabía, pero lo ayudaba a respirar.

—Muy bueno —opinó Jared, oliendo el licor con cautela y aprobación—. Dentro de algunos años estará buenísimo.

—Sí. El tío Jamie sabe lo que hace; me dijo que había elaborado whisky muchas veces en América.

Jared se rió.

—Tu tío Jamie suele saber lo que hace —opinó—. Aunque eso no le ha evitado meterse en líos. —Se revolvió para ponerse más cómodo en su sillón de cuero desgastado—. Si no hubiera sido por el Alzamiento, probablemente se habría quedado aquí conmigo. En fin...

El anciano suspiró con lamento y levantó el vaso para examinar el licor. Como tan sólo llevaba algunos meses en el barril, seguía siendo casi tan claro como el agua; no obstante, tenía el aspecto un tanto viscoso de un buen licor fuerte, como si fuera a salirse del vaso en cuanto dejaras de vigilarlo.

—Y si hubiera sido así, supongo que yo no existiría —repuso Michael con sequedad.

Jared lo miró sorprendido.

—¡Vaya! No pretendía decir que eras un pobre sustituto de Jamie, muchacho. —Esbozó media sonrisa y se le humedecieron los ojos entornados—. En absoluto. Tú has sido lo mejor que me ha pasado. Tú y tu querida Lillie, y... —Carraspeó—. Yo..., bueno, no puedo decirte nada que pueda ayudarte, ya lo sé. Pero... no será siempre así.

—¿No? —preguntó Michael algo sombrío—. Bueno, acepto tu palabra.

Se hizo el silencio entre ellos, tan sólo roto por el siseo y el chisporroteo del fuego. Cada vez que alguien mencionaba a Lillie, era como si le clavara un punzón en el pecho, y le dio un buen trago al whisky para aliviar el dolor. Quizá Jared hiciera bien en mencionarle el tema de la bebida. Beber lo ayudaba, pero no era suficiente. Y la ayuda tampoco duraba. Estaba cansado de despertarse sintiendo el mismo dolor, pero más intenso debido a la cefalea.

Dejó de pensar en Lillie y se concentró en el tío Jamie. Él también había perdido a su mujer, y por lo que había presenciado Michael, eso le había partido el alma. Entonces ella había regresado gracias a algún milagro, y Jamie se transformó. Pero entretanto había conseguido arreglárselas. Había encontrado la forma de seguir adelante.

Pensar en la tía Claire lo tranquilizaba un poco, siempre que no recordara lo que le había explicado a la familia: quién, o qué, era, y dónde había estado aquellos últimos veinte años. Los hermanos y hermanas habían hablado del tema después; el joven Jamie y Kitty no se creían ni una sola palabra, Maggie y Janet no estaban seguras, pero el joven Ian se lo creía, y eso era muy importante para Michael. Y ella lo había mirado directamente a él cuando explicó lo que iba a ocurrir en París.

Ahora sintió el mismo escalofrío horrorizado al recordarlo. «El terror. Así es como lo llamarán, y eso es lo que será. Arrestarán a personas sin ningún motivo y los llevarán a la plaza de la Concorde. Las calles estarán llenas de sangre y nadie se hallará a salvo.»

Miró a su primo; Jared era un anciano, pero todavía estaba sano. Sabía que le resultaría imposible convencer a Jared de que se marchara de París y abandonara su negocio de vinos. Pero si la tía Claire tenía razón, todavía disponía de cierto tiempo. No tenía por qué pensar en ello todavía. Aunque ella parecía tan segura como un profeta, y hablaba desde la posición ventajosa de haberlo conocido después de que todo sucediera, desde un tiempo en el que estaba a salvo.

Y aun así había regresado de aquel tiempo en el que estaba a salvo para volver con el tío Jamie.

Por un momento, se permitió contemplar la salvaje fantasía de que Lillie no estuviera muerta, que sólo se la hubieran llevado las hadas del futuro. No podía verla ni tocarla, pero saber que hacía cosas, que estaba viva... Quizá saber eso y pensar en ello había ayudado al tío Jamie a conservar la cordura. Tragó saliva con fuerza.

—Jared —dijo carraspeando—. ¿Qué pensabas de la tía Claire cuando vivía aquí?

Jared pareció sorprenderse, pero bajó el vaso hasta apoyárselo en la rodilla, y frunció los labios concentrado.

—Era una muchacha hermosa, eso seguro —afirmó—. Muy hermosa. Pero como la tomara con algo, su lengua cortaba como un cuchillo, y era muy decidida. —Asintió dos veces, como si recordara algunos de esos momentos, y sonrió—. ¡Ya lo creo que era decidida!

—¿Sí? El orfebre, Rosenwald, la mencionó cuando fui a encargarle el cáliz y vio su nombre en la lista. La llamó la Dama Blanca.

No lo expresó en tono de pregunta, pero imprimió una inflexión creciente a la frase, y Jared asintió y sonrió con más ganas.

—Oh, sí, ¡ya me acuerdo! Fue idea de Jamie. A veces ella se metía en líos sin él, algo típico de ciertas personas, así que él hizo correr el rumor de que ella era la Dama Blanca. Sabes lo que es una dama blanca, ¿verdad?

Michael se santiguó y Jared lo imitó asintiendo.

—Sí, exacto. Aquello hizo que cualquiera que pretendiera acercarse a ella con malas intenciones se lo pensara dos veces. Una dama blanca puede dejar a alguien ciego o secarle los testículos a un hombre y, probablemente, si se lo propone, pueda hacer unas cuantas cosas más. Y yo sería el último hombre en decir que Claire Fraser no podría hacerlas si se lo propusiera.

Jared se llevó el vaso a los labios, dio un trago más grande de lo que pretendía y tosió, escupiendo gotitas del whisky conmemorativo por media sala. A Michael le sorprendió que se le escapara la risa.

Jared se limpió la boca, sin dejar de toser, y luego se irguió y alzó el vaso, que todavía contenía algunas gotas.

—Por tu padre. *Sláinte mhath!*

—*Slàinte!* —repitió Michael, y apuró lo que le quedaba en el vaso. Lo dejó en la mesa con seguridad y se levantó. Esa noche ya no bebió más.

—*Oidhche mhath, mo bràthair-athar no mathar*.

—Buenas noches, chico —se despidió de él Jared. El fuego ardía lentamente, pero seguía proyectando un cálido brillo rojizo en el rostro del anciano—. Que te vaya bien.

La noche siguiente

A Michael se le cayó la llave unas cuantas veces hasta que consiguió que girara en aquella cerradura antigua. Su torpeza no se debía a la bebida, ya que no había probado ni una gota de alcohol desde el vino que había tomado en la cena. En lugar de beber había cruzado la ciudad, ida y vuelta, acompañado tan sólo por sus pensamientos; le temblaba todo el cuerpo y estaba exhausto, pero estaba convencido de que se quedaría dormido. Jean-Baptiste había dejado la puerta abierta, según sus propias instrucciones, y uno de los sirvientes estaba roncando en el sofá de la entrada. Sonrió un poco, aunque tenía que esforzarse para curvar los labios.

—Cierra la puerta y vete a la cama, Paul —susurró, agachándose y agitando el hombro del sirviente con suavidad.

El sirviente se estiró y resopló, pero Michael no esperó a ver si se despertaba del todo. Había un candil minúsculo encendido al pie de la escalera, una pequeña esfera de cristal con los llamativos colores de Murano. Estaba allí desde que él llegó de Escocia para quedarse con Jared algunos años antes, y el hecho de verlo hacía que se sintiera relajado; subió su cansado cuerpo por la amplia y oscura escalera.

La casa crujía y hablaba para sí misma durante la noche, igual que todas las casas antiguas. Esa noche, sin embargo, estaba en silencio. La enorme cubierta con remaches de cobre se había quedado fría y sus gigantescas vigas descansaban soñolientas.

Se quitó la ropa y se metió desnudo en la cama; la cabeza le daba vueltas. A pesar de lo cansado que estaba, no dejaba de temblar, y las piernas se le contraían como si fuera una rana, antes de lograr relajarse lo suficiente como para caer de cabeza en el hervidero de sueños que lo aguardaban.

Ella estaba allí, claro. Riéndose de él, jugando con su perrito ridículo. Le deslizó una mano cargada de deseo por el rostro y el cuello, y le acercó el cuerpo cada vez más. Entonces, de pronto, estaban en la cama, el viento frío se colaba entre unas cortinas de gasa y Michael tuvo frío, pero en ese momento notó su calidez, pegada a él. Sentía un deseo muy intenso, pero al mismo tiempo tenía miedo. La sentía familiar y a la vez desconocida, una mezcla que lo excitaba.

Intentó agarrarla y se dio cuenta de que no podía levantar los brazos, no podía moverse. Y, sin embargo, ella estaba pegada a él, contoneándose con lenta necesidad, ansiosa y seductora. Como ocurre en los sueños, Michael se veía al mismo tiempo delante y detrás de ella, tocándola y observándola desde cierta distancia: el brillo de las velas proyectándose sobre unos pechos desnudos, el peso sombrío de sus nalgas sólidas, cortinas entreabiertas de color blanco, una pierna firme y torneada que sobresalía, un dedo del pie enredado entre sus piernas. Urgencia.

Entonces ella se acurrucó detrás de él para besarle la nuca, y él extendió la mano hacia atrás para tocarla, pero le pesaban mucho las manos, divagaban, deambulaban sin rumbo por encima de su cuerpo. Las manos que ella deslizaba sobre su cuerpo eran firmes, mucho más que firmes; lo había cogido del miembro, se lo estaba acariciando. Lo acariciaba con fuerza, rápido y con urgencia. Él se encorvó y jadeó, de repente se vio liberado de la inmovilidad del sueño. Ella perdió el ritmo e intentó apartar la mano, pero él puso la mano sobre la suya y frotó ambas manos de arriba abajo con alegre ferocidad hasta estallar en convulsiones y verterle sus cálidos fluidos húmedos sobre el abdomen y entre sus nudillos entrelazados.

Ella dejó escapar una exclamación de asco horrorizado y él abrió los ojos. Un par de enormes ojos saltones lo estaban mirando fijamente por encima de la boca de una gárgola llena de minúsculos dientes afilados. Michael gritó.

Plonplon se bajó del colchón y empezó a corretear de un lado a otro soltando ladridos histéricos. Había un cuerpo detrás de él en la cama. Michael saltó de la cama envuelto en un montón de sábanas húmedas y pegajosas, se cayó y rodó por el suelo, presa del pánico.

—¡Jesús, Jesús, Jesús!

Se quedó boquiabierto, arrodillado en el suelo, y negó con la cabeza. Era incapaz de comprender lo que estaba ocurriendo, no podía.

—Lillie —jadeó—. ¡Lillie!

Pero la mujer que había en su cama con la cara llena de lágrimas no era Lillie; lo advirtió de un tirón que le arrancó un rugido y multiplicó el dolor de la pérdida.

—¡Oh, Dios!

—Michael, Michael, ¡por favor, perdóname!

—Tú... qué..., ¡por el amor de Dios!

Cogió una sábana y se limpió a toda prisa.

Léonie intentaba alcanzarlo sin dejar de llorar.

—No he podido evitarlo. Estoy tan sola, ¡te deseaba tanto!

Plonplon había dejado de ladrar, se acercó a Michael por detrás y empezó a olisquearle el trasero desnudo. Michael sintió la caricia del aliento cálido y húmedo del animal.

—*Va-t'en!*

El carlino reculó y empezó a ladrar de nuevo con los ojos desorbitados por la ofensa. Incapaz de encontrar las palabras adecuadas para aquella situación, Michael cogió al perro y lo acalló poniéndolo entre las sábanas. Se levantó con inseguridad sin soltar al perro, que no dejaba de retorcerse.

—Yo... —empezó a decir—. Tú, o sea... ¡Oh, Dios santo!

Se inclinó y dejó al perro en la cama con cuidado. *Plonplon* se liberó de las sábanas enseguida y se abalanzó sobre Léonie para lamerla. Michael había pensado en darle a ella el perro tras la muerte de Lillie, pero por algún motivo le había parecido una traición a la antigua dueña del perrito, y Michael había estado a punto de ponerse a llorar.

—No puedo —dijo sin más—. Sencillamente no puedo. Duerme un poco, muchacha. Ya hablaremos de esto en otro momento, ¿de acuerdo?

Salió del dormitorio caminando muy despacio, como si estuviera muy borracho, y cerró la puerta con cuidado. Ya había bajado media escalera cuando se dio cuenta de que estaba desnudo. Se quedó allí plantado, con la mente en blanco, observando cómo los colores de la lámpara de Murano se iban apagando a medida que la luz del día iba aumentando, hasta que Paul lo vio y corrió escaleras arriba para ponerle una bata y acompañarlo a una de las camas de invitados.

El salón de juego preferido de Rakoczy era el Golden Cockerel, cuyo salón principal tenía una pared cubierta por un tapiz en el que se veía una de esas criaturas que le daban nombre, un gallo, tejido con hilo dorado, con las alas extendidas y la garganta hinchada, que cacareaba triunfante al ver la mano ganadora de cartas que tenía delante. Era un lugar alegre que frecuentaba una mezcla de comerciantes ricos y nobles menores, y el aire tenía un aroma a cera, a los polvos que usaban para el cabello, a perfume y a dinero.

Había pensado en acercarse a las oficinas de Fraser et Cie y encontrar alguna excusa para hablar con Michael Murray con el propósito de preguntar por el paradero de la tía del joven. Pero después de pensarlo bien, había decidido que aquello despertaría el recelo de Murray y, probablemente, alertaría a la mujer, si es que se encontraba en París. Y eso era lo último que quería.

Tal vez sería preferible abordar sus pesquisas desde una distancia más discreta. Le habían dicho que Murray iba alguna vez por el Cockerel, aunque él nunca lo había visto por allí. Pero si decían que era así...

Pasó algunas noches jugando, tomando vino y conversando hasta que encontró a Charles Pépin. Pépin era un fanfarrón, un jugador empedernido y un hombre al que le gustaba hablar. Y beber. Y también era buen amigo del joven comerciante de vinos.

—¡Oh, la monja! —exclamó cuando Rakoczy había mencionado, tras la segunda botella, que había oído que una joven pariente de Murray acababa de ingresar en el convento. Pépin se rió, el rubor ascendió por su atractivo rostro.

—Es la chica menos indicada para convertirse en monja que he visto en mi vida. Tiene un culo capaz de hacer que el arzobispo de París olvide sus votos, y el hombre tiene ochenta y seis años. Y, pobre, no habla ni pizca de francés, y me refiero a la chica, no al arzobispo. Aunque si pudiera gozar de su compañía no sería precisamente la conversación lo que tendría en mente, ya me entiende... Es escocesa, tiene un acento terrible...

—¿Escocesa, dice? —Rakoczy alzó una carta con aire reflexivo y la puso sobre la mesa—. Es la prima de Murray; ¿por casualidad no será hija de su tío James?

Pépin se quedó sin habla un momento.

—La verdad es que no..., oh, sí, ¡sí que lo sé! —Se rió con ganas y dejó sobre la mesa su mano perdedora—. ¡Vaya! Sí, dijo que su padre se llamaba Jay-mee, como lo pronuncian los escoceses; ése debe de ser James.

Rakoczy notó cómo le ascendía por la espalda un escalofrío de excitación. «¡Sí!» A esta sensación de triunfo siguió una certeza paralizante. Esa chica era hija de la Dama Blanca.

—Ya veo —dijo con despreocupación—. ¿Y en qué convento ha dicho que ha ingresado la chica?

Le sorprendió advertir que, de pronto, Pépin lo miraba con suspicacia.

—¿Por qué quiere saberlo?

Rakoczy encogió los hombros y pensó rápido.

—Le propongo una apuesta —comentó, esbozando una sonrisa—. Si es tan exquisita como dice, le apuesto quinientos luises a que puedo llevármela a la cama antes de que asuma sus primeros votos.

Pépin se mofó.

—¡Oh, imposible! Es una preciosidad, pero ella no lo sabe. Y es virtuosa, se lo juro. Y si cree que podrá seducirla dentro del convento...

Rakoczy se reclinó en la silla e hizo señales para que les llevaran otra botella.

—Y si ése fuera el caso, ¿qué iba a perder?

Al día siguiente

Joan percibió el olor del hospital mucho antes de que el pequeño grupo de nuevas postulantes llegara a la puerta. Caminaban de dos en dos, practicando el control de la vista, lo que significaba mirar hacia donde les habían dicho que miraran y no quedarse embobadas como gallinas, pero no pudo evitar lanzar un rápido vistazo hacia arriba para admirar el edificio, un castillo de tres plantas. En su origen había sido una casa noble, que, según se rumoreaba, le había entregado a la madre Hildegarde su padre como parte de su dote cuando se había unido a la Iglesia. Se había convertido en un convento y después, gradualmente, se había ido destinando, cada vez más, al cuidado de los enfermos, y las monjas se habían trasladado al nuevo *château* que les habían construido en el parque.

Por fuera, era una casa antigua preciosa, pero el olor a enfermedad, orines, excrementos y vómitos flotaba a su alrededor como un velo, y esperó no vomitar ella también. La postulante bajita que iba a su lado, la hermana Miséricorde de Dieu (a la que todos conocían sólo como Mercy), estaba tan blanca como su velo, y tenía los ojos pegados al suelo, pero era evidente que no lo estaba viendo, porque pisó una babosa y dio un pequeño grito de horror cuando la chafó con la sandalia.

Joan apartó la vista enseguida; estaba convencida de que nunca conseguiría controlar los ojos. Ni tampoco el pensamiento.

Lo que la angustiaba era pensar en los enfermos. Ya había estado antes al cuidado de personas enfermas, y nunca habían esperado que hiciera mucho más que lavarlas y alimentarlas, algo que no le costaba en absoluto. En cambio, tenía miedo de ver a los que estaban a punto de morir, y estaba segura de que en aquel hospital habría muchas personas en esa situación. ¿Y qué le dirían las voces sobre ellos?

Resultó que las voces no tenían nada que decir. Ni una palabra, y, al poco tiempo, Joan empezó a relajarse. Podía hacer aquello y, en realidad, y para su sorpresa, disfrutó bastante de la sensación de competencia, de la gratificación de ser capaz de aliviar el dolor a otra persona, de prestarle al menos un poco de atención, y si su francés hacía que la gente riera (y lo hacía), eso al menos conseguía que olvidara el dolor y el miedo por un momento.

Algunos, sin embargo, estaban cubiertos por el velo de la muerte. Aunque sólo se trataba de unos pocos y, en cierto sentido, le resultaba mucho menos sorprendente verlo allí que cuando lo vio sobre el hijo de Vhairi o el joven del barco. Quizá fuera resignación, o tal vez se debiera a la influencia de los ángeles que le daban nombre al hospital... Joan lo ignoraba, pero descubrió que no tenía miedo de hablar o tocar a las personas que sabía que iban a morir. Es más, advirtió que las otras hermanas, incluso las que ya estaban ordenadas, trataban con más delicadeza a esas personas, y se le ocurrió que no se necesitaba ninguna capacidad de videncia especial para saber que el hombre con una enfermedad terminal, a quien se le marcaban todos los huesos en la piel, no permanecería mucho más tiempo en este mundo.

«Tócalo —dijo una voz delicada en el interior de su cabeza—. Consuélalo.»

—Está bien —contestó respirando hondo.

No tenía ni idea de lo que debía hacer para consolar a alguien, pero lo lavó con toda la delicadeza que pudo, y lo convenció para que comiera algunas cucharadas de gachas. Luego lo tumbó en la cama y le puso bien la camisa de dormir y la manta con la que se tapaba.

—Gracias, hermana —repuso él, y le cogió la mano para besársela—. Le agradezco su delicadeza.

Aquella noche volvió al dormitorio de las postulantes sintiéndose más considerada, pero con la extraña impresión de que estaba a punto de descubrir algo importante.

Esa noche

Rakoczy estaba tumbado con la cabeza apoyada sobre el pecho de Madeleine, con los ojos cerrados, inspirando el olor de su cuerpo, sintiendo toda su figura entre las palmas de las manos, una entidad de luz que palpitaba despacio. Era de un color dorado muy suave, con las venas de un tono azul incandescente, y su corazón era tan intenso como el lapislázuli, una piedra viviente. Y en lo más profundo de su ser, estaba su cálido útero rojo, abierto y delicado. Refugio y auxilio. Promesa.

Mélisande le había enseñado nociones básicas de magia sexual, y él había leído sobre el tema con gran interés en algunos de los textos de alquimia más antiguos, aunque nunca lo había probado con una prostituta y, en realidad, tampoco había sido su intención probarlo en esa ocasión. Y, sin embargo, había ocurrido. Estaba ocurriendo. Podía ver cómo el milagro se desarrollaba ante sus propios ojos, bajo sus manos.

«Qué extraño», pensó soñoliento mientras observaba las diminutas trazas de energía verde que se extendían hacia su útero, lenta pero inexorablemente. Había imaginado que ocurriría de manera automática, que la semilla de un hombre encontraba su raíz en la mujer, y ya está. Pero eso no era lo que estaba ocurriendo, en absoluto.

Ahora estaba descubriendo que había dos clases de semillas. Ella tenía una; lo sentía con total claridad, una mota de luz reluciente que brillaba como un sol feroz y diminuto. Las suyas, los pequeños microorganismos verdes, eran atraídas hacia ella, directas a la inmolación.

—¿Contento, *Chéri*? —susurró ella acariciándole el pelo—. ¿Te lo has pasado bien?

—Muy contento, querida.

Prefería que ella no hablara, pero sintió una inesperada ternura hacia la joven, que lo empujó a sentarse y sonreír. Ella también empezó a sentarse y, acto seguido, alargó la mano para coger el trapo limpio y la ducha vaginal, y él le posó la mano en el hombro y la convenció para que se tumbara.

—No te laves esta vez, *ma belle* —dijo—. Hazme ese favor.

—Pero... —Estaba confundida; por lo general, él insistía en que debía lavarse—. ¿Quieres que me quede embarazada?

También había impedido que utilizara la esponja empapada en vino antes de empezar.

—Sí, claro —admitió sorprendido—. ¿Es que madame Fabienne no te lo ha comentado?

Ella se quedó boquiabierta.

—No. Qué..., ¿por qué, por amor de Dios? —Ella se deshizo de su mano y descolgó las piernas por el lateral de la cama mientras cogía la bata—. Tú no... ¿Y qué pretendes hacer con él?

—¿Hacer con él? —repitió él parpadeando—. ¿A qué te refieres con eso de «hacer con él»?

Ella se había puesto la bata, que estaba algo torcida sobre los hombros, y había retrocedido hasta pegarse a la pared. Tenía las manos sobre el estómago y lo observaba con evidente miedo.

—Eres un *magicien*, todo el mundo lo sabe. ¡Coges recién nacidos y utilizas su sangre para tus hechizos!

—¿Qué? —preguntó como un tonto.

Alargó la mano para coger sus calzones, pero cambió de opinión. En lugar de vestirse, se levantó y se acercó a ella, y le puso las manos en los hombros.

—No —dijo agachándose para mirarla a los ojos—. No, yo no hago esas cosas. Jamás.

Empleó la energía más sincera que fue capaz de reunir, la introdujo en ella, y sintió que la joven cedía un poco, todavía temerosa, pero ya no tan segura. Rakoczy le sonrió.

—¿Quién te ha dicho que soy un *magicien*, por amor de Dios? Soy un *philosophe*, *chérie*, un estudioso de los misterios de la naturaleza, tan sólo eso. Y puedo jurarte, por el reino de los cielos —existieran o no, pero ¿para qué discutir?—, que yo jamás, ni una sola vez, he empleado nada más que las aguas internas de un bebé varón para mis investigaciones.

—¿Cómo? ¿Pipí de niños pequeños? —preguntó interesada.

Él relajó las manos, pero no le soltó los hombros.

—Exacto. Es el agua más pura que existe. Aunque conseguirla es un fastidio. —Aquello hizo que sonriera—. Pero el proceso no le hace ningún daño al niño, que expulsará el orín tanto si alguien lo utiliza como si no.

—¡Oh!

Estaba empezando a relajarse un poco, pero seguía ocultándose el abdomen con las manos en un gesto protector, como si ya pudiera sentir la presencia del inminente bebé. «Todavía no», pensó estrechándola para abrirse paso hacia el interior de su cuerpo con la mente. «Pero ¡pronto!» Se preguntó si debía quedarse con ella hasta que sucediera, con la idea de poder sentirlo mientras ocurría, y así ¡ser testigo íntimo de la creación de la propia vida!, pero era imposible saber cuándo iba a suceder. Teniendo en cuenta el progreso de su semilla, podía tardar un día, e incluso dos.

Era ciertamente mágico.

«¿Por qué los hombres nunca piensan en eso?», se preguntó. La mayoría de los hombres, incluido él, veían la procreación como una necesidad, en caso de herencia, o como un inconveniente, pero aquello... Sin embargo, también era cierto que la mayoría de los hombres jamás sabrían lo que él sabía ahora ni verían lo que había visto él.

Sólo había sentido esa cercanía con una mujer en una ocasión. Fue con Amelie, y la había perdido hacía ya muchos años. Se le detuvo un segundo el corazón y sintió una sacudida. ¿Habría estado embarazada? ¿Ése era el motivo por el que lo había sentido? Pero ahora ya no podía hacer nada.

Madeleine había empezado a relajarse; como mínimo, ya no se cubría el abdomen con las manos. La besó sintiendo verdadero afecto.

—Será hermoso —le susurró—. Y cuando ya estés embarazada le compraré tu contrato a Fabienne y te retiraré. Te compraré una casa.

—¿Una casa?

Abrió los ojos como platos. Eran verdes, de un intenso y claro color esmeralda, y él volvió a sonreír dando un paso atrás.

—Claro. Ahora duerme un poco, querida. Volveré mañana.

Ella lo abrazó, y a él le costó bastante desprenderse, entre risas, de sus brazos. Normalmente lo único que sentía cuando abandonaba la cama de una prostituta era el alivio físico. Pero lo que había hecho había permitido que conectara con Madeleine de una forma que sólo había experimentado con Amelie. Bueno... y también con Mélisande, ahora que lo pensaba.

Mélisande. Un pensamiento repentino lo recorrió como la chispa de una botella de Leiden. «Mélisande.»

Le lanzó una mirada dura a Madeleine, que ahora estaba gateando por la cama alegremente desnuda, mostrando su trasero blanco después de haberse quitado la bata. Ese trasero..., los ojos, la suave melena rubia, el tono blanco dorado de la nata fresca.

—*Chérie* —dijo con toda la despreocupación que pudo mientras se ponía los calzones—. ¿Cuántos años tienes?

—Dieciocho —contestó ella sin vacilar—. ¿Por qué, monsieur?

—Una edad maravillosa para ser madre.

Se puso la camisa y le lanzó un beso con la mano, aliviado. Había conocido a Mélisande Robicheaux en 1744. No acababa de cometer incesto con su propia hija.

Sin embargo, cuando cruzaba el vestíbulo de madame Fabienne, se le ocurrió que Madeleine podría ser su nieta. Ese pensamiento lo dejó paralizado, pero no tuvo tiempo de obsesionarse, porque Fabienne apareció en la puerta y le hizo gestos para que se acercara.

—Tengo un mensaje para usted, monsieur —repuso, y su voz fue como un dedo helado que se le deslizara por la nuca.

—¿Sí?

—Monsieur Grenouille suplica el favor de su compañía mañana al mediodía. En la plaza de Notre Dame de París.

En el mercado no tenían que practicar el control de la vista. En realidad, la hermana George-Mary, la robusta monja que supervisaba aquellas expediciones, les advirtió con total claridad que prestaran atención a las balanzas trucadas y a los precios abusivos, por no hablar de los carteristas.

—¿Carteristas, hermana? —había preguntado Mercy, alzando tanto las cejas rubias que desaparecieron bajo su velo—. Pero somos monjas, más o menos —se apresuró a añadir—. ¡No pueden robarnos nada!

El rostro rojo de la hermana George enrojeció todavía más, pero no perdió la paciencia.

—Normalmente eso sería cierto —concedió—, pero nosotras, o, mejor dicho, yo, llevo el dinero con el que vamos a comprar nuestra comida, y cuando la compremos la llevaréis vosotras. Un carterista roba para comer, *n'est-ce pas?* No les importa que lleves dinero o comida, y la mayoría de ellos son tan depravados que le robarían al mismísimo Dios, por no hablar de un par de postulantes ingenuas.

Por lo que a Joan se refería, ella lo quería ver todo, incluidos los carteristas. Le encantó descubrir que el mercado era el que había visto cuando entró en París aquel primer día con Michael. La verdad es que al verlo también recordó los horrores y las dudas de ese primer día, pero por el momento los ignoró y se internó, detrás de la hermana George, en aquel torbellino de colores, olores y gritos.

Oyó una expresión en particular que no acabó de entender, y pensó que ya le preguntaría a la hermana Philomène. Ésta era un poco mayor que Joan, pero muy vergonzosa, y tenía una piel tan delicada que se ponía roja como un tomate a la mínima ocasión. Siguió a las hermanas George y Mathilde por la sección de pescadería, donde la hermana George regateó con astucia por una gran cantidad de lenguados moteados, vieiras, unas minúsculas gambitas traslúcidas y un salmón enorme. La pálida luz que se reflejaba en las escamas del salmón cambiaba de color de un modo muy sutil, pasaba del rosa al azul, y después se tornaba plateado, y por fin negro; algunos de los colores que proyectaba no tenían ni nombre, pero era tan bonito incluso muerto, que Joan se quedó sin aliento ante el milagro de la creación.

—¡Oh, esta noche *bouillabaise!* —exclamó Mercy por lo bajo—. *Délicieuse!*

—¿Qué es una *bouillabaise*? —preguntó Joan en un susurro.

—Una sopa de pescado. Te gustará, ¡te lo prometo!

Joan no tenía ninguna duda; como había crecido en las Highlands de Escocia durante los años de pobreza que siguieron al Alzamiento, se había sorprendido de la novedosa, deliciosa y abundante comida del convento. Incluso los viernes, cuando la comunidad ayunaba durante el día, la cena era sencilla pero deliciosa, a base de queso fundido, untado sobre pan moreno con semillas y rodajas de manzana.

Por suerte, el salmón era tan grande que la hermana George acordó con el pescadero que lo llevaría él al convento junto con las demás criaturas de agua salada que habían comprado, por lo que todavía les quedó espacio en los cestos para las verduras frescas y la fruta, y así pasaron del reino de Neptuno al de Deméter. Joan esperaba que no fuera sacrilegio pensar en dioses griegos, pero no podía olvidar el libro de mitos que su padre les había leído a ella y a Marsali cuando eran pequeñas, con aquellas maravillosas ilustraciones pintadas a mano.

A fin de cuentas, si se estudiaba medicina, era necesario conocer a los griegos. Todavía le ponía nerviosa la idea de trabajar en el hospital, pero Dios llamaba a las personas a hacer cosas determinadas, y si ésa era su voluntad...

Interrumpió sus pensamientos cuando vio un pulcro sombrero negro con una pluma azul que cabeceaba lentamente entre la marea de gente. Era..., ¡sí, era ella! Léonie, la hermana de la difunta esposa de Michael Murray. Empujada por la curiosidad, Joan miró a la hermana George, que estaba entretenida examinando un montón enorme de setas —Dios santo, ¿la gente comía esas cosas?—, y rodeó una carretilla llena de lechugas.

Quería hablar con Léonie, pedirle que le dijera a Michael que necesitaba hablar con él. A las postulantes sólo se les permitía escribir cartas a sus familias dos veces al año, en Navidad y en Pascua, pero él podía enviarle una nota a su madre para tranquilizarla haciéndole saber que Joan estaba bien y contenta.

Seguro que Michael encontraría una excusa para visitar el convento..., pero antes de que pudiera acercarse lo suficiente, Léonie miró furtivamente por encima del hombro, como si temiera que alguien la descubriera, y luego se agachó y desapareció detrás de una cortina que colgaba de la parte trasera de una pequeña caravana.

Joan ya había visto gitanos en alguna ocasión, aunque no muy a menudo. Un hombre con la piel morena merodeaba por allí cerca, estaba hablando con un grupo; los integrantes del corrillo pasaron la mirada por encima de su hábito sin detenerse y ella suspiró aliviada. Pensó que, en muchas ocasiones, ser monja era como llevar un manto que la hacía invisible.

Miró a su alrededor en busca de sus compañeras y vio que habían llamado a la hermana Mathilde para consultarle algo relacionado con una enorme pasta verrugosa que parecía el excremento de un cerdo muy enfermo. Bien, podía esperar un minuto más.

En realidad, pasó poco más de un minuto antes de que Léonie saliera de detrás de la cortina metiendo algo en la pequeña cesta que llevaba colgada del brazo. Joan cayó en la cuenta, por primera vez, de lo raro que era que alguien como Léonie estuviera comprando sin la ayuda de un sirviente que le abriera paso entre la gente y le llevara la compra, o incluso que estuviera en un mercado público. Michael le había hablado de sus sirvientes durante el viaje, le había dicho que madame Hortense, la cocinera, iba al mercado al alba para asegurarse de comprar los productos más frescos. ¿Qué podría estar adquiriendo una dama como Léonie allí sola?

Joan se deslizó lo mejor que pudo entre las hileras de puestos y carretas, siguiendo la oscilante pluma azul. La mujer se detuvo de repente, y eso le permitió a Joan colocarse justo detrás de ella, que se había detenido junto a un puesto de flores y estaba manipulando un ramo de rosas blancas.

De pronto, Joan cayó en la cuenta de que no sabía cómo se apellidaba Léonie, pero en ese momento no podía preocuparse por los convencionalismos.

—Ah..., ¿madame? —la llamó vacilante—. O sea, ¿mademoiselle?

Léonie se dio la vuelta con los ojos abiertos como platos y completamente pálida. Cuando se encontró con la monja, parpadeó confundida.

—Mmm... soy yo —repuso Joan con timidez, resistiendo el impulso de levantarse el velo—. Joan MacKimmie.

Se sintió rara al pronunciar su nombre, como si Joan MacKimmie fuera otra persona. Léonie tardó un momento en comprender de qué conocía su nombre, y entonces relajó un poco los hombros.

—¡Oh! —Se llevó la mano al pecho y logró esbozar una sonrisita—. La prima de Michael. Claro. No la he... mmm..., ¡me alegro de verla! —Frunció el ceño y se le arrugó la piel entre las cejas—. ¿Está sola?

—No —se apresuró a aclarar Joan—. Y no puedo detenerme. Sólo la he visto y he querido pedirle... —Parecía incluso más absurdo que hacía un momento, pero ya no había marcha atrás—. ¿Podría decirle a monsieur Murray que necesito hablar con él? Tengo que pedirle algo, es importante.

—¿*Soeur* Gregory? —El estentóreo tono de la hermana George resonó por encima del ruido chillón del mercado, y Joan se sobresaltó. Desde donde estaba, veía la punta de la cabeza de la hermana Mathilde, con sus enormes velas blancas, volviéndose de un lado a otro para buscarla en vano.

—Tengo que marcharme —anunció a una sorprendida Léonie—. Por favor. ¡Por favor, dígaselo!

Tenía el corazón acelerado, y no se debía sólo al encuentro repentino. Había estado mirando dentro de la cesta de Léonie, donde vio el brillo de una botella de cristal marrón, medio oculta debajo de un buen ramo de lo que incluso Joan reconoció como eléboro negro, unas flores preciosas con forma de copa de un inquietante verde blanquecino y mortalmente venenosas.

Retrocedió abriéndose camino por el mercado, y llegó sin aliento y disculpándose ante la hermana Mathilde. Se preguntaba si... No había pasado mucho tiempo con la mujer de su padre, pero la había oído hablar con él mientras escribía recetas en un libro, y había mencionado que el eléboro negro era algo que utilizaban las mujeres para provocar el aborto. Si Léonie estaba embarazada... Santa Madre de Dios, ¿estaría embarazada de Michael? La idea la impactó como si alguien la hubiera golpeado en el estómago.

No. No podía creerlo. Él seguía enamorado de su mujer, todo el mundo lo sabía, e incluso si no fuera así, ella habría jurado que no era la clase de hombre que... Pero ¿qué sabía ella de hombres?

Bueno, apretó los dientes y decidió que se lo preguntaría cuando lo viera. Y hasta entonces... Se llevó la mano al rosario que le colgaba de la cintura y rezó una rápida y silenciosa oración por Léonie. Sólo por si acaso.

Mientras estaba regateando con insistencia por seis berenjenas, empleando un francés nefasto (y se preguntaba, entretanto, para qué serían, si para medicinas o comida), se fijó en la persona que tenía al lado. Era un hombre atractivo de mediana edad, más alto que ella, con un abrigo gris paloma de buen corte. El tipo le sonrió y, mientras palpaba una de las peculiares hortalizas, dijo en francés, hablando poco a poco:

—Será mejor que no coja las grandes. Son duras. Elija las pequeñas, como ésta.

Tocó la berenjena con uno de sus dedos largos. La hortaliza era la mitad de grande que las que el vendedor había intentado venderle, y el hombre estalló en una diatriba de insultos que hizo recular a Joan, que se alejó parpadeando.

No lo hizo tanto por las expresiones que le estaba gritando el tendero, ya que no entendía casi nada, sino porque había oído una voz inglesa en su cabeza que le había dicho «Dile que no lo haga».

Sintió una oleada de calor y frío al mismo tiempo.

—Yo... mmm... *je suis*... mmm..., *merci beaucoup, monsieur!* —espetó, se dio la vuelta y huyó asustada, abriéndose paso entre montones de bulbos de narciso y fragantes ramos de jacintos; los zapatos le resbalaban cada vez que pisaba las hojas aplastadas del suelo.

—¡*Soeur* Gregory! —La hermana Mathilde apareció tan de repente que casi choca contra la enorme monja—. ¿Qué está haciendo? ¿Dónde está la hermana Miséricorde?

—Yo... oh. —Joan tragó saliva e hizo acopio de fuerzas—. Está... allí. —Habló aliviada al ver la pequeña cabeza de Mercy asomando entre la multitud que se agolpaba frente a la carreta de la carne de cerdo—. ¡Iré a buscarla! —espetó, y se marchó a toda prisa antes de que la hermana Mathilde pudiera seguir hablando.

«Dile que no lo haga.» Eso era lo que la voz le había dicho sobre Charles Pépin. ¿Qué estaba ocurriendo? Reflexionó un momento. ¿Monsieur Pépin estaba metido en algún asunto turbio relacionado con el hombre del abrigo gris paloma?

Como si al pensar en aquel hombre hubiera invocado la voz, la oyó de nuevo.

«Dile que no lo haga», repitió la voz en su cabeza, con lo que parecía una urgencia particular. «¡Dile que no debe!»

—Dios te salve, María, llena eres de gracia, el señor es contigo, bendita eres entre todas las mujeres...

Joan se aferró a su rosario y comenzó a rezar mientras sentía que palidecía. Allí estaba, el hombre del abrigo gris paloma, mirándola con curiosidad por encima de un puesto de tulipanes holandeses y ramos de fresias amarillas.

Joan no notaba el contacto del suelo bajo los pies, pero se estaba acercando a él. «Tengo que hacerlo —pensó—. Me da igual que piense que estoy loca...»

—No lo haga —espetó cuando estuvo delante del sorprendido caballero—. ¡No debe hacerlo!

Y entonces dio media vuelta y salió corriendo, con el rosario en la mano y el delantal y el velo agitándose al viento como si fueran alas.

Rakoczy no podía evitar pensar en la catedral como en una entidad, una versión inmensa de una de sus propias gárgolas acuclillada sobre la ciudad. ¿En señal de protección o de amenaza?

Notre Dame de París se elevaba, negra, sobre él; y también sólida, destruyendo la luz de las estrellas y la belleza de la noche. Muy apropiado. Siempre había pensado que la iglesia bloqueaba la visión de Dios. No obstante, y a pesar del calor que le daba la capa, la imagen de la monstruosa construcción de piedra hizo que se estremeciera cuando pasó por debajo de su sombra.

Quizá fueran las piedras de la catedral lo que le hacía que se sintiera amenazado. Se detuvo, aguardó un instante, y luego se acercó al muro de la iglesia y colocó la palma de la mano en la fría piedra caliza. No percibió ninguna sensación inmediata, tan sólo la aspereza inerte de la roca. Cerró los ojos por costumbre, e intentó abrirse paso hacia el interior de la roca con la mente. Al principio no sintió nada. Pero esperó y siguió presionando con la mente sin dejar de repetir una pregunta: «¿Estás ahí?»

Le habría aterrorizado recibir alguna respuesta, y sintió algo muy parecido al alivio cuando no oyó nada. Aun así, cuando por fin abrió los ojos y separó las manos, vio una pizca de luz azul, muy fina, que brilló un instante entre sus nudillos. Eso hizo que se asustara y se alejó enseguida, ocultando las manos bajo la capa.

«Es imposible», se aseguró. Ya lo había hecho antes, había provocado la aparición de la luz mientras sostenía las piedras que utilizaba para viajar y pronunciaba las palabras sobre ellas. Suponía que era su propia versión de la consagración. No sabía si las palabras eran necesarias, pero Mélisande las había empleado; y él tenía miedo de no hacerlo.

Y aun así, había sentido algo allí. Había percibido algo pesado, inerte. Nada que se pareciera al pensamiento ni al habla, gracias a Dios. Se santiguó por impulso y luego negó con la cabeza agitado e irritado.

Pero había sentido algo inmenso y muy antiguo. ¿Dios tenía voz de piedra? Aquel pensamiento lo inquietó todavía más. El ruido de las piedras de la mina de yeso... ¿Era Dios lo que había visto en ese aterrador espacio intermedio?

Un movimiento en las sombras disipó de golpe sus pensamientos. ¡La *Rana*! A Rakoczy se le encogió el corazón.

—Monsieur le Comte —dijo una voz divertida y profunda—. Veo que los años le han tratado bien.

Raymond salió sonriendo a la luz de las estrellas. Verlo le resultó desconcertante. Rakoczy llevaba tanto tiempo imaginando ese encuentro que la realidad le resultó extrañamente decepcionante. Era bajito, ancho de espaldas y la melena suelta le caía hacia atrás desde una frente enorme. Tenía una boca ancha con los labios tan finos que parecía que no existieran. Raymond la *Rana*.

—¿Qué hace aquí? —espetó Rakoczy.

Las cejas de maître Raymond eran negras. ¿Habrían sido blancas hacía treinta años? Levantó una sorprendido.

—Me dijeron que me estaba buscando, monsieur. —Extendió las manos con elegancia—. ¡Y he venido!

—Gracias —contestó Rakoczy con sequedad mientras empezaba a recuperar cierta compostura—. Me refería a París. ¿Qué hace aquí?

—Todo el mundo tiene que estar en alguna parte, ¿no? No pueden estar todos en el mismo sitio.

Eso debería haber parecido una broma, pero no fue así. Parecía algo serio, como una afirmación científica, y a Rakoczy le resultó inquietante.

—¿Ha venido a buscarme? —preguntó con descaro.

Se movió un poco con la intención de poder verlo mejor. Estaba bastante convencido de que la *Rana* tenía un aspecto más joven que la última vez que lo había visto. ¿Tenía el pelo más oscuro y sus pasos eran más ligeros? Sintió una punzada de emoción en el pecho.

—¿A usted? —Por un segundo, la *Rana* pareció divertido, pero la expresión desapareció—. No. Estoy buscando a una hija perdida.

Rakoczy estaba sorprendido y desconcertado.

—¿Suya?

—Más o menos. —Raymond no parecía tener ningún interés en explicarse. Se desplazó un poco a un lado y entornó los ojos tratando de ver la cara de Rakoczy en la oscuridad—. Entonces ¿puede oír las piedras?

—Yo... ¿qué?

Raymond asintió en dirección a la fachada de la catedral.

—Hablan. También se mueven, pero muy despacio, como es de esperar.

Rakoczy notó un escalofrío gélido que le recorrió la espalda cuando pensó en las gárgolas sonrientes encaramadas en lo alto de la catedral y las consecuencias de que una de ellas pudiera, en cualquier momento, extender sus silenciosas alas y precipitarse sobre él enseñando los dientes de su risa carnívora. Sin querer, miró hacia arriba por encima del hombro.

—No tan deprisa. —La voz de la *Rana* había recuperado esa nota divertida—. Nunca las vería. Tardan milenios en moverse una fracción de centímetro, a menos, claro está, que las empujen o las fundan. Pero no querrá que hagan eso. Es muy peligroso.

Aquella conversación parecía frívola, y a Rakoczy le molestaba, pero por algún motivo, no se enfadó. Estaba preocupado, tenía la sensación de que había algo más allá, algo que tenía tantas ganas de saber como de ignorar. La sensación era nueva y desagradable.

Olvidó la precaución y preguntó con descaro:

—¿Por qué no me mató cuando estábamos en la Recámara Estrellada?

Raymond le sonrió; le vio los dientes, y se volvió a sorprender: estaba casi seguro de que la *Rana* no tenía dientes la última vez que lo vio.

—Si le hubiera querido muerto, hijo, no estaría aquí hablando conmigo —afirmó—. Quise quitarle de en medio, eso es todo; y me complació cuando captó la indirecta y se marchó de París.

—¿Y por qué quería quitarme de en medio?

Si no hubiera deseado averiguarlo, Rakoczy se habría ofendido por el tono que había empleado.

La *Rana* encogió un hombro.

—Usted suponía cierta amenaza para la Dama.

Rakoczy se quedó pasmado.

—¿La Dama? ¿Se refiere a la mujer, a la Dama Blanca?

—Así es como la llamaban.

A la *Rana* parecía divertirle la idea.

Rakoczy estaba a punto de decirle a Raymond que la Dama Blanca seguía viva, pero él no había vivido tanto gracias a ir comentando todo lo que sabía, y no quería que Raymond pensara que él podía seguir siendo una amenaza para ella.

—¿Cuál es el objetivo principal de un alquimista? —preguntó a *Rana* muy serio.

—Transformar la materia —respondió Rakoczy automáticamente.

La *Rana* esbozó una enorme sonrisa de anfibio.

—¡Exacto! —exclamó. Y desapareció.

Y había desaparecido. Sin nubes de humo ni trucos de ilusionista, no olía a sulfuro... la *Rana* se había esfumado sin más. La plaza estaba vacía bajo el cielo estrellado; lo único que se movía era un gato que salió disparado de entre las sombras y pasó rozando la pierna de Rakoczy.

Rakoczy se quedó tan impactado y emocionado después del encuentro, que paseó sin rumbo fijo: cruzó puentes sin darse cuenta, se perdió en el laberinto de callejuelas retorcidas y *allées* de la orilla izquierda, y no llegó a su casa casi hasta el alba, con los pies doloridos y exhausto, pero con un hervidero de especulación en la cabeza.

Más joven. De eso estaba seguro. Raymond la *Rana* estaba más joven de lo que era hacía treinta años. Entonces, de alguna forma, era posible.

Ahora estaba convencido de que Raymond, como él, era un viajero. Tenía que ser el viaje y, específicamente, la capacidad de viajar hacia delante en el tiempo. Pero ¿cómo? Él lo había intentado más de una vez. Retroceder era posible, y el viaje agotaba a nivel físico, pero se podía hacer. Si se disponía de la combinación adecuada de piedras, incluso era posible llegar, más o menos, a un tiempo en concreto. Pero también se necesitaba un foco, alguien o algo en lo que concentrarse, ya que sin ello, se podía acabar en cualquier parte. Y ése, pensó, era el problema de ir hacia delante: era imposible concentrarse en algo que no se sabía que estaba allí.

Pero master Raymond lo había hecho.

¿Cómo podía convencer a la *Rana* para que compartiera su secreto con él? Raymond no parecía tenerle antipatía, pero tampoco parecía amigable; y Rakoczy tampoco esperaba que lo fuera.

La *Rana* había mencionado a una hija perdida. Y había envenenado a Rakoczy con el objetivo de que no supusiera una amenaza para la mujer de Fraser, la Dama Blanca. Y la mujer había emitido una luz azul. ¿Se debió a que lo había tocado cuando le dio la copa? No se acordaba. Pero había brillado, de eso estaba seguro.

Entonces, si estaba en lo cierto, ella también era una viajera.

—*Merveilleuse* —susurró.

Ya había sentido interés por aquella mujer, pero ahora estaba obsesionado. No sólo quería, y también necesitaba, saber lo que ella sabía; también era importante para Raymond por algún motivo, tal vez porque mantuviera cierta relación con esa hija perdida. ¿Era ella la hija perdida?

Si pudiera hallarla... Había hecho algunas pesquisas, pero nadie en la Corte de los Milagros, o entre sus muy respetables contactos, había oído hablar de Claire Fraser en los últimos treinta años. Su marido se había metido en política, y había fallecido, o eso creía, en Escocia. Pero si ella se había ido a Escocia con él, ¿por qué Raymond había ido a buscarla a París?

Aquellos pensamientos y muchos otros se desplazaban por su mente como un grupo de pulgas, provocando molestos granos de curiosidad.

El cielo había empezado a iluminarse a pesar de que las estrellas seguían brillando débilmente por encima de los tejados.

Percibió olor a humo y a levadura: las panaderías estaban encendiendo los hornos para elaborar el pan del día. Oyó el lejano ruido de los cascos de los caballos que tiraban de las carretas de los granjeros; llegaban del campo cargados de verduras, carne fresca, huevos y flores. La ciudad empezaba a despertar.

Su casa, su cama. Su mente se había relajado y la idea del sueño se había apoderado de él. Había un gato gris sentado en la escalera de entrada de su casa, limpiándose las patas.

—*Bonjour* —le dijo, y en su soñoliento y exhausto estado casi esperó que le contestara. Pero no lo hizo, y cuando el mayordomo le abrió la puerta, el animal desapareció, tan deprisa que Rakoczy se preguntó si en realidad había estado allí.

Agotado de tanto caminar, Michael durmió como un lirón, aunque sin soñar ni moverse. Se despertó al amanecer. Su asistente, Robert, oyó movimiento en su dormitorio y entró enseguida, seguido de una de las *femmes de chambre*, que llevaba un tazón lleno de café con hojaldres.

Comió despacio mientras dejaba que le cepillaran el cabello, lo afeitaran y le cambiaran las sábanas. Robert murmuraba con suavidad la clase de conversación que no requiere respuestas, y esbozó una sonrisa alentadora cuando le ofreció el espejo. Para su sorpresa, la imagen del espejo parecía bastante normal. Llevaba su pelo natural, sin polvos, pulcramente trenzado, y un traje de corte modesto, pero de la mejor calidad. Robert no le había preguntado qué necesitaba, y lo había vestido para un día de trabajo normal.

Suponía que estaba bien. A fin de cuentas, ¿qué importancia tenía la ropa? Tampoco era que existiera un traje *de rigueur* para visitar a la hermana de su difunta esposa, que además se había metido en su cama sin invitación en plena noche.

Había pasado los dos últimos días pensando en alguna forma de no volver a ver o hablar con Léonie, pero era imposible. Tendría que verla.

Pero ¿qué iba a decirle?, se preguntó mientras cruzaba las calles en dirección a la casa donde vivía Léonie con una tía anciana, Eugenie Galantine. Le habría gustado poder hablar de aquella situación con la hermana Joan, pero eso no sería apropiado, incluso aunque estuviera disponible.

Había esperado que el paseo le permitiera encontrar, como mínimo, un *point d'appui*, o incluso todo un argumento, pero se sorprendió contando de manera obsesiva los adoquines del mercado al cruzarlo, y también las campanadas del *horloge* público cuando dio las tres, y, como no había nada más que contar, sus propios pasos a medida que iba acercándose a su puerta. «Seiscientos treinta y siete, seiscientos treinta y ocho...»

Sin embargo, cuando dobló por la calle de su cuñada dejó de contar. Y también dejó de caminar por un instante, y empezó a correr. Estaba ocurriendo algo en casa de madame Galantine.

Se abrió paso entre la multitud de vecinos y vendedores que se habían reunido cerca de la escalera de entrada y agarró por la manga al mayordomo, un hombre al que ya conocía.

—¿Qué? —espetó—. ¿Qué ha pasado?

El mayordomo, un tipo alto y cadavérico llamado Hubert, estaba bastante nervioso, pero se tranquilizó un poco al ver a Michael.

—No lo sé, señor —dijo, aunque apartó un poco la mirada y Michael supo que sí lo sabía—. Mademoiselle Léonie... está enferma. El doctor...

Podía oler la sangre. No esperó a oír más. Apartó a Hubert y subió corriendo la escalera llamando a madame Eugenie, la tía de Léonie.

Madame Eugenie salió de un dormitorio con la cofia y la bata muy bien puestas a pesar del alboroto.

—¡Monsieur Michel! —exclamó, impidiéndole el paso al dormitorio—. No ocurre nada, es mejor que no entre.

—Claro que sí.

Le palpitaba el corazón en los oídos y tenía las manos frías.

—No debe entrar —repitió la mujer con firmeza—. No se encuentra bien. No es apropiado.

—¿Apropiado? ¿Una joven intenta quitarse la vida y usted me dice que no es apropiado?

Una doncella apareció en la puerta con un cesto lleno de sábanas manchadas de sangre, pero la mirada de conmoción en el amplio rostro de madame Eugenie era más sorprendente.

—¿Suicidarse? —La anciana se quedó boquiabierta un instante, luego cerró la boca como si fuera una tortuga—. ¿Qué le hace pensar eso? —Lo estaba mirando con considerable recelo—. ¿Y qué está haciendo aquí, por cierto? ¿Quién le ha dicho que se encontraba mal?

Cuando vio a un hombre con una bata oscura, que debía de ser el médico, Michael decidió que no tenía sentido seguir hablando con madame Eugenie. La agarró con cuidado pero con firmeza de los codos, la levantó y la apartó, con un grito de sorpresa por parte de la mujer.

Entró y cerró la puerta del dormitorio.

—¿Quién es usted?

El médico levantó la vista sorprendido. Estaba limpiando el cuenco que acababa de emplear para sangrarla, y tenía el maletín abierto sobre el diván del tocador. El dormitorio de Léonie debía de estar detrás; la puerta estaba abierta y vio los pies de la cama, pero no llegó a ver a la persona que estaba acostada.

—Eso no importa. ¿Cómo está?

El médico lo miró con los ojos entornados, pero asintió enseguida.

—Vivirá. En cuanto al niño... —Hizo un gesto inequívoco con la mano—. He hecho todo lo que he podido. Tomó mucha cantidad...

—¿El niño?

El pavimento se transformó bajo sus pies y el recuerdo del sueño se adueñó de él, esa extraña sensación de algo entre lo incorrecto y lo conocido. Había sentido la presión de un pequeño bulto pegado a su trasero; eso era. Lillie sólo había estado embarazada dos meses, pero recordaba muy bien la sensación del cuerpo de una mujer embarazada de pocos meses.

—¿Es suyo? Disculpe, no debería preguntar.

El doctor guardó el cuenco y la lanceta, y sacudió su turbante de terciopelo negro.

—Quiero... Necesito hablar con ella. Ahora.

El doctor abrió la boca para protestar, pero después miró con actitud reflexiva por encima del hombro.

—Bueno..., debe tener cuidado de no...

Pero Michael ya había entrado en el dormitorio y estaba junto a la cama.

Léonie estaba pálida. Tanto Lillie como Léonie siempre habían sido pálidas, su piel recordaba el suave brillo de la nata y el mármol. Pero en este caso era la palidez del abdomen de una rana o del pescado podrido blanqueado en la orilla.

Tenía los ojos rodeados de un círculo negro y hundidos en la cabeza. Estaban vacíos e inexpresivos, tan inmóviles como las manos desprovistas de anillos que yacían flácidas sobre el cubrecama.

—¿Quién? —preguntó en voz baja—. ¿Charles?

—Sí.

Tenía la voz tan apagada como los ojos, y se preguntó si el médico le habría suministrado alguna droga.

—¿La idea de cargarme a mí con el niño fue suya o tuya?

Entonces ella apartó la mirada y tragó saliva.

—Suya. —Volvió a mirarlo—. Yo no quería, Michael. No es que me repugnes, no es eso...

—*Merci* —murmuró él, pero ella continuó hablando sin prestarle atención.

—Eras el marido de Lillie. No la envidiaba por tenerte —dijo con sinceridad—, pero sí que envidiaba lo que teníais. No podría haber habido lo mismo entre tú y yo, y no me gustaba la idea de traicionarla. Pero... —Apretó los labios, que estaban pálidos, hasta hacerlos desaparecer—. No había mucha elección.

Michael tuvo que admitir que era cierto. Charles no podía casarse con ella; tenía una esposa e hijos. Tener un hijo ilegítimo no era un escándalo tan terrible en los círculos más altos de la Corte, pero los Galantine pertenecían a la burguesía emergente, donde el honor era casi tan importante como el dinero. Al quedarse embarazada, disponía de dos alternativas: hallar a un marido complaciente con rapidez, o... Intentó no advertir que ella había apoyado una mano sobre la ligera hinchazón de su estómago.

«El niño...» Se preguntó qué habría hecho si ella le hubiera explicado la verdad, si le hubiera pedido que se casara con ella por el bien del niño. Pero no lo había hecho. Y tampoco se lo estaba pidiendo ahora. No podía ofrecerse.

Lo mejor, o, como mínimo, lo más sencillo, era que perdiera al bebé. Y era muy probable que ya lo hubiera hecho.

—No podía esperar, ¿entiendes? —dijo como si continuara con la conversación—. Habría intentado encontrar a otro hombre, pero tenía la impresión de que ella ya se había dado cuenta. Te lo habría dicho en cuanto hubiera dado con la forma de verte. Así que tenía que hacerlo antes de que lo descubrieras. ¿Entiendes?

—¿Ella? ¿Quién? ¿Decirme el qué?

—La monja —dijo Léonie, y suspiró como si perdiera el interés—. Me vio en el mercado y se acercó corriendo a mí. Me dijo que tenía que hablar contigo, que tenía algo importante que decirte. Pero la vi mirar dentro de mi cesto, y su cara... Pensé que se había dado cuenta...

Le aleteaban los párpados, aunque Michael no sabía si se debía a la medicación o al cansancio. Sonrió un poco, pero no lo miró a él; parecía que estaba mirando algo muy lejano.

—Es gracioso —murmuró—. Charles dijo que todo se arreglaría, que el conde le pagaría tal cantidad de dinero por ella que lo solucionaría todo. Pero ¿cómo vas a solucionar un bebé?

Michael se sobresaltó como si las palabras lo hubieran apuñalado.

—¿Qué? ¿Pagar por quién?

—Por la monja. Le expliqué a Charles que te despertaste y que no iba a funcionar, pero dijo que no importaba, porque el conde le pagaría para encontrar a la monja y...

La agarró de los hombros.

—¿La monja? ¿La hermana Joan? ¿A qué te refieres con eso de pagar por ella? ¿Qué te explicó Charles?

Ella dejó escapar un quejido de protesta. Michael quería sacudirla hasta romperle el cuello, pero se obligó a apartar las manos. Léonie se dejó caer en la almohada y soltó el aire como si fuera una vejiga deshinchándose y se quedó plana bajo las sábanas. Tenía los ojos cerrados, pero Michael se inclinó y le habló directamente al oído.

—Ese conde, Léonie, ¿cómo se llama? Dime su nombre.

Frunció el ceño con suavidad y se le arrugó la piel, después se volvió a tensar.

—Saint Germain —murmuró en voz tan baja que apenas la oyó—. El conde de Saint Germain.

Michael fue de inmediato a ver a Rosenwald y, después de insistirle y de prometerle que le pagaría más, consiguió que acabara el grabado del cáliz enseguida. Esperó con impaciencia mientras terminaba y, sin apenas esperar a que envolviera la copa y la patena en papel marrón, le lanzó el dinero al orfebre y partió hacia el convento de los Ángeles casi corriendo.

Consiguió contenerse con gran dificultad mientras presentaba el cáliz y, con gran humildad, pidió si le podían hacer el gran favor de dejarle hablar con la hermana Gregory. Arguyó que debía darle un mensaje de su familia en las Highlands. La hermana Eustacia pareció sorprendida y se mostró un tanto en contra, ya que a las postulantes no se les permitía recibir visitas, pero a fin de cuentas..., en vista de la gran generosidad de monsieur Murray y monsieur Fraser con el convento..., quizá sólo un momento, en el vestíbulo de las visitas, y en presencia de la propia hermana...

Michael se volvió y parpadeó una sola vez; después, abrió un poco la boca. Parecía sorprendido. ¿Tan distinta estaba con el hábito y el velo?

—Soy yo —dijo Joan, e intentó esbozar una sonrisa tranquilizadora—. Es decir... sigo siendo yo.

La miró fijamente a la cara, soltó aire y sonrió, como si ella se hubiera perdido y la hubiera vuelto a encontrar.

—Sí, ya lo veo —reconoció en voz baja—. Temía que fuera la hermana Gregory. Es decir, la... mmm...

Hizo un pequeño gesto torpe señalando los ropajes grises y el velo blanco de postulante.

—Sólo es ropa —explicó ella, y se llevó una mano al pecho con actitud defensiva.

—Bueno, no —contestó él observándola con cautela—. No creo que sólo sea eso. Es más parecido al uniforme de un soldado, ¿no? Cuando la llevas, estás haciendo tu trabajo, y cualquiera que la ve sabe lo que eres y lo que haces.

«Sabe lo que soy. Supongo que debería estar contenta de que no se note», pensó, presa de un pequeño arrebato.

«Tienes que decírselo.» No era una de sus voces, sólo se trataba de la voz de su conciencia, pero ya era lo bastante exigente. Notaba los latidos de su corazón; eran tan intensos que pensó que las palpitaciones serían evidentes en la parte delantera de su hábito.

Él le dedicó una sonrisa alentadora.

—Léonie me dijo que quería verme.

—Michael... ¿Puedo explicarle algo? —espetó.

Michael parecía sorprendido.

—Pues claro que puede —contestó—. ¿Por qué no?

—Por qué no —repitió ella en voz baja.

Miró por encima del hombro, pero la hermana Eustacia estaba en el otro extremo de la sala hablando con una jovencísima chica francesa y con sus padres.

—Bueno, verá —repuso con voz decidida—. Oigo voces.

Lo miró a escondidas, pero él no parecía sorprendido. Todavía no.

—En mi cabeza, me refiero.

—¿Sí? —Parecía receloso—. Mmm, ¿y qué le dicen?

Ella se dio cuenta de que estaba aguantando la respiración y soltó un poco de aire.

—Ah... cosas distintas. Pero ellas saben y me dicen cosas que van a ocurrir. Lo más común es que me digan que debo decirle a alguien alguna cosa.

—Alguna cosa —repitió con cautela mirándola a la cara—. ¿Qué... clase de «cosa»?

—No esperaba la Inquisición española —dijo un tanto irritada—. ¿Eso importa?

Michael reprimió una sonrisa.

—Bueno, no lo sé —señaló—. Podrían darle alguna pista de quién le está hablando, ¿no? ¿O ya lo sabe?

—No, no lo sé —admitió ella, y sintió una repentina relajación—. Estaba, en cierto sentido, preocupada por el hecho de que pudieran ser demonios. Pero en realidad no me dicen que haga cosas malas. Sólo..., más bien me avisan de cuándo le va a ocurrir algo a alguien. Y a veces no es algo bueno, pero en otras ocasiones, sí. Como sucedió con Annie MacLaren. Tenía una barriga enorme cuando estaba de tres meses, y cuando estaba de seis parecía que iba a explotar, y la chica tenía muchísimo miedo, o, como mínimo, más que el resto de mujeres, de morir al dar a luz, como le había ocurrido a su madre, que dio a luz a un niño demasiado grande. Un día me la encontré junto al manantial de San Ninian y una de las voces me dijo: «Dile que todo será conforme a la voluntad de Dios y que dará a luz a un niño sin problemas.»

—¿Y se lo dijo?

—Sí. No le expliqué cómo lo sabía, pero debió de parecer que sabía de lo que hablaba, porque a la pobre se le iluminó la cara de repente, y me agarró de las manos y me dijo: «¡Oh! ¡Bendita seas!»

—¿Y dio a luz a un niño sin problemas?

—Sí, y también a una niña. Eran gemelos.

Joan sonrió al recordar el brillo de la cara de Annie.

Michael miró de reojo a la hermana Eustacia, que estaba despidiéndose de la familia de la postulante. La chica estaba pálida y las lágrimas le resbalaban por las mejillas, pero se aferró a la manga de la hermana Eustacia como si fuera un salvavidas.

—Comprendo —repuso muy despacio, y volvió a mirar a Joan—. ¿Éste es el motivo de que...? ¿Fueron las voces quienes le dijeron que se hiciera monja?

Ella parpadeó sorprendida de que Michael hubiera aceptado sin más lo que acababa de explicarle, pero la pregunta la asombró todavía más.

—Bueno... no. Nunca me dijeron nada parecido. Parece de esperar, ¿verdad?

Michael sonrió un poco.

—Tal vez. —Tosió y luego levantó la mirada con cierta timidez—. Ya sé que no es asunto mío, pero ¿qué fue lo que hizo que se decidiera a convertirse en monja?

Ella vaciló, pero ¿por qué no? Ya le había explicado lo más difícil.

—Por las voces. Pensaba que tal vez..., quizá aquí no las oiría. O... que si las seguía oyendo, habría alguien, quizá un sacerdote, que podría decirme lo que eran, y lo que debería hacer al respecto.

La hermana Eustacia estaba consolando a la chica nueva; tenía una rodilla medio flexionada para acercar su rostro enorme, acogedor y dulce al de la joven. Michael las miró y luego volvió a centrar la vista en Joan alzando una ceja.

—Supongo que todavía no se lo ha dicho a nadie —arguyó—. ¿Ha pensado que primero practicaría conmigo?

Ella reprimió una sonrisa.

—Tal vez. —Michael tenía los ojos oscuros, pero proyectaban una especie de calidez, como si la extrajeran del fuego de su cabello. Ella bajó la vista; se estaba haciendo pliegues en el dobladillo de la blusa, que se le había soltado—. Pero eso no es lo único que tengo que decirle.

Michael hizo un sonido gutural que significaba: «Bien, adelante.» ¿Por qué los franceses no lo hacían?, se preguntó Joan. Era mucho más sencillo de comprender. Pero ignoró el pensamiento; ya se había decidido a decírselo y había llegado el momento de hacerlo.

—Se lo he explicado porque... su amigo —espetó—. El que conocí en su casa. Monsieur Pépin —añadió con impaciencia, viendo que parecía perdido.

—¿Sí?

Sonó tan confundido como estaba.

—Sí. Cuando lo conocí, una voz me dijo: «Dile que no lo haga.» Y no se lo comenté, ya que me asusté.

—A mí también me habría inquietado —le aseguró él—. Pero ¿no le dijo qué era lo que no debía hacer?

Joan se mordió el labio.

—No. Y entonces, dos días después, vi a ese hombre, al conde, el conde de Saint Germain, según me dijo la hermana Mercy, en el mercado, y la voz me dijo lo mismo, aunque con un poco más de insistencia. «Dile que no lo haga. ¡Dile que no lo haga!»

—¿Ah, sí?

—Sí, y lo ordenó con mucha firmeza. Bien, lo cierto es que por lo general suele ser así. No se trata tan sólo de una opinión, que se puede escuchar o no. Aunque en esta ocasión fue especialmente insistente.

Extendió las manos con impotencia para explicar el sentimiento de pánico y urgencia.

Michael unió sus espesas cejas rojas.

—¿Cree que lo que no deben hacer es lo mismo para los dos? —Parecía sorprendido—. No creo que se conozcan.

—Bueno, eso no puedo saberlo, ¿no? —contestó un poco exasperada—. Las voces no me lo dijeron. Pero vi que aquel chico del barco iba a morir y no comenté nada, porque no sabía qué argumento dar. Y entonces murió. Quizá, si yo hubiera hablado, no habría muerto..., así que yo..., bueno, he pensado que era mejor decirle algo a alguien, y, como mínimo, usted conoce a monsieur Pépin.

Michael lo pensó un momento y luego asintió con incertidumbre.

—Sí. Está bien. Yo..., bueno, para ser sincero, yo tampoco sé qué hacer al respecto. Pero hablaré con los dos y lo tendré en mente, a ver si se me ocurre algo. ¿Quiere que les diga «No lo hagas»?

Joan hizo una mueca y miró a la hermana Eustacia. No quedaba mucho tiempo.

—Al conde ya se lo dije. Sólo... quizá. Si cree que puede ayudar. También... —Se metió la mano debajo del delantal y le pasó una nota muy deprisa—. Sólo nos permiten escribir a nuestras familias dos veces al año —explicó bajando la voz—. Pero quería que mamá supiera que estoy bien. ¿Podría ocuparse de que reciba esta nota, por favor? Y... y quizá explicarle algo usted mismo, que estoy bien y contenta. Dígale que estoy contenta —repitió con más firmeza.

La hermana Eustacia había vuelto y estaba junto a la puerta con la evidente intención de acercarse a decir que ya era hora de que Michael se marchara.

—Lo haré —le aseguró. Sabía que no podía tocarla, así que hizo una reverencia y le hizo otra a la hermana Eustacia, que se acercaba a ellos con actitud benévola.

—Asistiré a la misa de los domingos en la capilla, ¿qué le parece? —se apresuró a decir—. Si tengo alguna carta de su madre o tiene que hablar conmigo, hágame alguna señal con los ojos o algo semejante. Ya se me ocurrirá algo.

Al día siguiente

La hermana Joan-Gregory, postulante de Nuestra Señora Reina de los Ángeles, examinaba el trasero de una vaca enorme. El animal en cuestión se llamaba *Mirabeau*, y tenía mal carácter, como dejaba entrever el nerviosismo con el que meneaba la cola.

—Esta semana ya ha agredido a tres monjas —explicó la hermana Anne-Joseph, mirando a la vaca con resentimiento—. Y ha tirado la leche dos veces. La hermana Jeanne-Marie se ha enfadado muchísimo.

—Bueno, no podemos dejar que vuelva a ocurrir, ¿no? —murmuró Joan en inglés—. *N'inquiétez-vous pas* —añadió en francés con la esperanza de haber acertado un poco con la gramática—. Deja que lo haga yo.

—Mejor tú que yo —afirmó la hermana Anne-Joseph santiguándose, y desapareció antes de que la hermana Joan se lo pensara mejor.

Se suponía que la semana que iba a estar trabajando en el establo con las vacas era un castigo por su forma de comportarse en el mercado, pero Joan lo agradeció. No había nada mejor para apaciguar los nervios que las vacas.

Era evidente que las vacas del convento no tenían nada que ver con los dulces ejemplares de pelaje rojo de las Highlands, pero en el fondo, una vaca era una vaca, e incluso aquella vaquita francesa como *Mirabeau* no era rival para Joan MacKimmie, que llevaba años llevando a pastar al ganado por los prados, y alimentaba a los animales de su madre en el granero que tenían junto a la casa con heno dulce y los restos de la cena.

Con eso en mente, rodeó a *Mirabeau* con actitud reflexiva, observando su mandíbula, con la que no dejaba de masticar un segundo, y el largo hilo de babilla de color verde negruzco que le colgaba de los flácidos labios rosa. Asintió una vez, salió del establo y se metió en el *allée* que había detrás para recoger todas las hierbas que pudo encontrar. Cuando *Mirabeau* vio la hierba fresca, las margaritas diminutas y, la mayor exquisitez de todas, la acedera fresca, abrió los ojos como platos, y también su enorme mandíbula, y olió el dulce manjar. Dejó de balancear su cola amenazadora y la imponente criatura se quedó inmóvil, como de piedra, a excepción del extático movimiento de su mandíbula.

Joan suspiró satisfecha, se sentó y, apoyando la cabeza en el monstruoso flanco de *Mirabeau*, empezó a ordeñarla. Su cabeza, aliviada, se concentró en la siguiente preocupación del día.

¿Michael habría hablado con su amigo Pépin? Y si lo había hecho, ¿le habría dicho lo que le había explicado ella, o sólo le habría preguntado si conocía al conde de Saint Germain? Porque si «dile que no lo haga» se refería a lo mismo, entonces era evidente que los hombres debían de conocerse.

Estaba pensando en eso cuando la cola de *Mirabeau* empezó a balancearse de nuevo. Se apresuró a extraer la leche que quedaba en las ubres de la vaca, apartó el cubo y se levantó a toda prisa. Entonces vio lo que había inquietado a la vaca.

El hombre con el abrigo de color paloma estaba en la puerta del establo, observándola. En el mercado no se había dado cuenta de que tenía un atractivo rostro moreno, pero una mirada bastante dura y una barbilla que imponía. Sin embargo, le dedicó una sonrisa agradable y la saludó con una reverencia.

—Mademoiselle, debo pedirle que me acompañe, por favor.

Michael se encontraba en la bodega. Aunque estaba en mangas de camisa, no dejaba de sudar en aquel ambiente embriagado de vino. De pronto apareció Jared con cara de preocupación.

—¿Qué ocurre, primo?

Michael se limpió la cara con una toalla, que quedó llena de manchas negras; el personal estaba limpiando los estantes de la pared sudeste, y había años de suciedad y telarañas detrás de los barriles más antiguos.

—No te habrás acostado con esa monjita, ¿verdad, Michael?

Jared lo miró alzando una de sus pobladas cejas.

—¿Qué?

—Acabo de recibir un mensaje de la madre superiora del convento de los Ángeles, donde dice que, por lo visto, alguien ha secuestrado a la hermana Gregory del establo, y quiere saber si tú tienes algo que ver.

Michael se quedó mirando fijamente a su primo un instante, incapaz de asimilar lo que le estaba diciendo.

—¿Secuestrada? —repitió como un tonto—. ¿Y quién iba a secuestrar a una monja? ¿Para qué?

—Bueno, no tengo ni idea. —Jared llevaba el abrigo de Michael sobre el brazo y, dicho eso, se lo entregó—. Pero quizá lo mejor sea ir al convento para averiguarlo.

—Disculpe, madre —dijo Michael con cautela. La madre Hildegarde parecía frágil y transparente, como si un soplo de aliento pudiera desintegrarla—. ¿Cree que es posible que... la hermana

J..., la hermana Gregory pueda haberse marchado por voluntad propia?

La anciana le lanzó una mirada que hizo que cambiara de inmediato la opinión que le merecía su estado de salud.

—Ya lo hemos pensado —admitió—. A veces ocurre. Sin embargo... —Levantó uno de sus dedos huesudos—. Uno: en el establo había señales de evidente forcejeo. Un cubo de leche que no se había caído sin más, sino que alguien había lanzado contra algo, el comedor de las vacas estaba volcado, alguien había dejado la puerta abierta y dos de las vacas habían escapado y estaban pastando en el huerto. —Otro dedo—. Dos: si la hermana Gregory hubiera tenido dudas acerca de su vocación, era perfectamente libre de abandonar el convento después de hablar conmigo, y ella lo sabía. —Otro dedo más, y la anciana monja le clavó sus ojos negros—. Y tres: si hubiera sentido la necesidad de marcharse de repente y sin informarnos, ¿adónde habría ido? A buscarlo a usted, monsieur Murray. No conoce a nadie más en París, ¿verdad?

—Yo..., bueno, en realidad no.

Estaba aturdido, y poco le faltaba para tartamudear. La confusión y la floreciente alarma que sentía por Joan hacían que le costara respirar.

—Usted no la ha vuelto a ver desde que nos trajo el cáliz y la patena, y, dicho sea de paso, le doy las gracias a usted y a su primo con mi más profunda gratitud, monsieur, pero de eso cuánto hace, ¿dos días?

—No. —Negó con la cabeza tratando de aclararse las ideas—. No la he vuelto a ver, madre.

La madre Hildegarde asintió y apretó sus labios casi invisibles entre las arrugas de su rostro.

—¿Le dijo algo cuando se vieron? ¿Algo que pueda ayudarnos a encontrarla?

—Yo..., bueno...

Dios, ¿debía explicarle lo que le había confesado Joan acerca de las voces que oía? Estaba seguro de que no podía tener nada que ver con eso, y no era un secreto que pudiera compartir. Por otra parte, Joan le había comentado que tenía intención de hablarle sobre ellas a la madre Hildegarde...

—Será mejor que me lo diga, hijo. —La voz de la madre superiora proyectaba una mezcla de resignación y exigencia—. Sé que se está callando algo.

—Bueno, sí que me dijo algo, madre —admitió, frotándose la cara con aire distraído—. Pero no sé qué podría tener que ver...

Ella oye voces —espetó, viendo cómo la madre Hildegarde entornaba los ojos peligrosamente.

Al escuchar aquellas palabras los abrió como platos.

—¿Ella qué?

—Voces —repitió con impotencia—. Se manifiestan y le dicen cosas. Cree que podrían ser ángeles, pero no lo sabe. Y puede ver cuándo va a morir alguien. A veces —añadió dubitativo—. No sé si lo sabe siempre.

—*Par le sang sacré de Jésus Christ!* —exclamó la anciana monja irguiéndose como un pequeño roble— ¿Por qué no...? Bueno, eso no importa. ¿Lo sabe alguien más?

Michael negó con la cabeza.

—Tenía miedo de decirlo. Por eso..., bueno, es uno de los motivos por los que ingresó en el convento. Pensó que quizá usted la creería.

—Y así es —contestó con sequedad la madre Hildegarde. Sacudió la cabeza muy deprisa y se le agitó el velo—. *Nom de Dieu!* ¿Por qué su madre no me lo advirtió?

—¿Su madre? —preguntó Michael como un tonto.

—¡Sí! Me trajo una carta de su madre, muy amable, donde preguntaba por mi salud y me recomendaba a Joan. ¡Su madre tenía que saberlo!

—No creo que... Espere. —Recordó a Joan sacando la nota doblada con cuidado de su bolsillo—. La carta que le trajo... era de Claire Fraser. ¿Se refiere a ésa?

—¡Claro!

Michael respiró hondo y una docena de piezas desconectadas encajaron de repente. Carraspeó y levantó un dedo vacilante.

—Uno: Claire Fraser es esposa del padrastro de Joan. Pero no es la madre de Joan.

Los despiertos ojos negros de la monja parpadearon una vez.

—Y dos: mi primo Jared me ha contado que se decía que Claire Fraser era una... una Dama Blanca cuando vivía en París hace ya muchos años.

La madre Hildegarde chasqueó la lengua con una cara de evidente enfado.

—No era nada de eso. ¡Tonterías! Pero es cierto que se rumoreaba lo que me comenta —admitió a regañadientes. Tamborileó los dedos sobre la mesa; los tenía nudosos debido a la edad, pero sorprendentemente ágiles, y recordó que había escuchado que la madre Hildegarde había sido una intérprete famosa cuando era joven.

—Madre...

—¿Sí?

—No sé si tiene algo que ver... ¿Conoce a un hombre llamado conde de Saint Germain?

La anciana monja ya tenía la piel del color del pergamino; al oír aquel nombre se puso blanca como la leche y se agarró con fuerza al borde del escritorio.

—Sí —admitió—. Dígame, y rápido, qué tiene que ver con la hermana Gregory.

Joan le dio un último puntapié a la sólida puerta, por probar, luego se dio la vuelta y se dejó caer con la espalda pegada a ella, jadeando. La sala era enorme, se extendía a lo largo de toda la planta superior de la casa y cruzaba los pilares y las vigas que asomaban de vez en cuando justo en los puntos donde se habían derribado las paredes. Olía raro, y tenía un aspecto todavía más extraño.

—*A Dhia, cuidich mi* —susurró para sí misma, recurriendo al gaélico debido a los nervios.

Había una cama muy elegante en una esquina, llena de cojines y almohadas de plumas, con columnas retorcidas y pesados festones y cortinas de tela bordada con lo que parecía un hilo de oro y plata. ¿Acaso el conde solía llevar a jovencitas allí arriba con propósitos perversos? Porque estaba claro que no había montado todo aquello sólo anticipando su llegada. La cama estaba rodeada de toda clase de muebles sólidos y brillantes, coronados con encimeras de mármol y provistos de inquietantes patas doradas que parecían haber salido de la anatomía de alguna bestia o pájaro de enormes zarpas retorcidas.

Le había advertido muy serio que él también era mago y que no tocara nada. Ella se santiguó y apartó la mirada de la mesa con las patas más desagradables; quizá hubiera hechizado los muebles, cobraran vida y se pasearan por allí al anochecer. La idea hizo que retrocediera hasta la otra punta de la estancia, aferrándose al rosario con fuerza.

Aquel extremo de la habitación no era menos alarmante, pero como mínimo, no daba la impresión de que las esferas de colores, los tarros y los tubos pudieran moverse solos. Sin embargo, de ahí era de donde procedía la mayoría de los olores; algo que olía a pelo quemado y melaza, y otro hedor muy penetrante que le erizaba el vello de la nariz, como cuando alguien desenterraba un depósito de orín para conseguir salitre. Pero junto a aquella mesa tan larga, llena de instrumental siniestro, había una ventana, y se acercó a ella enseguida.

El río grande, que Michael había denominado Sena, estaba justo allí, y la tranquilizó un poco ver barcos y personas. Apoyó una mano en la mesa para poder asomarse mejor, pero tocó algo pegajoso y la apartó. Tragó saliva y se asomó con más cuidado. La ventana tenía barrotes por dentro. Miró a su alrededor y se dio cuenta de que las demás también.

En nombre de la sagrada Virgen, ¿quién esperaba aquel hombre que pudiera colarse por ahí? Sintió un escalofrío en la espalda, y también en los brazos, cuando su imaginación conjuró la imagen de unos demonios voladores flotando por la calle durante la noche y batiendo las alas contra la ventana. ¡Santo Dios de los cielos!, ¿los barrotes serían para evitar que se escaparan los muebles?

Encontró una banqueta con un aspecto bastante normal; se sentó en ella, cerró los ojos y rezó con gran fervor. Al poco tiempo, se acordó de respirar, y un poco después, empezó a ser capaz de volver a pensar, y ya sólo se estremecía de vez en cuando.

Aquel hombre no la había amenazado exactamente. En realidad, tampoco le había hecho daño. Tan sólo le había tapado la boca con la mano y le había rodeado el cuerpo con el brazo para tirar de ella; luego la había metido en su carruaje empujándola por el trasero con una familiaridad sorprendente, aunque no lo había hecho de forma que pareciera que tuviera intención de abusar de ella.

Se había presentado en el carruaje y se había disculpado brevemente por la inconveniencia («¿Inconveniencia? ¡Qué caradura!»), y luego la había cogido de ambas manos y le había estado observando la cara mientras se las estrechaba cada vez con más fuerza. Se había llevado sus manos a la cara; se las había acercado tanto, que Joan pensó que pretendía olérselas o besárselas, pero luego la había soltado frunciendo mucho el ceño.

Había ignorado todas sus preguntas y la insistencia con la que le había exigido que la llevara de nuevo al convento. En realidad, incluso llegó a olvidar su presencia durante un instante, ya que la había dejado hecha un ovillo en la esquina del asiento mientras pensaba en algo, muy concentrado, frunciendo los labios. Joan había pensado en saltar del carruaje, incluso había estado a punto de reunir el valor suficiente para alcanzar la manecilla de la puerta, pero el carruaje iba a tal velocidad que temió que se mataría en caso de saltar. Entonces, él volvió a fijar la mirada en ella de un modo tan intenso que Joan se sintió como si le hubiera atravesado el pecho con una aguja de hacer calceta.

—La *Rana* —indicó con decisión—. Conoce a la *Rana*, ¿verdad?

—A muchas —contestó ella pensando que si estaba loco lo mejor que podía hacer era seguirle la corriente—. Verdes en su mayoría.

A él se le dilataron las aletillas de la nariz presa de la ira, y ella se encogió en el asiento. Pero luego resopló y se sumió en una especie de estado melancólico, del cual emergió sólo para decir: «No murieron todas las ratas», en una especie de tono acusador, como si fuera culpa de Joan.

Ella tenía la boca tan seca que apenas podía hablar, pero consiguió decir: «¿No? ¿Intentó ponerles veneno?» Pero lo había dicho en inglés, ya que estaba demasiado nerviosa como para esforzarse con el francés, y él no pareció darse cuenta.

Y luego la había llevado allí arriba, le había asegurado sin muchas explicaciones que no le haría daño, añadió que era mago como si nada, ¡y la había encerrado!

Estaba aterrada, y también indignada. Pero ahora que se había tranquilizado un poco... le creía cuando dijo que no pretendía hacerle daño. No la había amenazado ni había intentado asustarla. Bueno, sí que la había asustado, eso era evidente, pero no creía que fuera su intención. Aunque si eso era cierto... ¿qué podía querer de ella?

«Probablemente quiera saber qué pretendías cuando te acercaste corriendo a él en el mercado para decirle que no lo hiciera», opinó su sentido común, que, por otra parte, había estado ausente hasta ese momento.

—Oh —dijo en voz alta. Eso tenía sentido. Era normal que tuviera curiosidad. Pero si se trataba de eso, ¿por qué no se lo había preguntado en lugar de haberla arrastrado hasta allí? ¿Y qué había ido a hacer ahora?

Aquel hombre tenía algo en mente, y ella no quería pensar de qué se trataba.

Se volvió a levantar y comenzó a inspeccionar la estancia mientras reflexionaba. La verdad es que no podía decirle más de lo que sabía. ¿La creería si le contaba lo de las voces? Pero aunque la creyera, intentaría averiguar más cosas, y no había nada más que averiguar. Y entonces ¿qué?

«No esperes a descubrirlo», le aconsejó su sentido común.

Después de haber llegado a esa conclusión, no se molestó en contestar. Había encontrado un mortero y una mano de mármol muy pesados; eso serviría. Se envolvió el mortero en el delantal y se acercó a la ventana con vistas a la calle. Rompería el cristal y gritaría hasta que llamara la atención de alguien. A pesar de la altura, estaba convencida de que alguien la oiría. Era una lástima que fuera una calle tranquila. Pero...

Se puso tiesa como un perro de caza. Había un carruaje detenido en la puerta de una de las casas de enfrente, ¡y de él se estaba apeando Michael Murray! Se estaba poniendo el sombrero, ese ardiente pelo rojo era inconfundible.

—¡Michael! —gritó con todas sus fuerzas. Pero él no levantó la mirada; el grito no había atravesado el cristal. Lanzó el mortero envuelto en el delantal contra la ventana, pero rebotó contra los barrotes haciendo un sonoro ¡clang! Respiró hondo y apuntó mejor; esta vez alcanzó uno de los cristales y lo agrietó. Eso la animó y volvió a intentarlo con toda la fuerza de sus brazos musculosos y los hombros, y consiguió romperlo un poco, provocar una lluvia de cristales y percibir el olor a barro del río.

—¡Michael!

Pero había desaparecido. La cara de un sirviente asomó un momento por la puerta abierta de la casa de enfrente, y luego desapareció al cerrarse la puerta. A través de una bruma roja de frustración, advirtió el festón de crepé negro que colgaba del pomo. ¿Quién había muerto?

La esposa de Charles, Berthe, se encontraba en el pequeño vestíbulo, rodeada de un corrillo de mujeres. Todas se volvieron para mirar quién había llegado, y muchas de ellas levantaban el pañuelo de manera automática, preparándose para una nueva oleada de lágrimas. Todas parpadearon al ver a Michael y luego se volvieron hacia Berthe, como si esperaran que les diera una explicación.

Berthe tenía los ojos rojos pero secos. Parecía que la hubieran secado en un horno y le hubieran extraído toda la humedad y el color, ya que estaba blanca como el papel y tenía la piel pegada a los huesos. Ella también miró a Michael, pero sin mucho interés. Michael pensó que estaría demasiado conmocionada como para interesarse por nada. Sabía cómo se sentía.

—Monsieur Murray —dijo en un tono monótono mientras él se inclinaba sobre su mano—. Gracias por venir.

—Yo... Mis condolencias, madame, de mi parte y de mi primo. No había oído nada sobre su dolorosa pérdida.

Prácticamente tartamudeaba mientras trataba de comprender lo que había ocurrido. ¿Qué diablos le había pasado a Charles?

Berthe esbozó una mueca.

—Dolorosa pérdida —repitió ella—. Sí, gracias. —Entonces su nublado ensimismamiento se quebró un poco y lo miró con más intensidad—. No lo había oído. ¿Se refiere a que no lo sabía? ¿Venía a ver a Charles?

—Mmm... sí, madame —dijo un tanto incómodo.

Un par de las mujeres jadearon, pero Berthe ya se había levantado.

—Bueno, pues pase a verlo —repuso, y salió de la estancia sin dejarle otra opción que seguirla.

—Lo han limpiado —observó, abriendo la puerta que daba acceso al enorme vestíbulo que había al otro lado del pasillo. Parecía que estuviera hablando de algún desagradable incidente doméstico producido en la cocina.

Michael pensó que, en realidad, debía de haber sido muy desagradable. Charles estaba tumbado sobre la enorme mesa del comedor, que habían decorado con un mantel y coronas de follaje y flores. Había una mujer vestida de gris, sentada junto a la mesa, que tejía más coronas con las hojas y el follaje que sacaba de una cesta; levantó la cabeza y fue alternando la mirada entre Berthe y Michael.

—Salga —ordenó Berthe, acompañando la indicación con un gesto de la mano, y la mujer se levantó enseguida y salió.

Michael advirtió que había estado tejiendo una corona de hojas de laurel, y tuvo el repentino pensamiento absurdo de que pretendía ponérsela a Charles en la cabeza, como si fuera un héroe griego.

—Se cortó el cuello —explicó Berthe—. El muy cobarde.

Hablaba con una calma inquietante, y Michael se preguntó qué ocurriría cuando la conmoción que la rodeaba empezara a disiparse.

Hizo un sonido respetuoso, le tocó el brazo con delicadeza y pasó por su lado para mirar a su amigo.

«No lo hagas.» Eso era lo que Joan le había confesado que le dijeron las voces. ¿Se referían a esto?

El difunto no parecía apacible. Todavía tenía algunas arrugas de tensión en el rostro, que no habían desaparecido, y parecía que estuviera frunciendo el ceño. Los trabajadores de la funeraria habían limpiado el cuerpo y le habían puesto un traje azul oscuro un poco desgastado; Michael pensó que tal vez aquella prenda fuera lo único apropiado que tenía Charles para ponerse como difunto, y de pronto añoró la frivolidad de su amigo con un arrebato que le llenó los ojos de lágrimas inesperadas.

«No lo hagas.» No había llegado a tiempo. «Si hubiera venido en cuanto ella me lo dijo..., ¿lo habría detenido?»

Podía oler la sangre, una fragancia a óxido y empalagosa que se colaba entre el frescor de las flores y las hojas. El director de la funeraria le había atado a Charles un pañuelo al cuello, con un nudo anticuado, algo que al finado no se le habría ocurrido jamás. Destacaban los puntos negros, y la aspereza de la herida contrastaba con la piel pálida del difunto.

A Michael también se le estaba pasando la conmoción, y las punzadas de la culpabilidad y la rabia le dolían como si fueran agujas.

—¿Cobarde? —repuso en voz baja. No pretendía que pareciera una pregunta, pero consideró que era más cortés decirlo de esa forma. Berthe resopló, y cuando levantó los ojos, se encontró con todo el peso de su mirada. No, ya no estaba conmocionada.

—Usted lo sabía, claro —afirmó, y tal como lo había pronunciado, no se trataba de una pregunta—. Usted sabía lo de la puta de su cuñada, ¿verdad? ¿Y sus demás amantes? —Frunció los labios como para despegarlos de la palabra.

—Yo... no. Es decir... Léonie me lo confesó ayer. Por eso había venido a hablar con Charles.

Bueno, era evidente que le habría hablado de Léonie. Y tampoco tenía sentido que mencionara a Babette, de la que conocía su existencia desde hacía ya un tiempo. Pero, Dios, ¿qué creía aquella mujer que podría haber hecho él?

—Cobarde —dijo, mirando con menosprecio el cuerpo de Charles—. Lo estropeó todo, ¡todo!, y después no fue capaz de enfrentarse a ello, así que decide huir y dejarme sola, con hijos ¡y sin dinero!

«No lo hagas.»

Michael la miró para comprobar si era una exageración, pero no lo era. Ahora estaba ardiendo, pero sobre todo de miedo antes que de rabia; su gélida calma se había volatilizado.

—La... casa... —empezó a decir, haciendo un vago gesto hacia la carísima y estilosa estancia. Michael sabía que era la casa de su familia; había sido su dote.

Berthe resopló.

—La perdió en una partida de cartas la semana pasada —confesó con amargura—. Si tengo suerte, el nuevo propietario me dejará enterrarlo antes de pedirme que me marche.

—Ah. —La mención de los juegos de cartas le hizo recordar el motivo que lo había llevado hasta allí—. Madame, me pregunto si usted tiene noticia de un conocido de Charles, el conde de Saint Germain.

Era grosero, pero no tenía tiempo de pensar en una forma elegante de sacar el tema.

Berthe parpadeó confundida.

—¿El conde? ¿Por qué quiere que le hable de él? —Adoptó una expresión entusiasta—. ¿Cree que le debe dinero a Charles?

—No lo sé, pero prometo averiguarlo por usted —le aseguró Michael— si me puede decir dónde puedo encontrar a monsieur le Comte.

Berthe no se rió, pero hizo una mueca con la boca que podría haberse considerado, en otras circunstancias, un gesto humorístico.

—Vive al otro lado de la calle. —Señaló hacia la ventana—. En esa enorme pila de..., ¿adónde va?

Pero Michael ya estaba cruzando la puerta en dirección al pasillo, con tanta prisa que sus botas resonaban sobre el pavimento de madera.

Oyó unos pasos que subían por la escalera; Joan se alejó de la ventana, pero luego volvió a asomarse deseando, con desespero, que la puerta de enfrente se abriera y Michael saliera de la casa. ¿Qué estaba haciendo allí?

Aquella puerta no se abrió, pero una llave repicó en la cerradura de la puerta de la estancia en la que se encontraba. Presa de la desesperación, se arrancó el rosario del cinturón y lo lanzó por el agujero de la ventana, luego cruzó la habitación a toda prisa y se sentó en una de aquellas sillas asquerosas.

Era el conde. Miró a su alrededor. Por un instante, parecía preocupado, pero se relajó en cuanto la vio. Se acercó a ella tendiéndole la mano.

—Siento haberla hecho esperar, mademoiselle —dijo con mucha educación—. Venga, por favor. Tengo que enseñarle una cosa.

—No quiero verla.

Se puso un poco tensa y metió los pies bajo la silla para que le costara más cogerla. ¡Si pudiera retrasarlo hasta que saliera Michael! Pero quizá no viera su rosario, y en el caso de que lo viera, tal vez no se diera cuenta de que era el suyo. ¿Por qué iba a saberlo? ¡Todas las monjas tenían rosarios parecidos!

Aguzó el oído con la esperanza de oír los sonidos de su partida al otro lado de la calle. Gritaría con todas sus fuerzas. En realidad...

El conde suspiró un poco, pero se agachó, la agarró de los codos y la levantó mientras ella seguía flexionando las rodillas de forma absurda. Aquel hombre era muy fuerte. Joan bajó los pies, y allí estaba, con la mano metida en el hueco del codo de aquel tipo, mientras la arrastraba por la habitación en dirección a la puerta, ¡tan dócil como una vaca a la que fueran a ordeñar! De pronto se soltó y corrió hasta la ventana rota.

—¡Socorro! —gritó por el cristal roto—. ¡Ayúdenme, ayúdenme! O sea, *au secours! Au secou...!*

El conde le tapó la boca y exclamó algo en francés que Joan imaginó que sería una palabrota. La cogió en brazos con tanta rapidez que se quedó sin aliento, y antes de que pudiera hacer ni un solo ruido más, ya la había sacado por la puerta.

Michael no se entretuvo a recoger su sombrero ni su abrigo, y salió a la calle tan rápido que despertó a su conductor, que estaba echando una cabezadita, y los caballos cabecearon y relincharon a modo de protesta. Aunque esto tampoco hizo que se detuviera, sino que siguió cruzando los adoquines y aporreó la puerta de la casa, una enorme superficie revestida en bronce que retumbó bajo sus puños.

Aunque no debió de transcurrir mucho tiempo, le pareció una eternidad. Resopló, volvió a aporrear la puerta y, cuando se paró a tomar aire, vio el rosario en la acera. Corrió para cogerlo, alargó la mano y fue consciente de que se encontraba entre un montón de cristales rotos. Enseguida levantó la cabeza para mirar y vio la ventana rota justo cuando se abría la puerta gigante.

Se abalanzó sobre el mayordomo como un gato salvaje y lo agarró de los brazos.

—¿Dónde está la chica? ¿Dónde? Maldito seas.

—¿La chica? Pero aquí no hay ninguna chica, monsieur... Monsieur le Comte vive solo. Usted...

—¿Dónde está monsieur le Comte?

Michael estaba tan desesperado que incluso creyó que sería capaz golpear a aquel hombre. Por lo visto, el mayordomo también lo advirtió, porque palideció, se soltó de las manos de Michael y desapareció en el interior de la casa. Michael sólo vaciló un instante antes de ir tras él.

El mayordomo recorrió el pasillo a toda velocidad, presa del pánico, seguido de Michael. A continuación, cruzó la puerta de la cocina. Michael apenas fue consciente de las miradas de sorpresa de cocineras y doncellas, y entonces salieron al huerto. El mayordomo redujo un momento el paso al bajar la escalera y Michael se abalanzó sobre él y lo tiró al suelo.

Rodaron juntos por el camino de piedra, luego Michael se subió encima del tipo, que era más pequeño que él, lo agarró del frontal de la camisa y lo sacudió, mientras gritaba: «¿Dónde está?»

El mayordomo, visiblemente desquiciado, se protegió la cara con el brazo y señaló a ciegas en dirección a una verja que había en la pared.

Michael saltó de encima del cuerpo tendido y corrió. Estaba oyendo el ruido de unas ruedas de carruaje y el repiqueteo de las pezuñas. Abrió la verja justo a tiempo de ver la parte trasera del carruaje traqueteando por el *allée*, y a un sirviente boquiabierto, que se había quedado inmóvil cuando estaba cerrando las puertas de una cochera.

Corrió, pero era evidente que no conseguiría alcanzar el carruaje a pie.

—¡Joan! —gritó, tras el carruaje que se alejaba—. ¡Ya voy!

No perdió ni un segundo en interrogar al mayordomo, volvió corriendo, se abrió paso entre las doncellas y los sirvientes que se habían reunido alrededor del mayordomo asustado, y salió a toda prisa de la casa, cosa que volvió a asustar a su cochero.

—¡Por allí! —gritó señalando el lejano cruce entre la rue St. André y el *allée*, por donde estaba saliendo el carruaje del conde—. ¡Sigue a ese carruaje! *Vite!*

—*Vite!* —Rakoczy espoleó a su cochero y luego volvió a sentarse soltando la trampilla del techo. Estaba anocheciendo; el recado que había hecho le había robado más tiempo del que había esperado, y quería estar fuera de la ciudad antes de que anocheciera. Las calles de la ciudad eran peligrosas por la noche.

Su cautiva lo estaba mirando fijamente. Con aquella luz tenue, se le veían unos ojos enormes. Había perdido el velo de postulante y llevaba el cabello negro suelto sobre los hombros. Estaba preciosa pero muy asustada. Metió la mano en la bolsa del suelo y sacó una botella de coñac.

—Tome un poco de esto, *chérie*.

La descorchó y se la ofreció. La joven cogió la botella, pero parecía que no supiera qué hacer con ella y arrugó la nariz al percibir el olor ardiente que emanaba de su interior.

—De veras —le aseguró—. La ayudará a sentirse mejor.

—Eso es lo que dicen todos —repuso, empleando su lento y extraño francés.

—¿Todos? —preguntó sorprendido.

—Las criaturas mágicas. No sé cómo las llaman ustedes en francés, la gente que vive en las montañas. ¿Tal vez *souterrain?* —añadió dubitativa—. ¿Clandestinos?

—¿Clandestinos? ¿Y le ofrecieron coñac?

Le sonrió, pero el corazón le dio un vuelco de la emoción. Quizá ella lo fuera. Había dudado de su instinto cuando no había conseguido encenderla con las manos, pero era evidente que aquella chica era alguna cosa.

—Ofrecen comida y bebida —apuntó, dejando la botella en el espacio que quedaba entre el asiento y la pared del carruaje—. Pero si los aceptas, pierdes tiempo.

Volvió a notar la chispa de emoción, esta vez más fuerte. «¡Lo sabe! ¡Lo es!»

—¿Pierdes tiempo? —repitió para animarla a seguir—. ¿A qué se refiere?

Ella se esforzó por encontrar las palabras adecuadas y, mientras pensaba, frunció su suave ceño.

—Ellos... usted... la persona a la que hechizan... él, ¿eso? No, él... sube a la colina, donde hay música, festejos y baile. Pero por la mañana, cuando regresa... han transcurrido doscientos años desde el momento en que se fue de festejo con esa gente. Y todas las personas que conocía se han convertido en polvo.

Tragó saliva, se le movió la garganta y le brillaron un poco los ojos.

—¡Qué interesante! —exclamó.

Y lo era. También se preguntó, sintiendo una nueva punzada de excitación, si las pinturas antiguas, las que había encontrado en las entrañas de la mina de yeso, habrían salido de las manos de esas personas, quienesquiera que fuesen.

Ella lo examinó con atención, en apariencia buscando alguna prueba que corroborara que se trataba de un ser fantástico. Él le sonrió, aunque ahora escuchaba los latidos de su corazón. «¡Doscientos años!» Ése era el período de tiempo que Mélisande le había dicho que transcurría cuando uno viajaba a través de una roca. Se podía modificar utilizando gemas, o sangre, pero eso era lo habitual. Y así había sido la primera vez que él había retrocedido en el tiempo.

—No se preocupe —le dijo a la chica con la esperanza de tranquilizarla—. Sólo quiero enseñarle una cosa. Luego la volveré a llevar al convento, siempre y cuando todavía desee regresar.

Alzó una ceja medio en broma. La verdad es que no tenía intención de asustarla, aunque ya lo había hecho, y temía que fuera inevitable seguir haciéndolo. Se preguntó qué haría ella cuando se diera cuenta de que, en realidad, estaba pensando en llevarla bajo tierra.

Michael se arrodilló en el asiento y sacó la cabeza por la ventanilla del carruaje para pedirle al cochero que acelerara. Ya casi había anochecido del todo y el carruaje del conde no era más que una distante mancha en la lejanía. Pero habían salido de la ciudad y ya no había más carruajes en la carretera, ni tampoco era probable que aparecieran, y había pocos lugares por donde un carruaje tan grande pudiera desviarse de la carretera principal.

El viento le soplaba en la cara y le soltaba algunos mechones de pelo, que lo golpeaban en el rostro. También transportaba un débil hedor, lo que indicaba que pasarían junto al cementerio en algunos minutos.

Deseó con todas sus fuerzas haber cogido una pistola, un espadín o lo que fuera. Pero en el carruaje no había nada y él no llevaba ningún objeto encima, excepto la ropa y lo que tenía en los bolsillos, cuyo contenido, después de hacer un rápido inventario, era: unas monedas, el pañuelo usado que le había devuelto Joan y él había arrugado con una mano, una cala de yesca, un pedazo de papel arrugado, un trozo de cera para sellar sobres y una piedrecita rosácea con una raya amarilla que había cogido en la calle. En un arrebato, pensó que tal vez pudiera improvisar una honda con el pañuelo y golpear al conde en la frente con la piedra, a lo David y Goliat. Y luego quizá pudiera cortarle la cabeza con el cortaplumas que se había encontrado en el bolsillo del pecho.

También llevaba el rosario de Joan en ese bolsillo; lo sacó, se lo enroscó en la mano izquierda y acarició las cuentas para tranquilizarse. Estaba demasiado nervioso para rezar o para pronunciar otra cosa que no fueran las palabras que no dejaba de repetir en silencio sin apenas reparar en lo que estaba diciendo: «¡Ayúdame a encontrarla a tiempo!»

• • •

—Dígame —le preguntó el conde con curiosidad—, ¿por qué se acercó a hablar conmigo aquel día en el mercado?

—Ojalá no lo hubiera hecho —contestó Joan escuetamente.

No se fiaba nada de él; y todavía menos desde que le había ofrecido el coñac. No se le había ocurrido pensar antes que en realidad podía ser una de esas criaturas mágicas. Esos seres tenían el poder de pasearse por ahí con aspecto de personas normales. Su propia madre estuvo convencida durante años, al igual que algunos de los miembros de la familia Murray, de que la mujer de papá, Claire, era uno de ellos. Ni siquiera ella lo tenía claro. Claire había sido amable con ella, pero nadie había dicho que esos seres no pudieran ser amables si querían.

«La mujer de papá.» De repente se le ocurrió algo que la dejó de piedra; el recuerdo de la primera vez que se había reunido con la madre Hildegarde, cuando le había dado la carta de Claire a la madre superiora. Había dicho *ma mère* porque no sabía cómo se decía madrastra en francés. No creía que tuviera importancia; ¿por qué habría de importarle a nadie?

—Claire Fraser —dijo en voz alta, observando con detenimiento al conde—. ¿Le suena ese nombre?

El conde abrió mucho los ojos, tanto que dejó entrever el blanco de su mirada en el crepúsculo. Oh, sí, ¡por supuesto que la conocía!

—Sí —reconoció inclinándose hacia delante—. Es su madre, ¿verdad?

—¡No! —exclamó Joan con mucha energía, y lo repitió en francés varias veces para darle énfasis—. ¡No es mi madre!

Pero entonces se dio cuenta, con gran pesar, de que él había ignorado sus esfuerzos. No la creía; lo veía en el entusiasmo que reflejaba su rostro. Pensaba que le estaba mintiendo para disuadirlo. «Señor, líbrame del...»

—¡Le dije lo que le dije en el mercado porque las voces me lo pidieron! —espetó en su desesperación por intentar cualquier cosa que pudiera hacer que olvidara la terrible idea de que ella era uno de esos seres. Aunque si él era uno de ellos, señaló su sentido común, debería ser capaz de reconocerla. ¡Oh, Jesús, cordero de Dios...! eso era lo que había intentado hacer cuando la cogió de las manos y la miró fijamente a la cara. Y ahora ella le había dicho...

—¿Voces? —preguntó con un aspecto de confusión—. ¿Qué voces?

—Las que tengo en la cabeza —espetó—. Me dicen cosas de vez en cuando. Acerca de otras personas. Ya sabe —prosiguió, animándolo, con la esperanza de convencerlo de que no era lo que él creía que era—. Soy una... una... —Jesús..., ¿cómo se decía?—, alguien que puede ver el futuro —concluyó con debilidad—. Mmm... en cierto sentido. A veces, no siempre.

El conde se estaba tocando el labio superior con el dedo; ella no sabía si era una forma de expresar duda o si estaba intentando no reírse, pero en cualquier caso, hizo que se enfadara.

—Y una de esas voces me dijo que le comentara eso, ¡y yo lo hice! —exclamó pasándose al gaélico—. No sé qué es lo que se supone que no debe hacer, ¡pero le aconsejo que no lo haga!

Se le ocurrió, con cierto retraso, que quizá matarla fuera lo que se suponía que no debía hacer, y estaba a punto de comentárselo, pero cuando consiguió ordenar la gramática francesa suficiente para intentarlo, el carruaje empezó a reducir el paso y se sacudió de un lado a otro al desviarse de la carretera principal. Percibió cierto hedor en el aire y se irguió en el asiento con el corazón acelerado.

—¡Jesús, María y José! —exclamó apenas sin voz—. ¿Dónde estamos?

Michael saltó del carruaje casi antes de que hubiera dejado de moverse. No quería que se alejaran demasiado; su cochero ya había estado a punto de pasarse el giro, y el carruaje del conde se había detenido algunos minutos antes de que llegara el suyo.

—¡Habla con el otro cochero! —le gritó al suyo, apenas visible dentro del vehículo—. ¡Averigua por qué ha venido aquí el conde! ¡Intenta enterarte de lo que está haciendo!

«Nada bueno.» De eso estaba seguro. Aunque era incapaz de imaginar por qué querría alguien secuestrar a una monja y arrastrarla a las afueras de París en plena noche, para detenerse en los confines del cementerio público. A menos... Recordaba que había oído rumores de hombres depravados que asesinaban y descuartizaban a sus víctimas, incluso había quienes se comían... Se le revolvió el estómago, y por poco vomita, pero eso era incompatible con correr, y estaba viendo una mancha pálida en la oscuridad que creía que era Joan.

De pronto anocheció. Una enorme nube de fuego verde brilló en la oscuridad, y en su inquietante luz la vio con total claridad, con su cabello agitándose al viento.

Abrió la boca para gritar, para llamarla, pero no tenía aliento, y antes de que pudiera recuperarlo, ella desapareció bajo la tierra y el conde la siguió con la antorcha en la mano.

Michael llegó al túnel de la mina poco después y, a sus pies, vio un tenue brillo verde que desaparecía por el túnel de yeso blanco. Sin vacilar ni un instante, corrió escaleras abajo.

—¿Oye algo? —le repetía el conde una y otra vez mientras se tambaleaban por los túneles de paredes blancas y él la agarraba con tanta fuerza del brazo que, sin duda, le dejaría hematomas en la piel.

—No —jadeó ella—. ¿Qué se supone que debo oír?

Él se limitó a expresar su disconformidad, negando con la cabeza, aunque daba la impresión de que también estuviera tratando de oír algo, y no que se hubiera enfadado con ella por no oírlo.

Joan todavía tenía la esperanza de que le hubiera dicho la verdad y la llevara de nuevo al convento. Era evidente que él tenía la intención de regresar. Había encendido varias antorchas y las había distribuido por el camino, lo que indicaba que no deseaba desaparecer en la colina y llevársela con él al brillante salón donde la gente bailaba toda la noche con esos seres, sin darse cuenta de que su propio mundo estaba desapareciendo por detrás de las piedras.

El conde se detuvo de inmediato y le apretó el brazo con más fuerza.

—Estese quieta —le dijo en voz muy baja, aunque ella no estaba haciendo ningún ruido—. Escuche.

Ella escuchó con todas sus fuerzas, y le pareció oír algo. Sin embargo, lo que le creía que había percibido eran unos pasos detrás de ellos, a lo lejos. Durante un instante se le detuvo el corazón.

—Qué..., ¿qué oye? —le preguntó.

Él se agachó para mirarla, pero no parecía que la estuviera viendo.

—A ellas —contestó—. A las piedras. La mayor parte del tiempo emiten un zumbido, aunque cuando nos aproximamos a alguna festividad relacionada con el fuego o con el sol, empiezan a cantar.

—¿Ah, sí? —preguntó ella en voz baja.

El conde estaba oyendo algo, y evidentemente, no eran los pasos que había oído ella. En ese momento se habían detenido, como si quienquiera que los estuviera siguiendo decidiera esperar, tal vez espiándolos, paso a paso, con cuidado de no hacer ruido.

¿Sería otro de esos seres? Si lo era, no quería que lo oyeran. Aunque allí abajo hacía frío, el sudor le descendía por la espalda, y sintió un hormigueo en la nuca al imaginar a alguna criatura de la antigüedad con los dientes afilados apareciendo de la oscuridad justo por detrás...

—Sí —dijo el conde con una expresión decidida.

La volvió a mirar con aspereza, y esta vez sí que la vio.

—Usted no las oye —comentó con seguridad, y ella negó con la cabeza.

—No —susurró. Notaba que tenía los labios rígidos—. Yo no... yo no oigo nada.

El conde apretó los dientes, pero al poco tiempo, levantó la barbilla y gesticuló en dirección a otro túnel, donde parecía que había algo pintado en el yeso.

Se detuvo allí para encender otra antorcha, en esta ocasión de un color amarillo brillante y con olor a sulfuro. Gracias a la luz, Joan pudo ver la ondeante silueta de la Virgen y un ángel. Se le hinchó un poco el corazón al contemplar aquella imagen, ya que estaba convencida de que las hadas jamás tendrían una imagen como ésa en su refugio.

—Venga por aquí —ordenó, y esta vez la cogió de la mano. La suya estaba fría.

Michael los vio cuando se internaban en un túnel secundario. El conde había encendido otra antorcha, en esta ocasión roja, lo que le facilitaba seguir su brillo.

¿Cuánto se habrían internado en las entrañas de la tierra? Ya hacía un buen rato que había perdido el rastro de los giros que había realizado, aunque quizá pudiera regresar siguiendo las antorchas, siempre y cuando no se apagaran.

Continuaba sin tener ningún plan, aparte de seguirlos hasta que se detuvieran. Entonces se daría a conocer y..., bueno, se llevaría a Joan, empleando los medios que fueran necesarios.

Tragó saliva con el rosario todavía enroscado en la mano izquierda y el cortaplumas en la derecha, y se internó en las sombras.

• • •

La cámara era circular y bastante grande. O, por lo menos, lo suficiente como para que la luz de la antorcha no alcanzara todos los rincones, pero iluminaba el pentagrama que había grabado en el suelo, justo en el centro.

El ruido hacía que Rakoczy tuviera dolor de huesos; además, a pesar de las numerosas veces que lo había escuchado, siempre se le aceleraba el corazón y le sudaban las manos. Soltó la mano de la monja un segundo para limpiarse la palma en la falda de su casaca porque no quería asquearla. Parecía asustada, pero no aterrorizada, y si lo oyera estaba seguro de que ella... De pronto Joan abrió los ojos como platos y dio un gritito.

—¿Quién es? —preguntó.

Rakoczy se volvió y vio a Raymond, que parecía que hubiera salido de la nada. Estaba allí de pie, tranquilamente, en el centro del pentagrama.

—*Bonsoir, mademoiselle* —repuso la *Rana,* haciendo una reverencia con educación.

—Ah... *bonsoir* —repitió la chica en voz baja. Hizo ademán de recular, pero Rakoczy la agarró de la muñeca.

—¿Qué diablos estás haciendo aquí?

Rakoczy se interpuso entre Raymond y la monja.

—Es muy probable que lo mismo que tú —contestó la *Rana*—. ¿Tendrías la cortesía de presentarme a tu *petite amie*, señor?

La conmoción, la rabia y una intensa confusión hicieron que Rakoczy se quedara sin palabras durante un instante. ¿Qué estaba haciendo allí aquella criatura infernal? Un momento, ¡la chica! La hija perdida que había mencionado. ¡La monja era la hija! *Tabernac*, ¿la *Rana* había engendrado a aquella chica con la Dama Blanca?

En cualquier caso, era evidente que había descubierto el paradero de la monja y había conseguido seguirlos hasta allí de alguna forma. Volvió a agarrar a la chica del brazo, con firmeza.

—Es escocesa —anunció—. Y como puedes ver, es monja. No es de tu incumbencia.

La *Rana* parecía divertirse, y estaba tranquilo y relajado. Rakoczy estaba sudando, y el sonido le golpeaba la piel en oleadas. Notaba el peso de la bolsita llena de piedras en el bolsillo, un bulto duro contra su corazón. Parecía que estuvieran calientes, más incluso que su piel.

—Dudo que lo sea realmente —le informó Raymond—. ¿Y por qué es de tu incumbencia?

—Eso a ti no te importa.

Estaba intentando pensar. No podía colocar las piedras, y menos con *la Rana* ahí plantado. ¿Sería capaz de marcharse con la chica? Pero si la *Rana* pretendía hacerle daño..., y si la chica en realidad no era una...

Raymond ignoró la grosería y le hizo otra reverencia a la chica.

—Yo soy master Raymond, querida —anunció—. ¿Y usted?

—Joan Mac... —empezó a decir—. Mmm... es decir, la hermana Gregory. —Tiró de la mano con la que la había apresado Rakoczy—. Mmm. Si no soy de la incumbencia de ninguno de los dos...

—Es a mí a quien le incumbe, caballeros.

La voz parecía nerviosa pero firme. Rakoczy miró a su alrededor y se sorprendió al ver al joven comerciante de vinos entrar en la cámara, despeinado y sucio; clavó los ojos en la chica. La monja jadeó a su lado.

—Hermana. —El comerciante hizo una reverencia. Estaba pálido, pero no sudaba. Parecía que el frío de la caverna se le hubiera colado en los huesos, pero le tendió una mano de la que colgaban las cuentas de un rosario de madera—. Se le ha caído el rosario.

Joan pensó que se iba a desmayar de alivio. Le temblaban las rodillas de terror y cansancio, pero reunió las fuerzas suficientes para liberarse del conde y correr, a trompicones, a los brazos de Michael. Él la agarró y, medio a rastras, la alejó del conde.

El conde hizo un ruido de enfado y dio un paso hacia ella, pero Michael dijo: «Deténgase ahí, ¡maldito sinvergüenza!», al mismo tiempo que el hombrecillo con cara de rana gritaba con aspereza: «¡Quieto!»

El conde se abalanzó sobre uno de ellos y después sobre el otro. Parecía... trastornado. Joan tragó saliva y le dio un codazo a Michael para llevárselo hacia la puerta de la cámara, y entonces advirtió el cortaplumas que llevaba en la mano.

—¿Qué iba a hacer con eso? —susurró medio histérica—. ¿Afeitarlo?

—Sacarle todo el aire de los pulmones —murmuró Michael. Bajó la mano, pero no soltó el cortaplumas, y siguió mirando fijamente a los dos hombres.

—Tu hija —dijo el conde con aspereza al hombre que se había presentado como master Raymond—. Estabas buscando a tu hija. Yo la he encontrado.

Raymond alzó las cejas y miró a Joan.

—¿Mía? —preguntó asombrado—. Ella no es de mi familia. ¿Es que no lo ves?

El conde dejó escapar una bocanada de aire con tal intensidad que le crujió la garganta.

—¿Verlo? Pero...

La *Rana* pareció impacientarse.

—¿Es que no ves las auras? El fluido eléctrico que rodea a las personas —aclaró, haciendo un gesto alrededor de su cabeza. El conde se frotó la cara.

—No puedo..., ella no...

—Por amor de Dios, ¡ven aquí!

Raymond se colocó en la punta de la estrella, alargó el brazo y le cogió la mano al conde.

Rakoczy se puso rígido al notar el contacto. De sus manos entrelazadas brotó una luz azul y el conde jadeó al sentir la oleada de energía más potente que había experimentado en la vida. Fluía como el agua, ¡como un relámpago! por sus venas. Raymond tiró con fuerza y cruzó la línea del pentagrama.

Silencio. El zumbido había cesado. Por poco se pone a llorar de lo aliviado que se sentía.

—Yo... tú... —tartamudeó mirando las manos entrelazadas, donde ahora la luz azul palpitaba con suavidad, al ritmo de un corazón. «Conexión.» Sentía a la otra persona. La sentía en su sangre, en sus huesos, y lo invadió una asombrada exaltación. Otro. Por Dios, ¡otro!

—¿No lo sabías?

Raymond parecía sorprendido.

—Que eras un... —Hizo un gesto en dirección al pentagrama—. Creía que tal vez lo eras.

—Eso no —dijo Raymond casi con amabilidad—. Que eras de los míos.

—¿De los tuyos?

Rakoczy volvió a mirar sus dedos entrelazados bañados en una luz azul.

—Todo el mundo tiene algún tipo de aura —anunció Raymond—. Sin embargo sólo... los míos, mis hijos y mis hijas, tienen esto.

En aquel bendito silencio, podía volver a pensar. Y lo primero que le vino a la mente fue la Recámara Estrellada y el rey mirando cómo se enfrentaban a una copa envenenada. Y ahora sabía por qué la *Rana* no lo había matado.

La mente de Rakoczy era un hervidero de preguntas: la Dama Blanca, la luz azul, Mélisande y Madeleine... Cuando pensó en esta última y en la criatura que crecía en su seno estuvo a punto de no preguntar nada, pero la necesidad de averiguarlo, de saber por fin, era demasiado intensa.

—¿Puedes..., podemos viajar hacia el futuro?

Raymond vaciló un instante, luego asintió.

—Sí. Pero no es seguro. En absoluto.

—¿Me enseñarás a hacerlo?

—Hablo en serio. —La *Rana* lo agarró con más fuerza—. No es seguro saber cómo se hace, y mucho menos hacerlo.

Rakoczy se rió entusiasmado, colmado de alegría. ¿Por qué debería temer al conocimiento? Quizá muriera al cruzar, pero tenía el bolsillo lleno de gemas y, además, ¿qué sentido tenía esperar a morir lentamente?

—¡Dímelo! —exigió estrechándole la mano—. ¡Por la sangre que compartimos!

Joan estaba inmóvil, alucinada. Michael seguía rodeándola con el brazo, pero ella apenas lo notaba.

—¡Lo es! —susurró—. ¡Los dos lo son!

—¿El qué?

Michael la miraba boquiabierto.

—¡Criaturas mágicas! ¡Hadas!

Michael volvió a concentrarse enseguida en la escena que tenía delante. Ambos hombres estaban uno frente al otro, cogidos de las manos, y sus bocas se movían mientras conversaban de manera animada, pero en un silencio absoluto. Era como ver a un par de mimos, pero menos interesante todavía.

—Me da igual lo que sean. Locos, criminales, demonios, ángeles... ¡vámonos!

Bajó el brazo y la cogió de la mano, pero ella estaba allí plantada con la misma solidez que un roblecillo, y cada vez tenía los ojos más abiertos.

Lo cogió de la mano con la fuerza suficiente como para aplastarle todos los huesos y gritó con todas sus fuerzas: «¡No lo hagas!»

Michael se volvió justo a tiempo de ver cómo el abrigo del conde estallaba en una fuente de chispas. Y entonces desaparecieron.

Se tambalearon juntos por los largos pasadizos pálidos y se bañaron en la luz parpadeante de las antorchas moribundas, de colores rojo, amarillo, azul, verde y un violeta espantoso que hacía que Joan pareciera una mujer ahogada.

—*Des feux d'artifice* —dijo Michael. Su voz sonaba rara, ya que resonaba en los túneles vacíos—. Un truco de mago.

—¿Qué?

Joan parecía drogada, la conmoción le había oscurecido los ojos.

—Los fuegos. Los... colores. ¿Nunca ha oído hablar de los fuegos artificiales?

—No.

—Oh.

No quiso molestarse en explicarlo y siguieron avanzando en silencio, tan rápido como podían, para llegar a la entrada antes de que las luces se extinguieran del todo.

Cuando estuvieron en la salida, Michael se detuvo para dejarla salir primero, pensando, demasiado tarde, que debería haber pasado él antes, por si ella creía que quería mirar bajo de su vestido... Se volvió a toda prisa con el rostro enrojecido.

—¿Cree que lo era? ¿Que lo eran?

Estaba colgada de la escalera algunos centímetros por encima de él. Por detrás de ella podía ver las estrellas, serenas, en el cielo de terciopelo.

—¿Eran qué?

La miró a la cara para no poner su modestia en entredicho. Ahora tenía mejor aspecto, pero estaba muy seria.

—¿Eran criaturas mágicas? ¿Hadas?

—Supongo que debían de serlo.

Su mente se movía despacio; no quería hacer el esfuerzo de pensar. Le hizo un gesto para que subiera y la siguió hasta arriba con los ojos completamente cerrados. Si eran criaturas mágicas, era muy probable que la tía Claire también lo fuera. La verdad es que no quería pensar en ello.

Se llenó los pulmones de aire fresco con agrado. Ahora el viento soplaba en dirección a la ciudad, procedente de los campos, y estaba cargado del aroma fresco de los pinos, de la hierba del verano y del ganado. Notó cómo Joan respiraba hondo, suspiraba, y después se volvió hacia él. Lo rodeó con los brazos y le apoyó la frente en el pecho. Michael la abrazó y permanecieron así un rato, en paz.

Al poco tiempo, ella se movió y se irguió.

—Será mejor que me lleve de vuelta —dijo—. Las hermanas se habrán vuelto medio locas.

Michael sintió una intensa punzada de decepción, pero se volvió, obediente, hacia el carruaje, que aguardaba a lo lejos. Entonces dio media vuelta.

—¿Está segura? —le preguntó—. ¿Las voces le han pedido que vuelva?

Joan hizo un sonido que no era exactamente una risita de arrepentimiento.

—No necesito que me lo diga ninguna voz. —Se pasó una mano por el cabello para apartárselo de la cara—. En las Highlands, cuando un hombre se queda viudo, se vuelve a casar cuanto antes; necesita a alguien que le arregle las camisas y críe a sus hijos. Pero la hermana Philomène dice que en París es distinto; que hay hombres que están de luto hasta un año.

—Es posible —contestó tras un breve silencio.

Se preguntó si un año bastaría para llenar el enorme vacío que había dejado Lillie. Michael sabía que jamás olvidaría, que nunca dejaría de buscarla en ese espacio entre latido y latido, pero tampoco olvidaba lo que le había dicho Ian: «Pero después de un tiempo, te das cuenta de que estás en un punto distinto a aquel en el que te encontrabas. Que eres una persona diferente. Y entonces miras a tu alrededor y puedes ver lo que te rodea. Quizá conozcas a alguien.»

Joan estaba pálida y seria a la luz de la luna, y tenía una expresión dulce en los labios.

—Una postulante tarda un año en decidir si quiere quedarse y convertirse en novicia o... marcharse. Se tarda un tiempo en saberlo.

—Sí —contestó él con suavidad—. Se tarda.

Michael se volvió para marcharse, pero ella lo detuvo posándole la mano en el brazo.

—Michael —dijo—. ¿Me besaría? Creo que debería experimentarlo antes de decidirme.

UNA PLAGA DE ZOMBIS

Introducción

La situación personal y la carrera de lord John (que es soltero, no tiene un destino fijo, posee discretos contactos políticos y es un oficial con un rango bastante alto) implican que puede intervenir en aventuras lejanas en lugar de estar sujeto a una vida ordinaria. Para ser sincera, cuando empecé a escribir «jorobas» relacionadas con él, sólo me fijaba en qué año transcurrían y luego consultaba una de mis referencias históricas temporales para comprobar qué clase de sucesos interesantes ocurrieron ese mismo año. Así fue como acabó en Quebec y participó en aquella batalla.

Sin embargo, en el caso de esta historia, el ímpetu surgió a partir de dos fuentes distintas, ambas «senderos» que surgen de los libros principales de la serie, en este caso *Viajera*. Así, sabía que lord John fue gobernador de Jamaica en 1766, cuando Claire lo conoce a bordo del *Porpoise*. No era extraño que para este puesto propusieran a un hombre sin contactos ni experiencia previa, aunque era más probable que se lo concedieran a alguien que sí hubiera tenido experiencia en el territorio al que lo destinaban. También sabía que Geillis Duncan no estaba muerta y dónde estaba. Y, en definitiva, y teniendo en cuenta que la historia transcurría en Jamaica, ¿cómo iba a resistirme a los zombis?

Spanish Town
Jamaica, junio de 1761

Había una serpiente en la mesa del comedor. A pesar de que era pequeña, seguía siendo un reptil, y lord John Grey se preguntó si debía advertir sobre ese particular.

El gobernador cogió un decantador de cristal que se encontraba a menos de quince centímetros del bicho enroscado, que, por otro lado, parecía bastante ajeno a los demás, tal vez porque se tratara de un animal doméstico, o quizá porque los habitantes de Jamaica estuvieran acostumbrados a tener una serpiente domesticada en casa para que acabara con las ratas. A juzgar por el número de roedores que había visto desde que desembarcó, parecía una opción válida, aunque aquella serpiente en particular no tenía aspecto de ser suficientemente grande como para comerse ni un ratón.

A pesar de que el vino era de bastante calidad, como lo servían a temperatura ambiente, descendía directamente por el gaznate de Grey para penetrar en su torrente sanguíneo. No había comido nada desde el amanecer, y notó cómo le hormigueaban los músculos inferiores de la espalda y se relajaba. Prescindió de la copa, quería tener la mente despejada.

—No sabe lo contento que estoy de recibirlo en mi casa —repuso el gobernador, dejando en la mesa su copa vacía—. Es un puesto importante.

—Eso dijo en la carta que le envió a lord North. ¿La situación no ha cambiado mucho desde entonces?

Habían transcurrido tres meses desde que redactó la misiva, y en ese tiempo podían cambiar muchas cosas.

Tuvo la impresión de que el gobernador Warren se estremecía a pesar de la temperatura de la sala.

—Ha empeorado —comentó el gobernador cogiendo el decantador—. Ahora es mucho peor.

Grey advirtió que se ponía tenso, pero habló con serenidad.

—¿En qué sentido? ¿Ha habido más...? —Vaciló mientras buscaba la palabra adecuada—. ¿Más demostraciones?

Era un término muy suave para describir la quema de los campos, el saqueo de las plantaciones y la liberación de un gran número de esclavos.

Warren soltó una risa falsa. Su rostro atractivo estaba empapado en sudor. Había un pañuelo arrugado en el brazo de su silla y lo cogió para secarse la cara. No se había afeitado esa mañana y, casi con toda probabilidad, tampoco el día anterior; Grey podía oír el suave roce de las patillas oscuras en la tela.

—Sí. Más destrucción. El mes pasado quemaron una prensa de caña de azúcar, aunque todavía se encontraba en una zona remota de la isla. Sin embargo, ahora... —Se interrumpió y se humedeció los labios secos mientras se servía más vino. Hizo un gesto rápido en dirección a la copa de Grey, pero éste negó con la cabeza—. Han empezado a avanzar hacia King's Town —le informó Warren—. Es evidente que lo han estudiado muy bien. Una plantación detrás de otra, en una trayectoria que discurre en una línea por completo recta desde la montaña. —Suspiró—. Aunque lo cierto es que no debería decir «recta», ya que en este maldito lugar no hay nada que sea recto, empezando por el paisaje.

Eso era verdad. Grey había admirado los montes verdes que surgían del centro de la isla, un áspero telón de fondo para el lago increíblemente azul y la arena blanca de la playa.

—La gente está aterrorizada —prosiguió Warren. Parecía que se había recompuesto un poco, pero volvía a tener la cara cubierta de sudor y le temblaba la mano cuando cogía el decantador. A Grey le sorprendió un poco pensar que el gobernador también estaba aterrorizado—. A mi despacho vienen cada día comerciantes y sus esposas para suplicarme que los proteja de los negros.

—Bueno, puede asegurarles que los protegeremos —afirmó Grey, tratando de parecer lo más tranquilizador posible.

Había acudido acompañado de medio batallón, trescientas tropas de infantería y una compañía de artilleros equipados con un pequeño cañón. Suficiente para defender King's Town si era necesario. Pero las instrucciones que había recibido de lord North no consistían sólo en defender y apaciguar a los comerciantes y marineros de King's Town y Spanish Town, ni siquiera proteger las plantaciones más importantes. Le habían encomendado que sofocara del todo la rebelión de los esclavos. Debía apresar a los cabecillas y poner fin a la violencia.

De pronto, la serpiente que había en la mesa se movió y se desenroscó con languidez. Grey se sobresaltó, había empezado a pensar que era una escultura decorativa. Era hermosa: sólo medía unos dieciocho o veinte centímetros y era de un precioso color amarillo con marcas marrones; además, las escamas eran ligeramente iridiscentes, como el brillo de un buen vino del Rin.

—Aunque ahora la cosa ha ido más lejos —seguía comentando Warren—. Ya no se trata sólo de quemar y destrozar propiedades ajenas, sino que también cometen asesinatos.

Eso captó la inmediata atención de Grey.

—¿A quién han asesinado? —preguntó.

—A un colono llamado Abernathy. Lo mataron en su propia casa la semana pasada. Le cortaron el cuello.

—¿Quemaron la casa?

—No. Los cimarrones la saquearon, pero los esclavos de Abernathy los echaron antes de que pudieran incendiarla. Su mujer logró sobrevivir porque se metió en un arroyo que hay detrás de la casa y se ocultó tras unos juncos.

—Ya veo. —Podía imaginarse muy bien la escena—. ¿Dónde está la plantación?

—A unos diez kilómetros y medio de King's Town. Se llama Rose Hall. ¿Por qué?

Lo miró con los ojos inyectados en sangre y Grey se dio cuenta de que la copa de vino que estaba compartiendo con él no era la primera que se tomaba. Ni tal vez la quinta.

Grey se preguntó si sería un borracho. ¿O quizá era la presión derivada de aquella situación lo que lo había llevado a refugiarse en la bebida de esa forma tan descarada? Observó al gobernador con disimulo; era posible que tuviera treinta y muchos años y, aunque en ese momento estaba completamente ebrio, no parecía que se emborrachara de forma habitual. Era un hombre fornido y atractivo; no estaba hinchado, no ocultaba una gran barriga debajo del chaleco de seda ni tampoco tenía venas varicosas en las mejillas o en la nariz...

—¿Tiene un mapa del distrito?

¿Se le habría pasado por alto a Warren que si los cimarrones estaban abriéndose paso a base de incendios hasta King's Town, tal vez fuera posible predecir cuál sería su próximo objetivo y esperarlos con varias compañías de infantería armada?

Warren apuró el contenido de la copa y se sentó un momento jadeando con suavidad, con los ojos fijos en el mantel; luego pareció recomponerse.

—Un mapa —repitió—. Sí, claro. Dawes... mi secretario... Él, él le dará uno.

Un movimiento captó la atención de Grey. Para su sorpresa, la minúscula serpiente, después de agitarse de delante hacia atrás, había empezado a cruzar la mesa con lo que parecía una actitud decidida, aunque ondulante, y se dirigía directamente hacia él. Alargó la mano por instinto para coger a la pequeña criatura y evitar que se cayera al suelo.

El gobernador lo vio, dio un grito y se alejó de la mesa. Grey lo miró sorprendido mientras la pequeña serpiente se le enroscaba en los dedos.

—No es venenosa —repuso con toda la amabilidad que pudo.

O, como mínimo, eso creía. Su amigo Oliver Gwynne era un filósofo naturalista y le encantaban las serpientes. Gwynne le había enseñado todas las joyas de su colección durante el transcurso de una tarde espeluznante, y creía recordar que su amigo le había comentado que no había ni un solo reptil venenoso en toda la isla de Jamaica. Además, las peligrosas tenían cabezas triangulares, mientras que las inofensivas eran chatas, como su amiguita.

Warren se mareó al escuchar esas palabras sobre la fisonomía de las serpientes y reculó hasta la pared temblando de miedo.

—¿Dónde? —jadeó—. ¿De dónde ha salido?

—Lleva en la mesa desde que he entrado. Yo... mmm, creía que era...

Bueno, era evidente que no se trataba de un animal doméstico, y mucho menos que formaba parte de la decoración de la mesa. Tosió y se levantó con la intención de cruzar las puertas francesas que daban acceso a la terraza para dejar a la serpiente fuera.

Sin embargo, Warren no entendió lo que se disponía a hacer, y cuando vio que se acercaba con la serpiente retorciéndose entre los dedos, cruzó a toda prisa las puertas, atravesó la terraza corriendo como un loco y siguió por el camino de baldosas con las colas del chaqué agitándose a su espalda como si lo persiguiera el diablo en persona.

Grey seguía mirándolo con sorpresa cuando oyó una tos discreta procedente del interior, momento en que se dio la vuelta.

—Gideon Dawes, señor. —El secretario del gobernador era un hombre bajo y barrigón con un rostro redondo y sonrosado, que parecía ser bastante alegre por naturaleza. En ese momento tenía una expresión de profundo recelo—. ¿Es usted el teniente coronel Grey?

A Grey le pareció improbable que hubiera muchos más hombres con el uniforme y las insignias de un teniente coronel en las proximidades de King's House en ese mismo momento, pero lo saludó igualmente con una inclinación de cabeza, y murmuró:

—A su servicio, señor Dawes. Me temo que el señor Warren se ha... mmm... —Hizo un gesto con la cabeza en dirección a las puertas francesas—. ¿Cree que alguien podría ir a buscarlo?

El señor Dawes cerró los ojos con expresión dolida, luego suspiró, volvió a abrirlos y negó con la cabeza.

—Seguro que está bien —afirmó, aunque no lo dijo con mucha convicción—. Acabo de hablar sobre las necesidades referentes al alojamiento y organización de sus tropas con su mayor Fettes. Quiere que sepa que está todo preparado.

—Oh, gracias, señor Dawes.

A pesar de la inquietante naturaleza de la huida del gobernador, sintió un gran placer. Él había sido mayor durante muchos años. Era increíble lo agradable que resultaba saber que era otra persona quien debía encargarse del manejo físico de las tropas. Su única tarea era dar órdenes.

Y, por tanto, dio una, aunque la verbalizó con gran educación en forma de petición, y el señor Dawes se apresuró a guiarlo por los pasillos de la laberíntica casa hasta el pequeño cuarto que el secretario tenía cerca del despacho del gobernador, donde encontró los mapas que necesitaba.

Enseguida comprobó que Warren tenía razón, tanto respecto a la sinuosa naturaleza del terreno como a la ruta que habían seguido los ataques. En uno de los mapas habían señalado los nombres de las plantaciones, y unas notas pequeñas indicaban los puntos en los que habían ocurrido los ataques de los cimarrones. A pesar de que no podía decirse que seguían una línea recta ni de lejos, aun así, era evidente que existía cierto patrón.

En la estancia hacía calor y Grey notó cómo el sudor se deslizaba por la espalda. Sin embargo, sintió el roce de un dedo frío en la nuca cuando leyó el nombre de «Twelvetrees» en el mapa.

—¿De quién es esta plantación? —preguntó sin levantar la voz y señalando el mapa.

—¿Qué? —Dawes, que se había sumido en una especie de trance soñoliento, miraba la vegetación verde de la jungla por la ventana, pero parpadeó, se subió las gafas y se inclinó hacia delante para observar el mapa—. Ah, Twelvetrees. Es de Philip Twelvetrees, un joven que la heredó de su primo hace poco tiempo. Dicen que murió en un duelo; me refiero al primo —especificó.

—¡Vaya, qué lástima! —Grey notó una desagradable tensión en el pecho. Podría haber pasado sin esa complicación. Si...—. El primo, ¿se llamaba Edward Twelvetrees, por casualidad?

Dawes parecía un poco sorprendido.

—Sí, creo que su nombre era ése. Pero no lo conocía nadie de por aquí. Era propietario a distancia. Dirigía la propiedad a través de un capataz.

—Entiendo.

Quería preguntarle si Philip Twelvetrees había acudido desde Londres para tomar posesión de su herencia, pero no lo hizo. No deseaba llamar la atención y que pareciera que daba un trato especial a la familia Twelvetrees. Ya habría tiempo para eso.

Hizo algunas preguntas más acerca del momento de los asaltos que el señor Dawes contestó enseguida, pero cuando le pidió una explicación sobre las causas de la rebelión, el secretario resultó ser repentinamente ineficaz, cosa que a Grey le pareció interesante.

—La verdad, señor, es que sé muy poco sobre esos temas —protestó el señor Dawes cuando le preguntó—. Será mejor que hable con el capitán Cresswell. Él es el superintendente que se encarga de los cimarrones.

A Grey le sorprendió escuchar aquello.

—¿Los esclavos fugados? ¿Tienen un superintendente?

—Oh, no, señor. —Dawes parecía aliviado de poder contestar una pregunta más directa—. Los cimarrones no son esclavos fugados. Mejor dicho —se corrigió—, a nivel técnico son esclavos fugados, pero es una distinción absurda. Esos cimarrones son los descendientes de los esclavos que escaparon durante el último siglo y se instalaron en las montañas. Tienen asentamientos allí. Pero como no hay forma de identificar a ningún propietario actual...

Y como el gobierno no tenía ninguna forma de encontrarlos y recuperarlos, la Corona había optado de una manera bastante sabia por nombrar a un superintendente blanco, que era lo que se solía hacer para tratar con las poblaciones de nativos. La labor del superintendente era estar en contacto con los cimarrones y solucionar cualquier tema que surgiera relacionado con ellos.

Por eso, Grey pensó en el motivo por el que no le habían presentado de inmediato al tal capitán Cresswell. Él había notificado su llegada en cuando atracó el barco porque no quería coger desprevenido a Derwent Warren.

—¿Dónde está el capitán Cresswell en este momento? —preguntó con educación. El señor Dawes parecía descontento.

—Mmm, me temo que no lo sé, señor —admitió, bajando la vista tras sus gafas.

Se hizo un momento de silencio en el que Grey pudo oír el canto de un pájaro en algún punto cercano de la jungla.

—¿Dónde suele estar? —preguntó Grey con un poco menos de educación.

Dawes parpadeó.

—No lo sé, señor. Creo que tiene una casa cerca de la base de Guthrie's Defile. Allí hay un pueblecito. Pero, evidentemente, sube a los asentamientos de cimarrones de vez en cuando para reunirse con... —Hizo un gesto con una de sus pequeñas manos rechonchas, incapaz de encontrar la palabra adecuada—. Los cabecillas. A principios de mes se compró un sombrero nuevo en Spanish Town —añadió Dawes con el tono de alguien que está ofreciendo una observación útil.

—¿Un sombrero?

—Sí. Ah, claro, usted no lo sabe. Es una costumbre propia de los cimarrones. Cuando alcanzan un acuerdo de importancia, las personas involucradas en él tienen que intercambiarse los sombreros. Entenderá que...

—Sí, lo comprendo —respondió Grey, intentando que el enfado no le tiñera la voz—. En ese caso, ¿sería usted tan amable de enviar a alguien a Guthrie's Defile y a cualquier otro sitio donde cree que pueda estar el capitán Cresswell? Es evidente que debo hablar con él, y tan pronto como sea posible.

Dawes asintió con energía, pero antes de que pudiera hablar, oyeron el potente sonido de un gong procedente de algún punto de la planta inferior. Fue como una señal, porque a Grey le rugió el estómago.

—La cena se servirá dentro de media hora —le informó el señor Dawes, más alegre de lo que lo había visto Grey hasta el momento. Salió casi corriendo hacia la puerta, seguido de Grey.

—Señor Dawes —repuso cuando lo alcanzó a los pies de la escalera—. El gobernador Warren. Cree que...

—Oh, vendrá a comer —le aseguró Dawes—. Estoy seguro de que ya se habrá recuperado; esos pequeños ataques de nervios nunca duran mucho.

—¿Y qué los provoca?

Percibió un olor delicioso, una mezcla de pasas, cebolla y especias que ascendía por la escalera, y Grey aceleró el paso.

—Pues... —Dawes, que le seguía el paso, lo miró de reojo—. No es nada. Es que su excelencia tiene un, mmm, una especie de imaginación macabra por lo que a los reptiles se refiere. ¿Ha visto alguna serpiente en el comedor o ha escuchado algo sobre el tema de los reptiles?

—Sí, aunque era una serpiente muy pequeña e inofensiva.

Grey se preguntó por un momento qué le habría sucedido a la pequeña serpiente amarilla. Por lo que recordaba, se le había caído cuando el gobernador se marchó a toda prisa, y esperaba que no se hubiera lastimado.

El señor Dawes parecía preocupado, y murmuró algo semejante a «Oh, Dios, oh, Dios...», pero se limitó a menear la cabeza y suspirar.

Grey se dirigió a su dormitorio con la intención de refrescarse antes de la cena; el día era cálido y todavía tenía los olores del barco adheridos a su cuerpo, una mezcla de sudor, vómitos y excrementos, todo bien aderezado con agua salada, y también apestaba a caballo, ya que había montado desde el puerto hasta Spanish Town. Con un poco de suerte, su asistente ya le habría preparado una muda limpia.

King's House, al igual que las residencias de todos los gobernadores reales, era una ruinosa mansión vieja y caótica enclavada en un altiplano en los alrededores de Spanish Town. Tenían planeado erigir una inmensa villa palladiana en el centro de la ciudad, pero todavía tardarían, como mínimo, un año en empezar a construirla. Mientras, se habían esforzado en ensalzar la dignidad de Su Majestad con abrillantador de cera de abeja, plata y mantelerías inmaculadas, pero el desgastado papel pintado ya había empezado a despegarse de las esquinas de todas las estancias, y la madera oscura del pavimento desprendía un olor a moho que hacía que Grey tuviera ganas de contener la respiración cada vez que entraba en alguna de las habitaciones.

Sin embargo, una de las cosas buenas de la casa era que estaba rodeada por los cuatro costados por una terraza muy ancha y oculta bajo enormes árboles que proyectaban enrejados de sombras en los caminos. Además, muchas estancias, como la que ocupaba Grey, tenían vistas a la terraza, y era posible salir a respirar el aire fresco perfumado por las lejanas olas del mar o por las junglas de las montañas, que estaban igual de alejadas. No había ni rastro de su asistente, pero sí había una camisa limpia sobre la cama. Se quitó la casaca, se cambió la camisa y luego abrió las puertas francesas de par en par.

Permaneció en medio de la estancia durante un instante; el sol de media tarde penetraba por las puertas abiertas y disfrutó del hecho de disponer de una superficie sólida bajo los pies después de haber estado siete semanas en el mar y siete horas a lomos de un caballo. Y gozó, todavía más si cabe, de la sensación de estar solo. Estar al mando tenía sus inconvenientes, y uno de ellos era una ausencia de soledad prácticamente absoluta. Por eso la disfrutaba tanto cuando podía gozar de ella, porque sabía que no duraría más de algunos minutos, aunque la valoraba todavía más por ese motivo.

Y tal como pensaba, esa vez no duró más de un par de minutos. Cuando oyó que alguien daba unos golpecitos en el marco de la puerta gritó «¡adelante!» y, cuando se volvió, sintió el impacto de una atracción visceral que hacía meses que no sentía.

El hombre era joven, quizá de unos veinte años, y esbelto, e iba ataviado con una librea de tonos azules y dorados, aunque tenía una espalda ancha que dejaba entrever su fuerza, y una cabeza y un cuello propios de una escultura griega. Quizá no usara peluca debido al calor, y llevaba el pelo tan bien recogido que se advertía la silueta de su cráneo.

—A su servicio, señor —le dijo a Grey, inclinándose a modo de saludo—. Le transmito los respetos del gobernador y le informo de que la cena se servirá dentro de diez minutos. ¿Quiere que lo acompañe al comedor?

—Claro —contestó Grey, alargando una mano apresurada para coger la casaca.

No le cabía ninguna duda de que podía encontrar el comedor sin su ayuda, pero la oportunidad de ver caminar a ese hombre...

—Claro que puede —le corrigió Tom Byrd, entrando en la estancia con las manos llenas de productos de aseo—, pero cuando le haya arreglado el pelo a su señoría. —Le lanzó a Grey una mirada amenazante—. No va a asistir a ninguna cena con ese aspecto, milord, ni pensarlo. Siéntese ahí.

Señaló con firmeza una banqueta, y el teniente coronel Grey, comandante de las fuerzas de Su Majestad en Jamaica, obedeció con resignación las órdenes de su asistente de veintiún años. No siempre le daba rienda suelta a Tom, pero en la circunstancia actual, estaba encantado de tener una excusa para sentarse en compañía de aquel joven sirviente negro.

Tom ordenó todos los útiles de cuidado personal sobre el tocador, desde un par de cepillos de plata hasta una caja de polvos y un par de pinzas para rizar el pelo, y lo hizo con el cuidado y la atención dignos de un cirujano que preparara sus cuchillos y sierras. Eligió un cepillo, se acercó a él observando la cabeza de Grey y jadeó:

—¡Milord! ¡Una araña enorme está paseando por su sien!

Grey se golpeó la sien en un acto reflejo, y la araña en cuestión, un bicho marrón de un centímetro de longitud, salió volando por el aire, chocó contra el espejo con un sonoro ¡*tap*! y cayó sobre el tocador, de donde salió corriendo a toda prisa para salvar su vida.

Tom y el sirviente negro comenzaron a gritar horrorizados y se abalanzaron sobre la criatura, chocaron delante del tocador y cayeron al suelo. Grey, que reprimió unas ganas irresistibles de reír, pasó por encima de ellos y acabó con la vida de la araña con el reverso del otro cepillo.

Levantó a Tom del suelo y le sacudió la ropa, y dejó que el sirviente negro se levantara solo. También restó importancia a las disculpas, pero preguntó si la araña era venenosa.

—Oh, sí, señor —le aseguró el sirviente con fervor—. Si le picara una de esas arañas, señor, sufriría un dolor intensísimo de manera inmediata. La carne alrededor de la herida se pudriría, tendría fiebre alta en cuestión de una hora y, con toda probabilidad, no viviría para ver el alba.

—¡Vaya! —exclamó Grey con delicadeza, sintiendo un repentino picor en la piel—. En ese caso, quizá no le importe echar un vistazo por el dormitorio mientras Tom concluye con su tarea. Por si acaso las arañas se pasean en grupo.

Grey se sentó y dejó que Tom le cepillara y trenzara el cabello mientras observaba cómo el joven buscaba debajo de la cama y el tocador, retiraba el arcón de Grey y levantaba las cortinas para sacudirlas.

—¿Cómo se llama? —le preguntó al joven al advertir que a Tom le temblaban los dedos. Tenía la esperanza de distraer los pensamientos de su asistente de la hostil vida salvaje de Jamaica. A Tom no le daban ningún miedo las calles de Londres, y era del todo capaz de enfrentarse a perros feroces o caballos rabiosos. Pero las arañas eran otra cosa.

—Rodrigo, señor —contestó el joven, que dejó de sacudir las cortinas para hacerle una reverencia—. A su servicio, señor.

Parecía bastante cómodo en compañía, y habló con ellos sobre la ciudad o el tiempo. Incluso predijo con seguridad que llovería por la noche, alrededor de las diez en punto. Grey pensó que tal vez había trabajado como sirviente para familias adineradas desde hacía bastante tiempo. Y se preguntó si sería un esclavo o un hombre negro libre.

Grey creyó que la admiración que sentía por Rodrigo era la misma que habría sentido por alguna escultura maravillosa o una pintura elegante. Y, de hecho, uno de sus amigos poseía una colección de ánforas griegas ornamentadas con escenas que le producían casi la misma sensación. Se removió un poco en el asiento y cruzó las piernas. Pronto tendría que ir a cenar. Decidió pensar en enormes arañas negras, y estaba haciendo grandes progresos con el tema cuando algo enorme de color negro descendió por la chimenea y comenzó a correr por el hogar en desuso.

Los tres hombres gritaron, se pusieron de pie y empezaron a patear el suelo como locos. Esta vez fue Rodrigo quien alcanzó al intruso, al que aplastó con su fuerte zapato.

—¿Qué narices era eso? —preguntó Grey, agachándose para observar a la criatura, que medía unos siete centímetros de largo, era de un color negro muy brillante y tenía una forma bastante ovalada con unas antenas espantosamente largas, que movía con nerviosismo.

—Sólo es una cucaracha, señor —le aseguró Rodrigo, pasándose la mano por su sudada frente de ébano—. No le harán ningún daño, pero son muy desagradables. Si se suben a la cama, se le comerán las cejas.

A Tom se le escapó un pequeño grito estrangulado. La cucaracha, lejos de estar muerta, apenas había salido malparada con el zapatazo de Rodrigo. Extendió sus patas espinosas, se levantó y se dispuso a seguir adelante, aunque esta vez un poco más despacio. Grey, con el vello de los brazos de punta, cogió el recogedor de ceniza de entre los artilugios de la chimenea, capturó al insecto, abrió la puerta y lanzó a la asquerosa criatura lo más lejos que pudo, cosa que, dado su agitado estado, fue una distancia considerable.

Cuando Grey volvió a entrar en la habitación, Tom estaba blanco como la leche, pero agarró la casaca de su señor con ambas manos. Se le cayó y se agachó para recogerla murmurando una disculpa. En cuanto lo hizo, chilló, la volvió a soltar y se retiró corriendo, empotrándose contra la pared con tanta fuerza que Grey oyó el crujido de los listones y el yeso.

—¿Qué diantre...?

Se agachó y alargó la mano con recelo en dirección a la casaca que había dejado caer al suelo.

—¡No la toque, milord! —gritó Tom, pero Grey ya había visto cuál era el problema: una minúscula serpiente salió arrastrándose entre los pliegues de terciopelo azul, moviendo la cabeza de delante atrás con una curiosidad lenta.

—Vaya, ¡hola!

Alargó la mano y, como ya le había ocurrido antes, la pequeña serpiente degustó su piel con la lengua y se le enroscó en la palma de la mano. Grey se levantó sosteniéndola con cuidado.

Tom y Rodrigo parecían dos estatuas de piedra que lo miraban con atención.

—Es inofensiva —les aseguró—. O eso creo. Antes se me ha debido de meter en el bolsillo.

Rodrigo estaba recuperando un poco la compostura. Se adelantó y miró la serpiente, pero cuando se la ofreció Grey, se negó a tocarla llevándose ambas manos a la espalda.

—A la serpiente le gusta usted, señor —dijo, alternando la mirada con curiosidad entre la serpiente y la cara de Grey como si pretendiera encontrar el motivo de aquella extraña circunstancia.

—Es posible. —La serpiente se desplazó hacia arriba y ahora estaba enroscada en dos de los dedos de Grey, que apretaba con una fuerza sorprendente—. Aunque también puede que estuviera intentando matarme. ¿Sabe de qué se alimenta?

Rodrigo se rió y dejó ver sus preciosos dientes blancos, y Grey imaginó esos dientes y esos labios morados en su... Tosió con fuerza y apartó la mirada.

—Se comería cualquier cosa que no intentara comérsela primero, señor —le aseguró Rodrigo—. Tal vez haya sido el ruido de la cucaracha lo que la haya hecho salir. Seguro que la cazaría.

—¡Qué serpiente tan admirable! ¿Cree que podemos buscarle algo para comer? Para animarla a quedarse, me refiero.

Tom puso una cara que sugería que si la serpiente iba a quedarse, él no pensaba hacerlo. Por otra parte..., miró hacia la puerta por donde había salido la cucaracha y se estremeció. Se metió la mano en el bolsillo con actitud reticente y sacó un rollito de pan con jamón bastante chafado.

Dejaron la comida en el suelo delante de la serpiente y el animal la examinó con cautela. Ignoró el pan, pero se enroscó alrededor de un pedazo de jamón, lo chafó hasta someterlo y, después, abrió las mandíbulas de un modo sorprendente y engulló a su presa para la alegría general de los presentes. Incluso Tom aplaudió y, aunque no le entusiasmaba la idea de dejar que la serpiente durmiera bajo la oscuridad de la cama con el objetivo de vigilar las cejas de Grey, tampoco puso objeciones a su plan. Después de instalar a la serpiente con mucha ceremonia y dejar que digiriera su comida, Grey estaba a punto de preguntarle a Rodrigo sobre la fauna de la isla, pero el sonido de un gong a lo lejos le impidió hacerlo.

—¡La cena! —exclamó, alargando el brazo para coger su ahora inofensiva casaca.

Se negó a llevar peluca, para disgusto de Tom, pero el asistente lo obligó a empolvarse el pelo. Después de haberse acicalado a toda prisa, se puso la casaca y se marchó corriendo antes de que Tom pudiera sugerirle otras formas de refinar su aspecto.

El gobernador apareció en el comedor, tal como había dicho el señor Dawes, y se sentó a la mesa con relajación y dignidad. De su semblante se había evaporado cualquier rastro de sudor, histeria y borrachera, y aparte de disculparse brevemente por haber desaparecido de esa forma tan repentina, nadie hizo ninguna otra referencia a su deserción anterior.

El mayor Fettes y el asistente militar de Grey, el capitán Cherry, también se sentaron a la mesa. Sólo tuvo que intercambiar una mirada fugaz con ellos para saber que las tropas estaban bien. Fettes y Cherry no podían tener un aspecto físico más distinto. El último parecía un hurón y el primero, un bloque de madera, pero ambos eran muy competentes y disfrutaban del beneplácito de sus hombres.

Al principio no conversaron demasiado. Los tres soldados habían estado varias semanas comiendo galletas y ternera salada, la clásica comida cuando se está a bordo de un barco. Se abalanzaron sobre el festín que tenían delante con la atención que cualquier hormiga demostraría ante un pedazo de pan; la magnitud del desafío no tuvo ningún efecto sobre su disposición anterior. Sin embargo, a medida que la llegada de los platos fue ralentizándose poco a poco, Grey empezó a incitar la conversación. Estaba en su derecho como el mayor de todos los invitados y el oficial de más alta graduación.

—El señor Dawes me ha explicado en qué consiste el rango de superintendente —dijo con una actitud agradable—. ¿Cuánto tiempo hace que el capitán Cresswell ocupa ese rango, señor?

—Más o menos unos seis meses, coronel —contestó el gobernador, limpiándose las migas de los labios con una servilleta de tela.

El gobernador estaba bastante sereno, pero Grey estaba mirando a Dawes con el rabillo del ojo, y le pareció advertir que el secretario se estremecía un poco. Aquello era interesante; tenía que conseguir volver a hablar a solas con Dawes y adentrarse más en profundidad en todo ese asunto de los superintendentes.

—¿Y había algún superintendente anterior al capitán Cresswell?

—Sí..., en realidad, hubo dos, ¿verdad, señor Dawes?

—Sí, señor. El capitán Ludgate y el capitán Perriman.

Dawes evitaba mirar a Grey.

—Me gustaría mucho hablar con ellos —repuso Grey con amabilidad.

Dawes se sobresaltó como si alguien lo hubiera pinchado con una aguja en el trasero. El gobernador acabó de masticar una uva, tragó y dijo:

—Lo siento mucho, coronel. Tanto Ludgate como Perriman se marcharon de Jamaica.

—¿Por qué? —preguntó John Fettes sin rodeos.

El gobernador no se esperaba esa pregunta y parpadeó.

—Supongo que el mayor Fettes quiere saber si los reemplazaron de sus cargos debido a alguna especulación sobre prácticas corruptas —intervino Bob Cherry en tono amistoso—. Y, si ése es el caso, ¿les permitieron abandonar la isla sin acusarlos de nada? Y de ser así...

—¿Por qué? —concluyó Fettes sin tapujos.

Grey reprimió una sonrisa. En caso de que la paz se impusiera a gran escala y no pudieran seguir con su carrera militar, Fettes y Cherry podrían ganarse la vida en alguna comedia musical ingeniosa. Como interrogadores eran capaces de lograr que cualquier sospechoso pareciera incoherente y confuso, y confesara en un abrir y cerrar de ojos.

Sin embargo, el gobernador Warren parecía mucho más duro que los sinvergüenzas habituales de cualquier regimiento. O eso, o no tenía nada que esconder, pensó Grey mientras observaba cómo explicaba con paciencia que Ludgate se había retirado por problemas de salud y que Perriman había heredado cierta cantidad de dinero y había regresado a Inglaterra.

«No —pensó, al tiempo que se fijaba en cómo la mano del gobernador se retorcía y quedaba suspendida son indecisión sobre el cuenco de la fruta—. Sí que oculta algo. Y Dawes también. Pero ¿será lo mismo? ¿Y está relacionado con la problemática presente?»

No sería de extrañar que el gobernador estuviera ocultando algún desfalco o problema de corrupción en el que hubiera incurrido él, y era probable, pensó Grey sin inmutarse observando la espléndida exposición de plata que había en el aparador. Esa clase de corrupción, siempre y cuando fuera dentro de unos límites, se consideraba más o menos un gaje del oficio. Pero si era cierto, aquello no era lo que le preocupaba a Grey, a menos que estuviera relacionado con los cimarrones y su rebelión.

Por muy entretenido que fuera observar cómo Fettes y Cherry hacían su trabajo, los interrumpió asintiendo brevemente con la cabeza, y volvió a centrar la conversación en la rebelión.

—¿Qué comunicaciones ha recibido por parte de los rebeldes, señor? —le preguntó al gobernador—. Pues tengo entendido que en estos casos, la rebelión suele surgir debido a alguna queja concreta. ¿Cuál es?

Warren lo miró boquiabierto. Cerró la boca poco a poco y pensó un instante antes de contestar. Grey tenía la impresión de que estaba preguntándose qué podría descubrir al interrogar a otras fuentes.

«Todo lo que pueda», pensó Grey poniendo cara de interés.

—En cuanto a eso, señor..., el incidente comenzó el... mmm... las dificultades..., fue debido al arresto de dos cimarrones acusados de robar en un almacén de King's Town.

Ambos habían sido castigados con unos latigazos en la plaza del pueblo y los habían metido en la cárcel, y después...

—Después de un juicio —lo interrumpió Grey.

El gobernador lo miró con los ojos rojos pero serenos.

—No, coronel. No tenían derecho a un juicio.

—Hizo que les dieran latigazos y los metieran en la cárcel por orden de... ¿quién? ¿El comerciante ofendido?

Warren se irguió un poco y levantó la barbilla. Grey vio que lo habían afeitado, pero se habían dejado un trozo de patilla; se le veía en la mejilla como si fuera una mancha, un lunar peludo.

—No fui yo, señor —respondió con frialdad—. La sentencia la impuso el juez de King's Town.

—¿Quién es?

Dawes había cerrado los ojos haciendo una pequeña mueca.

—El juez Samuel Peters.

Grey asintió agradecido.

—El capitán Cherry visitará al juez Peters mañana —añadió con amabilidad—. Y también a los prisioneros. Entiendo que siguen bajo custodia, ¿no es cierto?

—No —intervino el señor Dawes abandonando de pronto su actitud de lirón—. Escaparon una semana después de su captura.

El gobernador le lanzó una mirada breve de irritación a su secretario, pero asintió con recelo. Después de insistir un poco, admitieron que los cimarrones habían hecho llegar una protesta, a través del capitán Cresswell, por el trato que habían recibido los prisioneros. Sin embargo, como éstos ya habían escapado antes de recibir la protesta, no les había parecido necesario hacer nada al respecto.

Grey se preguntó por un momento qué patrocinio le habría conseguido a Warren su posición, pero olvidó la idea en favor de más explicaciones. Le comentaron que el primer ataque violento se había producido sin previo aviso, cuando quemaron los campos de caña de azúcar de una plantación lejana. En Spanish Town se enteraron algunos días después, pero para entonces otra plantación había sufrido los mismos daños.

—Por supuesto, el capitán Cresswell se acercó allí a caballo para investigar el asunto —dijo Warren con los labios tensos.

—¿Y?

—No regresó. Los cimarrones no han pedido ningún rescate por él, y tampoco han hecho saber que haya muerto. Quizá esté con ellos, aunque tal vez no. La verdad es que no lo sabemos.

Grey no pudo evitar mirar a Dawes, que parecía triste, pero también se encogió un poco de hombros. No le correspondía a él explicar más de lo que el gobernador quería que se supiera, ¿no?

—A ver si le he entendido, señor —dijo Grey sin molestarse en ocultar el tono molesto de su voz—. ¿No se ha comunicado con los rebeldes desde su primera protesta? ¿Y no ha hecho nada para ponerse en contacto con ellos?

Warren pareció hincharse un poco, pero contestó con un tono sereno.

—En realidad, coronel, sí que he hecho algo. Pedí que viniera.

Esbozó una sonrisa escueta y alargó el brazo para coger el decantador.

El aire de la noche era húmedo y pegajoso, y temblaba a causa de los truenos que rugían a lo lejos. Grey fue incapaz de seguir soportando las sofocantes limitaciones de su uniforme y se lo quitó sin esperar la ayuda de Tom. Se quedó desnudo en medio del dormitorio con los ojos cerrados y disfrutando del aire que penetraba por la terraza y que le acariciaba la piel desnuda.

El aire tenía una cualidad sorprendente. Por cálido que fuera, incluso en el interior de la casa, tenía una textura sedosa que evocaba el mar y las claras aguas azules. Desde su habitación no podía ver el agua; aunque fuera visible desde Spanish Town, su dormitorio estaba orientado a una ladera cubierta de jungla. Pero podía percibirlo, y sintió la repentina necesidad de nadar en las olas y sumergirse en la limpia frialdad del océano. Ya casi se había puesto el sol y los gritos de los loros y otros pájaros eran cada vez más intermitentes.

Miró debajo de la cama, pero no vio a la serpiente. Quizá estuviera más al fondo, agazapada en las sombras; tal vez hubiera salido en busca de más jamón. Se levantó, se estiró todo lo que pudo y luego se sacudió y permaneció allí, parpadeando. Se sentía raro después de haber bebido y comido tanto, así como por la falta de sueño, ya que apenas había dormido tres horas ese día, debido a la llegada, el desembarco y el viaje hasta King's Town.

Parecía que su mente se hubiera despedido a la francesa; aunque no importaba, volvería enseguida. Entretanto, sin embargo, su abdicación había dejado a su cuerpo al mando, y éste no era nada responsable.

Estaba exhausto, pero se sentía inquieto, y se rascó el pecho con pereza. Las heridas estaban perfectamente curadas; tan sólo eran unas ronchas sonrosadas un poco abultadas que zigzagueaban entre su vello rubio. Se pasó una mano a un par de centímetros del pezón izquierdo: había tenido suerte de no perderlo.

Sobre la cama había una gran pila de gasa. Debía de ser la mosquitera de la que le había hablado el señor Dawes durante la cena: era común rodear toda la cama con una tela para proteger a su ocupante de las picaduras de aquellos insectos sedientos de sangre.

Después de la cena había pasado un rato en compañía de Fettes y Cherry planificando el día siguiente. Cherry visitaría al juez Peters para averiguar más detalles acerca de los cimarrones que habían sido capturados. Fettes enviaría a algunos hombres a King's Town para que encontraran al retirado señor Ludgate, el anterior superintendente; si conseguían hallarlo, Grey quería saber qué opinión tenía ese hombre de su sucesor. En cuanto a este último, si Dawes no conseguía encontrar al capitán Cresswell antes de la noche del día siguiente... Grey bostezó sin querer y luego meneó la cabeza parpadeando. Ya había tenido suficiente.

Las tropas ya estarían en sus aposentos, incluso algunos de sus hombres gozarían de sus primeras horas de libertad desde hacía meses. Echó un vistazo al pequeño montón de mapas e informes que le había dado el señor Dawes, pero podían esperar al día siguiente y a que hubiera más luz. Pensaría mejor después de un buen sueño reparador.

Se apoyó en el marco de la puerta abierta, echó un vistazo rápido por la terraza y advirtió que las habitaciones cercanas parecían ocupadas. Estaban empezando a llegar nubes procedentes del mar, y recordó que Rodrigo había dicho que llovería aquella noche. Sintió un ligero frescor en el aire, ya fuera debido a la lluvia o a la noche, y se le puso el vello de punta.

Desde allí sólo veía el intenso verde de la jungla en la ladera, que brillaba como una esmeralda sombría bajo el crepúsculo. Sin embargo, desde la otra parte de la casa, cuando se había marchado del comedor, había visto Spanish Town extendiéndose a sus pies, un laberinto de calles estrechas y aromáticas. Pensó que las tabernas y los burdeles harían mucho negocio aquella noche.

Aquella idea le provocó un extraño sentimiento que no era exactamente envidia. Todos y cada uno de los soldados que había llevado consigo, desde el más raso hasta el propio Fettes, podían entrar en cualquier burdel de Spanish Town (y por lo que le había dicho Cherry había bastantes), y aliviar el estrés provocado por el largo viaje sin que nadie hiciera el mínimo comentario ni le prestara ninguna atención. Pero él, en cambio, no podía.

Había ido bajando la mano mientras contemplaba la luz marchita y había empezado a acariciarse con tranquilidad. En Londres había establecimientos para hombres como él, pero hacía muchos años que no recurría a esos lugares.

Había perdido a dos amantes: uno de ellos había fallecido y al otro se lo había llevado la traición. El tercero... Apretó los labios. ¿Podía llamar «amante» a un hombre que jamás lo tocaría y a quien le repugnaría la mera idea de hacerlo? No. Pero al mismo tiempo, ¿cómo debía llamar a un hombre cuya mente estaba en sintonía con la suya, cuya espinosa amistad era un regalo, cuyo carácter, cuya mera existencia lo ayudaba a definir la suya propia?

No fue la primera vez, y seguro que no sería la última, que deseó que Jamie Fraser estuviera muerto. Pero era un deseo automático, un pensamiento que enseguida expulsaba de su mente. El color de la jungla se había apagado hasta convertirse en cenizas y los insectos empezaban a zumbarle en los oídos.

Entró y empezó a pelearse con los pliegues de gasa que tenía sobre la cama, hasta que entró Tom, se los quitó, colgó la mosquitera y lo preparó para acostarse.

• • •

No podía dormir. No sabía si se debía a que había comido mucho, a la extrañeza del lugar, o si tan sólo debía atribuirse a la preocupación que le causaba su nuevo, y hasta la fecha desconocido, rango, pero no conseguía relajarse ni mental ni físicamente. Aunque no malgastó el tiempo dando vueltas en la cama; había llevado varios libros. Leer un fragmento de *La historia de Tom Jones, el expósito* lo distraería y haría que le entrara el sueño.

Las puertas francesas estaban cubiertas por unas finísimas cortinas de muselina, pero la luna estaba casi llena, y entraba la luz suficiente como para que encontrara la caja donde guardaba la yesca, el eslabón y el candelero. La vela era de cera de abeja de calidad, y la llama se alzó pura y luminosa, y atrajo, al instante, a una pequeña nube de jejenes, mosquitos y polillas pequeñas. La cogió con la intención de llevársela a la cama, pero se lo pensó mejor.

Qué prefería, ¿ser devorado por los mosquitos o morir incinerado? Grey se planteó el tema durante tres segundos y luego volvió a dejar el candelero en el escritorio. Si se le caía la vela en la cama, la mosquitera prendería en un abrir y cerrar de ojos.

Aun así, tampoco quería acabar a las puertas de la muerte por haberse dejado succionar la sangre, o estar cubierto de bultos que le causaran comezón sólo porque a su asistente no le gustaba el olor de la grasa de oso. Y el caso es que no pensaba aplicársela en la ropa.

Se quitó la camisa de dormir y rebuscó en su arcón sintiéndose culpable. Pero Tom estaba bien instalado en el ático o en las dependencias externas de King's House, y lo más probable es que ya durmiera como un tronco. Tom se mareaba mucho en los barcos y el viaje había sido duro para él.

El calor de las Indias tampoco le había sentado nada bien a la maltrecha lata de grasa de oso; el olor a rancio casi dominaba el aroma a menta y otras hierbas con las que estaba mezclada. Aun así, pensó: «Si a él le resultaba desagradable, ¿qué sensación causaría en los mosquitos?» Y se la frotó por todas las partes del cuerpo que fue capaz de alcanzar. A pesar del hedor, no le resultó del todo desagradable. Seguía percibiendo el olor original suficiente como para recordar el uso que le daban a aquella sustancia en Canadá. Lo bastante como para que le viniera a la mente Manoke, quien se la había regalado. El indio se la había untado en el cuerpo una fría noche azul en una isla desierta arenosa del río San Lorenzo.

Cuando acabó, dejó la lata y se tocó el miembro erecto. No creía que volviera a ver a Manoke. Pero lo recordaba muy bien.

Al poco tiempo, ya estaba tumbado en la cama debajo de la mosquitera y el corazón le latía despacio, al contrario que los ecos de su carne. Abrió los ojos. Sentía una agradable relajación y por fin se le había despejado la mente. El dormitorio estaba cerrado; los sirvientes habían ajustado las ventanas para evitar que entrara el peligroso aire de la noche, y tenía todo el cuerpo empapado en sudor. Pero estaba demasiado cansado como para levantarse y abrir las puertas francesas de la terraza, necesitaba un momento.

Volvió a cerrar los ojos; pero los abrió de golpe y saltó de la cama abalanzándose sobre la mesa para coger la daga que había dejado allí. Rodrigo estaba junto a la puerta: y la esclerótica blanca de sus ojos contrastaba con su cara negra.

—¿Qué quieres?

Grey dejó la daga, pero no le quitó la mano de encima. Todavía tenía el corazón acelerado.

—Tengo un mensaje para usted, señor —anunció el joven.

Se oyó cómo tragaba saliva.

—¿Sí? Acércate a la luz para que pueda verte.

Grey cogió la bata y se la puso sin dejar de mirar al hombre.

Rodrigo se alejó de la puerta con evidente recelo, pero había ido a decirle algo y lo haría. Avanzó hasta el tenue círculo de luz que proyectaba la vela, con ambas manos a los lados del cuerpo y apretando los puños con nerviosismo.

—¿Sabe qué es un *Obeah man*, señor?

—No.

Aquello desconcertó bastante a Rodrigo. Parpadeó y frunció los labios. Era evidente que no sabía cómo describirle aquel ser a Grey. Al final, se encogió de hombros con impotencia y desistió.

—Dice que vaya con cuidado.

—¿Ah, sí? —contestó Grey con sequedad—. ¿De alguna cosa en particular?

Eso pareció ayudar; Rodrigo asintió con energía.

—No se acerque al gobernador. Manténgase todo lo alejado que pueda. Él va a... o sea, podría ocurrir algo malo. Pronto. Él... —El sirviente se interrumpió de repente, ya que, por lo visto, fue consciente de que podían expulsarlo, o incluso algo peor, por hablar del gobernador con esa despreocupación. Pero Grey tenía mucha curiosidad, se sentó y le hizo una señal a Rodrigo para que cogiera la banqueta, cosa que hizo con evidente recelo.

Grey pensó que, fuera lo que fuese un *Obeah man*, era evidente que tenía mucho poder, porque podía obligar a Rodrigo a hacer algo que saltaba a la vista que no quería hacer. El sudor brillaba en el rostro del joven, quien no dejaba de tirar de la tela de su casaca sin ser consciente de ello.

—Dime lo que dijo el *Obeah man* —exigió Grey inclinándose hacia delante con interés—. Te prometo que no se lo diré a nadie.

Rodrigo tragó saliva, pero asintió. Agachó la cabeza y miró la mesa como si fuera a encontrar las palabras escritas entre las vetas de la madera.

—El zombi —murmuró de un modo casi inaudible—. El zombi vendrá a por el gobernador.

Grey no tenía ni idea de lo que era un zombi, pero Rodrigo pronunció la palabra con un tono que le provocó un escalofrío tan repentino como el lejano resplandor de un relámpago.

—Zombi —repitió con cautela. Consciente de la reacción que había tenido el gobernador hacía unas horas, preguntó—: ¿Un zombi es alguna especie de serpiente?

Rodrigo jadeó, pero luego pareció relajarse un poco.

—No, señor —repuso muy serio—. Los zombis son muertos vivientes.

Se levantó, le hizo una brusca reverencia y se marchó; ya había transmitido su mensaje.

No era de extrañar que Grey no se durmiera en cuanto el joven se marchó.

Después de haberse enfrentado a brujas alemanas y fantasmas indios, y de haber pasado uno o dos años en las Highlands escocesas, había tenido más contacto que la mayoría de las personas que conocía con supersticiones de lo más pintorescas. Aunque no era un hombre inclinado a dar credibilidad automática a las costumbres y creencias locales, tampoco era partidario de descartar esas convicciones sin más. Las creencias obligaban a las personas a hacer cosas que no harían en otras circunstancias y, tanto si dicha convicción tenía una base sólida como si no, las acciones consecuentes, sin duda, la tenían.

Al margen de los *Obeah men* y los zombis, era evidente que alguna amenaza se cernía sobre el gobernador Warren, y estaba bastante convencido de que éste sabía de qué se trataba.

Pero ¿cuán apremiante era esa amenaza? Apagó la vela con los dedos y se quedó un rato sentado a oscuras hasta que sus ojos se acostumbraran a la falta de luz, luego se levantó y se acercó, descalzo, a las puertas francesas por las que había desaparecido Rodrigo.

Las habitaciones de invitados de King's House sólo eran una hilera de departamentos, todas con vistas a la larga terraza, y todas tenían acceso a ella gracias a un par de puertas francesas. Habían corrido las cortinas al preparar las habitaciones para la noche, y en todas se veían largas telas de muselina que ocultaban el interior de la estancia. Se detuvo un instante con la tela en la mano; si alguien estuviera mirando su habitación, advertiría que estaba descorriendo la cortina.

En lugar de salir, dio media vuelta y se dirigió a la puerta interior de la habitación. Ésta daba paso a un estrecho pasillo de servicio que, en ese momento, estaba completamente a oscuras y vacío, si podía confiar en sus sentidos. Cerró la puerta con cuidado. Pensó que le parecía interesante que Rodrigo hubiera entrado por la puerta principal, por así decirlo, cuando podría haberse acercado sin que lo viera.

Pero había dicho que lo había enviado el *Obeah man*. Era evidente que quería que se viera que había obedecido sus órdenes, cosa que, a su vez, significaba que, casi con toda probabilidad, alguien habría estado vigilando que lo hacía.

La conclusión lógica sería que esa persona, o esas personas, estaban observando para ver qué hacía Grey a continuación.

Su cuerpo ya había llegado a sus propias conclusiones, y estaba cogiendo los calzones y la camisa antes de decidir que si a Warren estaba a punto de ocurrirle algo, era evidente que su deber era evitarlo, fuera ese peligro provocado por zombis o no. Cruzó las puertas francesas y salió a la terraza moviéndose con total descaro.

Tal como había imaginado, había un oficial de infantería apostado en cada extremo de la terraza. Robert Cherry era un hombre muy meticuloso. Por otra parte, estaba claro que los malditos centinelas no habían visto cómo entraba Rodrigo en su habitación, y eso no le hacía ninguna gracia. Sin embargo, las recriminaciones podían esperar; el centinela más cercano lo vio y se dirigió a él con un directo: «¿Quién anda ahí?»

—Soy yo —contestó escuetamente Grey y, sin más ceremonia, ordenó al centinela que avisara a los demás soldados apostados alrededor de la casa; luego mandó dos hombres al interior de la hacienda, donde debían esperar en el vestíbulo hasta que los llamara.

Después, Grey volvió a su habitación entrando por la puerta interior y recorriendo el oscuro pasillo del servicio. Se encontró con un sirviente negro adormilado detrás de una puerta al final del pasillo, que estaba vigilando el fuego que ardía bajo la hilera de calderas enormes que proporcionaban agua caliente a la casa.

El hombre parpadeó y se sobresaltó al despertarse, pero luego asintió cuando Grey le pidió que lo acompañara al dormitorio del gobernador, y lo guió por la parte principal de la casa. Subieron por una escalera oscura; la única claridad que se veía procedía de los rayos de luz de luna que penetraban a través de los altos ventanales. En la planta superior todo estaba en silencio, salvo por los ronquidos suaves y regulares que procedían de lo que el esclavo había dicho que era el dormitorio del gobernador.

El hombre se tambaleaba de cansancio. Grey le dio permiso para que se retirara y ordenó que dejara entrar a los soldados que debían estar en la puerta y los mandara subir. El hombre bostezó y Grey lo observó mientras se tambaleaba escaleras abajo hasta adentrarse en la oscuridad del vestíbulo que había abajo, con la esperanza de que no se cayera y se rompiera el cuello. La casa estaba muy tranquila. Estaba empezando a sentirse un poco absurdo. Y, sin embargo...

La casa parecía que respirara a su alrededor, como si fuera un ser consciente que percibiera su presencia. La fantasía le resultó inquietante.

Se preguntó si debía despertar a Warren. ¿Debía advertirle? ¿Interrogarlo? Decidió que no. No tenía ningún sentido molestarlo cuando estaba descansando. Las preguntas podían esperar al día siguiente.

El sonido de los pies subiendo la escalera disipó su sensación de incomodidad, y Grey dio las órdenes en voz baja. Los centinelas debían custodiar esa puerta hasta que los relevaran por la mañana; si oían cualquier alteración en el interior, tenían que entrar enseguida. En caso contrario...

—Permanezcan alerta. Si ven u oyen algo, quiero que me informen.

Guardó silencio, pero Warren seguía roncando, así que se encogió de hombros y bajó la escalera en dirección a la noche sedosa y de vuelta a su habitación.

Primero la olfateó. Por un instante pensó que se había dejado abierta la lata de grasa de oso, y entonces el hedor a podredumbre penetró por su garganta, seguido, de manera automática, por un par de manos que emergieron de la oscuridad y lo agarraron del cuello.

Forcejeó presa de un pánico ciego; golpeaba y pateaba con violencia, pero la presión que sentía en la tráquea no disminuía, y el brillo de las luces empezó a fundirse por las esquinas de lo que habría sido su visión en caso de tenerla. Hizo un gran esfuerzo para dejarse caer. El peso repentino sorprendió a su asaltante, que soltó a Grey mientras caía. Se desplomó en el suelo y rodó.

Maldita sea, ¿dónde se había metido ese hombre? Si es que era un hombre, porque aunque su mente se aferraba a la razón, sus facultades más viscerales estaban recordando lo que le había dicho Rodrigo antes de irse: «Los zombis son muertos vivientes, señor.» Y fuera lo que fuese lo que estuviera en la oscuridad con él, a juzgar por su olor, parecía llevar muerto varios días.

Podía oír el crujido de algo que se acercaba poco a poco a él. ¿Estaba respirando? No conseguía distinguirlo por culpa del estruendo de su propia respiración, muy áspera, y el potente latido de la sangre que le zumbaba en los oídos.

Estaba tendido a los pies de una pared y tenía las piernas metidas bajo el banco del tocador. Había luz en la habitación, ahora ya se le habían acostumbrado los ojos; las puertas francesas eran rectángulos pálidos en la oscuridad, y podía ver la silueta de la cosa que lo estaba buscando. La forma era de hombre, pero tenía una extraña joroba, y balanceaba la cabeza y los hombros de un lado a otro, casi como si pretendiera olfatearlo, algo que, como mucho, no le llevaría más de dos segundos.

Se sentó de golpe, cogió la pequeña banqueta acolchada y la lanzó con todas sus fuerzas contra las piernas de aquella cosa. El intruso soltó un sorprendido grito inconfundiblemente humano y se tambaleó balanceando los brazos para conservar el equilibrio. El ruido reafirmó a Grey, y se apoyó sobre una rodilla para abalanzarse contra la criatura aullando toda clase de insultos incoherentes.

Impactó contra él a la altura del pecho, notó cómo caía de espaldas, y luego se lanzó hacia la piscina de sombras donde creía que estaba la mesa. Palpó la superficie con frenesí y encontró la daga, que seguía donde la había dejado. La cogió y se volvió justo a tiempo de enfrentarse a la criatura, que se le había acercado a toda prisa; apestaba y hacía un desagradable sonido gutural. Apuñaló al intruso y notó cómo el cuchillo penetraba en su antebrazo hasta rebotar contra el hueso. Quienquiera que fuera gritó y soltó una ráfaga de aliento maloliente en la cara de Grey; luego dio media vuelta, corrió hacia las puertas francesas y las abrió de par en par dejando a su paso una lluvia de cristales y muselina.

Grey corrió tras él y salió a la terraza llamando a los centinelas. Pero entonces recordó que los soldados estaban en el interior de la casa vigilando al gobernador, a menos que su descanso hubiera sido interrumpido por... esa clase de criatura. ¿Sería un zombi?

Fuera lo que fuese, había desaparecido.

Se sentó en las piedras de la terraza. Estaba temblando. Nadie había acudido a sus gritos. Era imposible que alguien pudiera seguir durmiendo después de aquel griterío, lo que le llevó a pensar que quizá no hubiera nadie alojado en aquella parte de la casa.

Notó que se mareaba y le faltaba el aliento y, durante un instante, apoyó la cabeza en las rodillas; al poco tiempo, volvió a levantarla para mirar a su alrededor por si hubiera alguna otra criatura al acecho. Pero la noche seguía siendo serena. El único ruido que se oía era el agitado crujido de las hojas de un árbol cercano; por un momento pensó que se trataba de aquella cosa, que estaba trepando de una rama a otra en busca de refugio. Entonces oyó unos chirridos suaves, seguidos de siseos. «Murciélagos», dijo la relajada parte racional de su mente, o lo que quedaba de ella.

Tragó saliva y respiró hondo tratando de llenarse los pulmones de aire fresco para eliminar el desagradable hedor de aquella criatura. Había sido soldado durante la mayor parte de su vida; había visto cadáveres en los campos de batalla, y también los había olido. Había enterrado a compañeros que habían caído en las trincheras y había quemado los cuerpos de los enemigos. Sabía muy bien cómo olían las tumbas y la carne podrida. Y era bastante probable que la criatura que lo había cogido del cuello hubiera salido de una tumba hacía muy poco tiempo.

A pesar de la calidez de la noche, Grey no dejaba de temblar. Se frotó el brazo izquierdo con la mano, ya que lo tenía dolorido a causa de la refriega. Había resultado herido hacía dos años, en Crefeld, y había estado a punto de perder el brazo. Aunque lo podía utilizar con normalidad, lo seguía teniendo mucho más débil que el otro. Sin embargo, cuando lo miró, se quedó sorprendido. Vio unas manchas oscuras que le ensuciaban la manga de color claro de la bata, y, cuando volvió la mano derecha, se dio cuenta de que la tenía húmeda y pegajosa.

—¡Dios! —exclamó en voz baja, y se la acercó a la nariz con recelo. Era imposible confundir ese olor, por muy oculto que estuviera bajo ese hedor a tumba y el incongruente aroma de los jazmines que crecían en las vides plantadas en las cubas de la terraza. Estaba empezando a llover, y aunque percibió una fragancia acre y dulce, ni siquiera la lluvia podía eliminar ese olor.

Sangre. Sangre fresca. Pero no era suya.

Se limpió el resto de la sangre con el dobladillo de la bata, y el gélido horror de los últimos minutos dio paso a un resquicio de rabia que brilló en el centro de su estómago.

Había sido soldado durante la mayor parte de su vida. Había matado y había visto cadáveres en los campos de batalla. Pero de una cosa estaba del todo seguro: los hombres muertos no sangran.

Era evidente que tenía que explicárselo a Fettes y a Cherry, y también tenía que informar a Tom, porque no podía atribuir los destrozos de la habitación a una pesadilla. Los cuatro se reunieron en el dormitorio de Grey y hablaron a la luz de las velas mientras Tom, que estaba pálido como un fantasma, se afanaba en arreglar los desperfectos.

—¿Nunca han oído hablar del zombi, o de zombis? No tengo ni idea de si se dice en plural o no.

Todos negaron con la cabeza. Una enorme botella de un whisky escocés excelente había sobrevivido a los rigores del viaje en el fondo de su arcón, y sirvió copas generosas para todos, incluido Tom.

—Tom, ¿podrías interrogar a los sirvientes mañana? Pero con mucho cuidado, claro. Tómatelo, te sentará bien.

—Ya lo creo que iré con cuidado, milord —le aseguró Tom con vehemencia.

Tomó un sorbo de whisky antes de que Grey pudiera advertirle. Se le salieron los ojos de las órbitas e hizo un ruido como el que haría un toro que se hubiera sentado sobre un abejorro, pero consiguió tragarse el líquido, y después permaneció de pie abriendo y cerrando la boca con sorpresa.

Bob Cherry reprimió una sonrisa, pero Fettes conservó su habitual y estoica imperturbabilidad.

—¿Por qué cree que lo ha atacado a usted?

—Si el sirviente que me ha advertido acerca del *Obeah man* estaba en lo cierto, sólo puedo suponer que ha sido la consecuencia de haber apostado centinelas en la puerta del dormitorio del gobernador para su protección. Pero tiene razón —asintió aceptando la insinuación de Fettes—. Eso significa que cualquiera que haya sido responsable de esto —hizo un gesto con la mano para señalar el desorden de su dormitorio, que seguía oliendo a su reciente intruso, a pesar del viento cargado de olor a lluvia que penetraba por las puertas rotas y el olor a miel quemada del whisky—, o estaba vigilando la casa de cerca o...

—O vive aquí —concluyó Fettes, y tomó un trago mientras pensaba—. ¿Cree que podría tratarse de Dawes?

Grey alzó las cejas. ¿Aquel diminuto y afable hombre barrigudo? Y eso que había conocido varios hombres bajitos malvados.

—Bueno —repuso despacio—, no ha sido él quien me ha atacado; de eso estoy convencido. Quienquiera que fuera, era más alto que yo y tenía un cuerpo musculoso, pero sin ser corpulento.

Tom hizo un sonido vacilante para dar a entender que había tenido una idea, y Grey asintió en su dirección dándole permiso para hablar.

—¿Está usted seguro de que el hombre que le ha atacado no estaba... muerto, milord? Porque, por el olor, como mínimo llevaba una semana enterrado.

Al pensar en ello, todos sintieron un escalofrío, aunque Grey negó con la cabeza.

—Estoy seguro —afirmó con toda la firmeza que pudo—. Estaba vivo, aunque es verdad que era muy peculiar —añadió frunciendo el ceño.

—¿Registramos la casa, señor? —sugirió Cherry.

Grey negó con la cabeza con recelo.

—Él, o eso, ha entrado por el jardín, y se ha marchado por el mismo sitio. Ha dejado unas huellas muy visibles.

No añadió que, para entonces, los sirvientes, si es que estaban involucrados, habrían tenido tiempo suficiente para ocultar cualquier rastro que hubiera dejado la criatura. Si había alguien implicado, pensó que la mejor forma de averiguarlo era interrogar al sirviente Rodrigo, y tampoco le convenía alarmar a toda la casa y llamar la atención sobre el joven antes de tiempo.

—Tom —dijo volviéndose hacia su asistente—. ¿Crees que Rodrigo parece accesible?

—Pues la verdad es que sí, milord. Fue muy amable conmigo durante la cena —le aseguró Tom con el cepillo en la mano—. ¿Quiere que hable con él?

—Sí, por favor. Aparte de eso... —Se frotó la cara con la mano advirtiendo la barba incipiente que le cubría la mandíbula—. Creo que seguiremos adelante con lo que teníamos planificado para mañana. Pero, mayor Cherry, ¿podrá encontrar un hueco para interrogar al señor Dawes? Puede explicarle lo que ha ocurrido aquí esta noche; creo que su reacción puede resultar de lo más interesante.

—Sí, señor. —Cherry se sentó y se acabó el whisky, tosió y se quedó allí parpadeando un momento. Luego carraspeó—. El..., mmm..., ¿qué hay del gobernador, señor?

—Yo hablaré con él —le aseguró Grey—. Y luego propongo que subamos a las colinas a caballo para visitar un par de plantaciones y echar un vistazo a los asentamientos defensivos. Es bueno que nos vean reaccionando rápido y con decisión. Si hay que iniciar alguna ofensiva contra los cimarrones habrá que esperar hasta que sepamos a qué nos enfrentamos.

Fettes y Cherry asintieron; eran soldados de toda la vida y no tenían ninguna prisa por entrar en combate.

Cuando acabó la reunión, Grey se sentó con otra copa de whisky y se la fue tomando mientras Tom acababa de trabajar en silencio.

—¿Está seguro de que quiere dormir en esta habitación esta noche, milord? —preguntó, volviendo a colocar la banqueta del tocador en su sitio—. Estoy seguro de que puedo encontrarle otro lugar.

Grey le sonrió con afecto.

—Estoy seguro de que sí, Tom. Pero imagino que también lo encontraría nuestro nuevo amigo. No, el mayor Cherry apostará una guardia doble en la terraza, y también dentro de la casa. Estaré del todo seguro.

Y aunque no fuera así, la idea de ocultarse de lo que fuera que había ido a visitarlo..., no. No quería permitir a quienesquiera que fueran que pensaran que estaba nervioso.

Tom suspiró y negó con la cabeza, pero rebuscó dentro de su camisa y sacó una crucecita bastante gastada, confeccionada con tallos de trigo, que llevaba colgada de un cordel de cuero.

—Está bien, milord. Pero, como mínimo, póngase esto.

—¿Qué es eso?

—Un amuleto, milord. Me lo dio Ilsa cuando estábamos en Alemania. Me dijo que me protegería del mal, y así ha sido.

—Oh, no, Tom. Tienes que quedarte...

Tom se inclinó hacia delante apretando la boca, una expresión de obstinación que Grey conocía muy bien, y le colgó el cordel de cuero alrededor del cuello. Finalmente relajó la expresión de su cara.

—Tenga, milord. Por lo menos así yo podré dormir.

• • •

El plan de interrogar al gobernador durante el desayuno se fue al garete cuando el caballero ordenó que los informaran de que se sentía indispuesto. Grey, Cherry y Fettes intercambiaron miradas por encima de la mesa del desayuno, pero Grey se limitó a decir: «¿Fettes? Y usted, mayor Cherry, por favor.» Los soldados asintieron y se miraron entre ellos con sutil satisfacción. Grey ocultó una sonrisa; les encantaba interrogar a la gente.

El secretario Dawes estuvo presente en el desayuno, pero dijo poco, ya que había centrado toda su atención en los huevos y las tostadas que tenía en el plato. Grey lo observó con cautela, pero el hombre no daba ninguna señal ni de excursiones nocturnas ni de conocimientos clandestinos. Miró a Cherry. Tanto Fettes como Cherry se alegraron de forma perceptible.

Por el momento, sin embargo, su camino estaba claro. Tenía que hacer una aparición pública, tan pronto como fuera posible, y al hacerlo demostraría a todo el mundo que la situación estaba bajo control, y dejaría claro a los cimarrones que los estaban vigilando y que sus ataques ya no iban a quedar impunes.

Después del desayuno hizo llamar a otro de sus capitanes y organizó una escolta. Decidió que doce hombres bastarían para el espectáculo.

—¿Y adónde va a ir, señor? —preguntó el capitán Lossey entornando los ojos mientras calculaba mentalmente los caballos, las mulas y los suministros necesarios.

Grey respiró hondo y cogió el toro por los cuernos.

—A una plantación llamada Twelvetrees —anunció—. Está unos treinta kilómetros por encima de King's Town.

Philip Twelvetrees era un joven de unos treinta y cinco años, atractivo, y de corte robusto. A Grey no le gustaba y, sin embargo, se puso tenso de pies a cabeza cuando le dio la mano a aquel hombre, y estudió su expresión en busca de cualquier señal que le diera a entender que al tipo le sonaba su nombre, o atribuía alguna importancia a su presencia más allá de la situación política actual.

En el rostro de Twelvetrees no se reflejó ni un atisbo de incomodidad o sospecha, y Grey se relajó un poco y aceptó la bebida fría que le ofreció. Resultó que era una mezcla de zumos de fruta con vino, ácida pero refrescante.

—Se llama «sangría» —explicó Twelvetrees, alzando el vaso para que la suave luz brillara a través del líquido—. En español significa «sangre».

Grey no hablaba mucho español, pero eso sí que lo sabía. Sin embargo, la sangre le pareció un *point d'appui* tan bueno como cualquiera, teniendo en cuenta lo que le ocupaba.

—Entonces ¿cree que nosotros podemos ser los siguientes? —Twelvetrees exhibió una evidente palidez, observable más allá de su bronceado. Sin embargo, se apresuró a tomar un sorbo de sangría y cuadró los hombros—. No, no. Estoy seguro de que estaremos bien. Nuestros esclavos son leales, eso se lo aseguro.

—¿Cuántos tiene? ¿Confía lo suficiente en ellos como para entregarles armas?

—Ciento dieciséis —contestó Twelvetrees de manera automática. Era evidente que estaba considerando las implicaciones y el peligro de ofrecer armas a unos cincuenta hombres (teniendo en cuenta que al menos la mitad de sus esclavos debían de ser mujeres o niños) y, básicamente, dejarlos en libertad en su propiedad. E imaginaba a un número incierto de cimarrones, también armados, saliendo de pronto en medio de la noche con antorchas. Bebió un poco más de sangría—. Tal vez... ¿Qué tiene en mente? —preguntó con aspereza, dejando el vaso en la mesa.

Grey acababa de informarle del plan que quería sugerirle, que suponía apostar dos compañías de infantería en la plantación, cuando una muselina se movió junto a la puerta e hizo que levantara la vista.

—¡Oh, Nan! —Philip posó una mano sobre los papeles que Grey había extendido en la mesa y le lanzó una mirada rápida de advertencia—. Ha venido a visitarnos el coronel Grey. Coronel, mi hermana, Nancy.

—Señorita Twelvetrees.

Grey se había levantado de golpe, y dio dos o tres pasos hacia ella para inclinarse sobre su mano. A su espalda, oyó el crujido que provocaba Twelvetrees al reunir los mapas y los esquemas.

Nancy Twelvetrees compartía la robustez de su hermano. No era nada hermosa, pero tenía unos inteligentes ojos oscuros que entornó bastante al escuchar cómo la presentaba su hermano.

—Coronel Grey —dijo, haciéndole un gesto elegante para que volviera a sentarse mientras ella hacía lo mismo—. ¿Tiene alguna relación con los Grey de Ilford, en Sussex? ¿O tal vez su familia procede de la rama de Londres...?

—Mi hermano tiene una casa en Sussex, sí —se apresuró a decir.

Se abstuvo de añadir que se trataba de su hermanastro Paul, que en realidad no se apellidaba Grey, pues había sido fruto del primer matrimonio de su madre. Tampoco comentó que su hermano mayor era el duque de Pardloe, y el hombre que disparó a Nathaniel Twelvetrees hacía veinte años. Cosa que, lógicamente, daría a entender que Grey...

Estaba claro que Philip Twelvetrees no quería que su hermana se alarmara al escuchar la mínima mención de la situación actual. Grey le asintió con disimulo en señal de comprensión y Twelvetrees se relajó y se sentó para disfrutar de la educada conversación social.

—¿Y qué le ha traído a Jamaica, coronel Grey? —inquirió la señorita Twelvetrees. Como ya se había anticipado a esa pregunta, Grey había inventado una respuesta muy imprecisa relacionada con la preocupación de la Corona por los envíos navales. Sin embargo, cuando llevaba medio discurso, la señorita Twelvetrees lo miró fijamente y le preguntó—: ¿Ha venido por el gobernador?

—¡Nan! —exclamó su hermano alarmado.

—¿Sí? —repitió ignorando a su hermano.

Grey le sonrió.

—¿Qué le hace pensar que podría ser así, si no le importa que se lo pregunte, señorita?

—¡Porque si usted no ha venido a sacar a Derwent Warren de su despacho, alguien debería hacerlo!

—¡Nancy! —Philip estaba casi tan colorado como su hermana. Se inclinó hacia delante y la agarró de la muñeca—. ¡Nancy, por favor!

Ella hizo ademán de soltarse, pero entonces, cuando vio el rostro suplicante de su hermano, se contentó con un sencillo «¡mmf!» y se recostó en la silla apretando los labios.

A Grey le hubiera encantado saber de dónde procedía la hostilidad que la señorita Twelvetrees sentía hacia el gobernador, pero como no podía preguntárselo directamente, desvió la conversación con habilidad interrogando a Philip por las operaciones de la plantación, y a la señorita Twelvetrees sobre la historia natural de Jamaica, un tema por el que parecía tener interés a juzgar por las buenas acuarelas de plantas y animales que había colgadas por toda la sala, todas ellas firmadas como «N. T.».

Poco a poco se fue relajando la tensión en la sala, y Grey se dio cuenta de que la señorita Twelvetrees se estaba fijando en él.

No estaba flirteando, no era de esa clase de mujeres. Pero estaba claro que se estaba esforzando por hacerse notar como mujer. No sabía muy bien qué tenía en mente. Grey era un hombre muy presentable, pero no creía que en realidad se sintiera atraída por él. Sin embargo, no hizo ningún ademán de detenerla; si Philip los dejara solos, podría averiguar por qué había dicho eso sobre el gobernador Warren.

Un cuarto de hora después, un hombre mulato, ataviado con un buen traje, asomó la cabeza por la puerta del salón y preguntó si podía hablar con Philip. Miró a Grey con curiosidad, pero Twelvetrees no hizo ademán de presentarlos; se excusó y se llevó a su visitante al otro extremo del enorme y aireado salón, donde entablaron una conversación entre susurros. Grey imaginó que debía de tratarse de alguna especie de capataz.

Enseguida aprovechó la oportunidad para concentrarse en la señorita Nancy con la esperanza de reconducir el diálogo en su propio beneficio.

—Entonces ¿conoce usted al gobernador, señorita Twelvetrees? —preguntó, y ella soltó una pequeña carcajada.

—Mejor de lo que me gustaría, señor.

—¿Ah, sí? —inquirió con un tono que invitaba a la confesión.

—Sí —contestó ella, y esbozó una sonrisa desagradable—. Pero no perdamos el tiempo hablando de una persona tan mezquina. —El tono de la sonrisa cambió, y ella se inclinó hacia él y le tocó la mano, cosa que sorprendió a Grey—. Dígame, coronel, ¿su esposa ha venido con usted? ¿O se ha quedado en Londres por temor a las fiebres y a las revoluciones de esclavos?

—Estoy soltero, señorita —contestó, pensando que era probable que aquella mujer supiera más de lo que querría su hermano.

—¿Sí? —repitió con un tono del todo diferente.

Siguió tocándole la mano una fracción de segundo demasiado larga. No duró lo bastante como para ser un gesto descarado, pero sí lo suficiente como para que cualquier hombre fuera consciente de ello, y los reflejos de Grey en ese sentido estaban mucho más desarrollados que los de cualquier otro hombre normal, por pura necesidad.

Le sonrió casi sin pensar, luego miró a su hermano, a continuación la volvió a mirar a ella, y se encogió ligeramente de hombros. Evitó añadir la sonrisa que debería haber dado a entender un «después».

Ella se mordió el labio inferior un instante, lo soltó, húmedo y enrojecido, y le lanzó una mirada por debajo de las pestañas entornadas que daba a entender «después», y mucho más. Él tosió y, apremiado por la necesidad de decir algo libre de sugestión, de pronto inquirió:

—¿Por casualidad sabe qué es un *Obeah man*, señorita Twelvetrees?

Ella abrió mucho los ojos y abandonó cualquier contacto con su brazo. Grey consiguió alejarse de su alcance sin que pareciera que estaba echando la silla hacia atrás, y pensó que ella no se había dado cuenta; seguía mirándolo con mucha atención, pero la naturaleza de esa atención había cambiado. Las pronunciadas líneas verticales que tenía entre las cejas se intensificaron hasta trazar un marcado número once.

—¿Puedo preguntarle dónde ha escuchado esa palabra, coronel?

Su voz era bastante normal y su tono era ligero, pero también había mirado la espalda de su hermano, y hablaba en voz baja.

—Lo mencionó uno de los sirvientes del gobernador. Veo que conoce el término. Imagino que es algo que tiene que ver con los africanos, ¿verdad?

—Sí. —Ahora se estaba mordiendo el labio superior, pero la intención en este caso no era sexual—. Los esclavos coromantis. ¿Sabe quiénes son?

—No.

—Los negros de la Costa del Oro —afirmó, y le puso la mano de nuevo en la manga, tiró de él para que se levantara y se alejaron al fondo de la sala—. Muchos propietarios de plantaciones los quieren porque son altos y fuertes y, además, están bien dotados.

Había sido... no, decidió que no se lo había imaginado; ella había sacado la punta de la lengua para tocarse el labio una fracción de segundo antes de decir «bien dotados». Pensó que a Philip Twelvetrees más le valía encontrarle un marido a su hermana, y rápido.

—¿Aquí tienen algún esclavo coromanti?

—Unos cuantos. Pero el problema es que los coromantis suelen ser intratables. Son muy agresivos y cuesta mucho controlarlos.

—Imagino que no es la característica más deseable en un esclavo —observó, esforzándose para no imprimir ningún tono en su voz.

—Bueno, puede serlo —dijo sorprendiéndolo. Le sonrió un poco—. Si sus esclavos son leales, y los nuestros lo son, entonces no le importa que se pongan un poco agresivos contra... contra cualquiera que quiera venir a causar problemas.

Le sorprendió tanto su lenguaje, que tardó un momento en comprender lo que le había dicho. La joven volvió a sacar la punta de la lengua, y si hubiera tenido hoyuelos, seguro que también los hubiera empleado.

—Entiendo —repuso con cautela—. Pero estaba a punto de explicarme qué es un *Obeah man*. Supongo que es una especie de autoridad entre los coromantis.

La actitud de flirteo desapareció de inmediato, y ella volvió a fruncir el ceño.

—Sí. «*Obi*» es la palabra que emplean para referirse a su... religión, supongo que debe de llamarse así. Aunque por lo poco que conozco de ella, ningún pastor o sacerdote permitiría que se usara ese nombre.

Oyeron unos fuertes gritos procedentes del jardín que había abajo, y cuando Grey se asomó, vio una bandada de loros pequeños y coloridos que entraba y salía de un árbol enorme lleno de frutos amarillos. Entonces dos niños negros completamente desnudos aparecieron de entre los arbustos y empezaron a disparar a los pájaros utilizando sus tirachinas. Las piedras se estrellaban contra las ramas, pero los pájaros se alzaban en un frenesí de agitación y huían volando entre gritos de indignación.

La señorita Twelvetrees ignoró la interrupción y retomó la explicación en cuanto se calmó el ruido.

—Un *Obeah man* habla con los espíritus. Él, o ella, puesto que también hay *Obeah women*, es la persona a la que uno acude para que, para... que le arregle las cosas.

—¿Qué clase de cosas?

Reapareció un atisbo de su anterior flirteo.

—Bueno..., para conseguir que alguien se enamore de ti, para quedarte en estado, para dejar de estar embarazada... —Y aquí lo miró para comprobar si se había vuelto a escandalizar, pero Grey se limitó a asentir—. O para lanzarle una maldición a alguien. Para provocar mala suerte, enfermedades, o incluso la muerte.

Aquello era prometedor.

—¿Y cómo se consigue todo eso, si no le importa que se lo pregunte? Lo de provocar enfermedades o muerte.

Pero al escuchar su pregunta, ella negó con la cabeza.

—No lo sé. No es muy seguro querer saberlo —añadió bajando un poco más la voz; ahora tenía una mirada seria—. Dígame, ese sirviente que habló con usted, ¿qué le dijo?

Como era consciente de lo rápido que se extienden los rumores en las zonas rurales, Grey no tenía ninguna intención de revelar las amenazas que existían contra el gobernador Warren. Así que preguntó:

—¿Alguna vez ha oído hablar de zombis?

Ella se puso bastante pálida.

—No —espetó de pronto.

Era un riesgo, pero Grey la cogió de la mano para evitar que se marchara.

—No puedo explicarle por qué necesito saberlo —confesó en voz muy baja—, pero, por favor, créame, señorita Twelvetrees, es muy importante. Cualquier ayuda que pueda prestarme sería..., bueno, se lo agradecería mucho.

Tenía la mano caliente; movió un poco los dedos dentro de su palma sin hacer ningún esfuerzo por separarse. Estaba recuperando el color.

—Lo cierto es que no sé mucho —dijo con un tono igual de bajo—. Sólo que los zombis son muertos que han resucitado gracias a la magia para estar a las órdenes de la persona que los creó.

—La persona que los creó, ¿es el *Obeah man*?

—¡Oh, no! —exclamó sorprendida—. Los coromantis no crean zombis. En realidad, les parece una práctica bastante inmoral.

—Estoy completamente de acuerdo con ellos —le aseguró—. ¿Y quién crea zombis?

—¡Nancy! —Philip había dejado de hablar con el capataz y se estaba acercando a ellos con una sonrisa hospitalaria en su amplio rostro sudoroso—. Estaba pensando, ¿podemos comer algo? Estoy seguro de que el coronel debe de estar hambriento, yo me muero de hambre.

—Claro que sí —respondió la señorita Twelvetrees lanzándole una rápida mirada de advertencia a Grey—. Se lo diré a la cocinera.

Grey le estrechó los dedos un segundo y ella le sonrió.

—Como le iba diciendo, coronel, tiene que ir a visitar a la señora Abernathy en Rose Hall. Ella es la persona más indicada para informarle.

—¿Informarle? —Twelvetrees, muy inoportuno, eligió ese momento para curiosear—. ¿Sobre qué?

—Costumbres y creencias de los ashanti, querido —explicó su hermana un tanto insulsa—. El coronel Grey tiene un interés particular por esos temas.

Twelvetrees resopló.

—¡Y una mierda, ashanti! Ibo, fulani, coromantis... Si los bautizáramos y los convirtiéramos en cristianos como Dios manda, ya no tendríamos que volver a escuchar todas esas creencias paganas que han traído de su país. Por lo poco que sé, no querrá saber nada de todo eso, coronel. Aunque si así lo desea, claro —se apresuró a añadir al recordar que no era cosa suya decirle lo que tenía que hacer al teniente coronel que iba a proteger la vida de los Twelvetrees y su propiedad—, entonces mi hermana tiene mucha razón, la señora Abernathy es la más indicada para informarle. Casi todos sus esclavos son ashanti. Ella... mmm... se dice que... que tiene interés.

A Grey le pareció muy interesante observar que Twelvetrees se ruborizaba y se apresuraba a cambiar de tema, formulándole a él preguntas exigentes acerca de la disposición exacta de sus tropas. Grey evitó contestarle directamente y se limitó a asegurar a Twelvetrees que enviarían dos compañías de infantería a su plantación tan pronto como pudiera hacer llegar las órdenes a Spanish Town.

Por varios motivos, quería marcharse enseguida, pero se vio obligado a quedarse a tomar el té, una comida incómoda compuesta por platos pesados y densos engullidos bajo la acalorada mirada de la señorita Twelvetrees. La mayor parte del tiempo le pareció que la manejaba con tacto y delicadeza, pero hacia el final de la comida ella empezó a mirarlo haciendo algún pucherito. Nada que uno pudiera, o debiera, advertir, pero se dio cuenta de que Philip la miraba y parpadeaba frunciendo el ceño, confundido.

—Es evidente que no puede considerarme una autoridad respecto a ningún aspecto de la vida en Jamaica —le dijo ella lanzándole una mirada indescifrable—. Apenas llevamos seis meses viviendo aquí.

—No me diga —respondió Grey con educación mientras un gran pedazo de bizcocho sin digerir se le aposentaba con pesadez en el estómago—. Pues parecen estar muy a gusto en esta casa, y es muy bonita, por cierto, señorita Twelvetrees. Se percibe su toque armonioso en cada rincón.

Aquel intento tardío por halagarla fue recibido con el rechazo que merecía; el once volvió a aparecer y le endureció el ceño.

—Mi hermano heredó la plantación de su primo, Edward Twelvetrees. Edward vivía en Londres. —Alzó la mirada y le clavó los ojos como si fueran la mirilla de un mosquete—. ¿Lo conocía, coronel?

Grey se preguntó qué haría aquella maldita mujer si le contaba la verdad. Era evidente que ella creía que sabía algo, pero... no, pensó mirándola con detenimiento. No podía saber la verdad, pero había oído algún rumor. Y aquella encerrona era un intento, por cierto, muy torpe, por sonsacarle más información.

—Conozco a varios Twelvetrees de pasada —dijo con tono amistoso—. Pero si conocí a su primo, no creo que tuviera el placer de hablar con él durante mucho tiempo.

Grey opinaba que «¡maldito asesino!» y «¡sodomita asqueroso!» no constituían una conversación.

La señorita Twelvetrees lo miró y parpadeó sorprendida, y Grey se dio cuenta de lo que debía haber advertido hacía mucho tiempo. Estaba borracha. A Grey la sangría le había parecido ligera y refrescante, pero sólo se había tomado un vaso. No se había dado cuenta de que ella se había vuelto a llenar el suyo y, sin embargo, la jarra estaba casi vacía.

—Querida —repuso Philip con mucha amabilidad—, hace calor, ¿verdad? Pareces un poco pálida e indispuesta.

En realidad estaba acalorada y se le estaba empezando a descolgar el pelo del moño por detrás de unas orejas bastante grandes, pero sí que parecía indispuesta. Philip hizo sonar la campanita, se levantó y le asintió a la doncella negra que entró.

—No estoy indispuesta —afirmó Nancy Twelvetrees con cierta dignidad—. Sólo estoy..., o sea...

Pero la doncella negra, acostumbrada a aquella tarea, ya se estaba llevando a la señorita Twelvetrees hacia la puerta, aunque con la habilidad suficiente como para que pareciera que sólo estaba ayudando a su señora.

Grey también se levantó y cogió la mano de Nancy para inclinarse sobre ella.

—A su servicio, señorita Twelvetrees —se despidió—. Espero que...

—Lo sabemos —contestó ella mirándolo con unos ojos enormes y repentinamente llenos de lágrimas—. ¿Me está escuchando? Lo sabemos.

Entonces se marchó y el sonido de sus pasos inestables repicó sobre el pavimento de madera.

Se hizo un breve e incómodo silencio entre los dos hombres. Grey carraspeó justo cuando Philip Twelvetrees tosía.

—La verdad es que no sentía mucha simpatía por el primo Edward —reconoció.

—Ah —contestó Grey.

Caminaron juntos hasta el patio, donde el caballo de Grey pastaba bajo un árbol con los costados llenos de excrementos de loro.

—No le haga caso a Nancy, ¿quiere? —repuso Twelvetrees en voz baja y sin mirarlo—. Tuvo una... decepción en Londres. Pensaba que aquí le resultaría más sencillo superarlo, pero... bueno, cometí un error, y no es fácil arreglarlo.

Suspiró, y Grey sintió el impulso intenso y repentino de darle una palmada solidaria en la espalda.

Pero se limitó a hacer un sonido gutural indeterminado, asentir y montar su caballo.

—Las tropas llegarán pasado mañana, señor —le informó—. Le doy mi palabra.

Grey tenía la intención de regresar a Spanish Town, pero se detuvo en la carretera, sacó el mapa que le había facilitado Dawes y calculó la distancia hasta Rose Hall. Aunque implicaba acampar en la montaña por la noche, estaban preparados y, además de escuchar de primera mano los detalles sobre un ataque de los cimarrones, ahora tenía muchísima curiosidad por hablar con la señora Abernathy acerca de los zombis.

Llamó a su ayudante, redactó en una nota las instrucciones para que le enviaran las tropas a Twelvetrees y después envió dos hombres a Spanish Town con el mensaje, y ordenó a dos más que se adelantaran por la ruta que él iba a tomar para que encontraran un buen sitio donde acampar. Llegaron cuando el sol empezaba a ponerse y brillaba como una perla en llamas sobre el delicado cielo de color rosa.

—¿Qué es eso? —preguntó, levantando la vista de pronto de la taza de té Gunpowder que le había ofrecido el cabo Sansom. Éste también parecía sorprendido, y miró hacia la colina de donde procedía el sonido.

—No lo sé, señor —contestó—. Parece una especie de bocina, pero no estoy seguro.

Así era. No era una trompeta ni nada de naturaleza militar. Pero era evidente que se trataba de un sonido de origen humano. Los hombres guardaron silencio y esperaron. Un momento o dos después, volvieron a oír el ruido.

—Ése es distinto —opinó Sansom, que parecía alarmado—. Procede de allí —repuso señalando la colina—, ¿verdad?

—Sí —afirmó Grey, distraído—. ¡Silencio!

La primera bocina volvió a sonar, un quejido lastimero perdido entre los ruidos de los pájaros, que se acomodaban para pasar la noche, y luego se hizo el silencio.

Grey sintió un hormigueo en la piel, tenía los sentidos alerta. No estaban solos en la jungla. Una o más personas estaban allí fuera, en la noche que se acercaba, haciendo señales. Ordenó en voz baja que improvisaran una fortificación y el campamento se puso enseguida manos a la obra para organizar su defensa. Los hombres que lo acompañaban eran casi todos veteranos y no tenían ningún miedo. En muy poco tiempo habían erigido un reducto de piedra y maleza, los centinelas se habían apostado por parejas a lo largo del campamento y todos los hombres tenían las armas cargadas y estaban preparados para atacar.

Pero no apareció nadie, y aunque los hombres siguieron en guardia toda la noche, no volvieron a advertir ninguna señal de presencia humana. Sin embargo, allí había alguien; Grey podía sentirlo, por lo que prefirió seguir vigilando.

Cenó y se sentó con la espalda apoyada en un grupo de rocas, con la daga en el cinturón y el mosquete cargado a mano. Estaba esperando.

Pero no ocurrió nada y al final salió el sol. Levantaron el campamento de forma pacífica, y si sonó alguna sirena en la jungla, el sonido se perdió entre los gritos y los graznidos de los pájaros.

Nunca había estado junto a alguien que le resultara tan desagradable. Se preguntó cuál era la razón, ya que aquella mujer no tenía nada desagradable ni mal parecido. Al contrario, era una hermosa mujer escocesa de mediana edad, rubia y con un pecho generoso. Sin embargo, la viuda Abernathy le provocaba escalofríos, a pesar de la calidez del aire de la terraza donde había decidido recibirlo en Rose Hall.

Advirtió que no iba de luto ni hizo ninguna referencia a la repentina muerte de su esposo. Iba ataviada con un vestido de muselina blanca con bordados azules en los dobladillos y las mangas.

—Creo que debo felicitarla por haber sobrevivido, señora —dijo sentándose donde ella le indicaba. A pesar de que en cierto sentido sus palabras pudieran parecer insensibles, aquella mujer daba la impresión de ser dura como una roca. Grey no creyó que se molestara, y, de hecho, acertó.

—Gracias —contestó reclinándose en su silla de mimbre y mirándolo fijamente de arriba abajo de una forma que le resultó inquietante—. Aquella primavera hizo mucho frío. Podría haber muerto congelada.

Él inclinó la cabeza con cortesía.

—Tengo entendido que no ha sufrido ninguna secuela a raíz de la experiencia. Más allá, claro está, de la lamentable pérdida de su esposo —se apresuró a añadir.

Ella se rió con aspereza.

—Me alegro de haberme deshecho de ese canalla.

Como no sabía cómo contestar a sus palabras, Grey tosió y cambió de tema.

—Según me han dicho, señora, tiene usted cierto interés por los rituales que practican los esclavos.

Su turbia mirada verde se agudizó al escuchar aquello.

—¿Quién le ha dicho eso?

—La señorita Nancy Twelvetrees.

A fin de cuentas, no tenía ningún motivo para mantener en secreto la identidad de su informadora.

—Oh, la pequeña Nancy, ¿eh? —Parecía divertida de enterarse, y lo miró de reojo—. Supongo que usted le gustó, ¿verdad?

No entendía qué tenía que ver la opinión que la señorita Twelvetrees tuviera de él con el tema que trataban, y así lo expresó, con educación. La señora Abernathy se limitó a sonreír al tiempo que hacía un gesto con la mano.

—Sí, en fin. ¿Y qué es lo que quiere saber?

—Me gustaría saber cómo se crean los zombis.

La sorpresa le borró la sonrisa de la cara y lo miró parpadeando como una tonta durante un momento; luego cogió el vaso y apuró el contenido.

—Zombis —repitió, y lo miró con cierto interés—. ¿Por qué?

Grey se lo explicó. La actitud de la viuda mudó de la despreocupada diversión al creciente interés. Le pidió que le repitiera la historia de la cosa que lo atacó en su habitación mientras le hacía todo tipo de preguntas ingeniosas, básicamente sobre su olor.

—Carne podrida —repuso la viuda—. Usted conocerá ese olor, ¿verdad?

Debió de ser el acento de aquella mujer lo que le recordó el campo de batalla de Culloden y el hedor de los cadáveres quemándose. Se estremeció, incapaz de contenerse.

—Sí —reconoció de repente—. ¿Por qué?

Ella frunció los labios mientras meditaba.

—Hay distintas formas de conseguirlo. Una de ellas es aplicando polvos de *afile* a la persona, esperar a que se desmaye y luego enterrarla sobre un cadáver reciente. Sólo hay que cubrirlo con una capa de tierra fina —explicó al ver cómo la miraba—, y asegurarse de ponerle hojas y palos sobre la cara antes de echar tierra encima, para que la persona pueda seguir respirando. Cuando el veneno se disipa lo suficiente como para que pueda volver a moverse y sentir, el individuo es consciente de que está enterrado y huele a podrido, e imagina que debe de estar muerto.

Hablaba con tanta seguridad como si le estuviera ofreciendo su receta de tarta de manzana o bizcocho de chocolate. Por extraño que pueda parecer, eso lo tranquilizó y fue capaz de superar la repulsión para hablar con tranquilidad.

—Veneno. ¿Se refiere al polvo de *afile*? ¿Qué clase de veneno es? ¿Lo sabe?

Cuando vio el brillo en sus ojos, Grey se felicitó por haber tenido la idea de añadir «¿lo sabe?» al final de la pregunta, porque pensó que si no hubiera sido por orgullo, la viuda no se lo habría dicho. Así que le contestó con despreocupación.

—Oh... unas hierbas, huesos y trozos de otras cosas. Pero el ingrediente principal, lo imprescindible, es el hígado de un pez *fugu*.

Grey negó con la cabeza, ya que no reconocía el nombre.

—Descríbalo, por favor.

Lo hizo. Por la descripción de la viuda, Grey supuso que debía de tratarse de uno de esos peces globo que se hinchan como vejigas cuando se les molesta. Se prometió en silencio que jamás se comería ninguno. Sin embargo, a medida que avanzaba la conversación, empezó a comprender algo.

—Perdone que la interrumpa, señora, pero lo que me está diciendo es que en realidad un zombi no es un muerto. ¿Sólo está drogado?

En los labios de la viuda se dibujó una sonrisa; advirtió que todavía los tenía carnosos y rojos, más lozanos de lo que sugería su rostro.

—¿De qué le serviría a alguien una persona muerta?

—Pero la creencia popular es que los zombis están muertos.

—Sí, claro. Los zombis piensan que están muertos, lo mismo que todo el mundo. No es verdad, pero es efectivo. La gente se asusta muchísimo. Sin embargo, eso de que «sólo están drogados»... —Negó con la cabeza—. No regresan de ese viaje, ¿comprende? El veneno les destroza el cerebro y el sistema nervioso.

Pueden obedecer instrucciones sencillas, pero ya no tienen capacidad para pensar, y, básicamente, se mueven con rigidez y muy despacio.

—¿Ah, sí? —murmuró.

La criatura, o el hombre, o lo que fuera lo que lo había atacado, no estaba rígido ni se movía despacio. *Ergo*...

—Me han dicho, señora, que muchos de sus esclavos son ashanti. ¿Cree que alguno de ellos es posible que conozca más detalles sobre este proceso?

—No —espetó de pronto incorporándose un poco—. Yo aprendí lo que pude de un *houngan*, que es una especie de médico. Pero no era uno de mis esclavos.

—¿Un médico de qué, exactamente?

La viuda pasó la lengua por las puntas de sus dientes afilados y un poco amarillentos, pero todavía en buen estado.

—De magia —contestó, y se rió con suavidad, como para sí misma—. Sí, magia. Magia africana. Magia de esclavos.

—¿Usted cree en la magia?

Le preguntó por curiosidad más que por otra cosa.

—¿Usted no?

Grey levantó las cejas y negó con la cabeza.

—No. Y, en realidad, según lo que usted misma me ha explicado, el proceso de crear un zombi, si es que puede llamarse así, en realidad no es magia, sino la mera administración de un veneno durante un período de tiempo, al que se suma el poder de la sugestión. —Se le ocurrió otra cosa—: ¿Una persona puede recuperarse de ese envenenamiento? Usted afirma que no mueren.

Ella negó con la cabeza.

—El veneno no los mata, no. Pero siempre mueren. Para empezar, fallecen de inanición. Pierden toda voluntad y no pueden hacer nada que no les ordene el *houngan*. Se van consumiendo gradualmente y... —Chasqueó los dedos con suavidad—. Aunque sobrevivieran —prosiguió con practicidad—, la gente los mataría. Cuando alguien se convierte en zombi, ya no hay vuelta atrás.

Durante la conversación, Grey se había ido dando cuenta de que la señora Abernathy hablaba con lo que parecía un conocimiento más exacto sobre el tema que la mera noción que uno podría adquirir de un interés despreocupado por la filosofía natural. Quería alejarse de ella, pero se obligó a permanecer allí sentado para hacerle una pregunta más.

—¿Conoce algún significado particular que se atribuya a las serpientes, señora? Me refiero según la magia africana.

Ella parpadeó un tanto desconcertada por su petición.

—Serpientes —repitió poco a poco—. Sí. Bueno... dicen que las serpientes son sabias. Y algunas de las *loas* son serpientes.

—¿*Loas*?

Ella se rascó la frente de manera distraída, y Grey advirtió, con una pequeña punzada de asco, que su piel mostraba los pequeños puntitos de un sarpullido. Ya lo había visto antes: era la señal de una infección sifilítica avanzada.

—Supongo que podrían llamarse «espíritus» —repuso, y lo miró con curiosidad—. ¿Sueña con serpientes, coronel?

—¿Que si...? No. No sueño con serpientes.

A pesar de que no tenía ese tipo de visiones, la sugerencia era muy inquietante. La viuda sonrió.

—Una *loa* se introduce en una persona, ¿comprende? Habla a través de ella. Y veo una enorme serpiente sobre sus hombros, coronel.

La viuda se levantó de golpe.

—Si yo fuera usted, tendría cuidado con todo lo que como, coronel Grey.

Regresaron a Spanish Town dos días después. Durante el camino de vuelta tuvo tiempo para pensar, y llegó a algunas conclusiones. Entre ellas se encontraba la certeza de que, en realidad, los cimarrones no habían atacado Rose Hall. Había hablado con el capataz de la señora Abernathy, un hombre con aspecto de ser receloso y falso, y los detalles que le dio sobre el supuesto ataque eran muy imprecisos. Y después...

Tras conversar con el capataz y varios esclavos, volvió a la casa para despedirse formalmente de la señora Abernathy. Nadie abrió la puerta cuando llamó y rodeó la casa en busca de algún sirviente. Sin embargo, lo que encontró fue un camino que descendía y que acababa en un reflejo de agua.

Siguió el camino por curiosidad y halló el famoso manantial en el que la señora Abernathy, según parecía, se había refugiado de los asesinos que habían asaltado su finca. La señora de la casa estaba dentro del manantial, desnuda, nadando poco a poco de un lado a otro, con la melena suelta, salpicada de canas.

El agua era cristalina; podía ver el carnoso bombeo de sus nalgas, que se movían como un fuelle, propiciando su movimiento, y advirtió el hueco purpúreo de su sexo, que quedaba expuesto cuando ella flexionaba la pierna. No había juncos ni ninguna otra vegetación; nadie habría podido no verla si hubiera estado en el manantial, y era evidente que la temperatura del agua no la había disuadido.

Por tanto, había mentido sobre los cimarrones. Tenía la gélida certeza de que la señora Abernathy había asesinado a su marido, o había pagado para que lo hiciera otro, pero con esa conclusión tenía poco margen de actuación. ¿Arrestarla? No había testigos, y nadie podía testificar legalmente contra ella, incluso en el caso de que alguien quisiera hacerlo. Y estaba bastante convencido de que ninguno de sus esclavos desearía hacerlo; aquellos con los que había hablado habían demostrado un extremo recelo en lo que se refería a hablar de su señora. Y tanto si se debía a lealtad como a miedo, el resultado era el mismo.

Por tanto, la conclusión a la que había llegado, casi con toda seguridad, era que los cimarrones no eran culpables de asesinato, y eso era importante. De momento, todos los informes de ataques sólo hablaban de daños a la propiedad y, en concreto, sólo a campos y equipamiento. No habían quemado ninguna casa, y aunque muchos propietarios de plantaciones habían dicho que se habían llevado a sus esclavos, no había pruebas de ello; los esclavos en cuestión podrían haber aprovechado el caos del ataque para huir.

Y eso lo llevaba a pensar que quien fuera que dirigiera a los cimarrones demostraba que era muy cuidadoso. ¿De quién se trataba?, se preguntó. ¿Qué clase de hombre era? Tenía la impresión de que no era ninguna revolución; de hecho, no existía ninguna declaración, y, de ser así, lo normal era que sí la hubiera. Por el contrario, parecía que se hubiera desencadenado una frustración que se remontaba a cierto tiempo atrás. Tenía que hablar con el capitán Cresswell. Y esperaba que, cuando llegara a King's House, aquel maldito secretario hubiera conseguido encontrar al superintendente.

Al final, llegó a King's House mucho después de que hubiera anochecido, y el mayordomo del gobernador, que apareció con su camisa de dormir como si se tratara de un fantasma negro, le informó de que la familia estaba durmiendo.

—Muy bien —dijo con cansancio—. Avise a mi asistente, por favor. Y, por la mañana, dígale al sirviente del gobernador que necesitaré hablar con su excelencia después de desayunar, con independencia de cómo se encuentre.

Tom estaba tan contento de ver a Grey sano y salvo que no le molestó que lo hubiera despertado, y antes de que las campanas de Spanish Town tocaran la medianoche, el sirviente ya lo había bañado, le había puesto la camisa de dormir y lo había arropado bajo su mosquitera. Aunque ya habían arreglado las puertas de su dormitorio, Grey le pidió a Tom que dejara la ventana abierta, y se durmió sin pensar en lo que podría depararle la mañana mientras un viento sedoso le acariciaba las mejillas.

Tenía un sueño erótico muy real cuando lo despertó el ruido de unos golpes en la puerta. Sacó la cabeza de debajo de la almohada, sintiendo, todavía, el roce del vello pelirrojo en sus labios, y sacudió la cabeza con fuerza intentando ubicarse en el espacio y el tiempo. *¡Pom, pom, pom, pom, pom!* Maldita sea... ¡Oh, la puerta!

—¿Qué? Adelante, ¡por el amor de Dios! ¡Qué diantre...! ¡Oh! Espera un momento.

Se peleó con las sábanas y la camisa de dormir, que se le había quedado enredada entre las piernas, y se puso la bata. ¡Cielo santo! ¿De verdad estaba haciendo lo que había soñado que hacía?

—¿Qué? —preguntó abriendo la puerta por fin. Para su sorpresa se encontró con Tom, que aguardaba con los ojos como platos junto al mayor Fettes.

—¿Está usted bien, milord? —espetó Tom, adelantándose a las primeras palabras del mayor Fettes.

—¿Acaso tengo aspecto de estar escupiendo sangre o que me falte algún apéndice? —preguntó Grey bastante irritado—. ¿Qué ha pasado, Fettes?

Ahora que había conseguido abrir los ojos del todo, vio que Fettes estaba casi tan alterado como Tom. El mayor, veterano de doce campañas, condecorado al valor y conocido por su frialdad, estaba tragando saliva y se rodeaba el cuerpo con los brazos.

—Es el gobernador, señor. Creo que será mejor que venga a verlo.

—¿Dónde están los hombres que debían vigilarlo? —preguntó Grey con calma, saliendo del dormitorio del gobernador y cerrando la puerta con suavidad. El pomo de la puerta le resbaló de los dedos; estaba pringoso. Sabía que se debía a su propio sudor, y no a la presencia de sangre, pero se le revolvió el estómago y se frotó la mano contra la pierna de los calzones.

—Han desaparecido, señor. —Fettes había conseguido recuperar el control de la voz, aunque no se podía decir lo mismo de su rostro—. He mandado una partida de hombres a registrar los alrededores.

—Bien. ¿Podría reunir al personal de servicio, por favor? Tendré que interrogarlo.

Fettes respiró hondo.

—También ha desaparecido.

—¿Qué? ¿Todos?

—Sí, señor.

Él también respiró hondo y soltó el aire con rapidez. Incluso fuera del dormitorio el hedor le producía náuseas. Podía notar el olor, espesando en su piel, y volvió a frotarse los dedos con fuerza contra los calzones. Tragó saliva, contuvo la respiración y volvió la cabeza hacia Fettes y Cherry, que se había unido a ellos, y negaba con la cabeza en respuesta a las cejas arqueadas de Grey. Así que no había ni rastro de los centinelas desaparecidos. ¡Maldita sea! Tendrían que salir a buscar sus cuerpos. La idea le provocó un desagradable escalofrío a pesar de que la mañana era cada vez más calurosa.

Bajó la escalera y sus oficiales lo siguieron con mucho gusto. Como mínimo, cuando llegó a la planta baja ya había decidido por dónde empezar. Se detuvo y se volvió hacia Fettes y Cherry.

—Bien. En este momento la isla está bajo control militar. Notifíquenselo a los oficiales, pero díganles que todavía no se va a hacer público. Y no les indiquen por qué.

Teniendo en cuenta la desaparición de los sirvientes, era más que probable que la muerte del gobernador llegara a los oídos de los habitantes de Spanish Town en cuestión de horas, si es que no lo había hecho ya. Pero si existía la mínima posibilidad de que la población siguiera ignorando que el gobernador Warren había sido asesinado y parcialmente devorado en su propia casa estando bajo custodia del ejército de Su Majestad... Grey pensaba aprovecharla.

—¿Qué hay del secretario? —preguntó de inmediato al recordarlo—. De Dawes. ¿Él también ha desaparecido? ¿Está muerto?

Fettes y Cherry intercambiaron una mirada culpable.

—No lo sabemos, señor —admitió Cherry con brusquedad—. Iré a comprobarlo.

—Hágalo, por favor.

Asintió en respuesta a sus saludos y salió de la casa estremeciéndose de alivio al sentir la caricia del sol en la piel y la calidez que traspasaba la fina tela de su camisa. Caminó poco a poco hacia su dormitorio, donde, sin duda, Tom se las habría arreglado para reunir y limpiar todas las prendas de su uniforme.

¿Y ahora qué? Dawes, en caso de que siguiera vivo, y rezaba a Dios para que... Se atragantó con una repentina secreción de saliva y escupió varias veces en la terraza, incapaz de tragarse el recuerdo de aquel olor tan nauseabundo.

—Tom —repuso con urgencia mientras entraba en la estancia—. ¿Has tenido la oportunidad de hablar con los demás sirvientes? ¿Con Rodrigo?

—Sí, milord. —Tom le hizo señas para que se sentara en la banqueta y se arrodilló para ponerle las medias—. Todos sabían lo que eran los zombis, dijeron que eran personas muertas, como explicó Rodrigo. Un *houngan* es un..., bueno, no sé muy bien lo que es, pero la gente de por aquí les tiene mucho miedo. En fin, debe de ser uno de esos que la toman con alguien, o a quien le pagan para matar a una persona. Pero luego el *houngan* le devuelve la vida para que el zombi sea su sirviente. Todos estaban aterrorizados, milord —afirmó muy serio levantando la mirada.

—No me extraña. ¿Alguno de ellos sabía lo de mi visitante?

Tom negó con la cabeza.

—Dijeron que no, pero yo creo que sí, milord. Aunque no querían decirlo. Hablé a solas con Rodrigo y él admitió que lo sabía, pero me comentó que no creía que lo que le atacó fuera un zombi, porque le expliqué cómo peleó usted con él y el desastre que se formó en su dormitorio.

Miró la mesita del tocador con el espejo roto y entornó los ojos.

—¿Ah, sí? ¿Y qué creía que era?

—No quería decirlo, pero lo presioné un poco y al final acabó contándome que podía ser un *houngan* haciéndose pasar por un zombi.

Grey valoró aquella posibilidad durante un instante. ¿La criatura que lo atacó tenía la intención de matarlo? Y si había sido así, ¿por qué? Pero si no era su intención... Quizá el ataque tenía como objetivo allanar el camino de lo que acababa de suceder para que pareciera que había muchos zombis acechando King's House. Eso tenía bastante sentido, excepto por...

—Pero me han dicho que los zombis se mueven despacio y con bastante rigidez. ¿Es posible que un zombi hiciera lo que... lo que le han hecho al gobernador?

Tragó saliva.

—No lo sé, milord. Nunca he visto ninguno. —Tom le sonrió y se levantó después de abrocharle las hebillas de las rodillas. Era una sonrisa nerviosa, pero Grey se la devolvió un poco más animado.

—Supongo que tendré que volver a examinar el cuerpo —repuso, poniéndose en pie—. ¿Puedes acompañarme, Tom?

Su asistente era joven, pero muy observador, en especial en todo lo que estaba relacionado con el cuerpo humano, y ya le había ayudado en otras ocasiones a interpretar fenómenos *postmortem*.

Tom palideció notablemente, pero tragó saliva, asintió y cuadró los hombros para seguir a lord John hacia la terraza.

De camino al dormitorio del gobernador, se encontraron con el mayor Fettes comiendo, algo deprimido, una rodaja de piña que había hallado en la cocina.

—Venga conmigo, mayor —le ordenó Grey—. Explíqueme lo que usted y Cherry han descubierto en mi ausencia.

—Puedo decirle algo, señor —repuso Fettes, dejando la piña y limpiándose las manos en el chaleco—. El juez Peters se ha marchado a Eleutera.

—¿Por qué?

Aquello era un inconveniente; había albergado la esperanza de poder descubrir más cosas acerca del incidente original que había incitado la revolución, y era evidente que no iba a sacarle ninguna información nueva a Warren. Le hizo un gesto con la mano a Fettes para que lo olvidara; poco importaba el motivo por el que se hubiera marchado Peters.

—Bien, veamos...

Respiró por la boca todo lo que pudo y abrió la puerta. Tom, que iba detrás de él, soltó un soplido involuntario, pero luego entró con cautela y se acuclilló junto al cuerpo.

Grey se puso en cuclillas a su lado. Oía una respiración pesada a su espalda.

—Mayor —dijo sin darse la vuelta—. Si el capitán Cherry ha encontrado al señor Dawes, ¿sería tan amable de traerlo aquí?

Cuando Dawes entró acompañado de Fettes y Cherry, Grey y Tom estaban muy concentrados, y el teniente coronel los ignoró a todos.

—¿Las mordeduras son humanas? —preguntó volviendo, con mucha cautela, una de las piernas de Warren hacia la luz que entraba por la ventana. Tom asintió pasándose el dorso de la mano por la boca.

—Estoy seguro de que sí, milord. Me han mordido muchos perros y no tiene nada que ver con esto. Además... —Se metió el antebrazo en la boca y se mordió con fuerza, luego le mostró el resultado a Grey—. ¿Lo ve, milord? Los dientes dibujan un círculo.

—No hay duda. —Grey se levantó y se volvió hacia Dawes, a quien le estaban cediendo tanto las rodillas que el capitán Cherry se vio obligado a sostenerlo—. Siéntese, por favor, señor Dawes, y deme su opinión sobre lo que ha sucedido aquí.

Dawes tenía la cara redonda llena de manchas y los labios pálidos. Negó con la cabeza e intentó apartar la mirada, pero Cherry se lo impidió agarrándolo con fuerza del brazo.

—Yo no sé nada, señor —dijo jadeando—. Nada en absoluto. Por favor, ¿puedo marcharme? Yo, yo..., de verdad, señor. ¡Me voy a desmayar!

—Está bien —aceptó Grey con cordialidad—. Si no puede estar de pie le doy permiso para que se tumbe en la cama.

Dawes miró la cama, palideció y se sentó de inmediato en el suelo. Cuando vio lo que había junto a él en el suelo, se levantó a toda prisa, donde se quedó tambaleándose y tragando saliva.

Grey asintió en dirección a una banqueta y Cherry empujó con delicadeza al pequeño secretario hasta ella.

—¿Qué le ha dicho, Fettes? —preguntó Grey, volviéndose hacia la cama—. Tom, vamos a tapar al señor Warren con el cubrecama, luego lo dejaremos en el suelo y lo envolveremos con la alfombra. Para evitar los derrames.

—Entendido, milord.

Tom y el capitán Cherry se dispusieron a abordar esta tarea con seriedad mientras Grey se acercaba al secretario y se detenía junto a él mirando hacia abajo.

—Básicamente ha afirmado que no sabía nada —contestó Fettes, acercándose a Grey y lanzándole a Dawes una mirada de especulación—. Nos ha dicho que Derwent Warren había seducido a una mujer llamada Nancy Twelvetrees, en Londres. Pero la dejó plantada y se casó con la heredera de la fortuna de Atherton.

—Quien, imagino, tuvo el acierto de no acompañar a su marido a las Indias Occidentales. Sí. ¿Sabía que la señorita Twelvetrees y su hermano habían heredado una plantación en Jamaica y estaban planteándose emigrar aquí?

—No, señor. —Era la primera vez que hablaba Dawes, y su voz apenas alcanzó la fuerza de un graznido. Carraspeó y habló con más firmeza—. Se quedó muy sorprendido cuando coincidió con los Twelvetrees en la primera reunión.

—Ya imagino. ¿La sorpresa fue mutua?

—Sí. La señorita Twelvetrees palideció, luego se sonrojó y entonces se quitó el zapato e intentó golpear con él al gobernador.

—Me habría gustado verlo —dijo Grey sintiendo una verdadera decepción—. Muy bien. Bueno, como puede ver, el gobernador ya no necesita su discreción. Yo, por otra parte, necesito su locuacidad. Puede empezar por explicarme por qué Warren tenía tanto miedo a las serpientes.

—Oh. —Dawes se mordió el labio inferior—. No estoy seguro, pero creo...

—¡Habla, imbécil! —rugió Fettes cerniéndose sobre Dawes con actitud amenazante, y el hombre se echó hacia atrás.

—Yo... yo... —tartamudeó—. De verdad, no conozco los detalles. Pero tenía algo que ver con una joven. Una joven negra. Él... es decir, el gobernador tenía una especie de debilidad por las mujeres...

—¿Y? —insistió Grey.

Por lo visto, la joven negra era una esclava de la casa. Y se negaba a aceptar las atenciones del gobernador, quien no estaba acostumbrado a aceptar un «no» por respuesta, y no lo hizo. La joven desapareció al día siguiente, había huido, y todavía no la habían capturado. Pero un día después, llegó a King's House un hombre negro con un turbante y un taparrabos para pedir audiencia.

—Evidentemente, no se le permitió la entrada. Pero tampoco se marchó. —Dawes se encogió de hombros—. Se puso en cuclillas al pie de la escalera de la entrada y esperó.

Cuando Warren por fin apareció, el hombre se levantó, dio un paso adelante y, en un tono muy formal, informó al gobernador de que lo había maldecido.

—¿Lo había maldecido? —se interesó Grey—. ¿Cómo?

—Bueno, mis conocimientos sobre esos temas son limitados, señor —contestó Dawes. Llegados a ese punto había recuperado parte de su seguridad y se puso un poco más derecho—. Después de decir aquello, el tipo comenzó a hablar en una lengua extraña. Aunque creo que en parte hablaba en español, no pronunciaba todas las palabras en esa lengua. Supongo que estaba recitando la maldición. ¿Se dice así?

—No tengo ni idea. —Tom y el capitán Cherry habían concluido su desagradable tarea, y el gobernador reposaba ya en una alfombra inocua—. Disculpen, caballeros, pero no disponemos de ningún sirviente que pueda ayudarnos. Venga, señor Dawes; puede hacernos de porteador. Y por el camino puede irnos explicando qué relación tienen las serpientes con todo esto.

Entre rugidos y jadeos, y con algún resbalón ocasional, consiguieron bajar el rígido fardo por la escalera. El capitán Cherry animó al señor Dawes a que siguiera hablando, cosa que hizo mientras trataba de coger la alfombra con muy poca eficacia.

—Bueno, me pareció oír la palabra «serpiente» en el discurso del hombre —comentó—. Y entonces..., las serpientes empezaron a aparecer.

Eran tanto serpientes pequeñas como grandes. Y hallaron una en la bañera del gobernador. Otra apareció debajo de la mesa del comedor, para el horror de la esposa de un comerciante que estaba cenando con el gobernador, una dama que sufrió un ataque de histeria y comenzó a correr por todo el comedor antes de desmayarse sobre la mesa. El señor Dawes parecía que encontraba algo divertido en aquella historia, y Grey, que no dejaba de sudar, le lanzó una mirada tan fulminante que hizo que el secretario retomara su discurso con más seriedad.

—Por lo visto aparecían cada día, y en lugares distintos. Hicimos registrar la casa en varias ocasiones, pero nadie pudo, o quizá no quiso, hallar la procedencia de los reptiles. Y aunque nadie fue atacado, el miedo de no saber si al retirar el cubrecama uno se encontraría a una criatura serpenteando entre las sábanas...

—Claro. ¡Qué asco! —Se detuvieron y soltaron la carga. Grey se limpió la frente con la manga—. Y dígame, señor Dawes, ¿cómo relacionó esa plaga de serpientes con el trato que el señor Warren dio a aquella esclava?

Dawes pareció sorprenderse, y se subió las gafas por la nariz sudada.

—Ah, ¿es que no lo he dicho? El hombre, del que después supe que era un *Obeah man*, sea lo que sea eso, pronunció el nombre de la chica en medio de su acusación. Se llamaba Azeel.

—Entiendo. Muy bien, ¿preparados? Uno, dos, tres, ¡arriba!

Dawes había dejado de fingir que ayudaba, y salió corriendo por el camino del jardín para abrirles la puerta del cobertizo. Parecía que se hubiera deshecho de cualquier reticencia y se mostraba ansioso por proporcionar toda la información que pudiera.

—No me lo dijo directamente, pero creo que el gobernador había empezado a soñar con serpientes y con la chica.

—¡¿Cómo... cómo lo sabe?! —rugió Grey—. ¡Ése es mi pie, mayor!

—Lo escuché... mmm... hablando en sueños. Había empezado a beber mucho, ¿sabe? Cosa muy comprensible dadas las circunstancias, ¿no cree?

Grey deseó poder beber él también, pero no le quedaba aliento para decirlo.

Oyeron el repentino grito de sorpresa de Tom, que había ido a hacer espacio en el cobertizo, y los tres hombres soltaron la alfombra e hicieron ademán de empuñar sus inexistentes armas.

—¡Milord, milord! ¡Mire a quién he encontrado escondido en el cobertizo!

Tom corría por el camino hacia él, con la cara iluminada por la alegría; el joven Rodrigo lo seguía con recelo. El corazón de Grey dio un brinco al verlo, y el teniente coronel esbozó una sonrisa poco habitual en él.

—A su servicio, señor.

Rodrigo hizo una reverencia tímida.

—Me alegro mucho de verte, Rodrigo. Dime, ¿viste algo de lo que ocurrió aquí ayer por la noche?

El joven se estremeció y apartó la mirada.

—No, señor —dijo en una voz tan baja que Grey apenas pudo oírlo—. Eran zombis. Ellos... comen personas. Los oí, pero sabía que no debía mirar. Bajé corriendo al jardín y me escondí.

—¿Los oíste? —preguntó Grey con aspereza—. ¿Y qué oíste exactamente?

Rodrigo tragó saliva y, si hubiera sido posible que una piel como la suya se pusiera verde, sin duda se habría tornado del color de una tortuga marina.

—Pies, señor —dijo—. Pies descalzos. Pero ellos no caminan paso a paso como las personas. Sólo se arrastran.

Hizo pequeños gestos con las manos para ilustrar los empujones, y Grey notó cómo se le erizaba un poco el vello de la nuca.

—¿Podrías decirnos cuántos... hombres había?

Rodrigo negó con la cabeza.

—Por el sonido, más de dos.

Tom se adelantó un poco con una expresión resuelta en su cara redonda.

—¿Crees que los acompañaba alguien? Me refiero a alguien que caminara de manera normal.

Rodrigo pareció sorprendido, y después horrorizado.

—¿Se refiere a un *houngan*? No lo sé. —Se encogió de hombros—. Puede ser. No oí zapatos. Pero...

—Oh, claro... —Tom se interrumpió de golpe, miró a Grey y tosió—. Oh.

A pesar de que hicieron más preguntas, eso fue todo cuanto pudo contarles Rodrigo, y volvieron a recoger la alfombra, esta vez con la ayuda del sirviente, y la dejaron en su lugar de reposo temporal. Fettes y Cherry presionaron un poco más a Dawes, pero el secretario fue incapaz de ofrecer más información acerca de las actividades del gobernador, y mucho menos especular sobre las fuerzas malignas que habían provocado su muerte.

—¿Ha oído hablar de zombis, señor Dawes? —preguntó Grey, limpiándose la cara con los restos de su pañuelo.

—Mmm... sí —contestó el secretario con cautela—. Pero estoy seguro de que no se habrá creído lo que el sirviente... Oh, ¡claro que no!

Miró horrorizado el cobertizo.

—¿Es verdad lo que dicen de que los zombis comen carne humana?

Dawes recuperó su palidez enfermiza.

—Bueno, sí. Pero... ¡Oh, cielos!

—Lo resume muy bien —murmuró Cherry entre dientes—. Entonces imagino que no quiere hacer pública la muerte del gobernador, ¿verdad, señor?

—Exacto, capitán. No quiero crear una oleada de pánico colectiva a causa de una plaga de zombis en Spanish Town, tanto si es el caso como si no. Señor Dawes, creo que no le necesitamos más de momento; queda excusado.

Observó cómo el secretario se marchaba tambaleándose antes de pedirles a sus oficiales que se acercaran. Tom se apartó un poco haciendo gala de la discreción que lo caracterizaba. Y se llevó consigo a Rodrigo.

—¿Han descubierto algo más que pueda ser de importancia en la situación actual?

Se miraron entre ellos, y Fettes le asintió a Cherry jadeando con suavidad. Cherry se parecía mucho a la fruta que llevaba su nombre,[3] pero como era más joven y esbelto que Fettes, tenía más aliento.

—Sí, señor. He ido a buscar a Ludgate, el anterior superintendente. No lo he encontrado. Me han dicho que se había marchado a Canadá, aunque lo cierto es que han criticado mucho al actual superintendente.

---

[3] En inglés, *cherry* significa «cereza». *(N. de la t.)*

Grey tardó un momento en recordar el nombre.

—¿Cresswell?

—Sí, ése.

Según los informadores que Cherry había encontrado en Spanish Town y en King's Town, las palabras «corrupción» y «desfalco» parecían resumir muy bien el ejercicio como superintendente del capitán Cresswell. Además de otras cosas, por lo visto, él había sido el encargado de organizar el comercio entre los cimarrones de las montañas y los comerciantes de la costa, que les compraban plumas de ave, pieles de serpiente, otros productos exóticos y madera de los bosques de las montañas, entre otros objetos, pero, según contaban, había aceptado el pago en nombre de los cimarrones y no había entregado el dinero.

—¿Tuvo algo que ver con el arresto de los dos jóvenes cimarrones acusados de robo?

Cherry sonrió y enseñó todos los dientes.

—Qué extraño que lo pregunte, señor. Algunos de ellos me dijeron que sí, que los dos jóvenes habían bajado a quejarse del comportamiento de Cresswell, pero el gobernador no quiso recibirlos. Escucharon cómo decían que recuperarían su mercancía por la fuerza, por eso cuando desapareció buena parte del contenido de un almacén, dieron por hecho que habían sido ellos.

—Los cimarrones insistían en que ellos no habían tocado la mercancía, pero Cresswell aprovechó la ocasión y los arrestó por robo.

Grey cerró los ojos y disfrutó del momentáneo frescor procedente de la brisa del mar.

—Ha dicho que el gobernador no quiso recibir a los jóvenes. ¿Cree que es posible que exista una relación inapropiada entre el gobernador y el capitán Cresswell?

—Oh, desde luego —dijo Fettes poniendo los ojos en blanco—. Todavía no hay pruebas, pero tampoco hemos investigado mucho.

—Entiendo. ¿Y seguimos sin saber dónde está el capitán Cresswell?

Cherry y Fettes negaron a la vez con la cabeza.

—Casi todo el mundo piensa que Accompong lo estranguló —comentó Cherry.

—¿Quién?

—Oh, perdone, señor —se disculpó Cherry—. Según dicen, es el nombre del cabecilla de los cimarrones. Se hace llamar capitán Accompong.

Cherry sonrió un poco.

Grey suspiró.

—Muy bien. ¿No hay más informes de nuevas incursiones por parte los cimarrones, con el nombre que sea?

—No, a menos que cuente el asesinato del gobernador —opinó Fettes.

—En realidad —repuso Grey muy despacio—, no creo que los cimarrones sean responsables de esta muerte en concreto.

Lo cierto es que estaba sorprendido de sus palabras, pero se dio cuenta de que lo pensaba de verdad.

Fettes parpadeó, la forma más evidente de expresar sorpresa que había demostrado nunca, y Cherry parecía muy escéptico. Grey no quiso ahondar en el asunto de la señora Abernathy ni explicar las conclusiones a las que había llegado sobre la escasa disposición que demostraban los cimarrones a la violencia. «Qué extraño», pensó. Acababa de oír el nombre del capitán Accompong, pero bastó para que sus pensamientos empezaran a girar en torno a una figura sombría. De pronto, había una mente allí fuera, alguien con quien podría entenderse.

En la batalla, la personalidad y el temperamento del oficial al mando eran casi tan importantes como el número de tropas que dirigiera. Por eso necesitaba saber más sobre el capitán Accompong, aunque de momento podía esperar.

Le hizo un gesto de asentimiento a Tom, que se acercó con respeto, seguido de Rodrigo.

—Explícales lo que has descubierto, Tom.

Tom carraspeó y entrelazó los dedos a la altura de la cintura.

—Bueno, hemos... mmm... desnudado al gobernador —Fettes se estremeció y Tom se aclaró la garganta antes de proseguir—, y lo hemos examinado con detenimiento. Y, en resumidas cuentas, señor y señor —añadió asintiendo en dirección a Cherry—, el gobernador Warren fue apuñalado por la espalda.

Ambos oficiales se quedaron estupefactos.

—Pero si está todo lleno de sangre, suciedad y porquerías —protestó Cherry—. ¡Huele como ese sitio donde dejan los arenques que sacan del Támesis!

—Había pisadas —dijo Fettes, lanzándole a Tom una mirada un tanto acusadora—. Grandes y llenas de sangre, pisadas de pies descalzos.

—No niego que algo extraño entró en ese dormitorio —explicó Grey con sequedad—. Pero es probable que quienquiera, o lo que fuera, que atacara al gobernador no lo matara. Lo más posible es que ya estuviera muerto cuando... mmm... se produjeron los daños posteriores.

Rodrigo tenía los ojos como platos. Fettes maldijo entre dientes, pero tanto Fettes como Cherry eran buenos hombres, y no discutieron las conclusiones de Grey, del mismo modo que tampoco habían dicho nada cuando les dio la orden de que ocultaran el cuerpo de Warren. Eran conscientes de que debían evitar los rumores sobre una plaga de zombis.

—La verdad, caballeros, es que después de varios meses de incidentes, no ha ocurrido nada durante el último mes. Quizá la muerte del señor Warren haya sido una incitación, pero si no han sido los cimarrones, entonces la pregunta es: ¿a qué están esperando los cimarrones?

Tom levantó la cabeza con los ojos muy abiertos.

—Pues yo diría que le están esperando a usted, milord. ¿Qué iba a ser si no?

Claro. ¿Por qué no se había dado cuenta antes? Era evidente que Tom tenía razón. La protesta de los cimarrones no había recibido respuesta, nadie había solucionado su problema. Por eso se habían propuesto llamar la atención de la forma más llamativa, o, como mínimo, de la mejor manera posible. Había transcurrido cierto tiempo, nadie había hecho nada, y entonces habían oído decir que llegaban más soldados. Ahora estaba allí el teniente coronel Grey y, como era natural, estaban esperando a ver qué hacía.

¿Y qué había hecho hasta entonces? Había enviado tropas a proteger las plantaciones que eran más susceptibles de convertirse en el siguiente objetivo. No era muy probable que aquello sirviera para que los cimarrones abandonaran su actual plan de actuación, aunque quizá sí los animara a concentrar sus esfuerzos en otra parte.

Mientras pensaba, paseaba de arriba abajo, rodeado de la vegetación del jardín de King's House, pero había pocas alternativas.

Hizo llamar a Fettes y le informó de que él, Fettes, era, hasta próximo aviso, el nuevo gobernador de la isla de Jamaica.

Parecía que Fettes se hubiera convertido en un bloque de madera, ya que se mostró más inexpresivo que nunca antes.

—Sí, señor —dijo—. Si no le importa que le pregunte, señor, ¿adónde va?

—Voy a hablar con el capitán Accompong.

• • •

—¿Usted solo, señor? —Fettes estaba preocupado—. ¡No pretenderá subir ahí arriba usted solo!

—No —le aseguró Grey—. Me llevo a mi asistente y al sirviente Rodrigo. Precisaré a alguien que pueda hacerme de traductor, en caso de ser necesario.

Cuando vio la terca expresión en el ceño de Fettes, suspiró.

—Si vamos allí en grupo, mayor, los estaremos invitando a la batalla, y no es lo que quiero.

—No, señor —reconoció Fettes con aire dudoso—, pero ¡debería llevar mejor escolta!

—No, mayor. —Grey se mostraba amable pero firme—. Quiero que quede claro que voy a hablar con el capitán Accompong, y nada más. Iré solo.

—Sí, señor.

Fettes estaba empezando a adoptar la actitud de un bloque de madera que alguien hubiera tallado con un martillo y un cincel.

—Como usted desee, señor.

Grey asintió y se volvió para entrar en la casa, pero entonces se detuvo y dio media vuelta.

—Por cierto, hay una cosa que puede hacer por mí, mayor.

Fettes se alegró un poco.

—¿Sí, señor?

—Consígame un sombrero de calidad, ¿quiere? A ser posible, con un lazo dorado.

Cabalgaron durante casi dos días antes de escuchar la primera bocina, un sonido agudo y melancólico en el crepúsculo. Parecía lejano. Según Grey, lo único que lo diferenciaba del grito de algún enorme pájaro exótico era una especie de nota metálica.

—Cimarrones —afirmó Rodrigo entre dientes, y se agachó un poco, como si quisiera evitar que lo vieran, incluso montado a caballo—. Así es como se comunican. Cada grupo tiene un cuerno; todos suenan de manera diferente.

Otra nota larga, triste y decreciente. Grey se preguntó si se trataría del mismo cuerno. ¿O era un segundo que contestaba al primero?

—Dices que se comunican. ¿Sabes qué se están diciendo?

Rodrigo se había erguido un poco en su montura y se había llevado la mano a la espalda de un modo automático para sostener la caja de piel que contenía el sombrero más lujoso de todo Spanish Town.

—Sí, señor. Se están comunicando que estamos aquí.

Tom murmuró algo entre dientes que sonó como: «Eso también podría haberlo dicho yo», pero se negó a repetirlo o argumentarlo cuando lo invitaron a hacerlo.

Acamparon para pasar la noche bajo el resguardo de un árbol. Estaban tan cansados que se limitaron a comer sentados en silencio mientras observaban cómo entraba por el mar la tormenta de cada noche y después se cernía sobre la tienda de lona que habían montado. Los jóvenes se durmieron en cuanto la lluvia empezó a caer sobre la tela que se extendía por encima de sus cabezas.

Grey permaneció despierto un rato, peleó contra el cansancio mientras pensaba. Estaba ataviado con el uniforme. Aunque no llevaba todas las prendas, quería que su identidad fuera evidente. Y de momento, su táctica estaba dando resultado, ya que ni los habían desafiado ni atacado. Parecía que el capitán Accompong los recibiría.

¿Y después qué? No estaba seguro. Esperaba poder recuperar a sus hombres, los dos centinelas que habían desaparecido la noche del asesinato del gobernador Warren. No habían encontrado sus cuerpos ni tampoco habían aparecido los uniformes o el equipo que llevaban, y el capitán Cherry había hecho registrar todo Spanish Town y King's Town. Pero si los habían capturado con vida, eso reforzaría la idea que se había hecho de Accompong, y tenía cierta esperanza en que quizá pudieran sofocar la rebelión de alguna forma que no supusiera una larga campaña militar librada entre la jungla y las rocas, y acabara con encadenamientos y ejecuciones. Pero si... El cansancio se apoderó de él y cayó presa de sueños incongruentes de pájaros luminosos, cuyas plumas le rozaban las mejillas mientras lo sobrevolaban en silencio.

Grey despertó por la mañana sintiendo el calor del sol en la cara. Parpadeó un momento, confundido, y se sentó. Estaba solo. Completamente solo.

Se levantó a toda prisa con el corazón acelerado y echó mano de su daga. Continuaba llevándola enfundada en el cinturón, pero era lo único que seguía donde debía estar. Su caballo o, más en concreto, los tres caballos, habían desaparecido. Y la tienda también. Tampoco estaban ni la mula de carga ni las alforjas. Y no había ni rastro de Tom y Rodrigo.

Aunque fue consciente de ello de inmediato, puesto que vio que las mantas sobre las que se habían tumbado la noche anterior todavía seguían allí, enredadas en los arbustos, de todas formas, los llamó una y otra vez, hasta que le dolió la garganta de tanto gritar.

De algún punto por encima de él, oyó uno de los cuernos, un bocinazo largo que se le antojó burlón.

Comprendió el mensaje enseguida. «Vosotros os llevasteis a dos de los nuestros; nosotros nos hemos llevado a dos de los vuestros.»

—¡¿Y crees que no iré a por ellos?! —gritó hacia arriba en dirección a la vertiginosa marea verde—. ¡Decidle al capitán Accompong que voy para allí! ¡Recuperaré a mis chicos, y los recuperaré sanos y salvos, o me llevaré su cabeza!

Se le subió la sangre a la cabeza, y pensó que le iba a estallar, pero sabía que no debía empezar a golpes con nada, que era lo que más le apetecía hacer. Estaba solo; no podía permitirse el lujo de lastimarse. Si pretendía rescatar a Tom y poner fin a la rebelión, tenía que llegar hasta los cimarrones con todo lo que conservaba, y pensaba rescatar a Tom, fuera como fuese. No le importaba que pudiera ser una trampa; iría de todas formas.

Hizo acopio de fuerza de voluntad para relajarse y comenzó a patear el suelo en círculos con los pies descalzos hasta que consiguió liberar la mayor parte de la rabia. Y entonces las vio, muy bien colocadas una al lado de la otra junto a un arbusto lleno de espinas.

Le habían dejado las botas. Esperaban su visita.

Anduvo durante tres días. No se molestó en seguir el camino; no era un rastreador especialmente bueno y, en cualquier caso, tenía pocas esperanzas de encontrar algún sendero entre las rocas y la densa vegetación. Se limitó a escalar y escuchar por si oía algún otro cuerno.

Los cimarrones no le habían dejado provisiones, pero no le importaba. Había numerosos riachuelos y estanques, y, aunque tenía hambre, no murió de inanición. Fue encontrando árboles como los que había visto en casa de Twelvetrees, repletos de pequeños frutos amarillos. Si los loros se los comían, pensó, las frutas debían de ser mínimamente comestibles. Estaban tan ácidas que no dejaba de hacer muecas, pero no se envenenó.

La frecuencia con la que se oían los cuernos había aumentado desde el alba. Ahora había tres o cuatro de ellos, que hacían señales por delante y por detrás. Era evidente que se estaba acercando. Desconocía a qué, pero estaba cerca.

Se detuvo y levantó la vista. El terreno ya no era tan montañoso; en la jungla empezaban a abrirse claros, y en uno de ellos, vio una huerta: montículos de vides rizadas que quizá fueran boniatos, cañas por donde trepaban las judías y las enormes flores amarillas de los calabacines o las calabazas. Al final del campo, una minúscula columna de humo se recortaba contra el verde de la jungla. Cerca.

Se quitó el sombrero rudimentario que había confeccionado entrelazando con paciencia hojas de palmera para protegerse de la intensidad del sol, y se limpió la cara con los bajos de la camisa. Era toda la preparación que podía permitirse. El llamativo sombrero del lazo dorado que había comprado probablemente seguiría en su caja dondequiera que se hallara. Volvió a ponerse su sombrero de hojas de palmera y cojeó hacia el tirabuzón de humo.

A medida que avanzaba, empezó a ver personas que iban apareciendo poco a poco: hombres y mujeres de piel oscura, ataviados con harapos, que emergían de la jungla y se lo quedaban mirando con unos enormes ojos curiosos. Había encontrado a los cimarrones.

Un pequeño grupo de hombres lo acompañó un poco más arriba. Cuando llegaron a un gran claro donde encontraron un recinto constituido por varias casitas, ya estaba a punto de anochecer, y los rayos dorados y de color lavanda del sol se colaban entre los árboles. Uno de los hombres que acompañaban a Grey gritó, y de la casa más grande salió un hombre que se presentó, sin particular ceremonia, como capitán Accompong.

El capitán Accompong lo sorprendió. Era muy bajito, muy gordo y jorobado; tenía el cuerpo tan deforme que sólo podía caminar desplazándose con torpeza de forma lateral. Vestía los restos de un abrigo magnífico que ya no tenía botones, el encaje dorado había desaparecido casi del todo y tenía los puños sucios de tanto uso.

Lo miró por debajo del ala caída de un sombrero de fieltro harapiento y le brillaron los ojos. Tenía la cara redonda y muy arrugada, y le faltaban muchas piezas dentales; sin embargo, parecía un hombre astuto y, quizá, de buen humor. Como mínimo, Grey esperaba que fuera así.

—¿Quién es usted? —preguntó Accompong, escudriñando a Grey como si fuera un sapo oculto bajo una roca.

Era evidente que todos los que estaban en aquel claro conocían su identidad; se cambiaban el peso del cuerpo de un pie a otro y se daban codazos los unos a los otros sonriendo. Pero Grey no les prestó ninguna atención y le hizo una educada reverencia a Accompong.

—Soy el responsable de los dos jóvenes que secuestraron en la montaña. He venido a recuperarlos, y también a mis soldados.

Su afirmación provocó algunas carcajadas burlonas y Accompong dejó que se oyeran un momento antes de levantar la mano.

—¿Eso cree? ¿Por qué cree que tengo algo que ver con esos jóvenes?

—No estoy diciendo que sea así. Pero reconozco un buen líder cuando lo veo, y sé que puede ayudarme a encontrarlos. Si quiere.

—¡Fiu! —Accompong esbozó una sonrisa mellada—. ¿Cree que le ayudaré porque me ha adulado?

Grey había advertido que se le habían acercado algunos de los niños más pequeños; escuchó algunas risas sofocadas, pero no se dio la vuelta.

—Le estoy pidiendo ayuda. Pero a cambio no le voy a ofrecer sólo mi buena opinión.

Una manita se coló por debajo de su casaca y le pellizcó la nalga sin miramientos. Los críos empezaron a reír y salieron corriendo a su espalda. Grey no se movió.

Accompong masticó lentamente algo que tenía en el fondo de su espaciosa boca mientras entornaba un ojo.

—¿Sí? ¿Y qué me ofrece? ¿Oro?

Curvó una de las comisuras del labio.

—¿Necesita oro? —preguntó Grey.

Los niños susurraban y reían a su espalda, pero Grey también escuchaba sonidos amortiguados procedentes de algunas de las mujeres, que tal vez estuvieran empezando a interesarse.

Accompong meditó un instante y luego negó con la cabeza.

—No. ¿Qué más ofrece?

—¿Qué quiere? —contraatacó Grey.

—La cabeza del capitán Cresswell —dijo la voz de una mujer con mucha claridad.

Se oyó un tumulto y una bofetada, una voz de hombre regañando en español y unas acaloradas voces femeninas a modo de respuesta. Accompong dejó que el altercado prosiguiera durante un minuto o dos, luego levantó la mano. Se callaron de inmediato.

El silencio se alargó. Grey podía sentir su propio pulso palpitándole en las sienes, de manera lenta y trabajosa. ¿Debía hablar? Ya había ido hasta allí a suplicar; si hablaba ahora perdería el honor, como decían los chinos. Esperó.

—¿El gobernador ha muerto? —preguntó Accompong al fin.

—Sí. ¿Cómo lo sabe?

—¿Está diciendo que lo maté yo?

Entornó sus saltones ojos amarillos.

—No —contestó Grey con paciencia—. Le estoy preguntando si sabe cómo murió.

—Lo mataron los zombis.

La respuesta fue clara y seria. Ya no había ni rastro de humor en su mirada.

—¿Sabe quién creó a esos zombis?

Accompong se estremeció con violencia, desde la punta del sombrero harapiento hasta las plantas callosas de sus pies descalzos.

—Sí lo sabe —comentó Grey con suavidad, levantando una mano para evitar que lo negara—. Pero no fue usted, ¿verdad? Dígamelo.

El capitán se cambió el peso del cuerpo de un pie a otro con evidente incomodidad, pero no contestó. Sus ojos se posaron sobre una de las cabañas y, un momento después, levantó la voz y gritó algo en el dialecto de los cimarrones, palabras entre las cuales a Grey le pareció entender el nombre de Azeel. Por un momento le sorprendió advertir que ese término le resultaba familiar, pero no sabía por qué. Entonces la joven salió de la cabaña, agachándose para cruzar el bajo umbral de la puerta, y lo recordó.

Azeel. La joven esclava de la que había abusado el gobernador, cuya huida de King's House había presagiado la plaga de serpientes.

Al ver cómo se acercaba, no pudo evitar advertir lo que había inspirado la lujuria del gobernador, aunque no era su belleza. Era bajita, pero tenía mucha presencia. Estaba muy bien proporcionada, parecía una reina y miró a Grey con fuego en los ojos. El coronel vio rabia en su rostro, pero también algo que parecía una terrible desesperación.

—El capitán Accompong me ha pedido que le diga lo que sé, lo que pasó.

Grey la saludó con una reverencia.

—Le estaré muy agradecido, señora.

Ella lo miró. Era evidente que sospechaba que se burlaba de ella, pero Grey hablaba en serio y ella acabó comprendiéndolo. Asintió con brevedad en un gesto casi imperceptible.

—Muy bien. ¿Sabe que ese bruto —escupió en el suelo— me violó? ¿Y que me marché de su casa?

—Sí. Por eso buscó usted a un *Obeah man*, que echó una maldición de serpientes sobre el gobernador Warren; ¿es correcto?

La joven lo fulminó con la mirada y asintió brevemente.

—Las serpientes representan la sabiduría, y ese hombre no tenía ninguna. ¡Ninguna!

—Creo que tiene toda la razón. Pero ¿y los zombis?

Todos los presentes tomaron aire al unísono. Se advertía una sensación de miedo y también de asco, pero había algo más. La chica apretó los labios y las lágrimas empezaron a asomar a sus ojos negros.

—Rodrigo —dijo, y se atragantó al decir el nombre—. Él... y yo...

Apretó los dientes con fuerza; no podía hablar sin llorar, y no quería llorar delante de él. Grey bajó la mirada para ofrecerle a la joven la privacidad que necesitaba. Podía oír cómo respiraba por la nariz, como si se tratara de un sorbido suave. Por fin, la chica respiró hondo.

—Él no estaba satisfecho. Fue a ver a un *houngan*. El *Obeah man* le advirtió, pero... —Contrajo todo el rostro al esforzarse en contener sus sentimientos—. El *houngan* tenía zombis. Rodrigo le pagó para que matara a ese bruto.

Grey tuvo la sensación de que alguien lo estaba golpeando en el pecho. Rodrigo. El Rodrigo que se había escondido en el cobertizo cuando oyó el ruido de unos pies descalzos que se arrastraban, o el otro Rodrigo, que había advertido a sus compañeros del servicio para que se marcharan para poder abrir las puertas; que siguió a una silenciosa multitud de hombres destrozados, ataviados con harapos, que se dirigían escaleras arriba; que llamó la atención de los centinelas y los hizo salir de la casa donde los secuestraron.

—¿Y dónde está Rodrigo ahora? —preguntó Grey con aspereza. En el claro se hizo un profundo silencio. Ninguno de los allí presentes miraba a nadie; todos los ojos estaban clavados en el suelo. Dio un paso hacia Accompong—. ¿Capitán?

Accompong se revolvió con incomodidad. Levantó su cara deforme hacia Grey y señaló una de las cabañas con la mano.

—A nosotros no nos gustan los zombis, coronel —dijo—. Son inmorales. Y matar a un hombre utilizándolos... es un gran error. ¿Lo entiende?

—Sí, claro.

—Ese hombre, Rodrigo... —Accompong vaciló mientras buscaba las palabras adecuadas—. No es uno de los nuestros. Viene de La Española. Allí sí que hacen esas cosas.

—¿Cosas como crear zombis? Pero se supone que aquí también se hacen.

Grey hablaba por impulso; su cabeza no dejaba de dar vueltas tras escuchar aquellas revelaciones. La criatura que lo había atacado en su dormitorio... A un hombre no le costaría mucho embadurnarse con el barro de alguna tumba y ponerse ropas andrajosas...

—Nosotros no —espetó Accompong con firmeza—. Antes de seguir hablando, coronel..., ¿se cree todo lo que ha oído hasta ahora? ¿Cree que nosotros, que yo, no tengo nada que ver con la muerte de su gobernador?

Grey pensó en ello un instante. No había pruebas, sólo la historia de la esclava. Y, sin embargo, él sí que tenía pruebas. Las de sus propias observaciones y conclusiones sobre la naturaleza del hombre que tenía delante.

—Sí —espetó de pronto—. ¿Y?

—¿Le creerá su rey?

Bueno, expuesto de esa forma, no, pensó Grey. Habría que manejar el asunto con cautela. Accompong resopló al comprender lo que estaba pensando.

—Este hombre, Rodrigo, nos ha hecho mucho daño al llevar a cabo esta venganza privada de una forma que... que... —Trató de encontrar la palabra adecuada.

—Que los incrimina —concluyó por él Grey—. Sí, ya lo entiendo. ¿Qué han hecho con él?

—No puedo entregarle a ese hombre —afirmó Accompong al fin. Apretó un segundo sus labios rollizos, pero miró a Grey a los ojos—. Está muerto.

La sorpresa golpeó a Grey como la bala de un mosquete. Y ese golpe lo desequilibró con la repugnante convicción del daño sin reparación.

—¿Cómo? —preguntó con sequedad—. Pero ¿qué le ha pasado?

El claro seguía en silencio. Accompong clavó los ojos en el suelo. Cierto tiempo después, de la muchedumbre surgió un suspiro, un susurro.

—Zombi.

—¿Dónde? —preguntó—. ¿Dónde está? Traédmelo. ¡Ahora!

La muchedumbre se apartó de la cabaña y de ésta emergió una especie de gemido. Las mujeres cogieron a sus hijos y se alejaron con tanta rapidez que tropezaron con los pies de sus compañeros. Se abrió la puerta.

—¡Anda![4] —gritó una voz desde el interior. Hablaba en español. La entumecida mente de Grey apenas había advertido el origen del idioma cuando cambió la oscuridad del interior de la cabaña y apareció una silueta en la puerta.

Era Rodrigo. Aunque al mismo tiempo no lo era. El brillo de su piel se había vuelto pálido y cenagoso, casi ceroso. Su firme y suave boca colgaba laxa, y tenía los ojos hundidos y vidriosos, y en ellos no se reflejaba ningún tipo de inteligencia ni movimiento; ni siquiera la más mínima conciencia. Eran los ojos de un hombre muerto. Y, sin embargo... caminaba.

Aquello era lo peor.

Había desaparecido cualquier rastro de la cara alegre de Rodrigo, además de su elegancia. Esa criatura se movía con rigidez, arrastraba los pies y prácticamente se tambaleaba. La ropa le colgaba de los huesos como si fueran los harapos de un espantapájaros, e iba manchado de barro y salpicado de líquidos asquerosos. El hedor a putrefacción penetró en la nariz de Grey y le entraron arcadas.

—Alto —ordenó la voz con suavidad, y Rodrigo se detuvo de inmediato con los brazos colgados a ambos lados del cuerpo como si se tratara de una marioneta. Entonces Grey levantó los ojos para mirar hacia la cabaña. En la puerta, había un hombre alto y moreno que había clavado su mirada ardiente en Grey.

El sol ya se había puesto; el claro estaba rodeado de sombras, y Grey notó cómo lo recorría un escalofrío. Levantó la barbilla, ignoró al espantoso ser que tenía delante y se dirigió al tipo alto.

—¿Quién es usted, señor?

—Puede llamarme Ishmael —contestó el hombre con un extraño acento rítmico.

Salió de la cabaña y Grey advirtió que todos los presentes se encogían, todos se alejaban de ese hombre, como si pudiera con-

[4] En español en el original. *(N. de la t.)*

tagiarles alguna enfermedad mortal. Grey también deseó alejarse, pero no lo hizo.

—¿Ha sido usted quien ha hecho... esto? —preguntó Grey, gesticulando hacia lo que quedaba de Rodrigo.

—Me pagaron para que lo hiciera, sí.

Ishmael miró un segundo a Accompong y luego volvió a fijarse en Grey.

—Y el gobernador Warren... también le pagaron para matarlo, ¿verdad? ¿Fue este hombre?

Hizo un breve gesto con la cabeza en dirección al joven; no soportaba mirarlo directamente.

«Los zombis piensan que están muertos, y los demás también.»

Ishmael frunció el ceño uniendo las cejas y, al cambiar de expresión, Grey advirtió que el hombre tenía la cara destrozada. Sus heridas eran deliberadas; tenía unas líneas largas que le cruzaban las mejillas y la frente. Negó con la cabeza.

—No. Éste —movió la cabeza señalando a Rodrigo— me pagó para que trajera a mis zombis. Me dijo que quería aterrorizar a un hombre. Y los zombis lo consiguen —añadió con una sonrisa de lobo—. Pero cuando los metí en el dormitorio y el *buckra* se dio la vuelta para salir corriendo, éste —sacudió la mano en dirección a Rodrigo— se abalanzó sobre él y lo apuñaló. El hombre se desplomó sin vida, y entonces Rodrigo me ordenó —su tono de voz dejó claro lo que opinaba de cualquiera que le diera órdenes— que les pidiera a mis zombis que se alimentaran de él. Y lo hice —concluyó de pronto.

Grey se volvió hacia el capitán Accompong, que había escuchado todo el testimonio sentado en silencio.

—Y entonces usted le pagó a este... este...

—*Houngan* —intervino Ishmael con tono solícito.

—... ¿para que hiciera esto?

Señaló a Rodrigo, y la indignación hizo que le temblara la voz.

—Justicia —repuso Accompong con dignidad—. ¿No le parece?

Grey se quedó un momento sin palabras. Mientras intentaba encontrar qué decir, el cabecilla se volvió hacia un asistente y le ordenó:

—Trae al otro.

—El otro...

Grey empezó a hablar, pero antes de que pudiera seguir haciéndolo, se oyó otro murmullo entre los presentes, y de una de las cabañas salió un cimarrón acompañado de otro hombre al que llevaba atado del cuello con una cuerda. El hombre tenía una mirada salvaje en los ojos y estaba muy sucio. Llevaba las manos atadas a la espalda, pero se notaba que las ropas que vestía habían sido de buena calidad. Grey sacudió la cabeza tratando de disipar los restos del horror que seguía afincado en su cabeza.

—Supongo que es el capitán Cresswell —arguyó.

—¡Sálveme! —jadeó el hombre, y se desplomó de rodillas a los pies de Grey—. Se lo suplico, señor, quienquiera que sea usted, ¡sálveme!

Grey se frotó la cara con cansancio y agachó la cabeza para mirar al antiguo superintendente, después miró a Accompong.

—¿Necesita que lo salven? —preguntó—. No quiero hacerlo, ya sé lo que ha hecho, pero es mi deber.

Accompong frunció los labios, meditabundo.

—Dice usted que ya sabe lo que es este hombre. Si se lo entrego, ¿qué hará con él?

Por lo menos para eso sí tenía una respuesta.

—Acusarlo de los delitos que ha cometido y enviarlo a Inglaterra para que lo juzguen. Si lo condenan, lo meterán en la cárcel o quizá lo ahorquen. ¿Qué le ocurriría si lo dejara aquí? —preguntó con curiosidad.

Accompong volvió la cabeza y miró pensativo al *houngan*, quien esbozó una sonrisa desagradable.

—¡No! —jadeó Cresswell—. ¡No, por favor! ¡No deje que me lleve con él! No puedo, no puedo... ¡Oh, Dios!

Miró, horrorizado, la rígida figura de Rodrigo, luego cayó de bruces a los pies de Grey y comenzó a llorar.

Grey estaba paralizado por la conmoción, y por un momento pensó que probablemente eso acabaría con la rebelión..., pero no. Cresswell no podía conseguirlo, y él tampoco.

—Está bien —repuso Grey, y tragó saliva antes de volverse hacia Accompong—. Es un hombre inglés y, como ya he dicho, mi deber es asegurarme de que sea juzgado según las leyes inglesas. Por tanto, debo pedirle que me lo entregue y acepte mi palabra de que yo me encargaré de que se haga justicia. Nuestra justicia —añadió, mirando mal una vez más al *houngan*.

—¿Y si no lo hago? —preguntó Accompong parpadeando con cordialidad.

—Bueno, supongo que tendré que pelear por él —informó Grey—. Pero estoy muy cansado, y la verdad es que no quiero hacerlo. —Accompong se rió, y Grey prosiguió enseguida con su discurso—: Por supuesto, nombraré a un nuevo superintendente, y dada la importancia del cargo, enviaré aquí al nuevo superintendente para que usted pueda conocerlo y dar su aprobación.

—¿Y si no lo apruebo?

—Hay muchísimos malditos ingleses en Jamaica —espetó Grey con impaciencia—. Alguno le gustará.

Accompong se rió con ganas, y su pequeña y redonda barriga se sacudió por debajo del abrigo.

—Usted me gusta, coronel —intervino—. ¿Quiere ser superintendente?

Grey reprimió la respuesta natural al ofrecimiento y en su lugar dijo:

—Verá, mi deber para con el ejército me impide aceptar la oferta, por muy generosa que sea. —Tosió—. Pero le doy mi palabra de que encontraré a un candidato adecuado.

El asistente alto que estaba detrás del capitán Accompong levantó la voz y comentó algo con cierto escepticismo en un dialecto que Grey no comprendió, pero por la actitud del hombre, la mirada que le lanzó a Cresswell y el murmullo de consentimiento que recibió su comentario, no tuvo ninguna dificultad para deducir lo que había dicho.

«¿Qué valor tiene la palabra de un inglés?»

Grey le lanzó una mirada de profundo disgusto a Cresswell, que seguía arrastrándose y gimoteando a sus pies. Se tenía bien merecido que... Entonces percibió el leve hedor a podredumbre que desprendía la rígida figura de Rodrigo y se estremeció. No, nadie merecía eso.

Dejó un momento de lado la cuestión del destino de Cresswell y se centró en el asunto en el que no había dejado de pensar ni un instante desde que había visto aquel primer tirabuzón de humo.

—Mis hombres —dijo—. Quiero ver a mis hombres. Tráigamelos aquí, por favor. Enseguida.

No levantó la voz, pero sabía cómo conseguir que una orden sonara como tal.

Accompong ladeó un poco la cabeza, como si lo estuviera pensando, pero entonces hizo un gesto de despreocupación con la mano. Los presentes se agitaron, estaban expectantes. Algunos volvieron la cabeza, luego todo el cuerpo, y Grey miró en dirección a las rocas hacia las que miraban todos. Hubo una explosión de gritos, aullidos y risas, y los dos soldados y Tom Byrd aparecieron por el desfiladero. Los habían atado juntos por el cuello, llevaban atados los tobillos y las manos, e iban arrastrando los pies, chocando los unos con los otros, moviendo las cabezas de delante hacia atrás como gallinas, en un vano esfuerzo por evitar los salivazos y los pequeños puñados de tierra que les lanzaban.

La indignación que sintió Grey al ver el trato que les dispensaban quedó atenuada al ver a Tom y a sus jóvenes soldados, todos muy asustados pero ilesos. Se adelantó enseguida para que pudieran verlo y se le encogió el corazón al advertir el patético alivio que se reflejó en sus rostros.

—Venga —repuso sonriendo—, ¿no creeríais que os iba a dejar aquí?

—Yo no, milord —afirmó Tom con tenacidad, tirando enseguida de la cuerda que le rodeaba el cuello—. ¡Les dije que vendría en cuanto se pusiera las botas! —Fulminó con la mirada a los chiquillos que bailaban alrededor de él, ataviados tan sólo con una camisa, y a los soldados, que gritaban «¡Buckra!, ¡Buckra!», y les golpeaban deliberadamente los genitales con palos—. ¿Puede pedirles que nos quiten de encima a estos sucios mocosos, milord? Llevan así desde que llegamos.

Grey miró a Accompong y alzó las cejas con educación. El cabecilla ladró unas cuantas palabras en un idioma que no era del todo español y los chicos se alejaron reticentes, aunque seguían haciendo muecas y gestos groseros con los brazos.

El capitán Accompong le tendió una mano a su asistente, quien ayudó a levantarse al pequeño y orondo cabecilla. Se sacudió con cuidado la cola del abrigo, se acercó lentamente al pequeño grupo de prisioneros y se detuvo ante Cresswell. Observó al hombre, que se había hecho un ovillo, y luego miró a Grey.

—¿Sabe lo que es una *loa*, coronel? —le preguntó en voz baja.

—Sí que lo sé —contestó Grey con cautela—. ¿Por qué?

—Hay un manantial bastante cerca de aquí. Emana de las profundidades de la Tierra, donde viven las *loas*, que a veces emergen de sus aguas y hablan. Si quiere recuperar a sus hombres, le pido que vaya allí y hable con la *loa* que se encuentre. Así sabremos la verdad, y podré decidir.

Grey se quedó allí plantado un momento alternando la mirada entre el obeso anciano, Cresswell, su espalda agitada debido a los sollozos, y la joven Azeel, que había vuelto la cabeza para ocultar las lágrimas calientes que le resbalaban por las mejillas. No miró a Tom. No parecía tener mucha elección.

—Está bien —dijo volviéndose de nuevo hacia Accompong—. Entonces, permítame marchar.

Accompong negó con la cabeza.

—Por la mañana —repuso—. Es mejor que no vaya allí de noche.

—Claro que sí —replicó Grey—. Iré ahora.

Por lo visto, las palabras «bastante cerca» eran relativas. Grey pensó que debía de ser casi medianoche cuando llegaron al manantial. Grey, el *houngan* Ishmael y cuatro cimarrones con antorchas y armados con unos enormes cuchillos con empuñadura de caña conocidos como «machetes».

Accompong no le había dicho que se trataba de un manantial de aguas termales. Había un saliente rocoso y, debajo, lo que parecía una caverna, desde la que emergía una lengua de vapor que parecía el aliento de un dragón. Sus acompañantes, o escoltas, según cómo se mirara, se detuvieron al unísono a una distancia prudencial. Grey los miró esperando instrucciones, pero los hombres guardaron silencio.

Llevaba un rato preguntándose cuál sería el papel del *houngan* en aquella misión tan peculiar. El hombre llevaba una cantimplora abollada; la abrió y se la ofreció a Grey. Desprendía un olor cálido, aunque la lata de la pesada cantimplora estaba fría. Ron puro, pensó basándose en el abrasador olor dulzón que desprendía, y, sin duda, alguna cosa más.

«... unas hierbas, huesos y trozos de otras cosas. Pero el ingrediente principal, lo imprescindible, es el hígado de un pez *fugu*. No regresan de ese viaje, ¿comprende? El veneno les destroza el cerebro...»

—Ahora bebemos —dijo Ishmael—. Y entramos en la cueva.

—¿Los dos?

—Sí. Yo invocaré a la *loa*. Yo soy el sacerdote de Damballa.

El hombre hablaba con seriedad, sin mostrar un ápice de la hostilidad y las sonrisas que había esbozado antes. Sin embargo, Grey advirtió que sus acompañantes se mantenían a una distancia prudencial del *houngan*, y que lo vigilaban con recelo.

—Ya entiendo —repuso Grey, aunque no era cierto—. Esta... Damballa. Él o ella...

—Damballa es la gran serpiente —intervino Ishmael, y sonrió enseñando, durante un instante, los dientes a luz de las antorchas—. Me han dicho que las serpientes se comunican con usted. —Hizo un gesto con la cabeza señalando la cantimplora—. Beba.

Grey reprimió el impulso de contestar «tú primero», se llevó la cantimplora a los labios y bebió, despacio. Era un ron muy puro, con un sabor extraño, una acritud dulce, como el aroma de una fruta tan madura que estuviera a punto de pudrirse. Intentó olvidar la despreocupada descripción que la señora Abernathy le había ofrecido del *afile*; a fin de cuentas no le había dicho qué sabor tenía. Y suponía que Ishmael no iba a envenenarlo sin más. Esperaba que no.

Siguió bebiendo hasta que un ligero cambio en la postura del *houngan* le dio a entender que era suficiente, y a continuación le devolvió la cantimplora a Ishmael, que bebió sin vacilar. Supuso que debería haberle parecido un gesto tranquilizador, pero la cabeza estaba empezando a darle vueltas. La sensación era muy desagradable: el corazón le latía muy fuerte en los oídos y le ocurría algo muy raro en la vista; se le fue oscureciendo de forma intermitente, para luego recuperar la visión con un repentino fogonazo de luz, y cuando miró una de las antorchas, vio que alrededor tenía un halo de anillos de colores.

Apenas oyó el clic de la cantimplora al caer al suelo, y observó, parpadeando, cómo la espalda vestida de blanco del *houngan* se tambaleaba delante de él. Cuando Ishmael se volvió hacia él, Grey sólo pudo ver un borrón oscuro en su cara.

—Venga.

El hombre desapareció tras el velo de agua.

—Bien —murmuró—. Vamos allá...

Se quitó las botas, se desabrochó las hebillas de las rodillas que llevaba en los calzones y se quitó las medias. Luego se quitó la casaca y se metió con cautela en el agua vaporosa.

Estaba tan caliente que jadeó al entrar en el agua, pero al poco tiempo ya se había acostumbrado a la temperatura y avanzó por el agua poco profunda en dirección a la entrada de la caverna, removiendo con fuerza la gravilla que pisaba con los pies descalzos. Escuchó el susurro de sus escoltas, pero ninguno le ofreció ninguna sugerencia alternativa.

Caía agua de un saliente, pero no lo hacía como una auténtica cascada; eran riachuelos sin fuerza, como si el agua resbalara entre unos dientes demasiado separados. Los escoltas habían clavado las antorchas en el suelo, al final del manantial; cuando pasó por debajo del saliente vio que las llamas bailaban como un arcoíris en la llovizna de la cascada.

El aire caliente y húmedo le aplastaba los pulmones y le costaba respirar. Al poco tiempo, ya no notaba la diferencia entre su piel y el aire húmedo por el que caminaba; era como si se hubiera fundido con la oscuridad de la caverna.

Y estaba muy oscuro. Completamente oscuro. Por detrás de él asomaba un brillo suave, pero no veía nada por delante, y se vio obligado a ir palpando para abrirse camino posando una mano sobre la áspera pared de roca. El sonido que el agua hacía al caer era cada vez más apagado, y en su lugar escuchaba los fuertes latidos de su corazón, que peleaban contra la presión de su pecho. Se detuvo y se presionó los párpados con los dedos; se sintió aliviado al ver las formas de colores que aparecieron por detrás de sus ojos. Eso significaba que no estaba ciego. Sin embargo, cuando volvió a abrir los ojos, seguía estando del todo oscuro.

Pensó que las paredes se estaban estrechando, ya que podía tocarlas si estiraba los brazos a ambos lados, y por un momento, cuando le pareció notar que se le estaban acercando, sintió pánico. Se obligó a respirar con un profundo jadeo explosivo, y consiguió que la ilusión desapareciera.

—Deténgase ahí. —La voz era un susurro. Se quedó inmóvil.

Se hizo el silencio durante un instante que se le hizo eterno.

—Adelántese —ordenó el suspiro, que de pronto parecía que estuviera muy cerca de él—. Tiene un espacio de tierra seca justo delante.

Se tambaleó hacia delante, notó cómo se elevaba el suelo de la cueva y se subió a las rocas con cuidado. Avanzó poco a poco hasta que la voz le pidió que se detuviera.

Silencio. Pensó que oía una respiración, pero no estaba seguro; todavía oía un leve sonido de agua a lo lejos. «Está bien —pensó—. Adelante.»

No había sido precisamente una invitación, pero lo que le vino a la mente fueron los ojos verde intenso de la señora Abernathy mirándolo mientras le decía: «Veo una enorme serpiente sobre sus hombros, coronel.»

Se estremeció y fue consciente de que sentía un peso sobre sus hombros. Y no era un peso muerto, sino que se trataba de algo vivo. Se movía un poco.

—Dios —susurró, y le pareció oír una risita en algún rincón de la cueva.

Se puso tenso y luchó contra aquella imagen mental, pues era evidente que sólo se trataba de imaginaciones suyas alimentadas por el ron. La ilusión de aquellos ojos verdes desapareció al instante, pero seguía sintiendo ese peso, aunque no sabía discernir si lo notaba sobre los hombros o en la cabeza.

—Bueno —dijo la voz, sorprendida—. La *loa* ya ha llegado. Usted les gusta a las serpientes, *buckra*.

—¿Y qué si es así? —preguntó.

Hablaba con un tono de voz normal; sus palabras resonaban en las paredes que lo rodeaban.

La voz se rió un poco, y Grey notó, en lugar de oír, un movimiento cercano, el susurro de extremidades y un suave golpe cuando algo cayó al suelo cerca de su pie derecho. Le daba la sensación de que tenía la cabeza inmensa, que, a su vez, le palpitaba por culpa del ron, y lo recorrían unas oleadas de calor que latían por todo el cuerpo, a pesar de que las profundidades de la cueva eran frías.

—Compruebe si le gusta a la serpiente, *buckra* —lo invitó la voz—. Cójala.

No veía absolutamente nada, pero movió el pie muy despacio y fue palpando el suelo cenagoso. Tocó algo con los dedos y se detuvo de inmediato. Lo que fuera que hubiese tocado también se movió y se alejó de él. Entonces sintió el suave roce de la lengua de una serpiente en el dedo, lo estaba degustando.

Lo que resulta curioso es que la sensación lo tranquilizó. Era evidente que no se trataba de la diminuta constrictor amarilla, su amiga, pero por lo que podía deducir, era una serpiente de un tamaño muy semejante. No tenía nada que temer.

—Cójala —le invitó la voz—. El búngaro nos dirá si dice la verdad.

—¿Ah, sí? —espetó Grey con aspereza—. ¿Y cómo lo va a hacer?

La voz se rió, y a Grey le pareció oír tres o cuatro risas más por detrás de él, pero quizá tan sólo fuera el eco.

—Si muere, querrá decir que mentía.

Soltó un pequeño resoplido de desdén. No había serpientes venenosas en Jamaica. Ahuecó la mano y se agachó, pero vaciló. Venenosa o no, Grey tenía una aversión instintiva a que lo mordiera una serpiente. ¿Y cómo sabía lo que haría ese hombre, u hombres, que estaba sentado en la sombra si lo mordía?

—Confío en esta serpiente —repuso la voz con suavidad—. Este búngaro vino conmigo de África. Ya hace mucho tiempo.

Grey se levantó de golpe. ¡África! Entonces ubicó el origen del nombre y el sudor le salpicó toda la cara. Un búngaro. Un maldito búngaro africano. Gwynne tuvo uno. Era pequeño, apenas conseguía rodear el meñique de un hombre. «Completamente mortal», había canturreado Gwynne, acariciando la espalda del animal con la punta de una pluma de ganso, caricia a la que la serpiente, un animal esbelto de un marrón indescriptible, había parecido ajena.

Ésta se estaba retorciendo con languidez por encima del pie de Grey; el teniente coronel tuvo que reprimir el fuerte impulso de patearla y pisotearla. ¿Qué diantre tenía él para atraer a las serpientes? Supuso que podría ser peor, podrían ser cucarachas... Percibió una sensación automática y asquerosa en los brazos, como si alguna criatura estuviera trepando por ellos, y se frotó los antebrazos con fuerza mientras veía, sí, las estaba viendo de verdad, patas articuladas cubiertas de espinas y unas antenas inquisitivas que se retorcían y le rozaban la piel.

Debió de gritar. Alguien se rió.

Si lo pensaba, no podría hacerlo. Se agachó, cogió al animal y, mientras se levantaba, lo lanzó hacia la oscuridad. Se oyó un aullido y alguien que se movía de repente, seguido de un grito breve de asombro.

Se quedó allí, jadeando y temblando debido a la reacción, examinándose la mano una y otra vez, pero no sentía dolor y tampoco encontró ninguna herida. Al grito lo había seguido una retahíla de palabrotas ininteligibles, enfatizadas por los intensos jadeos de un hombre aterrorizado. La voz del *houngan*, si es que era él, se oyó de inmediato, seguida de otra voz vacilante y temerosa. Pero ¿por detrás de él o por delante? Estaba por completo desorientado.

Algo lo rozó. Era un cuerpo pesado, y Grey chocó contra la pared de la cueva y se arañó el brazo. Agradeció sentir dolor; era algo a lo que aferrarse, algo real.

Más apremios en las profundidades de la cueva y después un silencio repentino. Y entonces se oyó un sonido sibilante, un ¡*tunc*!, cuando algo golpeó carne con fuerza, y el olor a cobre de la sangre fresca comenzó a dominar frente al olor a rocas calientes y agua corriente. No se oyó nada más.

Grey estaba sentado en el suelo cenagoso de la cueva; podía notar la fría suciedad del piso por debajo del cuerpo. Pegó las manos al suelo mientras se recomponía. Entonces se levantó. Se tambaleaba y estaba un poco mareado.

—Yo no miento —dijo en la oscuridad—. Y voy a recuperar a mis hombres.

Empapado en sudor y agua, dio media vuelta y se encaminó hacia los arcoíris.

El sol apenas había aparecido cuando llegó al poblado de la montaña. El humo de los fuegos con los que cocinaban los lugareños flotaba suspendido por encima de las cabañas, y el olor a comida hizo que se le encogiera dolorosamente el estómago, pero todo eso podía esperar. Avanzó lo mejor que pudo hasta la cabaña más grande, donde el capitán Accompong lo esperaba sentado con tranquilidad. Grey tenía tantas ampollas en los pies que no había podido ponerse de nuevo las botas, y había hecho el camino por rocas y matas llenas de espinas con los pies descalzos.

Tom y los soldados también estaban allí. Ya no iban amarrados entre sí, pero seguían atados y aguardaban arrodillados junto al fuego. Cresswell estaba un poco alejado y tenía muy mal aspecto, pero como mínimo estaba derecho.

Accompong miró a uno de sus asistentes, que se adelantó con un enorme cuchillo de caña en la mano, y cortó las ataduras de los prisioneros mediante una serie de incisiones despreocupadas pero, por suerte, certeras.

—Sus hombres, coronel. Aquí los tiene —dijo con magnanimidad al tiempo que hacía un gesto con la mano en su dirección—. Se los devuelvo.

—Le estoy muy agradecido, señor. —Grey le hizo una reverencia—. Pero falta uno. ¿Dónde está Rodrigo?

Se hizo un silencio repentino. Incluso cesó el griterío de los niños, que se escondieron detrás de sus madres. Grey podía oír el goteo continuo del agua deslizándose por la fachada de la roca a lo lejos, así como el pulso que le palpitaba en los oídos.

—¿El zombi? —preguntó por fin Accompong. Habló con suavidad, pero Grey percibió cierta incomodidad en su voz—. No le pertenece.

—Sí —contestó Grey con firmeza—. Sí que me pertenece. Vino a la montaña bajo mi protección y se marchará del mismo modo. Es mi deber.

Costaba descifrar la expresión del cabecilla acuclillado, pues ninguno de los presentes se movió, o murmuró, aunque Grey vio, con el rabillo del ojo, cómo algunos volvían ligeramente la cabeza para cuestionarse en silencio entre ellos.

—Es mi deber —volvió a decir Grey—. No puedo marcharme sin él.

Omitió con cautela que, en realidad, podría decidir si hacerlo o no. Pero aun así, ¿por qué querría Accompong devolverle los hombres blancos si tenía pensado matar o hacer prisionero a Grey?

El cabecilla frunció sus labios carnosos, luego volvió la cabeza y dijo algo empleando un tono de interrogación. Se oyó movimiento en la cabaña de la que había salido Ishmael la noche anterior. Se hizo una pausa considerable, pero el *houngan* volvió a salir una vez más.

Estaba pálido y llevaba uno de los pies envuelto en un pedazo de tela ensangrentado, atado con fuerza. Amputación, pensó Grey con interés al recordar el ¡*tunc*! metálico que le había parecido oír en su propia carne cuando aún estaba dentro de la cueva. Era la única forma de evitar que el veneno de una serpiente se extendiera por el cuerpo.

—Ah —dijo Grey con un tono amable—. Así que el búngaro me prefería a mí, ¿eh?

Le pareció que Accompong se reía entre dientes, pero en realidad no mostró mucha atención. El *houngan* lo miró con odio y Grey lamentó su broma temiendo que pudiera costarle a Rodrigo algo más de lo que ya le habían quitado.

A pesar de la sorpresa y el horror, se aferró a lo que le había dicho la señora Abernathy. El joven no estaba muerto de verdad. Tragó saliva. ¿Podrían curar a Rodrigo? La escocesa había dicho que no, pero quizá se equivocara. Era evidente que Rodrigo sólo llevaba algunos días siendo un zombi. Y ella dijo que la droga se disipaba con el paso del tiempo..., quizá...

Accompong habló con aspereza y el *houngan* agachó la cabeza.

—Anda —ordenó con hosquedad.

Se oyó un tambaleo en la cabaña y se hizo a un lado para empujar un poco a Rodrigo hasta que salió a la luz, donde se detuvo mirando al suelo con los ojos vacíos y la boca abierta.

—¿Quiere esto? —Accompong hizo un gesto con la mano señalando a Rodrigo—. ¿Para qué? No creo que le sirva para nada. A menos que se lo quiera llevar a la cama. ¡Seguro que no le dice que no!

A todo el mundo le pareció un comentario muy gracioso y el claro estalló en risas. Grey esperó. Con el rabillo del ojo vio a Azeel, que lo miraba con una especie de esperanza temerosa en los ojos.

—Está bajo mi protección —repitió—. Sí que lo quiero.

Accompong asintió y respiró hondo olfateando con gusto la mezcla de olores a puré de yuca, plátano y carne de cerdo fritos.

—Siéntese, coronel —le sugirió—, y coma conmigo.

Grey se sentó poco a poco a su lado; el cansancio le palpitaba en las piernas. Se volvió y vio que alguien arrastraba a Cresswell, pero lo dejó sentado en el suelo junto a una cabaña, y nadie volvió a molestarlo. Tom y los dos soldados, con aspecto de estar aturdidos, estaban comiendo junto a uno de los fuegos que empleaban para cocinar. Entonces vio a Rodrigo, que seguía allí de pie como un espantapájaros, y se levantó.

Cogió la manga harapienta del joven y pronunció las siguientes palabras: «Ven conmigo.» Para su sorpresa, Rodrigo obedeció y se volvió como un autómata. Bajo la atenta mirada de todo el poblado, se llevó al joven hasta la chica Azeel y le ordenó: «Detente.» Levantó la mano de Rodrigo y se la ofreció a Azeel, quien, tras vacilar sólo un instante, la cogió con firmeza.

—Cuida de él, por favor —le dijo Grey.

Cuando se dio la vuelta, se dio cuenta de que Rodrigo llevaba el brazo vendado. Los hombres muertos no sangran.

Regresó al fuego de Accompong y se encontró un plato de madera lleno de comida caliente esperándolo. Se volvió a sentar agradecido y cerró los ojos. Luego los abrió, sorprendido, cuando notó que algo se le posaba en la cabeza, y se descubrió mirando por debajo del ala del sombrero andrajoso del cabecilla.

—¡Oh! —exclamó—. Gracias.

Vaciló mientras miraba a su alrededor buscando la sombrerera de piel o el sombrero que se había hecho con hojas de palmera, pero no vio ninguna de las dos cosas.

—No hay de qué —contestó Accompong, y se inclinó hacia delante y deslizó las manos con las palmas hacia arriba por encima de los hombros de Grey, como si estuviera cogiendo algo muy pesado—. Yo me quedaré con su serpiente. Creo que ya la ha llevado el tiempo suficiente.

Notas de la autora

La fuente a la que recurrí para informarme sobre la base teórica para crear zombis fue el libro *La serpiente y el arcoíris*, de Wade Davis, que había leído hacía muchos años. El libro contiene muchos datos acerca de los cimarrones de Jamaica, su temperamento, costumbres y el comportamiento de los africanos de distintas regiones; las rebeliones históricas de esclavos proceden del libro *Black Rebellion: Five Slave Revolts*, de Thomas Wentworth Higginson. Este manuscrito (que originalmente constaba de una serie de artículos publicados en *Atlantic Monthly*, la revista *Harper's* y *Century*) también me proporcionó un gran número de detalles valiosos sobre geografía y personalidades.

El capitán Accompong fue un líder cimarrón real (su descripción física procede de esa fuente), y la costumbre de intercambiar sombreros después de cerrar un trato también se encuentra en *Black Rebellion.* El entorno general, el ambiente y la importancia de las serpientes están inspirados por *Tell My Horse*, de Zora Neale Hurston, así como por varios libros menos importantes sobre vudú. (Por cierto, ahora tengo la mayor parte de mis libros de referencia, unos dos mil quinientos títulos, detallados en LibraryThing y referenciados por temas, por si deseáis información sobre, por ejemplo, Escocia, magia, o la revolución americana.)

UNA HOJA EN EL VIENTO DE TODOS LOS SANTOS

Introducción

Una de las cosas más interesantes que se pueden hacer con una «joroba» es seguir misterios, pistas y cabos sueltos de los libros principales de las sagas. Uno de esos caminos nos conduce a la historia de los padres de Roger MacKenzie.

En *Forastera*, descubrimos que Roger se quedó huérfano durante la segunda guerra mundial y que después lo adoptó su tío abuelo, el reverendo Reginald Wakefield, que les explica a Claire y a Frank que la madre de Roger murió durante el Blitz, y que su padre pilotaba un Spitfire que derribaron sobre el Canal.

En *Tambores de otoño*, Roger le cuenta a Brianna la conmovedora historia de cómo murió su madre cuando se derrumbó una estación de metro durante los bombardeos de Londres.

Pero en *Ecos del pasado* tiene lugar una emotiva conversación a la luz de la luna entre Claire y Roger en la cual encontramos el siguiente pasaje:

> Sus manos, pequeñas y duras, que olían a medicina, envolvieron la suya.
>
> —No sé qué le sucedió a tu padre —dijo—. Pero no fue lo que te contaron [...]
>
> —Por supuesto, pasan cosas —señaló ella como si fuera capaz de leer sus pensamientos—. También las explicaciones se confunden con el tiempo y la distancia. Quienquiera que se lo dijera a tu madre podría haberse equivocado. Tal vez ella dijera algo que el reverendo malinterpretó. Todas estas cosas son posibles. Pero, durante la guerra, recibí cartas de Frank. Me escribía tan a menudo como podía, hasta que lo reclutaron para el MI6. Después de eso, a veces pasaban meses sin que supiera de él. Pero antes de que sucediese, me escribió en una ocasión y mencionó, de manera absolutamente informal, ¿sabes?, que había descubierto algo extraño en los informes en los que estaba trabajando. Un Spitfire se había caído, se había

estrellado (no lo habían derribado, creían que debía de haber sido un fallo mecánico) en Northumbria y, aunque de milagro no se había quemado, no había señales del piloto. Ni rastro. Y mencionó el nombre del piloto, porque pensó que Jeremiah era un nombre oportunamente malhadado.

—Jerry —señaló Roger con los labios entumecidos—. Mi madre siempre lo llamaba Jerry.

—Sí —repuso ella bajando la voz—. Y había círculos de monolitos desperdigados por toda Northumbria.

Entonces ¿qué les ocurrió realmente a Jerry MacKenzie y a su mujer Dolly? Continuad leyendo.

A los aviadores de la RAF:
«Nunca tantos debieron tanto a tan pocos.»

Aunque todavía faltaban dos semanas para Halloween, los duendecillos ya estaban haciendo de las suyas.

Jerry MacKenzie se enfrentó a la pista con el *Dolly II* a máxima potencia, con los hombros encogidos y el corazón desbocado, y pegado a la cola del líder Green. Tiró de la palanca y notó un asfixiante temblor en lugar de la propulsión embriagadora del despegue. Desaceleró asustado, pero antes de que pudiera volver a intentarlo, se oyó un estallido, y él se sacudió por instinto y se golpeó la cabeza contra la ventanilla de polimetilmetacrilato. Pero no era el impacto de una bala. Se había reventado la rueda y una molesta inclinación estaba desviando de la pista a su avión, que se tambaleaba y se sacudía por la hierba.

Notó un intenso olor a gasolina. Jerry abrió la tapa del motor del Spitfire y salió del aparato aterrado imaginando un incendio inminente, justo cuando el último avión del escuadrón de Green rugía por la pista y despegaba. Sin embargo, el ruido del motor fue disminuyendo hasta convertirse en un zumbido en cuestión de segundos.

Un mecánico estaba saliendo del hangar para comprobar cuál era el problema, pero Jerry ya había abierto la tripa de *Dolly*; el contratiempo era evidente: la manguera de combustible estaba perforada. Bueno, gracias a Dios no había despegado en esas condiciones, pero cuando cogió la manguera para comprobar la gravedad de la perforación, la goma se le deshizo en las manos y le empapó la manga, casi hasta el codo, con carburante de alto octanaje. Menos mal que el mecánico no había aparecido con un cigarrillo encendido en la boca.

Salió rodando y estornudando de debajo del avión, y Gregory, el mecánico, pasó por encima de él para acercarse al paciente.

—Hoy no la harás despegar, amigo —dijo Greg. Se puso en cuclillas para echarle un vistazo al motor y negó con la cabeza al ver el panorama.

—Dime algo que no sepa. —Se apartó, con cuidado, la manga empapada—. ¿Cuánto tardarás en arreglarla?

Greg se encogió de hombros y entornó los ojos al entrar en contacto el viento gélido mientras estudiaba las entrañas de *Dolly*.

—Lo de la rueda me llevará media hora. Quizá la tengas lista mañana, siempre que la manguera del combustible sea el único problema del motor. ¿Tengo que revisar alguna cosa más?

—Sí, el disparador del ala izquierda se atasca de vez en cuando. ¿Crees que podrías engrasarlo un poco?

—Veré si queda un poco de aceite usado en la cantina. Será mejor que te duches, Mac. Te estás poniendo azul.

Lo cierto es que estaba temblando. El carburante se estaba evaporando con mucha rapidez y consumía el calor de su cuerpo como si se tratara del humo de una vela. Sin embargo, se quedó un momento observando cómo el mecánico manipulaba las piezas mientras silbaba entre dientes.

—Venga, márchate —dijo Greg fingiendo exasperación al separarse del motor y ver que Jerry todavía seguía allí—. Cuidaré bien de ella.

—Sí, ya lo sé. Yo sólo..., sí, gracias.

La adrenalina del vuelo abortado todavía le recorría el cuerpo, y los reflejos le provocaban contracciones involuntarias. Se alejó reprimiendo el impulso de mirar atrás por encima del hombro en dirección a su avión averiado.

Jerry salió del servicio de los pilotos media hora después. Le escocían los ojos debido al jabón y al carburante, y tenía la espalda tensa. La mitad de su cabeza estaba pendiente de *Dolly*, y la otra mitad, de sus compañeros. Blue y Green habían despegado aquella mañana, Red y Yellow tenían descanso. A esa hora, Green ya estaría sobrevolando el cabo Flamborough; tocaba caza.

Tragó saliva, todavía intranquilo, con la boca seca por solidaridad, y fue a por una taza de té a la cantina. Fue un error. En cuanto entró y vio a Sailor Malan oyó las risas de los duendecillos.

Malan era capitán y, ante todo, un individuo decente. Era sudafricano, un gran estratega y el combatiente aéreo más feroz e insistente que Jerry había visto en su vida. Ni siquiera los rat terriers le llegaban a la altura de los zapatos. Por eso sintió una rápida punzada en la espalda cuando Malan le clavó sus ojos hundidos.

—¡Teniente! —Malan se levantó de su silla muy sonriente—. ¡Justo el hombre que tenía en mente!

«¡Y una mierda!», pensó Jerry poniendo cara de respetuosa expectación. Malan todavía no se habría enterado del problemilla de *Dolly* y, si eso no hubiera ocurrido, Jerry habría despegado con su escuadrón en busca y captura de los 109 que sobrevolaban el cabo Flamborough. Malan no había estado buscando a Jerry; simplemente había decidido que lo haría para encomendarle la tarea que tuviera en mente. Y el hecho de que el capitán se hubiera dirigido a él por su rango, en lugar de por su nombre, significaba que era muy probable que se tratara de una tarea para la que nadie querría presentarse voluntario.

Pero no tenía tiempo de preocuparse por lo que fuera. Malan ya le estaba presentando a otro hombre, un tipo alto ataviado con el uniforme del ejército. Tenía el cabello oscuro y un aspecto agradable, aunque sus facciones eran un poco duras. «Tiene ojos de perro guardián», pensó asintiendo en respuesta al saludo del capitán Randall. Quizá fuera amable, pero a aquel individuo no se le debían de escapar muchas cosas.

—Randall está de operaciones en Ealing —estaba diciendo Sailor por encima del hombro.

No había esperado a que intercambiaran las clásicas cortesías, cuando los estaba acompañando fuera, donde cruzaron la pista de aterrizaje en dirección a las oficinas del control aéreo. Jerry hizo una mueca y los siguió, mirando con añoranza a *Dolly*, a la que estaban arrastrando de una forma vergonzosa hacia el hangar. Los rizos negros de la muñeca que llevaba pintada en el morro estaban borrosos a causa de las inclemencias del clima y el carburante que se había derramado. Bueno, ya la retocaría más tarde, después de escuchar los detalles de cualquiera que fuera la tarea que le encomendaría aquel desconocido.

Clavó los ojos con resentimiento en el cuello de Randall, y el hombre se volvió de repente y miró por encima del hombro como si hubiera percibido la intensidad de la mirada de Jerry. Notó cómo se le revolvía el estómago al advertir ciertos detalles, como la falta de insignias en su uniforme y ese aire de seguridad propio de los hombres que guardan secretos, que se fundieron con la mirada que vio en los ojos del desconocido.

«Operaciones en Ealing, y una mierda», pensó. Ni siquiera se sorprendió cuando, después de que Sailor le cediera el paso a Randall al cruzar el umbral, oyó que el capitán se le acercaba y le murmuraba al oído:

—Ve con cuidado, es un clandestino.

Jerry asintió y se puso tenso. Malan no se refería a que el capitán Randall perteneciera a la francmasonería. «Clandestino» en ese contexto sólo podía significar una cosa: MI6.

El capitán Randall pertenecía al servicio secreto de la inteligencia británica. Se lo dejó bien claro en cuanto Malan los llevó a un despacho vacío para que hablaran a solas.

—Necesitamos a un piloto, a un buen piloto —añadió con una leve sonrisa—, para un vuelo de reconocimiento en solitario. Es un proyecto nuevo y muy especial.

—¿En solitario? ¿Dónde? —preguntó Jerry con recelo.

Los Spitfire solían volar en grupos de cuatro, o en formaciones más numerosas, incluso podían hacerlo en escuadrones enteros de dieciséis aviones. Cuando volaban en formación, hasta cierto punto podían cubrirse los unos a los otros contra los Heinkels, que eran más pesados, y los Messerschmitts, pero no acostumbraban a volar en solitario por elección propia.

—Eso se lo explicaré un poco más adelante. Primero, ¿cree que está en forma?

Jerry reculó un poco al escuchar aquello, se sintió herido. ¿Qué se creía aquel cerebrito que...? Entonces vio su reflejo en la ventana. Tenía los ojos tan rojos como los de un jabalí rabioso, el cabello mojado y de punta, un hematoma rojo en la frente, y llevaba la cazadora pegada al cuerpo debido a la humedad, ya que no se había molestado en secarse antes de vestirse.

—Totalmente en forma —espetó—, señor.

Randall levantó un poco la mano para indicarle que no hacía falta que lo llamara «señor».

—Me refiero a su rodilla —le dijo con suavidad.

—Oh —exclamó Jerry desconcertado—. Eso. Sí, estoy bien.

Había recibido dos balazos en la rodilla hacía un año, cuando había perseguido a un 109 y no vio al otro que salió de la nada por detrás de él y le acribilló el trasero.

Envuelto en llamas, pero con miedo de saltar en paracaídas en un cielo lleno de humo, balas y explosiones a diestro y siniestro, había descendido con su avión ardiendo, ambos gritando mientras caían del cielo. La piel metálica de *Dolly* estaba tan caliente que le había abrasado el antebrazo izquierdo al traspasar la chaqueta, y su pie derecho chapoteaba en la sangre que le rebosaba de la bota mientras pisaba el pedal del timón. Pero lo consiguió, y había estado en la lista de lesionados durante dos meses. Todavía se le notaba la cojera, pero no lamentaba haberse destrozado la rótula. Había pasado el segundo mes de baja en casa, y el pequeño Roger había llegado nueve meses después.

Esbozó una gran sonrisa al pensar en su pequeño, y Randall le devolvió la sonrisa sin darse cuenta.

—Bien —intervino—. Entonces ¿está bien para un vuelo largo?

Jerry se encogió de hombros.

—¿Cuán largo sería? Voy a volar con un Spitfire. A menos, claro está, que hayan descubierto alguna forma de repostar en el aire.

Lo había dicho en un tono de broma, y se sintió desconcertado cuando vio que Randall fruncía un poco los labios, como si estuviera planteándose explicarle que sí.

—Quieren que vuele con un Spitfire, ¿no? —preguntó, presa de una inseguridad repentina.

Dios, ¿y si se trataba de alguno de esos pájaros experimentales de los que oían hablar de vez en cuando? Notó un hormigueo en la piel, una mezcla de miedo y excitación. Pero Randall asintió.

—Oh, sí, claro. No existe ningún avión que pueda maniobrar mejor, y es posible que haya que hacer algunas fintas y regates. Lo que hemos hecho es coger un Spitfire II, quitarle un par de armas de las alas y colocarle dos cámaras.

—¿Un par?

De nuevo esa mueca en los labios antes de contestar.

—Puede que necesite el otro par de armas.

—Ah, bien. Bueno, pues...

Lo más urgente, según le explicó Randall, era que viajara a Northumbria, donde entrenaría durante dos semanas para aprender a utilizar las cámaras que habían instalado en las alas del avión, con las que tendría que tomar fotografías de distintas partes del paisaje a diferentes alturas. Y donde trabajaría con un equipo de apoyo que, en teoría, estaba entrenado para conseguir que las cámaras funcionaran incluso cuando hiciera mal tiempo. Le enseñarían a sacar la película sin estropearla, por si acaso tuviera que hacerlo. Después de eso...

—No puedo decirle exactamente adónde va a ir —le había dicho Randall. Su actitud durante la conversación había sido decidida pero amistosa, incluso había bromeado de vez en cuando. Ahora cualquier rastro de jovialidad había desaparecido; se había puesto muy serio—. Lo único que puedo decirle de momento es que será en algún lugar del este de Europa.

Jerry sintió un pequeño vacío en su interior, y luego inspiró hondo para llenar el hueco. Podía decir que no. Pero se había alistado para ser un aviador de las fuerzas aéreas británicas, y eso es lo que era.

—Sí, de acuerdo. ¿Podré ver a mi esposa antes de irme?

Randall suavizó un poco la expresión al escuchar esas palabras, y Jerry vio que el capitán se tocaba el anillo de oro que llevaba en el dedo sin darse cuenta.

—Creo que podremos arreglarlo.

Marjorie MacKenzie, Dolly para su esposo, descorrió un par de centímetros las cortinas opacas. Bueno, más bien cuatro. De hecho, tampoco importaba, ya que el interior de aquel piso tan pequeño era tan oscuro como el fondo de un cubo lleno de carbón. Fuera, Londres se veía igual de oscuro. Sólo sabía que las cortinas estaban descorridas porque sentía el frescor del cristal a través de la estrecha abertura. Se acercó y respiró pegada al cristal, y notó cómo se condensaba la humedad de su aliento, fresco cerca de la cara. No podía ver el vaho, pero sintió el chirrido del dedo sobre el cristal cuando trazó un pequeño corazón con una letra jota dentro.

Desapareció enseguida, pero no importaba; el talismán estaría allí cuando entrara la luz, sería invisible pero estaría allí, entre su marido y el cielo.

Cuando penetrara la luz, se proyectaría justo allí, sobre la almohada. Ella vería su cara dormida a la luz: el cabello revuelto, el hematoma menguante en su sien y los ojos hundidos y cerrados con inocencia. ¡Parecía tan joven cuando dormía! Casi tan joven como en realidad era. Sólo tenía veintidós años; era demasiado joven para tener esas arrugas en la cara. Se tocó la comisura de los labios, pero no podía sentir la arruga que le devolvía el espejo, tenía los labios hinchados, sensibles, y se pasó la yema del pulgar por el labio inferior, con suavidad, deslizándola de un lado a otro.

¿Qué más, qué más? ¿Qué más podía hacer por él? La había dejado con algo suyo. Quizá hubiera otro bebé, algo que le diera él, pero que ella también le ofreciera a Jerry. Otro bebé. ¿Otro hijo al que criar sola?

—Aun así —susurró tensando los labios, con la cara irritada de haber pasado tantas horas besándolo con aquella barba; ninguno de los dos había sido capaz de esperar a que se afeitara—. Aun así.

Por lo menos había podido ver a Roger. Había abrazado a su pequeño y había dicho que el niño le había vomitado en la espalda de la camisa. Jerry había gritado sorprendido, pero no había dejado que ella le quitara a Roger; había estrechado a su hijo y lo había acariciado hasta que el pequeño se quedó dormido, momento en que lo dejó en su moisés y se quitó la camisa manchada antes de acercarse a ella.

En la habitación hacía frío y ella se rodeó el cuerpo con los brazos. Sólo llevaba la camiseta de tirantes de Jerry. A él le parecía que estaba seductora con ella puesta. Había dicho «provocadora», pero su acento de las Highlands escocesas hizo que la palabra sonara muy sucia, y ella sonrió. Lo cierto es que el fino algodón se le pegaba en los senos y tenía los pezones escandalosamente erectos, aunque sólo fuera a causa del frío.

Quería acurrucarse junto a él, se moría por su calor, deseaba seguir tocándolo todo el tiempo que estuvieran juntos. Él tenía que marcharse a las ocho para coger el tren de vuelta, y para entonces apenas habría luz. Sin embargo, algún impulso puritano de negación hacía que permaneciera inmóvil, pasando frío y desvelada en la oscuridad. Tenía la sensación de que si negaba el deseo, si ofrecía esa negación como sacrificio, eso intensificaría la magia, la ayudaría a cuidar de él y a llevarlo de vuelta. Sólo Dios sabía lo que diría un pastor de esa pequeña superstición, y frunció sus labios riéndose y dudando de ella misma.

Aun así, se quedó sentada a oscuras aguardando la fría luz azul del alba que se lo llevaría.

Pero el pequeño Roger puso fin a su indecisión, algo característico de los bebés. Empezó a moverse en su moisés haciendo los pequeños sonidos propios del desvelo que presagian un aullido ultrajado al descubrir que el pañal está mojado y el estómago, vacío, y ella cruzó la estancia diminuta para dirigirse hacia donde se encontraba. Los pechos se le balanceaban con fuerza y ya habían empezado a expulsar pequeñas gotas de leche. Quería evitar que despertara a Jerry, pero se golpeó el dedo del pie con la silla, lo que hizo que ésta se moviera e impactara contra la pared.

La ropa de cama salió disparada cuando Jerry se incorporó de inmediato gritando «¡Joder!», palabras que sofocaron el amortiguado «¡Maldita sea!» de Marjorie, y Roger los superó a ambos con un grito que parecía una alarma antiaérea. Como si se tratara de un reloj, la anciana señora Munns, del piso de al lado, golpeó la fina pared con indignación.

El cuerpo desnudo de Jerry cruzó la habitación de un brinco. Golpeó con fuerza el tabique con el puño, haciendo que el panel se estremeciera y retumbara como un tambor. Se detuvo con el puño en alto, esperando. Roger había dejado de llorar, asombrado por el jaleo.

Al otro lado de la pared había un silencio absoluto, y Marjorie pegó la boca a la cabecita redonda de Roger para sofocar las risas. Olía a bebé y a orín, y lo acunó como si se tratara de una bolsa de agua caliente. El calor que desprendía la criatura, junto con sus necesidades, hicieron que su intención de cuidar de sus hombres a solas y pasando frío le pareciera una tontería.

Jerry soltó un gruñido de satisfacción y se acercó a ella.

—¡Ja! —exclamó, y la besó.

—¿Qué crees que eres? —susurró inclinándose hacia él—. ¿Un gorila?

—Sí —le contestó con un murmullo, cogiéndole la mano para pegársela al cuerpo—. ¿Quieres ver mi plátano?

—*Dzien dobry*.

Jerry se detuvo justo cuando iba a sentarse en una silla y se quedó mirando fijamente a un sonriente Frank Randall.

—Ah, sí —dijo—. Es como ésta, ¿no? *Niech sie pan odpierdoli*.

Significaba «váyase a la mierda, señor» en polaco formal, y Randall se echó a reír asombrado.

—Exacto —concedió.

Llevaba un montón de papeles, formularios oficiales de todo tipo, el papeleo, como lo llamaban los pilotos. Jerry reconoció el que se firmaba para designar a la persona a la que querías que hicieran llegar tu pensión, y el que se rellenaba para aclarar lo que deseabas que hicieran con tu cuerpo en caso de que se pudiera recuperar y alguien se molestara en darle sepultura. Ya los había rellenado todos cuando se alistó, pero era necesario volverlos a firmar al formar parte de una misión especial. Pero Jerry ignoró los formularios y clavó los ojos en los mapas que llevaba Randall.

—Y yo que pensaba que Malan y usted me eligieron por mi cara bonita —repuso, arrastrando las palabras y exagerando su acento. Se sentó y se reclinó fingiendo indiferencia—. Entonces ¿iré a Polonia?

Así que después de todo no había sido una coincidencia, o tan sólo existió la casualidad del accidente de *Dolly* que había hecho que volviera a las oficinas demasiado pronto. En cierto modo era tranquilizador; no era el maldito destino el que le estaba dando golpecitos en el hombro cuando se perforó la manguera del carburante. El destino ya había intervenido un poco antes, cuando hizo que entrara en el grupo de Green con Andrzej Kolodziewicz.

Andrzej era un buen chico y también un buen amigo. Había fallecido hacía un mes, cuando escapaba de un Messerschmitt volando en espiral. Quizá lo cegara el sol, tal vez miró por encima del hombro equivocado. Le destrozó el ala izquierda y cayó trazando un tirabuzón hasta estrellarse contra el suelo. Jerry no había visto el accidente, pero se lo habían explicado. Y después se emborrachó con vodka con el hermano de Andrzej.

—Polonia —admitió Randall—. Malan dice que es usted capaz de mantener una conversación en polaco. ¿Es verdad?

—Puedo pedir una copa, provocar una pelea o solicitar indicaciones. ¿Sirve algo de eso?

—Es posible que la última opción sí —contestó Randall muy secamente—. Pero esperemos que no sea necesario.

El agente del MI6 había apartado los formularios y desplegado los mapas. Sin querer, Jerry se inclinó hacia delante atraído como un imán. Eran mapas oficiales, pero tenían marcas, como círculos y equis, hechas a mano.

—Verá —dijo Randall, alisando los mapas con ambas manos—. Ya hace dos años que los nazis tienen campos de concentración en Polonia, pero no es algo que sea de dominio público, ni allí ni en el extranjero. Sería muy bueno para la guerra si lo fuera. Y no sólo la existencia de los campos de concentración, sino también las cosas que se hacen allí.

Una sombra cruzó su rostro oscuro y esbelto, que Jerry, intrigado, atribuyó a la ira. Por lo visto, el señor MI6 sabía lo que se hacía allí, y se preguntó cómo era posible que tuviera esa información.

—Si queremos que se sepa y que se hable de ello, y es justo lo que deseamos, necesitamos pruebas —afirmó Randall con decisión—. Fotografías.

Según le comentó, habría cuatro pilotos con sus Spitfire, una escuadrilla, pero no volarían juntos. Cada uno de ellos tendría un objetivo específico, geográficamente independiente, pero todos tenían que acometerlo el mismo día.

—Los campos están vigilados, pero no por artillería antiaérea. Sin embargo hay torres y ametralladoras.

Y Jerry no necesitaba que le explicaran que una ametralladora era tan efectiva en las manos de un soldado como instalada en un avión enemigo. Para sacar la clase de fotografías que quería Randall, tendría que descender lo suficiente como para arriesgarse a que lo alcanzaran desde las torres. Su única ventaja sería el elemento sorpresa; quizá los guardias lo vieran, pero no esperarían que hiciera un vuelo rasante justo por encima del campo.

—No intente pasar más de una vez a menos que las cámaras no funcionen bien. Es mejor tener pocas fotografías que no tener ninguna.

—Sí, señor.

Había vuelto a utilizar el tratamiento de «señor», porque el capitán Malan estaba presente en la reunión, y aunque guardaba silencio, escuchaba con atención. Tenía que conservar las apariencias.

—Aquí está la lista de los objetivos con los que practicará en Northumbria. Acérquese todo lo que considere razonable, sin arriesgarse a... —A Randall le cambió la cara al decir aquello y esbozó una sonrisa burlona—. Acérquese todo lo que pueda conservando siempre la oportunidad de regresar, ¿de acuerdo? Las cámaras podrían ser incluso más valiosas que usted.

Eso le arrancó una suave carcajada a Malan. Los pilotos, y en especial los que estaban entrenados, eran muy valiosos. En esos momentos, las fuerzas aéreas británicas tenían muchos aviones, pero no contaban con los pilotos suficientes para pilotarlos.

Le enseñarían a utilizar las cámaras de las alas y a extraer la película fotográfica de una forma segura. Si lo derribaban, pero seguía con vida y el avión no se incendiaba, tenía que extraer la película e intentar regresar a la frontera.

—De ahí la necesidad del polaco. —Randall se pasó la mano por el pelo y le dedicó a Jerry media sonrisa—. Si tiene que salir del país a pie, quizá necesite pedir indicaciones.

Tenían dos pilotos que hablaban ese idioma, le explicó, uno polaco y otro húngaro, que se habían presentado voluntarios, y un inglés que sabía algunas palabras de ese idioma, como Jerry.

—Y permítame que insista en que ésta es una misión voluntaria.

—Sí, ya lo sé —contestó Jerry molesto—. Dije que lo haría, señor.

—Así es. —Randall lo miró un instante con una mirada oscura e inexpresiva; luego volvió a bajar la vista hacia los mapas—. Gracias —le dijo con suavidad.

La capota se cerró sobre su cabeza. El día era frío y húmedo en Northumbria, y en tan sólo unos segundos se le condensó el aliento en el interior de la ventanilla de polimetilmetacrilato. Se inclinó hacia delante para limpiarlo y gritó con fuerza al arrancarse varios mechones de pelo. Había olvidado agacharse. Otra vez. Levantó la capota murmurando unas cuantas palabrotas y los mechones de pelo castaño que se habían quedado atrapados en el cierre de la ventanilla salieron volando arrastrados por el viento. Volvió a cerrar la capota, agachándose, y esperó a que le dieran permiso para despegar.

El encargado le dio la señal y él accionó el acelerador y notó cómo el avión empezaba a moverse.

Se llevó la mano al bolsillo de manera automática y susurró entre dientes: «Te quiero, Dolly.» Todo el mundo tenía su ritual personal para aquellos últimos segundos previos al despegue. Las dos cosas que solían calmarle los nervios del estómago a Jerry MacKenzie eran la cara de su mujer y su piedra de la suerte. Ella la había encontrado en una colina rocosa de la isla de Lewis, donde habían pasado su breve luna de miel. Era un zafiro en bruto, le había dicho, una piedra excepcional.

—Como tú —le había contestado, y la besó.

No tenía por qué ponerse nervioso ese día; además, si sólo lo hacía de vez en cuando no contaba como ritual, ¿no? Y aunque no fuera a entrar en combate, tendría que andarse con cuidado.

Ascendió trazando pequeños círculos. Estaba acostumbrándose al avión nuevo, y respiraba hondo para familiarizarse con su olor. Le habría gustado que le hubieran dejado volar con el *Dolly II*, cuyo asiento estaba manchado con su sudor, además de tener esa conocida mella del salpicadero justo donde había clavado el puño, exultante, después de abatir a un enemigo. Habían modificado el que pilotaba; le habían instalado las cámaras en las alas y llevaba lo último en visión nocturna. De todos modos, ya sabía que no debía encariñarse con los aviones. Eran casi tan frágiles como los hombres que los pilotaban, aunque sus piezas podían reutilizarse.

No importaba. Aquella noche se había colado en el hangar y le había pintado una rápida muñeca de trapo en el morro para hacerlo suyo. Cuando llegaran a Polonia ya se habría familiarizado con el *Dolly III*.

Hizo un picado, volvió a ascender con brusquedad, estuvo balanceando un poco el avión, oscilando entre las capas de nubes, y luego hizo algunos giros completos y giros Immelmann, todo ello sin dejar de repetir las reglas de Malan para concentrarse y no marearse.

Las reglas estaban escritas en todos los barracones de las fuerzas aéreas británicas: los pilotos las llamaban los Diez Mandamientos, y no lo decían en broma.

«DIEZ REGLAS PARA EL COMBATE AÉREO», rezaba el cartel en letras negras. Jerry se las sabía de memoria.

—Aguarda hasta que les veas el blanco de los ojos —entonó entre dientes—. Dispara ráfagas cortas de uno o dos segundos sólo cuando tengas el objetivo a tiro.

Buscó la mira y se desorientó un segundo. Las habían cambiado de lugar para instalar las cámaras. ¡Mierda!

—Mientras dispares no pienses en nada más, emplea todo el cuerpo: coloca ambas manos en la palanca y concéntrate en tu objetivo.

Bueno, pues a la mierda. Los botones que accionaban la cámara no estaban en la palanca; estaban en una caja conectada a un cable que salía por la ventanilla; llevaba la caja pegada con cinta a la rodilla. Estaría mirando por la ventanilla de todas formas, no utilizaría la mira a menos que las cosas se pusieran feas y tuviera que usar las armas. En cuyo caso...

—Siempre debes estar alerta. El dedo siempre preparado.

Sí, vale, ésa seguía estando activa.

—La altura te proporciona ventaja.

En este caso no era así. Él volaría bajo, por debajo del radar, y no buscaría pelea. Aunque también cabía la posibilidad de que la pelea lo encontrara a él. Si algún avión alemán lo sorprendía volando en solitario por Polonia, su mejor posibilidad sería volar directamente hacia el sol y hacer un picado. Esa idea lo hizo sonreír.

—Afronta siempre el ataque.

Resopló y flexionó la rodilla lesionada, que le dolía cada vez que hacía frío. Sí, siempre que lo vieras venir a tiempo.

—Toma tus decisiones con rapidez. Es mejor actuar deprisa, a pesar de que no tengas la mejor táctica.

Esa regla la aprendió enseguida. Su cuerpo solía moverse antes de que su cerebro hubiera tenido tiempo de notificar que había visto algo. No era que tuviera que ver nada en ese momento, ni tampoco esperaba hacerlo, pero seguía mirando por instinto.

—Nunca vueles bajo y en línea recta durante más de treinta segundos en zona de combate.

Definitivamente, ésa no era válida. Volar bajo y en línea recta era justo lo que tenía que hacer. Y despacio.

—Cuando desciendas para atacar, ten presente que una parte de tu formación debe seguir arriba para cubrirte.

Irrelevante; no iba a tener formación, y esa idea le provocaba escalofríos. Estaría completamente solo; nadie lo ayudaría si las cosas se ponían feas.

—INICIATIVA, AGRESIVIDAD, DISCIPLINA AÉREA Y TRABAJO EN EQUIPO son palabras que SIGNIFICAN algo en el combate aéreo.

Sí, significaban algo. ¿Qué términos significaban algo en materia de reconocimiento? Suponía que «sigilo», «velocidad» y «buena suerte». Inspiró hondo y descendió gritando el último de los Diez Mandamientos para que resonara en su caparazón de polimetilmetacrilato.

—Entra rápido, ataca con fuerza, ¡sal pitando!

Se decía que uno acababa con la sensación de que tenía el cuello de goma, pero los días que volaba, Jerry solía terminar convencido de que estaba cubierto de hormigón de los hombros para arriba. Inclinó la cabeza hacia delante y se masajeó la base del cuello para aliviar el dolor creciente. Había estado practicando desde el alba y ya casi era la hora del té. «Un buen juego de rodamientos para uso personal de los pilotos», pensó. Tendría que añadir eso a la lista de equipo básico. Sacudió la cabeza como si fuera un perro mojado, encogió los hombros rugiendo, y luego comenzó otra vez a escanear el cielo que lo rodeaba, sector por sector, tal como hacían religiosamente todos los pilotos, trescientos sesenta grados, cada segundo que pasaban en el aire. Por lo menos los que estaban vivos.

Dolly le había entregado un pañuelo de seda blanco como regalo de despedida. No tenía ni idea de cómo había conseguido reunir el dinero para comprarlo, y ella no dejó que se lo preguntara, sólo se lo puso alrededor del cuello por dentro de la chaqueta de aviador. Alguien le había dicho que todos los pilotos de Spitfire los llevaban para evitar las rozaduras, y quería que tuviera uno. La sensación era agradable, tenía que admitirlo. Cuando se lo puso le recordó sus caricias. Olvidó aquel pensamiento a toda prisa, no podía permitirse pensar en su mujer si esperaba volver algún día con ella. Y estaba decidido a hacerlo.

¿Dónde estaba ese imbécil? ¿Había abandonado?

No, no se había ido; un punto negro salió de detrás de un banco de nubes que flotaba justo a la altura de su hombro izquierdo, y descendió en busca de su cola. Jerry se dio la vuelta, trazó una espiral hacia arriba y se internó en las mismas nubes; el otro lo siguió como el hedor de los excrementos. Jugaron a perseguirse durante un rato, entrando y saliendo de las nubes vagabundas. Él contaba con la ventaja de la altura, podía utilizar el truco de salir de detrás del sol, si lo hubiera, pero era otoño en Northumbria y no había días de sol.

Desapareció. Oyó el leve zumbido del otro avión por un momento o, como mínimo, pensaba que lo había oído. Era difícil distinguirlo con el monótono rugido de su propio motor. Pero había desaparecido, no estaba donde Jerry creía que se encontraba.

—Así que ésas tenemos, ¿eh?

Siguió buscando diez grados de cielo cada segundo; era la única forma de asegurarse de no dejarse ningún... Vio un punto negro, y su corazón y su mano dieron un brinco. Arriba, se alejó. Entonces desapareció la mancha negra, pero él siguió ascendiendo, ahora más despacio, mientras observaba. De nada le iba a servir volar demasiado bajo, y quería conservar la altura...

Allí la nube era estrecha. Se trataba de oleadas de niebla a la deriva, pero estaba espesando. Vio un banco de nubes sólidas que se desplazaban poco a poco desde el oeste, pero mantenían una buena distancia. También hacía frío; tenía la cara helada. Acabaría cogiendo hielo si subía dema... Allí.

El otro avión estaba más cerca y más alto de lo que esperaba. El otro piloto lo vio en el mismo momento y se acercó a él rugiendo. Estaba demasiado cerca como para evitarlo, aunque tampoco lo intentó.

—Sí, ahora verás, imbécil —murmuró, agarrando la palanca con fuerza.

Un segundo, dos, ya casi lo había alcanzado. Se enterró la palanca en los testículos, la giró con fuerza hacia la izquierda, viró limpiamente y salió disparado haciendo una serie de giros sobre sí mismo que lo dejaron fuera de su alcance.

La radio crujió y oyó a Paul Rakoczy resoplando por su nariz peluda.

—*Kurwa twoja mác!* —«¿Dónde has aprendido a hacer eso, maldito escocés?»

—Me lo enseñó tu madre, *dupek* —contestó sonriendo—. Invítame a un trago y te enseñaré cómo se hace.

Una ráfaga de estática oscureció el final de una respuesta obscena en polaco y Rakoczy desapareció despidiéndose con una oscilación de alas. «Muy bien. Basta de hacer el tonto; hay que volver a las malditas cámaras.»

Jerry movió la cabeza hacia los lados, hizo rodar los hombros, se estiró todo lo que pudo en la cabina del Spitfire II, echó un vistazo a las alas para asegurarse de que no había hielo y voló tierra adentro. A pesar de que habían introducido algunas mejoras con respecto al Spitfire I, el espacio no era precisamente una de ellas.

Aunque era demasiado pronto para ello, de todas formas buscó con la mano derecha el disparador que accionaba las cámaras. Paseó los dedos con nerviosismo por encima de los botones. Los comprobaba una y otra vez, ya que se estaba acostumbrando a ellos. No funcionaban como los gatillos de las armas y todavía no los tenía integrados en los reflejos. Tampoco le gustaba la sensación que producían. Eran diminutos, como teclas de una máquina de escribir, y no tenían nada que ver con el cómodo tacto de los gatillos.

No había podido practicar con los de la mano izquierda hasta el día anterior; antes, había estado pilotando un avión que tenía los botones a la derecha. Había discutido mucho con la dirección y el técnico de mandos del MI6. Tenían que decidir si era mejor conservar los mandos a la derecha, tal como había practicado hasta el momento, o cambiarlos debido a su torpeza. Cuando por fin habían decidido preguntarle a él qué prefería, ya era demasiado tarde para modificarlo. Por eso ese día le habían concedido un par de horas de vuelo extra para que se familiarizara con la nueva distribución.

Y ahí estaba, en la accidentada línea gris que cruzaba los campos amarillentos de Northumbria como si fuera una perforación, como si el campo pudiera desgarrarse justo por ahí, separar el norte del sur con la misma precisión con la que uno cortaría un trozo de papel. Seguro que al emperador Adriano le hubiera encantado que fuera tan sencillo, pensó sonriendo mientras descendía en picado sobre el antiguo muro.

Las cámaras hicieron un sonido muy fuerte cuando disparó. *¡Clinc-clinc, clinc-clinc!* «Muy bien, zigzaguea, vuela de lado, desciende...», *clinc-clinc, clinc-clinc...* No le gustaba el sonido, no era tan agradable como el breve ¡*brrpt*! que hacían las ametralladoras de las alas. Ese ruido hacía que se sintiera mal, como si se produjera algún fallo en el motor. Y allí estaba su objetivo provisional.

El fortín treinta y siete.

Un rectángulo de piedra pegado al muro de Adriano, como si fuera un gusano posado en una hoja. Los antiguos romanos habían erigido aquellos pequeños y sencillos fortines para albergar a las guarniciones que vigilaban el muro. Ahora ya sólo quedaba la estructura de las edificaciones, pero eran un buen objetivo.

Lo rodeó una vez para calcular, luego descendió y lo sobrevoló rugiendo a una altitud de unos quince metros mientras las cámaras disparaban su sonido metálico como si fueran un ejército de robots en plena estampida. Se detuvo de golpe y se elevó trazando círculos altos y veloces. Después se marchó a toda prisa en dirección a la frontera imaginaria trazando círculos de nuevo. Tenía el corazón acelerado y el sudor le resbalaba por los costados al imaginar cómo sería cuando llegara el día señalado.

Sería a media tarde, como entonces. La luz del invierno habría empezado a desaparecer, aunque todavía habría la suficiente como para ver con claridad. Volaría en círculos hasta encontrar un ángulo que le permitiera sobrevolar el campo de concentración entero y, con la ayuda de Dios, le diera la posibilidad de salir desde el sol. Y entonces descendería.

«Una pasada —le había dicho Randall—. No se arriesgue a pasar más de una vez a menos que las cámaras fallen.»

Aquellas malditas cosas fallaban cada dos por tres. Los botones eran resbaladizos, y a veces funcionaban y otras veces, no.

Si no funcionaban la primera vez que sobrevolara el campo, o no lo hacían suficientemente bien, tendría que volver a intentarlo.

—*Niech to szlag.* —«A la mierda», murmuró, y volvió a presionar los botones, uno-dos, uno-dos.

«Con suavidad y firmeza, de la misma forma que tocarías las partes íntimas de una mujer», le había dicho el técnico haciendo girar la mano con fuerza para ilustrar su comentario. A él nunca se le había ocurrido hacer eso, y se preguntó si le gustaría a Dolly. ¿Y dónde se hacía exactamente? Era cierto que las mujeres tenían un botón, quizá estuviera allí, pero ¿con dos dedos? *Clinc-clinc, clinc-clinc.* Y entonces oyó un crujido.

Recurrió a las palabrotas inglesas y aplastó ambos botones con el puño. Una de las cámaras respondió con un sorprendido *clic*, pero la otra permaneció en silencio.

Volvió a golpear el botón una y otra vez, pero no consiguió nada.

—Maldito cacharro de mierda.

Por un momento pensó que tendría que dejar de decir palabrotas cuando aquello acabara y volviera a casa, ya que era muy mal ejemplo para el niño.

—¡Joder! —gritó. Se arrancó la cinta de la pierna, cogió la caja y la golpeó contra el borde del asiento; después se la volvió a pegar al muslo. Advirtió con satisfacción que estaba abollada, y presionó el obstinado botón.

Clinc, respondió la cámara con resignación.

—Bueno, ¡a ver si te acuerdas la próxima vez! —exclamó, después resopló indignado y golpeó los botones con fuerza.

No había prestado atención durante aquella pequeña pataleta, pero había ascendido en círculos, una maniobra habitual de los pilotos de Spitfire. Se preparó para sobrevolar de nuevo el fortín, pero un minuto o dos después, empezó a oír unos golpes en el motor.

—¡No! —exclamó, y aceleró.

Los golpes aumentaron, y notaba cómo vibraba por el fuselaje. Entonces se oyó un sonoro ¡*clang*! que procedía del compartimento del motor que tenía junto a la rodilla y observó, con terror, las gotitas de carburante que salpicaban la ventanilla. El motor se detuvo.

—Maldito, maldito...

Estaba demasiado ocupado como para encontrar otra palabra. Su precioso y ágil caza se había convertido de repente en un burdo avión sin motor. Estaba descendiendo, y la única duda era si encontraría una superficie lo bastante plana con la que colisionar.

Su mano buscó de manera automática el tren de aterrizaje, pero luego la retiró. Como no tenía tiempo, tendría que hacer un aterrizaje de emergencia. Pero ¿dónde estaba el suelo? ¡Dios! Se había distraído y no había visto acercarse ese sólido banco de nubes; debía de haber aparecido más rápido de lo que... Los pensamientos le pasaban por la mente con tanta celeridad que le resultaba imposible enumerarlos. Miró el altímetro, pero lo que le decía no le servía de mucho, porque no sabía cómo era el suelo que tenía a sus pies. ¿Se trataba de peñascos, de un campo plano, de agua? Esperó y rezó para que fuera una carretera, una llanura de hierba o cualquier cosa que no tuviera... ¡Dios, estaba a ciento cincuenta metros y seguía dentro de una nube!

¡Dios!

El suelo apareció en una repentina explosión de amarillo y marrón. Levantó el morro del avión, vio las rocas de un peñasco justo delante, viró, se detuvo, bajó el morro, tiró de la palanca una vez y volvió a tirar de nuevo, aunque no fue suficiente. ¡Oh, Dios...!

Su primer pensamiento consciente fue que debería haber pedido ayuda por radio cuando se detuvo el motor.

—¡Maldito capullo! —murmuró—. «Toma tus decisiones con rapidez. Es mejor actuar deprisa, a pesar de que no tengas la mejor táctica.» ¡Imbécil!

Parecía que estaba de costado, y no tenía sentido. Palpó el suelo con cuidado con la mano. Había hierba y barro. Pero ¿cómo era posible? ¿Había salido del avión?

Pues sí. Le dolía mucho la cabeza, y la rodilla todavía más. Tuvo que sentarse en la hierba apelmazada un instante, ya que el dolor que le comprimía la cabeza cada vez que respiraba no le permitía pensar.

Ya casi había anochecido y estaba rodeado de niebla. Respiró hondo y olfateó el aire húmedo y fresco. Olía a podrido y a remolacha rancia, pero no advirtió ningún olor a gasolina o a fuselaje quemado.

Perfecto. Entonces el avión quizá no se hubiera incendiado al estrellarse. Si era así, y si la radio seguía funcionando...

Se levantó tambaleándose, y estuvo a punto de perder el equilibrio debido a un repentino ataque de vértigo. A continuación, se dio la vuelta muy despacio mientras oteaba entre la niebla. A su izquierda y detrás de él no había más que niebla, pero a su derecha vio dos o tres enormes siluetas muy voluminosas, todas ellas erectas.

Avanzó por el camino irregular y descubrió que eran piedras, restos de uno de esos lugares prehistóricos repartidos por todo el norte de Gran Bretaña. Sólo quedaban en pie tres de las enormes piedras, pero veía algunas más, que se habrían caído o las habrían tirado. Estaban tumbadas entre la niebla oscura como si se tratara de cadáveres. Se paró a vomitar apoyándose en una de las piedras. ¡Le iba a estallar la cabeza! Y tenía un zumbido horrible en los oídos. Se palpó la oreja con torpeza pensando que quizá se hubiera dejado puestos los auriculares, pero sólo notó una oreja fría y húmeda.

Volvió a cerrar los ojos mientras respiraba hondo y se apoyó en la piedra para no perder el equilibrio. La electricidad estática que tenía en los oídos estaba empeorando, ya que ahora se acompañaba de una especie de quejido. ¿Se habría perforado el tímpano? Se obligó a abrir los ojos y se encontró con una enorme silueta oscura irregular, un poco más alejada de los restos del círculo de piedras. *¡Dolly!*

Aunque el avión apenas se veía y su imagen era difusa en aquel torbellino de oscuridad, no podía ser otra cosa que el avión. Parecía prácticamente intacto, aunque tenía el morro demasiado bajo y la cola hacia arriba, supuso que por el impacto del morro contra la tierra. Se tambaleó por aquella tierra salpicada de rocas y volvió a notar la sensación de vértigo, en esta ocasión mucho más fuerte. Movió los brazos para no perder el equilibrio, pero la cabeza le daba vueltas, y aquel maldito ruido que tenía metido en la cabeza..., no podía pensar, y creyó que los huesos se le disolvían...

Cuando volvió en sí ya había anochecido, aunque las nubes habían desaparecido, y en el profundo manto negro de aquel cielo de campo, brillaba una luna creciente. Se movió y rugió. A pesar de que le dolían todos los huesos del cuerpo, no tenía nada roto y, como mínimo, ya era algo. Tenía la ropa empapada, estaba muerto de hambre y se notaba la rodilla tan rígida que era incapaz de estirar la pierna del todo, pero creyó que podría desplazarse cojeando hasta alguna carretera.

Un momento. La radio. Sí, lo había olvidado. Si la radio de *Dolly* estaba intacta, podría...

Se quedó mirando el suelo que tenía a sus pies. Habría jurado que era... Se habría confundido con la oscuridad y la niebla.

Dio media vuelta en tres ocasiones, pero se detuvo, ya que tenía miedo de volver a marearse. El avión había desaparecido.

Ya no estaba. Estaba convencido de que lo había visto a unos ciento cincuenta metros de aquella roca, la más alta, y estaba casi seguro porque la había tomado como referencia para orientarse. Caminó hasta el punto donde estaba convencido de que había caído *Dolly* y anduvo lentamente alrededor de las piedras trazando un gran círculo y mirando de un lado a otro cada vez más confundido.

No sólo había desaparecido el avión, sino que además parecía que nunca hubiera estado allí. No había huellas, no había ningún surco en la espesa hierba del campo, por no mencionar el enorme agujero que un impacto como ése debía de haber hecho en el suelo. ¿Se habría imaginado que el avión estaba allí? ¿Habría sido una alucinación?

Sacudió la cabeza para aclararse las ideas, aunque, en realidad, ya pensaba con claridad. El zumbido y el quejido de los oídos habían desaparecido, y a pesar de que todavía tenía hematomas y una leve cefalea, se encontraba mucho mejor. Volvió caminando poco a poco hacia las piedras sin dejar de buscarlo y con la creciente sensación de pánico que le ascendía por la nuca. No estaba allí.

Despertó por la mañana sin tener ni idea de dónde estaba. Lentamente pudo advertir que se encontraba acurrucado en la hierba, puesto que era consciente de su olor. En la hierba había estado pastando el ganado, porque había una enorme boñiga de vaca junto a él, y era lo bastante fresca como para olerla. Estiró una pierna con cuidado, y después un brazo. Se puso boca arriba y se sintió un poco mejor cuando notó que estaba tumbado sobre algo sólido, aunque el cielo se mostraba como un vacío vertiginoso.

También era un manto vacío de suave azul pálido, ya que no había ni una nube.

¿Cuánto tiempo...? Una punzada de alarma hizo que se pusiera de rodillas, pero el luminoso pinchazo de dolor amarillo que le estalló detrás de los ojos lo obligó a sentarse de nuevo, al tiempo que gemía y maldecía entre jadeos.

Otra vez. Esperó hasta que se le normalizó la respiración y luego se arriesgó a abrir un ojo.

Bueno, lo que era evidente era que seguía estando en Northumbria, en la parte norte, donde los campos ondulados de Inglaterra confluyen con las inhóspitas rocas de Escocia. Reconoció las colinas onduladas cubiertas de hierba seca y salpicadas de rocas puntiagudas que se elevaban de los repentinos peñascos escarpados. Tragó saliva y se pasó ambas manos con fuerza por la cabeza y la cara para asegurarse de que seguía siendo de carne y hueso. No se sentía real. Incluso después de haberse contado minuciosamente los dedos de las manos y los pies, así como sus partes íntimas —y esto último lo contó dos veces, por si acaso—, seguía teniendo la sensación de que había algo importante que no estaba en su sitio, como si le hubieran arrancado algo que ya no llevara consigo.

Le seguían resonando los oídos, más o menos como le ocurría después de algún viaje especialmente activo. Pero ¿por qué? ¿Qué había oído?

Se dio cuenta de que ahora podía moverse con un poco más de soltura, y consiguió examinar todo el cielo, sector por sector.

Allí arriba no había nada, y tampoco recordaba que lo hubiera. Sin embargo, la cabeza le zumbaba y le tintineaba, y un escalofrío le recorría todo el cuerpo. Se frotó los brazos con fuerza para que desapareciera.

«Piloerección» era el nombre correcto para denominar la piel de gallina; se lo había explicado Dolly. Ella tenía una libretita donde escribía palabras con las que se encontraba en sus lecturas. Era una gran lectora. Ya había empezado a sentarse al pequeño Roger en el regazo para leerle después de tomar el té, y el niño observaba con los ojos como platos las coloridas ilustraciones de su libro de tela.

Cuando pensó en su familia consiguió levantarse. Se tambaleaba, pero ahora estaba bien, sí, definitivamente mejor, aunque seguía teniendo la sensación de que no estaba cómodo en su propia piel. Y el avión, ¿dónde se encontraba?

Miró a su alrededor. No vio ni rastro de ningún avión en ninguna parte. Entonces lo recordó y se le revolvió el estómago. Era real. Por la noche se había convencido de que estaba soñando o alucinando, se había tumbado para recuperarse y por lo visto debía de haberse quedado dormido. Pero ahora, sin duda, estaba despierto; un bicho se estaba deslizando por su espalda y se dio una palmada fuerte para aplastarlo.

Tenía el corazón acelerado, lo que era una sensación muy desagradable, y, además, le sudaban las palmas de las manos. Se las limpió en los pantalones y observó el paisaje. No era llano, pero tampoco había muchos escondrijos. No había árboles ni valles frondosos; sin embargo, vio el brillo del agua de un pequeño lago a lo lejos, pero si hubiera amerizado, estaría mojado.

Pensó que quizá llevara inconsciente tanto tiempo que se había secado. Tal vez había imaginado que había visto el avión junto a las piedras, pero no podía haberse alejado tanto del lago y haberlo olvidado. Había empezado a caminar hacia el lago, pero sólo porque era incapaz de pensar en algo mejor que hacer. Era evidente que había transcurrido cierto tiempo y el cielo se había despejado como por arte de magia. Bueno, por lo menos no tendrían muchos problemas para encontrarlo: sabían que estaba junto al muro. Muy pronto pasaría algún camión, ya que no podía estar a más de dos horas del aeródromo.

—Menos mal —murmuró.

Había elegido un lugar especialmente olvidado de la mano de Dios para estrellarse. No se veía ninguna granja o potrero, ni tampoco ninguna columna de humo que saliera de alguna chimenea.

Cada vez tenía la cabeza más despejada. Por si acaso, rodearía el lago y luego iría en busca de la carretera por si se encontraba con el equipo de apoyo.

—¿Y decirles que he perdido el maldito avión? —se preguntó en voz alta—. Sí, claro. Venga, maldito idiota, ¡piensa! ¿Dónde lo viste por última vez?

Caminó a paso lento durante mucho tiempo para evitar dañar la rodilla, pero cuando llevaba un rato andando empezó a notar cierto alivio. Sin embargo, él no se encontraba mejor. En aquel campo había algo raro. Ya sabía que Northumbria era un lugar irregular, pero no suponía que lo fuera tanto. Había encontrado una carretera, aunque no era la carretera secundaria que había visto desde el aire. Se trataba de un camino sucio, irregular, salpicado de piedras y con aspecto de ser una ruta bastante transitada por animales con herrajes en las pezuñas y una dieta alta en fibra.

¡Ojalá no hubiera pensado en comida! Tenía mucha hambre. Sin embargo, pensar en el desayuno era mejor que pensar en otras cosas y, durante un rato, se divirtió imaginando los huevos en polvo y las tostadas rancias que habría comido en la cantina, para después recordar los generosos desayunos de su juventud en las Highlands: enormes cuencos de gachas humeantes, rebanadas de pudin negro fritas en manteca, tortas con mermelada, abundante té fuerte bien caliente...

Una hora después encontró el muro de Adriano. Era difícil no verlo, a pesar de que estaba cubierto de hierba y matorrales de todo tipo. Discurría impasible por el paisaje, igual que las legiones romanas que lo habían construido, obstinadamente recio, una costura gris que se abría paso por las colinas y los valles, y separaba los campos apacibles del sur de los saqueadores sinvergüenzas del norte. Sonrió al pensarlo y se sentó apoyando la espalda contra el muro, que en ese punto medía menos de un metro de alto, para masajearse la rodilla.

No había encontrado el avión ni ninguna otra cosa, y estaba empezando a dudar de su propia percepción de la realidad. Había visto un zorro, varios conejos y un faisán que casi lo mata de un infarto al aparecer justo bajo sus pies. Pero no había visto ni una persona, y eso le resultaba muy inquietante.

Ya sabía que estaban en guerra y que la mayoría de los campesinos se había alistado en el ejército, pero las granjas seguían allí. Las mujeres las regentaban y con sus productos alimentaban a todo el país. Él mismo había escuchado cómo las felicitaban en la radio justamente la semana pasada. Entonces, ¿dónde narices estaba todo el mundo?

El sol estaba empezando a ponerse cuando vio una casa pegada al muro. Le resultó un tanto familiar, a pesar de que sabía que no la había visto nunca. Era de piedra y achaparrada, pero bastante grande, y tenía una cubierta de paja andrajosa. Pero salía humo de la chimenea, y cojeó hasta la casa lo más rápido que pudo.

Fuera, había una mujer alimentando a las gallinas. Iba ataviada con un vestido largo harapiento y un delantal. Él gritó y la mujer, que levantó la vista, se quedó boquiabierta tan pronto como lo vio.

—Hola —dijo sin aliento debido a la carrera—. He tenido un accidente. Necesito ayuda. ¿Tiene teléfono?

Ella no contestó. Soltó el cesto con la comida de las gallinas y desapareció a toda prisa por la esquina de la casa. Él suspiró exasperado. Bueno, quizá hubiera ido a buscar a su marido. No veía ni rastro de ningún vehículo, no parecía que tuvieran tractor, pero quizá el hombre fuera...

El hombre era alto, fibroso y tenía los dientes rotos. Vestía una camisa sucia y unos pantalones cortos y anchos que dejaban ver el abundante vello de sus piernas y sus pies descalzos, e iba acompañado de otros dos hombres que llevaban una vestimenta igual de cómica. Jerry enseguida interpretó sus miradas y se esfumaron sus ganas de echarse a reír.

—Oiga, no busco problemas, amigo —intervino reculando al tiempo que levantaba las manos—. Ya me marcho, ¿de acuerdo?

Ellos siguieron avanzando hacia él muy despacio y se separaron para rodearlo. Aunque a Jerry en un primer momento no le había gustado nada su aspecto, lo cierto es que cada segundo que pasaba le gustaba menos. Parecían hambrientos y tenían un brillo de inquisición en los ojos.

Uno de ellos le dijo algo, una especie de pregunta, pero tenía un acento de Northumbria tan marcado que apenas alcanzó a comprender una palabra, «quién», y él se apresuró a tirar de las chapas de identificación que llevaba colgadas del cuello de su chaqueta y a ondear los discos verdes y rojos para que los vieran. Otro sonrió, pero no fue una sonrisa agradable.

—Miren —repuso sin dejar de recular—. No pretendía...

El cabecilla del grupo alargó una mano huesuda y lo agarró del antebrazo. Jerry trató de zafarse, pero el hombre, en lugar de soltarlo, lo golpeó en el abdomen.

Notaba cómo se le abría y cerraba la boca como si fuera un pez, pero el aire no podía entrar. Agitó los brazos con fuerza, pero los tres tipos se abalanzaron sobre él. Se hablaban los unos a los otros, y Jerry no entendía ni una sola palabra, pero sus intenciones eran evidentes. Entonces consiguió alcanzar una nariz con la cabeza.

Fue el único golpe que asestó. En cuestión de dos minutos lo habían hecho papilla; le habían registrado los bolsillos, le quitaron la chaqueta y las chapas identificativas, lo arrastraron por el camino y lo lanzaron por una pendiente muy empinada.

Bajó rodando y rebotando de un saliente a otro hasta que consiguió alargar el brazo y agarrarse a un arbusto cubierto de maleza. Se detuvo de inmediato y acabó tumbado con la cara metida en el brezo y la respiración acelerada. Le vino a la mente un pensamiento incoherente. Recordó que había llevado a Dolly al cine antes de embarcarse en aquella misión. Habían visto *El mago de Oz*, y Jerry estaba empezando a sentirse como la chica de la película, tal vez debido al parecido que guardaban los habitantes de Northumbria con los espantapájaros y los leones.

—Por lo menos el puto león hablaba en inglés —murmuró mientras se sentaba—. Dios, ¿y ahora qué hago?

Entonces pensó que era un buen momento para dejar de maldecir y empezar a rezar.

Londres, dos años después

Había llegado a casa del trabajo en poco más de cinco minutos, justo a tiempo de presenciar la carrera enloquecida de Roger por el pasillo gritando «¡mamá!», y fingir que perdía el equilibrio al recibir su impacto, aunque la verdad es que no había que fingir demasiado, ya que estaba creciendo mucho. Justo a tiempo de llamar a su madre, escuchar la respuesta amortiguada desde la cocina, respirar esperanzada al percibir el olor a té y adivinar el tentador aroma de las sardinas en lata que le hacía la boca agua, un capricho poco habitual.

Justo a tiempo de sentarse en lo que parecía la primera vez en días, quitarse los zapatos de tacón y sentir el alivio recorriéndole los pies como si los bañara una ola de mar. Advirtió, consternada, el agujero que se le había hecho en la media. Era el último par que le quedaba. Se estaba desabrochando el liguero y pensando que tendría que empezar a utilizar bronceador de piernas como Maisie y a dibujarse con cuidado la raya de la costura en las piernas con un lápiz de ojos, cuando alguien llamó a la puerta.

—¿Señora MacKenzie?

El hombre que aguardaba ante el umbral del piso de su madre era alto, una silueta sombría en la oscuridad del vestíbulo, pero enseguida supo que era un soldado.

—¿Sí?

No pudo evitar que se le desbocara el corazón y se le encogiera el estómago. Se esforzó todo lo que pudo por sofocar y negar la esperanza que se había encendido en su interior como si se tratara de una cerilla. Un error. Habían cometido un error. Él no había muerto, no había desaparecido o quizá tampoco hubiera sido capturado, y lo habían encontrado... Entonces vio la cajita que el soldado llevaba en la mano y le flaquearon las piernas.

Veía lucecitas y la cara de aquel desconocido planeando sobre ella, nublada por la confusión. Sin embargo, podía oír, escuchaba a su madre, que llegó corriendo de la cocina, el sonido de sus zapatillas a la carrera y cómo, alterada, levantaba la voz. Oyó el nombre del soldado, capitán Randall, Frank Randall. Oyó la cálida vocecita ronca de Roger diciendo confundido: «¿Mamá?, ¿mamá?»

Entonces fue consciente de que se encontraba en el sofá cama reclinable con una taza de agua caliente que olía a té, una infusión aguada, ya que sólo podían permitirse cambiar las hojas de té una vez a la semana, y estaban a viernes. El soldado tendría que haber acudido en domingo, le estaba diciendo su madre, y podrían haberle ofrecido un té decente. Pero quizá no trabajara los domingos.

Su madre había ofrecido al capitán Randall la mejor silla, junto a la estufa eléctrica, y había encendido dos de las resistencias como muestra de hospitalidad. Su madre estaba charlando con el capitán y tenía a Roger sentado sobre el regazo. Su hijo estaba más interesado en la cajita que reposaba sobre la mesita; no dejaba de intentar cogerla, pero su abuela no le permitía alcanzarla. Marjorie reconoció esa mirada decidida en los ojos de su pequeño. No iba a tener ninguna pataleta (casi nunca lo hacía), pero tampoco iba a darse por vencido.

No se parecía mucho a su padre, salvo cuando deseaba algo con todo su corazón. Se incorporó un poco, al tiempo que sacudía la cabeza para deshacerse del mareo, y Roger la miró distraído por sus movimientos. Por un momento vio a Jerry mirando a través de sus ojos, y todo volvió a darle vueltas. Pero ella cerró los ojos y tomó un poco de té a pesar de lo caliente que estaba.

Su madre y el capitán Randall habían estado conversando con amabilidad, lo que le había dado tiempo para que se recuperara. «¿Tiene hijos?», le preguntó su madre.

—No —dijo él, lanzando lo que pareció una mirada cargada de esperanza en dirección al pequeño Roger—. Todavía no. Llevo dos años sin ver a mi mujer.

—Mejor tarde que nunca —repuso una voz aguda, y se sorprendió al darse cuenta de que era la suya. Dejó la taza, se subió la media, que ahora tenía en el tobillo, y le clavó la mirada al capitán Randall—. ¿Qué me ha traído? —preguntó, tratando de adoptar un tono de serena dignidad. No le salió bien; incluso ella misma advirtió que parecía tan crispada como un cristal roto.

El capitán Randall la miró con curiosidad, pero cogió la cajita y se la ofreció.

—Es del teniente MacKenzie —anunció—. Una hoja de roble para un aviador mencionado en los despachos. Se la concedieron a título póstumo por...

Ella se alejó con cierto esfuerzo y volvió a tumbarse sobre los almohadones negando con la cabeza.

—No la quiero.

—¡Marjorie! ¡De verdad!

Su madre estaba asombrada.

—Y no me gusta esa palabra. Pós..., póstu... No la diga.

No podía desprenderse de la sensación de que, de alguna forma, Jerry estaba metido en esa caja, una idea que le resultaba tan terrible como reconfortante. El capitán Randall la dejó en la mesa muy despacio, como si pudiera explotar.

—No lo diré —repuso con elegancia—. Pero puedo decirle que yo conocí a su marido. Fue muy breve, pero lo conocí. He venido en persona porque quería explicarle lo valiente que fue.

—Valiente.

Al pronunciar la palabra tuvo la sensación de que tenía una piedrecita en la boca. Deseó poder escupírsela al capitán.

—Pues claro que lo fue —dijo su madre con firmeza—. ¿Has oído eso, Roger? Tu padre era un buen hombre, y muy valiente. No lo olvides.

Roger no estaba prestando atención, sólo forcejeaba para bajarse. Su abuela lo dejó en el suelo con desgana y el niño se tambaleó hasta el capitán Randall y se agarró de los pantalones recién planchados del soldado con unas manos grasientas debido al aceite de sardina y a las migas de la tostada. El capitán apretó los labios, pero no intentó soltar a Roger, tan sólo se limitó a darle unas palmaditas en la cabeza.

—¿Eres un buen chico? —le preguntó.

—Pez —contestó Roger con decisión—. ¡Pez!

Marjorie sintió el impulso de reírse de la expresión de sorpresa del capitán, aunque no consiguió ablandarle el corazón.

—Es la última palabra que ha aprendido —explicó—. Pez. No sabe decir «sardina».

—Sar... ¡deeeee! —exclamó Roger fulminándola con la mirada—. ¡Peeeeeez!

El capitán se rió con ganas y sacó un pañuelo para limpiarle la saliva a Roger de la cara, y de paso le limpió también las manitas sucias.

—Exacto, es un pez —le aseguró a Roger—. Eres un niño muy listo. Y estoy seguro de que ayudas mucho a tu mamá. Toma, te he traído una cosa para acompañar el té.

Rebuscó en el bolsillo del abrigo y sacó un tarro de mermelada de fresa. Las glándulas salivales de Marjorie se contrajeron con dolor. A causa del racionamiento de azúcar llevaba sin probar la mermelada...

—Ayuda mucho —anunció su madre con tenacidad, decidida a mantener una conversación normal a pesar del comportamiento peculiar de su hija. Evitó mirar a Marjorie a los ojos—. Es un niño encantador. Se llama Roger.

—Sí, lo sé. —Miró a Marjorie, que se había movido un poco—. Me lo dijo su marido. Era un hombre...

—Valiente. Ya me lo ha dicho. —De repente se rompió algo. Era un enganche de su liguero, pero el estallido hizo que se incorporara y apretó, con los puños, la fina tela de la falda—. Valiente —repitió—. Todos son valientes, ¿no? Todos y cada uno. Incluso usted, ¿o no?

Oyó el jadeo de su madre, pero de todas formas siguió actuando con imprudencia.

—Todos tienen que ser valientes y nobles y... y perfectos, ¿verdad? Porque si fueran frágiles, si tuvieran debilidades, si alguno de ustedes no pareciera lo que debe parecer, ya sabe, podría irse todo al garete, ¿no? Así que ninguno las deja ver, ¿verdad? Y si alguno las revelara, los demás las encubrirían. Jamás dejarían de hacer algo, sin importar lo que sea, porque no pueden negarse; si alguien lo hiciera, los demás pensarían lo peor de él, ¿cierto?, y no podemos permitir eso, ¡oh, no, no podemos permitirlo!

El capitán Randall la estaba mirando fijamente con un brillo de oscura preocupación en los ojos. Era posible que pensara que estaba loca, y era probable que lo estuviera. Pero ¿a quién le importaba?

—Marjie, Marjie, cariño —estaba murmurando su madre muy avergonzada—. No deberías decirle esas cosas a...

—Fue usted quien le pidió que lo hiciera, ¿verdad? —Ahora estaba de pie, se enfrentaba al capitán y lo obligaba a mirarla—. Me lo contó. Me habló de usted. Usted apareció y le pidió que hiciera lo que fuera que acabó con su vida. No se preocupe, no me contó sus malditos secretos, él nunca habría hecho algo así. Era aviador.

Jadeaba de rabia y tuvo que dejar de hablar para respirar. Con el rabillo del ojo vio que Roger se había encogido y estaba colgado de la pierna del capitán. Randall rodeó al niño con el brazo de manera automática, como si quisiera protegerlo de la ira de su madre. Marjorie se esforzó por dejar de gritar y, para su horror, notó cómo las lágrimas empezaban a resbalarle por las mejillas.

—Y ahora viene aquí y me trae, me trae...

—Marjie.

Su madre se acercó a ella, quien notó la calidez y la suavidad de su cuerpo tranquilizador con su viejo delantal desgastado. Le dio un trapo de cocina a Marjorie y luego se colocó entre su hija y el enemigo, sólida como un buque de guerra.

—Ha sido muy amable al traer esto, capitán —la oyó decir Marjorie, y notó cómo se movía y se agachaba para coger la cajita.

Marjorie se sentó sin ser consciente de ello y se llevó el trapo de cocina a la cara para ocultarse detrás de la tela.

—Toma, Roger, mira. ¿Ves cómo se abre? ¿Has visto qué bonito? Se llama..., ¿cómo ha dicho que se llamaba, capitán? Ah, sí, hoja de roble. Eso es. ¿Sabes decir «medalla», Roger? Me-dalla. Ésta es la medalla de tu padre.

Roger no dijo nada. Probablemente el pobrecillo estuviera aterrado. Marjorie tenía que recomponerse. Pero ya había ido demasiado lejos y no podía detenerse.

—Lloró cuando se despidió de mí. —Murmuró el secreto en los pliegues del trapo de cocina—. No quería marcharse. —Irguió los hombros debido a un inesperado sollozo convulsivo y se pegó el trapo a los ojos con fuerza—. Dijiste que volverías, Jerry, dijiste que volverías.

Se ocultó detrás de su fortaleza salpicada de harina mientras escuchaba cómo su madre le ofrecía otro té al capitán y, para su sorpresa, él aceptaba. Había imaginado que el capitán Randall aprovecharía su retirada para hacer lo propio. Pero se quedó conversando tranquilamente con su madre y hablando despacio con Roger mientras su madre iba a buscar el té. Ignoró su vergonzosa actuación y le hizo compañía en aquella vieja habitación.

El tintineo y el ajetreo que se oyó con la llegada de la bandeja del té le dio la oportunidad de retirar su fachada de tela, y aceptó con resignación una tostada untada con un poco de margarina y una deliciosa cucharada de mermelada de fresa.

—Toma —le dijo su madre mirándola con aprobación—. No habrás comido nada desde el desayuno, estoy segura. Cualquiera estaría azorada.

Marjorie fulminó a su madre con la mirada, pero en realidad era cierto; no había almorzado porque Maisie se había marchado por «problemas de mujeres», una enfermedad que la afligía casi cada semana, y había tenido que ocuparse de la tienda todo el día.

La conversación fluía con comodidad a su alrededor, un reguero tranquilizador que pasaba junto a una roca inmóvil. Incluso Roger se relajó cuando sacaron la mermelada. Nunca la había probado, y la olisqueó con curiosidad, la chupó con cautela, y luego dio un enorme mordisco que le dejó una mancha roja en la nariz mientras miraba la tostada con sus ojos de color verde musgo abiertos como platos a causa de la sorpresa y el placer. La cajita, que ahora estaba abierta, aguardaba sobre la mesita, pero nadie la mencionaba ni miraba en esa dirección.

Tras un intervalo de tiempo decente, el capitán Randall se levantó para marcharse y le dio a Roger una brillante moneda de seis peniques antes de salir. Marjorie creyó que lo mínimo que podía hacer era levantarse para acompañarlo hasta la puerta. Las medias se le iban cayendo, de manera que se las quitó con desdén sacudiendo las piernas y caminó descalza hasta la puerta. Oyó el suspiro de su madre a su espalda.

—Gracias —dijo abriéndole la puerta—. Yo... aprecio lo que...

Para su sorpresa, él la interrumpió posándole la mano en el brazo.

—No tengo ningún derecho a decirle esto, pero lo voy a hacer —repuso en voz baja—. Tiene usted razón; no todos son valientes. La mayoría de ellos, de nosotros, sólo estamos ahí e intentamos hacerlo lo mejor que podemos. La mayor parte del tiempo —añadió, y se le curvó un poco la comisura de los labios, aunque ella no supo distinguir si el gesto fue fruto del humor o de la amargura—. Pero su marido... —Cerró los ojos un momento y agregó—: Los más valientes son, sin duda, aquellos que ven con mayor claridad la misión que tienen por delante, la gloria y el peligro a partes iguales, y, a pesar de ello, salen a enfrentarse a lo que sea. Él lo hizo, cada día, durante mucho tiempo.

—Pero usted lo envió a hacerlo —repitió con un tono de voz tan bajo como el de él—. Lo hizo.

El capitán esbozó una sonrisa débil.

—He hecho cosas como ésa cada día durante mucho tiempo.

La puerta se cerró con suavidad y ella se quedó allí tambaleándose con los ojos cerrados, notando la corriente de aire frío que se colaba por debajo y le congelaba los pies descalzos. Ya hacía tiempo que había llegado el otoño y la oscuridad empezaba a colorear las ventanas a pesar de ser sólo la hora del té.

«He hecho cosas como ésa cada día durante mucho tiempo —pensó—. Pero no lo llaman «valentía» cuando uno no tiene otra opción.»

Su madre estaba trasteando por el piso y murmuraba para sí misma mientras corría las cortinas. O quizá no lo hiciera tanto para ella misma.

—Era evidente que le gustaba. Ha sido muy amable, ha venido en persona a traer la medalla. ¿Y cómo reacciona ella? Como un gato al que le han pisado la cola, enseñando las zarpas y maullando, así es como reacciona. Cómo espera que ningún hombre...

—No quiero ningún hombre —espetó Marjorie en voz alta.

Su madre se dio la vuelta. Era bajita, sólida e implacable.

—Necesitas un hombre, Marjorie. Y el pequeño Roger precisa un padre.

—Ya tiene un padre —dijo entre dientes—. El capitán Randall está casado. Y yo no necesito a nadie.

«A nadie que no sea Jerry.»

Northumbria

Se relamió al percibir el olor de hojaldre caliente y carne jugosa y humeante. Había una hilera de hojaldres en el alféizar, cubiertos con un trapo por si acaso acudían los pájaros, pero se adivinaba su silueta rolliza y redondeada, y el trapo tenía algunas manchas de grasa.

Se le hizo la boca agua, tanto que le dolían las glándulas salivales, y tuvo que masajearse la mandíbula por debajo para aliviar el dolor.

Era la primera casa que había visto en dos días. Cuando consiguió salir del desfiladero, se alejó todo lo que pudo del castillo, y al final encontró un grupito de casitas, donde tampoco entendió a los vecinos, pero le ofrecieron un poco de comida. Le había durado un poco; aparte de eso, había sobrevivido a base de lo que pudo coger de los arbustos y gracias a algún que otro vegetal. Había encontrado otra casa, pero sus habitantes lo habían echado.

En cuanto consiguió rehacerse lo suficiente y empezó a pensar con claridad, le resultó evidente que tenía que volver a buscar aquellas piedras. Lo que fuera que le hubiera ocurrido, le había pasado allí, y si de verdad había viajado al pasado (y por mucho que se había esforzado en encontrar otra explicación, ninguna parecía lógica), su única alternativa de regresar a su lugar de procedencia tenía que hallarse allí también.

Sin embargo, se había alejado bastante del camino buscando comida, y como las pocas personas con las que se cruzó parecían entenderlo tan poco como él a ellos, había tenido bastantes dificultades para regresar al muro. Pero ahora creía que estaba cerca; el terreno irregular empezaba a resultarle familiar, aunque quizá sólo se tratara de una ilusión.

Y aun así, todo había dejado de importarle en cuanto percibió el olor a comida.

Rodeó la casa a una distancia prudencial para asegurarse de que no tenían perros. No tenían. Muy bien. Decidió aproximarse por un lateral, alejado de cualquiera de las escasas ventanas de la casa. Salió corriendo de detrás de un arbusto hasta el arado, de allí al muladar y después hasta la casa. Se pegó al muro de piedra gris con la respiración acelerada, y percibiendo aquel delicioso aroma tan sabroso. ¡Mierda! Estaba babeando. Se limpió la boca con la manga, dobló la esquina y alargó la mano.

Resultó que sí que había un perro en la granja, pero estaba con su dueño en el granero. Ambos regresaron de forma inesperada justo en ese instante. El perro enseguida vio lo que parecía alguna clase de artimaña sospechosa y actuó en consecuencia. Asimismo, alertado de la actividad criminal dentro de su propiedad, el granjero se unió automáticamente a la reyerta, armado con una pala de madera, con la que golpeó a Jerry en la cabeza.

Mientras se tambaleaba contra el muro de la casa, conservó el juicio suficiente como para advertir que la mujer, que en ese momento estaba asomada a la ventana gritando como el tren de Glasgow, había tirado uno de los hojaldres al suelo, donde se afanaba en devorarlo el perro, que tenía una expresión de bondad y agradecimiento que a Jerry le pareció muy ofensiva.

Entonces el granjero volvió a golpearlo y dejó de sentirse ofendido.

Las piedras del establo estaban muy bien encajadas con mortero, lo que hacía que fuera muy sólido. Se agotó de tanto gritar y golpear la puerta hasta que le falló la pierna lesionada y se desplomó en el suelo de tierra.

—¿Y ahora qué? —murmuró. El esfuerzo lo había dejado empapado, pero en el establo hacía frío. Había esa humedad penetrante, tan propia de las islas británicas, que se te mete en los huesos y hace que te duelan las articulaciones. Por la mañana tendría pinchazos en la rodilla. El aire olía a estiércol y a orines helados—. ¿Qué haces aquí, Jerry? —se dijo a sí mismo, y se incorporó para hacerse un ovillo dentro de su camisa. Iba a ser una noche muy larga.

Se puso a cuatro patas y palpó el suelo del establo, pero no había nada ni medianamente comestible, sólo algunos restos de heno enmohecido. Eso no se lo comerían ni las ratas; el interior de aquel lugar estaba vacío como un tambor y silencioso como una iglesia.

Se preguntó qué habría pasado con las vacas. ¿Habrían muerto a causa de una plaga, se las habrían comido, las habrían vendido? O quizá todavía no habían regresado de las pasturas del verano, aunque el año ya estaba un poco avanzado para eso.

Volvió a sentarse y se apoyó en la puerta, porque la madera estaba un poco menos fría que las paredes de piedra. Había imaginado que podían capturarlo en alguna batalla, que los alemanes lo hacían prisionero, a todos les ocurría de vez en cuando, aunque los chicos no solían hablar del tema. Pensó en los campos de prisioneros de guerra y en esos campos de Polonia, los que tendría que haber fotografiado. ¿Eran tan deprimentes como ese lugar? No sabía por qué había pensado eso, era una estupidez.

Pero tenía que pasar el rato de una forma u otra hasta que amaneciera, y había muchísimas cosas en las que prefería no pensar en ese instante. Igual que en lo que le ocurriría cuando amaneciera, ya que no creía que fueran a llevarle el desayuno a la cama.

Hacía bastante viento. Silbaba con tanta fuerza por las esquinas del establo que le daba dentera. Todavía tenía el pañuelo de seda; se le había colado dentro de la camisa cuando lo atacaron los bandidos del castillo. Lo cogió y se lo puso alrededor del cuello para consolarse, aunque no calentara mucho.

Alguna vez le había llevado el desayuno a la cama a Dolly. Ella se despertaba despacio y soñolienta, y a él le encantaba cómo se apartaba de la cara el enredado cabello negro rizado y miraba con los ojos entornados como si fuera un pequeño topo parpadeando a la luz del día. La ayudaba a sentarse y colocaba la bandeja en la mesita que tenía al lado, y luego se quitaba la ropa y se metía él también en la cama y se acurrucaba en contacto con la suave piel caliente de su mujer. A veces resbalaba por la cama, y ella fingía que no lo había advertido mientras tomaba un poco de té o untaba mantequilla en la tostada, y él rebuscaba entre las mantas hasta que encontraba el algodón de las sábanas y de su camisón. Le encantaba cómo olía su mujer, sobre todo cuando le había hecho el amor la noche anterior y ella desprendía su olor masculino de entre las piernas.

Se removió un poco, excitado por el recuerdo, pero el pensamiento de que tal vez no volvería a verla hizo que perdiera el deseo de inmediato.

Sin embargo, sin dejar de pensar en Dolly, se metió la mano en el bolsillo automáticamente, y se sorprendió al no encontrar ningún bulto. Se palpó la pierna, pero no halló la pequeña protuberancia del zafiro. ¿Lo habría guardado en el otro bolsillo por error? Rebuscó con urgencia y se metió las dos manos hasta el fondo de los bolsillos. No encontró ninguna piedra, pero tenía algo en el bolsillo derecho. Algo polvoriento, casi grasiento, ¿qué narices...?

Sacó los dedos y se los miró de cerca, pero estaba demasiado oscuro como para distinguir algo que no fuera la difusa silueta de su mano; era imposible ver lo que tenía en ella. Se frotó los dedos con cuidado; tuvo la sensación de que era algo parecido al hollín espeso que se acumula en el interior de una chimenea.

—Dios —susurró, y se llevó los dedos a la nariz. Percibió un evidente olor a combustión. No olía a carburante, sino que era un olor a quemado tan intenso que notó el sabor en la lengua. Se asemejaba a algo recién salido de un volcán. En nombre de Dios Todopoderoso, ¿qué podía quemar una roca y dejar intacto al hombre que la llevaba encima?

Lo que había encontrado en aquellas rocas, era eso.

Había conseguido controlar bastante bien el miedo hasta ese momento, pero... Tragó saliva y volvió a sentarse despacio.

—Ahora que me acuesto... —susurró con la boca pegada a las rodillas de los pantalones—, le pido a Dios que proteja mi alma...

Y lo cierto es que al final se durmió, a pesar del frío, debido al cansancio. Estaba soñando con el pequeño Roger, que, por algún motivo, ahora era un adulto, pero todavía llevaba consigo su minúsculo oso azul, un muñeco muy pequeño en una mano enorme. Su hijo le estaba hablando en gaélico, le decía algo importante que él no comprendía, y cada vez estaba más frustrado y no dejaba de pedirle a Roger que le hablara en inglés. ¿Es que no conocía el idioma?

Entonces oyó otra voz a través de la bruma del sueño y se dio cuenta de que, en realidad, alguien le estaba hablando.

Despertó de golpe e intentó comprender lo que le estaban diciendo, pero no lo consiguió. Tardó varios segundos en entender que quienquiera que le estuviera hablando (y parecía que hubiera dos voces que discutían entre siseos y murmullos), lo hacía en gaélico.

Jerry sólo sabía un poco de gaélico. Su madre conocía la lengua, pero... Había empezado a moverse antes de poder completar el pensamiento, presa del pánico al pensar que la ayuda potencial pudiera desaparecer.

—¡Hola! —aulló levantándose, o tratando de hacerlo, con torpeza. Pero la rodilla lesionada no quiso cooperar y cedió en cuanto apoyó peso sobre ella, cosa que hizo que se desplomara de bruces contra la puerta.

Se volvió mientras caía y se golpeó con el hombro. El golpe seco puso fin a la discusión; las voces guardaron silencio de inmediato.

—¡Ayuda! ¡Ayúdenme! —gritó golpeando la puerta—. ¡Socorro!

—Por el amor de Dios, ¿quiere dejar de hacer ruido? —dijo un susurro irritado desde el otro lado de la puerta—. ¿Quiere que nos descubran a todos? Ven aquí, acerca la luz.

La última parte parecía dirigida al acompañante de la voz, pues de pronto surgió un suave brillo por el hueco que había debajo de la puerta. Se oyeron unos arañazos cuando corrieron el cerrojo y un leve rugido debido al esfuerzo, y luego un ¡*tonc*! cuando el cerrojo impactó contra el muro. La puerta se abrió y

Jerry parpadeó al ver el repentino rayo de luz que proyectaba un candil.

Volvió la cabeza y cerró los ojos a propósito un momento, de la misma forma que lo haría si volara por la noche y quedara momentáneamente cegado por algún resplandor o el brillo de su propio agotamiento. Cuando volvió a abrirlos, los dos hombres estaban en el establo con él y lo observaban con evidente curiosidad.

Era un par de tipos grandotes, los dos más altos y más corpulentos que él. Uno era rubio y el otro tenía el cabello negro como el diablo. No se parecían mucho y, aun así, Jerry tenía la impresión de que tal vez fueran parientes, quizá debido a una complexión y a una expresión parecidas.

—¿Cómo se llama, amigo? —preguntó el tipo moreno con suavidad. Jerry sintió una punzada de desconfianza en la nuca y, al mismo tiempo, un remolino de emoción en la boca del estómago. Hablaba de manera normal, lo entendía muy bien. Tenía acento escocés, pero...

—MacKenzie, J. W. —respondió poniéndose firmes—. Teniente de las Fuerzas Aéreas de Su Majestad. Número...

Una expresión indescriptible cruzó el rostro del tipo moreno. Se trataba de ganas de reír y una llama de emoción en los ojos, que eran de un color verde intenso que brilló de repente ante la luz. A Jerry no le importaba nada de eso; lo importante era que aquel hombre lo sabía. Lo sabía.

—¿Quiénes son ustedes? —preguntó con urgencia—. ¿De dónde proceden?

Los dos hombres intercambiaron una mirada insondable y el otro contestó.

—De Inverness.

—¡Ya saben a qué me refiero! —Inspiró hondo—. ¿De cuándo?

Los dos desconocidos eran tipos entrados en años, pero era evidente que el rubio había tenido una vida más dura, ya que tenía el rostro curtido y con arrugas.

—De mucho antes que usted —dijo en voz baja y, a pesar de lo nervioso que estaba, Jerry advirtió el tono de desolación en su voz—. De ahora. Perdido.

«Perdido.» ¡Oh, Dios! Pero aun así...

—Dios. ¿Y dónde estamos ahora? ¿Cuándo?

—En Northumbria —respondió sucintamente el hombre moreno—, y no estoy seguro del todo. Mire, no tenemos tiempo. Si alguien nos oye...

—Sí, claro. Vámonos.

Después de los olores del establo, el aire del exterior le resultó maravilloso, fresco, rebosante de brezo seco y tierra labrada. Le dio la sensación de que incluso podía percibir el olor de la luna, una leve hoz verde suspendida en el horizonte; al pensarlo recordó el sabor del queso y se le hizo la boca agua. Se limpió un chorro de saliva y corrió tras sus rescatadores cojeando todo lo rápido que pudo.

La granja era una mancha achaparrada de color negro en el paisaje. El tipo moreno lo agarró del brazo cuando estaba a punto de pasarla de largo, se chupó un dedo a toda prisa y lo levantó para comprobar la dirección del viento.

—Los perros —explicó en un susurro—. Por aquí.

Rodearon la granja a una distancia prudencial y acabaron tambaleándose a través de un campo arado. Jerry notaba los terrones de tierra bajo las botas mientras se afanaba por seguir el ritmo apoyándose a trompicones en su rodilla lesionada a cada paso que daba.

—¿Adónde vamos? —jadeó cuando le pareció que era prudente hablar.

—Le llevamos de vuelta a las piedras que están junto al lago —dijo con sequedad el hombre moreno—. Debió de cruzar por allí.

El rubio resopló como si no pensara lo mismo, pero no se lo discutió.

La esperanza ardió en el pecho de Jerry como si fuera una hoguera. Aquellos hombres sabían lo que eran las piedras y cómo funcionaban. ¡Ellos le enseñarían lo que debía hacer para regresar!

—¿Cómo me han encontrado?

Casi no podía respirar de lo rápido que iban, pero tenía que saberlo. Habían apagado el candil y no podía verles la cara, pero el hombre moreno emitió un sonido amortiguado que debía de ser una carcajada.

—Me he encontrado con una mujerzuela que llevaba sus chapas de identificación. Estaba muy orgullosa de ellas.

—¿Las tiene usted? —preguntó Jerry sorprendido.

—No, se ha negado a dármelas. —El que hablaba era el tipo rubio, y era evidente que la situación le divertía—. Pero nos ha explicado dónde las había hallado y hemos seguido sus pasos. ¡Cuidado! —Agarró a Jerry del hombro justo cuando se le torcía el pie. Los ladridos de un perro resonaron en la noche, estaba bastante lejos, pero se distinguían perfectamente. El hombre rubio lo cogió del brazo con fuerza—. Venga, ¡vamos!

Cuando vieron las rocas, ese pálido racimo de piedras a la luz de la luna menguante, Jerry tenía un corte muy feo en un costado y la rodilla inservible. Aun así, se sorprendió al ver lo cerca que estaban las rocas de la granja; debía de haber caminado en círculos durante más tiempo del que creía.

—Muy bien —repuso el hombre moreno deteniéndose de golpe—. Nosotros le dejamos aquí.

—¿Ah, sí? —preguntó Jerry jadeando—. Pero... pero tienen que...

—Por aquí es por donde ha cruzado. ¿Llevaba algo? ¿Alguna gema, joyas?

—Sí —reconoció Jerry desconcertado—. Llevaba un zafiro en el bolsillo. Pero ha desaparecido. Es como si se hubiera...

—Como si se hubiera quemado —concluyó el rubio con seriedad—. Sí. ¿Y ahora qué?

Era evidente que se dirigía al tipo moreno, que vaciló. Jerry no podía verle la cara, pero su lenguaje corporal transmitía duda. Sin embargo, como no era un hombre dado a la indecisión, se metió una mano en el zurrón de piel que llevaba amarrado a la cintura, sacó algo y se lo dio a Jerry. Estaba un poco caliente por el hecho de haber estado muy próximo al cuerpo del tipo, y parecía duro. Era una piedrecita. No era lisa, sino que se asemejaba a las que llevan engastadas los anillos.

—Quédate ésta, es buena. Cuando cruces —el hombre moreno le estaba hablando con energía—, piensa en tu mujer, en Marjorie. Piensa con fuerza; tienes que verla con el ojo de tu mente, y cruzar directamente. Pero, hagas lo que hagas, no pienses en tu hijo, sólo en tu mujer.

—¿Qué? —Jerry estaba anonadado—. ¿Cómo sabe usted el nombre de mi mujer? ¿Y cómo sabe que tengo un hijo?

—Eso no importa —contestó el hombre, y Jerry vio el movimiento que hizo con la cabeza cuando se volvió para mirar por encima del hombro.

—¡Maldita sea! —exclamó el rubio con suavidad—. Ya viene. Veo una luz.

Y la había: una única luz que se balanceaba por encima del suelo, como si alguien la llevara. Pero por mucho que se esforzó, Jerry no vio a nadie detrás y le recorrió un intenso escalofrío.

—*Tannasg* —dijo el otro hombre entre dientes. Jerry conocía muy bien aquella palabra; significaba «espíritu». Y por lo general se refería a uno malo, a uno encantado.

—Sí, es posible. —El tipo moreno hablaba con tranquilidad—. O quizá no. A fin de cuentas, se acerca el Samhain. En cualquier caso, tiene que irse, ahora mismo. Y recuerde, piense en su mujer.

Jerry tragó saliva y apretó la piedra con fuerza.

—Sí, sí, de acuerdo. Gracias —añadió con extrañeza, y escuchó el aliento de la risa triste del rubio.

—No hay de qué, amigo —respondió. Y se marcharon cruzando el prado lleno de rastrojos; sólo distinguía dos siluetas torpes bajo la luz de la luna.

Jerry se volvió hacia las rocas mientras escuchaba el latido de su corazón en los oídos. Tenían exactamente el mismo aspecto que antes. Sólo eran piedras. Pero el eco de lo que había oído ahí dentro... Tragó saliva. Tampoco tenía otra alternativa.

—Dolly —susurró, tratando de evocar la imagen de su mujer—. Dolly. Dolly, ¡ayúdame!

Dio un paso vacilante hacia las piedras. Otro. Otro más. Entonces casi se muerde la lengua cuando una mano se posó en su hombro. Se volvió con el puño en alto, pero la otra mano del hombre moreno lo agarró de la muñeca.

—Te quiero —dijo el hombre moreno con un tono feroz. Luego volvió a desaparecer tras un sonido de pisadas en la hierba seca, y Jerry se quedó con la boca abierta.

Escuchó la voz del otro hombre en la oscuridad, entre irritado y divertido. Hablaba de una forma distinta al moreno, tenía un acento mucho más marcado, pero Jerry lo entendió sin problemas.

—¿Por qué le dices esa tontería?

Y la respuesta del otro, a media voz, tenía un tono que le aterrorizó más que cualquiera de las cosas que le habían ocurrido hasta ese momento.

—Porque no conseguirá cruzar. Es la única oportunidad que tendré. Vamos.

Cuando volvió de nuevo en sí estaba amaneciendo y el mundo estaba en calma. No se oía el trino de los pájaros y el aire era fresco debido al frío de noviembre y la cercanía del invierno. En cuanto consiguió levantarse fue a echar un vistazo, tembloroso como un cordero recién nacido.

El avión no estaba allí, pero seguía habiendo un gran agujero en la tierra justo donde había caído. Sin embargo, la tierra no estaba pelada, sino que estaba cubierta de una capa de hierba y plantas. Cuando se acercó cojeando para examinarla de cerca, advirtió que no se trataba sólo de una capa, sino que todo estaba oculto. Había tallos de plantas muertas que habían crecido allí hacía tiempo.

Si había estado donde creía que había estado, si había viajado de verdad... al pasado..., entonces lo había hecho de nuevo hacia delante, y no había regresado al mismo momento en que había partido. ¿Cuánto tiempo habría transcurrido? ¿Un año, dos? Se sentó en la hierba, ya que estaba demasiado agotado como para seguir de pie. Se sentía como si hubiera estado caminando cada segundo del tiempo que había pasado entre aquel momento y el presente.

Había hecho lo que le había dicho ese desconocido de ojos verdes. Se había concentrado con todas sus fuerzas en Dolly. Pero no había sido capaz de dejar de pensar en el pequeño Roger, o al menos no del todo. ¿Cómo iba a conseguirlo? La imagen más reciente que conservaba de Dolly era la de ella abrazando al niño, estrechándolo contra sus pechos; eso era lo que había visto. Y aun así lo había conseguido. Lo había logrado. O por lo menos eso creía.

Se preguntó qué habría pasado. No había tenido tiempo de que se lo explicaran. Y tampoco de dudar sobre qué hacer. Habían empezado a acercarse más luces en la oscuridad, seguidas de zafios gritos de Northumbria, que estaban al acecho, se había abalanzado hacia la niebla de las rocas y las cosas se habían puesto feas, incluso peor que la primera vez. Esperaba que los desconocidos que lo habían rescatado hubieran conseguido escapar.

«Perdido», había dicho el hombre rubio, e incluso en ese instante la palabra lo atravesó como un pedazo de metal afilado. Tragó saliva.

Pensó que no se encontraba en el lugar de partida, pero ¿seguía estando perdido? ¿Dónde estaba ahora? O, mejor dicho, ¿en qué momento?

Se quedó sentado un rato haciendo acopio de fuerzas. Sin embargo, pocos minutos después, oyó un sonido que le resultó familiar, el grave rugido de un motor y el silbido de las ruedas por el asfalto. Tragó saliva con fuerza, se levantó y se alejó de las piedras para dirigirse a la carretera.

• • •

Pensó con ironía que por una vez había tenido suerte. Pasó un convoy de camiones del ejército y se subió a uno de ellos sin problemas. A los soldados les sorprendió su aspecto (su ropa arrugada y manchada, los hematomas y los desgarrones y una barba de dos semanas), pero enseguida dieron por hecho que se había escaqueado y que ahora estaba intentando regresar a su base sin que nadie se diera cuenta. Se rieron y le dieron unas cuantas palmadas cómplices, pero se mostraron solidarios, y cuando les confesó que estaba sin blanca, enseguida hicieron una colecta para que pudiera comprar un billete de tren en Salisbury, que era adonde se dirigía el convoy.

Se esforzó todo lo que pudo por sonreír y seguirles la broma, pero los soldados se cansaron enseguida de él y retomaron sus conversaciones, y dejaron que se sentara en el banco, donde notaba el retumbar del motor entre las piernas rodeado de la cómoda presencia de sus camaradas.

—Oye, amigo —le dijo al soldado joven que tenía al lado—. ¿En qué año estamos?

El chico lo miró con los ojos como platos y se echó a reír. A pesar de que no tendría más de diecisiete años, Jerry sintió el peso de los cinco años que los separaban como si fueran cincuenta.

—¿Qué ha estado bebiendo, abuelo? ¿Le ha sobrado algo?

Aquello provocó más bromas y no intentó volver a preguntar. ¿Acaso importaba?

Casi no recordaba nada del viaje de Salisbury a Londres. La gente lo miraba con extrañeza, pero nadie intentó detenerlo. No importaba; lo único que tenía valor para él era llegar hasta Dolly. Todo lo demás podía esperar.

El aspecto de Londres era impactante. Había restos de bombardeos por todas partes. Algunas calles estaban llenas de los cristales rotos de los escaparates, que brillaban bajo la pálida luz del sol, mientras que otras calles estaban bloqueadas por las barricadas. Cada dos por tres leía el mismo cartel: «PROHIBIDO EL PASO: ARTEFACTO EXPLOSIVO SIN DETONAR.»

Fue caminando desde St. Pancras. Aunque necesitaba ver todo aquello, se le encogió tanto el corazón cuando descubrió lo que había ocurrido que por poco se asfixia. Un poco después, dejó de ver los detalles, tan sólo percibía los agujeros que habían dejado las bombas y los escombros como obstáculos que dificultaban su progreso, cosas que le impedían llegar a casa.

Y entonces llegó.

Habían apilado los escombros, pero no se los habían llevado. Había enormes montones de piedra calcinada hecha añicos, apilados como si fueran un túmulo, donde en su día estuvo Montrose Terrace.

Al ver aquella imagen se le congeló la sangre de la cabeza. Manoteó y trató de agarrarse de la barandilla de acero para evitar caerse, pero no estaba en su sitio.

Claro que no, le dijo su mente con bastante tranquilidad. Ha desaparecido a causa de la guerra, ¿no? La han fundido para fabricar aviones y bombas.

Su pierna cedió sin previo aviso, se desplomó y cayó con fuerza de rodillas, pero no notó el impacto, ya que el crujido de dolor que emitió su rótula lesionada quedó sofocado por la franca vocecita que tenía en su mente.

«Demasiado tarde. Te fuiste demasiado lejos.»

—¡Señor MacKenzie! ¡Señor MacKenzie!

Parpadeó mirando el objeto borroso que pendía sobre él sin comprender lo que era. Pero algo tiró de él y respiró, a pesar de que la ráfaga de aire que penetró en su pecho le resultó irregular y extraña.

—Siéntese, señor MacKenzie.

La voz nerviosa seguía allí, y unas manos, sí, eran manos, le tiraban del brazo. Sacudió la cabeza, apretó los ojos con fuerza y los abrió de nuevo, y esa cosa redonda se convirtió en la cara perruna del bueno del señor Wardlaw, el propietario de la tienda de la esquina.

—Vaya, ya está aquí. —El anciano hablaba con alivio, y se le relajaron las arrugas de su vieja cara ojerosa—. Las cosas no han salido bien, ¿no?

—Yo...

No podía hablar, pero hizo un gesto con la mano para señalar los restos. No creía que estuviera llorando, pero tenía la cara húmeda. La preocupación marcó más las arrugas de la cara de Wardlaw, pero entonces el viejo tendero comprendió a qué se refería y se le iluminó la cara.

—¡Oh, cielos! —exclamó entonces—. ¡Oh, no! No, no, no. Están todos bien, señor, ¡su familia está bien! ¿Me ha oído? —preguntó angustiado—. ¿Puede respirar? ¿Quiere que le traiga unas sales?

Jerry tardó un poco en levantarse, puesto que se lo impedía su rodilla y los torpes intentos del señor Wardlaw por ayudarlo, pero para cuando consiguió erguirse del todo, había recuperado la capacidad de hablar.

—¿Dónde? —jadeó—. ¿Dónde están?

—Pues algún tiempo después de marcharse usted, su esposa se llevó al niño y se fue a vivir con su madre. No recuerdo muy bien dónde dijo que vivía... —El señor Wardlaw se dio la vuelta y empezó a gesticular con imprecisión en dirección al río—. ¿Era en Camberwell?

—Bethnal Green. —Jerry había recuperado el dominio de su mente, aunque seguía teniendo la sensación de que era una piedrecita rodando por el borde de un abismo infinito, y no tenía mucho equilibrio. Intentó sacudirse el polvo, pero le temblaban las manos—. Vive en Bethnal Green. ¿Está seguro, está seguro, amigo?

—Sí, sí. —El tendero estaba muy aliviado, y sonreía y asentía con tanta energía que le temblaban los carrillos—. Se marchó hace más o menos un año, poco después de que, poco después de...

La sonrisa del anciano se desvaneció de repente y abrió la boca muy despacio, lo que creó un flácido agujero negro de horror en el rostro.

—Pero usted está muerto, señor MacKenzie —susurró alejándose con las manos extendidas hacia delante—. ¡Oh, Dios! Está muerto.

—¡Y una mierda, y una mierda, y una mierda!

Vio la expresión de sorpresa de una mujer y se calló de repente mientras tomaba bocanadas de aire como un pez fuera del agua. Había estado deambulando por la calle derruida, manoteando con los puños apretados, cojeando y tambaleándose, susurrando su consigna personal en voz baja como si se tratara de las avemarías de un rosario. Aunque quizá no lo hubiera hecho en voz tan baja como pensaba.

Se detuvo y se apoyó, jadeando, en la fachada de mármol del Banco de Inglaterra. Estaba empapado en sudor y tenía la pierna derecha de los pantalones muy manchada de sangre seca debido a la caída. La rodilla le palpitaba al ritmo de los latidos del corazón, igual que la cara, las manos y los pensamientos. «Están vivos. Y yo también.»

La mujer a la que había asustado ya estaba calle abajo hablando con un policía, y lo señalaba. Jerry se enderezó enseguida y se puso derecho. Puso la rodilla recta y apretó los dientes para obligarla a sostener su peso mientras recorría la calle como lo haría un soldado. Lo último que deseaba en ese momento era que lo tomaran por borracho.

Pasó caminando junto al policía, a quien asintió con educación tocándose la frente con los dedos a modo de saludo. El policía parecía sorprendido, e hizo ademán de hablar, pero según parece, no acababa de decidirse sobre qué palabras debía pronunciar y, un segundo después, Jerry ya había doblado la esquina y se había marchado.

Estaba oscureciendo. En los buenos tiempos no abundaban los taxis en aquella zona, y en ese momento no había ninguno, aunque, de hecho, tampoco tenía dinero. Y pensó en el metro. Si estaba abierto, era la forma más rápida de llegar a Bethnal Green. Y seguro que podría pedirle a alguien que le pagara el billete. Encontraría la forma. Volvió a cojear y avanzó con decisión. Tenía que llegar a Bethnal Green antes de que anocheciera.

Estaba muy cambiado, como el resto de Londres: casas con desperfectos, otras a medio reparar, otras abandonadas y algunas más que no eran más que un surco oscuro o una montaña de escombros. En el aire flotaba polvo de hollín, el polvo de las piedras y el olor a queroseno y a manteca, el brutal y acre olor a pólvora.

La mitad de las calles no estaban señalizadas, y lo cierto es que no conocía Bethnal Green. Sólo había ido dos veces a visitar a la madre de Dolly. La primera vez fue cuando le explicaron que se habían fugado para casarse, algo que a la señora Wakefield no le había hecho mucha gracia, pero había puesto buena cara, aunque pareciera que se había comido un limón.

La segunda vez fue cuando se alistó en las fuerzas aéreas. Había ido él solo a decírselo, a pedirle que cuidara de Dolly mientras él no estaba. La madre de Dolly se había quedado pálida. Sabía tan bien como él cuál era la esperanza de vida de los pilotos. Pero le había dicho que estaba orgullosa de él y le apretó la mano durante un buen rato antes de dejarlo marchar. Sólo le dijo: «Vuelve, Jeremiah. Te necesita.»

Siguió adelante, esquivando los agujeros de la calle y preguntando cómo llegar. Ya casi había anochecido; no podría seguir en las calles durante mucho tiempo más. Pero se tranquilizó un poco cuando comenzó a ver cosas que conocía. Ya estaba, se estaba acercando.

Entonces empezaron a sonar las sirenas y la gente comenzó a salir de sus casas.

La muchedumbre se lo estaba tragando; descendía calle abajo, tanto debido al pánico descontrolado de las masas como a causa del impacto físico. Gritaban, la gente llamaba a los miembros de su familia extraviados, y había policías aullando indicaciones y haciendo ondear las antorchas. Sus cascos blancos se veían tan pálidos como champiñones en la oscuridad. Y con todo aquel tumulto, la sirena antiaérea lo perforó como un alambre afilado, lo obligó a bajar por la calle y lo aplastó contra los demás, que estaban igual de aguijoneados por el pánico.

La marea dobló por la esquina y Jerry vio el círculo rojo con su línea azul sobre la entrada de la estación de metro iluminada por la linterna de un guardia. Lo engulló, cruzó unas repentinas luces brillantes, se precipitó por una escalera, y después otra, hasta llegar al andén, en el interior de la tierra, en la seguridad de aquel lugar. Y durante todo aquel tiempo no dejó de escuchar el aullido de las sirenas en el aire, apenas amortiguado por la suciedad que tenían sobre sus cabezas.

Había guardias deslizándose entre la multitud, empujando a las personas contra la pared, hacia los túneles, alejándolas de las vías. Pasó junto a una mujer que llevaba dos niños. Cogió a uno, una niña pequeña con los ojos redondos y un osito azul, y se abrió paso entre la gente para dejar que pasaran. Encontró un espacio en la boca de un túnel, metió allí a la mujer y le devolvió a la niña. En su boca adivinó la palabra «gracias», pero no podía oírla debido al ruido de la gente, a las sirenas, a los chirridos, al...

Un repentino golpe en lo alto hizo temblar toda la estación, y todo el mundo guardó silencio. Todos los ojos estaban puestos en el techo abovedado que tenían sobre la cabeza.

Los azulejos eran blancos y, mientras miraban, de pronto apareció una grieta oscura entre dos hileras. La muchedumbre jadeó con más intensidad que las sirenas. La grieta pareció detenerse, vacilar, y entonces zigzagueó de repente, rompiendo los azulejos en distintas direcciones.

Bajó la mirada de la creciente grieta para ver quién había debajo, la gente que seguía en la escalera. Las personas que aguardaban allí estaban demasiado apiñadas como para moverse, y todo el mundo se quedó inmóvil, presa del pánico. Y entonces la vio en la mitad de la escalera.

Dolly. «Se ha cortado el pelo», pensó. Lo llevaba corto y rizado, negro como el hollín, tanto como el del pequeño que tenía en sus brazos, pegado a ella, protegiéndolo. Estaba muy seria y apretaba los dientes. Y entonces se volvió un poco y lo vio.

Se quedó inexpresiva un segundo y luego enrojeció como una cerilla encendida, desprendiendo una felicidad radiante que a Jerry lo golpeó en el corazón y lo recorrió de pies a cabeza.

Se oyó un golpe mucho más fuerte en lo alto y la muchedumbre gritó más fuerte, con mucha más intensidad que las sirenas. A pesar de los aullidos, pudo oír el suave crujido, semejante a la lluvia, cuando los escombros empezaron a caer de la grieta del techo. Jerry empujó con todas sus fuerzas, pero no podía pasar, no podía llegar hasta ellos. Dolly miró hacia arriba y Jerry vio cómo volvía a apretar los dientes, la determinación brillaba con fuerza en sus ojos. Empujó al hombre que tenía delante, que dio un traspié, resbaló en el escalón y se empotró contra las personas que tenía delante. Dejó a Roger en el pequeño espacio que había abierto, luego giró los hombros y se ayudó de todo el cuerpo para coger al chiquillo y pasarlo por encima de la barandilla en dirección a Jerry.

Él se dio cuenta de lo que estaba haciendo y ya había empezado a inclinarse, a empujar hacia delante, a estirarse para alcanzar... El niño lo golpeó en el pecho como si fuera un trozo de hormigón, su cabecita impactó dolorosamente contra la cara de Jerry y lo obligó a echar la cabeza hacia atrás. Estaba rodeando al niño con un brazo, se apoyaba en las personas que estaban a su alrededor y se esforzó por no perder el equilibrio y sostenerse con más fuerza, pero entonces algo cedió en la multitud que lo rodeaba, se tambaleó hasta un espacio abierto, su rodilla cedió y resbaló sobre las vías.

No oyó el golpe de su cabeza contra la vía ni los gritos de las personas de arriba; todo se perdió en un rugido que pareció el fin del mundo cuando se desplomó el techo que había sobre la escalera.

El chiquillo estaba inmóvil como un cadáver, pero no estaba muerto. Jerry notaba cómo le latía el corazón contra su pecho. Sólo era capaz de sentir eso. El pobrecillo debía de haberse quedado sin aliento.

La gente había dejado de gritar, pero todavía se oían aullidos que pedían ayuda. Se había hecho un extraño silencio frente a todo el jaleo. La sangre había dejado de palpitarle en la cabeza, ya no tenía el corazón desbocado. Quizá se tratara de eso.

El silencio que reinaba frente a todo el escándalo parecía, en cierto modo, vivo. Era apacible, pero se movía y brillaba, del mismo modo que cuando la luz del sol baila sobre el agua. Todavía podía oír los ruidos por encima del silencio: personas corriendo, voces nerviosas, golpes y chirridos, pero él se estaba sumiendo lentamente en el silencio; los ruidos eran cada vez más distantes, aunque todavía oía las voces.

—¿Este de aquí está...?

—No, ha muerto. Mírale la cabeza, pobre hombre, se ha dado un buen golpe. Me parece que el niño está bien, sólo tiene golpes y algún arañazo. Ven, chico, levántate... no, no, suéltalo, venga. Todo irá bien, suéltalo. Deja que te coja, eso es, así, todo irá bien, tranquilo, tranquilo, eres un buen chico.

—Mira qué expresión tiene el hombre. Nunca había visto nada...

—Toma, coge al niño. Comprobaré si lleva alguna identificación.

—Ven conmigo, grandullón, eso es, así, ven conmigo. Tranquilo, no pasa nada, no pasa nada. ¿Ése es tu papá?

—No lleva chapas de identificación ni documentos de ninguna clase. ¡Qué curioso! Pero es un piloto de las fuerzas aéreas, ¿verdad? ¿Crees que habrá desertado?

Podía oír cómo Dolly se reía de aquello, notaba cómo le acariciaba el pelo. Sonrió y se volvió para ver cómo ella también le sonreía, la felicidad radiante se extendía por el cuerpo de su mujer como las ondas sobre el agua brillante.

—¡Rafe! ¡Se va a desplomar el resto del techo! ¡Corre! ¡Corre!

Notas de la autora

Antes de que os volváis locos pensando que Jeremiah se marcha en la víspera de Todos los Santos, y que es prácticamente Samhain (es decir, Todos los Santos) cuando regresa, debéis tener en cuenta que Gran Bretaña cambió el calendario juliano por el gregoriano en 1752, lo que hizo que se «perdieran» doce días. Y los que deseéis conocer más cosas sobre los hombres que lo rescataron podéis encontrar la continuación de su historia en *Ecos del pasado*.

«Nunca tantos debieron tanto a tan pocos» fue el reconocimiento de Winston Churchill a los pilotos de las Reales Fuerzas Aéreas que protegieron Gran Bretaña durante la segunda guerra mundial, y tenía razón.

Adolph Gysbert Malan, conocido como Sailor (probablemente porque Adolph no era un nombre muy popular en aquella época), fue un as de la aviación sudafricano que se convirtió en el líder del famoso escuadrón número 74 de las Reales Fuerzas Aéreas. Fue conocido por enviar pilotos alemanes de vuelta a sus casas, acompañados de los miembros de su tripulación muertos, con la intención de desmoralizar a la Luftwaffe, y habría mencionado este detalle fascinantemente desagradable en la historia si hubiera encontrado una buena forma de hacerlo, pero no la había. Lo que sí incluí fueron sus «Diez Mandamientos» para los combates aéreos.

A pesar de que la misión para la que el capitán Frank Randall recluta a Jerry MacKenzie es ficticia, la situación no lo era. Los nazis tenían campos de concentración en Polonia mucho antes de que el resto de Europa lo supiera, y cuando se tuvo noticia de ello, ayudó en gran medida a reavivar el sentimiento antinazi.

Me gustaría dar las gracias a Maria Szybek por su ayuda con el delicado tema de las palabrotas en polaco (si hubiera errores de gramática, ortografía o tildes deben atribuirse a mi persona), y a Douglas Watkins, por su asesoramiento con las descripciones técnicas de las maniobras con aviones pequeños (también por la valiosa sugerencia acerca del fallo mecánico que hizo que cayera el Spitfire de Jerry).

VÍRGENES

Introducción

Aunque la mayoría de las historias de este libro narran una visión alternativa de cosas que ocurren en las novelas principales o exploran las vidas de personajes hasta el momento secundarios, «Vírgenes» es una precuela. Tiene lugar unos tres años antes de los sucesos que aparecen en *Forastera*, y en ella se explica lo que le ocurrió a Jamie Fraser después de que escapara de Fort William. De pronto es un forajido, está herido, su cabeza tiene precio, su familia y su hogar están destrozados, y su única opción es buscar refugio fuera de Escocia con su mejor amigo y hermano de sangre, Ian Murray.

Aunque son jóvenes mercenarios en Francia, ni Ian ni Jamie han matado todavía a ningún hombre ni se han acostado con ninguna mujer, pero desean hacerlo.

Octubre de 1740
Cerca de Burdeos, Francia

En cuanto vio la cara de su mejor amigo, Ian Murray supo que había ocurrido algo terrible. Para empezar, el hecho de que estuviera viendo el rostro de Jamie Fraser ya era prueba suficiente de ello, por no hablar del aspecto que tenía.

Jamie aguardaba de pie junto a la carretilla del armero y sostenía en sus brazos todas las cosas que le acababa de dar Armand, estaba blanco como la leche y se balanceaba de delante hacia atrás como un junco en Loch Awe. Ian lo alcanzó en tres zancadas y lo agarró del brazo antes de que se cayera.

—Ian. —Jamie parecía tan aliviado de verlo que Ian pensó que iba a empezar a llorar—. Dios, Ian.

Ian abrazó a Jaime y notó cómo se ponía tenso y respiraba profundamente justo en el mismo instante en que advirtió el tacto de los vendajes por debajo de la camisa de su amigo.

—¡Jesús! —empezó a decir sorprendido, pero entonces tosió y añadió—: ¡Jesús, hombre, cómo me alegro de verte! —Le dio una suave palmadita en la espalda y lo soltó—. Tendrás que comer algo, ¿no? Vamos.

Era evidente que en ese momento no podían hablar, pero le asintió a Jamie a escondidas, cogió la mitad del equipo que llevaba su amigo encima y lo condujo hacia el fuego para presentarle a los demás.

Jaime había elegido una buena hora del día para aparecer, pensó Ian. Todo el mundo estaba cansado y los hombres tenían ganas de sentarse a esperar la cena y la ración diaria de lo que hubiera para beber. Estaban dispuestos a aceptar el entretenimiento que podía brindar un miembro nuevo, pero no tenían la energía necesaria para embarcarse en ningún tipo de pasatiempo más físico.

—Ese de allí es Big Georges —dijo Ian, soltando las cosas de Jamie y gesticulando hacia el extremo opuesto del fuego—. A su lado, el tipo menudo de las verrugas es Juanito; no habla mucho francés y ni una palabra de inglés.

—¿Alguno de ellos habla inglés?

Jaime también soltó las cosas y se sentó con dificultad en su petate mientras se metía el kilt entre las piernas sin siquiera pensarlo. Paseó los ojos por el círculo de hombres y asintió, esbozando media sonrisa un tanto avergonzado.

—Yo sí. —El capitán se inclinó junto a los hombres que lo rodeaban y le tendió la mano a Jamie—. Yo soy *le capitaine*, Richard D'Eglise. Puedes llamarme capitán. Pareces lo bastante grande como para resultar útil. Tu amigo dice que te llamas Fraser.

—Jamie Fraser, sí.

Ian se alegró de ver que Jamie miraba al capitán a los ojos y que había conseguido hacer acopio de fuerzas para estrecharle la mano con energía.

—¿Sabes manejar la espada?

—Sí. Y el arco también. —Jamie miró el arco sin cuerda que tenía a los pies y el hacha corta que había al lado—. Con el hacha nunca he tenido que hacer mucho más que cortar leña.

—Eso está bien —intervino uno de los otros hombres, en francés—. Para eso la utilizarás.

Algunos de los demás se rieron, cosa que dejó claro que, por lo menos, comprendían el inglés, tanto si decidían hablarlo como si no.

—Entonces ¿me he unido a una tropa de soldados o a un grupo de mineros? —preguntó Jamie alzando una ceja. Lo dijo en un francés muy bueno, con un ligero acento parisino, y algunos hombres abrieron los ojos como platos. Ian agachó la cabeza para ocultar una sonrisa, a pesar de los nervios. Era posible que el chico estuviera a punto de caerse de bruces al fuego, pero nadie, excepto quizá Ian, iba a saberlo.

Sin embargo, Ian lo sabía y no dejaba de vigilar a Jamie a escondidas. Le puso un pedazo de pan en la mano para que los demás no advirtieran que estaba temblando, y se sentó muy cerca de él para cogerlo en caso de que se desmayara. La luz empezaba a vestirse de gris y las suaves panzas rosadas de las nubes flotaban muy bajo. Era muy probable que lloviera por la mañana. Vio cómo Jamie cerraba los ojos un momento, advirtió cómo se le movía la garganta al tragar saliva y notó cómo le temblaba el muslo pegado al suyo.

«¿Qué narices ha ocurrido? —pensó angustiado—. ¿Qué haces aquí?»

Ian no consiguió una respuesta hasta que todos se fueron a dormir.

—Prepararé tu equipo —le susurró a Jamie levantándose—. Tú quédate un rato más junto al fuego y descansa un poco, ¿de acuerdo?

El fuego proyectó un brillo rojizo en el rostro de Jamie, pero Ian pensó que lo más probable era que su amigo siguiera blanco como una sábana; no había comido mucho.

Al regresar, vio los puntos oscuros en la espalda de la camisa de Jamie, las manchas que había dejado la sangre al empapar las vendas. La imagen hizo que se enfureciera, además de causarle cierto miedo. Él ya había visto esas cosas; alguien había azotado al chico con fuerza hacía muy poco tiempo. Pero ¿quién y cómo?

—Venga, vamos —repuso con aspereza, y, agachándose, deslizó un brazo por debajo del de Jamie, lo levantó y lo alejó del fuego y de los demás hombres. Se alarmó cuando notó el sudor de la mano de Jamie y escuchó su respiración entrecortada.

—¿Qué? —preguntó en cuanto estuvieron lo bastante lejos como para que nadie pudiera escucharlos—. ¿Qué ha pasado?

Jamie se sentó de golpe.

—Pensaba que uno se unía a una banda de mercenarios porque no hacían preguntas.

Ian resopló como merecía aquella afirmación y le alivió oír que su amigo le contestaba con una pequeña carcajada.

—Idiota —dijo—. ¿Necesitas un trago? Tengo una botella en mi petate.

—No te diré que no —murmuró Jamie.

Habían acampado a las afueras de un pueblecito y D'Eglise había conseguido que los dejaran utilizar un establo o dos, pero fuera no hacía frío, y la mayoría de los hombres había preferido dormir junto al fuego o en el campo. Ian había dejado su equipo a cierta distancia y, pensando en la posibilidad de que pudiera llover, bajo el cobijo de un platanero que crecía a orillas de un campo.

Ian descorchó la botella de whisky, que aunque no era bueno seguía siendo whisky, y se la puso a su amigo debajo de la nariz. Cuando Jamie alargó la mano para cogerla, Ian la apartó.

—No pienso darte ni una gota hasta que me lo cuentes —intervino—. Y me lo vas a explicar ahora mismo, chico.

Jamie estaba encorvado, era un borrón pálido en el suelo y guardaba silencio. Cuando por fin salieron las palabras de su boca, habló tan flojo que Ian pensó por un momento que no lo había oído bien.

—Mi padre ha muerto.

Intentó creer que no lo había oído, pero su corazón se le congeló dentro del pecho.

—¡Oh, Jesús! —susurró—. ¡Oh, Dios, Jamie!

Entonces se puso de rodillas, agarró la cabeza de Jamie y la apoyó en su pecho, tratando de no tocarle la espalda herida. Sus pensamientos eran confusos, pero tenía una cosa clara: la muerte de Brian Fraser no se debía a causas naturales. Si hubiera sido así, Jamie estaría en Lallybroch, no allí y en aquel estado.

—¿Quién? —preguntó con la voz entrecortada mientras lo liberaba un poco—. ¿Quién lo ha matado?

Más silencio. Entonces Jamie tomó aire e hizo un sonido parecido al que hace la ropa cuando se desgarra.

—Yo —intervino, y empezó a llorar mientras se agitaba tratando de contener unos sollozos silenciosos y dolorosos.

Tardó algún tiempo en sacarle los detalles, y no era de extrañar, pensó Ian. Él tampoco querría hablar de esas cosas, ni tan siquiera recordarlas: los dragones ingleses habían ido a Lallybroch a saquear la casa y a conseguir un buen botín y se habían llevado a Jamie cuando había intentado enfrentarse a ellos. Y para postre estaba lo que le habían hecho después, en Fort William.

—¿Cien latigazos? —inquirió Ian con incredulidad y horror—. ¿Por proteger tu hogar?

—La primera vez sólo fueron sesenta. —Jamie se limpió la nariz con la manga—. Por escapar.

—La primera ve... ¡Cielo santo, hombre! Qué... cómo...

—¿Puedes soltarme el brazo, Ian? Ya tengo bastantes moretones; no necesito más.

Jamie soltó una pequeña carcajada temblorosa, e Ian lo liberó enseguida, pero no estaba dispuesto a dejarse distraer.

—¿Por qué? —preguntó en voz baja y enfadado.

Jamie volvió a limpiarse la nariz, sorbiendo, pero tenía la voz más clara.

—Fue culpa mía —repuso—. Lo... lo que he dicho antes. Sobre mi... —Tuvo que detenerse y tragar saliva, pero prosiguió, apresurándose a decir las palabras antes de que pudieran morderlo en algún lugar sensible—. Le hablé mal al comandante. En el cuartel. Él..., bueno, no importa. Fue lo que le dije lo que hizo que volviera a azotarme, y papá... él... él había ido hasta allí. A Fort William, a intentar que me soltaran, pero no lo consiguió, y él... él estaba allí cuando... cuando lo hicieron.

Ian dedujo por el sonido denso de la voz de su amigo que Jamie estaba llorando otra vez, pero intentaba no hacerlo, y le puso la mano en la rodilla al chico y la estrechó no demasiado fuerte, sólo para que Jamie supiera que estaba allí, escuchándole.

Jamie respiró profundamente y soltó el resto del aire.

—Fue... duro. No grité ni les demostré ningún miedo, pero no me aguantaba de pie. Cuando iba por la mitad, me desplomé contra el poste, me quedé colgado de las cuerdas y la sangre me resbalaba por las piernas. Por un momento pensaron que había muerto, y papá también debió de pensarlo. Me comentaron que justo en ese instante se llevó la mano a la cabeza, hizo un ruidito y luego... se desplomó. Dijeron que había sido una apoplejía.

—Santa madre de Dios, ten piedad de nosotros —repuso Ian—. ¿Murió allí mismo?

—No sé si ya estaba muerto cuando lo recogieron o si vivió un poco más. —La voz de Jamie era desoladora—. No sé nada; nadie me lo explicó hasta que pasaron unos días, cuando el tío Dougal me liberó. —Tosió y se volvió a pasar la manga por la cara—. Ian..., ¿puedes soltarme la rodilla?

—No —respondió con suavidad. Sí que apartó la mano, pero sólo lo hizo para poder abrazar a Jamie—. No. No pienso soltarte, Jamie. Aguanta. Tú... aguanta.

Jamie despertó con la boca seca, la cabeza embotada y los ojos ligeramente hinchados y llenos de picaduras de mosquitos. También estaba lloviendo, y una niebla fina y húmeda se cernía sobre él colándose por las hojas que tenía sobre la cabeza. Aun así, se encontraba mejor de lo que se había sentido en las últimas dos semanas, aunque no recordó enseguida a qué se debía ni dónde estaba.

—Toma.

Alguien le puso un pedazo de pan con ajo medio quemado debajo de la nariz. Se sentó y lo cogió.

Era Ian. El hecho de ver a su amigo le proporcionó cierto apoyo, algo que se intensificó con la comida en su estómago. Empezó a masticar más despacio mientras miraba a su alrededor.

Los hombres estaban despertando, se alejaban tambaleándose en busca de algún lugar donde orinar, hacían sonidos graves, se rascaban la cabeza y bostezaban.

—¿Dónde estamos? —preguntó.

Ian lo miró extrañado.

—¿Cómo diantre nos has encontrado si no tienes ni idea de dónde estás?

—Me trajo Murtaugh —murmuró. El pan se convirtió en pegamento en el interior de su boca cuando lo recordó; no pudo tragárselo y escupió el pedazo a medio masticar. Ahora lo recordaba todo, y habría deseado no hacerlo—. Su amigo encontró a la banda, pero después se marchó; dijo que era preferible que llegara solo.

En realidad, su padrino le había dicho lo siguiente: «El chico de los Murray cuidará de ti. Pero quédate con él, no vuelvas a Escocia. No regreses, ¿me oyes?» Sí que lo había oído. Aunque eso no significaba que quisiera escucharlo.

—Ah, claro. Me preguntaba cómo te las habrías apañado para caminar tanto. —Ian miró con preocupación hacia el otro extremo del campamento, donde estaban acercando un par de caballos robustos a las varas de una carreta cubierta por una lona—. ¿Crees que puedes caminar?

—Claro. Estoy bien.

Jamie lo dijo enfadado, e Ian lo volvió a mirar de la misma forma, esta vez con los ojos más entornados que la anterior.

—Por supuesto —repuso con incredulidad—. Bueno. Estamos cerca de Bèguey, puede que a unos treinta kilómetros de Burdeos, lugar adonde nos dirigimos. Tenemos que llevar aquella carreta de ahí a un prestamista judío que vive en la ciudad.

—¿Está llena de dinero?

Jamie miró la pesada carreta con interés.

—No —reconoció Ian—. Dentro hay un pequeño cofre muy pesado. Puede que esté lleno de oro, y hay unas cuantas bolsas que tintinean, que podrían estar llenas de plata, pero básicamente hay alfombras.

—¿Alfombras? —Miró a Ian asombrado—. ¿Qué clase de alfombras?

Ian se encogió de hombros.

—No lo sé. Juanito dice que son alfombras turcas y que son muy valiosas, pero no creo que lo sepa. Él también es judío —añadió después de pensarlo—. Los judíos son... —Hizo un gesto ambiguo poniendo plana la palma de la mano—. Pero en Francia ya no los persiguen ni los exilian, y el capitán dice que ni siquiera los arrestan mientras estén tranquilos.

—Y sigan prestando dinero a los hombres del gobierno —comentó Jamie con cinismo. Ian lo miró sorprendido y su amigo le lanzó esa mirada de listillo que decía «Yo fui a la Universidad de París y sé más que tú», bastante convencido de que Ian no lo golpearía porque estaba herido.

Ian parecía tentado a hacerlo, pero ya había aprendido lo suficiente como para mirarlo como diciendo «Soy mayor que tú y sabes muy bien que no tienes el sentido común suficiente como para ser realista, así que ni lo intentes». Jamie se rió; era evidente que se encontraba mejor.

—En fin —dijo inclinándose hacia delante—. ¿Tengo la camisa muy manchada de sangre?

Ian asintió y se abrochó el cinturón de la espada. Jamie suspiró y cogió el jubón de cuero que le había dado el armero. Le rozaría en la espalda, pero no quería llamar la atención.

Se las apañó. La tropa avanzaba a un paso decente, hecho que no suponía ningún problema para un nativo de las Highlands acostumbrado a caminar por las colinas y a correr detrás de algún que otro ciervo. A decir verdad, se mareó unas cuantas veces, y a ratos se le aceleraba el corazón y lo asaltaba algún sofoco, pero no se tambaleaba mucho más que los hombres que habían bebido demasiado durante el desayuno.

Apenas miraba a su alrededor, pero era consciente de que Ian caminaba a su lado, y Jamie se molestaba de vez en cuando en mirar a su amigo y asentir para aliviar la expresión de preocupación de Ian. Los dos caminaban cerca de la carreta, básicamente porque no querían llamar la atención colocándose al final de la tropa, pero también porque él e Ian eran más altos que el resto (les sacaban una cabeza o más) y tenían una zancada que eclipsaba los pasos de los demás, lo que le produjo cierto alivio. No se le ocurrió pensar que quizá el resto no quería estar cerca de la carreta.

El primer peligro fue un grito procedente del río. Jamie había estado caminando con dificultad, con los ojos medio cerrados, concentrándose en poner un pie delante del otro, pero un grito de alarma y un repentino y fuerte ¡*bang*! hicieron que recuperara la atención. Un jinete cargó desde los árboles que había junto a la carretera, se detuvo y disparó su segunda arma hacia el río.

—Qué... —Jamie cogió la espada que llevaba colgada del cinturón. Estaba medio aturdido, pero cargó hacia delante; los caballos relinchaban y tiraban de las varas, y el cochero maldecía poniéndose de pie y tirando de las riendas. Algunos de los mercenarios corrieron hacia el jinete, que desenfundó su espada y cabalgó entre ellos dando cuchilladas a diestro y siniestro. Pero Ian agarró a Jamie del brazo y le dio la vuelta—. ¡Aquí no! ¡Atrás!

Siguió a Ian a la carrera y, al final de la tropa, se encontraron al capitán sobre su caballo, en medio de una melé, rodeado de una docena de desconocidos armados con porras y espadas, mientras todos gritaban a la vez.

—*Caisteal DHOON!* —aulló Ian, y levantó la espada por encima de la cabeza para después dejarla caer sobre la cabeza de uno de los atacantes. Lo alcanzó de lado, pero el hombre se tambaleó y cayó al suelo de rodillas, donde Big Georges lo agarró por el pelo y lo golpeó con la rodilla en la cara.

—*Caisteal DHOON!* —gritó Jamie tan fuerte como pudo, e Ian volvió la cabeza un instante con una sonrisa en los labios.

Era semejante a como cuando alguien intenta robarte el ganado, aunque duró un poco más. No se trataba de golpear con fuerza y salir corriendo; nunca había actuado como defensor, y se le hizo pesado. Aun así, ellos superaban en número a sus atacantes, que empezaron a caer. Algunos de ellos miraban por encima del hombro con la idea de volver corriendo al bosque.

Empezaron a hacer precisamente eso, y Jamie se quedó allí jadeando, sudando y sintiendo el peso de la espada en la mano. Pero se irguió y vio un movimiento con el rabillo del ojo.

—*Dhoon!* —gritó, y emprendió una carrera torpe entre jadeos.

Había aparecido otro grupo de hombres junto a la carreta, que, en silencio, se afanaba en bajar del asiento el cuerpo sin vida del cochero, mientras que uno de ellos agarraba las bridas de los caballos para agacharles la cabeza. Dos más habían soltado la lona y estaban arrastrando un cilindro largo, que supuso que sería una de las alfombras.

Los alcanzó justo a tiempo de sorprender a otro hombre que trataba de subirse a la carreta, y lo golpeó con torpeza hasta que cayó al camino. El hombre se dio la vuelta y se puso de pie con la agilidad de un gato. Tenía un cuchillo en la mano, cuya hoja emitió un destello, se estrelló contra el cuero del jubón de Jamie, ascendió y pasó a un par de centímetros de su cara. Jamie se retorció, reculó desequilibrado y a punto estuvo de caerse. Mientras tanto, dos bastardos más cargaron contra él.

—¡A tu derecha!

De pronto, oyó la voz de Ian junto a su hombro y, sin vacilar ni un momento, Jamie se volvió para ocuparse del hombre que tenía a su izquierda, al tiempo que oía los rugidos esforzados de Ian, que se defendía con un mandoble.

Entonces ocurrió algo; no supo qué era, pero la pelea terminó. Los asaltantes se marcharon y dejaron a uno o dos de los suyos tendidos en el camino.

El cochero no estaba muerto. Jamie vio cómo se colocaba de costado con un brazo en la cara. Entonces se sentó él también en el suelo, ya que veía puntitos negros. Ian se inclinó sobre él, jadeando, con las manos apoyadas en las rodillas. El sudor le goteaba de la barbilla y salpicaba el polvo con puntos oscuros que se mezclaban con los puntitos vibrantes que oscurecían la visión de Jamie.

—¿Estás bien? —preguntó Ian.

Abrió la boca para decir que sí, pero el rugido de sus oídos sofocó sus palabras y, de pronto, los puntos se fusionaron hasta formar una sólida sábana de color negro.

Cuando despertó, vio a un cura arrodillado a su lado rezando el padrenuestro en latín. El sacerdote no se detuvo, cogió una botellita, se vertió aceite en la palma de la mano, después humedeció el pulgar en el líquido y le hizo a Jamie una rápida señal de la cruz en la frente.

—No estoy muerto, ¿sabes? —dijo Jamie, que a continuación repitió la información en francés. El sacerdote se inclinó sobre él y entornó los ojos.

—¿Te estás muriendo? —preguntó.

—Eso tampoco.

El cura hizo un ruidito de indignación, pero siguió con lo suyo y le hizo cruces en las palmas, los párpados y los labios.

—*Ego te absolvo* —anunció, haciendo una última y rápida señal de la cruz sobre el cuerpo tendido de Jamie—. Por si acaso has matado a alguien.

Entonces, de pronto se levantó y desapareció hacia el fondo de la carreta agitando su túnica oscura.

—¿Estás bien?

Ian alargó el brazo y lo ayudó a incorporarse.

—Sí, más o menos. ¿Quién era ése?

Asintió en dirección al cura.

—Père Renault. Este destacamento está muy bien equipado —repuso Ian levantándolo—. Tenemos nuestro propio sacerdote para confesarnos antes de las batallas y para que nos dé la extremaunción después.

—Ya lo he visto. Es demasiado entusiasta, ¿no?

—Ve menos que un topo —intervino Ian, mirando por encima del hombro para asegurarse de que el sacerdote no estaba lo bastante cerca como para poder escucharlo—. Es probable que piense que más vale prevenir que curar, ¿no?

—¿También tenéis cirujano? —preguntó Jamie mirando a los dos atacantes que habían caído.

Habían arrastrado los cuerpos hasta el margen del camino; era evidente que uno de ellos estaba muerto, pero el otro se estaba empezando a mover y comenzaba a gemir.

—Ah —dijo Ian, pensativo—. De eso también se ocupa el sacerdote.

—O sea que si me hieren en alguna batalla, será mejor que intente morir de ello. ¿Es eso es lo que me estás diciendo?

—Sí. Venga, vamos a buscar un poco de agua.

Entre las rocas encontraron un canal de irrigación que discurría entre dos campos, un poco apartado del camino. Ian tiró de Jamie hasta la sombra de un árbol, después rebuscó en su petate y sacó una camisa limpia para su amigo.

—Póntela —le ordenó en voz baja—. Puedes lavar la tuya; pensarán que la sangre es de la pelea.

Jamie parecía sorprendido pero agradecido, y asintió, y se quitó con cuidado el jubón de cuero y la camisa sudada y manchada de sangre. Ian hizo una mueca de dolor; las vendas estaban muy sucias y se estaban aflojando, salvo en los puntos donde se habían adherido a la piel de Jamie, en la que se había formado una corteza negra con la sangre vieja y el pus seco.

—¿Te las quito? —le murmuró a Jamie al oído—. Lo haré rápido.

Jamie arqueó la espalda para rechazar su ofrecimiento y negó con la cabeza.

—No. Si lo haces sangrará más.

No había tiempo para discutir; se acercaban más hombres. Jamie se puso la camisa limpia a toda prisa y se arrodilló para lavarse la cara con agua.

—¡Oye, escocés! —Alexandre llamó a Jamie—. ¿Qué es eso que os estabais gritando el uno al otro? —Se llevó las manos a la boca y aulló «¡gooooon!» con una voz grave y resonante que hizo reír a los demás.

—¿Nunca habías oído un grito de guerra? —preguntó Jamie sacudiendo la cabeza ante tal ignorancia—. Lo gritas en plena batalla para avisar a los tuyos y a los miembros de tu clan para que luchen a tu lado.

—¿Significa algo? —inquirió Petit Philippe interesado.

—Sí, más o menos —reconoció Ian—. El castillo de Dhuni es la morada del cabecilla de los Fraser y los Lovat. Lo llamamos *Caisteal Dhuni* en gaélico, nuestra lengua.

—Y nuestro clan —aclaró Jamie—. El clan Fraser, pero hay más de una rama, y cada una tiene su propio grito de guerra y su propio lema.

Sacó la camisa del agua fría y la escurrió; todavía se veían las manchas de sangre, pero Ian advirtió con aprobación que ahora eran más claras. Entonces vio que Jamie abría la boca para seguir hablando.

«¡No lo digas!», pensó, pero como de costumbre, Jamie no le estaba leyendo la mente, e Ian cerró los ojos resignado, sabiendo lo que iba a ocurrir.

—Aunque el lema de nuestro clan es en francés —explicó Jamie con cierto aire de orgullo—. *Je suis prêt.*

Significaba «estoy preparado» y, tal como Ian había imaginado, fue recibido con carcajadas y varias especulaciones sobre a qué podían referirse los escoceses cuando afirmaban que estaban preparados. Los hombres estaban de buen humor después de la contienda, y siguieron bromeando durante un buen rato. Ian se encogió de hombros y sonrió, pero se dio cuenta de que a Jamie se le ponían las orejas coloradas.

—¿Dónde está el resto de tu cola, George? —preguntó Petit Philippe al ver que Big George se sacudía el miembro después de orinar—. ¿Alguien te la ha cortado?

—Me la mordió tu mujer —contestó George con un tono tranquilo que daba a entender que estaba acostumbrado a la broma—. Y, por cierto, mama como un cochinillo lechón. Y tiene un *cramouille* que parece un...

Siguieron insultándose, pero por las miradas de reojo que se lanzaban era evidente que era una actuación para los dos escoceses. Ian los ignoró. Jamie entornó los ojos. Ian no estaba seguro de que su amigo hubiera oído alguna vez la palabra *cra-*

mouille, pero era más que probable que imaginara lo que significaba.

Sin embargo, antes de que Jamie pudiera meterlos en más líos, la conversación quedó interrumpida por un grito estrangulado procedente de detrás del telón de los árboles que los ocultaba del camino.

—El prisionero —murmuró Alexandre al rato.

Ian se arrodilló junto a Jamie; el agua le goteaba del cuenco que había formado con las manos. Ya sabía lo que estaba ocurriendo, e imaginarlo le cortaba la digestión. Dejó caer el agua y se secó las manos en los muslos.

—El capitán —le dijo a Jamie en voz baja—. Él... necesita saber quiénes eran y de dónde venían.

—Claro. —Jamie apretó los labios al escuchar las voces sofocadas, el repentino golpeo carnoso de un cuerpo y el fuerte rugido—. Lo sé.

Se lavó la cara con mucha agua.

Los hombres habían dejado de hacer chistes. Ahora apenas conversaban. Aunque Alexandre y Josef-de-Alsacia iniciaron una conversación cualquiera, hablaban en voz alta, tratando de ahogar los ruidos de la carretera. La mayoría de los hombres acabaron de lavarse y de beber en silencio y se sentaron en cuclillas a la sombra con los hombros encogidos.

—¡Père Renault!

El capitán levantó la voz para llamar al sacerdote. Père Renault había estado haciendo sus abluciones a una distancia discreta de los demás hombres, pero cuando oyó que lo llamaban se levantó y se limpió la cara con el dobladillo de la sotana. Se santiguó y se dirigió hacia el camino, pero se detuvo junto a Ian y señaló su taza.

—¿Me la puedes prestar, hijo? Sólo será un momento.

—Sí, claro, padre —contestó Ian, perplejo.

El sacerdote asintió, se agachó para llenar la taza de agua y siguió su camino. Jamie observó cómo se marchaba y después miró a Ian alzando las cejas.

—Dicen que es judío —comentó Juanito cerca de ellos en voz baja—. Quieren bautizarlo primero.

Se arrodilló al lado del agua con los puños pegados a los muslos.

El aire era muy cálido, pero Ian sintió una punzada gélida en el pecho. Se levantó a toda prisa e hizo ademán de seguir al sacerdote, pero Big Georges alargó la mano y lo agarró del hombro.

—Déjalo —repuso. Él también hablaba en voz baja, pero le clavó los dedos con fuerza.

No se apartó, pero se quedó allí plantado aguantándole la mirada a George. Notó cómo Jamie hacía un pequeño movimiento, pero dijo «¡No!» entre dientes y Jamie se detuvo.

Podían oír palabrotas francesas procedentes del camino mezcladas con la voz del Père Renault: «*In nomine Patris et Filii...*» A continuación un forcejeo, alguien que farfullaba y gritos. El prisionero, el capitán y Mathieu, e incluso el sacerdote, todos empleaban un lenguaje que le arrancó un parpadeo a Jamie. Ian se habría reído si no hubiera sido por el terror que congeló a todos los hombres que aguardaban junto al agua.

—¡No! —gritó el prisionero. Su voz se elevó por encima de las demás y su rabia se diluyó en el terror—. ¡No, por favor! Ya le he dicho todo lo que...

Se oyó un ruidito, un sonido hueco, como si alguien hubiera pateado un melón, y la voz se apagó.

—¡Qué capitán más ahorrador tenemos! —exclamó Big George entre dientes—. ¿Para qué gastar una bala?

Le soltó el hombro a Ian, negó con la cabeza y se arrodilló para lavarse las manos.

Bajo los árboles reinaba un silencio espantoso. Podían oír las voces amortiguadas del camino: el capitán y Mathieu hablando y, por encima de su conversación, el Père Renault repitiendo «*In nomine Patris et Filii...*», pero en un tono muy distinto. Ian vio cómo a Jamie se le erizaba el vello de los brazos, y este último se frotó las palmas de las manos en el kilt para eliminar los posibles restos de aceite sagrado de sus manos.

Era evidente que Jamie no soportaba escuchar aquello, y se volvió hacia Big George para decirle lo primero que le vino a la cabeza.

—¿Cola? —preguntó alzando una ceja—. ¿Así es como lo llamáis por aquí?

Big Georges se esforzó por sonreír.

—¿Y cómo lo denomináis vosotros en vuestra lengua?

—*Bot* —dijo Ian encogiéndose de hombros. Había otras palabras, pero no quería aventurarse con *clipeachd*.

—Casi siempre decimos simplemente «polla» —explicó Jamie encogiendo también los hombros.

—O «pene», si quieres que parezca más inglés —apuntó Ian.

Se habían ganado la atención de algunos de los hombres, dispuestos a unirse a cualquier conversación para olvidar el eco del último grito, que seguía suspendido en el aire como si fuera una nube de niebla.

—¡Ja! —exclamó Jamie—. «Pene» ni siquiera es una palabra inglesa, pequeños ignorantes. Es latín. E incluso en latín, no se emplea para referirse al compañero más fiel del hombre; significa «cola».

Ian le lanzó una mirada lenta y larga.

—Conque «cola», ¿eh? Entonces ¿estás diciendo que eres incapaz de diferenciar entre tu polla y tu culo, y además me estás dando lecciones de latín?

Los hombres se deshicieron en carcajadas. Jamie se sonrojó automáticamente, e Ian se rió y le dio un buen codazo en el hombro. Jamie resopló, pero le devolvió el codazo a Ian, quien también se rió, aunque a regañadientes.

—Está bien.

Parecía avergonzado; él no solía restregarle a Ian su educación por la cara. Ian no se lo tuvo en cuenta, ya que él también había patinado un poco. Se trataba de los primeros días que pasaba con la compañía y ésa era la clase de cosas que uno hacía, intentar mantener el tipo enfatizando lo que se le daba bien. Pero si a Jamie se le ocurría restregarles por la cara su latín y su griego a Mathieu o a Big George, acabaría teniendo que defenderse con los puños, y con bastante celeridad. Y en ese momento no parecía que pudiera ni tan siquiera defenderse de un conejo y salir airoso.

El renovado murmullo de la conversación, por moderado que fuera, se extinguió en cuanto Mathieu apareció entre los árboles. Mathieu era un hombre grande, aunque más corpulento que alto, con cara de jabalí rabioso y un carácter bastante semejante. Nadie lo llamaba «cara de cerdo» ante su presencia.

—Tú, pedazo de basura, ve a enterrar a ese mierda —le dijo a Jamie, y después añadió entornando los ojos—: Intérnate bien en el bosque. Y hazlo antes de que te patee el culo. ¡Muévete!

Jamie se levantó despacio y miró fijamente a Mathieu de una forma que a Ian no le gustó nada. Se acercó con rapidez a su amigo y lo agarró del brazo.

—Yo te ayudaré —intervino—. Vamos.

• • •

—¿Por qué quieren darle un entierro cristiano? —le preguntó Jamie a Ian en un murmullo.

Si Ian no hubiera sabido lo alterado que estaba su amigo, lo habría deducido por la violencia con la que había clavado una de las palas que les había prestado Armand en el suave mantillo de hojas.

—Ya sabes que ésta no es una vida muy civilizada, *a charaid* —repuso Ian. A fin de cuentas a él tampoco le parecía mucho mejor y hablaba con aspereza—. No es como la *université*.

La sangre ascendió por el cuello de Jamie con la misma rapidez con la que se prende fuego a la yesca, e Ian le tendió la palma de la mano con la esperanza de tranquilizarlo. No quería reñir, y Jamie no podría aguantar una pelea en ese momento.

—Lo estamos enterrando porque D'Eglise cree que sus amigos podrían volver a buscarlo y es mejor que no vean lo que le ha hecho, ¿verdad? Enseguida se ve que el otro tipo murió peleando. Una cosa son los negocios, pero la venganza es otra muy distinta.

Jamie estuvo apretando los dientes un rato, pero poco a poco fue desapareciendo el rubor de su cara y dejó de presionar la pala.

—Sí —murmuró, y siguió cavando.

A los pocos minutos, el sudor ya le resbalaba por el cuello y era evidente que le costaba respirar. Ian lo apartó dándole un codazo y él mismo acabó de cavar. En silencio, cogieron al hombre muerto por las axilas y los tobillos y lo arrastraron hasta el hoyo poco profundo.

—¿Crees que D'Eglise habrá averiguado algo? —preguntó Jamie mientras esparcían puñados de hojas secas por encima de la tierra.

—Espero que sí —contestó Ian sin alejar la vista de lo que estaba haciendo—. No me gustaría pensar que han hecho esto para nada.

Se levantó y se quedaron allí plantados un tanto incómodos durante un momento, sin acabar de mirarse el uno al otro. No parecía correcto abandonar una tumba, ni siquiera la de un desconocido que además era judío, sin rezar una oración, pero dadas las circunstancias, parecía peor decir una oración cristiana en la tumba de aquel hombre, algo que se podría tomar más por un insulto que por una bendición.

Al final, Jamie torció el gesto, se agachó, escarbó bajo las hojas y sacó dos piedras pequeñas. Le ofreció una a Ian, y primero uno y después el otro, se pusieron en cuclillas y colocaron las piedras en lo alto de la tumba. No era un gran túmulo, pero era algo.

• • •

El capitán no solía dar explicaciones ni órdenes a sus hombres de otra forma que no fuera con brevedad y claridad. Había regresado al campamento por la noche con el rostro oscuro y los labios apretados. Pero otros tres hombres habían presenciado el interrogatorio del desconocido judío y, gracias al habitual proceso metafísico que tiene lugar en los campamentos, a la mañana siguiente toda la tropa sabía lo que había confesado.

—Se llamaba Ephraim bar-Sefer —le dijo Ian a Jamie, que se había acercado tarde al fuego después de haberse ausentado con discreción para volver a lavarse la camisa.

Ian estaba un poco preocupado por el muchacho. Sus heridas no se estaban curando como deberían, y esa forma de desmayarse... Ahora tenía fiebre; Ian notaba el calor que desprendía su piel, y se estremecía de vez en cuando, a pesar de que la noche no era fría.

—¿Es mejor saberlo? —preguntó Jamie un tanto sombrío.

—Ahora podemos rezar por él utilizando su nombre —señaló Ian—. Eso es mejor, ¿no?

Jamie arrugó el ceño, pero al poco asintió.

—Sí que lo es. ¿Y qué más dijo?

Ian puso los ojos en blanco. Ephraim bar-Sefer había confesado que la banda de atacantes eran ladrones profesionales, sobre todo judíos, quienes...

—¿Judíos? —lo interrumpió Jamie—. ¿Bandidos judíos?

Por algún motivo, la idea le resultó graciosa a Jamie, pero Ian no se rió.

—¿Por qué no? —inquirió, y prosiguió sin esperar a que su amigo contestara. Los hombres conseguían información sobre cargamentos valiosos y se dedicaban a esperar para hacerles una emboscada y robarles—. Básicamente roban a otros judíos, así corren menos peligro de que los persiga el ejército francés o el juez.

—Vaya. Y esa información... Supongo que también les resulta sencillo conseguirla si les roban a otros judíos. Los judíos viven en grupos, muy cerca los unos de los otros —explicó Jamie al ver la sorpresa en el rostro de Ian—. Y todos saben leer y escribir, y siempre están escribiendo cartas; se pasan mucha información de unos grupos a otros. No debe de ser muy difícil descubrir quiénes son los prestamistas y los comerciantes e interceptar su correspondencia, ¿no?

—Puede que no —concedió Ian mirando a Jamie con respeto—. Bar-Sefer dijo que los avisó alguien, aunque él ignoraba de quién se trataba, que tenía mucha información sobre bienes valiosos que se trasladan de un lugar a otro. La persona que lo sabía no formaba parte de su grupo; era alguien externo que recibía un porcentaje de las ganancias.

Sin embargo, eso era todo lo que había explicado Bar-Sefer. No reveló los nombres de ninguno de sus socios —algo que a D'Eglise no le importaba demasiado—, y había muerto insistiendo con obstinación en que no sabía nada acerca de futuros robos que pudieran tener planificados.

—¿Crees que podría haber sido uno de los nuestros? —preguntó Jamie en voz baja.

—Uno de... Oh, ¿te refieres a nuestros judíos? —Ian frunció el ceño al pensarlo. Había tres judíos españoles en la banda de D'Eglise: Juanito, Big Georges y Raoul, pero los tres eran buenos hombres y gozaban de gran popularidad entre sus compañeros—. Lo dudo. Los tres lucharon como jabatos. Al menos cuando me fijé —añadió con sinceridad.

—Lo que me gustaría saber es cómo consiguieron los ladrones llevarse esa alfombra —comentó Jamie con aire pensativo—. ¿Cuánto debía de pesar? ¿Dieciséis kilos?

—Como mínimo —le aseguró Ian, encogiendo los hombros al recordarlo—. Yo ayudé a cargar esas malditas cosas. Supongo que debían de tener una carreta en algún lugar cercano para cargar el botín. ¿Por qué?

—Ya, pero ¿alfombras? ¿Quién roba alfombras? Aunque sean de valor. Y si ya sabían de antemano que íbamos a pasar por aquí, probablemente también supieran lo que llevábamos.

—Estás olvidando el oro y la plata —le recordó Ian—. Estaban en la parte delantera de la carreta, debajo de las alfombras. Tenían que sacar las alfombras para llegar hasta ellos.

—Mmfmm.

Jamie parecía un tanto insatisfecho, y era cierto que los bandidos se habían tomado muchas molestias para llevarse esa alfombra. Pero no iba a ganar nada por mucho que siguiera discutiendo, y cuando Ian dijo que se iba a dormir, Jamie lo aceptó sin decir ni una sola palabra más.

Se acomodaron sobre un montón de hierba amarilla, envueltos en el tartán, pero Ian no se durmió enseguida. Aunque estaba magullado y cansado, todavía no había conseguido deshacerse de la excitación del día, y se quedó allí tumbado mirando las estrellas durante un rato, recordando algunas cosas y esforzándose mucho por olvidar otras, como el aspecto de la cabeza de

Ephraim bar-Sefer. Quizá Jamie tuviera razón y habría sido mejor no saber su nombre.

Se esforzó por pensar en otras cosas y le salió tan bien que se sorprendió cuando Jamie cambió de postura y maldijo entre dientes debido al dolor que le provocó el movimiento.

—¿Lo has hecho alguna vez? —preguntó Ian de pronto.

Notó una pequeña agitación cuando Jamie se cambió de postura para ponerse más cómodo.

—¿Hacer qué? —quiso saber. Tenía la voz un poco ronca, pero no sonaba tan mal—. ¿Matar a alguien? No.

—No, acostarte con una chica.

—Ah, eso.

—Sí, eso. Imbécil.

Ian se volvió hacia Jamie y amagó un golpe hacia su entrepierna.

A pesar de la oscuridad, Jamie lo agarró de la muñeca antes de que pudiera golpearlo.

—¿Y tú?

—Entonces no lo has hecho. —Ian se soltó sin dificultad—. Pensaba que te habrías puesto hasta las orejas de prostitutas y poetisas en París.

—¿Poetisas? —Jamie estaba empezando a divertirse—. ¿Qué te hace pensar que las mujeres escriben poesía? ¿O que una mujer que escribe poesía es una libertina?

—Pues claro que sí. Todo el mundo lo sabe. Las palabras se les meten en la cabeza y las vuelven locas, y van por ahí buscando a un hombre cualquiera que...

—¿Y tú, te has acostado con alguna poetisa? —El puño de Jamie aterrizó con suavidad en su pecho—. ¿Ya lo sabe tu madre?

—No le contaría a mi madre nada semejante —dijo Ian con firmeza—. No, pero Big George sí, y nos ha hablado a todos de ella. Una mujer que conoció en Marsella. Tiene un libro de sus poesías y nos leyó algunas.

—¿Y son buenas?

—¿Cómo voy a saberlo? Hablaba de embelesarse, de turgencias y brotes, pero parecía que tuviera que ver con las flores. Aunque había un fragmento muy bueno sobre un abejorro que lo hacía con un girasol. Lo de meterle el hocico, digo.

Se hizo un silencio momentáneo mientras Jamie asimilaba la imagen mental.

—Quizá suene mejor en francés —opinó.

• • •

—Yo te ayudaré —intervino Ian de pronto, con un tono completamente serio.

—¿Ayudarme...?

—A matar a ese capitán Randall.

Jamie guardó silencio por un momento mientras notaba cómo se le tensaba el pecho.

—Jesús, Ian —dijo en voz baja. Se quedó allí tendido varios minutos con los ojos clavados en el árbol sombrío que tenía cerca de la cara.

—No —respondió al fin—. No puedes. Necesito que hagas otra cosa por mí, Ian. Necesito que vuelvas a casa por mí.

—¿A casa? ¿Qué...?

—Necesito que regreses a casa y te ocupes de Lallybroch y de mi hermana. Yo... yo no puedo ir. Todavía no.

Se mordió el labio inferior con fuerza.

—Allí tienes amigos y arrendatarios de sobra —protestó Ian—. Me necesitas aquí, hombre. Cuando volvamos lo haremos juntos.

Y dio media vuelta sobre el tartán con actitud determinante.

Jaime siguió tumbado con los ojos bien cerrados, ignorando los cánticos y las conversaciones junto al fuego, la belleza del cielo nocturno sobre su cabeza y el dolor punzante de su espalda. Quizá debería rezar por el alma del judío muerto, pero en ese momento no tenía tiempo. Estaba intentando encontrar a su padre.

El alma de Brian Fraser debía de seguir existiendo, y él estaba convencido de que su padre estaba en el cielo. Pero tenía que haber alguna forma de llegar a él, de percibirlo. Cuando Jamie se había marchado de casa por primera vez, cuando lo acogió Dougal en Beannachd, se había sentido solo y nostálgico, pero su padre ya le había advertido que le pasaría eso y que no se preocupara mucho al respecto.

«Piensa en mí, Jamie, y en Jenny, y en Lallybroch. No podrás vernos, pero nosotros estaremos aquí de todas formas y pensaremos en ti. Por la noche mira al cielo, observa las estrellas y piensa que nosotros también las vemos.»

Abrió un poco los ojos, pero las estrellas daban vueltas, su brillo se emborronó. Apretó los ojos otra vez y notó el cálido reguero de una única lágrima deslizándose por su sien. No podía pensar en Jenny. O en Lallybroch. La nostalgia que había sentido cuando estaba en casa de Dougal había acabado desapareciendo.

La extrañeza cuando había ido a París se había reducido. Lo que sentía en ese momento no iba a extinguirse, pero de todas formas tendría que seguir viviendo.

«¿Dónde estás, papá? —pensó angustiado—. Papá, ¡lo siento!»

Rezó mientras caminaba al día siguiente; fue saltando de un avemaría a otro con obstinación empleando los dedos para contar el rosario. Durante un rato le ayudó a no pensar y le proporcionó un poco de paz. Pero al final aquellos pensamientos escurridizos regresaron. Los recuerdos lo asaltaban en forma de pequeños fogonazos, rápidos como el reflejo del sol en el agua. Peleó contra algunos de ellos: la voz del capitán Randall, alegre mientras cogía el látigo; la temerosa forma en que se le puso el vello de punta al sentir el aire fresco cuando le quitó la camisa; la voz del cirujano: «Te ha destrozado, chico.»

Pero se aferró a otros recuerdos, con independencia de lo dolorosos que fueran: el contacto de las manos de su padre agarrándolo con fuerza de los brazos para que no se cayera. Los guardias se lo habían llevado a alguna parte —no lo recordaba y no le importaba— cuando de pronto su padre apareció allí, delante de él, en el patio de la cárcel, y avanzó a toda prisa cuando vio a Jamie, con una expresión de alegría y entusiasmo en la cara, que se convirtió en conmoción en cuanto vio lo que le habían hecho.

«¿Te han hecho daño, Jamie?»

«No, papá, enseguida estaré bien.»

Por un momento lo había estado. Animado de ver a su padre y convencido de que todo saldría bien, y entonces recordó a Jenny, metiendo a aquel *crochaire* en la casa, sacrificándose por...

Reprimió aquel recuerdo diciendo: «¡Dios te salve María, llena eres de gracia, el Señor es contigo!» a viva voz, para sorpresa de Petit Philippe, que correteaba a su lado con sus cortas piernas arqueadas.

—Bendita tú eres entre todas las mujeres... —prosiguió Philippe muy atento—. Ruega por nosotros, pecadores, ahora y en la hora de nuestra muerte, ¡amén!

—Avemaría —dijo la voz grave de Père Renault a su espalda uniéndose a ellos, y en cuestión de segundos siete u ocho hombres estaban rezando, marchando con solemnidad al ritmo de la plegaria, y después de sumaron otros.

Jamie se quedó en silencio sin que nadie se diera cuenta. Pero el muro de oración le sirvió para levantar una barricada entre él y aquellos pensamientos desagradables y, al cerrar un momento los ojos, sintió la presencia de su padre caminando a su lado y el último beso de Brian Fraser en la mejilla, tan suave como el viento.

Llegaron a Burdeos justo antes de que se pusiera el sol. D'Eglise se llevó la carreta acompañado de una pequeña guardia y dejó que el resto de los hombres disfrutara a su aire de los placeres de la ciudad, aunque dicho goce estaba limitado, porque ninguno había cobrado todavía. Les pagarían en cuanto entregaran la mercancía al día siguiente.

Ian, que ya había estado antes en Burdeos, les indicó el camino hasta una enorme y ruidosa taberna donde servían buen vino y raciones generosas de comida.

—Las cantineras también son guapas —comentó mientras observaba cómo una de aquellas criaturas se abría paso con destreza entre un montón de manos sobonas.

—¿Hay un burdel en el piso de arriba? —preguntó Jamie por curiosidad, pues había escuchado contar algunas historias.

—No lo sé —reconoció Ian con un tono un tanto pesaroso, aunque Jamie estaba casi seguro de que su amigo nunca había estado en un burdel, debido a una mezcla de estrechez y el miedo de coger la sífilis—. ¿Quieres que vayamos a averiguarlo después?

Jamie vaciló.

—Yo..., bueno. No, no creo. —Volvió la cabeza hacia Ian y habló en voz muy baja—: Le prometí a papá que no iría con prostitutas cuando fui a París. Y ahora... no podría hacerlo sin... sin pensar en él, ¿comprendes?

Ian asintió. En su rostro se adivinaba tanto alivio como decepción.

—Ya habrá tiempo otro día —repuso con aire filosófico, e hizo señas para que le llevaran otra jarra. Pero la cantinera no lo vio y Jamie alargó su largo brazo y le tiró del delantal. La chica se dio la vuelta con el ceño fruncido, pero cuando vio la cara de Jamie, esbozando su mejor sonrisa de ojos azules, decidió devolverle la sonrisa y tomar nota de lo que querían.

Había varios hombres más de D'Eglise en la taberna y aquel alarde no pasó inadvertido.

Juanito, que estaba sentado a una mesa cercana, miró a Jamie, alzó una ceja burlona y después le dijo algo a Raoul en ladino, el español que hablaban los judíos. Ambos se rieron.

—¿Sabes qué es lo que provoca las verrugas, amigo? —preguntó Jamie con un tono afable, empleando un hebreo bíblico—. Los demonios que un hombre lleva dentro cuando intentan salir al exterior.

Lo dijo lo bastante despacio como para que Ian fuera capaz de entenderlo, y su amigo se deshizo en carcajadas, tanto por la cara que se les quedó a los judíos como por el comentario de Jamie.

El rostro grumoso de Juanito se oscureció, pero Raoul miró a Ian con aspereza; primero a la cara y después a la entrepierna. Ian negó con la cabeza sin dejar de sonreír y Raoul se encogió de hombros devolviéndole la sonrisa. Después cogió a Juanito del brazo y tiró de él hacia el fondo del local, donde otros clientes pasaban el rato jugando a los dados.

—¿Qué le has dicho? —inquirió la cantinera, observando a la pareja que se marchaba para después mirar a Jamie con los ojos como platos—. ¿Y en qué idioma les has hablado?

Jamie se alegró de poder contemplar aquellos enormes ojos marrones; se estaba esforzando mucho para no agachar la cabeza y mirarle el canalillo. La encantadora hendidura que se abría entre los pechos de la muchacha atraía su mirada...

—Oh, sólo era una pequeña *bonhomie* —dijo sonriéndole—. Lo he dicho en hebreo.

Quería impresionarla, y lo hizo, pero no de la forma que él pretendía. La media sonrisa de la chica se desvaneció y reculó un poco.

—¡Oh! —exclamó—. Disculpe, señor, me necesitan...

Y después de hacer un vago gesto de disculpa con la mano desapareció entre la multitud de parroquianos con una jarra en la mano.

—¡Imbécil! —intervino Ian—. ¿Por qué le has dicho eso? Ahora piensa que eres judío.

Jamie se quedó boquiabierto de la sorpresa.

—¿Quién, yo? ¿Por qué? —preguntó mirándose. Llevaba el atuendo propio de las Highlands, pero Ian lo miró con actitud crítica y negó con la cabeza.

—Tienes la nariz larga y el pelo rojo —señaló—. La mitad de los judíos españoles que he visto a lo largo de mi vida tienen ese aspecto, y algunos de ellos también son bastante altos. Esa chica estará pensando que le has robado el tartán a alguien después de matarlo.

Jamie se sintió más desconcertado que ofendido.

—Bueno, ¿y qué si fuera judío? —preguntó—. ¿Por qué debería importar? No estaba pidiendo su mano, ¿no? Sólo estaba hablando con ella, ¡por amor de Dios!

Ian le lanzó esa molesta mirada de suficiencia. Ya sabía que no tendría que importarle, él mismo había presumido delante de Ian de cosas que él sabía e Ian no. Pero sí que le importaba; la camisa que le había prestado le iba pequeña y le rozaba en las axilas, y le sobresalían las muñecas, huesudas y salvajes. No parecía ningún judío, pero sí un imbécil, y lo sabía. Lo ponía de mal humor.

—La mayoría de las mujeres francesas, y me refiero a las cristianas, no quieren ir con judíos. No porque se dediquen a asesinar a cristianos, sino debido a su... mmm... —Bajó la mirada e hizo un gesto discreto en dirección a la entrepierna de Jamie—. Les resulta raro.

—No es tan diferente.

—Sí que lo es.

—Bueno, sí, cuando está..., pero cuando está..., es decir, si está en un estado que una chica no estaría mirando, no es... —Vio que Ian abría la boca para preguntarle cómo sabía el aspecto que tenía un pene erecto circuncidado—. Olvídalo —dijo con brusquedad, y pasó junto a su amigo—. Vamos a la calle.

Al alba, la banda se reunió en una posada donde aguardaban D'Eglise y la carreta, y se dispusieron a escoltarla por las calles hasta su destino, un almacén a orillas del Garona. Jamie advirtió que el capitán se había puesto sus mejores galas: lucía un sombrero con plumas, y también se habían arreglado los cuatro hombres, algunos de los más corpulentos de la banda, que habían vigilado la carreta durante la noche. Todos iban armados hasta los dientes, y Jamie se preguntó si sólo lo hacían para dar el espectáculo o si D'Eglise quería que le guardasen las espaldas mientras explicaba por qué el cargamento tenía una alfombra de menos, con el objetivo de disuadir las quejas del comerciante que fuera a recibir el cargamento.

Jamie estaba disfrutando del paseo por la ciudad, aunque se mantenía muy atento, tal como le habían ordenado, para evitar la posibilidad de que pudieran sufrir una emboscada desde los callejones, o que los ladrones pudieran descolgarse desde algún balcón hasta la carreta. Aunque opinaba que esa última probabilidad era muy remota, de vez en cuando miraba hacia arriba.

Cuando bajó la vista después de una de esas inspecciones, se dio cuenta de que el capitán se había retrasado y que caminaba junto a él a lomos de su enorme caballo capón de color gris.

—Juanito dice que hablas hebreo —intervino D'Eglise, mirándolo como si le acabaran de salir cuernos—. ¿Es verdad?

—Sí —contestó con cautela—. Aunque en realidad lo que puedo hacer es leer un poco la Biblia en hebreo, porque no hay tantos judíos en las Highlands con los que conversar.

En París había conocido a algunos de ellos, pero ya sabía que no tenía que hablar de la *université* y de filósofos como Maimónides. Lo estrangularían antes siquiera de cenar.

El capitán rugió, pero no parecía disgustado. Cabalgó un rato en silencio, aunque mantuvo el ritmo lento de su caballo para seguir avanzando junto a Jamie. Aquello puso nervioso a Jamie, quien después de un rato se vio impulsado a volver la cabeza y decir:

—Ian también sabe. Me refiero a lo de leer en hebreo.

D'Eglise lo miró sorprendido y se volvió hacia atrás. Podía ver perfectamente a Ian, pues les sacaba una cabeza a los tres hombres con los que iba conversando mientras caminaba.

—¿Nunca acaban las sorpresas? —dijo el capitán como para sí mismo. Pero espoleó a su caballo hasta que empezó a trotar y dejó a Jamie rodeado de una nube de polvo.

La tarde siguiente, esta conversación se hizo de nuevo presente para darle un buen mordisco en el culo a Jamie. Habían entregado las alfombras, el oro y la plata en el almacén del río, D'Eglise había recibido su pago y, en consecuencia, los hombres se encontraban a lo largo de un *allée* lleno de establecimientos de comida y bebida barata. Incluso muchos de ellos disponían de una habitación en la planta superior o en la parte de atrás, donde cualquier hombre podía gastar su dinero de otras formas.

Ni Jamie ni Ian volvieron a mencionar el tema de los burdeles, pero Jamie no dejaba de pensar en aquella preciosa cantinera. Ahora volvía a llevar su camisa y se moría de ganas de regresar para decirle que no era judío. No obstante, no tenía ni idea de lo que haría ella con esa información, y la taberna se encontraba en el otro extremo de la ciudad.

—¿Crees que tendremos otro trabajo pronto? —preguntó distraídamente, tanto para romper el silencio de Ian como para escapar de sus propios pensamientos.

Los hombres habían hablado de ello cuando estaban sentados junto al fuego; era evidente que en ese momento no se estaban librando guerras importantes, aunque se rumoreaba que el rey de Prusia estaba empezando a reunir hombres en Silesia.

—Eso espero —murmuró Ian—. No soporto estar sin hacer nada. —Hizo repicar los dedos en la mesa—. Necesito moverme.

—Por eso te marchaste de Escocia, ¿verdad?

Sólo le estaba dando conversación, y le sorprendió ver que Ian lo miraba con recelo.

—No quería ser granjero, y allí no había mucho más que hacer. Aquí me gano un buen dinero y lo envío casi todo a casa.

—Aun así, no creo que a tu padre le hiciera gracia.

Ian era el único hijo varón que tenía; probablemente el viejo John seguía furioso, aunque no había dicho nada delante de Jamie durante el poco tiempo que había estado en casa antes de que los casacas rojas...

—Mi hermana está casada. Su marido puede ocuparse, si... —Ian se quedó en silencio.

Antes de que Jamie pudiera decidir si iba a animar a Ian a seguir hablando o no, el capitán apareció en su mesa y los sorprendió a ambos.

D'Eglise se quedó allí plantado un momento, mirándolos. Al final suspiró y dijo:

—Muy bien. Vosotros dos, venid conmigo.

Ian se metió el pan y el queso que le quedaba en la boca y se levantó masticando. Jamie estaba a punto de hacer lo mismo cuando el capitán lo miró con el ceño fruncido.

—¿Llevas la camisa limpia?

Jamie notó que se sonrojaba. Era la referencia más directa que había hecho nadie acerca de su espalda, y había sido demasiado directa. Ya hacía bastante tiempo que la mayoría de las heridas habían formado una costra, pero las peores seguían infectadas; se abrían cada vez que le rozaban las vendas o cuando se agachaba con demasiada rapidez. Había tenido que lavar la camisa casi cada noche —siempre estaba húmeda, y eso no ayudaba—, y era muy consciente de que toda la banda lo sabía, pero nadie hablaba de ello.

—Sí —respondió escuetamente, y se acabó de levantar del todo para mirar desde arriba a D'Eglise.

—Está bien, vamos.

• • •

El nuevo cliente potencial era un médico llamado Hasdi, un hombre muy influyente entre los judíos de Burdeos. Se lo había presentado el cliente anterior, así que, por lo visto, D'Eglise había conseguido resolver el asunto de la alfombra desaparecida.

La casa del doctor Hasdi estaba oculta de un modo bastante discreto en una calle secundaria decente pero modesta, detrás de un muro estucado y una verja cerrada. Ian hizo sonar la campana y enseguida apreció un hombre vestido de jardinero, que los invitó a pasar y los acompañó por el camino que conducía a la puerta principal. Era evidente que los esperaban.

—Los judíos no hacen ostentación de su riqueza —le murmuró D'Eglise a Jamie entre dientes—. Pero la tienen.

Por lo menos éstos sí, pensó Jamie. Un sirviente los recibió en un vestíbulo pavimentado con unos azulejos muy sencillos, aunque después abrió las puertas de una sala que era un espectáculo para los sentidos. Estaba repleta de libros, todos ellos ordenados en estantes de madera oscura. Las alfombras eran gruesas y los escasos espacios de la pared que no estaban cubiertos de libros estaban ornamentados con pequeños tapices y azulejos enmarcados que a Jamie le parecieron árabes. Pero ¡lo que más llamaba la atención era cómo olía! Respiró profundamente, hasta la embriaguez, y cuando buscó el origen de la fragancia, por fin vio al propietario de aquel paraíso terrenal sentado tras un escritorio, mirándolo fijamente. O quizá los estuviera observando a los dos, a él y a Ian, ya que los ojos del hombre, redondos como caramelos, pasaban del uno al otro.

Se irguió por instinto e hizo una reverencia.

—Saludos, señor —dijo Jamie en un cuidadoso hebreo—. Que la paz sea en su hogar.

El hombre se quedó boquiabierto. Tenía una enorme y poblada barba oscura que empezaba a blanquear alrededor de los labios. Una expresión indefinible, tal vez atribuible a la diversión, asomó a la escasa porción de su rostro que permanecía visible.

Un ruidito que sí era fruto de la diversión llamó la atención de Jamie desde un lado de la sala. Sobre una mesa redonda de azulejos descansaba un pequeño cuenco de latón, del que emanaba una columna de humo que serpenteaba perezosamente hacia el techo y atravesaba un rayo del sol de la tarde. Entre el sol y el humo pudo discernir la silueta de una mujer que aguardaba en la sombra. La dama dio un paso adelante y se materializó al salir de la oscuridad, y a Jamie se le detuvo el corazón.

La mujer inclinó la cabeza hacia los soldados con solemnidad y se dirigió a ellos con imparcialidad.

—Me llamo Rebekah bat-Leah Hauberger. Mi abuelo me ha pedido que les dé la bienvenida a nuestra casa, caballeros —dijo en un francés perfecto, aunque el anciano no había hablado. Jamie suspiró aliviado; por lo menos no tendría que intentar explicar sus negocios en hebreo. Sin embargo, suspiró tan fuerte que le entró tos, y el humo perfumado le hizo cosquillas en el pecho.

Mientras intentaba aplacar el ataque de tos, notó que se estaba poniendo rojo y que Ian lo miraba de reojo. La chica, que era joven, y que tal vez tuviera su misma edad, se apresuró a coger una tapa para cubrir el cuenco; después hizo sonar una campana y le pidió algo al sirviente en un idioma que parecía español. ¿Sería ladino?, se preguntó Jamie.

—Siéntense, por favor, caballeros —repuso la joven mientras señalaba con elegancia una silla que había delante del escritorio, y después se volvió para coger otra que estaba pegada a la pared.

—¡Permítame, mademoiselle!

Ian se adelantó para ayudarla. Jamie, que seguía asfixiándose con la máxima calma posible, lo siguió de inmediato.

La chica tenía el cabello oscuro, muy rizado, y recogido con un lazo de color rosa, pero la melena, que le llegaba casi a la cintura, se descolgaba suelta a su espalda. Jamie incluso había levantado la mano para acariciarle el pelo, pero consiguió contenerse a tiempo. Entonces ella se dio la vuelta. Tenía la piel blanca, unos enormes ojos oscuros y una extraña expresión de complicidad en la mirada cuando la dirigió hacia él, cosa que hizo, de una forma muy directa en cuanto Jamie colocó la tercera silla para ella.

«Annalise.» Jamie tragó saliva y carraspeó. Lo invadió una oleada de calor sofocante, y de pronto deseó que hubiera alguna ventana abierta.

D'Eglise también estaba visiblemente aliviado de tener una intérprete más fiable que Jamie, y empezó a pronunciar un galante discurso de presentación, bien ornamentado con florituras francesas, y sin dejar de hacer reverencias, tanto a la chica como a su abuelo.

Jamie no estaba prestando atención a sus palabras; seguía observando a Rebekah. Era su parecido con Annalise de Marillac, la chica que había amado en París, lo que le había llamado la atención, pero ahora que la miraba con atención, advirtió que aquella joven era bastante distinta.

Mucho. Annalise era menuda y dulce como una gatita, y esa chica, aunque también era bajita —cuando, al sentarse, su pelo le había rozado la muñeca, se había fijado en que no superaba con mucho su codo—, no tenía nada dulce o indefenso en su persona. Se había dado cuenta de que la estaba mirando, y ahora era ella quien lo miraba a él con una leve sonrisa en su boca roja que hizo que Jamie se ruborizara un poco. Carraspeó y bajó la mirada.

—¿Qué te pasa? —murmuró Ian entre dientes—. Parece que tengas un cardo metido en los calzones.

Jamie se sacudió irritado y luego se puso rígido cuando advirtió cómo se le abría una de las heridas de la espalda que todavía seguía fresca. Era capaz de notar el punto exacto donde su espalda se enfriaba, así como el lento goteo de la sangre y del pus, de manera que se sentó muy derecho, tratando de no respirar hondo, con la esperanza de que los vendajes absorbieran el líquido antes de que traspasara la camisa.

Como mínimo, aquella preocupación insignificante había alejado su mente de Rebekah bat-Leah Hauberger, y para olvidar el exasperante estado de su espalda, volvió a concentrarse en la conversación a tres bandas entre D'Eglise y los judíos.

A pesar de que el capitán no dejaba de sudar, ya fuera por el té caliente o debido a la tensión de las negociaciones, hablaba con soltura, y de vez en cuando gesticulaba en dirección a la pareja de altos escoceses que hablaban hebreo, y otras hacia la ventana y al mundo exterior, donde aguardaban vastas legiones de guerreros similares, todos preparados para cumplir las órdenes del doctor Hasdi.

El doctor observaba a D'Eglise con atención y de vez en cuando dirigía unas cuantas palabras incomprensibles a su nieta. Sonaba como el ladino que hablaba Juanito, más que cualquier otra cosa, y lo cierto es que no se parecía en nada al hebreo que Jamie había aprendido en París.

Al final, el anciano judío miró a los tres mercenarios, frunció los labios con aire pensativo y asintió. Se levantó y se dirigió a un enorme arcón colonial que había debajo de una ventana, se arrodilló y extrajo un enorme y pesado cilindro envuelto en un tejido impermeable. Jamie advirtió, por la lentitud con que lo levantó el anciano, que pesaba bastante para el tamaño que tenía, y lo primero que pensó era que debía de tratarse de alguna estatua de oro. Y lo siguiente, que Rebekah olía a pétalos de rosa y vainas de vainilla. Respiró hondo, con suavidad, y notó que la camisa se le pegaba a la espalda.

El objeto, fuera lo que fuese, tintineaba y repicaba cuando se movía. ¿Sería alguna especie de reloj judío? El doctor Hasdi llevó el cilindro hasta su escritorio, lo colocó encima y después curvó el dedo para invitar a los soldados a acercarse.

Cuando lo desenvolvió con una lenta y solemne ceremonia, el objeto emergió de sus capas de lino, lona y tejido impermeable. En parte, era de oro, y no distaba mucho de una estatua, pero estaba realizado en madera y tenía forma de prisma, con una especie de corona en la punta. Mientras Jamie seguía preguntándose qué diablos sería, los dedos artríticos del doctor tocaron un pequeño cierre y la caja se abrió, dejando al descubierto más capas de tela, desde donde surgió otro olor delicado y especiado. Los tres soldados respiraron hondo, al unísono, y Rebekah volvió a hacer ese pequeño ruidito de diversión.

—El estuche es de madera de cedro —anunció la joven—. Del Líbano.

—¡Oh! —exclamó D'Eglise con aire respetuoso—. ¡Claro!

El fardo que había dentro estaba vestido de terciopelo con bordados de seda (de hecho, no había otra palabra para describirlo, ya que llevaba una especie de túnica y un cinturón con una hebilla en miniatura). De uno de los extremos sobresalían dos enormes pináculos dorados que parecían dos cabezas siamesas. Tenían perforaciones, semejaban torres y estaban ornamentadas con minúsculas campanitas.

—Es un rollo de la Torá muy antiguo —dijo Rebekah guardando una distancia respetuosa— que procede de España.

—Un objeto de valor incalculable, no cabe duda —concedió D'Eglise, inclinándose para verlo mejor.

El doctor Hasdi rugió y le dijo algo a Rebekah, que lo tradujo:

—Sólo para aquellos que consideran que este libro es sagrado. Para cualquier otra persona, tiene un evidente valor muy atractivo. Si no fuera así, no necesitaría sus servicios. —El doctor miró detenidamente a Jamie y a Ian—. Un hombre respetable, un judío, será quien lleve la Torá. Nadie puede tocarla. Pero ustedes la protegerán, y también a mi nieta.

—Por supuesto, señoría. —D'Eglise se sonrojó un poco, pero estaba demasiado encantado como para avergonzarse—. Me honra en gran medida que deposite su confianza en nosotros, señor, y le aseguro... —Pero Rebekah había vuelto a hacer sonar la campana y el sirviente apareció con vino.

El trabajo que les ofrecían era sencillo. Rebekah debía casarse con el hijo del gran rabino de la sinagoga de París. La antigua

Torá formaba parte de su dote, además de una suma de dinero que hizo brillar los ojos de D'Eglise. El doctor quería contratar a D'Eglise para que entregara las tres cosas, la chica, el rollo y el dinero, en París sanas y salvas. El doctor también viajaría hasta allí para asistir a la boda, pero lo haría más adelante, ya que debía atender unos negocios en Burdeos que retrasarían su viaje. Lo único que faltaba por decidir era el precio por los servicios de D'Eglise, el tiempo que debían emplear para llevarlo a cabo y las garantías que este último estaba dispuesto a ofrecer.

El doctor frunció los labios al comentar el último punto. Su amigo Ackerman, la persona que le había recomendado a D'Eglise, no estaba del todo contento de que le hubieran robado una de sus valiosas alfombras por el camino, y el doctor quería que le aseguraran que ninguna de sus valiosas propiedades —Jamie vio cómo Rebekah reprimía una sonrisa al traducirlo— desaparecería entre Burdeos y París. El capitán miró a Ian y a Jamie con seriedad y después adoptó una expresión de absoluta sinceridad para asegurarle al doctor que no tendrían ninguna dificultad, ya que sus mejores hombres se encargarían del trabajo, y él le ofrecería al doctor las garantías que le pidiera. Tenía el labio superior salpicado de pequeñas gotas de sudor.

El calor del fuego y el té caliente también estaban haciendo sudar a Jamie, a quien le habría ido bien una copa de vino. Pero el anciano se levantó de inmediato y, después de hacerle una cortés reverencia a D'Eglise, salió de detrás del escritorio y cogió a Jamie del brazo, lo levantó y tiró de él hacia la puerta.

Jamie se agachó justo a tiempo de evitar golpearse la cabeza con el bajísimo arco de la puerta, y entraron en una estancia pequeña y sencilla, donde había un montón de hierbas secándose colgadas de las vigas. Qué...

Pero antes de que pudiera formular ninguna pregunta, el anciano le había agarrado la camisa y se la estaba sacando del tartán. Intentó apartarse, pero no había espacio y, sin querer, acabó sentado en un taburete mientras el anciano le aflojaba los vendajes con sus dedos rugosos. El doctor hizo un profundo sonido de desaprobación, después gritó algo en dirección al arco de la puerta y Jamie consiguió entender las palabras «agua caliente».[5]

No se atrevió a levantarse y marcharse por temor a arriesgar el nuevo negocio de D'Eglise. Se quedó allí sentado, muy avergonzado, mientras el médico examinaba, tocaba y, después de

[5] En español en el original. *(N. de la t.)*

que apareciera un cuenco con agua caliente, le frotaba la espalda con algo dolorosamente áspero. Nada de aquello incomodó tanto a Jamie como la aparición de Rebekah en la puerta, que lo miró alzando sus cejas oscuras.

—Mi abuelo dice que tiene la espalda hecha un desastre —le dijo traduciendo uno de los comentarios del anciano.

—Gracias. No lo sabía —murmuró en inglés, pero después repitió la frase con educación en francés.

La vergüenza hizo que se ruborizara, pero un pequeño y frío eco resonó en su corazón: «Te ha destrozado, chico.» El cirujano de Fort William había pronunciado esas palabras cuando los soldados arrastraron a Jamie hasta su consultorio después de los latigazos, ya que tenía las piernas demasiado temblorosas como para sostenerse por sí mismo. El cirujano tenía razón, lo mismo que el doctor Hasdi, pero eso no significaba que a Jamie le apeteciera volver a escucharlo.

Rebekah, evidentemente interesada en averiguar a qué se refería su abuelo, se colocó detrás de Jamie. Se puso tenso, y el doctor lo empujó con fuerza por la nuca para que volviera a agacharse. Los dos judíos estaban comentando el espectáculo con cierta indiferencia. Jamie había notado los dedos de la chica trazando una línea entre sus costillas y había estado a punto de saltar del taburete, e incluso se le puso la piel de gallina.

—¿Jamie? —La voz de Ian, que parecía preocupado, sonó desde el salón—. ¿Estás bien?

—¡Sí! —consiguió decir con la voz un poco entrecortada—. No hace falta que vengas.

—¿Se llama Jamie? —Ahora Rebekah estaba delante de él y se había inclinado para mirarlo a la cara. Ella tenía el rostro iluminado por el interés y la preocupación—. ¿James?

—Sí. James.

Apretó los dientes y el doctor escarbó un poco más hondo mientras chasqueaba la lengua.

—Diego —dijo sonriéndole—. Así es como se diría en español, o en ladino. ¿Y su amigo?

—Se llama Ian. Es... —Reflexionó un momento y encontró el equivalente en inglés—. John. Que sería...

—Juan. Diego y Juan. —Le tocó el hombro desnudo con delicadeza—. ¿Son amigos? ¿Hermanos? Se nota que proceden del mismo lugar. Pero ¿de dónde?

—Somos amigos. De... Escocia. Las... las Highlands. De un lugar llamado Lallybroch.

Había hablado sin pensar, y lo atravesó una punzada de dolor al decir el nombre de su hogar, más dolorosa que cualquiera de las que le provocaba lo que fuera que estuviera utilizando el doctor para frotarle la espalda. Alejó la mirada. Tenía la cara de la chica demasiado cerca y no quería que ella se diera cuenta.

La joven no se apartó. Lo que hizo fue agacharse y cogerlo de la mano. Ella tenía la piel muy cálida, y a Jamie se le puso de punta el vello de la muñeca, a pesar de lo que el doctor le estaba haciendo en la espalda.

—Pronto terminará —le prometió—. Le está limpiando las zonas infectadas; dice que ahora las costras se formarán de una manera limpia y dejarán de drenar. —El doctor formuló una pregunta con aspereza—. Pregunta si tiene fiebre por las noches. Y pesadillas.

Jamie volvió a mirarla sorprendido, pero en su rostro sólo encontró compasión. Le estrechó la mano para consolarlo.

—Yo..., sí. A veces.

Un rugido del doctor, más palabras, y Rebekah le soltó la mano, le dio una palmadita y salió dejando atrás el frufrú de su falda. Jamie cerró los ojos e intentó conservar el recuerdo de su olor en la mente; no podía retenerlo en la nariz porque en esos momentos el doctor le estaba aplicando algo que olía muy mal. También percibía el olor que desprendía él mismo, y notó un cosquilleo de vergüenza en la cara; apestaba a sudor rancio, humo de campamento y sangre fresca.

Podía oír a Ian y a D'Eglise hablando en el vestíbulo, en voz baja, comentando si debían entrar a rescatarlo o no. Los habría hecho pasar, pero no soportaba la idea de que el capitán viera... Apretó los labios con fuerza. De hecho, dedujo que ya casi había terminado por los movimientos del doctor, que ahora eran más lentos y casi gentiles.

—¡Rebekah! —llamó el doctor con impaciencia, y la chica reapareció un segundo después con un montón de telas en la mano. El médico soltó una pequeña retahíla de palabras y luego colocó alguna especie de tela fina en la espalda de Jamie, que se pegó al desagradable ungüento.

—Mi abuelo dice que la tela le protegerá la camisa hasta que la piel absorba el ungüento —le explicó—. Cuando se caiga por sí sola, se habrán formado unas costras sobre las heridas, que deberían ser suaves y no tendrían que agrietarse.

El doctor le quitó la mano del hombro y él se levantó y miró a su alrededor en busca de su camisa. Rebekah se la alcanzó. La chica le clavó los ojos en el pecho desnudo y Jamie se sintió, por primera vez en su vida, avergonzado de tener pezones. Un hormigueo extraordinario pero nada desagradable hizo que se le pusiera de punta el vello rizado del cuerpo.

—Gracias..., esto, es decir..., gracias, señor —dijo en español. Tenía el rostro ardiendo, pero le hizo una reverencia al doctor con toda la elegancia que pudo—. Muchas gracias.

—De nada —contestó el hombre con brusquedad, haciendo un gesto de indiferencia con la mano. Señaló el pequeño fardo que su nieta llevaba en la mano—. Beba. No fiebre. No sueña.

Y entonces, y por sorpresa, sonrió.

—*Shalom* —repuso, e hizo un gesto de despedida.

D'Eglise, que parecía satisfecho con el nuevo encargo, dejó a Ian y a Jamie en una enorme taberna llamada Le Pulet Gai, donde algunos de los demás mercenarios se estaban divirtiendo de distintas formas. Era muy probable que El Pollo Alegre (que era la traducción del nombre del local) albergara un burdel en la planta superior, ya que mujeres desaseadas medio desnudas se paseaban con libertad por las estancias inferiores, donde encontraban nuevos clientes con los que desaparecían escaleras arriba.

Los dos jóvenes y altos escoceses provocaron cierto revuelo entre las féminas, pero cuando Ian se puso serio y le dio la vuelta a su monedero vacío delante de ellas —después de haberse metido el dinero dentro de la camisa por seguridad—, los dejaron en paz.

—No podría ni mirarlas —dijo Ian, dándoles la espalda a las prostitutas y concentrándose en la cerveza—. No después de ver a la pequeña judía de cerca. ¿Alguna vez has visto algo parecido?

Jamie negó con la cabeza, concentrado también en su bebida. Estaba amarga y fresca, y entraba muy bien, debido a lo seco que estaba tras el suceso en el consultorio del doctor Hasdi. Todavía podía oler el fantasma de la fragancia de vainilla y rosas de Rebekah, un aroma escurridizo entre los hedores de la taberna. Rebuscó en su escarcela y sacó el pequeño fardo de tela que le había entregado la joven.

—Ella, o, mejor dicho, el doctor me ha recomendado que me tome esto. ¿Qué te parece?

En el fardo había una mezcla de hojas rotas, palitos y un polvo áspero que desprendía un olor intenso y del todo desconocido para él. No estaba mal pero era extraño.

Ian lo miró frunciendo el ceño.

—Bueno, supongo que tendrás que prepararte un té —comentó—. ¿Cómo te lo ibas a tomar si no?

—No tengo nada para hacer la infusión —intervino Jamie—. Estaba pensando..., ¿y si lo meto en la cerveza?

—¿Por qué no?

Ian no estaba prestando mucha atención; estaba observando la cara de cerdo de Mathieu, que estaba apoyado en un muro y llamaba a las prostitutas a medida que iban pasando; las miraba de arriba abajo y, de vez en cuando, tocaba la mercancía antes de dejarlas proseguir su camino dándoles una palmada en el trasero.

No se sentía verdaderamente tentado —las mujeres lo asustaban, si tenía que ser sincero—, pero tenía curiosidad. Si alguna vez debía hacerlo... ¿por dónde tendría que empezar? Se limitaría a agarrarla, como estaba haciendo Mathieu, ¿o habría de preguntar primero el precio para tener claro que podía permitírselo? ¿Y era apropiado regatear como cuando compras una hogaza de pan o un pedazo de tocino, o la mujer te patearía las partes y se iría a buscar a otro menos agarrado?

Miró a Jamie, quien, después de atragantarse unas cuantas veces, había conseguido tomarse su cerveza condimentada y parecía un poco achispado. No creía que Jamie lo supiera, pero por si acaso no quería preguntárselo.

—Voy a las letrinas —anunció Jamie de repente, y se levantó. Estaba pálido.

—¿Te ha dado cagalera?

—Todavía no.

Y tras aquella afirmación agorera se marchó, golpeando mesas a su paso, e Ian lo siguió, deteniéndose lo suficiente como para apurar el contenido de la cerveza de Jamie y también la suya.

Mathieu había encontrado a una mujer que le gustaba; miró a Ian con lascivia e hizo algún comentario de mal gusto mientras se llevaba a la mujer que había elegido al piso de arriba. Ian sonrió con cordialidad y dijo algo mucho peor en gaélico.

Cuando Ian llegó al patio que había al fondo de la taberna, Jamie había desaparecido. Imaginó que su amigo regresaría en cuanto se deshiciera de su problema, y se apoyó con tranquilidad en el muro del edificio para disfrutar del aire fresco de la noche y observar a los tipos que había en el patio.

Había un par de antorchas encendidas, pegadas al suelo, y la escena se parecía un poco a la pintura que había visto del Juicio Final, con los ángeles a un lado tocando trompetas y los pecadores al otro descendiendo al infierno en una maraña de extremidades desnudas y mal comportamiento. Allí había sobre todo pecadores, aunque de vez en cuando le parecía ver algún ángel flotando con el rabillo del ojo. Se mojó los labios con aire pensativo y se preguntó qué llevaría esa cosa que el doctor Hasdi le había dado a Jamie.

Jamie emergió de la letrina que se encontraba en el otro extremo del patio, y parecía un poco más relajado. Vio a Ian y se abrió paso entre los grupitos de parroquianos que bebían sentados en el suelo mientras cantaban, y los que deambulaban de un lado a otro y sonreían vagamente mientras buscaban algo, aunque no sabían muy bien qué.

A Ian lo asaltó una repulsión repentina, una especie de terror: el miedo de no volver a ver a Escocia nunca más, de morir allí, entre desconocidos.

—Deberíamos irnos a casa en cuanto acabemos este trabajo —dijo de pronto cuando Jamie estuvo lo bastante cerca como para oírlo.

—¿A casa?

Jamie miró a Ian con extrañeza, como si estuviera hablando en algún idioma que no entendía.

—Tú tienes cosas que hacer allí y yo también. Tenemos que...

Los interrumpió un chirrido y el golpe y el estruendo de una mesa al caer cuando está cargada de platos. La puerta trasera de la taberna se abrió de golpe y salió una mujer corriendo, gritando en un francés que Ian no comprendía, pero por el tono dedujo que eran palabrotas. Una potente voz masculina gritó algunas palabras similares y Mathieu salió corriendo tras ella.

La cogió del hombro, la obligó a que se diera la vuelta y le propinó un bofetón en la cara con el dorso de su mano mantecosa. Ian hizo una mueca de dolor al oír el ruido, y Jamie le apretó la muñeca.

—Qué... —empezó a decir Jamie, pero entonces se quedó de piedra.

—*Putain de... merde... tu fais... chien* —jadeó Mathieu, abofeteándola tras cada palabra. Ella se encogió un poco más mientras trataba de escaparse, pero él la tenía agarrada del brazo, le dio la vuelta y la golpeó con fuerza en la espalda, lo que hizo que cayera de rodillas.

Jamie le soltó la muñeca, e Ian lo agarró con fuerza del brazo.

—No —dijo con sequedad, y volvió a tirar de Jamie hacia las sombras.

—No pensaba hacer nada —confesó Jamie, pero lo dijo por lo bajo y sin pensar mucho en lo que estaba diciendo, porque tenía los ojos clavados en lo que estaba ocurriendo, igual que Ian.

La luz que penetraba por la puerta iluminó a la mujer y se reflejó en sus pechos desnudos, que asomaban por encima de la tela desgarrada del cuello del vestido. También iluminaba sus enormes nalgas; Mathieu le había levantado la falda hasta la cintura y estaba detrás de ella, mientras se bajaba los calzones con una mano y tenía la otra enroscada en el pelo de la mujer. La prostituta tenía la cabeza echada hacia atrás, el cuello estirado y los ojos abiertos como platos, como un caballo presa del pánico.

—*Pute!* —exclamó Mathieu, y le dio una palmada en el trasero con la mano abierta—. ¡A mí nadie me dice que no!

Se había sacado el miembro, que estaba en su mano, y penetró a la mujer con tal violencia que a ella le temblaron las nalgas, e Ian se estremeció desde las rodillas hasta el cuello.

—*Merde!* —exclamó Jamie por lo bajo. Otros hombres y un par de mujeres habían salido al patio y se reunieron alrededor de la pareja para disfrutar del espectáculo que Mathieu empezó a ofrecer con diligencia. Soltó el pelo de la mujer para agarrarla de las caderas y a la chica le quedó la cabeza colgando de forma que no se le veía la cara. La joven rugía tras cada embestida y jadeaba palabrotas que provocaban las risas de los espectadores.

Ian estaba conmocionado, tanto por lo excitado que se sentía como por lo que estaba haciendo Mathieu. Nunca había visto a una pareja fornicando abiertamente, sólo había oído los jadeos y las risitas de lo que ocurría debajo de una manta, y había visto un poco de piel pálida de vez en cuando. Aquello... Sabía muy bien que debería apartar la vista. Pero no lo hizo.

Jamie respiró hondo, pero era imposible saber si quería decir algo. Mathieu echó su enorme cabeza hacia atrás y rugió como un lobo, y los espectadores lo vitorearon. Entonces se le contrajo el rostro, esbozó una sonrisa que parecía la de una calavera enseñando su dentadura mellada, hizo un ruido semejante al que hacen los cerdos cuando los golpean en la cabeza y después se desplomó encima de la prostituta.

La chica salió como pudo de debajo de él sin dejar de insultarlo. Ahora Ian sí que entendió lo que ella estaba diciendo, y se habría sorprendido si le hubiera quedado alguna capacidad para asombrarse. La joven, que era evidente que no estaba herida, se levantó y pateó a Mathieu en las costillas una vez. A continuación, le dio una segunda patada, pero como no llevaba zapatos no le hizo ningún daño. Cogió la bolsa que él llevaba anudada a la cintura, metió la mano y agarró un puñado de monedas, le dio una última patada y se marchó enfurecida hacia la casa colocándose bien el cuello del vestido. Mathieu, que estaba tendido en el suelo con los calzones medio bajados, se reía y resollaba.

Ian oyó cómo Jamie tragaba saliva y se dio cuenta de que seguía agarrándolo del brazo, aunque no parecía que este último fuera consciente de ello. Sin embargo, Ian lo soltó. El rubor de la cara de Jamie, que no creía que se debiera al reflejo de la luz de las antorchas, se había apoderado de su rostro y le llegaba hasta la mitad del pecho.

—Vamos a otro sitio —comentó.

—Deberíamos haber hecho algo —espetó Jamie.

No habían vuelto a hablar desde que salieron de Le Poulet Gai. Habían paseado hasta el otro extremo de la ciudad, se habían metido en un callejón y al final se habían detenido a descansar en una taberna bastante tranquila. Juanito y Raoul estaban allí, jugando a los dados con algunos lugareños, pero sólo miraron a Ian y a Jamie cuando entraron en el local.

—No sé qué podríamos haber hecho —contestó Ian muy razonable—. Es decir, quizá podríamos habernos abalanzado sobre Mathieu los dos a la vez y haber salido sólo un poco magullados. Pero sabes muy bien que eso habría provocado una pelea con todos los demás. —Vaciló y miró un momento a Jamie antes de volver a concentrarse en su copa—. Y... era una prostituta. O sea, no era una...

—Ya sé a qué te refieres —le interrumpió Jamie—. Sí, tienes razón. Y lo cierto es que ella ha accedido a irse con ese tipo. Dios sabe qué haría para hacerla enfadar, pero uno tiene muchas elecciones. Me gustaría... ah, déjalo estar. ¿Quieres comer algo?

Ian negó con la cabeza. La cantinera les sirvió una jarra llena de vino, los miró y decidió ignorarlos. Era la clase de vino áspero que te arranca la piel del interior de la boca, pero tenía un sabor decente y no estaba demasiado aguado. Jamie bebió más rápido que de costumbre. Estaba incómodo, tenía como un cosquilleo por todo el cuerpo y estaba irritable, y quería que desapareciera aquella sensación.

No había muchas mujeres en el local. Jamie pensó que la prostitución no debía de ser un negocio muy provechoso, puesto que la mayoría de las chicas tenían un aspecto lamentable, parecían exhaustas y les faltaban la mitad de los dientes. Quizá las debilitara eso de tener que... Olvidó aquella idea, y cuando se dio cuenta de que la jarra estaba vacía le hizo señas a la cantinera.

Juanito emitió un aullido de felicidad y exclamó algo en ladino. Jamie miró en su dirección y vio que una de las prostitutas que habían estado aguardando entre las sombras se adelantaba decidida y se agachaba para darle a Juanito un beso para felicitarlo mientras él recogía sus ganancias. Jamie resopló un poco e intentó deshacerse del olor de la chica, que había pasado lo bastante cerca de él como para que pudiera percibir su olor con claridad, un hedor a sudor rancio y a pescado muerto. Alexandre le había dicho que se debía a la suciedad de las partes pudendas, y Jamie se lo creyó.

Volvió a concentrarse en el vino. Ian le seguía el ritmo, una copa tras otra, probablemente por el mismo motivo. Su amigo no acostumbraba a enfadarse o estar de mal humor, pero si se enojaba, solía seguir en ese estado hasta la mañana siguiente. Era mejor no molestarlo hasta que había actuado un buen sueño reparador, que era el único capaz de acabar con su mal humor.

Miró a Ian de reojo. No podía hablarle sobre Jenny. Sencillamente... no podía. Pero tampoco podía pensar en ella, sola en Lallybroch, quizá embara...

—¡Oh, Dios! —exclamó en voz baja—. No, por favor. No.

«No vuelvas», le había dicho Murtaugh, y hablaba en serio. Pero regresaría, aunque tardara algún tiempo. Tampoco le resultaría de ayuda a su hermana que regresara ahora y atrajera de nuevo a Randall y a los casacas rojas hasta ella como las moscas a un ciervo recién abatido. Horrorizado, borró esa analogía lo más rápido que pudo. La verdad es que le enfermaba pensar en Jenny, e intentó no hacerlo, y le avergonzó todavía más ser consciente de que casi lo consigue.

Ian estaba mirando fijamente a otra de las prostitutas. Era mayor. Como mínimo, debía de tener treinta años, pero tenía casi todos los dientes y estaba más limpia que la mayoría. También estaba flirteando con Juanito y Raoul, y Jamie se preguntó si le importaría que fueran judíos. Quizá una prostituta no se podía permitir el lujo de elegir.

Su traicionera mente enseguida le proyectó una imagen de su hermana, obligada a llevar esa forma de vida para alimentarse, a aceptar a cualquier hombre que... ¡Madre de Dios! ¿Qué le harían los demás, los arrendatarios, los sirvientes, si averiguaran lo que había ocurrido? Las habladurías... Cerró los ojos con fuerza con la esperanza de bloquear aquella visión.

—Ésa no está tan mal —intervino Ian meditabundo, y Jamie abrió los ojos. La prostituta con mejor aspecto se había inclinado sobre Juanito y le estaba frotando los pechos contra su oreja verrugosa—. Si no tiene problemas con los judíos, quizá...

A Jamie se le subió toda la sangre del cuerpo a la cara.

—¡Si tienes alguna consideración por mi hermana no vas a contaminarte con una puta francesa!

Ian se quedó perplejo, pero enseguida reaccionó.

—¿Ah, sí? ¿Y si te dijera que tu hermana no merece la pena?

Jamie le pegó un puñetazo en el ojo, e Ian cayó de espaldas, volcó el banco y aterrizó en la mesa de al lado. Jamie apenas se dio cuenta, ya que el dolor que sentía en la mano le proyectaba una ráfaga de fuego y azufre desde los nudillos agrietados hasta el antebrazo. Se meció de delante hacia atrás con la mano herida escondida entre los muslos mientras maldecía en tres idiomas distintos.

Ian estaba sentado en el suelo, inclinado hacia delante, tapándose el ojo con la mano y respirando de manera entrecortada por la boca. Se irguió un minuto después. Se le estaba empezando a hinchar el ojo y le resbalaban lágrimas por la mejilla enjuta. Se levantó sacudiendo un poco la cabeza y volvió a poner el banco en su sitio. Luego se sentó, cogió la copa y le dio un buen trago, la dejó en la mesa y soltó el aire. Aceptó el trapo lleno de mocos que le ofrecía Jamie y se limpió el ojo.

—Lo siento —se esforzó por decir Jamie. El dolor de la mano estaba empezando a remitir, pero la angustia que anidaba en su corazón seguía intacta.

—Sí —dijo Ian en voz baja sin mirarlo a los ojos—. Yo también desearía que hubiéramos hecho algo. ¿Quieres que compartamos un plato de estofado?

Dos días después partieron hacia París. Después de pensarlo un poco, D'Eglise había decidido que Rebekah y su doncella, Marie, viajarían en carruaje, escoltadas por Jamie e Ian. D'Eglise y el resto de la tropa se ocuparían del dinero, y enviaría una avanzadilla de hombres en pequeños grupos, tanto para que pudieran comprobar el estado de la carretera como para que pudieran viajar por turnos y no tuvieran que detenerse por el camino. Evidentemente, las mujeres tendrían que ir parando, pero si no llevaban nada de valor, no correrían ningún peligro.

Cuando fueron a recoger a las mujeres a la residencia del doctor Hasdi descubrieron que el rollo de la Torá y su custodio, un hombre de mediana edad y aspecto serio con el nombre de monsieur Peretz, viajarían con Rebekah.

—Les confío mis mayores tesoros, caballeros —les informó el doctor a través de su nieta, y les hizo una pequeña reverencia muy formal.

—Puede confiar en nosotros, señor —consiguió contestar Jamie en hebreo, e Ian hizo una solemne reverencia con la mano en el corazón. El doctor Hasdi alternó la mirada entre ambos, asintió con sequedad, y después dio un paso adelante para darle un beso a Rebekah en la frente.

—Ve con Dios, hija —susurró en un idioma parecido al español que Jamie comprendió.

Todo fue bien durante el primer día y la primera noche. El tiempo otoñal era agradable, el aire era fresco y los caballos, robustos. El doctor Hasdi le había ofrecido a Jamie un monedero con dinero para cubrir los gastos del viaje, y todos comieron bien y durmieron en una posada muy respetable. Ian se adelantó e inspeccionó el establecimiento para asegurarse de que no se encontraban con ninguna sorpresa desagradable.

El día siguiente amaneció nublado, pero al poco tiempo empezó a soplar un ligero viento que se llevó las nubes antes del mediodía, cosa que dejó un cielo limpio y brillante como un zafiro. Jamie abría la marcha, Ian iba detrás, y, en general, el carruaje iba a buen ritmo, a pesar de las grietas y el serpenteo del camino.

Sin embargo, cuando llegaron a lo alto de una pequeña cuesta, Jamie hizo que su caballo se parara de golpe y levantó la mano para que se detuviera el carruaje, e Ian se puso a su lado. Un arroyo se había internado por el camino y había formado un lodazal a unos tres metros de distancia.

—¿Qué...? —empezó a decir Jamie, pero no pudo seguir hablando.

El cochero se había detenido un momento, pero al oír un grito autoritario procedente del interior del carruaje, arreó a los caballos con las riendas y el coche salió disparado hacia delante, y estuvo a punto de atropellar al caballo de Jamie, que se asustó y lanzó a su jinete entre los arbustos.

—¡Jamie! ¿Estás bien?

Ian se debatía entre la preocupación por su amigo y su deber. Frenó a su caballo mientras miraba de un lado a otro.

—¡Detenlos! ¡Ve a por ellos! *Ifrinn!*

Jamie apareció de entre las plantas con la cara arañada y rojo de la rabia. Ian no esperó, espoleó su caballo y corrió tras el pesado carruaje, que se tambaleaba de un lado a otro mientras cruzaba el lodazal del camino. Los gritos femeninos de protesta quedaron sofocados por la exclamación del cochero, que gritaba: «¡Ladrones!»[6]

Conocía muy bien esa palabra. Uno de los ladrones estaba trepando por un lado del carruaje como si fuera una criatura de ocho patas, y el cochero se bajó del vehículo a toda prisa, cayó al suelo y huyó corriendo.

—¡Cobarde! —aulló Ian, y soltó un grito de montañero que alteró a los caballos que tiraban del carruaje.

Los animales empezaron a agitar la cabeza de arriba abajo y golpearon con las riendas al secuestrador en potencia. Después obligó a su caballo —a quien el grito le había gustado tan poco como a sus compañeros del carruaje— a internarse en el estrecho paso que quedaba entre los matorrales y el vehículo, y cuando llegó a la altura del conductor, ya había desenfundado la pistola. Se acercó al tipo, un chico joven con el pelo largo y rubio, y le gritó para que se detuviera.

El hombre lo miró, se agachó y agitó las riendas de los caballos, al tiempo que les gritaba órdenes con una voz dura como el acero. Ian disparó y falló el tiro, pero el retraso había servido para que Jamie los alcanzara. Ian vio la cabeza roja de su amigo mientras se subía por la parte de atrás del carruaje, y se oyeron más gritos procedentes del interior, al tiempo que Jamie cruzaba el techo y se abalanzaba sobre el conductor rubio.

Ian dejó que Jamie se ocupara de ese problema y arreó el caballo para avanzar con la intención de coger las riendas, pero otro de los ladrones se le había adelantado y se arrojó sobre la cabeza del équido. Como ya había funcionado una vez, Ian hinchó los pulmones todo lo que pudo y dio un buen alarido.

Los caballos que tiraban del carruaje se desbocaron. Jamie y el conductor del pelo rubio salieron despedidos del vehículo, y

[6] En español en el original. *(N. de la t.)*

el desgraciado de la carretera desapareció, tal vez pisoteado en el lodazal. Como mínimo, Ian esperaba que así fuera. Con los ojos inyectados en sangre, tiró de las riendas de su caballo, que también estaba muy nervioso, desenvainó la espada y cargó camino adelante gritando como un *ban-sidhe* y dando golpes con su espada a diestra y siniestra. Dos de los ladrones se lo quedaron mirando con la boca abierta y salieron corriendo.

Ian los persiguió a cierta distancia entre los matorrales, pero la vegetación era muy densa para su caballo y se dio la vuelta hasta encontrarse a Jamie, que estaba revolcándose por el camino con el chaval del pelo rubio, a quien le estaba propinando una buena paliza. Ian vaciló: ¿lo ayudaba o se ocupaba del carruaje? Un buen golpe y una serie de gritos espantosos lo ayudaron a decidir, y cargó de nuevo camino adelante.

El carruaje, sin conductor, había continuado avanzando hasta llegar al lodazal, y se había internado de lado en la zanja. Por el ruido que procedía del interior, pensó que era probable que las mujeres estuvieran bien, y se bajó del caballo, ató las riendas a un árbol a toda prisa y fue a ocuparse de los caballos del carruaje antes de que se mataran.

Tardó un buen rato en desenredar el lío él solo —por suerte los caballos no se habían lastimado demasiado—, y no le resultó de ayuda que del carruaje salieran dos mujeres nerviosas y muy despeinadas quejándose en una mezcla incomprensible de francés y ladino.

«¡Qué más da! —pensó, haciéndoles un gesto despreocupado con la mano que tanto necesitaba en ese momento—. Tampoco me ayudaría saber lo que dicen.» Entonces entendió la palabra «muerto» y cambió de opinión. Monsieur Peretz siempre había sido tan callado que Ian había olvidado su presencia en medio de tanta confusión. Pero enseguida descubrió que en aquel momento estaba más callado de lo normal, y la explicación era que se había roto el cuello cuando el carruaje había volcado.

—¡Oh, Jesús! —exclamó cuando se asomó a toda prisa.

Pero el hombre estaba muerto, y los caballos seguían muy alborotados mientras resbalaban y pisoteaban el barro de la zanja. Pasó un buen rato demasiado ocupado como para preocuparse por cómo estaría Jamie, pero cuando consiguió soltar el segundo caballo del carruaje y lo dejó atado sano y salvo a un árbol, empezó a preguntarse dónde andaría el chico.

No le pareció seguro dejar allí a las mujeres. Los bandidos podían regresar, y si lo hacían, quedaría como un tonto. No había ni rastro de su conductor, que, evidentemente, los había abandonado aterrorizado. Les pidió a las damas que se sentaran bajo un sicomoro y les ofreció su cantimplora para que bebieran un poco, y, después de un rato, empezaron a hablar más despacio.

—¿Dónde está Diego? —preguntó Rebekah de forma bastante inteligible.

—Volverá enseguida —contestó Ian con la esperanza de que fuera cierto. Él también estaba empezando a preocuparse.

—Quizá también lo hayan matado —opinó la doncella, que miró a su señora con preocupación—. ¿Cómo te haría sentir eso?

—Estoy segura de que no..., es decir, no ha muerto. Estoy convencida —repitió Rebekah sin parecerlo del todo.

Pero estaba en lo cierto. En cuanto Ian decidió llevar a las mujeres al camino para echar una ojeada, Jamie apareció hecho un desastre, se dejó caer sobre la hierba seca y cerró los ojos.

—¿Está bien? —preguntó Rebekah, agachándose con agitación para mirarlo por debajo del ala de su sombrero de paja de viaje. Ian pensó que su amigo no parecía de muy buen humor.

—Sí, estoy bien. —Se tocó la parte de atrás de la cabeza y esbozó una mueca de dolor—. Sólo tengo un pequeño golpe en la cabeza. El tipo que se ha caído del carruaje —le explicó a Ian cerrando los ojos de nuevo— se ha vuelto a levantar y me ha golpeado por detrás. No ha llegado a dejarme inconsciente, pero me he distraído un momento, y cuando me he recuperado, los dos habían desaparecido: el hombre que me había golpeado y al que estaba golpeando yo.

—Mmfmm —dijo Ian. Poniéndose en cuclillas delante de su amigo, levantó uno de los párpados de Jamie y observó a conciencia el ojo azul inyectado en sangre que había detrás. No tenía ni idea de lo que debía buscar, pero había visto cómo lo hacía el Père Renault, quien, a continuación, siempre colocaba sanguijuelas en alguna zona del cuerpo. Pero a él le pareció que tanto ese ojo como el otro tenían buen aspecto; y menos mal, porque tampoco tenía sanguijuelas. Le ofreció la cantimplora a Jamie y fue a echarles una ojeada a los caballos.

—Dos de los caballos están bastante bien —informó cuando regresó—. El zaíno de pelo claro está cojo. ¿Los bandidos se han llevado tu caballo? ¿Y qué hay del cochero?

Jamie parecía sorprendido.

—Olvidé que llevaba un caballo —confesó—. No sé nada del cochero; por lo menos no lo he visto tendido en el camino. —Miró un poco a su alrededor—. ¿Dónde está don Pepinillo?

—Muerto. Quédate aquí, ¿quieres?

Ian suspiró, se levantó y desanduvo el camino, donde no encontró ni rastro del cochero, aunque se paseó de un lado a otro y estuvo un rato llamándolo. Por suerte, sí halló el caballo de Jamie, que estaba comiendo hierba tranquilamente en la orilla del camino. Lo montó de vuelta y se encontró a las mujeres de pie hablando en voz baja, mirando de vez en cuando por el camino o poniéndose de puntillas en un vano intento de ver algo por encima de los árboles.

Jamie seguía sentado en el suelo con los ojos cerrados, pero por lo menos se había incorporado.

—¿Puedes montar, Jamie? —preguntó Ian con delicadeza mientras miraba a su amigo con los ojos entornados.

Se sintió muy aliviado cuando Jamie abrió los dos ojos a la vez.

—Oh, sí. ¿Crees que deberíamos cabalgar hasta Saint-Aulaye y mandar a alguien de vuelta para que se ocupe del carruaje y de Peretz?

—¿Y qué se puede hacer?

—No se me ocurre nada. No creo que nos lo podamos llevar. —Jamie se levantó, y aunque se tambaleó un poco, no necesitó apoyarse en ningún árbol—. ¿Crees que las mujeres saben montar?

Marie sí que sabía, por lo menos un poco. Rebekah jamás había montado a caballo. Después de discutir más de lo que Ian jamás habría imaginado posible acerca del tema, consiguió tumbar al difunto señor Peretz en el asiento del carruaje con un pañuelo sobre la cara para protegerlo de las moscas, y el resto subió a los caballos: Jamie iba en su caballo con el rollo de la Torá envuelto en lona atado a la parte posterior de la montura —entre la profanación que suponía que lo tocara un pagano y la perspectiva de que se quedara en el carruaje y que lo pudiera encontrar cualquiera, las mujeres habían aceptado, con reticencias, la primera opción—, la doncella iba en uno de los caballos del carruaje, con un par de alforjas que habían hecho con los forros de los asientos del vehículo, y que habían llenado con todos los objetos del equipaje de las mujeres que consiguieron meter dentro, e Ian montó con Rebekah, que iba sentada delante de él.

Rebekah parecía una muñequita, pero, en cambio, era sorprendentemente robusta, como descubrió Ian cuando apoyó el pie en sus manos y él la ayudó a montar. La joven no consiguió pasar la pierna al otro lado del caballo, e iba sobre la montura como si se tratara de un ciervo muerto, y no dejaba de agitar los brazos y las piernas muy nerviosa. Conseguir que la joven se sentara derecha y colocarse detrás de ella lo dejó más rojo y más sudado que la pelea que había librado para soltar a los caballos del carruaje.

Jamie lo miró con una ceja alzada, sintiendo más celos que diversión, y él miró a su amigo con los ojos entornados y rodeó la cintura de Rebekah con el brazo para sujetarla contra su cuerpo con la esperanza de que no oliera demasiado mal.

Cuando llegaron a Saint-Aulaye ya había anochecido, y encontraron una posada donde pudieron alquilar dos habitaciones. Ian habló con el propietario y consiguió que enviaran a alguien por la mañana a buscar el cuerpo del señor Peretz para enterrarlo; a las mujeres no les gustó no poder preparar el cuerpo como era debido, pero como insistieron en que tenían que enterrarlo antes del siguiente atardecer, no se podía hacer mucho más. Luego inspeccionó la alcoba de las mujeres, miró debajo de las camas, agitó las cortinas con seguridad y les dio las buenas noches. Parecían un poco cansadas.

Cuando regresó a la otra habitación, oyó un dulce sonido de campanas y se encontró a Jamie de rodillas metiendo el fardo que contenía el rollo de la Torá debajo de la cama.

—Aquí estará bien —comentó, apoyándose sobre los talones con un suspiro. Ian pensó que su amigo parecía tan cansado como las mujeres, pero no lo dijo.

—Iré a pedir que nos suban algo de comer —anunció—. He olido a asado. Un poco de eso, y quizá...

—Lo que tengan —concedió Jamie con fervor—. Trae de todo.

Comieron en abundancia, y por separado, en sus habitaciones. Jamie estaba empezando a darse cuenta de que había sido un error pedir la segunda ración de *tarte tatin* con nata cuando Rebekah entró en la habitación de los hombres seguida de su doncella, que llevaba una bandejita con una jarra de la que emanaba un vapor aromático. Jamie se irguió en la silla y reprimió un pequeño grito al notar una punzada de dolor en la cabeza. Rebekah lo miró con el ceño fruncido y unió sus cejas arqueadas con cierta preocupación.

—¿Le duele mucho la cabeza, Diego?

—No, estoy bien. Sólo es un pequeño golpe.

Estaba sudando y tenía el estómago revuelto, pero pegó las manos a la mesa y trató de parecer relajado. Por lo visto ella no estaba de acuerdo, porque se acercó, agachó la cabeza y le inspeccionó los ojos.

—No lo creo —dijo—. Parece... como descompuesto.

—¿Ah, sí? —preguntó Jamie con cierta debilidad.

—Si se refiere a que pareces una almeja, entonces sí, lo pareces —le informó Ian—. ¿Entiendes a qué me refiero? Pálido, húmedo y...

—Ya sé lo que significa «descompuesto».

Fulminó a Ian con la mirada, y su amigo le respondió con media sonrisa —maldita sea, debía de tener un aspecto horrible—. Ian estaba preocupado de verdad. Tragó saliva y pensó en algo ingenioso que contestarle, pero de repente se le revolvió el estómago y se concentró con todas sus fuerzas para que se sentara.

—Té —estaba diciendo Rebekah con firmeza. Cogió la jarra que llevaba su doncella y sirvió una taza, después se la puso a Jamie en las manos y, rodeándole las manos con las suyas, guió la taza hasta su boca—. Beba. Le sentará bien.

Jamie bebió y el té le sentó bien. Por lo menos enseguida se sintió menos mareado. Reconoció el sabor del té, aunque pensó que en su taza había también otras cosas.

—Otra vez.

Le dieron otra taza. Esta vez consiguió tomársela él solo, y cuando se la acabó, se encontraba bastante mejor. Le seguía palpitando la cabeza cada vez que le latía el corazón, pero de alguna forma, el dolor parecía haberse alejado un poco de él.

—No debería quedarse solo durante un rato —le informó Rebekah, y se sentó enroscándose la falda alrededor de los tobillos con elegancia. Jamie abrió la boca para decir que no estaba solo, que Ian estaba allí, pero vio la mirada de Ian a tiempo y guardó silencio.

—Los bandidos —le estaba diciendo la joven a Ian frunciendo su precioso ceño—, ¿quiénes cree que eran?

—Ah, bueno, depende. Si sabían quién era usted y querían secuestrarla, eso es una cosa. Pero también podía tratarse de una banda de ladrones cualquiera que vio el carruaje y pensó que podía arriesgarse a ver qué conseguía. No reconoció a ninguno de los hombres, ¿verdad?

La joven abrió los ojos como platos. Jamie pensó vagamente que no los tenía del mismo color que Annalise. Eran de un marrón más claro..., como las plumas del pecho de un urogallo.

—¿Saber quién soy? —susurró—. ¿Secuestrarme? —Tragó saliva—. Cree... ¿cree que es posible?

Se estremeció un poco.

—Bueno, no lo sé, claro. Toma, *a nighean*, creo que tú también deberías tomar un poco de té.

Ian alargó el brazo para coger la jarra, pero ella la retiró y negó con la cabeza.

—No, es medicinal, y Diego lo necesita. ¿Verdad? —preguntó, inclinándose hacia delante muy seria para mirar a Jamie a los ojos. Se había quitado el sombrero, pero llevaba gran parte del pelo oculto en una cofia de encaje blanco con un lazo rosa. Jamie asintió obediente.

—Marie, trae un poco de coñac, por favor. La conmoción...

Volvió a tragar saliva y se rodeó un instante con los brazos. Jamie advirtió la forma en que el gesto hacía que le subieran los pechos, que asomaban por encima del corsé. Todavía le quedaba un poco de té en la taza y se lo tomó sin pensar.

Marie llegó con el coñac y le sirvió un vaso a Rebekah, después sirvió otro a Ian, atendiendo al gesto que le había hecho Rebekah, y cuando Jamie carraspeó con educación, le sirvió media taza y la acabó de rellenar con té. La mezcla tenía un sabor peculiar, pero la verdad es que no le importaba. El dolor se había esfumado al fondo de la habitación; lo podía ver allí sentado, en una especie de nube violeta muy brillante con cara de mal humor. Se rió de él, e Ian lo miró con el ceño fruncido.

—¿De qué te ríes?

Jamie no sabía cómo describir la bestia del dolor, así que se limitó a negar con la cabeza, cosa que resultó un error: el dolor pareció alegrarse de pronto y se le volvió a meter en la cabeza haciendo un ruido como de tela rasgada. La habitación empezó a dar vueltas y se agarró a la mesa con ambas manos.

—¡Diego!

Oyó el ruido de las sillas al arrastrar por el suelo y también un poco de alboroto femenino al que no prestó mucha atención. Cuando volvió en sí, estaba tumbado en la cama mirando las vigas del techo. Una de ellas parecía un poco torcida, como una vid en pleno crecimiento.

—... y le dijo al capitán que había alguno de los judíos que sabía lo de...

Ian hablaba con tranquilidad, calmado y despacio, para que Rebekah pudiera entenderlo, aunque Jamie pensó que quizá la joven comprendiera más de lo que admitía. De la viga torcida estaban empezando a brotar hojas verdes, y tuvo la peregrina idea de que aquello no era normal, pero de pronto estaba muy relajado y no le importó en absoluto.

Ahora Rebekah estaba diciendo algo, su tono era suave y preocupado, y volvió la cabeza para mirar con cierto esfuerzo. La joven estaba inclinada sobre la mesa hacia Ian, y él le estaba rodeando las manos con las suyas y la tranquilizaba afirmando que él y Jamie no dejarían que le ocurriera nada.

Entonces vio otra cara: la doncella, Marie, lo miraba con el ceño fruncido. Le abrió el párpado con determinación para examinarle el ojo, y se acercó tanto que Jamie percibió su aliento a ajo. Parpadeó con fuerza y ella le soltó el párpado con un «¡mmf!», y se volvió para decirle algo a Rebekah, que le contestó en un rápido ladino. La doncella negó con la cabeza con recelo, pero salió de la habitación.

Sin embargo, su cara no permanecía con ella. Jamie seguía viéndola, lo miraba desde lo alto con el ceño fruncido. Su rostro se había quedado pegado a la viga llena de hojas, y ahora se estaba dando cuenta de que también había una serpiente con la cabeza de mujer y una manzana en la boca —eso no podía ser real, ¿no debería ser un cerdo?— que bajaba reptando por la pared y seguía por encima de su pecho hasta pegarle la manzana en la cara. Olía muy bien, y quería darle un mordisco, pero antes de poder hacerlo, notó cómo cambiaba el peso de la serpiente, que se volvió suave y pesada, y Jamie arqueó un poco la espalda al notar la clara huella de unos pechos que se pegaban contra él. La cola de la serpiente —ahora ya era casi una mujer, pero su mitad inferior seguía siendo de reptil— le acariciaba la cara interior del muslo con delicadeza.

Jamie hizo un ruido muy agudo, e Ian se acercó corriendo a la cama.

—¿Estás bien, amigo?

—Yo... oh. ¡Oh! Oh, Jesús, hazlo otra vez.

—¿A qué te...? —empezó a decir Ian, pero entonces apareció Rebekah y posó la mano sobre el brazo de Ian.

—No se preocupe —dijo mirando fijamente a Jamie—. Está bien. La medicina... provoca sueños extraños.

—No parece que esté dormido —opinó Ian, dubitativo.

En realidad, Jamie se estaba retorciendo, o eso creía él, en la cama, con la intención de persuadir a la parte inferior de la mujer serpiente para que acabara de transformarse. Estaba jadeando; se estaba oyendo.

—Está soñando despierto —le explicó Rebekah para tranquilizarlo—. Venga, dejémoslo. Pronto se quedará dormido, ya lo verá.

Jamie no creía que se hubiera quedado dormido, pero tardó bastante tiempo en emerger de un encuentro excepcional con el demonio en forma de serpiente —no estaba seguro de por qué sabía que era un demonio, pero era evidente que lo era— cuya parte inferior no había mutado, pero que tenía una boca muy femenina. Al encuentro se sumaron algunas de sus amigas, pequeños demonios femeninos que le chuparon las orejas, y otras cosas, con gran entusiasmo.

Volvió la cabeza sobre la almohada para que una de las criaturas pudiera acceder mejor, y vio, sin sorprenderse un ápice, que Ian estaba besando a Rebekah. La botella de coñac se había caído, estaba vacía, y Jamie parecía ver el espectro de su aroma elevándose por el aire en forma de columna como si fuera un humo que los envolviera en una niebla atravesada por varios arcoíris.

Cerró otra vez los ojos para prestar toda su atención a la mujer serpiente, que ahora tenía un buen número de amigas muy interesantes. Cuando volvió a abrir los ojos poco después, Ian y Rebekah habían desaparecido.

Durante un momento, oyó cómo Ian irrumpía con un grito estrangulado, y se preguntó vagamente qué habría pasado, pero no le pareció importante y el pensamiento se esfumó. Por último se quedó dormido.

Cuando despertó se sentía tan débil como un flan, pero ya no le dolía la cabeza. Se quedó allí tumbado un rato disfrutando de la sensación. Como la habitación estaba oscura, tardó cierto tiempo en darse cuenta de que Ian estaba tumbado a su lado, y sólo lo descubrió gracias al olor a coñac.

Pero entonces empezó a recordar. Tardó un rato en discernir los recuerdos reales de aquellos propios del sueño, pero estaba bastante seguro de que había visto a Ian abrazando a Rebekah, y ella a él. ¿Qué narices había ocurrido luego?

Jamie sabía que Ian no estaba dormido. Su amigo estaba más tieso que una de las estatuas del mausoleo de la cripta de Saint Denis, y su respiración era rápida y temblorosa, como si acabara de correr un par de kilómetros cuesta arriba. Carraspeó, e Ian se sobresaltó, como si alguien lo hubiera pinchado con una aguja.

—¿Y bien? —susurró, y su amigo dejó de respirar de golpe. Jamie oyó cómo tragaba saliva.

—Si le dices una sola palabra a tu hermana —le dijo con un apasionado susurro—, te apuñalaré mientras duermes, te cortaré la cabeza y la iré pateando hasta Arlés, ida y vuelta.

Jamie no quería pensar en su hermana, pero sí deseaba escuchar lo que había sucedido con Rebekah, de manera que se limitó a repetir:

—¿Y bien?

Ian hizo un pequeño rugido que indicaba que estaba pensando en la mejor forma de empezar, y se volvió para mirar a Jamie.

—Sí, bueno. Tú empezaste a delirar sobre las diablesas con las que estabas fornicando, y no me pareció que fuera la clase de cosas que debía escuchar una chica, así que le dije que nos marcháramos a la otra habitación, y...

—¿Eso fue antes o después de que empezaras a besarla? —preguntó Jamie.

Ian respiró profundamente por la nariz.

—Después —admitió con sequedad—. Y ella también me estaba besando a mí, ¿vale?

—Sí, ya me di cuenta. ¿Y entonces...?

Advirtió que Ian se retorcía poco a poco, como si fuera un gusano atrapado en un anzuelo, pero Jamie esperó. Ian solía tardar cierto tiempo en encontrar las palabras adecuadas para explicar las cosas, pero la espera solía merecer la pena, y justo en ese caso así era.

Se sorprendió un poco —y sintió auténtica envidia—, y se preguntó qué ocurriría cuando el prometido de la chica descubriera que no era virgen, pero supuso que el hombre no se daría cuenta, ya que ella parecía una chica lista. De todas formas, por si acaso, quizá lo mejor sería abandonar la tropa de D'Eglise y partir hacia el sur.

—¿Crees que la circuncisión duele mucho? —preguntó Ian de pronto.

—Sí. ¿Cómo no va a doler?

Se llevó la mano al miembro y se frotó la zona en cuestión con el pulgar con actitud protectora. No era una parte muy grande, pero...

—Bueno, se lo hacen a los niños pequeños —señaló Ian—. No puede ser tan terrible, ¿no?

—Mmfm —gruñó Jamie poco convencido, aunque añadió con justicia—: Sí, bueno, también se lo hicieron a Cristo.

—¿Sí? —Ian parecía sorprendido—. Sí, supongo que sí, no había pensado en eso.

—Bueno, uno no piensa que fuera judío, pero lo era.

Se hizo un silencio meditabundo antes de que Ian volviera a hablar.

—¿Crees que Jesús llegó a hacerlo? Con una chica, me refiero, ¿antes de empezar a predicar?

—Creo que el Père Renault te va a acusar de blasfemia.

Ian se sobresaltó, como si le preocupara que el sacerdote pudiera estar escondido entre las sombras.

—Gracias a Dios, el Père Renault no está por aquí.

—Ya, pero tendrás que confesarte, ¿no?

Ian se incorporó enroscándose en el tartán.

—¿Qué?

—Si te matan, irás al infierno —señaló Jamie sintiéndose un poco petulante. La luz de la luna penetraba a través de la ventana y podía ver la cara de Ian, que rumiaba nervioso y alternaba la mirada de sus ojos oscuros de izquierda a derecha, entre Escila y Caribdis. De pronto, Ian volvió la cabeza hacia Jamie, pues había encontrado un canal abierto entre las amenazas del infierno y el Père Renault.

—Sólo iría al infierno si fuera un pecado mortal —repuso—. Si es una ofensa menor sólo tendré que pasar unos cien años en el purgatorio. Eso tampoco sería tan terrible.

—Pues claro que es un pecado mortal —intervino Jamie enfadado—. Todo el mundo sabe que la fornicación es un pecado mortal, estúpido.

—Sí, pero... —Ian hizo un gesto con la mano para darle a entender que esperara un momento mientras se concentraba—. Para que sea un pecado mortal, tiene que cumplir tres requisitos. —Extendió el dedo índice para ayudarse a contar—. Tiene que estar muy mal. —Después el dedo corazón—. Tienes que saber que está muy mal. —Y finalmente el dedo anular—. Y tienes que dar pleno consentimiento. Funciona así, ¿no?

Bajó la mano y miró a Jamie con las cejas alzadas.

—Sí, ¿y qué parte de todo eso no cumples tú? ¿El consentimiento total? ¿Es que te violó? —Estaba de broma, pero Ian volvió la cabeza de una forma que hizo que Ian dudara por un momento—. ¿Ian?

—Nooo... —respondió su amigo, pero también pareció que ocultaba cierto tono de vacilación—. No fue así exactamente. Me refería a lo de estar mal. No creía que fuera...

Se le apagó la voz.

Jamie se incorporó y se apoyó sobre el codo.

—Ian —le dijo con la voz firme—. ¿Qué le hiciste a esa chica? Si has acabado con su virginidad, está muy mal, sobre todo cuando está comprometida. ¡Oh...! —Entonces se le ocurrió algo y se acercó a él bajando la voz—. ¿No era virgen? Quizá entonces sea distinto.

Si la chica era una licenciosa, quizá..., puede que escribiera poesía y todo, ahora que lo pensaba.

Ahora Ian había doblado los brazos sobre sus rodillas y tenía la frente apoyada en ellos, y su voz quedaba sofocada por los pliegues del tartán.

—... No lo sé... —se oyó, en un rugido estrangulado.

Jamie alargó el brazo y le clavó los dedos en la pantorrilla. Su amigo descruzó los brazos dando un grito de sorpresa que hizo que algún ocupante de una habitación contigua gruñera mientras dormía.

—¿A qué te refieres con eso de que no lo sabes? ¿Cómo es posible que no lo hayas notado? —insistió.

—Mmm..., bueno... ella..., esto... me lo hizo con la mano —espetó Ian—. Antes de que yo pudiera..., bueno.

—Ah.

Jamie se tumbó boca arriba un tanto desanimado, aunque no físicamente. Su miembro todavía parecía querer escuchar los detalles.

—¿Tan mal está eso? —preguntó Ian volviéndose de nuevo hacia Jamie—. O..., bueno, no puedo decir que diera mi total consentimiento a eso, porque eso no era lo que pretendía hacer, pero...

—Creo que de todas formas estás emprendiendo el camino al infierno —le aseguró Jamie—. Pretendías hacerlo, tanto si lo conseguías como si no. ¿Y cómo ocurrió, por cierto? ¿Es que ella te la cogió sin más?

Ian soltó un suspiro muy largo y enterró la cabeza entre sus manos. Parecía dolido.

—Bueno, nos estuvimos besando un rato, y tomamos más coñac, mucho más. Ella... mmm... tomaba un trago y me besaba y, mmm... me lo metía en la boca, y...

—*Ifrinn!*

—¿Puedes no exclamar «infierno» de esa forma, por favor? No quiero pensar en eso.

—Lo siento. Continúa. ¿Te dejó tocarle los pechos?

—Sólo un poco. No se quitó el corsé, pero le notaba los pezones por debajo del vestido. ¿Has dicho algo?

—No —se esforzó por contestar Jamie—. ¿Y luego qué?

—Bueno, me metió la mano por debajo del tartán y después la volvió a sacar como si hubiera tocado una serpiente.

—¿Y era así?

—Sí. Se quedó sorprendida. ¿Te importaría no resoplar así? —pidió enfadado—. Vas a despertar a todo el mundo. Fue porque no estaba circuncidado.

—Ah. ¿Es por eso por lo que no quiso... hacerlo de la forma habitual?

—No me lo dijo, pero es posible. Aunque un rato después quiso mirarla, y fue entonces cuando... bueno.

—Mmfmm. —Diablos desnudos contra la posibilidad de la perdición o no, Jamie pensó que Ian había salido ganando aquella noche. Entonces se le ocurrió una cosa—: ¿Por qué preguntas si dolerá lo de la circuncisión? No estarás pensando en hacerlo, ¿no? Por ella, quiero decir.

—No diré que no se me ha pasado por la cabeza —admitió Ian—. Es decir... He pensado que quizá deba casarme con ella, dadas las circunstancias. Pero supongo que no podría hacerme judío, incluso aunque tuviera el valor de circuncidarme, mi madre me arrancaría la cabeza si hiciera algo así.

—No, tienes razón —concedió Jamie—. Lo haría. Y tú irías al infierno. —La idea de ver a la exótica y delicada Rebekah revolviendo la mantequilla en el patio de una granja de las Highlands o trabajando lana empapada de orín con los pies descalzos era un poco más ridícula que la imagen de Ian con una kipá y patillas, pero no demasiado más—. Además, tú no tienes dinero, ¿verdad?

—Tengo un poco —dijo Ian meditabundo—. Aunque no el suficiente como para irme a vivir a Tombuctú, y lo cierto es que tendría que marcharme a algún sitio que estuviera tan lejos como ése.

Jamie suspiró y se estiró para ponerse cómodo. Se hizo un silencio reflexivo —no había duda de que Ian estaba meditando sobre la perdición, y Jamie estaba reviviendo los mejores momentos de sus sueños opiáceos, pero con la cara de Rebekah en el cuerpo de la mujer serpiente—. Al final rompió el silencio y se volvió hacia su amigo.

—Y qué..., ¿ha valido la pena a cambio de la posibilidad de ir al infierno?

Ian volvió a soltar un largo suspiro, aunque la verdad es que tenía la idea de que era un hombre que estaba en paz consigo mismo.

—Oh, sí.

Jamie despertó al alba. Se encontraba bien y mucho más centrado. Alguna alma caritativa le había llevado una jarra de cerveza y un poco de pan con queso, lo que le permitió recargar energía mientras se vestía y pensaba en el día de trabajo que tenía por delante.

Tendría que reunir a algunos hombres para que se encargaran de retroceder y se ocuparan del carruaje.

En su opinión, el carruaje no estaba muy maltrecho y podrían tenerlo de nuevo en el camino hacia el mediodía. ¿Cuánta distancia habría hasta Bonnes? Era la siguiente ciudad con posada. Si estaba demasiado lejos, o el carruaje estaba en muy mal estado, o si no conseguía encontrar a ningún judío que se ocupara como era debido del señor Peretz, tendrían que volver a hacer noche donde estaban. Tocó el monedero. Por suerte, tenía el dinero suficiente para pagar otra noche y contratar a los hombres; el doctor había sido generoso.

Estaba empezando a preguntarse qué estarían haciendo Ian y las mujeres, aunque la verdad es que ya sabía que las mujeres tardaban mucho más en hacer cualquier cosa que los hombres, sobre todo a la hora de vestirse —bueno, la verdad es que ellas llevaban corsé y esas cosas—. Tomó un sorbo de cerveza mientras se imaginaba a Rebekah en corsé y de otras muchas formas que no dejaban de pasarle por la cabeza desde que Ian le había descrito su encuentro con la chica. Podía ver sus pezones a través de la tela del vestido, suaves y redondos como guijarros...

Ian abrió la puerta de golpe. Tenía los ojos abiertos como platos y los pelos de punta.

—¡Han desaparecido!

Jamie se atragantó con la cerveza.

—¿Qué? ¿Cómo?

Ian entendió a qué se refería y ya se estaba encaminando hacia la cama.

—Nadie se las ha llevado. No hay señales de forcejeo y sus cosas tampoco están. La ventana está abierta y las contraventanas no están rotas.

Jamie estaba de rodillas al lado de Ian, metiendo primero las manos y después la cabeza y los hombros debajo de la cama.

Había un fardo envuelto en lona, y por un momento sintió un gran alivio, sensación que desapareció de inmediato en cuanto Ian arrastró el objeto hasta la luz. Hizo un ruido, pero no era el suave tintineo de las campanas doradas. Repicó, y cuando Jamie cogió la esquina de la lona y lo desenvolvió, descubrió que sólo contenía palos y piedras, que estaban envueltos de cualquier forma con las enaguas de una mujer para darle la consistencia adecuada.

—*Cramouille!* —exclamó, pues fue la peor palabra que se le ocurrió tan deprisa. Y también era muy apropiada si lo que creía que había ocurrido había sucedido de verdad. Se volvió hacia Ian.

—Te drogó y te sedujo, y su maldita doncella se coló aquí y cogió esta cosa mientras tú tenías tu gorda cabeza enterrada en sus... mmm...

—Encantos —repuso Ian de un modo conciso y esbozó una pequeña y malvada sonrisa—. Sólo estás celoso. ¿Adónde crees que han ido?

Era verdad, y Jamie evitó seguir haciéndole recriminaciones mientras se abrochaba el cinturón y envainaba a toda prisa el puñal, la espada y el hacha.

—Yo diría que no se han ido a París. Venga, le preguntaremos al mozo.

El mozo de cuadras confesó su ignorancia; les comentó que se había emborrachado y se había quedado dormido en el cobertizo donde guardaban el heno, y si alguien se había llevado dos caballos del establo, él ni siquiera se había despertado.

—Sí, claro —intervino Jamie con impaciencia, y a continuación agarró al hombre por la pechera de la camisa, lo levantó en el aire y lo estampó contra el muro de piedra de la posada. La cabeza del hombre rebotó una vez contra las piedras y se desplomó entre los brazos de Jamie, todavía consciente pero aturdido. Jamie desenvainó el cuchillo con la mano izquierda y se lo pegó al tipo en la garganta.

—Inténtalo otra vez —le sugirió con amabilidad—. El dinero que te han dado no me importa, quédatelo. Quiero saber por dónde se han ido y cuándo se marcharon.

El hombre intentó tragar saliva, pero dejó de esforzarse cuando su nuez tocó el filo de la cuchilla.

—Unas tres horas antes del amanecer —rugió—. Se marcharon hacia Bonnes. Hay un cruce a unos cinco kilómetros de aquí —añadió, tratando, de pronto, de resultarles de ayuda.

Jamie lo soltó con un rugido.

—Sí, vale —dijo disgustado—. Ian..., ah, ya los tienes. —Ian se había ido directamente a por sus caballos mientras Jamie se ocupaba del mozo y ya estaba sacando uno del establo con la brida puesta y la silla en la mano—. Yo me ocuparé de la factura.

Las mujeres no le habían quitado el monedero, y eso ya era algo. O Rebekah bat-Leah Hauberger tenía un ápice de conciencia —cosa que dudaba mucho— o, sencillamente, no lo había pensado.

Seguía siendo muy pronto; las mujeres debían de llevarles unas seis horas de ventaja.

—¿Creemos en la palabra del mozo? —preguntó Ian subiéndose al caballo.

Jamie escarbó en el monedero, sacó un penique de cobre y lo lanzó hacia arriba; la moneda aterrizó en el reverso de su mano.

—¿Cruz le creemos y cara no? —Apartó la mano y miró la moneda—. Cara.

—Ya, pero el otro camino cruza Yvrac —señaló Ian—. Y él ha dicho que hay menos de cinco kilómetros hasta el cruce. Puedes decir todo lo que quieras sobre esa chica, pero no tiene un pelo de tonta.

Jamie pensó en ello un momento y después asintió. Rebekah no podía estar segura de la ventaja que llevaría, y a menos que hubiera estado mintiendo respecto a su habilidad para montar (cosa que no le sorprendería viniendo de ella, pero esas cosas no eran fáciles de fingir y ella era muy torpe sobre la montura), querría llegar a algún punto donde el camino se bifurcara para que sus perseguidores no pudieran alcanzarla. Además, el camino seguía húmedo debido al rocío; quizá tuvieran una oportunidad...

—Sí, venga, vamos.

La suerte estaba de su parte. Nadie había pasado por la posada durante la noche, y a pesar de que el camino se encontraba lleno de marcas de pezuñas, las huellas recientes de los caballos de las mujeres se veían con claridad, ya que su relieve todavía estaba fresco en la tierra húmeda. Cuando estuvieron seguros de que habían elegido el camino correcto, los hombres galoparon hacia el cruce con la esperanza de alcanzarlo antes de que otros viajeros ocultaran las marcas.

No tuvieron tanta suerte. Los carromatos de los granjeros ya habían empezado a desplazarse, cargados de productos en dirección a Parcoul o La Roche-Calais, y el cruce era un laberinto de rutas y huellas. Pero Jamie tuvo la brillante idea de enviar a Ian por la ruta hacia Parcoul mientras él tomaba la que iba a La Roche-Calais, para alcanzar a los carromatos que iban llegando y poder interrogar a los cocheros. Una hora después, Ian volvió y le informó de que alguien había visto a las mujeres cabalgando despacio, e insultándose la una a la otra, en dirección a Parcoul.

—Y eso —dijo jadeando para recuperar el aliento—, eso no es todo.

—¿Ah, no? Bueno, explícamelo mientras cabalgamos.

Y así lo hizo Ian. Cuando volvía a toda prisa para encontrar a Jamie, se había cruzado con Josef-de-Alsacia, a poca distancia del cruce, que iba a buscarlos.

—¡D'Eglise fue atacado cerca de La Teste-de-Buch! —le informó Ian a gritos—. Era la misma banda de hombres que nos atacó a nosotros en Bèguey. Alexandre y Raoul reconocieron a algunos de los hombres. Eran bandidos judíos.

Jamie se quedó conmocionado y redujo el paso un momento para dejar que Ian lo alcanzara.

—¿Se llevaron el dinero de la dote?

—No, pero libraron una dura batalla. Tres hombres acabaron tan heridos que necesitaron la asistencia de un cirujano, y Paul Martan perdió dos dedos de la mano izquierda. D'Eglise los llevó hasta La-Teste-de-Buch y mandó a Josef a buscarnos para saber si a nosotros nos iba todo bien.

A Jamie casi se le sale el corazón del pecho.

—Jesús. ¿Le has explicado lo que nos ha pasado?

—No —confesó Ian con sequedad—. Le he dicho que tuvimos un accidente con el carruaje y que tú te habías adelantado con las mujeres; yo estaba volviendo para recuperar algo que nos habíamos dejado.

—Sí, muy bien.

Jamie se tranquilizó. Lo último que quería era tener que decirle al capitán que había perdido a la chica y el rollo de la Torá. Y no pensaba permitirlo.

Viajaron deprisa deteniéndose tan sólo para hacer alguna pregunta de vez en cuando, y cuando llegaron al pueblo de Aubeterre-sur-Dronne, estaban convencidos de que su presa no estaba a más de una hora de distancia, en el caso de que las mujeres hubieran pasado el pueblo.

—Ah, ¿esas dos? —respondió una mujer, dejando de fregar los escalones de su casa. Se levantó despacio y estiró la espalda—. Sí, las he visto. Han pasado a caballo justo por mi lado y se han metido por ese camino. —Señaló.

—Gracias, señora —repuso Jamie con su mejor francés parisino—. ¿Me puede decir adónde conduce ese camino, por favor?

La mujer pareció sorprenderse de que no lo supieran y frunció el ceño ante tal ignorancia.

—¡Pues al castillo del vizconde Beaumont!

—Claro —concedió Jamie sonriéndole, e Ian vio cómo asomaba un hoyuelo en la mejilla de su amigo—. *Merci beaucoup, madame!*

—¿Qué narices...? —murmuró Ian.

Jamie detuvo la montura a su lado y se paró a mirar aquel lugar. Se trataba de una mansión pequeña, un poco deteriorada pero bonita. Y también el último lugar en el que uno buscaría a un par de judías fugitivas.

—¿Qué crees que debemos hacer ahora? —preguntó, y Jamie se encogió de hombros y espoleó su caballo.

—Llamar a la puerta y preguntar, supongo.

Ian siguió a su amigo hasta la puerta sintiéndose muy consciente de sus ropas mugrientas, la barba incipiente y su estado general de ordinariez. Sin embargo, tales preocupaciones desaparecieron cuando los enérgicos golpes con los que Jamie llamó a la puerta recibieron respuesta.

—¡Buenos días, caballeros! —exclamó el sinvergüenza rubio al que Ian había visto por última vez enzarzado en una pelea con Jamie en aquel camino el día anterior. El hombre les sonrió con alegría a pesar de que tenía un ojo morado y el labio partido. Vestía a la moda, con un traje de terciopelo de color ciruela; llevaba el pelo rizado y empolvado, y su barba era rubia y estaba muy bien arreglada—. Tenía la esperanza de volver a verlos. ¡Bienvenidos a mi casa! —dijo, dando un paso atrás y levantando la mano en un gesto de invitación.

—Se lo agradezco. ¿Monsieur...? —dijo Jamie muy despacio, mirando de reojo a Ian. Ian hizo ademán de encoger un hombro. ¿Acaso tenían otra opción?

El sinvergüenza rubio hizo una reverencia.

—Pierre Robert Heriveaux d'Anton, vizconde Beaumont, por gracia del Todopoderoso, un día más. ¿Y ustedes, caballeros?

—James Alexander Malcolm MacKenzie Fraser —anunció Jamie con toda la intención de imitar la grandilocuencia de aquel hombre. Sólo Ian habría advertido la breve duda o el ligero temblor en su voz cuando añadió—: señor de Broch Tuarach.

—Ian Alastair Robert MacLeod Murray —prosiguió Ian, agachando la cabeza un segundo y poniendo los hombros derechos—. Soy su... mmm... el principal terrateniente del señor.

—Adelante, por favor, caballeros.

Los ojos del sinvergüenza rubio se movieron sólo un poco, e Ian oyó el crujido de la grava a su espalda un segundo antes de notar la punta de una daga en la parte inferior de la espalda. No, no tenían elección.

Dentro, les quitaron las armas y después los guiaron por un pasillo amplio que conducía a un salón espacioso. El papel pintado de la pared estaba desgastado y los muebles eran buenos pero estaban desvencijados. Sin embargo, la enorme alfombra turca del suelo brillaba como si la hubieran tejido con joyas. En el centro había una gran figura redondeada de color verde, dorado y rojo, que estaba rodeada de círculos concéntricos con los contornos ondulados de colores azules, rojos y crema, con una cenefa de un suave rojo muy intenso, y todo el conjunto estaba tan ornamentado con formas extrañas que cualquiera habría tardado un día entero en observarlas todas. Ian se había quedado tan sorprendido cuando la había visto por primera vez, que había pasado un cuarto de hora contemplando esas formas antes de que Big Georges lo sorprendiera haciéndolo y le ordenara a gritos que enrollara aquella cosa porque no tenían todo el día.

—¿De dónde la ha sacado? —preguntó Ian de pronto, interrumpiendo algo que el vizconde les estaba diciendo a los dos tipos mal vestidos que les habían quitado las armas.

—¿Qué? ¡Ah, la alfombra! Sí, ¿verdad que es preciosa? —El vizconde le sonrió con naturalidad y les hizo un gesto a los dos tipos para que se hicieran a un lado—. Es parte de la dote de mi mujer.

—Su mujer —repitió Jamie con cautela. Miró de reojo a Ian, que le siguió el hilo.

—Estamos hablando de mademoiselle Hauberger, ¿no? —preguntó.

El vizconde se ruborizó muchísimo, e Ian se dio cuenta de que aquel tipo no era mucho mayor que Jamie y él.

—Bueno. Es... Llevamos prometidos un tiempo, y según las costumbres judías, eso es casi como estar casados.

—Prometidos —repitió Jamie de nuevo—. ¿Desde cuándo exactamente?

El vizconde se mordió el labio inferior mientras los observaba. Pero su intención de ser precavido desapareció arrasada por su evidente buen humor.

—Cuatro años —anunció.

E, incapaz de contenerse, les hizo señas para que se acercaran a una mesa que había cerca de la ventana y les mostró, orgulloso, un documento muy elegante lleno de volutas de colores y escrito en un idioma muy antiguo de abundantes diagonales y líneas inclinadas.

—Éste es nuestro *ketubah* —explicó, pronunciando cada palabra con cautela—. Nuestro contrato matrimonial.

Jamie se inclinó para observarlo más de cerca.

—Sí, muy bonito —admitió con educación—. Veo que todavía no está firmado. Entonces ¿el matrimonio todavía no se ha celebrado?

Ian advirtió que Jamie estaba paseando la vista por el escritorio, e imaginó que su amigo estaría valorando las posibilidades: ¿coger el abrecartas de la mesa y secuestrar al vizconde? ¿Después encontrar a aquella golfa escurridiza, enrollarla en una de las alfombras más pequeñas y llevarla hasta París? Ian pensó que de eso tendría que encargarse él.

Ian vio con el rabillo del ojo el pequeño movimiento que hizo uno de los brutos al cambiarse el peso del cuerpo de pierna y pensó: «¡No lo hagas, *eejit*!» con todas sus fuerzas. Por una vez el mensaje pareció que le llegaba a Jamie, pues su amigo relajó los hombros y él se irguió.

—¿Ya sabe que la joven tiene que casarse con otra persona? —preguntó sin rodeos—. No me extraña que no se lo haya dicho.

El vizconde se sonrojó todavía más.

—¡Claro que lo sé! —espetó—. Pero ¡su padre la comprometió primero conmigo!

—¿Cuánto hace que es usted judío? —preguntó Jamie con cautela, rodeando la mesa—. No creo que naciera siéndolo. Es decir, ahora es judío, ¿no? Porque conocí a uno o dos en París y, según parece, no se casan con personas que no son judías. —Recorrió la preciosa estancia con la mirada—. También tengo entendido que, en su mayoría, no son aristócratas.

Ahora el vizconde tenía la cara bastante roja. Anunció algo con aspereza para ordenar a los tipos que salieran del salón, aunque los hombres le discutieron la decisión. Durante la breve discusión, Ian se acercó a Jamie y le susurró algo muy rápido sobre la alfombra en gaélico.

—Dios santo —murmuró Jamie en la misma lengua—. No lo vi en Bèguey, y tampoco a los otros dos, ¿y tú?

Ian no tuvo tiempo de contestar y se limitó a negar con la cabeza, puesto que los tipos accedieron de mala gana a aceptar las órdenes del vizconde Beaumont y se marcharon mirando a Ian y a Jamie con los ojos entornados. Uno de ellos llevaba el cuchillo de Jamie en la mano y se lo pasó lentamente por el cuello en un gesto muy significativo mientras se marchaba.

«Bueno, es posible que éstos sepan pelear —pensó Ian mirándolo él también con los ojos entornados—, pero ese idiota vestido de terciopelo, no.» El capitán D'Eglise no se habría enfrentado al vizconde, y tampoco lo habría hecho una banda de bandoleros profesionales, ya fueran judíos o no.

—Está bien —espetó de pronto el vizconde apoyando los puños sobre la mesa—. Se lo explicaré.

Y lo hizo. La madre de Rebekah, la hija del doctor Hasdi, se había enamorado de un hombre cristiano y se había fugado con él. El doctor había considerado muerta a su hija, que es lo que se suele hacer en tales situaciones, y había pasado por un período de luto formal por ella. Había hecho gestiones para que le informaran sobre la vida de su hija y se enteró del nacimiento de Rebekah.

—Entonces su madre murió. Fue entonces cuando la conocí, me refiero a que fue por esa época. Su padre era juez y mi padre lo conocía. Ella tenía catorce años y yo dieciséis; me enamoré de ella. Y ella de mí —añadió mirando fijamente al escocés, como desafiándolo a contradecirlo—. Nos comprometimos con la bendición de su padre. Pero entonces su padre cogió la gripe y murió en dos días. Y...

—Y su abuelo la recuperó —concluyó Jamie—. ¿Y se hizo judía?

—Según la tradición judía, Rebekah es judía de nacimiento por parte de madre. Y su madre le había hablado de su ascendencia. Rebekah la aceptó cuando se fue a vivir con su abuelo.

Ian se revolvió y alzó una ceja con cinismo.

—¿Sí? ¿Y por qué no se convirtió usted entonces si está dispuesto a hacerlo ahora?

—¡Dije que lo haría! —El vizconde estaba apretando tanto el abrecartas que parecía que quisiera estrangularlo—. Ese anciano miserable dijo que no me creía. Pensó que yo no abandonaría mi... mi..., esta vida.

Hizo un gesto con la mano para señalar la estancia, cosa que abarcaba, según parecía, su título y su propiedad, que serían confiscados por el gobierno en cuanto su conversión se hiciera pública.

—Dijo que la conversión sería una farsa y que en cuanto tuviera a Rebekah me volvería a hacer cristiano y que la obligaría a ella también a convertirse. Como su padre —añadió con tristeza.

A pesar de la situación, Ian empezaba a sentir cierta simpatía por el pobre fantoche. Era una historia muy romántica, y le gustaban esas historias. Pero Jamie seguía reservándose la opinión. Hizo un gesto para señalar la alfombra que tenían bajo los pies.

—¿Ha dicho que esto era su dote?

—Sí —confirmó el vizconde, pero parecía mucho menos convencido—. Rebekah dice que perteneció a su madre. Hizo que unos hombres la trajeran hasta aquí la semana pasada, junto a un arcón y algunas cosas más. En fin —dijo, recuperando su confianza y fulminándolos con la mirada—, cuando esa bestia anciana lo arregló todo para que ella se casara con ese tipo de París, tomé la decisión de... de...

—Secuestrarla. Bien planificado, ¿eh? —intervino Jamie, indicando con ese último sonido lo que opinaba de la habilidad del vizconde como bandolero. Alzó una ceja mirando el ojo morado de Pierre, pero evitó hacer más comentarios, gracias a Dios. A Ian no se le había escapado que eran prisioneros, pero quizá a Jamie sí.

—¿Podemos hablar con mademoiselle Hauberger? —preguntó Ian con educación—. Sólo para asegurarnos de que ha venido por voluntad propia, ¿quiere?

—Está claro que lo ha hecho, dado que ustedes mismos la han seguido hasta aquí. —Al vizconde no le había gustado el ruidito de Jamie—. No, no pueden. Está ocupada.

Levantó la mano y dio una palmada, y los tipos duros volvieron a entrar junto a una media docena de sirvientes dirigidos por un mayordomo alto con una expresión muy seria que iba armado con un bastón muy recio.

—Vayan con Ecrivisse, caballeros. Él se ocupará de hacer que se encuentren cómodos.

• • •

El lugar donde iban a hacer que se encontraran «cómodos» resultó ser la bodega de la casa, que olía muy bien pero era fría. Y también estaba oscura. El vizconde no era muy hospitalario.

—Si tuviera intención de matarnos, ya lo habría hecho —razonó Ian.

—Mmfmm.

Jamie se sentó en la escalera y se ciñó el tartán alrededor de los hombros para protegerse del intenso frío. Se oía música procedente del exterior: el distante sonido de un violín y también las notas de un pequeño tambor. Comenzó, luego se detuvo y volvió a sonar.

Ian no dejaba de pasearse inquieto de un lado para otro; la bodega no era muy grande. Si no tenía intención de matarlos, ¿qué pretendía hacer con ellos el vizconde?

—Está esperando a que ocurra algo —saltó Jamie de pronto respondiendo a sus pensamientos—. Imagino que algo relacionado con la chica.

—Sí, supongo. —Ian se sentó en la escalera y le dio un codazo a Jamie—. *A Dhia*, ¡qué frío!

—Mmmm —murmuró Jamie distraídamente—. Quizá pretendan escapar. Si es eso, espero que deje a alguien en la casa que nos suelte y no nos deje morir de hambre aquí dentro.

—No moriríamos de hambre —señaló Ian con lógica—. Podríamos vivir del vino durante mucho tiempo. Alguien aparecería antes de que se acabara.

Hizo una pausa e intentó imaginar cómo sería pasar varias semanas borracho.

—Es una idea.

Jamie, que estaba un poco entumecido debido al frío, se levantó y comenzó a rebuscar por los estantes. No había ni un ápice de luz, salvo la que penetraba por la grieta que había debajo de la puerta de la bodega, pero Ian podía oír cómo Jamie sacaba las botellas y olisqueaba los corchos.

Al rato regresó con una botella y, después de volver a sentarse, la descorchó con los dientes y escupió el corcho. Le dio un sorbo, después otro, e inclinó la botella para darle un buen trago. Después se la pasó a Ian.

—No está mal —dijo.

No lo estaba, y no hablaron mucho durante los siguientes minutos. Pero al final, Jamie dejó la botella vacía en el suelo, eructó un poco y anunció:

—Es ella.

—¿Que es ella? Te refieres a Rebekah, claro. —Y entonces, al poco—: ¿Que es ella?

—Es ella —repitió Jamie—. ¿Te acuerdas de lo que comentó el judío, Ephraim bar-Sefer, sobre que su banda sabía cuándo atacar porque alguien les informaba desde dentro? Es ella. Ella le dio la información.

Jamie hablaba con tanta seguridad que Ian vaciló un instante, pero entonces recuperó el habla.

—¿La chica? Ya sé que nos ha engañado, y supongo que, como mínimo, sabía lo del secuestro de Pierre, pero...

Jamie resopló.

—Sí, Pierre. ¿Te ha dado la sensación de que ese tipo parezca un criminal o un gran estratega?

—No, pero...

—¿Y ella?

—Bueno...

—Exacto.

Jamie se levantó y volvió a acercarse a los estantes. En esta ocasión regresó con lo que a Ian le pareció que desprendía un aroma propio de uno de los mejores vinos tintos del lugar. Pensó que era como beberse las conservas de fresa de su madre sobre una tostada acompañadas de una taza de té bien fuerte.

—Además —prosiguió Jamie como si nadie hubiera interrumpido sus pensamientos—, ¿te acuerdas de lo que me comentaste que dijo la doncella cuando yo recibí aquel golpe en la cabeza? «Quizá también lo haya matado. ¿Cómo te haría sentir eso?» Está claro que ella lo había planeado todo: que Pierre y sus hombres detuvieran el carruaje y se marcharan con las mujeres, el rollo y, sin duda, también con monsieur Pickle. Pero —añadió, levantando un dedo delante de la cara de Ian para evitar que lo interrumpiera— entonces Josef-de-Alsacia te dice que unos ladrones, y los mismos que antes, o algunos de ellos, atacaron a la banda que llevaba el dinero de la dote. Sabes muy bien que no ha podido ser Pierre. Debió de ser ella quien se lo dijo.

Ian se vio obligado a admitir la lógica de todo el asunto. Pierre tenía entusiasmo, pero jamás se lo podría considerar bandolero profesional.

—Pero una chica... —repuso con impotencia—. Cómo ha podido...

Jamie gruñó.

—D'Eglise dijo que el doctor Hasdi es un hombre muy respetado entre los judíos de Burdeos. Y es evidente que lo conocen incluso en París, ¿si no cómo iba a concertar ese matrimonio para su nieta? Pero no habla francés. ¿Quieres apostar a que no es ella quien se encarga de su correspondencia?

—No —admitió Ian, y tomó otro trago de vino—. Mmfmm.

Algunos minutos después comentó:

—Esa alfombra. Y las demás cosas que ha mencionado el vizconde, su dote.

Jamie hizo un sonido de aprobación.

—Sí. Más bien su porcentaje del golpe. Es evidente que nuestro amigo Pierre no tiene mucho dinero y perdería su propiedad al convertirse. Ella estaba preparando el nido, asegurándose de que tendrían lo suficiente para vivir. Lo suficiente como para vivir bien.

—Muy bien —saltó Ian después de un momento de silencio—. Ahí lo tienes.

La tarde transcurrió muy despacio. Después de la segunda botella acordaron que no beberían más por el momento, por si acaso necesitaban tener la cabeza despejada cuando por fin se abriera la puerta y, aparte de levantarse de vez en cuando para orinar detrás de los últimos estantes de vino, se quedaron acurrucados en la escalera.

Jamie estaba cantando con suavidad al ritmo del distante sonido del violín, cuando, por fin, se abrió la puerta. Se calló de inmediato y trató de levantarse con cierta dificultad; estuvo a punto de caerse porque el frío le había entumecido las rodillas.

—¿Monsieurs? —dijo el mayordomo mirándolos—. ¿Serían tan amables de seguirme, por favor?

Les sorprendió que el mayordomo los condujera directamente fuera de la casa, cruzaron un caminito en dirección a la música que sonaba a lo lejos. Después de permanecer durante tanto tiempo respirando la humedad de la bodega, el aire del exterior era fresco y agradable, y Jamie se llenó los pulmones preguntándose qué narices...

Entonces doblaron una curva del camino y vieron un patio iluminado por antorchas clavadas en el suelo. Aunque el jardín estaba un poco descuidado, en el centro había una fuente que relucía, y justo al lado de ésta, una especie de toldo; la tela emitía un brillo pálido en la oscuridad. Había un pequeño grupo de gente junto a él, hablando, y cuando el mayordomo se detuvo y los hizo detenerse alzando una mano, el vizconde Beaumont se separó del grupo y se acercó a ellos sonriendo.

—Les ruego que disculpen los inconvenientes que pueda haberles causado, caballeros —dijo dirigiéndose a ellos con una enorme sonrisa en la cara. Parecía ebrio, pero Jamie pensó que no lo estaba, ya que no desprendía olor a alcohol—. Rebekah tenía que prepararse. Y queríamos esperar a que cayera la noche.

—¿Para qué? —preguntó Ian con recelo, y el vizconde soltó una risita nerviosa. Jamie no quería agraviar al hombre, pero era una risita nerviosa. Miró a Ian de reojo y su amigo le devolvió la mirada. Sí, era una risita nerviosa.

—Para casarnos —confesó Pierre, y aunque su voz transmitía una gran *joie de vivre*, lo dijo con tal reverencia que la frase golpeó a Jamie en el centro del pecho. Pierre se volvió e hizo un gesto con la mano hacia el cielo, donde las estrellas ya habían empezado a brillar—. Para que nos dé suerte, ya saben, para que nuestra descendencia sea tan numerosa como las estrellas.

—Mmfm —gruñó Jamie con educación.

—Pero acompáñenme, por favor.

Pierre estaba regresando en dirección al grupo de..., bueno, Jamie supuso que debían de ser invitados. El vizconde indicó a los escoceses que lo siguieran.

Marie, la doncella, estaba allí, junto a algunas mujeres más; miró a Jamie y a Ian con recelo. Pero eran los hombres quienes preocupaban al vizconde. Pronunció algunas palabras para sus invitados, y tres hombres con enormes barbas volvieron con él. Todos iban muy bien vestidos, aunque de una forma un tanto extraña, con pequeños sombreritos de terciopelo ornamentados con abalorios.

—Les presento a monsieur Gershom Sanders y monsieur Levi Champfleur, nuestros testigos. Y a Reb Cohen, que oficiará la ceremonia.

Los hombres se estrecharon la mano y murmuraron palabras de cortesía. Jamie e Ian intercambiaron una mirada. ¿Qué hacían ellos allí?

El vizconde interceptó la mirada y la interpretó correctamente.

—Quiero que regresen y hablen con el doctor Hasdi —dijo. La efervescencia de su voz quedó durante un instante oculta tras un tono duro—, y que le expliquen que todo, ¡todo!, se ha hecho según la tradición y según la ley. Este matrimonio no se podrá anular. Nadie podrá hacerlo.

—Mmfm —gruñó Ian con menos educación.

Y por eso acabaron algunos minutos después entre los invitados masculinos —las mujeres estaban al otro lado del toldo— observando mientras Rebekah aparecía por el camino emitiendo un ligero cascabeleo. Llevaba un vestido rojo de seda. Jamie vio cómo la luz de las antorchas se reflejaba en los pliegues del vestido mientras ella avanzaba. Lucía brazaletes de oro en ambas muñecas y un velo sobre la cabeza y la cara con un pequeño adorno de cadenas de oro, que le colgaba por la frente, coronado con pequeños medallones y campanitas, que era lo que emitía el tintineo. Le recordó al rollo de la Torá, y se puso un poco tenso al pensarlo.

Pierre aguardaba bajo el toldo junto al rabino. Cuando Rebekah se acercó, el vizconde dio un paso adelante y ella se unió a él. Pero no lo tocó, sino que caminó a su alrededor. Dio una vuelta y después otra. Lo hizo siete veces, y a Jamie se le puso el vello de la nuca de punta; la ceremonia desprendía cierta magia, como si se tratara de brujería. Era como si ella lo hiciera para atar al hombre.

Cada vez que daba una nueva vuelta se ponía frente a Jamie, y era evidente que podía verlo a la luz de las antorchas, pero ella tenía los ojos clavados al frente; no dio señales de que reconociera a nadie, ni siquiera a Pierre.

Pero entonces dejó de dar vueltas y se colocó junto a Pierre. El rabino pronunció algunas palabras para dar la bienvenida a los invitados, luego se dirigió a los novios, sirvió una copa de vino y dijo lo que parecía ser una bendición en hebreo. Jamie entendió el principio: «Bendito eres Tú, Adonai nuestro Dios...», pero después se perdió.

Pierre se metió la mano en el bolsillo cuando Reb Chen dejó de hablar, sacó un pequeño objeto —un anillo—, tomó la mano de Rebekah, se lo puso en el dedo índice de la mano derecha y le sonrió con tanta ternura que, a pesar de todo lo que había ocurrido, Jamie sintió que le llegaba al corazón. Entonces Pierre le levantó el velo y Jamie pudo ver por un momento la misma ternura en el rostro de Rebekah justo antes de que su marido la besara.

La congregación suspiró al unísono.

El rabino cogió una hoja de pergamino de una mesa que tenía al lado. Jamie vio que era lo que el vizconde había llamado *ketubah*, el contrato matrimonial.

El rabino leyó el texto, primero en un idioma que Jamie no reconoció, y después lo repitió en francés. No era muy distinto de los escasos contratos matrimoniales que había visto: en él se aclaraba la disposición de las propiedades y lo que le correspondía a la novia, y eso, aunque lo advirtió con desaprobación, que en él se estipulaba la posibilidad de que la pareja se divorciara. Entonces se dispersó un momento; la cara de Rebekah brillaba a la luz de las antorchas como las perlas y el marfil, y la redondez de su pecho se veía con claridad cada vez que respiraba. A pesar de todo lo que creía saber sobre ella, sintió una breve punzada de envidia por Pierre.

Una vez leído el contrato y cuando lo dejaron a un lado, el rabino recitó una retahíla de bendiciones; Jamie sabía que eran bendiciones porque entendió las palabras «bendito seas, Adonai...» una y otra vez, aunque, por lo que pudo entender, el objetivo de las bendiciones parecía abarcar desde la congregación hasta Jerusalén. La novia y el novio tomaron otro sorbo de vino.

Entonces se hizo una pausa. A pesar de que Jamie esperaba algunas palabras oficiales del rabino con las que los declarara marido y mujer, no fue así. A continuación, uno de los invitados cogió el vaso de vino, lo envolvió en una servilleta de papel y lo dejó en el suelo delante de Pierre. Para sorpresa de los escoceses, el vizconde pisoteó el recipiente automáticamente, y los invitados aplaudieron.

Por un momento pareció una boda campestre, y todo el mundo se congregó alrededor de la feliz pareja para felicitarlos. Sin embargo, al poco tiempo, la pareja se marchó hacia la casa mientras todos los invitados se retiraban en dirección a las mesas, repletas de comida y bebida, que habían dispuesto en el otro extremo del jardín.

—Vamos —murmuró Jamie, y cogió a Ian del brazo. Corrieron detrás de los recién casados mientras Ian le preguntaba a Jamie qué narices creía que estaba haciendo—. Quiero hablar con ella, a solas. Tú distrae al vizconde, habla con él todo el tiempo que puedas.

—Yo..., ¿cómo?

—Y yo qué sé. Ya se te ocurrirá algo.

La pareja ya había llegado a la casa, y cuando ya casi estaban pisándole los talones a Pierre, Jamie vio que, por suerte, el vizconde se había detenido para decirle algo a un sirviente. Rebekah, que estaba desapareciendo por un pasillo, posó la mano sobre una puerta.

—¡Te deseo muy buena suerte, hombre! —exclamó Jamie, dándole una palmada tan fuerte en la espalda al novio que éste se tambaleó.

Antes de que Pierre pudiera recuperarse, Ian, sin duda encomendando su alma a Dios, se acercó, lo cogió de la mano y se la estrechó con fuerza mientras le lanzaba a Jamie una especie de mirada privada que decía: «¡Date prisa, maldita sea!»

Sonriendo, Jamie recorrió el corto pasillo hasta la puerta por la que había visto desaparecer a Rebekah. Pero borró la sonrisa en cuanto tocó el pomo de la puerta y se enfrentó a ella con la expresión más seria que pudo.

Cuando lo vio, la joven abrió los ojos como platos presa de la indignación.

—¿Qué estás haciendo aquí? ¡Se supone que aquí sólo podemos entrar mi marido y yo!

—Ya viene —le aseguró Jamie—. La pregunta es..., ¿llegará?

La joven apretó el puño de una forma que habría resultado cómica si Jamie no supiera tantas cosas de ella como sabía.

—¿Eso es una amenaza? —quiso saber la joven con un tono tanto de incredulidad como de amenaza—. ¿Aquí? ¿Te atreves a amenazarme aquí?

—Sí, exacto. Quiero el rollo.

—Pues no lo vas a tener —espetó ella.

Jamie vio que la joven miraba hacia la mesa, probablemente en busca de alguna campana con la que llamar para pedir ayuda o de algún objeto con el que pudiera golpearlo en la cabeza, pero en la mesa sólo había una bandeja de rollitos rellenos y dulces exóticos. Sí que había una botella de vino, y vio que la miraba con aire calculador, pero Jamie extendió su largo brazo y la cogió antes de que pudiera hacerlo ella.

—No lo quiero para mí —reconoció—. Quiero devolvérselo a tu abuelo.

—¿A él? —Su rostro se endureció—. No. Para él tiene más valor que yo —añadió con amargura—, pero por lo menos eso significa que lo puedo utilizar para protegerme. Mientras siga teniéndolo no intentará hacerle daño a Pierre ni llevarme de vuelta, por miedo a que pueda estropearlo. Me lo quedo.

—Creo que tu abuelo estará mucho mejor sin ti, y no me cabe duda de que lo sabe muy bien —la informó Jamie, y tuvo que mantenerse firme cuando observó la mirada de dolor en los ojos de la joven. Supuso que incluso las arañas debían de tener sentimientos, pero eso no venía al caso.

—¿Dónde está Pierre? —preguntó—. Si le has tocado un solo pelo de la cabeza te...

—No tocaría a ese pobre idiota, ni Ian tampoco, o sea Juan. Cuando te he dicho que la cuestión era si llegaba hasta aquí o no, me refería a que quizá se replanteara el trato.

—¿Qué?

A Jamie le pareció que ella palidecía un poco, pero costaba decirlo.

—Dame el rollo para que pueda devolvérselo a tu abuelo, aunque lo cierto es que tampoco vendría mal que le escribieras una pequeña carta de disculpa, pero no voy a insistir en eso, o, de lo contrario, Ian y yo nos llevaremos a Pierre y le explicaremos unas cuantas cosas sobre su nueva esposa.

—¡Podéis explicarle lo que queráis! —saltó—. ¡No se creerá vuestras mentiras!

—¿Ah, sí? ¿Y si le explico exactamente lo que le ocurrió a Ephraim bar-Sefer y por qué?

—¿A quién? —preguntó, pero justo entonces había palidecido de verdad, y se vio obligada a apoyar una mano en la mesa para no perder el equilibrio.

—¿Sabes lo que le ocurrió? ¿No? Bien, pues yo te lo diré, muchacha.

Y lo hizo con tal brutalidad que ella tuvo que sentarse de pronto y unas minúsculas gotas de sudor aparecieron entre los medallones de oro que le colgaban en la frente.

—Me parece que Pierre ya sabe algo sobre tu pequeña banda, pero quizá no sepa la clase de avara despiadada que eres.

—¡No fui yo! ¡Yo no maté a Ephraim!

—Si no fuera por ti, ahora no estaría muerto, y estoy seguro de que Pierre estará de acuerdo. Puedo decirle dónde está enterrado el cuerpo —añadió con más delicadeza—. Le di sepultura yo mismo.

Ella había apretado los labios con tanta fuerza que se habían convertido en una línea blanca.

—No tienes mucho tiempo —repuso Jamie, en voz más baja ahora, pero sin dejar de mirarla a los ojos—. Ian no podrá entretenerlo mucho más, y si entra aquí se lo explicaré todo delante de ti, y entonces tendrás que convencerlo de que estoy mintiendo.

La joven se levantó de golpe. Sus cadenas y sus brazaletes tintinearon y corrió hacia la puerta de la habitación interior. La abrió y Marie reculó asustada.

Rebekah dijo algo en ladino con bastante aspereza, y la doncella jadeó y se marchó corriendo.

—Muy bien —aceptó Rebekah, apretando los dientes y volviéndose hacia Jamie—. Llévatelo, maldito perro.

—Ya lo creo que me lo llevaré, bruja sanguinaria —replicó con gran educación.

Rebekah cogió un rollito relleno, pero en lugar de lanzárselo a Jamie, se limitó a aplastarlo hasta convertirlo en una pasta que se deshizo en migajas, y dejó caer los restos en la bandeja soltando una pequeña exclamación cargada de ira.

El dulce tintineo del rollo de la Torá anunció la aparición apresurada de Marie con el valioso objeto entre los brazos. Miró a su señora y, cuando Rebekah asintió con sequedad, lo dejó con gran reticencia en los brazos de aquel perro cristiano.

Jamie hizo sendas reverencias, primero a la doncella y después a su señora, y se encaminó hacia la puerta.

—*Shalom* —se despidió, y cerró la puerta un segundo antes de que la bandeja de plata se estrellara contra ella con un golpe seco.

—¿Le dolió mucho? —le estaba preguntando Ian a Pierre con interés cuando apareció Jamie.

—¡Dios mío, no tiene ni idea! —contestó Pierre con fervor—. Pero valió la pena. —Sonrió mirando a Ian y a Jamie, y les hizo una reverencia, sin advertir siquiera el fardo envuelto en lona que Jamie llevaba entre los brazos—. Discúlpenme, caballeros, ¡mi novia me espera!

—¿Qué es lo que le dolió mucho? —preguntó Jamie, guiando a su amigo a toda prisa hacia una puerta lateral. Era preferible que no llamaran la atención.

—Ya sabes que nació siendo cristiano, pero tuvo que convertirse para casarse con esa bruja —explicó Ian—. Así que tuvo que circuncidarse.

Se santiguó al pensarlo, y Jamie se rió.

—¿Cómo se llama ese bicho palo hembra que se come la cabeza del macho cuando él empieza a copular con ella? —preguntó Jamie, abriendo la puerta con el trasero.

Ian frunció el ceño un momento.

—Me parece que se llama mantis religiosa. ¿Por qué?

—Creo que nuestro amigo Pierre va a tener una noche de bodas más interesante de lo que cree. Vamos.

Burdeos

Aunque no fue lo peor que había tenido que hacer en toda su vida, no le apetecía demasiado verse obligado a ello. Jamie se detuvo en la puerta de la casa del doctor Hasdi con el rollo de la Torá envuelto entre los brazos. Ian parecía un poco indispuesto, y Jamie imaginaba por qué. Una cosa era tener que explicarle al doctor lo que le había ocurrido a su nieta, y otra muy distinta tener que decírselo a la cara con el recuerdo todavía fresco del tacto de los pezones o de su mano.

—No tienes por qué entrar, amigo —le dijo a Ian—. Puedo hacerlo solo.

Ian reprimió una sonrisa, pero negó con la cabeza y se puso al lado de Jamie.

—A tu lado, amigo —se limitó a decir.

Jamie sonrió. Cuando tenía cinco años, el padre de Ian, el viejo John, había convencido al padre de Jamie para que dejara que su hijo empuñara una espada con torpeza, como era la costumbre.

—Y tú, hijo —le dijo a Ian muy serio—, tu deber es colocarte a la derecha de tu señor para proteger su lado débil.

—Sí —respondió Jamie—. Pues vamos allá.

Y tocó la campana.

Después pasearon con tranquilidad por las calles de Burdeos sin ningún destino en particular y sin hablar mucho.

El doctor Hasdi los había recibido con amabilidad, aunque los miró horrorizado y con aprensión cuando vio el rollo. Aquella expresión se convirtió en alivio cuando escuchó —el sirviente sabía el francés suficiente para traducir sus palabras— que su nieta estaba a salvo, después en conmoción y, al final, en una expresión cerrada que Jamie no supo interpretar. ¿Era ira, tristeza o resignación?

Cuando Jamie acabó de explicar la historia, se quedaron allí sentados algo incómodos, sin saber qué hacer. El doctor Hasdi estaba sentado a su escritorio, con la cabeza agachada, y había apoyado las manos con suavidad encima del rollo. Al rato levantó la cabeza y asintió a ambos, primero a uno y después al otro. Ahora tenía una expresión relajada que no dejaba entrever nada.

—Gracias —intervino con un francés cargado de acento—. *Shalom.*

—¿Tienes hambre?

Ian hizo un gesto para señalar una pequeña *boulangerie*, en cuyos estantes había enormes rollos rellenos y fragantes hogazas de pan redondas. Se estaba muriendo de hambre, aunque tan sólo media hora antes tenía un nudo en el estómago.

—Sí, un poco.

Pero Jamie continuó caminando, e Ian se encogió de hombros y lo siguió.

—¿Qué crees que hará el capitán cuando se lo expliquemos?

Ian no estaba en absoluto preocupado. Siempre había trabajo para dos hombres fornidos que sabían manejar la espada. Y, además, tenía sus propias armas, aunque tendrían que comprar una espada a Jamie. Todo lo que él llevaba encima, desde las pistolas hasta el hacha, pertenecía a D'Eglise.

Estaba tan ocupado calculando el coste de una espada decente, teniendo en cuenta lo que les quedaba de su paga, que no se dio cuenta de que Jamie no le había contestado. Aunque sí que advirtió que su amigo estaba caminando más deprisa y, cuando aceleró el paso para alcanzarlo, vio hacia dónde se dirigían: la taberna donde aquella preciosa cantinera del cabello castaño había creído que Jamie era judío.

«Así que se trata de eso, ¿eh?», pensó, y reprimió una sonrisa. Sí, bueno, había una forma infalible de que el chico pudiera demostrarle a la muchacha que no era judío.

El local estaba a rebosar cuando entraron, e Ian se dio cuenta enseguida de que no era en el buen sentido. Había soldados del ejército y otros hombres inclinados a la pelea, mercenarios como ellos, y el ambiente no era precisamente bueno. Se podía cortar el aire con un cuchillo y, a juzgar por la mancha de sangre medio seca que había en el suelo, alguien ya lo había intentado.

Había mujeres, pero menos que la vez anterior, y las cantineras no despegaban los ojos de las bandejas. Era evidente que esa noche no se dedicaban a flirtear.

Jamie no era consciente del ambiente que reinaba en el local. Ian podía ver cómo su amigo buscaba a la chica, pero la cantinera del cabello castaño no estaba allí. Si hubieran sabido su nombre podrían haber preguntado por ella.

—¿Subimos? —preguntó Ian a Jamie al oído en un tono de voz alto para que pudiera oírlo a pesar del ruido que había. Su amigo asintió y empezó a abrirse paso entre la multitud seguido de Ian, que esperaba que encontraran rápido a la chica para poder comer algo mientras Jamie se ocupaba de sus asuntos.

La escalera estaba abarrotada y no dejaban de bajar hombres. Allí estaba ocurriendo algo, y Jamie empotró a alguien contra la pared al pasar. Sintió una ansiedad indescriptible que le recorrió la espalda, y ya estaba medio preparado cuando pasó por delante de un pequeño grupo de espectadores que había en lo alto de la escalera; entonces los vio.

Eran Mathieu y la chica del cabello castaño. Allí había una enorme habitación abierta, con un pasillo que daba acceso a pequeños cubículos. Mathieu había agarrado a la chica del brazo y la estaba empujando por el pasillo mientras le cogía el trasero con la otra desoyendo sus protestas.

—¡Suéltala! —ordenó Jamie; no gritaba, pero había levantado lo suficiente la voz como para que se le oyera. Mathieu no prestó ninguna atención, aunque todos los demás se volvieron hacia Jamie muy sorprendidos.

Oyó que Ian murmuraba «Que Dios nos ayude» a su espalda, pero no le prestó atención. Cruzó la distancia que lo separaba de Mathieu en tres zancadas y le dio una patada en el culo.

Se agachó por impulso, pero Mathieu sólo se volvió y lo miró mal ignorando los vítores y las carcajadas de los espectadores.

—Hablamos luego, chico —repuso—. Ahora estoy ocupado.

Agarró a la joven con su enorme brazo y le dio un beso empalagoso frotándole la barba incipiente en la cara. Ella gritó y lo empujó para desasirse.

Jamie desenfundó la pistola del cinturón.

—He dicho que la sueltes.

El ruido cesó de repente, pero él apenas lo advirtió debido al rugido de la sangre que le llegaba a los oídos.

Mathieu volvió la cabeza lleno de incredulidad. Entonces resopló con desdén, esbozó una sonrisa desagradable y empotró a la chica contra la pared, donde se golpeó la cabeza, y después la inmovilizó con su cuerpo.

Jamie amartilló la pistola.

—*Salop!* —rugió Jamie—. ¡No la toques! ¡Suéltala!

Apretó los dientes y apuntó con ambas manos; la rabia y el miedo hacían que éstas le temblaran.

Mathieu ni siquiera lo miró. El grandullón se volvió a medias agarrando con despreocupación el pecho de la chica. Ella gritó cuando él se lo retorció, y Jamie disparó. Mathieu se dio la vuelta, ahora tenía en la mano la pistola que llevaba oculta en el cinturón, y el aire se estremeció cuando estalló el sonido y apareció una nube de humo blanco.

Se oyeron gritos de alarma y excitación, y también el disparo de otra pistola en algún punto por detrás de Jamie. «¿Ian?», pensó vagamente, pero no, Ian estaba corriendo hacia Mathieu para agarrarle el enorme brazo que había alzado, mientras el cañón de la segunda pistola, con la que Mathieu trataba de apuntar a Jamie, trazaba círculos en el aire. Disparó, y la bala impactó contra uno de los quinqués que había sobre las mesas; explotó con un *puff* y provocó una llamarada.

Jamie le había dado la vuelta a la pistola y estaba golpeando a Mathieu en la cabeza; ni siquiera era consciente de que había cruzado la habitación. A Mathieu apenas se le veían los ojos de jabalí rabioso que tenía. Los tenía completamente entornados. La pelea lo estaba divirtiendo mucho, y la repentina cortina de sangre que le resbaló por la cara no hizo más que acentuar su sonrisa cuando la sangre se le coló entre los dientes. Se deshizo de Ian de un empujón, lo empotró contra una pared y después rodeó a Jamie con uno de sus enormes brazos y le asestó un cabezazo en la cara.

Jamie había vuelto la cabeza y evitó que le rompiera la nariz, pero el impacto hizo que se mordiera la mejilla por dentro y la boca se le llenó de sangre. El impacto fue tan fuerte que la cabeza le daba vueltas, pero metió la mano debajo de la mandíbula de Mathieu y la subió con todas sus fuerzas tratando de romperle el cuello. La mano le resbaló debido al sudor, y Mathieu lo soltó para darle un rodillazo en los testículos. Su rodilla, que parecía una bala de cañón, le asestó un buen golpe en el muslo cuando se soltaba, y Jamie se tambaleó. Después agarró a Mathieu por el brazo, justo cuando Ian aparecía por el otro lado y lo cogía del otro brazo. Sin vacilar ni un solo instante, Mathieu aferró a los escoceses por el cuello e hizo entrechocar sus cabezas.

Jamie no veía nada y apenas podía moverse, pero de todas formas siguió desplazándose, palpando a tientas. Estaba en el suelo, notaba los tablones debajo de su cuerpo, humedad... Su mano tocó carne, se abalanzó hacia delante y mordió a Mathieu en la espinilla con todas sus fuerzas. Se le llenó la boca de sangre. Era más cálida que la suya y le entraron arcadas, pero no desenganchó los dientes de la carne peluda y se aferró con obstinación a él mientras la pierna pateaba con frenesí. Le zumbaban los oídos. Era vagamente consciente de que oía gritos y aullidos, pero no le importaba.

Estaba poseído y no le importaba nada. La poca conciencia que le quedaba se sorprendió por un momento, pero eso también desapareció. No había dolor, no había razón. Era un objeto rojo, y aunque veía otras cosas —caras, sangre, algunas partes de la habitación—, nada importaba. La sangre se apoderó de él, y cuando recuperó un poco el sentido, estaba a horcajadas sobre aquel hombre. Lo había cogido del cuello y le palpitaban los dedos, aunque no estaba seguro de si las palpitaciones eran suyas o de su víctima.

Él. Él. Había olvidado el nombre de aquel tipo. Tenía los ojos desorbitados, de su boca destrozada empezó a salir un montón de baba y se quedó boquiabierto; después se oyó un pequeño y dulce *crac* cuando algo se rompió bajo los dedos de Jamie. Apretó con todas sus fuerzas, apretó y apretó, y notó cómo el enorme cuerpo de aquel tipo perdía extrañamente la fuerza.

Siguió apretando, no podía parar, hasta que una mano lo agarró del brazo y lo agitó con fuerza.

—Para —rugió una voz cálida a su oído—. Jamie, para.

Parpadeó mirando aquella cara blanca huesuda a la que no conseguía ponerle nombre. Después tomó aire —la primera vez que recordaba haberlo hecho en mucho tiempo—, y al hacerlo percibió un hedor a sangre, excrementos y sudor, y de inmediato fue consciente del tacto horrible y esponjoso del cuerpo sobre el que estaba sentado. Se levantó como pudo y, cuando sus músculos se convulsionaron y temblaron, se desplomó en el suelo.

Entonces la vio.

Estaba acurrucada contra la pared, hecha un ovillo. Su cabello castaño estaba esparcido por los tablones del suelo. Jamie se puso de rodillas y gateó hasta ella.

La joven estaba sollozando. Intentaba hablar, pero no encontraba las palabras. Jamie llegó hasta la pared y la abrazó. Estaba flácida y la cabeza le colgaba sobre el hombro. Notó la suavidad de su pelo en la cara; olía a humo y a alguna fragancia almizclada.

—*A nighean* —consiguió decir—. Dios, *a nighean*. Estás...

—Jesús —dijo una voz a su lado, y notó la vibración cuando Ian (gracias a Dios, había recordado el nombre, claro, era Ian) se desplomó a su lado. Su amigo todavía llevaba un cuchillo manchado de sangre en la mano—. ¡Oh, Jesús, Jamie!

Levantó la vista, sorprendido y desesperado, y entonces miró hacia abajo cuando el cuerpo de la chica resbaló de entre sus brazos y se desplomó sobre sus rodillas con una elegancia imposible: el pequeño agujero oscuro que tenía en el pecho blanco sólo estaba un poco manchado de sangre.

Había obligado a Jamie a acompañarlo a la catedral de Saint André y había insistido en que se confesara. No le sorprendía que Jamie se hubiera negado.

—No. No puedo.

—Iremos juntos.

Ian lo había agarrado del brazo y, casi literalmente, lo había arrastrado por el umbral. Contaba con que la atmósfera de la iglesia bastara para retener a Jamie una vez que estuvieran en su interior.

Su amigo se quedó de piedra y con los ojos abiertos como platos mientras miraba con recelo a su alrededor.

La bóveda de piedra del techo estaba oculta entre las sombras, pero la luz de colores que se colaba por las vidrieras teñían con suavidad las baldosas desgastadas del pasillo.

—No debería estar aquí —murmuró Jamie por lo bajo.

—¿Y dónde ibas a estar mejor, *eejit*? Venga —le contestó Ian también en un murmullo, y arrastró a Jamie por la nave lateral en dirección a la capilla de Saint Estèphe. La mayoría de las capillas laterales estaban amuebladas con piezas caras, monumentos acorde a la importancia de las familias ricas. Pero ésta era una alcoba de piedra minúscula sin ornamentar, y en ella sólo había un altar, un tapiz desgastado de un santo sin cara y un pequeño estante donde se podían poner velas.

—Quédate aquí.

Ian dejó a Jamie delante del altar y salió. Fue a comprarle una vela a la anciana que las vendía junto a la puerta principal. Había cambiado de idea sobre hacer que Jamie se confesara; a esas alturas ya sabía muy bien cuándo podía conseguir que un Fraser hiciera algo y cuándo no.

Como le preocupaba un poco que Jamie pudiera marcharse, volvió corriendo a la capilla, pero su amigo seguía allí plantado en medio del minúsculo espacio, mirando el suelo con la cabeza gacha.

—Ven —le ordenó Ian empujándolo hacia el altar. Colocó la cara y la gran vela de cera de abeja sobre el estante, y se sacó de la manga el pedazo de papel que le había dado la anciana para ofrecérselo a Jamie—. Enciéndelo. Rezaremos una oración por tu padre. Y... por ella.

Podía ver las lágrimas, que relucían debido al brillo rojo que proyectaba el farol que pendía del altar, temblando en las pestañas de Jamie, pero éste parpadeó para que desaparecieran y apretó los dientes.

—Está bien —dijo en voz baja, pero vaciló.

Ian suspiró, le quitó el papel y, poniéndose de puntillas, lo encendió en el farol del santuario.

—Hazlo —susurró ofreciéndole el papel a Jamie—, o te daré un buen puñetazo en los riñones aquí mismo.

Jamie hizo un ruido que podría haber sido una carcajada contenida, y colocó el papel encendido sobre la mecha de la vela. El fuego se elevó hasta formar una altísima llama con el corazón azul, que después descendió cuando Jamie retiró el papel y lo sacudió hasta que salió humo.

Permanecieron allí de pie un rato con las manos entrelazadas delante del cuerpo, observando cómo ardía la vela. Ian rezó por su madre y por su padre, por su hermana y por sus hijos..., con cierta duda (¿sería correcto rezar por una judía?), así como por Rebekah bat-Leah y, tras mirar de reojo a Jamie para asegurarse de que no lo estaba mirando, también rezó por Jenny Fraser. Después por el alma de Brian Fraser..., y por fin, y con los ojos cerrados, por el amigo que aguardaba a su lado.

Los sonidos de la iglesia cesaron: el susurro de las piedras y los ecos de la madera, el sonido de los pies al arrastrarse y el arrullo de las palomas del tejado. Ian dejó de pronunciar palabras, pero seguía rezando. Y entonces se calló, y ya sólo quedaron la paz y los suaves latidos de su corazón.

Oyó cómo Jamie suspiraba desde lo más profundo de su ser, y abrió los ojos. Salieron sin hablar y dejaron la llama encendida para que cuidara de los suyos.

—¿No querías ir a confesarte? —preguntó Jamie, deteniéndose en la puerta de la iglesia.

Había un sacerdote en el confesionario. Dos o tres personas aguardaban a una distancia discreta de la caseta de madera labrada, donde no podían oír lo que se decía.

—Ya encontraré el momento —dijo Ian encogiéndose de hombros—. Si vas a ir al infierno, yo también lo haré. Dios sabe que serías incapaz de apañártelas tú solo.

Jamie sonrió con timidez y abrió la puerta al sol de la calle.

Estuvieron caminando sin rumbo fijo durante un rato, sin hablar, y al final llegaron a la orilla del río, donde observaron las aguas del Garona arrastrando la suciedad de la última tormenta.

—Significa «paz» —indicó Jamie al poco—. Lo que me dijo. El doctor. *Shalom*.

Ian ya lo sabía.

—Sí —contestó—. Pero ahora nosotros no nos dedicamos a la paz, ¿no? Somos soldados. —Volvió la cabeza hacia el muelle, por donde se acercaba un paquebote—. He oído decir que el rey de Prusia necesita buenos hombres.

—Ya lo creo —respondió Jamie, y se puso derecho—. Pues vamos hacia allá.

UN VERDE FUGITIVO

1

Supervivencia

París, abril de 1744

Minnie Rennie tenía secretos. Algunos de ellos estaban a la venta y otros, en cambio, eran estrictamente suyos. Se llevó la mano al pecho y miró hacia la puerta de celosía que había al fondo de la tienda. Seguía cerrada: las cortinas azules que colgaban por detrás seguían corridas.

Su padre también tenía secretos. Aunque Andrew Rennie (como se hacía llamar en París) era, en apariencia, un vendedor de libros raros, en secreto se dedicaba a coleccionar cartas que nunca debería haber leído nadie, excepto las personas a las que iban dirigidas. También tenía en su poder diversas informaciones que extraía de sus visitas valiéndose de una mezcla de té, vino, pequeñas cantidades de dinero y su considerable encanto personal.

Minnie aguantaba muy bien el vino, no necesitaba dinero y era inmune al magnetismo de su padre. Sin embargo, sí que sentía un decente respeto filial por sus poderes de observación.

El murmullo de voces procedente de la trastienda no tenía el ritmo propio de la despedida, puesto que nadie arrastraba la silla. Cruzó la tienda repleta de libros hasta los estantes que contenían los tratados y los sermones.

Cogió un volumen con las portadas rojas y las guardas de papel marmoleado titulado *Sermones completos del reverendo Jorge V*, se sacó la carta que llevaba escondida en el pecho del vestido, la metió entre las páginas y volvió a dejar el libro en su sitio. Justo a tiempo: oyó movimiento en la trastienda, tazas en los platos y los ocupantes que levantaban la voz.

Con el corazón acelerado echó una última ojeada al libro del reverendo Sykes y advirtió horrorizada que había dejado una marca en el polvo en la estantería: había una clara huella que señalaba el lomo de piel de color rojo oscuro. Corrió de nuevo hacia el mostrador principal, cogió el plumero y lo pasó por debajo, y el estante quedó reluciente en cuestión de segundos.

Respiró profundamente varias veces; no debían verla sonrojada o nerviosa. Su padre era un hombre muy observador, un rasgo que (como él mismo le había explicado cuando le enseñaba el arte) había permitido que conservara su vida en más de una ocasión.

Pero no ocurría nada; las voces habían vuelto a cambiar, habían sacado algún tema nuevo.

Se paseó con calma por delante de las estanterías y se detuvo a curiosear en las pilas de libros sin organizar que estaban encima de una gran mesa pegada a la pared del lado oeste. Los libros desprendían un olor intenso a tabaco, además del olor habitual a piel, bucarán, cola, papel y tinta. Era evidente que aquel lote había pertenecido a un hombre a quien le gustaba fumar en pipa mientras leía. Aunque Minnie estaba prestando poca atención al nuevo lote, puesto que seguía pensando en la carta.

El carretero que había llevado aquella última colección de libros, la biblioteca de un profesor de historia fallecido de Exeter, le había asentido y guiñado el ojo, y ella se había escabullido con una cesta de la compra para encontrarse con él en la esquina junto a la frutería. Después de dar una *livre tournois* al carretero y pagar cinco *sous* por una cesta de madera llena de fresas, había podido leer la carta, refugiada en el callejón, antes de regresar a la tienda con la fruta que explicaba su ausencia.

Ni saludo ni firma, tal como ella había pedido; sólo la información:

«La hemos encontrado —decía sin más—. Señora Simpson, Chapel House, Parson's Green, Peterborough Road, Londres.»

Señora Simpson. Por fin un nombre. Un nombre y un lugar, por muy misteriosos que fueran.

Señora Simpson.

Había tardado meses de cuidadosa planificación, eligiendo los hombres entre los mensajeros que utilizaba su padre que pudieran estar dispuestos a ganar un dinero extra bajo manga y un poco más por mantener sus investigaciones en silencio.

No sabía lo que haría su padre si descubría que había estado buscando a su madre. Pero él se había negado a decir una sola palabra sobre ella durante los últimos diecisiete años; era razonable suponer que a su padre no le gustaría mucho saberlo.

«Señora Simpson.» Lo dijo en silencio, paladeando las sílabas en la boca. Señora Simpson. ¿Eso significaba que su madre se había vuelto a casar? ¿Tendría más hijos?

Minnie tragó saliva. La idea de poder tener hermanastros o hermanastras era al mismo tiempo espeluznante y fascinante..., y también sorprendentemente dolorosa. Que otra persona hubiera disfrutado de su madre —¡la suya!— durante todos esos años...

—Esto no funcionará —afirmó en voz queda. No sabía nada sobre la vida de la señora Simpson y no tenía sentido desperdiciar emociones en algo que quizá no existiera. Parpadeó con fuerza para volver a centrarse y, de pronto, lo vio.

Lo que se encontraba encima de una edición forrada en cuero del volumen III de la *Historia del papado* (Amberes) era tan grande como su pulgar y, para tratarse de una cucaracha, estaba demasiado inmóvil. Minnie la había estado mirando durante un minuto sin ser consciente de ello y no había movido ni una antena. ¿Estaría muerta? Cogió una pluma raída de la colección que había en el jarrón chino y le dio un golpecito a aquella cosa con el extremo afilado.

La cosa siseó como una tetera y Minnie dio un gritito, soltó la pluma y retrocedió de un salto. La cucaracha, molesta, dio media vuelta lentamente y se volvió a aposentar sobre la «P» mayúscula labrada en oro, y remetió sus patas espinosas debajo del cuerpo preparándose, sin duda, para retomar su siesta.

—Oh, no lo creo —le dijo al bicho, y se volvió hacia los estantes en busca de algo lo bastante pesado como para aplastarlo, pero que tuviera unas portadas donde no se viera la mancha. Había posado la mano en una Biblia Vulgata con las cubiertas de color marrón oscuro y granuloso cuando la puerta secreta que había detrás de los estantes se abrió y salió su padre.

—Vaya, veo que has conocido a *Frederick* —repuso, adelantándose para quitarle la biblia de las manos—. No tienes por qué preocuparte, querida; es bastante manso.

—¿Manso? ¿Quién se molestaría en domesticar a una cucaracha?

—Los habitantes de Madagascar, o eso tengo entendido. Aunque el rasgo es hereditario. Nuestro amigo *Frederick* es descendiente de una larga y noble estirpe de cucarachas siseantes, pero nunca ha pisado su tierra natal. Ésta nació, o supongo que eclosionó, en Bristol.

Frederick había interrumpido su siesta el tiempo suficiente para frotarse con curiosidad contra el pulgar de su padre, que lo había extendido de la misma forma en que cualquiera le mostraría los nudillos a un perro desconocido. El insecto decidió que el olor del dedo le resultaba aceptable y trepó por el pulgar para posarse en el dorso de la mano de su padre. Minnie se estremeció y fue incapaz de evitar que se le pusiera la piel de gallina en los brazos.

El señor Rennie se acercó con cautela a las grandes estanterías de la pared este con la mano pegada al pecho. Esos estantes contenían libros vendibles, pero de menos valor: allí había una mezcla de volúmenes donde podía encontrarse cualquier cosa, desde algún ejemplar de *Culpeper's Herbal* hasta copias maltrechas de las obras de Shakespeare y los que gozaban de más popularidad, una gran colección de confesiones espeluznantes de presos que aguardaban en el patíbulo, bandoleros, asesinos, falsificadores y mujeres que habían asesinado a sus maridos. Entre los libros y los panfletos había un surtido de pequeñas curiosidades, desde un cañón de bronce de juguete y un puñado de piedras de cantos puntiagudos, de las que se decía que se utilizaban en la antigüedad para rascar los pellejos, hasta un abanico chino en el que, al abrirlo, se podían ver varias escenas eróticas. Su padre cogió una jaula de grillos de mimbre de entre toda aquella porquería y metió dentro a *Frederick* con cuidado.

—No te adelantes, vieja amiga —le dijo a la cucaracha, que ahora estaba de pie sobre las patas traseras y miraba por los agujeritos del cesto de mimbre—. Aquí está tu nuevo propietario, ya viene.

Minerva miró por encima de su padre y se le aceleró un poco el corazón; reconoció la alta silueta de hombros anchos que se agachó por debajo del dintel para evitar golpearse la cabeza.

—¡Lord Broch Tuarach!

Su padre dio un paso adelante, sonriendo, y saludó al cliente inclinando la cabeza.

—Puede llamarme señor Fraser —dijo, como siempre, tendiéndole la mano—. A su servicio, señor.

Llevaba consigo un olor propio de la calle: la savia pegajosa de los árboles, polvo, estiércol y asaduras, así como el penetrante olor a orín de París, ligeramente aromatizado por los vendedores de naranjas que se ponían en las puertas del teatro al final de la calle. También desprendía su propio olor a sudor, vino y barriles de roble, ya que solía acudir desde su bodega. Minnie inspiró con agrado y después soltó el aire cuando él se volvió, sonriendo, desde donde estaba su padre.

—Mademoiselle Rennie —anunció con un marcado acento escocés que acentuaba la erre de una forma maravillosa. Pareció sorprenderse un poco cuando ella le tendió la mano, pero se inclinó obedientemente sobre ella y suspiró con amabilidad pegado a sus nudillos. «Si estuviera casada me besaría la mano», pensó, y le estrechó la mano sin querer. Él parpadeó al sentirlo, pero se irguió y le hizo una reverencia, con tanta elegancia como cualquier cortesano.

Su padre carraspeó un poco e intentó llamar su atención, pero ella lo ignoró, cogió el plumero y se dirigió con diligencia hacia las estanterías que había detrás del mostrador, las que contenían un selecto surtido de novelas eróticas de doce países diferentes. Minnie sabía muy bien lo que le habría dicho la mirada de su padre.

—*¿Frederick?* —oyó decir al señor Fraser con un tono divertido—. ¿Responde a su nombre?

—Yo... mmm... debo admitir que nunca lo he llamado —contestó su padre un tanto sorprendido—. Pero es muy dócil; se le subirá a la mano.

Era evidente que su padre había abierto la jaula de grillo para demostrar los talentos de *Frederick*, pues oyó cómo los hombres arrastraban un poco los pies.

—No se preocupe —intervino el señor Fraser riendo. Su nombre de pila era James; ella lo había visto en la factura de venta de un octavo titulado *Persian Letters*, un volumen encuadernado en piel con letras doradas—. El animal no es para mí. Conozco a un caballero que quiere algo exótico para su amante; según dice, a la señora le gustan los animales.

El sensible oído de Minnie captó la delicada duda que había imprimido a su tono antes de decir «conozco a un caballero». Su padre también lo había advertido, ya que invitó a James Fraser a tomar un café con él, y los dos desaparecieron de inmediato por detrás de la puerta de celosía que ocultaba la guarida privada de su padre, y ella se quedó parpadeando frente a las regordetas antenas de *Frederick*, que no dejaban de ondear de un modo inquisitivo desde la jaula de grillo que su padre había dejado sobre el estante que Minnie tenía delante.

—Prepara algo de comer para que el señor Fraser se lo pueda llevar —le dijo su padre desde el otro lado de la puerta—... O sea, para *Frederick*.

—¿Y qué come? —preguntó.

—¡Fruta! —respondió secamente, y la puerta se cerró por detrás del biombo.

Tuvo ocasión de volver a ver al señor Fraser cuando se marchó media hora después, y le sonrió cuando él cogió el paquete donde habían metido a *Frederick* y el desayuno del insecto a base de fresas. Después se agachó una vez más para pasar por debajo del dintel, momento en que el sol de la tarde se reflejó en su pelo brillante, y se marchó. Minnie se quedó mirando la puerta vacía.

Su padre también había salido de la trastienda y la estaba mirando con diversión.

—¿El señor Fraser? Nunca se casará contigo, cariño, tiene esposa, y, por cierto, bastante llamativa. Además, aunque es el mejor de los agentes jacobitas, no tiene el perfil que tú buscas. A él sólo le preocupan los Estuardo, y los jacobitas escoceses nunca conseguirán nada. Ven, tengo que hablarte de una cosa.

No aguardó ni un segundo, se volvió y se marchó en dirección al biombo chino.

«Una esposa. Llamativa, ¿eh?» Aunque la palabra «esposa» fue como una innegable patada en el hígado, el siguiente pensamiento de Minnie fue que no tenía por qué casarse necesariamente con Jamie Fraser. Y en cuanto a lo de «llamativa», ella tampoco se quedaba corta. Se enroscó un mechón de pelo rubio en el dedo y se lo pasó por detrás de la oreja.

Siguió a su padre y se lo encontró sentado a la mesa de madera satinada. Había apartado las tazas del café y estaba sirviendo vino; le ofreció una copa y la invitó a sentarse.

—Ni lo pienses, querida. —Su padre la estaba mirando por encima de la copa con amabilidad—. Cuando te hayas casado, podrás hacer lo que quieras, pero tienes que conservar la virginidad hasta que te cases. Los ingleses son unos fanáticos de la virginidad, y le he echado el ojo a un inglés para ti.

Minnie hizo un ruido de desdén con los labios y tomó un delicado sorbo de vino.

—¿Qué te hace pensar que no he...?

Su padre alzó una ceja y se tocó el lateral de la nariz.

—*Ma chère*, podría oler un hombre en ti a un kilómetro de distancia. E incluso cuando no estoy aquí... lo estoy.

Alzó la otra ceja y la miró. Ella sorbió por la nariz, apuró la copa y se sirvió otra.

¿Era cierto? Se reclinó en la silla y lo observó adoptando una expresión cuidadosamente neutra. Era cierto que su padre tenía informadores en todas partes; después de escuchar cómo hacía negocios todo el día detrás de la celosía, Minnie soñaba toda la noche con arañas trabajando en sus telas, girando, trepando y cazando por los caminos sedosos que recorrían las redes pegajosas. Y a veces se quedaban tan sólo suspendidas, redondas como canicas en el aire, inmóviles, y observando con sus mil ojos.

Pero las arañas tenían sus propias preocupaciones, y ella no solía ser una de esas inquietudes. Le sonrió de repente a su padre, enseñándole los hoyuelos, y le complació advertir un destello de incomodidad en los ojos del hombre. Bajó las pestañas y ocultó la sonrisa en el vino.

Él tosió.

—Bueno —intervino su padre, irguiéndose en la silla—. ¿Te gustaría ir de visita a Londres, querida?

«Londres...»

Minnie movió la cabeza de un lado a otro mientras lo pensaba.

—La comida es terrible, pero la cerveza no está mal. Además, siempre llueve.

—Podrás comprarte un vestido nuevo.

Aunque era interesante, lo que indicaba que no se trataba de una excursión sólo para comprar libros, fingió indiferencia.

—¿Sólo uno?

—Eso depende de tu éxito. Podrías necesitar... algo especial.

Aquello le extrañó.

—¿Por qué das tantos rodeos? —preguntó mientras dejaba la copa en la mesa—. Ya sabes que no puedes seguir embaucándome con regalos. Dime en qué estás pensando y lo hablamos como seres racionales.

Eso hizo que riera, a pesar de que la risa no tenía nada de cruel.

—Ya sabes que las mujeres no son racionales, ¿verdad?

—Sí, y los hombres tampoco.

—Bueno, en eso tienes razón —admitió, limpiándose una gota de vino de la barbilla con una servilleta—. Pero siguen patrones. Y los patrones de las mujeres son... —Hizo una pausa y miró por encima de los aros dorados de sus gafas mientras buscaba la palabra.

—¿Más complejos? —sugirió ella, pero su padre negó con la cabeza.

—No, no. A nivel superficial parecen caóticos, aunque en realidad los patrones de las mujeres son muy simples.

—Si te refieres a la influencia de la luna, debo señalar que todos los lunáticos que he conocido han sido hombres.

Su padre alzó las cejas. Cada vez las tenía más espesas y grises, descontroladas; de pronto Minnie se dio cuenta de que su padre estaba envejeciendo, y se le encogió un poco el corazón al pensarlo.

No le preguntó a cuántos lunáticos había conocido —ya que en el negocio de los libros uno se topaba con esa clase de personas cada semana—, pero negó con la cabeza.

—No, no, esos factores son meros hechos físicos. Me refiero a los patrones que siguen las mujeres para hacer lo que hacen. Y todo se reduce a la supervivencia.

—El día que me case con un hombre sólo para sobrevivir...

No se molestó en terminar la frase, pero hizo ondear los dedos con desdén y se levantó para retirar el caldero que se encontraba sobre la lámpara de alcohol y rellenar la tetera. Dos copas de vino eran el límite estricto que se había marcado, sobre todo cuando estaba con su padre, y precisamente ese día quería tener la cabeza fría.

—Bueno, tú tienes mejores cualidades que la mayoría de las mujeres. —Su padre aceptó la taza de té que le ofreció y le sonrió por encima del recipiente—. Y yo, cosa de la que me congratulo, tengo más recursos que la mayoría para apoyarlas. Pero la realidad sigue siendo que eres una mujer. Y eso significa que puedes concebir. Y ahí, querida, es cuando los patrones de una mujer se vuelven brutales.

—¿Ah, sí? —contestó, pero no lo dijo con un tono que lo invitara a seguir ahondando en su teoría. Ella quería que le hablara de Londres. Pero tendría que andarse con cuidado.

»¿Y qué estamos buscando? —preguntó mientras se servía un té para poder clavar los ojos en el vapor—. En Londres, digo.

—Nosotros no —la corrigió su padre—. Esta vez no. Yo tengo que hacer unos negocios en Suecia. Hablando de jacobitas. Y tú...

—¿Hay jacobitas suecos?

Su padre suspiró y se frotó las sienes con los índices de ambas manos.

—Querida, no te haces una idea. Aparecen como la mala hierba y, de la misma forma que ocurre con la hierba del campo, por la noche los cortan y se marchitan. Sin embargo, cuando uno cree que están muertos, ocurre algo, y de pronto... Pero eso no te interesa. Tú tienes que entregarle un paquete a un caballero y recibir información de una serie de contactos que yo te facilitaré. No tienes que interrogarlos, sólo aceptar lo que quieran decirte. Y, naturalmente...

—No decirles nada —concluyó. Minnie se puso un terrón de azúcar en el té—. Claro que no, padre; ¿qué clase de badulaque crees que soy?

Eso hizo que riera, y unas arrugas aparecieron alrededor de sus ojos, que casi cerró del todo.

—¿De dónde has sacado esa palabra?

—Todo el mundo dice «badulaque» —le informó—. En las calles de Londres la puedes oír una docena de veces al día.

—Oh, lo dudo —afirmó su oír—. Sabrás de dónde procede, ¿verdad?

—Samuel Johnson me explicó algo.

—Ah, de ahí la has sacado. —Dejó de reír, pero seguía pareciendo divertido—. Bueno, el señor Johnson lo sabrá. ¿Sigues carteándote con él? Es cierto que es inglés, pero no tiene nada que ver con lo que tengo pensado para ti, mi niña. Muchos pájaros en la cabeza y ni un penique a su nombre. También está casado —añadió después de pensarlo—. Vive del dinero de su mujer.

Aquello la sorprendió, y no precisamente de una forma agradable. Pero su padre era muy franco; empleaba el mismo tono que utilizaba cuando le daba instrucciones sobre el trabajo. No se andaban por las ramas cuando hablaban de trabajo, y Minnie se recostó un poco indicando, con una inclinación de la cabeza, que estaba preparada para escuchar.

—También te digo —comentó su padre, levantando un dedo manchado de tinta— que muchos hombres afirmarán que las mujeres sólo piensan en ropa o en fiestas, o en lo que lady Chismosa dijo sobre don Pedorro en la reunión del otro día. Y es una observación razonable, pero sólo es una observación. Cuando tú ves algo así, te preguntas qué hay detrás. O, tal vez, debajo —admitió con juicio—. Pásame el vino, querida. Ya he acabado de trabajar por hoy.

—Eso parece —contestó ella con aspereza, y le plantó delante el decantador de Madeira. Había estado fuera toda la mañana, según parecía visitando vendedores de libros y coleccionistas de rarezas, aunque en realidad había estado hablando y escuchando. Y su padre nunca tomaba alcohol cuando trabajaba.

Se llenó la copa, e hizo ademán de que llenaba también la suya, pero ella negó con la cabeza y alargó el brazo para coger la tetera. Había acertado cuando pensó que iba a necesitar estar despejada.

—Toma nota de otra cosa propia de las mujeres —dijo con ironía—. No pueden beber tanto como los hombres, pero es menos probable que se emborrachen.

—Es evidente que nunca has estado en Gropecunt Lane en Londres cuando oscurece, querida —afirmó su padre, imperturbable—. Aunque tampoco te lo recomiendo. Las mujeres beben por el mismo motivo que los hombres: para ignorar ciertas circunstancias u olvidarse de sí mismas. Si se dan las circunstancias adecuadas, puede emborracharse cualquiera. Aunque las mujeres se preocupan mucho más por conservar la vida. Pero ya basta de charla, córtame una pluma nueva, querida, y deja que te explique a quién visitarás en Londres.

Metió la mano en uno de los casilleros que había en la pared y sacó una libreta desgastada.

—¿Alguna vez has oído hablar del duque de Pardloe?

Précis: Harold Grey, duque de Pardloe

Historia familiar: Gerard Grey, conde de Melton, recibió el título de duque de Pardloe (acompañado de considerables propiedades) como recompensa por haber creado un regimiento (el 46.º de infantería, que sirvió con méritos durante las rebeliones jacobitas de 1715 y 1719, y entró en combate en Preston y en Sheriffmuir). Sin embargo, la lealtad del duque hacia la Corona pareció debilitarse durante el reinado de Jorge II, y Gerard Grey se vio implicado en la conspiración de Cornbury. Aunque en ese momento evitó el arresto, una conspiración posterior provocó que se expidiera una orden para arrestarlo acusado de traición. Al enterarse de los cargos, Pardloe se suicidó en el invernadero de su casa de campo antes de que pudieran arrestarlo.

El hijo mayor de Pardloe, Harold Grey, heredó el título a la edad de veintiún años, tras la muerte de su padre. Sin embargo, el joven Grey consideró que el título estaba manchado de traición y se negó a adoptarlo: prefiere que lo llamen por el antiguo título de la familia, conde de Melton. Se casó con Esmé Dufresne (una hija pequeña del marqués de Robillard) un poco antes de que su padre se suicidara.

El duque actual ha rechazado de manera pública y violenta cualquier relación jacobita (por pura necesidad), pero eso no significa que dichas relaciones lo hayan rechazado a él, ni que dicho rechazo refleje sus verdaderas inclinaciones. En ciertos círculos están muy interesados por las inclinaciones y las conexiones políticas del duque y, cualquier carta, reunión con personas de interés (ver lista adjunta), o conversaciones privadas que puedan proporcionar alguna indicación de sus conexiones jacobitas serían muy valiosas.

Précis: sir Robert Abdy, baronet.

Heredó el título con tres años, y a pesar de que ha llevado una vida virtuosa, se involucró en la política jacobita, y el año pasado fue lo bastante insensato como para firmar con su nombre una petición que envió a Luis de Francia, pidiendo que Francia invadiera Gran Bretaña para apoyar la restauración de los Estuardo. Ni que decir tiene que esto no es algo que se conozca mucho en Gran Bretaña, y no sería buena idea mencionárselo directamente a sir Robert. Tampoco debes acercarte a él, aunque tiene una vida social activa y podrías encontrártelo. Si se da el caso, estamos sobre todo interesados en sus conexiones actuales, de momento sólo nombres. No te acerques demasiado.

Précis: Henry Scudamore, duque de Beaufort.

El cuarto hombre más rico de Inglaterra y otro de los firmantes de la petición a Francia. Tiene una gran vida social y no oculta mucho sus inclinaciones políticas.

Me temo que su vida privada es mucho menos virtuosa que la de sir Robert. Después de adoptar el apellido de su esposa por ley parlamentaria, el año pasado la denunció y pidió el divorcio alegando adulterio (era cierto, ella estaba manteniendo una relación adúltera con William Talbot, heredero del conde de Talbot, y no estaba siendo muy discreta al respecto). La dama, que se llama Frances, contraatacó alegando que el duque era impotente. El duque, que no es nada tímido, demostró, ante varios forenses designados por el tribunal, que era del todo capaz de tener una erección, ganó el caso de su divorcio, y ahora se dedica, supuestamente, a disfrutar de su libertad.

No te acerques demasiado a él. Conexiones. De momento sólo nombres.

Précis: señor Robert Willimot

Parlamentario en Londres hasta el año 1714. En la actualidad se lo relaciona con...

2
Miel fría y sardinas

Londres, mayo de 1744
Argus House, residencia del duque de Pardloe

La estancia olía a flores muertas. A pesar de que llovía mucho, Hal tiró de la ventana. Fue inútil; la madera se había hinchado debido a la humedad y la ventana permaneció cerrada. Lo intentó un par de veces más, y después se quedó allí plantado con la respiración agitada.

El tintineo del reloj de mesa que había sobre la repisa de la chimenea hizo que se diera cuenta de que había estado delante de la ventana cerrada con la boca medio abierta durante un cuarto de hora, observando cómo la lluvia resbalaba por el cristal, incapaz de decidir si llamar a un lacayo y pedirle que abriera esa maldita cosa, o limitarse a romper el cristal de un puñetazo.

Se dio la vuelta y, congelado, se acercó al fuego de forma instintiva. Desde que se había obligado a levantarse de la cama se sentía como si anduviera por una piscina de miel fría, y se dejó caer en el sillón de su padre.

El sillón de su padre. ¡Maldita sea! Cerró los ojos e intentó encontrar fuerzas para levantarse y moverse. Notaba el tacto frío y rígido del cuero en los dedos y en las piernas, y lo sentía duro contra la espalda. Notaba el fuego, que ardía a escasa distancia en la chimenea, pero el calor no lo alcanzaba.

—Le he traído su café, milord.

La voz de Nasonby se abrió paso por la miel fría, y también el olor a café. Hal abrió los ojos. El lacayo ya había dejado la bandeja sobre la mesita de marquetería y estaba colocando las cucharas, destapando el azucarero, metiendo dentro las tenacillas y apartando la servilleta con la que había envuelto la jarra de leche caliente. La nata líquida, en cambio, estaba al otro lado en otra jarra idéntica para que se mantuviera fría. La simetría y los relajados y diestros movimientos de Nasonby hicieron que Hal se tranquilizara.

—Gracias —consiguió decir, e hizo un pequeño gesto para indicar que Nasonby podía proceder. El sirviente obedeció y colocó una taza sobre sus manos laxas. Hal tomó un sorbo y asintió. El café estaba perfecto, muy caliente, pero no tanto como para quemarse la boca, además de dulce y cremoso. Nasonby desapareció.

Durante un rato, lo único que pudo hacer fue tomar café. No tenía que pensar. Cuando se había bebido la mitad de la taza, consideró por un momento la posibilidad de levantarse y sentarse en otro sillón, pero para entonces la piel del asiento se había calentado y se había moldeado a su cuerpo. Casi podía imaginar el contacto de la mano de su padre en el hombro, ese breve apretón que el duque siempre había utilizado para expresar el afecto que sentía por sus hijos. «Maldito seas.» De pronto se le atenazó la garganta y dejó la taza.

Se preguntó cómo lo estaría llevando John. Estaba seguro de que en Aberdeen estaría bien. Aun así, tenía que escribirle a su hermano. El primo Kenneth y la prima Eloise eran increíblemente aburridos. Eran tan presbiterianos que no contemplaban ni siquiera una partida de cartas y desaprobaban que los sábados se hiciera cualquier actividad que no fuera leer la Biblia.

La única ocasión que él y Esmé se habían alojado con ellos, Eloise le había pedido con educación a Esmé que les leyera después de la pesada comida del domingo, un carnero rustido con puré de nabos. Em ignoró el texto que estaba programado para aquel día y que había señalado debidamente con un marcapáginas de encaje hecho a mano; hojeó el libro con despreocupación y se decidió por la historia de Jefté, que había jurado que si Dios le concedía la victoria en la batalla contra los hijos de Amón, él sacrificaría para Él a la primera persona que lo recibiera cuando regresara a casa.

—¿De veras? —preguntó Esmé, comiéndose la erre de esa forma tan encantadora propia de los franceses. Levantó la mirada con el ceño fruncido—. ¿Y si hubiera sido su perro? ¿Qué te parece a ti, Mercy? —arguyó dirigiéndose a Mercy, la prima de doce años de Hal—. ¿Qué dirías si tu padre llegara a casa un día y anunciara que iba a matar a *Jasper*... —El cocker spaniel levantó la cabeza desde la alfombra al oír su nombre—... sólo porque le había dicho a Dios que lo haría? ¿Qué harías tú?

Mercy abrió los ojos como platos, y cuando miró al perro, le empezó a temblar el labio.

—Pero... pero... él no haría algo así —repuso. Y miró a su padre con duda en los ojos—. No lo harías nunca, ¿verdad, papá?

—Pero ¿y si se lo hubieras prometido a Dios? —añadió Esmé mirando a Kenneth con sus enormes ojos azules.

Hal estaba disfrutando de la cara que había puesto Kenneth, pero Eloise se estaba sonrojando, así que tosió y, con la clara y estimulante sensación de que estaba evitando que un carruaje se despeñara por un precipicio, anunció:

—Pero Jefté no se encontró con su perro, ¿verdad? ¿Qué pasó? Recuérdamelo, hace bastante tiempo que no leo el Antiguo Testamento.

En realidad no lo había leído nunca, pero a Esmé le encantaba leerlo y contarle historias añadiendo sus propios e inimitables comentarios.

Esmé había evitado mirarlo, pasó las hojas con sus dedos delicados y carraspeó.

> Cuando Jefté regresó a su casa, en Mispá, le salió al encuentro su hija, bailando al son de panderetas. Era su única hija; excepto ella, Jefté no tenía hijos ni hijas.
>
> Al verla, rasgó sus vestiduras y exclamó: «¡Hija mía, me has destrozado! ¿Tenías que ser tú la causa de mi desgracia? Yo hice una promesa al Señor, y ahora no puedo retractarme.»
>
> Ella le respondió: «Padre, si has prometido algo al Señor, tienes que hacer conmigo lo que prometiste, ya que el Señor te ha permitido vengarte de tus enemigos, los amonitas.»
>
> Después añadió: «Sólo te pido un favor: dame un plazo de dos meses para ir por las montañas a llorar con mis amigas por no haber tenido hijos.»
>
> Su padre le respondió: «Puedes hacerlo.» Ella se fue a las montañas con sus amigas y se lamentó por ser virgen.
>
> Al cabo de los dos meses regresó, y su padre cumplió con ella el voto que había hecho. La joven no había tenido relaciones con ningún hombre. De allí procede una costumbre, que se hizo común en Israel: todos los años, las mujeres israelitas van a lamentarse durante cuatro días por la hija de Jefté, el galaadita.

Entonces Esmé se rió mientras cerraba el libro.

—No creo que yo hubiera llorado mucho tiempo por mi virginidad. Habría vuelto a casa sin ella —entonces lo había mirado a los ojos y en ellos brilló una chispa que encendió sus órganos vitales— y habría comprobado si mi padre seguía considerándome un sacrificio adecuado.

Hal tenía los ojos cerrados; respiraba con fuerza y apenas era consciente de que le brotaban lágrimas entre los párpados.

—Golfa —susurró—. ¡Mmm, golfa!

Siguió respirando hasta que el recuerdo se perdió y el eco de su voz dejó de resonar en su oído. Cuando abrió los ojos se dio cuenta de que tenía la barbilla apoyada en las manos, los codos clavados en las rodillas y que estaba mirando con fijeza la alfombra de la chimenea, una alfombra muy cara para darle ese uso. Era de una lana blanca muy suave, tenía mechones, el escudo de armas de la familia Grey en el centro y una «H» y una «E» de seda negra bordadas a cada lado. Ella la había encargado especialmente para él como regalo de bodas.

Él le había regalado un colgante de diamantes, que había enterrado con ella y con su hijo hacía un mes.

Volvió a cerrar los ojos. Y respiró.

Un poco más tarde, se levantó y cruzó el salón hasta llegar al rincón donde había instalado su despacho. Era incomodísimo, pero Hal no necesitaba mucho sitio; además, los espacios reducidos parecían ayudarlo a pensar porque lo aislaban del mundo exterior.

Cogió una pluma de la jarra, y al morderla con aire distraído percibió el sabor amargo de la tinta seca. Debería cortar una nueva, pero no era capaz de reunir la energía necesaria para encontrar su cortaplumas y, a fin de cuentas, ¿qué más daba? A John no le importaría que dejara alguna mancha en el papel.

Papel... Todavía tenía la mitad de las hojas de pergamino que había utilizado para contestar a las muestras de apoyo que había recibido por lo de Esmé. Habían llegado muchísimas, al contrario de las escasas notas avergonzadas que habían recibido tras el suicidio de su padre tres años antes. Hal se había encargado de escribir las respuestas a pesar de que su madre se había ofrecido a ayudarlo. Se había sentido imbuido en ese flujo eléctrico del que hablan los filósofos, algo que eliminaba la carga de satisfacer las necesidades naturales, como comer o dormir, algo que se adueñó de su cerebro y le provocó una necesidad frenética de moverse, de hacer algo, aunque Dios sabía que ya no podría haber hecho nada más después de matar a Nathaniel Twelvetrees. Y no era que no lo hubiera intentado...

El papel estaba cubierto de polvo. Hal no dejaba que nadie tocara su escritorio. Levantó una hoja y sopló en ella, la sacudió un poco y después hundió la pluma en el tintero.

«J», escribió, y se quedó de piedra. ¿Qué podía decir? «¿Espero que no estés muerto? ¿Has visto a alguien raro haciendo preguntas? ¿Qué te parece Aberdeen? Aparte de frío, húmedo, deprimente y gris...»

Después de pasar un rato haciendo girar la pluma, se rindió, escribió «Suerte. H», vertió un poco de arena sobre la hoja, la dobló, cogió la vela, puso una gota de cera en el papel y le estampó su sello, un cisne volando con el cuello estirado, por delante de la luna llena.

Una hora después, todavía seguía sentado a su mesa. Había hecho algún progreso: la carta de John estaba allí, arrinconada en una esquina de la mesa, sellada y con la dirección de los Armstrong de Aberdeen, escrita con pulcritud con una pluma recién cortada. Le había quitado el polvo a la pila de pergamino, había alineado los papeles y los había guardado en un cajón. Y había encontrado el origen de aquel olor a flores muertas: un ramo de claveles mustios que estaba dentro de una taza de cerámica en el alféizar. Había conseguido abrir la ventana, había tirado las flores y después había llamado a un sirviente para que se llevara la taza para lavarla. Estaba exhausto.

Empezó a oír sonidos a lo lejos: el ruido de la puerta principal al abrirse, voces. No tenía importancia; Sylvester se ocuparía de quienquiera que fuese.

Para su sorpresa, el intruso parecía haber burlado al mayordomo; ambos levantaron la voz y oyó unos pasos decididos que se acercaban con rapidez a su santuario.

—¿Qué narices estás haciendo, Melton?

La puerta se abrió de golpe y la fornida cara de Harry Quarry lo fulminó con la mirada.

—Escribir cartas —contestó Hal con toda la dignidad que fue capaz de reunir—. ¿Tú qué crees?

Harry entró en el estudio, encendió una astilla de leña en el fuego y la acercó al candelero que había encima de la mesa. Hal no se había dado cuenta de que había oscurecido, pero, como mínimo, ya debía de ser la hora del té. Su amigo levantó la vela y lo examinó a la luz con ojo crítico.

—No quieres saber lo que creo —dijo Harry negando con la cabeza. Dejó la vela en la mesa—. Supongo que no te has acordado de que esta tarde debías reunirte con Washburn.

—Wash..., oh, Jesús.

Había empezado a levantarse lentamente de la silla al oír el nombre y volvió a dejarse caer debido a la sensación de hundimiento que le provocó la mención de su abogado.

—He pasado la última hora con él después de reunirme con Anstruther y Josper; ¿te acuerdas del ayudante del catorce?

Hablaba con mucho sarcasmo.

—Sí —reconoció Hal de un modo escueto, y se frotó la cara con la mano intentando espabilarse.

—Lo siento, Harry —dijo, y negó con la cabeza. Se levantó y se estrechó la bata—. Llama a Nasonby, ¿quieres? Dile que nos sirva el té en la biblioteca. Tengo que cambiarme y lavarme.

Una vez limpio, vestido, con el pelo cepillado y dando cierta muestra de que había recuperado sus capacidades, entró en la biblioteca un cuarto de hora después. Ya les habían llevado el té; un hilillo de vapor aromático salía de la boquilla de la tetera y se mezclaba con los olores especiados del jamón y las sardinas y el untuoso dulzor de un bizcocho esponjoso de pasas con cobertura de crema y mantequilla.

—¿Cuándo fue la última vez que comiste algo? —preguntó Harry, observando cómo Hal engullía sardinas con tostadas con la determinación de un gato famélico.

—Tal vez ayer. No me acuerdo. —Cogió la taza y se tragó las sardinas con la idea de, a continuación, hacerle sitio al pastel—. Explícame lo que ha dicho Washburn.

Harry se comió el pastel que se había servido, tragó y contestó.

—Bueno, no pueden juzgarte en un tribunal abierto. Pienses lo que pienses de tu maldito título, no, no me lo digas, yo lo he escuchado.

Extendió la palma de la mano para evitar que hablara y cogió un pepinillo con la otra.

—Tanto si decides llamarte duque de Pardloe, conde de Melton o sencillamente Harold Grey, sigues siendo un noble. Sólo te puede juzgar un tribunal de nobles, es decir, la Cámara de los Lores. Y no necesitaba que Washburn me dijera que las probabilidades de que cien nobles se pongan de acuerdo en que no deberías ir a la cárcel ni ser condenado a la horca por batirte en duelo con el hombre que sedujo a tu mujer y matarlo son de mil contra una, pero sí que me lo ha dicho.

—Ah.

Hal no había dedicado ni un segundo a pensar en el tema; si lo hubiera hecho, era probable que hubiera llegado a una conclusión similar. Aun así, sintió alivio al saber que el honorable abogado Lawrence Washburn compartía la misma opinión.

—Por cierto, ¿vas a comerte el último trozo de jamón?

—Sí.

Hal lo cogió y alargó el brazo para alcanzar la mostaza. Harry se decantó entonces por un sándwich de huevo.

—Por cierto —repitió con la boca llena de huevo y pan blanco—, eso no significa que no estés metido en un buen lío.

—Supongo que te refieres a Reginald Twelvetrees. —Hal no alejaba los ojos del plato mientras cortaba el jamón en trocitos—. Eso ya lo sé, Harry.

—No me refería a eso, no —repuso Harry—. A lo que me refería era al rey.

Hal dejó el tenedor y miró a Harry.

—¿Al rey?

—O, para ser más exactos, al ejército. —Harry cogió una galleta de almendras de entre los restos de la bandeja del té—. Reginald Twelvetrees ha enviado una petición al secretario de Guerra donde solicita que te hagan un consejo de guerra por el asesinato ilegal de su hermano y, además, que te retiren el título de coronel del 46 y que el regimiento no consiga renovar la comisión alegando que tu comportamiento es tan demente que constituyes un peligro para la buena disposición y capacidad de dicho regimiento. Eso por lo que a Su Majestad se refiere.

—Tonterías —espetó Hal.

Pero cuando levantó la tetera le temblaba un poco la mano y la tapa repicaba. Vio que Harry era consciente de ello y la volvió a dejar en la mesa.

Lo que daba el rey, el rey también se lo llevaba. Había tenido que trabajar muy duro durante varios meses para conseguir la comisión provisional del regimiento de su padre y más aún —mucho más— para encontrar oficiales decentes dispuestos a unirse a él.

—Los escritorzuelos... —empezó a decir Harry, pero Hal hizo un rápido gesto cargado de violencia para interrumpirlo.

—Ya lo sé.

—No, no lo...

—¡Claro que sí! No quiero que me hables de eso.

Harry soltó un pequeño gruñido, pero se tranquilizó. Cogió la jarra y llenó ambas tazas, después empujó la de Hal para acercársela.

—¿Azúcar?

—Por favor.

El regimiento, después de su resurrección, todavía no había prestado servicio en ningún destino; a duras penas contaba con la mitad de los hombres suficientes, y la mayoría de ellos no sabía dónde acababa un mosquete y dónde empezaba el otro. Sólo había conseguido reunir el esqueleto del personal, y aunque casi todos sus oficiales eran buenos y sólidos, sólo unos cuantos, como Harry Quarry, le rendían lealtad personal. La mínima presión, cualquier principio de escándalo —bueno, más escándalo— y toda la estructura podía venirse abajo. Los restos los recogería con avaricia o los pisotearía Reginald Twelvetrees, la memoria mancillada de su padre sería deshonrada por traición y su propio nombre acabaría arrastrado por el barro, tachado por los escritorzuelos de la prensa no sólo de cornudo, sino también de asesino y lunático.

El asa de su taza de porcelana se rompió de pronto y salió disparada por la mesa hasta impactar contra la jarra con un *tinc*. El resto de la taza se había resquebrajado entera y el té le chorreó por el brazo y le empapó el puño de la camisa.

Hal dejó los dos trozos de la taza con cuidado y se sacudió el té de la mano. Harry no dijo nada, sólo lo miró alzando una de sus pobladas cejas negras.

Hal cerró los ojos y respiró por la nariz durante un rato.

—Está bien —dijo, y abrió los ojos—. Primero: la petición de Twelvetrees. ¿Todavía no la han aceptado?

—No.

Harry estaba empezando a relajarse un poco, cosa que le dio cierta seguridad a Hal.

—Muy bien. Eso es lo primero: detener esa petición. ¿Conoces al secretario en persona?

Harry negó con la cabeza.

—¿Y tú?

—Nos conocimos hace tiempo, en Ascot. Una apuesta amistosa. Pero gané yo.

—Vaya. ¡Qué pena! —Harry repicó los dedos en el mantel y después miró a Hal—. ¿Puedes pedírselo a tu madre?

—Rotundamente no. De todas formas está en Francia y no va a volver.

Harry ya sabía por qué la viuda condesa de Melton estaba en Francia, y por qué John estaba en Aberdeen, y asintió con recelo. Benedicta Grey conocía a mucha gente, pero el hecho de que su marido se suicidara cuando estaba a punto de ser arrestado por traidor jacobita la había alejado de la clase de círculos que podría haber ayudado a Hal.

Se hizo un largo silencio, que ni siquiera alteró la aparición de Nasonby con una nueva taza. La llenó, recogió los pedazos de la antigua, y desapareció tal como había llegado, discreto como un gato.

—¿Qué dice la petición exactamente? —preguntó Hal por fin.

Harry hizo una mueca, pero se esforzó por contestar.

—Que mataste a Nathaniel Twelvetrees porque habías concebido la noción infundada de que él había estado, mmm... coqueteando con tu mujer. Arrebatado por ese delirio, lo asesinaste. Y por eso eres mentalmente incapaz de dirigir un...

—¿Infundada? —repitió Hal estupefacto—. ¿Asesinato?

Harry alargó con rapidez el brazo y le quitó la taza de la mano.

—Lo sabes tan bien como yo, Melton: esto no tiene nada que ver con la verdad, sino con lo que puedes hacer creer a la gente. —Dejó la taza llena en el platillo con delicadeza—. El muy perro fue muy discreto al respecto y, por lo visto, Esmé también. No hubo ni una sola habladuría hasta que se extendió la noticia de que le habías disparado en su propio campo de croquet.

—¡Fue él quien eligió el lugar! ¡Y las armas!

—Ya lo sé —reconoció Harry con paciencia—. Yo estaba allí, ¿recuerdas?

—¿Acaso crees que soy idiota? —espetó Hal.

Harry ignoró la pregunta de su amigo.

—Por supuesto yo diré lo que sé, que fue un duelo legítimo y que Nathaniel Twelvetrees lo aceptó. Pero su padrino, ese tipo de Buxton, murió el mes pasado en un accidente de carruaje cerca de Smithfield. Y no había nadie más en aquel campo de croquet. No hay duda de que la ausencia de testigos independientes habrá sido lo que le ha dado a Reginald la idea de que puede derrotarte.

—¡Oh... qué desastre!

Las sardinas se le revolvieron en el estómago.

Harry cogió aire, que le dilató las costuras del uniforme, y después pegó los ojos a la mesa.

—Yo..., discúlpame. Pero... ¿hay alguna prueba?

Hal consiguió soltar una carcajada, seca como el polvo.

—¿De la aventura? ¿Crees que lo habría matado si no hubiera estado seguro?

—No, claro que no. Sólo digo, bueno..., maldita sea..., ¿es que ella te lo explicó? O quizá tú... mmm... viste...

—No. —Hal se estaba mareando. Negó con la cabeza, cerró los ojos e intentó respirar hondo él también—. No, nunca los sorprendí juntos. Y ella no... no me lo dijo exactamente. Había... había cartas.

Ella las había dejado donde sabía que él las encontraría. Pero ¿por qué? Ésa era una de las cosas que lo mataba una y otra vez.

Esmé nunca le había dicho por qué. ¿Habría sido simple culpabilidad? ¿Se habría cansado de la aventura, pero le faltaba valor para ponerle fin? O peor aún..., ¿habría querido que él matara a Nathaniel?

No. La cara que había puesto Esmé cuando él había regresado aquel día, cuando le había confesado lo que había hecho...

Hal tenía la cara pegada al mantel blanco y veía puntitos negros y blancos. Percibía el olor a almidón y al té derramado, sardinas con ese olor a mar. Del líquido amniótico de Esmé. Y de su sangre. «Oh, Dios, no me dejes vomitar...»

3

Trotamundos irlandeses

Londres, mayo de 1744

Minnie seguía tumbada en la cama. Los restos de su desayuno estaban en una bandeja a su lado y pensó en su primer día en Londres. Había llegado a última hora la noche anterior y apenas había examinado los aposentos que su padre había dispuesto para ella: tenía una suite en una casa de Great Ryder Street, «con todos los detalles», como le había asegurado su padre. Incluso contaba con una doncella y la cocina que había en el sótano le proporcionaría todas las comidas necesarias.

La había invadido una embriagadora sensación de libertad desde el momento en que se había despedido afectuosamente de su padre en el muelle de Calais. Todavía podía sentir el placer que le había provocado, burbujeando bajo su corsé de esa forma lenta y agradable propia de una vasija llena de col fermentada, pero su precaución innata la empujaba a ocultarla.

Ya había hecho algún trabajillo por su cuenta en alguna ocasión, a veces fuera de París, pero habían sido cosas sencillas, como ir a visitar a los parientes de algún bibliófilo recién fallecido y liberarlos, con amabilidad, de su pesada herencia. Había advertido que casi nadie sentía que una biblioteca fuera un legado, e incluso en esas ocasiones había ido acompañada, por lo general, de un hombre corpulento, de mediana edad y casado desde hacía tiempo, que todavía fuera capaz de cargar con cajas y resolver inconvenientes, pero con pocas probabilidades de intentar aprovecharse de una jovencita de diecisiete años.

Aunque era evidente que monsieur Perpignan no iba a ser una buena compañía en Londres. Aparte de su tendencia a marearse en el mar, el cariño que le tenía a su esposa y lo poco que le gustaba la cocina inglesa, no hablaba inglés y no tenía ningún sentido de la orientación. Le había sorprendido mucho que su padre la dejara quedarse en Londres completamente sola, aunque lo cierto es que no había sido así. Había hecho gestiones, algo que podría considerarse su especialidad.

—Te he conseguido una carabina —le había dicho su padre, entregándole una lista de notas, direcciones, algunos mapas y un poco de dinero inglés—. Lady Buford, una viuda de medios humildes pero con buenos contactos. Ella se encargará de tu vida social en Londres, te presentará a las personas adecuadas y te llevará al teatro y a fiestas, esa clase de cosas.

—¡Qué divertido! —dijo con educación, y él se rió.

—Oh, espero que así sea, querida —comentó—. Por eso te he buscado también dos... ¿debería llamarlos «guardaespaldas»?

—Eso suena mucho mejor que «escolta» o «cuidador». ¿Dos?

—Así es. Ellos se ocuparán de hacer tus recados y te acompañarán cuando vayas a visitar a tus clientes. —Metió la mano en uno de los departamentos de su escritorio, sacó una hoja de papel doblado y se la entregó—. Esto es un *précis* de lo que te expliqué sobre el duque de Pardloe y sobre unas cuantas personas más. No le he mencionado su nombre a lady Buford, y tu deberías ser bastante discreta acerca del interés que tienes en él. Esa familia está sumida en el escándalo, y tú...

—No toques el carbón hasta que estés preparada para prenderle fuego —concluyó poniendo los ojos en blanco.

—Ten cuidado, querida. —Le dio un beso en la frente y un breve abrazo—. Te echaré de menos.

—Yo también te echaré de menos, papá —murmuró, ahora levantándose de la cama—. Pero no tanto.

Miró el secreter, donde había dejado todas las listas y los documentos. Ya tendría tiempo de dedicarse al decente duque de Pardloe y al libidinoso duque de Beaufort cuando los viera. Lady Buford le había dejado una nota donde decía que se reuniría con Minnie en la tetería Rumm's de Piccadilly a las cuatro de la tarde para tomar el té. «Póngase algo bonito, modesto y no demasiado recargado», había añadido lady Buford con un agradable sentido práctico. Se pondría el vestido de muselina rosa, con la chaquetilla.

Ya tenía tres citas programadas a primera hora de la tarde —los rutinarios negocios relacionados con los libros—, y se suponía que los dos guardaespaldas debían presentarse a las once de la mañana. Miró el pequeño reloj de viaje: eran las ocho y media. Un aseo rápido, un vestido sencillo, botas cómodas para caminar, y Londres le pertenecía —¡a ella sola!— durante dos horas.

Habían vivido en Londres un tiempo, cuando ella era mucho más pequeña. Y ella lo había visitado en un par de ocasiones con su padre, en sendas visitas muy breves, a los catorce y quince años. Tenía una idea general de cómo era la ciudad, pero nunca había tenido que preocuparse por el camino que debía seguir.

Sin embargo, estaba acostumbrada a explorar lugares nuevos, y durante la primera hora del recorrido, había descubierto un local bastante decente para comer algo rápido, una panadería donde comprar pastelillos y la iglesia más cercana. Su padre era completamente ajeno a la religión y, por lo que ella sabía, no la habían bautizado, pero siempre estaba bien preocuparse por el papel que debía interpretar, y las jovencitas piadosas y modestas iban a la iglesia los domingos. Además, le gustaba la música.

Hacía un día muy bonito, la salvia de la primavera perfumaba el aire y las calles rebosaban de un gran ajetreo. Aquella ciudad era bastante diferente de París o Praga. La verdad es que no había ningún sitio como Londres, sobre todo porque ninguna otra urbe tenía a su madre. Pero ese asuntillo debería esperar; por muchas ganas que tuviera de correr hasta Parson's Green y ver a esa tal señora Simpson, aquello era demasiado importante. Necesitaba reconocer el terreno, calcular su acercamiento. Si se precipitaba o hacía algo inoportuno lo echaría todo a perder.

Se dirigió a Piccadilly, donde había muchísimos libreros, aunque por el camino pasó por las calles Regent y Oxford, con sus tiendas caras. Tendría que pedirle a lady Buford que le recomendara un buen modisto.

Llevaba un pequeño reloj francés sujeto al pañuelo, ya que no quedaba bien llegar tarde a las citas, y cuando le dijo con su minúscula vocecita metálica que ya eran las diez y media, suspiró y regresó hacia Great Ryder Street. Sin embargo, cuando dobló la esquina de Upper St. James's Park, empezó a notar una sensación extraña en la nuca.

Llegó a la esquina, hizo ademán de cruzar y, de repente, corrió hacia un lado, cruzó la calle y se metió en el parque. Se escondió detrás de un árbol enorme y se quedó allí plantada en la sombra, congelada, aguardando. Tal como esperaba, al poco tiempo apareció un joven corriendo por el camino y mirando con frenesí de un lado a otro. Llevaba una vestimenta muy sencilla y el pelo castaño atado con un cordel, lo que indicaba que quizá fuera un aprendiz o un peón.

Se detuvo un instante y después siguió caminando a toda prisa por el camino hasta que desapareció. Minnie estaba a punto de salir de su escondite y correr hacia la calle cuando lo oyó silbar con fuerza. Otro silbido le respondió desde la calle, y ella se pegó al árbol con el corazón desbocado.

«Maldita sea —pensó—. Si me violan y me asesinan, ¡mi padre me matará!»

Tragó saliva y tomó una decisión. A cualquiera le costaría más secuestrarla en una calle abarrotada que sacarla de su precario escondite. Un par de caballeros se acercaban conversando de manera animada por el camino en el que se encontraba ella. Cuando se detuvieron, Minnie salió de su escondite y se plantó directamente detrás de ellos. Se acercó tanto que no pudo evitar escuchar una historia muy escabrosa sobre el suegro de uno de los hombres y lo que le había ocurrido cuando decidió celebrar su cumpleaños en un prostíbulo. Sin embargo, antes de que el tipo acabara de contar la historia, llegaron a la calle y ella se alejó de la pareja y empezó a caminar a toda prisa por Ryder Street sintiéndose muy aliviada.

La mañana era fresca, pero Minnie estaba sudando, y se le había soltado la horquilla con la que se sujetaba el sombrero de paja. Se detuvo, se quitó el sombrero, y estaba secándose la cara con un pañuelo cuando una voz masculina le habló al oído.

—¡Está aquí! —exclamó triunfante—. ¡Jesús!

Esa última exclamación fue el resultado de que ella extrajera la horquilla de veinte centímetros de su anclaje e intentara clavársela en el pecho.

—¿Quién diablos eres y por qué me estás siguiendo? —preguntó Minnie, fulminándolo con la mirada.

Entonces lo vio levantar la mirada y notó algo en el hombro, y las palabras «dos guardaespaldas» aparecieron en su mente como dos piedras cayendo en el agua. «*Merde!*»

—Dos —dijo inexpresiva y bajó la horquilla—. ¿Supongo que tú eres el señor O'Higgins? Y... oh, ¿tú también eres el señor

O'Higgins? —añadió volviéndose hacia el otro joven, que se le había acercado por detrás. El tipo le sonrió y le hizo una reverencia extravagante mientras se quitaba el sombrero.

—Raphael Thomas O'Higgins, señora —se presentó—. ¿Eso de «qué diablos» es una expresión francesa?

—Si tú lo dices... —repuso todavía enfadada—. ¿Y tú?

Se volvió hacia el rostro del primer perseguidor, que también estaba sonriendo de oreja a oreja.

—Michael Seamas O'Higgins, señorita —anunció agachando la cabeza—. Mick para los amigos, y mi hermano se llama Rafe. Me parece que nos estaba esperando, ¿no?

—Mmf. ¿Cuánto tiempo lleváis siguiéndome?

—Desde que ha salido de casa —confesó Rafe—. ¿Qué ha sido lo que la ha sobresaltado? Pensaba que nos habíamos ocultado bien.

—Para ser sincera, no lo sé —contestó. La oleada de miedo y las ganas de huir estaban desapareciendo, lo mismo que el enfado—. Sencillamente me ha asaltado una sensación repentina, un cosquilleo en la nuca. Pero no sabía que alguien me estaba siguiendo hasta que me he internado en el parque y tú —asintió en dirección a Mick— has corrido detrás de mí.

Los hermanos O'Higgins se miraron con las cejas enarcadas, pero parecieron tomárselo al pie de la letra.

—Bueno —dijo Rafe—, se supone que debíamos presentarnos ante usted a las once en punto y, por lo que oigo, las campanas dicen que ya es la hora, así que, señorita, ¿hay algo que podamos hacer por usted hoy? ¿Tiene algún recado, paquetes que recoger, quizá algún asesinato bajo manga...?

—¿Cuánto os paga mi padre? —preguntó ella; estaba empezando a divertirse—. No creo que alcance para pagar asesinatos.

—Bueno, somos baratos —le aseguró Mick completamente serio—. Aunque si se tratara de algo más sofisticado, como una decapitación, por ejemplo, o tener que ocultar muchos cuerpos, quizá para eso no alcanzaría.

—Está bien —le aseguró ella—. Si se diera ese caso, yo tengo un poco de dinero. Y hablando de eso —la idea le vino a la mente cuando se volvía a poner la horquilla en el sombrero—, tengo varias cartas de crédito expedidas por un banco del Strand, ¿lo conocéis? Eso es lo que podéis hacer hoy: acompañarme al banco y también de regreso. Necesitaré efectivo para uno o dos de los recados de esta tarde.

4

Asuntos del regimiento

Winstead Terrace era una hilera de casas discretamente elegantes que estaban frente a una terraza similar al otro lado de un parque privado, cuya intimidad se encargaba de proteger una verja alta de hierro negro.

Hal metió la mano entre los barrotes de la verja y rompió una ramita de uno de los altos árboles que crecían pegados a ella.

—¿Qué estás haciendo? —preguntó Harry, deteniéndose a media zancada—. ¿Cogiendo un ramillete para el ojal? No creo que Grierson sea ningún dandi.

—Yo tampoco —respondió Hal con sosiego—. Quería comprobar si esto era lo que creía que era, y lo es.

—¿Y qué es, si puede saberse?

Harry retrocedió un paso para observar la ramita que Hal tenía en la mano. Después de cogerlo, advirtió que el follaje estaba frío. Había llovido un poco hacía un rato, y las hojas y las flores seguían húmedas, así que algunas gotas le resbalaron por la muñeca y desaparecieron en la tela de los volantes del puño.

Se cambió la ramita de mano y la sacudió para eliminar el agua mientras se limpiaba la otra mano en el abrigo sin ser consciente de ello. A Hal le gustaban las telas de calidad y los trajes elegantes, pero no era ningún dandi. Sin embargo, necesitaba impresionar a Donald Grierson, y por eso, tanto él como Harry, iban medio uniformados, además de lucir una discreta pero visible cantidad de encaje dorado.

—*Crataegus* —dijo, enseñándole a Harry las espinas de cinco centímetros que sobresalían de la ramita—. Es una especie de espino.

—Pensaba que los espinos eran setos.

Harry volvió la cabeza hacia la terraza y Hal asintió siguiéndolo.

—Pueden ser setos, o arbustos o incluso árboles. Es una planta interesante. Se dice que sus hojas tienen sabor a pan con queso, pero nunca las he probado.

A Harry pareció divertirle aquel comentario.

—Lo recordaré la próxima vez que esté en el campo y no haya ningún *pub* por allí cerca. ¿Estás preparado?

A Hal podría haberle molestado la actitud solícita de Harry, pero su amigo estaba verdaderamente preocupado por él. Respiró hondo y se puso derecho admitiendo para sí que, para ser sincero, no podía decir que aquella preocupación fuera infundada. Aunque cada vez estaba mejor. Debía estarlo, tenía mucho trabajo por hacer si quería albergar alguna esperanza de poner a punto el regimiento y prepararlo para pelear. Y el mayor Grierson lo ayudaría a conseguirlo.

—Sé algo más sobre los espinos —repuso cuando llegaron a la puerta de Grierson.

—¿Qué?

Harry tenía la expresión típica de un perro de caza —alerta y concentrado en la presa—, y Hal sonrió por dentro al advertirlo.

—Pues el color verde de sus hojas simboliza la constancia, claro, pero se dice que las flores, y cito de forma textual, «desprenden el olor de una mujer sexualmente excitada».

La mirada concentrada de Harry se posó de manera automática sobre la ramita en flor que Hal tenía en la mano. Éste se rió, se pasó la flor por debajo de la nariz, después se la dio a Harry y se volvió para levantar la aldaba de latón con cabeza de oso de la puerta.

«Cielo santo, es cierto.» La ráfaga de aroma insinuante lo distrajo tanto que apenas se dio cuenta de que estaba abriendo la puerta. ¿Cómo era posible que algo oliera de esa forma?

Apretó el puño sin querer, asediado por la desconcertante sensación de que había tocado a su mujer.

—¿Milord?

El sirviente que había abierto la puerta lo estaba mirando con el ceño un poco fruncido.

—Oh —exclamó Hal volviendo en sí—. Sí. Yo mismo. Es decir...

—Me parece que el mayor Grierson está esperando a su señoría.

Harry se interpuso entre Hal y el rostro inquisitivo, que asintió obediente y se retiró hacia el interior de la casa haciéndoles un gesto para que lo siguieran.

Se oían voces procedentes del salón al que se dirigían: como mínimo una mujer y dos hombres. Quizá Grierson estuviera casado y su mujer recibiera visitas...

—¡Lord Melton!

El propio lord Grierson, un tipo grande y rubio con aspecto campechano, se levantó del canapé y se acercó a recibirlo sonriendo. Hal se animó; todavía no había tenido la ocasión de conocer a Grierson, pero el hombre tenía una reputación magnífica. Había estado sirviendo en un famoso regimiento de infantería durante años, había luchado en Dettingen y era conocido tanto por su habilidad organizativa como por su valor. Y eso era lo que necesitaba el inexperto 46: organización.

—Me alegro mucho de conocerlo —estaba diciendo Grierson—. Todo el mundo habla de su nuevo regimiento, y quiero que me lo cuente todo. Pansy, querida, permite que te presente a su señoría, el conde de Melton. —Se volvió un poco y le estrechó la mano a una mujer menuda de belleza oscura que tendría su edad, y que Hal imaginó que rondaría los treinta y cinco años—. Lord Melton, mi esposa, la señora Grierson.

—Encantado, señora Grierson.

Hal le hizo una reverencia a la señora Grierson flexionando la pierna hacia atrás y ella sonrió al ver su atento gesto, pero se distrajo un poco mirando a Harry, que estaba detrás de él. En lugar de adelantarse para que lo presentaran y mostrar sus respetos, Harry había emitido una especie de ruido gutural que se habría interpretado como un rugido en compañías menos civilizadas.

Hal miró a Harry, y cuando vio lo que estaba viendo su amigo tuvo la sensación de que recibía un puñetazo en el estómago.

—Ya nos conocemos —afirmó Reginald Twelvetrees cuando Grierson se volvía para presentarlo. Twelvetrees se levantó con una mirada gélida en el rostro.

—¿Ah, sí? —preguntó Grierson, que no había dejado de sonreír, pero ahora miraba a ambos hombres con recelo—. No tenía ni idea. Supongo que no le importará que el coronel Twelvetrees se una a nosotros, ¿verdad, lord Melton? Y confío en que usted, señor —asintió con deferencia en dirección a Twelvetrees—, no tendrá objeción en que invite al coronel Melton a unirse a nosotros.

—En absoluto —respondió Twelvetrees con un tic en la mejilla que no tenía nada que ver con una sonrisa. Sin embargo, parecía que lo había dicho en serio, y Hal empezó a notar cómo se le apelmazaba el pecho.

—Por supuesto —dijo con frialdad, mirando fijamente a Twelvetrees.

Reginald tenía los ojos del mismo color que Nathaniel, un marrón tan oscuro que parecía negro en función de la luz. Los ojos de Nathaniel eran negros como el carbón cuando se había enfrentado a él aquel amanecer.

La señora Grierson se excusó y se marchó anunciando que pediría que les ofrecieran un refrigerio, y los hombres se sentaron con la incomodidad propia de las aves marinas, celosas de sus aposentos rocosos.

—Para mi sorpresa, caballeros, me encuentro en la envidiable posición de ser una mercancía valiosa —anunció Grierson inclinándose con afabilidad hacia delante—. Como ya sabrán, enfermé en Prusia, me mandaron a casa en barco para recuperarme y, por suerte, así fue. Pero fue una convalecencia larga, y para cuando estuve de nuevo en forma, mi regimiento había..., bueno..., estoy seguro de que ya conocerán la situación general; no entraré en detalles.

Los tres invitados hicieron rugidos de asentimiento, sumados a algunos murmullos cargados de solidaridad. Lo que había ocurrido era que Grierson había tenido mucha suerte de caer enfermo en ese momento. Hubo una rebelión escandalosa un mes después de que él regresara a Inglaterra, y cuando se arregló todo, la mitad de los oficiales que sobrevivieron tuvieron que enfrentarse a un consejo de guerra, quince de los rebeldes fueron ahorcados y el resto se repartió entre otros cuatro regimientos. El anterior regimiento dejó de existir, y la comisión de Grierson desapareció con él.

Lo más normal para un hombre en su posición hubiera sido comprar una comisión en otro regimiento. Pero Grierson era, tal como había dicho él mismo con tanta franqueza, una mercancía valiosa. No sólo era un administrador muy hábil y un buen comandante, sino que además era popular, tanto para los demás oficiales como para la Oficina de Guerra y la prensa.

Hal necesitaba la experiencia de Grierson, y todavía precisaba más sus contactos. Una vez que tuviera a Grierson en su regimiento, podría atraer a oficiales de un calibre mucho mayor del que podría conseguir con dinero.

En cuanto a lo que Twelvetrees, coronel de un regimiento de artillería bien afincado y sólido, pudiera querer de él, también resultaba bastante evidente; lo que deseaba era que Hal no consiguiera a Grierson.

—Venga, lord Melton, explíqueme cómo le van las cosas —dijo Grierson cuando empezaron a tomar el vino y las galletas que les había mandado la señora Grierson—. Para empezar, ¿quiénes son sus oficiales?

Hal dejó su copa con cuidado y le explicó, en un tono relajado, exactamente quiénes eran. Por lo que sabía, se trataba de hombres competentes, pero la mayoría de ellos eran bastante jóvenes y no tenían experiencia en campañas en el extranjero.

—Claro que —intervino Harry para ayudarlo— eso significaría que usted sería el más veterano del regimiento: podría elegir las compañías, los destinos, las ayudas...

—Pero ¿cuántas tropas tiene, coronel?

Reginald no se molestó en intentar adoptar un tono neutral y Grierson lo miró. Hal advirtió que su mirada no era crítica y se le aceleró un poco el corazón.

—No se lo puedo decir con exactitud, señor —reconoció con exquisita educación. A pesar de que el salón era fresco, el sudor había empezado a empaparle el cuello de la camisa—. En este momento estamos llevando a cabo una gran campaña de reclutamiento, y nuestras cifras aumentan de forma sustancial cada día que transcurre.

En un día bueno podían conseguir tres hombres nuevos —y uno de ellos no se fugaría con el dinero que les ofrecían por alistarse—, y por la sonrisa en la cara de Twelvetrees, Hal supo que era consciente de ello.

—Vaya —dijo Twelvetrees—. Reclutas sin entrenamiento. En este momento la artillería real está a máxima capacidad. Los comandantes de mi compañía llevan conmigo por lo menos una década.

Hal mantuvo la calma, aunque estaba empezando a notar que le faltaba el aire de tanto reprimirse.

—En ese caso, el mayor Grierson podría tener menos probabilidades de destacar —contestó con habilidad—. Mientras que con nosotros, señor... —Le hizo una reverencia con la cabeza a Grierson y se mareó un poco al levantarla—. Con nosotros —repitió más fuerte— tendría la satisfacción de ayudar a construir un gran regimiento a su gusto, por así decirlo.

Harry se rió para apoyar las palabras de su amigo, y Grierson sonrió con educación. También asumiría el riesgo, no poco considerable, de fracasar, y lo sabía.

Hal notó que Harry se revolvía incómodo a su lado y respiró hondo preparándose para decir algo convincente sobre... sobre... El mundo había desaparecido. Se había se esfumado sin más. Había respirado y una ráfaga del olor procedente de la ramita de espino que Harry llevaba en el ojal se le había introducido en el cerebro. Cerró los ojos de golpe.

Por suerte, el mayor Grierson había hecho una pregunta. Hal estaba escuchando cómo Twelvetrees le contestaba con aspereza y decisión. Grierson comentó algo más y Twelvetrees relajó un poco la voz. De pronto era la voz de Nathaniel, y abrió los ojos y ya no vio aquel acogedor salón ni los hombres que estaban allí con él. Tenía frío y temblaba...

Y estaba estrechando con los dedos la pistola fría que tenía en la mano, con tanta fuerza que el metal le dejó marcas. Se había acostado con Esmé antes de matar a su amante. La había sorprendido en la oscuridad y la había poseído, y ella lo había deseado ferozmente, o quizá sólo hubiera fingido que se trataba de Nathaniel en la oscuridad. Hal sabía que era la última vez...

—¿Coronel? —Sonó una voz, una voz vaga—. ¡Lord Melton!

—¿Hal?

Era la voz de Harry con un tono de alarma. Harry, con él en el césped y la lluvia resbalando por su rostro en un amanecer sin sol. Tragó saliva, o por lo menos lo intentó, y también trató de respirar, pero no había aire.

Tenía los ojos abiertos, pero no veía nada. El frío se estaba extendiendo por su mandíbula y, de pronto, se dio cuenta de que...

Miró a Nathaniel a los ojos, notó el disparo y entonces...

Harry había insistido en pedir un carruaje para que los llevara de vuelta a casa. Hal se había negado con brusquedad y empezó a caminar para alejarse de Winstead Terrace. Aunque le temblaran las rodillas, podía caminar y caminaría, ¡maldita sea!

Llegó hasta el extremo opuesto del jardín privado, lejos del árbol de espino, y entonces se detuvo, se agarró al frío metal negro de la verja y resbaló hasta la acera. En la boca tenía un regusto a coñac, ya que Grierson lo había obligado a tomarse un trago cuando pudo volver a respirar.

—No me había desmayado en mi vida —dijo. Estaba sentado con la espalda apoyada en la verja y la frente en las rodillas—. Ni siquiera cuando me dijeron lo de mi padre.

—Ya lo sé.

Harry se había sentado a su lado. Hal pensó por un momento en el aspecto que debían de tener, dos soldados jóvenes ataviados con encaje escarlata y dorado, sentados en la acera como un par de vagabundos. La verdad era que no le importaba en absoluto.

—En realidad —repuso un minuto después—, eso no es cierto, ¿verdad? Me desmayé encima del jamón la semana pasada, ¿no es cierto?

—Sólo te mareaste un poco —anunció Harry con tenacidad—. Llevabas varios días sin comer y te comiste dos docenas de sardinas de golpe; eso tumbaría a cualquiera.

—¿Dos docenas? —preguntó Hal, y se rió a pesar de todo. No fue exactamente una risa, pero se volvió y miró a Harry, que tenía la cara arrugada debido a la preocupación, pero se relajó un poco cuando vio que Hal lo miraba.

—Como mínimo. Y con mostaza.

Se quedaron allí sentados un rato, más relajados. Ninguno de los dos quería decir nada sobre lo que acababa de ocurrir, y no lo hicieron, pero los dos sabían que el otro estaba pensando en ello. ¿Cómo no iban a hacerlo?

—Si todo se desmorona... —empezó a decir Harry al fin; después se inclinó hacia delante y lo observó con cautela—. ¿Volverás a desmayarte?

—No.

Hal tragó saliva dos veces, después respiró hondo, puesto que sólo podía hacerlo de esa forma, y se levantó agarrándose a la verja de hierro. Tenía que hacerle saber a Harry que podía marcharse, que no tenía que intentar seguir adelante con aquel proyecto condenado al fracaso, con aquella tontería. Aunque la mera idea le atenazaba la garganta. Carraspeó con fuerza y repitió las palabras de Harry.

—Si todo se desmorona...

Harry lo interrumpió poniéndole la mano en el brazo. El rostro de Harry estaba a quince centímetros del suyo, así que podía ver sus ojos marrones, claros y serenos.

—Entonces empezaremos de nuevo, amigo —dijo—. Eso es todo. Vamos, necesito un trago y tú también.

5

Estrategia y tácticas

Transcurrieron menos de cinco minutos desde que les sirvieron los pastelillos en Rumm's hasta que Minnie se dio cuenta del alcance de la traición de su padre.

—Tiene muy buen estilo, querida —dijo lady Buford.

La carabina era una mujer delgada de pelo gris con una nariz aristocráticamente larga y unos ojos grises despiertos que asomaban por debajo de unos párpados pesados que tal vez habían sido en cierto sentido atractivos cuando era joven. Asintió con aprobación al ver las delicadas margaritas blancas que Minnie llevaba bordadas en la chaqueta de lino.

—Había pensado que con su dote podríamos poner las miras en algún comerciante londinense, pero con su atractivo personal, es posible que podamos apuntar un poco más alto.

—Mi... ¿dote?

—Sí, cinco mil libras es una cantidad bastante atractiva. Tendremos una buena selección de pretendientes, se lo aseguro. Podría incluso elegir entre algunos oficiales del ejército. —Hizo un gesto cargado de desdén, y después enroscó sus largos y huesudos dedos en el asa de la taza—. Y hay algunos que son bastante atractivos, lo admito. Pero hay que tener en cuenta que nunca están en casa..., y la posibilidad de tener que alojarse en lugares insalubres, en el caso de que su marido quisiera que lo acompañara. Si muere recibiría una pensión razonable, pero no es nada comparado con lo que podría dejarle un buen comerciante, y si lo hirieran hasta el punto de tener que relegarse del servicio...

Tomó un largo y reflexivo trago, y después negó con la cabeza.

—No. Estoy convencida de que podemos conseguir algo mejor que el ejército. O la marina, cielo santo. Los marineros suelen ser un poco... rudos —dijo, inclinándose hacia Minnie y frunciendo los labios arrugados al susurrar.

—Cielo santo —repitió Minnie en un tono piadoso, aunque había apretado el puño por debajo del mantel.

«¡Maldita comadreja! —pensó, invocando a su padre ausente—. ¿Así que iba a ocuparse de mi vida social, ¿eh?»

Sin embargo, a pesar de su sorprendido fastidio, debía admitir que estaba un poco impresionada. ¿Cinco mil libras?

«Si lo decía en serio...», opinó la parte cínica de su cabeza. Pero era bastante posible que sí. Sería propio de él. Lo vería como matar dos pájaros de un tiro: darle acceso a fuentes probables de información con las que poder comerciar y, al mismo tiempo, casarla con uno de ellos, utilizando a lady Buford como cómplice involuntaria.

Y, para ser justos, debía admitir que su padre le había confesado que quería casarla con un inglés. Simplemente ella no había pensado que se refiriera a ese momento. Lo cierto es que no le quedaba otra opción que admirar la genialidad retorcida de su padre: ¿quién sabría más que una casamentera y tendría menos problemas en revelar los detalles familiares y financieros de los hombres ricos?

Respiró hondo, soltó el trozo de mantel que estaba apretando y se esforzó por parecer interesada pero con recato.

—Entonces evitaremos la marina —intervino—. Cree que... espero no pecar de falta de modestia al sugerirlo, pero, a fin de cuentas, cinco mil libras... ¿Qué le parecen los menores, muy menores —se apresuró a añadir— miembros de la nobleza?

Lady Buford parpadeó, pero no lo hizo como si estuviera sorprendida; a Minnie le pareció que sólo estaba reordenando la lista de nombres que tenía en la mente.

—Bueno, hay caballeros y baronets pobres a mansalva —dijo—. Y si lo que quiere es un título... Pero, la verdad, querida, no le recomendaría que fuera por ese camino a menos que dispusiera de medios independientes propios. Su dote desaparecería enseguida destinada a mantener alguna mansión en ruinas y usted se pudriría dentro de ella; además, nunca podría venir a Londres ni comprarse un vestido nuevo.

—Claro. Yo sí que poseo, mmm... ¿una pequeña asignación, podríamos llamarla?

—¿Ah, sí? —Lady Buford alzó sus cejas ralas presa del interés—. ¿Cómo de pequeña?

—Mil al año —aclaró Minnie, exagerando mucho lo que ganaba con sus aventuras privadas, que ascendían a una décima parte de esa suma. De todas formas, tampoco importaba, pues en realidad no pensaba casarse con ninguno de esos baronets pobres; sólo necesitaba entrar en los círculos sociales que ellos, y sus interesantes colegas, frecuentaban.

—Mmm.

Lady Buford miró al vacío y tomó un sorbo de té. Después de reflexionar un momento, dejó la taza con decisión.

—Su padre dice que habla usted francés, ¿no es cierto?

—*Mais oui.*

Lady Buford la miró con aspereza, pero Minnie se mantuvo seria.

—Muy bien. Empezaremos por la reunión que celebra todos los jueves lady Jonas. Es literaria e intelectual, pero a ella suelen acudir una buena muestra de caballeros casaderos, incluyendo algunos europeos, aunque su padre especificó que debía ser inglés... Bueno, ya veremos. Luego quizá podamos ir a ver una obra de teatro el domingo. Tendremos un palco; es importante que se la vea bien. ¿Tiene algo adecuado para ponerse?

—No lo sé —admitió Minnie con sinceridad—. Nunca he ido al teatro. ¿Qué se considera apropiado?

Media hora, dos teteras de té de China y una docena de pastelillos con crema después, salió a la calle con una lista de citas en la mano y la cabeza llena de estolas, miriñaques, vestidos, estilos, abanicos —por suerte sí que tenía un abanico bonito— y otras cosas necesarias para perseguir y dar caza a un marido rico e influyente.

—Sería más sencillo comprar una pistola —murmuró, metiéndose la lista en el bolsillo—. Y seguro que más barato.

—¿Qué clase de pistola? —preguntó Mick O'Higgins con interés, saliendo de un portal cercano.

—No importa —dijo ella—. Vamos a una sombrerería.

—Vaya, a una sombrerería. —Hizo una reverencia y le ofreció el brazo—. No se preocupe, seguro que matan al pájaro antes de ponérselo en el sombrero.

Una semana después...

Daba gusto ver su agenda. Era una maravilla. La habían hecho en Florencia, estaba encuadernada en piel de color chocolate, con un diseño de vides enroscadas en dorado y una flor de aspecto explosivo en el centro. Su padre le había explicado que los chinos la llamaban *chu*, y que simbolizaba la felicidad. Le había regalado la agenda cuando cumplió diecisiete años.

También le había regalado otra libreta cuando Minnie se marchó a París: era la clase de libreta tosca que emplearía un artista para tomar notas, y estaba llena de garabatos con los que ella había decorado las páginas. Y codificadas dentro de esos dibujos estaban anotadas las citas con esos clientes de los que no podía hablar.

Los de las primeras páginas sólo eran señuelos; el primer *aide-memoire* estaba en la quinta página (la cita era para el quinto mes): en el dibujo se veían unos árboles en un camino y debajo ponía «Vauxhall Gardens». En el camino había unas pisadas que se adentraban en las sombras: tres de ellas y la mitad de otra estaban muy bien marcadas. A las tres y media en Vauxhall Gardens, el tres de junio. En la otra página había dibujado un paquete envuelto, como si fuera un regalo de cumpleaños. Que debía recibir...

Eso era para el día siguiente. Dejó la libreta y cogió la agenda, donde anotaba las cosas relacionadas con los clientes menos privados, personas que sólo querían comprar o vender libros. Ya había tachado ocho nombres desde que había llegado a Londres; había sido muy eficiente.

Pasó el dedo con suavidad por encima de la exuberante flor de la portada. Nunca había visto una flor *chu* de verdad. Quizá conociera algún botánico en Londres que tuviera esa planta; le encantaría saber cómo olía.

Al final de la agenda, entre las cremosas páginas en blanco y la suave cubierta de piel, estaba la carta. La había escrito y reescrito varias veces. Quería estar segura, pero sabía que nunca lo estaría por completo.

Por la mañana se la entregaría a uno de los hermanos O'Higgins. Ya los conocía lo suficiente como para saber que cumplirían con sus encargos sin rechistar; bueno, sin rechistar mucho. Mandaba muchas notas y cartas relacionadas con sus negocios, no veía por qué aquélla podría parecer distinta.

Señora Simpson, Parson's Green, Peterborough Road.

Tenía los dedos húmedos; guardó la carta antes de que se corriera la tinta de la dirección y cerró la libreta.

Del diario **Chu**

Lunes 1 de junio

11:00	Señor H. R. Wallace, para ver *Philologus Hebraeus* (Johannes Leusden). Ofrecerle también *Histoire de la Guerre des Juifs Contre les Romains* (Flavio Josefo) y *De Sacri ciis Libri Duo Quorum Altero Explicantur Omnia Judœorum, Nonnulla Gentium Profanarum Sacrificia* (William Owtram)
1:00	Señoritas Emma y Pauline Jones para hablar sobre el catálogo de la biblioteca de su difunto padre. ¡Está en Swansea! ¿Cómo narices voy a hacer el envío?
2:00	Prueba en Myers, vestido de seda de color melocotón
4:00	Lady Buford. Tomaremos el té aquí, después iremos a la reunión de la señora Montague
8:00	Teatro de Drury Lane, obra *Mahomet el impostor*

Martes 2 de junio

9:00	Baño
10:00	Peluquería
1:00	Lady Buford, para comida en casa de la vizcondesa Baldo
5:00	Horace Walpole vendrá a interesarse por títulos italianos (prepara el té)

Miércoles 3 de junio

10:00	Paseo en barco por el Támesis con sir George Vance, Kt., almuerzo
3:30	Deer Park
7:00	Señorita Annabelle Wrigley's

Nota: sir George es joven pero aburrido; le he pedido a lady Buford que lo elimine de la lista. He conocido a un caballero prometedor llamado Hanksleigh, experto en asuntos financieros; he quedado con él para tomar el té la semana que viene.
Nota: Vauxhall Gardens es encantador (volver a visitarlo la semana que viene).

Jueves 4 de junio

9:00	Baño
10:00	Depilación (¡ay!)
11:00	Peluquería
1:00	Tomar medidas, vestido para el baile de madame Alexander
3:00	Paseo por Hyde Park con sir Robert Abdy, Bt.
8:00	Fiesta y cena en casa de lady Wilford

Nota: la fiesta en casa de lady Wilford fue muy bien. Conseguí dos citas más para la semana que viene y mantuve una conversación prometedora con el marqués de Tewksbury sobre los engaños en la Cámara de los Lores.
Nota: también conocí al duque de Beaufort durante la cena, conversé un rato con él animadamente mientras comíamos espárragos con mayonesa. Me pidió que fuera a montar con él por Rotten Row el martes que viene. Rechacé la invitación alegando que no tengo caballo sólo para que me ofreciera uno. Acepté. Tampoco puede ser muy difícil, ¿no?

Viernes 5 de junio

11:00	El baron Edgerly viene a interesarse por algunos títulos franceses, el atlas de tamaño gigante
1:30	Visitar al señor Smethurst, librero de Piccadilly, sonsacarle la lista de clientes potenciales
4:30	Lady Buford, té con la señora Randolph e hijas

Nota: he cenado sola, gracias a Dios. No quiero escuchar a nadie decir ni una sola palabra más. Las hijas de la señora Randolph son unas absolutas *emmerdeuses*.
Nota: respuesta de la señora Simpson. Lunes, dos en punto.

Sábado 6 de junio

Empiezo a atraer clientes que quieren información en lugar de libros. Trabajo de papá. Dos esta semana. Le dije que no a uno, y que sí a sir Roger Barrymore (me pidió que le diera mi opinión sobre un hombre con el que quiere casar a su hija; conocí a dicho hombre la semana pasada y podría haberle dicho a sir Roger que no es buena elección en ese mismo momento, pero se lo diré la semana que viene para justificar la factura).

Domingo 7 de junio

Servicio matinal en St. George, Hanover Square, con el señor Jaken (intercambio); me ha encantado la música del órgano

4:00	Té, lady Buford, repaso de los progresos
7:00	Misa de vísperas, iglesia de St. Clement, señor Hopworth, banquero

6

Presentaciones inesperadas

Lunes 8 de junio

Minerva estaba nerviosa. Se frotó las manos en las enaguas para secárselas y después se tocó el pelo por duodécima vez, aunque sabía que lo llevaba todo lo bien recogido que podía estar el pelo. Tenía la sensación de que la piel de su cara estaba estirada y las cejas ridículamente arqueadas. Se echó una rápida ojeada al espejo —por duodécima vez— para asegurarse de que no era el caso.

¿Acudiría la señora Simpson? Había estado dudando sobre aquel tema de su madre todo el camino hasta Londres y durante las dos semanas que hacía que había llegado, y si había algo que no soportaba eran las dudas. ¡Uno tomaba una decisión y asunto zanjado!

Y eso había hecho, pero, por una vez, la decisión no había disipado las dudas. Quizá tendría que haber ido a casa de su madre y haberse presentado en la puerta sin avisar. Ése había sido su primer impulso, y seguía siendo muy fuerte. Al final se había decidido por enviar una nota, redactada con la mayor sencillez y con los menores datos posibles, en la que solicitaba el placer de la compañía de la señora Simpson en la casa donde se alojaba, en la calle Great Ryder, a las dos en punto del lunes 8 de junio.

Había pensado en mandar una nota pidiendo permiso para visitar a la señora Simpson, ya que quizá hubiera parecido más educado. Pero temía recibir una negativa o, todavía peor, el silencio, y por eso se había decantado por enviar la invitación directamente. Si su madre no se presentaba esa tarde, seguía teniendo la opción de acudir ella a su puerta. ¡Y por Dios que lo haría!

La nota le crujía en el bolsillo. La sacó de nuevo y la desdobló para leer el mensaje, escrito con una firme caligrafía redondeada, presumiblemente la de la señora Simpson. No tenía ni saludo ni firma, ni tampoco aceptación ni rechazo.

«¿Cree que es buena idea?», decía.

—Bueno, es evidente que no —afirmó en voz alta, enfadada, y se la volvió a meter en el bolsillo—. ¿Y qué importa?

Alguien llamó a la puerta y casi se le para el corazón. ¡Había acudido! Llegaba temprano —faltaba un cuarto de hora—, pero quizá la señora Simpson tenía tantas ganas como ella de verla, a pesar del tono reservado y frío de la nota.

La doncella, Eliza, una robusta mujer de mediana edad con la ropa muy almidonada, que había estado ocupada arreglando las habitaciones, la miró y cuando Minnie asintió, cruzó el pasillo para abrir la puerta. Minnie volvió a mirarse al espejo («¡Dios, parezco bastante nerviosa!»), se alisó la falda bordada y adoptó una expresión distante pero cordial.

—El coronel Quarry, señora —indicó la doncella, entrando y haciéndose a un lado para dejar pasar al visitante.

—¿Quién? —preguntó Minnie estupefacta.

El caballero alto que había aparecido en la puerta se había detenido para observarla con interés; ella levantó la barbilla y le devolvió la mirada.

Vestía un uniforme escarlata de infantería y era bastante atractivo, aunque poseía una belleza áspera, oscura y elegante, y él era muy consciente de ello, pensó Minnie ocultando una sonrisa. La joven sabía muy bien cómo manejar a aquella clase de hombres y dejó asomar una sonrisa.

—A su servicio, señora —dijo, enseñándole él también sus dientes sanos. Le hizo una reverencia muy elegante, se irguió y añadió—: ¿Cuántos años tiene?

—Diecinueve —respondió añadiéndose dos años sin vacilar—. ¿Y usted, señor?

El coronel parpadeó.

—Veintiuno. ¿Por qué?

—Me interesa la numerología —repuso muy seria—. ¿Conoce esa ciencia?

—Mmm... no.

Seguía mirándola con interés, pero ahora era un interés distinto.

—¿Qué día nació, señor? —preguntó, deslizándose tras el pequeño escritorio dorado y cogiendo una pluma—. Si es tan amable —añadió con educación.

—El 23 de abril —contestó, reprimiendo una sonrisita.

—Veamos —dijo ella, garabateando con aspereza—, eso son dos más tres, que suman cinco, más cuatro, porque abril es el cuarto mes, claro —le informó con amabilidad—. Eso da nueve, y entonces le sumamos los dígitos de su año de nacimiento, y eso nos da... ¿uno más siete, más dos, más tres? Sí, exacto, un total de veintidós. Luego sumamos los doses y obtenemos el cuatro.

—Eso parece —concedió él, rodeando el escritorio para mirar el papel por encima de su hombro, donde ella había escrito un cuatro enorme rodeado de un círculo. Aquel hombre emitía una notable cantidad de calor al estar tan cerca—. ¿Y qué significa?

Minnie se relajó un poco a pesar de la tirantez del corsé. Ya lo tenía. En cuanto mostraban curiosidad, podías conseguir que te explicaran cualquier cosa.

—El cuatro es el número más masculino de todos —le aseguró con veracidad—. Define a un individuo fuerte y estable, una persona de fiar y digna de confianza. —Él echó los hombros un poco hacia atrás—. Es usted un hombre puntual —dijo lanzándole una mirada—. Sano... fuerte..., es usted observador y se le da muy bien controlar asuntos complejos. Y es usted leal con las personas a las que quiere.

Le dedicó una sonrisita cargada de admiración para acompañar su último comentario.

Los cuatros eran capaces y constantes, pero no pensaban con rapidez y, una vez más, Minnie se sorprendió de lo mucho que acertaban los números.

—Vaya —intervino el coronel, y carraspeó adoptando una expresión un tanto avergonzada pero innegablemente complacida.

En ese momento, Minnie oyó el suave tictac del reloj de pie que tenía detrás y la recorrió una oleada de aprensión. Tenía que deshacerse de él, y rápido.

—Pero dudo que deba atribuir el placer de su visita al deseo de aprender numerología, señor.

—Bueno. —La miró de arriba abajo tratando de evaluarla, pero ella podría haberle dicho que ya era demasiado tarde para eso—. Bueno..., para ser franco, señora, quiero contratarla para un asunto que requiere... cierta discreción.

Al oír aquello sintió otra pequeña punzada. Entonces él sabía quién, o mejor, qué era ella. Y, sin embargo, no era tan extraño. A fin de cuentas, aquél era un negocio en el que todos los contactos se hacían gracias al boca a boca. Y ahora la conocían por lo menos tres caballeros de Londres que debían de moverse en los mismos círculos que el coronel Quarry.

No tenía sentido andarse con rodeos o darle evasivas. Ella estaba interesada en él, pero deseaba todavía más que se marchara. Le hizo una pequeña reverencia y lo miró con curiosidad. Él asintió y respiró hondo. «Así que discreción...»

—La situación es ésta, señora. Tengo un buen amigo cuya esposa ha muerto recientemente al dar a luz.

—Lamento escucharlo —dijo Minnie con sinceridad—. ¡Qué tragedia!

—Sí, lo fue. —El rostro de Quarry reflejó lo que estaba pensando, y la preocupación asomó a sus ojos—. Pero lo peor, quizá, es que la esposa de mi amigo fue..., bueno..., estaba teniendo una aventura con un amigo de él desde hacía varios meses.

—¡Oh, cielos! —exclamó Minnie—. Y discúlpeme, ¿el niño era...?

—Mi amigo no lo sabe. —Quarry esbozó una mueca, pero se relajó un poco, cosa que indicaba que ya le había comunicado la parte más difícil del asunto—. Se podría decir que las cosas ya eran bastante horribles.

—Ya lo creo.

—Pero la mayor dificultad..., bueno, sin entrar en los motivos, nosotros... yo... querría contratarla para que encuentre pruebas de la aventura.

Aquello la confundió.

—Su amigo... ¿no está seguro de que ella tuviera una aventura?

—No, sí lo está —le aseguró Quarry—. Había cartas. Pero... bueno, no puedo explicarle por qué necesitamos las pruebas, pero las precisa para... un asunto legal, y él no quiere permitir que nadie lea las cartas de su esposa. No le importa que ella ya no pueda sufrir la censura pública ni las desastrosas consecuencias que todo esto puede acarrear para él mismo si no se demuestra la aventura.

—Comprendo.

Lo miró con interés. ¿Existiría ese amigo o en realidad le estaría hablando de su propia situación un tanto maquillada? Minnie concluyó que no. Era evidente que estaba afectado y preocupado, pero no se lo veía avergonzado ni enojado. Y no tenía el aspecto de un hombre casado. En absoluto.

A pesar de que sus pensamientos invisibles habían impactado en la mejilla del coronel como si se trataran de una polilla, la miró con seguridad a los ojos. No, no era un hombre casado. Y tampoco estaba tan afectado o preocupado como para ocultar la evidente chispa que brilló en sus ojos marrones. Ella bajó la mirada con modestia un instante, pero después levantó la vista de nuevo y retomó su actitud profesional.

—Muy bien. ¿Tiene alguna sugerencia específica sobre cómo debería empezar la investigación?

Él se encogió de hombros un poco avergonzado.

—Bueno..., había pensado..., quizá usted pudiera conocer a algunos de los amigos de Esmé. Así es como se llamaba, Esmé Grey, condesa de Melton. Y... tal vez alguno de los amigos particulares de... de él. Del hombre que...

—¿Y cómo se llama él?

Cogió la pluma y escribió «condesa de Melton», después lo miró con expectación.

—Nathaniel Twelvetrees.

—Ah. ¿También es soldado?

—No. —Y entonces Quarry se sonrojó de forma sorprendente—. Es poeta.

—Claro —murmuró Minnie mientras escribía—. Muy bien.

Dejó la pluma y salió de detrás del escritorio y pasó por su lado, tan cerca que se vio obligado a volverse hacia ella y hacia la puerta. Quarry olía a ron y a vetiver, aunque no llevaba peluca ni el pelo empolvado.

—Estoy dispuesta a aceptar su caso, señor, aunque, por supuesto, no puedo garantizarle resultados.

—No, no. Claro.

—Ahora, si me disculpa, tenía un compromiso a las dos en punto. —El coronel miró el reloj al mismo tiempo que lo hacía ella—. Pero ¿podría escribir una lista de los amigos que piensa usted que podrían resultar de ayuda y hacérmela llegar? —Vaciló un momento—. ¿Puedo hablar con el señor Twelvetrees? Con mucha discreción, claro —le aseguró.

Él hizo una mueca, un gesto entre sorprendido y divertido.

—Me temo que no, señorita Minnie. Mi amigo le disparó. Le enviaré la lista —le prometió y, después de hacerle una gran reverencia, se marchó.

La puerta apenas se había cerrado cuando oyó cómo volvían a llamar. La doncella salió de sus aposentos, donde se había retirado con discreción, y recorrió en silencio la alfombra turca de color rojo.

Minnie notó cómo se le revolvía el estómago y se le apelmazaba la garganta, como si la hubieran soltado desde una ventana muy alta y la hubieran cogido del cuello en el último momento.

Se oían voces. Voces masculinas. Desconcertada, salió a la sala de estar, donde se encontró a su doncella enfrentándose a un par de tipos no muy educados.

—La señora está... —estaba diciendo la doncella con firmeza, pero uno de los hombres vio a Minnie y pasó junto a la doncella.

—¿Señorita Rennie? —preguntó con educación, y cuando ella asintió algo vacilante, él le hizo una reverencia con sorprendente estilo para alguien vestido con tanta sencillez.

—Hemos venido a acompañarla a casa de la señora Simpson —anunció. Después se volvió hacia la doncella y añadió—: Tenga la amabilidad de coger las cosas de la señora, por favor.

La doncella se volvió con los ojos como platos, y Minnie asintió. Se le puso la piel de gallina y se le entumeció el rostro.

—Sí —dijo—, por favor.

Y apretó el papel que llevaba en el bolsillo, la nota que ya estaba húmeda de tanto manosearla.

«¿Cree que es buena idea?»

• • •

Fuera, esperaba un carruaje. Ninguno de los hombres habló, pero uno de ellos le abrió la puerta; el otro la sujetó del codo y la ayudó a subir al vehículo con educación. Minnie tenía el corazón acelerado y no dejaba de pensar en las muchas veces que su padre le había advertido que no se relacionara con desconocidos, y esas advertencias siempre iban acompañadas de un gran número de historias muy gráficas sobre lo que les había ocurrido a algunos conocidos suyos muy incautos como resultado de su imprudencia.

¿Y si aquellos hombres no tenían nada que ver con su madre, pero sabían quién era su padre? Había personas que...

No dejaba de recordar frases como «Y sólo encontraron su cabeza...», y tardó un tiempo en fijarse en los dos hombres, que se habían subido al carruaje detrás de ella y estaban sentados en el asiento opuesto observándola como un par de búhos hambrientos.

Minnie respiró hondo y se llevó una mano al estómago como para aliviar la presión del corsé. Sí, llevaba la pequeña daga escondida, pero estaba sudando tanto que cuando tuviera que utilizarla tal vez estuviera oxidada. «Si» se corrigió. Si, tenía que utilizarla.

—¿Está usted bien, señora? —le preguntó uno de los hombres inclinándose hacia delante. Se le quebró un poco la voz al decir «señora». Y, en realidad, fue entonces cuando ella lo observó con atención por primera vez. Era un chico imberbe, más alto que su compañero, y aunque estaba crecidito, seguía siendo un chiquillo, y en su rostro ingenuo sólo se adivinaba preocupación.

—Sí —contestó ella tragando saliva. Se sacó un pequeño abanico de la manga y lo desplegó—. Sólo tengo un poco de calor.

El hombre mayor, que tendría unos cuarenta años, era delgado y moreno, y llevaba el sombrero ladeado sobre la rodilla. Enseguida se metió la mano en el bolsillo y sacó una petaca. Se trataba de un objeto precioso de plata grabada, que, para sorpresa de Minnie, estaba ornamentado con un crisoberilo bastante grande.

—Pruebe esto —le dijo con un tono de voz agradable—. Es agua de azahar con azúcar, hierbas, zumo de naranjas sanguinas y un toque de ginebra; además, es refrescante.

—Gracias.

Minnie reprimió el murmullo de su cabeza que anunciaba «drogada y violada» y aceptó la petaca. Se la pasó con sutileza por debajo de la nariz, pero no percibió ningún olor a láudano. En realidad, olía muy bien y su sabor era muy agradable.

Los dos hombres sonrieron al ver la expresión de su cara. No era una sonrisa de satisfacción propia del que caza a una presa, sino de genuino placer al advertir que a ella le había gustado lo que le habían ofrecido. Minnie tomó un sorbo, y luego otro, y empezó a relajarse. Les devolvió la sonrisa. Aunque por otro lado... la dirección de su madre estaba en Parson's Green, y acababa de darse cuenta de que iban en dirección contraria. O por lo menos eso pensaba.

—¿Adónde vamos? —preguntó con educación. Los tipos parecieron sorprenderse, se miraron alzando las cejas y después la volvieron a mirar a ella.

—Pues... a ver a la señora Simpson —repuso el hombre mayor. El chico asintió e inclinó la cabeza con extrañeza.

—Señora Simpson —murmuró el chico sonrojándose.

Y eso fue todo lo que dijeron durante el resto del trayecto. Minnie se dedicó a tomar su refrescante bebida de azahar y a observar a escondidas a esos tipos que, en principio, no la estaban secuestrando. ¿Serían escoltas?

El caballero que le había ofrecido la petaca hablaba un inglés excelente, pero con un ligero acento extranjero. ¿Tal vez italiano? ¿O quizá español?

El más joven, que no parecía del todo un chico, aunque sus mejillas eran suaves y su voz entrecortada, tenía un rostro de facciones duras a pesar del rubor, y desprendía cierta seguridad. Era rubio y tenía los ojos dorados. Sin embargo, cuando ambos la habían mirado sorprendidos, Minnie había advertido un ligero parecido entre ellos. Tal vez fueran padre e hijo.

Repasó la lista de nombres que tenía en mente en busca de una pareja de esas características entre los clientes de su padre —o entre sus enemigos—, pero no encontró a nadie que encajara con la descripción de sus escoltas. Respiró hondo, dio otro sorbo y decidió no pensar en nada hasta que llegaran a su destino.

Media hora después, la petaca estaba casi vacía y el carruaje se tambaleó al detenerse en lo que a Minnie le pareció que podía ser Southwark.

Su destino era una pequeña posada que se encontraba en una calle de tiendas presidida por Kettrick's Eel-Pye House, un local con un aspecto evidente de restaurante a juzgar por las numerosas personas que había congregadas dentro, así como por el intenso olor a anguilas en gelatina. A Minnie le rugió el estómago cuando bajó del carruaje, pero el sonido quedó amortiguado por los ruidos de la calle. El chico le hizo una reverencia y le ofreció el brazo. Ella lo aceptó y, adoptando una fingida expresión de agrado, entró con el chico.

El interior estaba oscuro, ya que la única iluminación procedía de dos ventanas pequeñas con las cortinas corridas. Minnie advirtió que dentro olía a jacintos, lo que le resultó extraño. Además, todo estaba borroso, y lo único que percibía era el latido de su corazón y la solidez del brazo del chico.

Llegaron a un pasillo, a una puerta, y entonces...

Una mujer ataviada con un vestido azul. Tenía una suave melena de color castaño recogida por detrás de las orejas y unos ojos verde pálido y no azules como los suyos.

Minnie se quedó de piedra. Tanto que ni siquiera respiraba. Por un momento sintió una extraña decepción, ya que aquella mujer no se parecía en nada a la que posaba en el retrato que había llevado encima toda la vida. Esa mujer era alta y delgada, casi enjuta, y aunque tenía un rostro arrebatador, no era la cara que Minnie veía cuando se miraba al espejo.

—¿Minerva? —dijo la mujer con apenas un susurro. Tosió, carraspeó con fuerza y después se acercó a Minnie y repitió mucho más alto—: ¿Minerva? ¿De verdad eres tú?

—Sí —contestó Minnie sin saber qué hacer. «Tiene que ser ella; conoce mi verdadero nombre»—. Ése es mi nombre. Y usted es... ¿la señora Simpson?

Se le quebró la voz de una forma un tanto absurda y la última sílaba sonó como el chirrido de un murciélago.

—Sí.

La mujer volvió la cabeza y asintió mirando a los hombres que la habían llevado. El chico desapareció enseguida, pero el mayor tocó el hombro de la mujer y sonrió un instante a Minnie antes de seguir los pasos del joven, mientras Minnie y a la señora Simpson se miraban la una a la otra.

La señora Simpson iba bien vestida, pero con sencillez. Frunció los labios, miró a Minnie de reojo, como si estuviera valorando la posibilidad de que pudiera ir armada, después suspiró y dejó caer los hombros.

—Yo no soy tu madre, querida —afirmó en voz baja.

En aquel silencio, las palabras golpearon a Minnie como si fueran puños, cual cinco golpes fuertes en la boca del estómago.

—Y entonces ¿quién narices es? —preguntó, dando un paso atrás. La voz de su padre resonó con todas las palabras de advertencia que había ignorado.

«Secuestrada..., vendida a un burdel..., enviada a las colonias..., asesinada por seis peniques...»

—Soy tu tía, querida —anunció la señora Simpson. Se armó de valor y recuperó parte de su empuje—. Miriam Simpson. Tu madre es mi hermana, Hélène.

—Hélène —repitió Minnie. El nombre encendió una llama en su alma. Por fin tenía algo. Hélène. ¿Sería francesa? Tragó saliva.

—¿Ha fallecido? —preguntó con toda la calma que pudo. La señora Simpson volvió a fruncir los labios, con una expresión infeliz, pero negó con la cabeza.

—No —respondió con evidente recelo—. Está viva, pero...

Minnie deseó haber llevado una pistola de bolsillo en lugar de un cuchillo. Si lo hubiera hecho, habría disparado contra el techo en ese preciso instante. Sin embargo, dio un paso adelante, de forma que sus ojos quedaron a escasos centímetros de aquellos otros ojos verdes que no se parecían a los suyos.

—Llévame a verla. Ahora mismo —rogó—. Puedes explicarme la historia por el camino.

7

Anunciación

El carruaje pasó por los adoquines de un puente con un gran estruendo de pezuñas y ruedas. Sin embargo, el escándalo no era nada comparado con el ruido que resonaba en el interior de la cabeza de Minnie.

—Una monja —dijo Minnie cuando pasaron por una calle sucia y el ruido disminuyó. Estaba estupefacta—. Mi madre... ¿es una monja?

La señora Simpson, su tía, la tía Simpson, la tía Miriam... Debía acostumbrarse a verla de aquella forma. Respiró hondo y asintió. Ahora que ya había confesado aquella información, había recuperado parte de su compostura.

—Sí. Es una hermana de la orden de la Divina Merced, en París. ¿La conoces?

Minnie negó con la cabeza. Había creído que estaba preparada para escuchar cualquier cosa, pero lo cierto es que no era verdad ni de lejos.

—Cómo... ¿cómo visten? —Fue lo primero que le vino a la cabeza—. ¿De negro, de gris, de blanco...?

La señora Simpson se relajó un poco y se apoyó en los cojines azules para amortiguar el traqueteo del carruaje.

—Llevan un hábito blanco con el velo gris. Son una orden contemplativa, pero no son de clausura.

—¿Qué significa «contemplativa»? —espetó Minnie—. ¿Qué es lo que contemplan? Por lo visto no es su voto de castidad lo que contemplan.

Su tía pareció sorprendida, pero reprimió una sonrisa.

—Por lo visto, no —admitió—. Su principal ocupación es la oración. Se dedican a la contemplación de la misericordia de Dios y su naturaleza divina.

Era un día frío, pero Minnie notó cómo la sangre le ascendía por el pecho y le coloreaba las orejas.

—Ya veo. Entonces ella, mi madre, tuvo un encuentro con el Espíritu Santo durante una oración particularmente intensa, ¿no? —Lo había dicho con sarcasmo, pero quizá...—. Un momento. Mi padre es mi padre, ¿no?

Su tía ignoró la mofa.

—Eres hija de Raphael Wattiswade, te lo aseguro —repuso con sequedad mirando a Minnie a la cara.

Uno de los pequeños resquicios de duda que anidaban en el pecho de Minnie se relajó. La posibilidad de que aquello fuera un engaño, o algo más siniestro, desapareció. Había muy pocas personas que conocieran el verdadero nombre de su padre. Si aquella mujer lo sabía, quizá...

Se recostó en el asiento, cruzó los brazos y miró a la señora Simpson con dureza.

—Bueno. ¿Y qué ocurrió? ¿Y adónde vamos? —añadió.

—A ver a tu madre —anunció su tía con sequedad—. En cuanto a lo que ocurrió... fue por un libro.

—¡Cómo no! —Minnie empezó a confiar un poco más en la historia de aquella mujer—. ¿Qué libro?

—Un Libro de Horas. —La señora Simpson ahuyentó a una avispa chismosa que había entrado por la ventana—. Antes he dicho que la principal ocupación de la orden es la oración, pero la verdad es que tienen otras. Algunas monjas son escribanas y otras son artistas. *Soeur* Emmanuelle, nombre que Hélène adoptó cuando ingresó en el convento, era ambas cosas —explicó al advertir la confusión momentánea de Minnie—. La orden produce unos libros religiosos, como biblias y devocionarios, preciosos, y los vende para sustentar a la comunidad.

—¿Y mi padre lo sabía?

Su tía se encogió de hombros.

—No es ningún secreto. Los libros de la orden son muy conocidos, así como las habilidades de sus integrantes. Supongo que Raphael ya había tenido trato con el convento en ocasiones anteriores. Él...

—Por lo que yo sé nunca trató con la orden, porque de haber sido así, yo habría oído hablar de ella.

—¿Crees que se arriesgaría a que lo descubrieras? —preguntó su tía sin rodeos—. Al margen de sus defectos de carácter, debo admitir que ese hombre sabe guardar un secreto. Cortó toda relación con la orden después de... —Apretó los labios y agitó la mano de una forma que no tenía nada que ver con la avispa.

Minnie había apretado los dientes, pero consiguió pronunciar algunas palabras.

—¡Dime de una vez lo que sucedió!

Su tía, que la miró con aire inquisidor, se encogió de hombros. Le temblaban los volantes de la cofia debido a la vibración del carruaje.

—*Bon* —dijo.

Lo que había ocurrido («resumiendo», en palabras de la señora Simpson) era que Raphael Wattiswade había adquirido un Libro de Horas muy raro que se había escrito hacía más de un siglo. Era un libro muy hermoso, pero estaba en un estado de conservación muy malo. Habían restaurado la cubierta y le habían vuelto a poner las joyas que faltaban, pero algunas de las ilustraciones estaban muy deterioradas debido al paso del tiempo y al uso.

—Así que Raphael fue en busca de la abadesa de la orden, una mujer a la que conocía muy bien, debido a su negocio, y le preguntó si alguna de sus mejores escribanas podía restaurar las ilustraciones. A cambio de dinero, claro.

Por lo general se habrían llevado el libro al *scriptorium* para su examen y habrían empezado a trabajar en él, pero en ese caso, algunas de las páginas estaban destrozadas. Sin embargo, Raphael había encontrado algunas cartas del propietario original, en las que, entusiasmado, le comentaba a un amigo su nueva adquisición y le daba descripciones detalladas acerca de las ilustraciones más importantes.

—¿Y no podía limitarse a darle las cartas a la abadesa? —preguntó Minnie algo escéptica. No entendía que su padre se propusiera seducir a una monja a la que no había visto en su vida.

La señora Simpson negó con la cabeza.

—Ya he comentado que el libro era muy antiguo. Las cartas estaban escritas en alemán y en una forma muy arcaica de la lengua bárbara. En la orden no había nadie capaz de traducirlas.

Teniendo en cuenta eso y el frágil estado del libro, permitieron que *soeur* Emmanuelle viajara hasta el taller de Raphael, «acompañada de la carabina indicada, claro», añadió la señora Simpson apretando de nuevo los labios.

—Claro.

Su tía se encogió de hombros en un gesto muy francés.

—Pero las cosas ocurren, ¿no?

—Es evidente.

Minnie miró a la señora Simpson, de quien pensó que parecía muy cómoda utilizando el nombre cristiano de su padre.

—*C'est vrai*. Y lo que ocurrió, claro está, fuiste tú.

No había una buena respuesta para eso, y Minnie no intentó buscarla.

—Ella sólo tenía diecinueve años —dijo su tía al fin, mirándose las manos entrelazadas y hablando en voz tan baja que Minnie apenas la oyó con el ruido del traqueteo del carruaje.

¿Y cuántos años tendría su padre?, se preguntó. Ahora tenía cuarenta y cinco... Veintiocho. O quizá veintisiete si se contaba la duración del embarazo.

—Lo bastante mayor como para ser consciente —murmuró Minnie, pero lo hizo por lo bajo—. Supongo que a ella, a mi madre —se forzó a decir una palabra que ahora hacía que se sintiera extraña— la obligarían a abandonar la orden. Es decir, imagino que no puedes vivir en un convento si estás embarazada.

—Te sorprenderías —observó su tía con cinismo—. Pero en este caso tienes razón. La expulsaron a una especie de asilo en Ruán, un lugar terrible. —A la señora Simpson se le habían empezado a sonrojar los pómulos—. Yo no supe nada hasta que Raphael se presentó en mi puerta una noche, muy consternado, y me dijo que ella se había ido.

—¿Y qué hiciste tú?

—Fuimos a buscarla —contestó con simpleza—. ¿Qué otra cosa podíamos hacer?

—Has dicho «nosotros». ¿Te refieres a ti y a mi padre?

Su tía parpadeó confundida.

—No, claro que no. Mi marido y yo. —Respiró hondo haciendo un evidente intento por tranquilizarse—. Era una situación muy angustiosa.

Soeur Emmanuelle, expulsada de la comunidad que había sido su hogar desde que ingresó en el convento a la edad de doce años en calidad de novicia, a la que habían tratado como alguien digno de vergüenza, sin ninguna experiencia ni conocimientos sobre lo que era un embarazo, sin el apoyo de una amiga o de su familia, y encerrada en un lugar que parecía una cárcel, había sufrido algunos episodios de histeria al principio, luego se había ido encerrando en un estado de desesperación y había acabado por sumirse en un silencio pétreo, que hacía que se sentara y mirara la pared todo el día y que no entablara ninguna conversación con nadie.

—Cuando la encontré era un saco de huesos —dijo la señora Simpson. Le temblaba la voz debido a la ira que le provocaba el recuerdo—. ¡Ni siquiera me conocía!

Habían conseguido que *soeur* Emmanuelle recuperara más o menos la conciencia, pero no regresó al mundo que conocía.

—No sé si se debió al hecho de abandonar la orden, a la que consideraba su familia, o a la conmoción que le suponía el embarazo, pero... —Negó con la cabeza y la desolación hizo que palideciera—. Perdió completamente la razón. No era consciente de su estado, creía que volvía a estar en el convento y retomó sus ocupaciones habituales.

Le seguían la corriente, de manera que le dieron un hábito y le proporcionaron pintura y pinceles, vitelas y pergaminos. Ella, que había dado alguna señal de que era consciente del mundo que la rodeaba, a veces hablaba y reconocía a su hermana. Pero entonces, como era inevitable, dio a luz.

—Se había negado a pensar en ello —arguyó la señora Simpson suspirando—. Pero allí estabas... rosa, resbaladiza y ruidosa.

Soeur Emmanuelle, incapaz de afrontar la situación, perdió la débil conexión que había logrado con la realidad y volvió a su anterior estado de indiferencia absoluta.

«Entonces yo volví loca a mi madre y le destrocé la vida.» Creía que se le iba a salir el corazón por la boca, pero, sin embargo, tuvo que hablar.

—Has dicho que fue una conmoción. —Se humedeció los labios secos—. ¿Fue sólo por mí? Es decir, ¿crees que fue una violación?

Para el infinito alivio de Minnie, la señora Simpson pareció asustarse al oír aquella palabra.

—*Nom de Dieu!* No. No, claro que no. —Torció un poco el gesto al recuperarse de la breve conmoción—. Por muchos defectos que tenga Raphael, estoy convencida de que nunca se ha acostado con una mujer sin tener su consentimiento. Es más, es capaz de convencerlas con rapidez.

Minnie no quería escuchar nada sobre mujeres dispuestas y su padre.

—¿Adónde nos dirigimos exactamente? —preguntó con firmeza—. ¿Dónde está mi madre?

—En su mundo, *ma chère*.

Se trataba de una casa de campo modesta ubicada al borde de un campo amplio y soleado, aunque estaba oculta bajo enormes robles y hayas. Más o menos a una distancia de quinientos metros, había un pueblecito que albergaba una iglesia de piedra sorprendentemente grande, con un pináculo muy alto.

—Quería que estuviera lo bastante cerca como para oír las campanas —explicó la señora Simpson señalando la distante iglesia cuando el carruaje se detuvo en la puerta de la casa—. No respetan las horas de oración con la rigidez de una abadía católica, pero ella no suele darse cuenta de eso, y el sonido la tranquiliza.

Miró a Minnie durante un buen rato y se mordió el labio con una duda evidente en los ojos. Minnie le tocó la mano a su tía con toda la delicadeza que pudo, aunque el pulso que le latía en las orejas la estaba dejando sorda.

—No le haré daño —susurró en francés—. Te lo prometo.

La mirada de duda no desapareció de los ojos de su tía, pero su rostro se relajó un poco y le asintió al mozo que aguardaba junto al coche, quien abrió la puerta y le ofreció el brazo para ayudarla a bajar.

Su tía le había dicho que la hermana Emmanuelle creía que era una ermitaña, una eremita que vivía allí encerrada, dedicada tan sólo a la oración.

—Creo que se siente... segura —había dicho la señora Simpson, aunque las arrugas de su frente daban muestra de una gran preocupación—. A salvo, ¿entiendes?

—¿A salvo del mundo? —le había preguntado Minnie.

Su tía la había mirado fijamente y se le había arrugado todavía más la frente.

—A salvo de todo —le había dicho—. Y de todos.

Así que Minerva siguió a su tía hasta la puerta sintiendo una mezcla de nerviosismo, asombro, pena y una inevitable esperanza.

Por supuesto, ella ya había oído hablar de los ermitaños; los mencionaban a menudo en las historias religiosas de santos, monasterios, persecuciones y reformas, pero en ese momento la palabra sólo le recordaba la ridícula visión de san Simeón el Estilita, que había pasado treinta años viviendo en lo alto de un pilar, y cuando su sobrina se quedó huérfana, le ofreció, con mucha generosidad, un pilar al lado del suyo. Después de pasar algunos años viviendo aquella vida, se dice que la sobrina bajó del pilar y se fugó con un hombre, para desaprobación del autor de la historia.

Se abrió la puerta de la casa y apareció una mujer gruesa de aspecto agradable que saludó a Miriam Simpson con calidez y miró con agradable curiosidad a Minnie.

—Ésta es la señorita Rennie —anunció la señora Simpson gesticulando hacia Minnie—. La he traído para que vea a mi hermana, señora Budger.

La señora Budger alzó tanto sus cejas ralas que le llegaron hasta el borde de la cofia, pero asintió mirando a Minnie.

—A su servicio, señora —dijo mientras agitaba el delantal hacia un gato calicó—. ¡Fuera, gato! Esta señora no ha venido a verte a ti. Sabe que es casi la hora del té —explicó—. Adelante, señoras, la tetera ya está casi hirviendo.

Minnie estaba muy impaciente y notaba unas punzadas intermitentes de terror gélido.

—Se sigue haciendo llamar *soeur* Emmanuelle —le había explicado la señora Simpson por el camino—. Pasa los días, y a menudo las noches —había fruncido el ceño al hablar—, rezando, pero a veces recibe visitas de personas que han oído hablar de ella y que vienen a pedirle que rece por una cosa u otra.

»Al principio tuve miedo —le había dicho, y se volvió para mirar por la ventanilla del carruaje a una carretilla— de que la preocuparan al contarle sus problemas, pero parece que le sienta bien escuchar a la gente.

—¿Les habla? —preguntó Minnie.

Su tía la había mirado y después había guardado silencio algunos segundos antes de decir:

—A veces.

Y se había vuelto de nuevo hacia la ventana.

«No importa», se dijo Minnie apretando los puños entre los pliegues de la falda para evitar estrangular a la señora Budger, que se entretenía junto al fuego mientras preparaba algunas rebanadas de pan con mantequilla, un trozo de queso y una taza sobre una bandeja, al tiempo que cogía una tetera descascarillada y tres tazas más, una cajita de té abollada y un pequeño y pegajoso bote de miel azul. «No me importa que no me hable. Ni siquiera me importa si me escucha. ¡Sólo quiero verla!»

8
El Libro de Horas

Era un edificio de piedra minúsculo con la cubierta de paja. Minnie pensó que antes tal vez hubiera sido un establo o algo semejante, idea que hizo que respirara hondo, se le dilataran los orificios nasales y parpadeara sorprendida. Percibió cierto olor, pero no se debía al cálido aire viciado propio de los animales, sino que se trataba del suave aroma del incienso.

La señora Simpson levantó la vista para mirar el sol, que empezaba a descender por el cielo.

—No tendrás mucho tiempo —dijo gruñendo un poco al levantar la pesada barra de la puerta—. Ya casi es hora de la nona, o lo que ella cree que es la nona. Cuando escucha las campanas, ya no hace nada hasta que ha acabado de rezar, y a menudo suele permanecer callada después de hacerlo.

—¿Nona?

—Las horas —dijo la señora Simpson abriendo la puerta—. Si quieres que hable contigo tienes que darte prisa.

Minnie estaba desconcertada, pero quería que su madre hablara con ella. Asintió y se agachó para pasar por debajo del dintel que daba acceso a una especie de estancia iluminada.

El brillo procedía de una única vela que estaba en un poyete de hierro y del brasero que estaba en el suelo, justo al lado. Ambos desprendían un hilillo de humo fragante que flotaba hasta acariciar las vigas ennegrecidas del techo bajo.

Toda la estancia estaba como bañada por una luz tenue que parecía rodear la figura de una mujer vestida con una larga túnica blanca que estaba arrodillada en un reclinatorio muy antiguo.

La mujer se volvió, sorprendida por el ruido que había hecho Minnie al entrar, y se quedó de piedra cuando la vio.

Minnie sintió casi lo mismo, pero se obligó a caminar hacia delante, despacio. Le tendió una mano de forma instintiva, de la misma forma que se la tendería a un perro desconocido al que le acercara los nudillos para que se los olisqueara.

La mujer se levantó con un lento crujido de tela áspera. No llevaba velo, cosa que sorprendió a Minnie. Aunque le habían cortado el pelo bastante, ya le había crecido un poco, lo que hacía que se le rizara justo por debajo de las orejas y le enmarcara las mejillas. Era espeso y suave, del color del trigo en un campo en verano.

«Como el mío —pensó Minnie; se le aceleró el corazón y miró a la mujer a los ojos. La señora Simpson tenía razón—. Son iguales que los míos.»

—¿Hermana? —dijo con indecisión en francés—. *¿Soeur* Emmanuelle?

La mujer no dijo nada, pero tenía los ojos bastante abiertos. Recorrió a Minnie con la mirada y después volvió a centrarse en su cara. Volvió la cabeza y se dirigió al crucifijo que colgaba de la pared enyesada que tenía a su espalda.

—*Est-ce une vision, Seigneur?* —repuso con la voz oxidada propia de alguien que no está acostumbrado a hablar en voz alta—. ¿Es una visión, Señor?

Se la veía insegura, quizá asustada. Minnie no oyó ninguna respuesta del Cristo de la cruz, pero la hermana Emmanuelle pareció recibirla. Se volvió de nuevo hacia Minnie, se puso derecha y se santiguó.

—*Mmm... Comment ça va?* —preguntó Minnie, a falta de algo mejor que decir. La hermana Emmanuelle parpadeó, pero no contestó. Quizá no era la clase de comentario apropiado para una visión.

—Espero que esté bien —añadió Minnie con educación.

«Madre —pensó de pronto con una punzada cuando vio el dobladillo mugriento de su hábito y las manchas de comida sobre el pecho y la falda—. Oh, madre...»

Había un libro sobre el reclinatorio. Se tragó el nudo que se le había formado en la garganta y pasó de largo junto a su madre para mirarlo, pero entonces levantó la vista y vio un crucifijo —que parecía de calidad— de madera de ébano pulida con acabados de nácar. Era evidente que el corpus lo había hecho otra mano —el cuerpo de Cristo brillaba a la luz de la vela, cautivo en el nudoso puño de alguna madera oscura bien pulida—. Tenía la cara vuelta, invisible, pero las espinas estaban muy bien trabajadas y eran lo bastante afiladas como para lastimarte el dedo si las tocabas. Los brazos extendidos estaban medio sueltos, aunque la sensación de reclusión, de la indudable agonía, impactaron a Minnie como si hubiera recibido un golpe en el pecho.

—*Mon Dieu* —dijo en voz alta.

Lo dijo conmocionada, y no como un rezo, pero oyó que la mujer que tenía a su espalda soltaba el aire. Oyó el crujido de la tela y la paja —aunque no había sido consciente al entrar, pudo observar que el suelo estaba cubierto de este material—, y se obligó a quedarse inmóvil, escuchando el latido de su propio corazón, a pesar de que se moría por darse la vuelta y abrazar a la hermana Emmanuelle, agarrarla y llevársela, arrastrarla, ubicarla de nuevo en el mundo. Después de un momento, durante el cual estuvo escuchando la respiración de la mujer, notó que alguien le tocaba el hombro y se volvió muy despacio.

Ahora su madre estaba más cerca, tanto que Minnie podía olerla. Le sorprendió advertir que desprendía un olor dulce, el típico de una pizca de sudor o, lo que es lo mismo, el de la ropa después de llevarla mucho tiempo sin lavarla. No obstante, el incienso perfumaba su cabello, la tela de la túnica y la mano con la que tocó la mejilla de Minnie. Su piel desprendía un olor cálido y... puro.

—¿Eres un ángel? —preguntó Emmanuelle de pronto. Las dudas y el miedo se habían vuelto a apoderar de su rostro, y dio un paso atrás—. ¿O un demonio?

Ahora que estaba tan cerca, Minnie podía observar las arrugas de la cara —las patas de gallo y las suaves líneas de expresión que le conectaban la nariz con la boca—, aunque su rostro en sí era un reflejo borroso de lo que ella veía cada vez que se miraba al espejo. Respiró hondo y se acercó a ella.

—Soy un ángel —le dijo con firmeza.

Sin pensar, había hablado en inglés, y Emmanuelle abrió los ojos como platos. Dio un torpe paso atrás y se dejó caer de rodillas.

—¡Oh, no! ¡No hagas eso! —gritó Minnie angustiada—. No pretendía eso, o sea... *je ne veux pas*...

Dejó de hablar para levantar a su madre del suelo, pero Emmanuelle se había llevado las manos a los ojos y se negaba a moverse; tan sólo se agitaba de delante hacia atrás mientras hacía ruiditos quejumbrosos.

Entonces Minnie se dio cuenta de que no eran sólo ruidos. Su madre estaba susurrando «RafaelRafaelRafael» una y otra vez. Presa del pánico, agarró a su madre de las muñecas y le apartó las manos de la cara.

—¡Para! *Arrêtez!* ¡Por favor, para!

Su madre guardó silencio, se detuvo un momento para respirar y la miró.

—*Est-ce qu'il vous a envoyé? Raphael L'Archange? Êtes-vous l'un des siens?* «¿Te ha enviado él? ¿El arcángel Rafael? ¿Eres suya?»

Le tembló la voz, pero se había tranquilizado un poco; no se resistía y Minnie le soltó las muñecas.

—No, no me envía nadie —dijo lo más tranquilizadoramente posible—. He venido a visitarte porque he querido. —Se esforzó por encontrar algo más que decir y espetó—: *Je m'apelle Minerve*.

Emmanuelle se quedó inexpresiva.

«¿Qué pasa? ¿Conoce ese nombre?» La señora Simpson no le había advertido de que su madre podría conocer su nombre.

Y entonces se dio cuenta de que las campanas de la iglesia estaban sonando. Quizá su madre ni siquiera la hubiera oído.

Observó con impotencia cómo Emmanuelle se ponía de pie con esfuerzo, pisaba el dobladillo del hábito y se tambaleaba. Minnie hizo ademán de cogerla del brazo, pero Emmanuelle recuperó el equilibrio y se acercó al reclinatorio, con rapidez pero sin sensación de pánico. Tenía una expresión serena, estaba completamente concentrada en el libro que había en el reclinatorio.

Al verlo en ese momento, Minnie se dio cuenta de a qué se había referido su tía con aquello de la «nona» y las «horas». El libro era un pequeño volumen elegante con una cubierta verde envejecida y minúsculas piedras redondas de cabujón engastadas. Y cuando Emmanuelle lo abrió, Minnie vio el brillo de unas ilustraciones preciosas, dibujos de ángeles hablando con la Virgen, con un hombre con corona, con muchísima gente, con Cristo en la cruz...

Era un Libro de Horas, un libro devoto para ricos creado en la Edad Media, con los salmos y las oraciones que debían decirse durante las horas monásticas de oración: los maitines, los laudes, la prima, la tercia, la sexta, la nona, las vísperas y las completas. La nona era la novena hora, la plegaria que se rezaba a las tres de la tarde.

Emmanuelle tenía la cabeza agachada sobre el libro abierto y estaba rezando en voz alta con una voz suave pero audible. Minnie vaciló, no estaba segura de si debía marcharse... pero no lo hizo. No estaba preparada para despedirse de su madre; además, era muy probable que la mujer ni siquiera se diera cuenta de que se marchaba. Lo que hizo fue acercarse al reclinatorio y arrodillarse en la paja junto a Emmanuelle.

Estaba tan cerca que la tela rosa de su vestido casi rozaba el hábito blanco. En el cobertizo no hacía frío porque el brasero estaba encendido, aunque de todos modos podía notar el calor de su madre y, sólo por un momento, se rindió a la vana esperanza que la había llevado hasta allí, la esperanza de ser vista, aceptada, sentirse rodeada por el amor de su madre.

Cerró los ojos para no verter lágrimas y escuchó la voz de Emmanuelle, suave y ronca, pero al mismo tiempo firme. Minnie tragó saliva y abrió los ojos, y se esforzó por seguirla en latín.

—*Deus, in adjutorium meum intende; Domine, ad adjuvandum me festina...* —«Oh, Señor, ven a ayudarme; Oh, Señor, corre a ayudarme...»

A medida que iba avanzando la oración de la nona, Minnie se unió tímidamente a las plegarias que sabía rezar. Su madre no era consciente, pero la voz de Emmanuelle sonó más fuerte; tenía la espalda más recta, como si sintiera a su alrededor el apoyo de su comunidad imaginaria.

Minnie advirtió que el libro era muy antiguo —como mínimo tendría cien años, o tal vez más—, y entonces se dio cuenta, con una ligera sorpresa, de que ya lo había visto antes. Su padre se lo había vendido, éste o uno muy parecido, a la madre Hildegarde, la abadesa del convento de los Ángeles, un hospital de monjas. Minnie se lo había entregado a la madre en persona haría más o menos un año. ¿Cómo había llegado hasta allí?

A pesar de la crudeza de las emociones que la embargaban, encontró cierta paz en las palabras, aunque no las comprendía del todo. Emmanuelle parecía más silenciosa y más fuerte cuando ella hablaba, y cuando terminó, se quedó inmóvil, mirando el crucifijo con una expresión de infinita ternura en el rostro.

Minnie tenía miedo de levantarse porque no quería alterar la atmósfera apacible de la estancia, pero sus rodillas no podrían aguantar mucho más tiempo flexionadas sobre la piedra del pavimento, por muy cubiertas de paja que estuvieran. Respiró hondo y se levantó. La monja pareció no haberlo advertido, ya que seguía en profunda comunidad con Jesús.

Minnie se fue de puntillas hasta la puerta, que en esos instantes advirtió que estaba un poco abierta. Vio cómo se movía algo azul por la abertura. Sin duda debía de ser la señora Simpson, que había ido a recogerla. Se volvió de golpe, por impulso, y se acercó corriendo al reclinatorio.

—¿*Soeur* Emmanuelle? —dijo en voz muy baja y, después, con delicadeza y muy despacio, posó las manos sobre los hombros de su madre, frágiles bajo la tela blanca. Tragó saliva para que no le temblara la voz—. Te perdono.

Después levantó las manos y se marchó rápidamente rodeada del brillo borroso de la paja.

9

Bien entrada la medianoche

Había llegado la hora.

En Argus House había catorce habitaciones, sin contar los aposentos del servicio. No obstante, hasta entonces, Hal no había sido capaz de dormir en ninguna de ellas, ni siquiera en la suya. No se había vuelto a tumbar en esa cama desde aquel amanecer en que se separó del cálido cuerpo de Esmé y salió a la lluvia a enfrentarse a Nathaniel.

—¡En tu maldito campo de croquet! —dijo en voz alta, pero entre dientes. Ya había pasado la medianoche y no quería despertar a ningún sirviente curioso—. ¡Maldito imbécil pretencioso!

Tampoco había dormido en la casta habitación azul y blanca de Esmé, que estaba en la puerta de al lado. Ni siquiera era capaz de abrir la puerta, pues no sabía si su fantasma seguiría flotando en aquel aire fragante o si la estancia estaría fría y vacía como un caparazón. En cualquier caso, tenía miedo de averiguarlo.

Ahora estaba plantado en lo alto de la escalera; a aquellas altas horas de la noche, el largo pasillo de las habitaciones sólo estaba iluminado por tres de los doce candelabros de pared, y los colores de la media docena de alfombras turcas que había en el suelo se desvanecían en la oscuridad. Negó con la cabeza, dio media vuelta y descendió la escalera.

Tampoco solía dormir por las noches. De vez en cuando salía y deambulaba por los caminos oscuros de Hyde Park. En ocasiones incluso se detenía un rato a compartir el fuego de alguno de los vagabundos que acampaban allí, aunque lo que hacía más a menudo era quedarse sentado en la biblioteca hasta que la cera de las velas goteaba en la mesa y el suelo, y Nasonby o Wetters entraban en silencio con rascadores y velas nuevas, a pesar de que él les había ordenado a los lacayos que se acostaran.

Después seguía leyendo con obstinación a la luz nueva (Tácito, Marco Aurelio, Cicerón, Plinio, Julio César) para perderse en batallas antiguas y en los pensamientos de aquellos hombres que habían muerto hacía ya tanto tiempo. Su compañía hacía que se relajara y se quedara dormido al alba, acurrucado en el canapé azul o espatarrado en el frío pavimento de mármol, con la cabeza apoyada en la alfombra blanca de la chimenea.

Alguien entraba en silencio y lo tapaba. Normalmente se despertaba y se encontraba a alguien plantado a su lado portando una bandeja con el desayuno, y se levantaba todo dolorido y con la cabeza tan embotada que no conseguía despejarse hasta la hora del té.

—Esto no resultará de ayuda —dijo en voz alta, deteniéndose delante de la puerta de la biblioteca—. Esta noche no.

No entró en la biblioteca, aunque estaba muy bien iluminada, ya que se esperaba su presencia. En cambio, se metió la mano en el pecho de la camisa y sacó una nota. La había llevado encima desde que había llegado a la hora del té, y la había leído una y otra vez. En esta ocasión, la desdobló de nuevo para leerla una vez más, como si las palabras pudieran haber cambiado o desaparecido.

> Su Majestad el Príncipe de Gales se complace en invitarle a visitarlo para hablar de sus propuestas relacionadas con la renovación de la comisión del regimiento de infantería número 46, un proyecto que es muy importante para él. Quizá lo más conveniente sea que asista a la *fête* del príncipe en White House el domingo 21 de junio. Esta semana le harán llegar una invitación formal. Si la cita es de su conveniencia, por favor, conteste de la forma habitual.

—Conveniente —dijo en voz alta, y notó un extraño hormigueo de excitación, como le ocurría cada vez que leía la nota—. ¡Conveniente, dice!

Pues sí, era conveniente, y también peligroso. El príncipe tenía mucho poder y mucha influencia en los círculos militares, incluyendo al secretario de Guerra. Pero no era el rey. Y lo más probable era que rey y príncipe no estuvieran de acuerdo. El rey y su heredero llevaban varios años distanciados (aunque no enfrentados), y cortejar los favores de uno implicaba provocar la frialdad del otro.

Aun así... quizá fuera posible seguir la fina línea que los separaba a ambos y emerger con el apoyo de los dos.

Pero Hal sabía que no estaba en situación de dominar tamañas sutilezas, ya que estaba exhausto, tanto a nivel mental como físico.

Además, ya había llegado la hora. Lo sabía. Lanzó una mirada breve y pesarosa a la biblioteca, después alargó la mano y cerró la puerta de su refugio lleno de libros.

La casa estaba tranquila, y sus pisadas no hicieron ningún ruido en las gruesas alfombras cuando por fin regresó a la habitación de Esmé. Abrió la puerta sin vacilar y entró.

Como no había luz, dejó la puerta abierta a su espalda, cruzó la estancia y descorrió las cortinas del enorme ventanal doble. Una pálida oleada de luz de luna se proyectó sobre él y retrocedió para cerrar la puerta en silencio. Después cerró el pestillo.

La habitación estaba fría y limpia. Todavía conservaba un ligero olor a cera de pulir muebles y ropa de cama limpia, pero no había ni rastro de su perfume.

Se acercó casi a tientas al tocador y palpó a oscuras hasta que encontró la fornida botella de cristal. Acarició el suave tapón de cristal esmerilado después de quitarlo y se vertió una gota de su fragancia en la muñeca, como la había visto hacer a ella unas cien veces o más.

Era una fragancia pensada sólo para ella, y por un instante volvió a recuperarla: compleja y embriagadora, picante y amarga, a base de canela, mirra, naranjas verdes y aceite de clavel. Dejó la botella abierta, volvió a la habitación y se acercó lentamente a la cama blanca con dosel. Descorrió las cortinas y se sentó.

Todo lo que había en su habitación era blanco o azul; la estancia estaba bañada en sombras. Hasta la biblia que descansaba en su mesita de noche tenía las cubiertas blancas. Sólo los destellos del oro y la plata de su joyero y el candelero reflejaban la luz de la luna.

El ambiente estaba muy tranquilo sin el siseo y el chisporroteo del fuego o el ruido de las velas al derretirse. Hal podía oír su propio corazón, que latía despacio y con fuerza. Sólo estaba él. Y ella.

—Em —dijo suavemente con los ojos cerrados—. Lo siento. —Y susurró tan bajo que apenas oyó sus propias palabras—. Te echo de menos. ¡Dios, te echo de menos!

Por fin, dejó que la pena se apoderara de él y lloró por ella un buen rato.

—Perdóname —rogó.

Y se tumbó en su cama blanca y también se dejó arrastrar por el cansancio, por los sueños pertinentes.

10

A trabajar

Durante las dos semanas siguientes, Minnie se dedicó a trabajar. Intentaba no pensar en *soeur* Emmanuelle, pero la imagen de su madre se cernía sobre ella como si se tratara de un ángel sobre su hombro, y al poco tiempo lo aceptó. A fin de cuentas no podía hacer otra cosa, y por lo menos ahora sabía que su madre estaba viva. Quizá incluso fuera feliz.

Entre tanto trabajo de distintas clases y la animada agenda social de lady Buford, Minnie apenas tenía tiempo para ella misma. Cuando no iba a visitar una colección de himnarios enmohecidos en un altillo junto al Támesis o aceptaba documentos sellados del misterioso cliente que su padre tenía en Vauxhall Gardens, se ataviaba para asistir a una partida de cartas en Fulham. Los hermanos O'Higgins, como buenos y leales perros de presa irlandeses, la acompañaban o la seguían a todos sus compromisos, y su visibilidad dependía de la naturaleza de cada encargo.

Por tanto, agradeció mucho poder combinar el encargo del coronel Quarry con la búsqueda de marido de lady Buford. A Minnie le sorprendió descubrir que esa última tarea se basaba en socializar con mujeres.

—Para ser deseable es necesario que se hable de una, querida —le aseguró lady Buford mientras tomaban ponche helado en la tetería de Largier (madame Largier era francesa y el té le parecía una bebida distinguida de segunda clase)—. Pero debes conseguir que se hable bien de ti. No puedes estar relacionada con ningún escándalo, y tampoco debes despertar los celos de nadie. Sé dulce y modesta, admira siempre los vestidos de tus acompañantes, no exaltes el que luzcas tú y no les hagas ojitos a sus hijos o a sus hermanos si están presentes.

—¡Yo nunca le he hecho ojitos a nadie en toda mi vida! —exclamó Minnie indignada.

—No es una técnica difícil de dominar —opinó lady Buford con sequedad—. Pero supongo que entiendes a qué me refiero.

Minnie la comprendía, y como no tenía intención de atraer a ningún marido potencial, era extremadamente popular entre las damas de la sociedad, cosa que resultó una gran ventaja, ya que muchas jóvenes carecían de discreción, tenían muy poco juicio y explicaban las cosas más escandalosas sin apenas pestañear.

No dudaron ni un segundo en hablarle de Esmé Grey, la fallecida condesa de Melton, que protagonizaba todas las habladurías. Pero no fue la clase de chisme que Minnie habría esperado escuchar.

Después de indagar durante una semana con discreción, Minnie tenía la clara impresión de que, por lo general, las mujeres no le tenían mucho aprecio a Esmé, algo que no ocurría con los hombres, de ahí que muchas de ellas le hubieran tenido miedo o envidia. Pero, en cambio, lo que resultaba sorprendente era que existieran tan pocos escándalos asociados a su persona.

Sí detectó cierta simpatía general por Esmé. Al fin y al cabo había fallecido y el pobre bebé también... Era una historia trágica, y todo el mundo adora las tragedias siempre que no las protagonicen ellos.

Y la verdad es que sí que se comentaba mucho, aunque con discreción, que lord Melton le había disparado al señor Twelvetrees, hecho que había conmocionado tanto a la condesa que se había puesto de parto demasiado pronto y había muerto. No obstante, lo que llamaba la atención era que no hubiera ningún indicio de que alguien tuviera conocimiento de la aventura entre Esmé y Nathaniel.

Se especulaba mucho sobre los motivos que habría podido tener lord Melton para asesinar al señor Twelvetrees, pero, por lo visto, Esmé había sido muy discreta y nadie sabía si el señor Twelvetrees le había prestado más atención de la normal o si se habían visto a solas en alguna ocasión.

Se rumoreaba que lord Melton había matado a Nathaniel por algo relacionado con un cantante italiano, pero la opinión general era que se debió a algo relacionado con los negocios. Nathaniel había sido un coadjutor fracasado que después se hizo corredor de bolsa («¡aunque escribía unos poemas maravillosos, cielo santo!»), y se rumoreaba que la familia Grey había perdido mucho dinero por culpa de la incompetencia de Nathaniel.

Pero cuando siguió investigando, Minnie descubrió un creciente sentimiento en lo que había mencionado el coronel Quarry: se decía que lord Melton había asesinado a Nathaniel debido a un ataque de locura. A fin de cuentas, el duque («aunque me han dicho que no debemos dirigirnos a él por su título, puesto que no le gusta, lo que demostraría que ha enloquecido...») no había vuelto a aparecer en público desde el fallecimiento de su esposa.

Dado que la condesa había muerto hacía dos meses, Minnie pensó que sus reticencias podían ser razonables, e incluso admirables.

Pero como lady Buford había estado presente durante una de esas conversaciones, Minnie aprovechó la oportunidad, en el carruaje de camino a casa, para preguntar a su carabina qué opinión tenía sobre el matrimonio del duque de Pardloe.

Lady Buford frunció los labios y con aire reflexivo se dio unos golpecitos en la boca con el abanico cerrado.

—Bueno, la muerte del primer duque fue bastante escandalosa, ¿has oído hablar de ello?

Minnie negó con la cabeza con la esperanza de disponer de más información de la que le había proporcionado el *précis* de su padre, pero lady Buford no era la clase de persona que supiera distinguir entre los hechos y las habladurías, y su relato sobre las supuestas conexiones jacobitas del primer duque fue incluso más breve que las del padre de Minnie.

—Fue quijotesco, como poco. ¿Conoces esa palabra, querida?

—Sí, claro. ¿Se está refiriendo al que sería el segundo duque Harold? Repudió el título. ¿Se refiere a eso?

Lady Bufford sorbió un poco por la nariz y ocultó el abanico en su espaciosa manga.

—En realidad nadie puede repudiar un título, a menos que el rey le dé permiso para hacerlo. Pero se ha negado a utilizarlo, cosa que divirtió a algunos, disgustó a otros, que lo tomaron como una argucia, y conmocionó a la sociedad en general. Aun así... se casó un año antes de que muriera el primer duque, así que Esmé se había casado con él con la esperanza de que algún día heredaría el título. Ella no le había dicho que lamentara su decisión o que lo hubiera advertido. Esa chica conocía muy bien el significado de la palabra «distante» —añadió lady Buford con aprobación.

—¿Cree que estaban enamorados? —preguntó Minnie con sincero interés.

—Sí —contestó lady Buford sin vacilar—. Ella era francesa, claro, y bastante guapa, se podría decir que incluso exótica.

Y, desde luego, Harold Grey es un joven insólito, bueno, no debería decir eso, quizá sólo que es poco habitual. Sus peculiaridades parecían complementarse muy bien. Y ninguno de los dos daba ninguna importancia a lo que los demás dijeran o pensaran sobre ellos.

La afilada mirada de lady Buford se había suavizado un poco al rebuscar en los recuerdos, y negó la cabeza, lo que hizo que la paloma que llevaba en el sombrero se inclinara demasiado.

—La verdad es que fue una tragedia —dijo con tristeza.

Y por lo visto, aparte de algunas cuantas preguntas discretas más, eso fue todo.

Quedó con el coronel Quarry en un concierto de música religiosa en St. Martin-in-the-Fields. Había tanta gente que era posible sentarse en una de las galerías sin llamar la atención. Al fondo, pudo ver la parte posterior de la cabeza de Quarry, quien la inclinó, aparentemente extasiado por la música que sonaba.

Minnie solía disfrutar con cualquier tipo de música. Sin embargo, cuando la vibración de los tubos del órgano dejó de retumbar en los listones de madera que tenía a los pies y una única voz aguda y pura se elevó desde el silencio para entonar un magníficat, sintió una punzada de intenso dolor, ya que le vino a la mente una estancia envuelta en sombras, la luz de una vela, el dobladillo sucio de un hábito blanco, una cabeza agachada y un cuello esbelto bajo una mata de pelo dorado como el trigo limpio.

Se le contrajo la garganta y agachó la cabeza para ocultar la cara con el abanico abierto. Era un día cálido, y cada vez que se detenía la música, en la galería se oía el susurro de los abanicos. Nadie se dio cuenta.

Cuando terminó el concierto, Minnie se levantó con los demás y se quedó junto a la barandilla mientras los asistentes iban saliendo envueltos en un murmullo de conversación que se elevaba por encima de los últimos acordes del himno de fin de oficio.

Quarry se acercó a ella como si paseara, aunque de una forma demasiado casual. Lo cierto es que él no estaba acostumbrado a las intrigas, y si alguien lo advertía, pensaría que era precisamente eso.

—¡Señorita Rennie! —exclamó como si le sorprendiera su presencia, y le hizo una reverencia—. ¡A su servicio, señora!

—¡Vaya, coronel Quarry! —dijo abanicándose con coquetería—. ¡Qué sorpresa! No tenía ni idea de que le gustara la música religiosa.

—No la soporto —repuso amigablemente —. Me habría vuelto loco si esos aullidos hubieran durado un minuto más. ¿Qué ha descubierto?

Ella le explicó sin preámbulos lo que había descubierto o, más bien, lo que no había descubierto.

—¡Maldita sea! —exclamó, y se encogió de hombros cuando pasaron dos mujeres por su lado que lo miraron alarmadas—. Es decir —añadió bajando la voz—, mi amigo está bastante convencido de que ocurrió. La, mmm...

—Aventura. Sí, me comentó usted que tenía cartas que lo demostraban, pero que no quería que nadie las leyera, cosa que me parece razonable.

Minnie no sabía por qué estaba interesada en aquel asunto, pero sentía cierta fascinación por aquella historia. Hubiera tenido que facturarle el tiempo que le había dedicado y dejarlo como estaba, pero...

—¿Sabe dónde guarda esas cartas? —preguntó.

—Pues supongo que estarán en el escritorio que hay en la biblioteca de su padre. Por lo general guarda ahí la correspondencia. Que...

Se calló en seco y la miró con dureza. Ella se encogió un poco de hombros.

—Ya le he explicado lo que se rumorea sobre el estado mental de su amigo. Y si las cartas son la única prueba de que tenía un motivo honorable para hacer lo que hizo...

Minnie guardó silencio con respeto. A Quarry se le ensombreció el rostro, y ella notó cómo el cambio de actitud se reflejaba en el cuerpo del coronel cuando cerró los puños.

—¿Está sugiriendo que coja las...? ¡Yo nunca podría hacer una cosa así! ¡Es deshonroso, imposible! ¡Es mi amigo, maldita sea!

Apartó la mirada tragando saliva y dejó de apretar los puños.

—Por el amor de Dios, si descubriera que he hecho una cosa como ésa, yo... yo creo que él...

Guardó silencio, sin duda imaginando las posibles consecuencias de dicho descubrimiento. Estaba palideciendo, y una ráfaga de luz de color azul claro procedente de una de las vidrieras le confirió una repentina imagen de cadáver.

—Yo no estaba sugiriendo eso, señor —dijo Minnie lo más sumisamente posible—. ¡En absoluto! Como es evidente, un caballero como usted, y un amigo devoto, no podría, y no debería, hacer nunca una cosa como ésa.

«Y si lo hiciera —pensó, mirándolo a la cara—, él lo sabría en cuanto lo viera. Usted, pobre diablo, no podría mentir ni para escapar de una fiesta infantil.»

—Pero —añadió Minnie, y miró a su alrededor de manera deliberada para que él pudiera ver que estaban solos en la galería, excepto por un grupo de mujeres que había en un lateral, apoyadas sobre la barandilla y saludando a algunos conocidos que aguardaban en la nave del piso de abajo—. Pero —repitió en voz baja— ¿y si las cartas se enviaran de forma anónima a...? —Hizo una pausa y arqueó una ceja.

Quarry volvió a tragar saliva, de forma audible, y la miró un buen rato.

—Al secretario de Guerra —espetó él, como si quisiera deshacerse de las palabras antes de arrepentirse.

—Comprendo —repuso Minnie relajándose—. Bueno. Eso parece muy... drástico. Quizá se me ocurra alguna otra forma de descubrirlo. Tiene que haber alguna amiga íntima de la condesa fallecida que todavía no conozca. —Minnie le posó una mano en el brazo—. Deje que siga encargándome del asunto durante algunos días más, coronel. Estoy segura de que a alguno de los dos se nos ocurrirá algo útil.

11

La fiesta

1 de junio de 1744, París

> Querida:
>
> Como no he tenido noticias de lo contrario, supongo que todo te va bien. He recibido una petición especial a través de un amigo; un coleccionista inglés que se hace llamar señor Bloomer desea hablar contigo acerca de un encargo especial. Su carta, con los detalles de los requisitos, una lista de recursos con los que satisfacerlos y un pago aceptable llegarán en sobres separados.
>
> Tu afectuoso padre,
>
> R. Rennie

El «señor Bloomer» había especificado que se encontrarían en la casa que Su Alteza Real el príncipe de Gales tenía en Kew el día 21 de junio, en pleno verano. Minnie había dibujado en su agenda varias flores y frutas para señalar la ocasión; la Casa Blanca (que así es como se conocía a la residencia del príncipe) tenía unos jardines fantásticos, y la reunión privada para tomar el té (a la que sólo se podía acceder con invitación) tendría lugar en dichos jardines; la anfitriona sería la princesa Augusta, y la celebraría para apoyar una de sus causas benéficas favoritas.

Minnie pensó que era un poco *outré* que una mujer soltera fuera sola a esa clase de eventos, ataviada para la ocasión, pero el señor Bloomer había especificado que la agente hiciera justo eso, pues le había enviado una única invitación con la carta. Es posible que no se hubiera dado cuenta de que la agente era una jovencita.

Como hacía un día precioso, Minnie se bajó de la calesa al final de una larga avenida que recorría la orilla del río hasta la bastante grande, aunque no palaciega, casa.

—Iré caminando desde aquí —le dijo a Rafe O'Higgins, que la había acompañado—. Puedes vigilarme hasta que entre en la casa, si realmente crees que es necesario.

Por las calles que bordeaban una enorme piscina a lo lejos, se movía a un lado y a otro, poco a poco, un buen número de sombrillas de colores, sombreros de ala ancha y vestidos de seda. Parecía un desfile de flores animadas, «muy apropiado para una fiesta en el jardín», pensó Minnie divertida.

—Entonces la recogeré también aquí —soltó Rafe ignorando su mofa. Señaló un abrevadero de piedra que había en una pequeña zona de descanso—. Justo ahí —repitió, y miró el sol—. Son más de las dos, ¿cree que habrá acabado hacia las cuatro?

—No tengo ni idea —contestó, poniéndose de puntillas para mirar por encima de la extensión verde que rodeaba la casa.

Entre los árboles se veían cúpulas ornamentales y objetos brillantes que tal vez fueran de cristal o metálicos, y oyó suaves compases de música a lo lejos. Cuando terminara con el señor Bloomer, quería explorar al máximo los encantos de la residencia real de Su Alteza y también sus jardines.

—Muy bien. Si no está aquí a las cuatro, volveré cada hora hasta que la encuentre. —Se agachó y le acercó tanto la cara que sus narices prácticamente se tocaban. Le clavó sus ojos de color avellana—. Y si no está aquí a las siete, entraré a buscarla. Lo ha entendido, ¿verdad, lady Bedelia?

—¡Oh, tonterías! —exclamó con simpatía. Se había comprado una sombrilla modesta de seda verde ondulada y la abrió haciendo una floritura mientras le daba la espalda.

»Hasta luego.

—¡¿Y cuándo es luego?! —gritó tras ella.

—¡Cuando haya terminado! —le respondió por encima del hombro, y siguió caminando mientras daba vueltas al parasol con delicadeza.

La multitud se estaba congregando en el enorme vestíbulo central, donde la princesa Augusta (como mínimo, Minnie pensó que la atractiva y enjoyada mujer de grandes ojos azules y papada incipiente era la princesa) estaba saludando a sus invitados, ayudada por otras mujeres muy bien vestidas. Minnie se adentró en la multitud con despreocupación y se desvió de la línea de visión para evitar llamar la atención.

Al final de la casa, vio unas mesas enormes con refrigerios. Un sirviente le ofreció una copa de sorbete y un pastelito helado, que ella aceptó con elegancia y fue degustando mientras salía a los jardines para admirar su diseño y se fijaba en la situación de los distintos puntos de referencia. Tenía que encontrarse con el señor Bloomer a las tres en punto en el primer invernadero ataviada de verde.

Y vestía de verde de pies a cabeza: llevaba un vestido de pálida muselina verde, con una chaqueta y una sobrefalda de percal francés estampado. Y, por supuesto, la sombrilla, que volvió a abrir cuando salió de la casa.

Pensó que el señor Bloomer había sido inteligente al elegir ese color; era perfectamente visible entre los tonos rosa, azules y blancos que vestían las demás mujeres, aunque no era tan exótico como para llamar la atención. El verde no combinaba con muchos colores de piel; además, la tela verde solía desteñirse mucho. Monsieur Vernet, un artista amigo de su padre bastante obsesionado con las ballenas, le había dicho en una ocasión que el verde era un color fugitivo, una opinión que le encantó a Minnie.

¿Sería por eso por lo que los árboles mudaban el color de sus hojas en otoño? El verde se escabullía y las abandonaba hasta que se marchitaban, presa de una muerte marrón. Pero entonces ¿por qué disfrutaban del momentáneo ardor del rojo y el amarillo?

Esas preocupaciones no afectaban en absoluto a las plantas que la rodeaban; era pleno verano, y todo era tan verde que, lejos de llamar la atención, si se hubiera quedado inmóvil en medio de toda aquella próspera flora, habría sido casi invisible.

Encontró los invernaderos con facilidad. Había cinco, todos en hilera, y brillaban como diamantes al sol de la tarde; además, cada uno de ellos estaba conectado al anterior por un pasillo cubierto. Había llegado un poco pronto, pero no importaba. Cerró la sombrilla y se unió a las personas que entraban.

Dentro, el aire estaba cargado y húmedo, dominado por el olor a fruta madura y flores embriagadoras. Minnie había visto en Versalles el invernadero de naranjos del rey en una ocasión; aquello era mucho menos impresionante, pero también mucho más bonito. Naranjas, limones, limas, ciruelas, melocotones, albaricoques, peras... La embriagadora fragancia de la flor de aroma cítrico flotando por todas partes.

Suspiró con alegría y se adentró por los caminos de grava que se internaban entre las hileras de plantas, murmurando disculpas o agradecimientos cuando rozaba a alguien al pasar, sin mirar a nadie a los ojos, y, cuando se encontró sola bajo un dosel de árboles de membrillo, se detuvo a respirar el perfume de las pesadas frutas amarillas, del tamaño de pelotas de críquet, que pendían sobre su cabeza.

Vio una ráfaga de color rojo entre los árboles que le llamó la atención y, por un momento, pensó que se trataba de un pájaro exótico, atraído por la sorprendente abundancia de frutas peculiares. Entonces oyó voces masculinas por encima del murmullo de las numerosas voces femeninas de buena cuna, y un segundo después, su pájaro rojo salió a la amplia parcela de grava donde se cruzaban los caminos. Se trataba de un soldado ataviado con el uniforme completo: un derroche de tonos escarlata y oro, con unas brillantes botas hasta la rodilla, y una espada en el cinturón.

No era alto; en realidad, era bastante bajo, y tenía un rostro de huesos finos que Minnie vio de perfil cuando él se volvió para decirle algo a su compañero. Sin embargo, iba muy derecho, con los hombros rectos y la cabeza alta, y tenía algo que le recordaba a un gallo de pelea (era algo feroz, innatamente orgulloso y del todo ajeno a su altura). Parecía dispuesto a enfrentarse a cualquier contrincante.

La idea la divirtió tanto que tardó un instante en prestarle atención a su interlocutor. Su compañero no lucía uniforme de soldado, pero también vestía muy elegante; sus ropas eran de terciopelo ocre, llevaba un fajín azul y algunas medallas grandes sujetas a la solapa (supuso que de algún tipo de orden). Sin embargo, parecía una rana, tenía los labios gruesos y pálidos, y unos ojos muy grandes con los que lo observaba todo.

La visión de los dos hombres, gallo y rana, enfrascados en una agradable conversación, hizo que sonriera oculta tras el abanico, y no fue consciente de que detrás de ella se le había acercado un caballero.

—¿Le gustan los *Opuntioid cacti*, señora?

—Puede ser, si supiera lo que son —contestó, volviéndose hacia un caballero joven con un traje de color ciruela que la miraba con atención, y que después carraspeó y arqueó una ceja—. Mmm... en realidad, prefiero las suculentas —dijo Minnie entonando la contraseña que habían acordado. Ella también carraspeó esperando recordar la palabra—. En especial las, mmm, euforbias.

La duda desapareció de los ojos del joven, y fue sustituida por un brillo de diversión. La miró de arriba abajo de una forma que, en otras circunstancias, se podría haber considerado insultante. Minnie se sonrojó, pero le aguantó la mirada y alzó las cejas.

—Supongo que es usted el señor Bloomer.

—Si usted lo dice —intervino sonriendo, y le ofreció el brazo—. Permítame enseñarle las euforbias, señorita...

Un momento de pánico: ¿quién debía ser o admitir ser?

—Houghton —dijo, recordando el apodo burlón de Rafe—. Lady Bedelia Houghton.

—Claro que sí —repuso él muy serio—. Encantado de conocerla, lady Bedelia.

Él le hizo una pequeña reverencia, ella lo cogió el brazo, y juntos se adentraron en la vegetación.

Pasaron por una pequeña jungla de filodendron, unos que jamás habían pisado nada tan plebeyo como un vestíbulo, con unas hojas melladas la mitad de grandes que la propia Minnie, y una planta de enormes hojas con nervios del color de la tinta verde que parecía seda diluida en agua.

—Los filodendron son bastante venenosos —anunció el señor Bloomer asintiendo con despreocupación—. Todos. ¿Lo sabía?

—Lo tendré en cuenta.

Y luego árboles: ficus, le informó el señor Bloomer (quizá, a fin de cuentas, no hubiera elegido su *nom de guerre* a la ligera), con sus tallos retorcidos y sus hojas gruesas, y ese dulce olor a humedad; algunas de las hojas tenían vides que trepaban por los troncos gracias a unos pelos con aspecto de raíces que se aferraban con fuerza a la estrecha corteza.

Y a continuación, por supuesto, las euforbias.

Minnie no sabía que existiera nada parecido. Muchas de ellas ni siquiera parecían plantas de verdad, y algunas de las que sí lo parecían eran extrañas perversiones del mundo vegetal, con tallos delgados y desnudos recubiertos de espinas crueles, cosas que se asemejaban a lechugas rizadas con las esquinas de un color rojo oscuro que hacía que diera la impresión de que alguien las había utilizado para limpiar sangre.

—Las euforbias también son bastante venenosas, pero el veneno se encuentra sobre todo en la savia. No la mataría, pero es mejor que no entre en contacto con los ojos.

—Claro.

Minnie agarró la sombrilla con más fuerza y se preparó para abrirla en caso de que alguna de esas plantas quisiera escupirle; algunas de ellas era como si estuvieran deseándolo.

—A ésa la llaman «corona de espinas» —comentó el señor Bloomer, señalando a un espécimen especialmente horrible con largas espinas negras que asomaban en todas direcciones. «Muy apropiado», parece que indicara la expresión de Minnie, y sonrió ladeando la cabeza en dirección al invernadero siguiente—. Venga; la próxima colección le gustará más.

—¡Oh! —dijo en voz baja. Entonces repitió, en voz más alta—: ¡Oh!

El siguiente invernadero era mucho más grande que el resto. Tenía una cubierta abovedada muy alta que permitía que penetrara una gran cantidad de luz solar que iluminaba las miles de orquídeas que surgían de las mesas y resbalaban por los árboles en cascadas de colores blanco, dorado, púrpura, rojo y...

—¡Oh, vaya!

Minnie suspiró extasiada al ver toda aquella belleza, y el señor Bloomer sonrió.

No eran los únicos que estaban disfrutando con el espectáculo. A pesar de que todos los invernaderos eran populares (y habían oído las exclamaciones de muchas personas al ver aquellas plantas espinosas, grotescas y venenosas), el de las orquídeas estaba repleto de invitados, y en el aire flotaba el murmullo del asombro y el regocijo.

Minnie respiró todo lo hondo que pudo sorbiendo por la nariz. El aire olía a una gran mezcla de fragancias, tanto que se mareó un poco.

—No huela ésa. —El señor Bloomer, que la iba guiando de una preciosidad a otra, colocó una mano delante de una enorme maceta donde crecían unas orquídeas verdes bastante insulsas, de pétalos gruesos—. Huele a carne podrida.

Minnie la olisqueó con cautela y retrocedió.

—¿Y por qué diablos querría una orquídea oler a carne podrida? —preguntó.

Él le lanzó una mirada de extrañeza, pero sonrió.

—Las flores adoptan el color y el olor que necesitan para atraer a los insectos que las polinizan. Nuestra amiga *Satyrium* —asintió hacia las plantas verdes— depende de los servicios de las moscas de la carne. Venga, ésta huele a coco; ¿alguna vez ha olido un coco?

Pasaron un buen rato en el invernadero de las orquídeas (lo cierto es que no podían hacer otra cosa, pues la gente avanzaba muy despacio), y a pesar de que Minnie no tenía ninguna prisa por abandonar esas preciosidades exóticas, se sintió muy aliviada cuando entraron en el último invernadero y lo encontraron prácticamente desierto. También hacía frío, al contrario del calor tropical provocado por el alud de cuerpos que habitaban en el anterior, y respiró hondo. Los aromas de aquel invernadero eran sutiles y modestos, las plantas eran pequeñas y parecían más ordinarias, y de pronto comprendió la estrategia del señor Bloomer.

El invernadero de las orquídeas cumplía la función de barrera. Allí estaban casi solos, pero seguían estando en una posición que les permitía ver si se acercaba alguien para poder, de ese modo, cambiar de conversación y charlar de cualquier cosa sin importancia.

—¿Hablamos de negocios? —le dijo, y el señor Bloomer volvió a sonreír.

—Claro. ¿Usted primero, o comienzo yo?

—Usted. —Iba a ser un intercambio más que una venta, pero la parte del trato de Minnie era muy concreta y la suya no—. Dígamelo —repuso, concentrándose en su cara estrecha pero no desagradable; veía asomar el humor en las arrugas que se le formaban alrededor de la boca.

—¿Está segura de que se acordará? —preguntó con desconfianza.

—Claro.

Soltó el aire, asintió y empezó a hablar.

Ella lo volvió a coger del brazo y pasearon por los pasillos del invernadero, cruzando zonas de sol y sombra, mientras él le iba facilitando información. Ella lo memorizó todo, iba repitiéndoselo, y de vez en cuando le pedía que le aclarara algo o que se lo dijera otra vez.

La mayor parte de la información estaba relacionada con asuntos financieros, bancarios, el intercambio de divisas y el movimiento del dinero entre personas y países. También añadió algunos chismorreos de carácter político, pero no demasiados.

Aquello la sorprendió; la información por la que intercambiaba la suya era toda de naturaleza política, y bastante específica. El señor Bloomer se dedicaba a rastrear jacobitas, sobre todo en Inglaterra y París.

«No entiendo por qué —había escrito su padre en el margen de la lista que le había facilitado—. Es cierto, Carlos Estuardo ha venido a París, pero eso es de dominio público y, además, todo el mundo sabe que nunca conseguirá nada; ese hombre es idiota. De todas formas, uno no gana dinero negándose a venderle a cada uno lo que quiere...»

Minnie se sintió aliviada cuando el señor Bloomer terminó de hablar. No había sido un discurso ni largo ni complicado, y estaba segura de que había memorizado todos los nombres y los números necesarios.

—Muy bien —dijo ella, y sacó la lista sellada que llevaba en el bolsillo secreto, cosido en el interior de la chaqueta.

Se la entregó asegurándose de que lo miraba a los ojos al hacerlo. Le latía muy rápido el corazón y tenía la palma de la mano un poco húmeda, pero él no pareció desconfiar.

No es que hubiera nada de malo en lo que acababa de hacer. No estaba engañando al señor Bloomer, o por lo menos no exactamente. Todo lo que ponía en su lista estaba tal como lo había especificado su padre..., salvo que cuando ella la había pasado a limpio, había excluido el nombre de James Fraser y la información relacionada con sus movimientos y sus interacciones con Carlos Estuardo y sus seguidores. Sentía cierta sensación de posesión, por no decir que sentía el impulso de proteger al señor Fraser.

El señor Bloomer no era tonto. Abrió el documento y lo leyó todo por lo menos dos veces. Después dobló la hoja y le sonrió.

—Gracias, querida. Ha sido un placer...

Se detuvo de repente y se retiró un poco. Minnie se volvió para ver lo que le había sorprendido y vio al soldado, el gallo de pelea, que se acercaba por el pasillo que llegaba del invernadero de las orquídeas. Iba solo, pero cuando cruzó un parche soleado, su uniforme escarlata y dorado hizo que brillara como un loro.

—¿Lo conoce? —preguntó Minnie en voz baja.

«Me parece que es alguien con quien no quiere encontrarse», pensó.

—Sí —contestó el señor Bloomer, y se ocultó en la sombra que proyectaba un helecho—. ¿Me podría hacer un favor, querida? ¿Podría darle conversación a su excelencia mientras yo me marcho?

Asintió hacia el soldado, y cuando ella dio un paso vacilante en esa dirección, le lanzó un beso y rodeó el helecho para marcharse.

No tuvo tiempo de pensar en lo que iba a decir.

—Buenas tardes —dijo sonriendo y haciéndole una reverencia al oficial—. ¿Verdad que se está bien aquí, a pesar de todo el gentío?

—¿Gentío? —preguntó él un tanto confuso, y entonces su mirada se aclaró y la miró por primera vez, y ella fue consciente de que no la había visto hasta que le había hablado.

—En el invernadero de las orquídeas —repuso, asintiendo hacia la puerta por la que él acababa de entrar—. He pensado que quizá había venido usted por el mismo motivo que yo, para refugiarse de ese baño turco.

Lo cierto es que estaba sudando mucho con el uniforme, y le resbaló una gota de sudor por la sien. Lucía su propio pelo oscuro, según advirtió Minnie, a pesar de que se apreciaba algún resto de polvo en él. Pareció darse cuenta de que no había sido nada sociable, porque le hizo una gran reverencia y se llevó la mano al corazón.

—A su servicio, señora. Le ruego que me disculpe. Estaba... —Se irguió y dejó de hablar haciendo un gesto para señalar las plantas que lo rodeaban—. Aquí se está más fresco, ¿verdad?

Todavía podía ver al señor Bloomer cerca de la puerta que conducía al invernadero de las orquídeas. Le sorprendió advertir que se había detenido, y le disgustó un poco ser consciente de que estaba escuchando su conversación, a pesar de lo insulsa que era. Minnie lo miró entornando los ojos; él se dio cuenta y esbozó una sonrisa ladeada.

Se acercó un poco más al soldado y le tocó el brazo. Él se puso un poco tenso, y como no vio ninguna señal de rechazo en su rostro, sino más bien todo lo contrario, cosa que la tranquilizó, le dijo en tono conversador:

—¿Conoce alguna de estas plantas? Aparte de las orquídeas y las rosas, me temo que soy una absoluta ignorante.

—Conozco... algunas —afirmó. Vaciló un momento, y después prosiguió—: En realidad he venido a ver una flor en particular que me acaba de recomendar Su Alteza.

—¿Ah, sí? —afirmó ella impresionada. Recordó la rana con el traje ocre y sus pensamientos se reajustaron con rapidez, y sintió una ligera emoción al pensar que había estado tan cerca del príncipe de Gales—. Mmm... ¿Y qué flor es, si no le importa decírmelo?

—En absoluto. Por favor, permítame enseñársela. Si soy capaz de encontrarla.

Sonrió de improviso, volvió a inclinar la cabeza, y le ofreció el brazo, que ella aceptó con cierta emoción, al mismo tiempo que le daba la espalda al distante señor Bloomer.

«Vaya a darle conversación a su excelencia.» Había dicho «su excelencia». Había pasado mucho tiempo desde su estancia en Londres y no solía tener la ocasión de emplear los títulos ingleses, pero estaba bastante segura de que uno sólo llamaba «excelencia» a un duque.

Lo miró de reojo a escondidas; no era alto, pero le sacaba más de quince centímetros. Aunque era joven... Siempre había imaginado que los duques (las pocas veces que había pensado en ello) eran ancianos enfermos de gota, con mucho abdomen y papada. Pero ése no podía tener más de veinticinco años. Era delgado, y sin embargo seguía irradiando esa ferocidad de gallo, y tenía un rostro muy atractivo, aunque Minnie también advirtió que tenía las ojeras muy marcadas, así como arrugas y hendiduras en las mejillas, que hacían que pareciera mayor de lo que ella creía que probablemente era.

Se sintió de repente mal por él y le estrechó el brazo, casi sin ser consciente de ello.

Él la miró sorprendido, y ella apartó la mano y se la metió en el bolsillo para coger un pañuelo que se llevó a los labios fingiendo un ataque de tos.

—¿Está usted bien, señora? —le preguntó preocupado—. Puedo traerle... —Se volvió para mirar hacia la puerta que conducía a los demás invernaderos, y se volvió de nuevo muy serio—. Me temo que si fuera a buscarle un poco de hielo, moriría usted mucho antes de que yo regresara. ¿Prefiere que le golpee la espalda?

—No —consiguió decir, y después de toser un par de veces más de un modo muy femenino, se limpió los labios con el pañuelo y lo guardó—. Gracias de todas formas.

—De nada.

La miró inclinando la cabeza, pero no le volvió a ofrecer el brazo, sólo asintió para indicarle que se acercara a una mesita baja donde habían dispuesto un surtido de porcelana china. «Otra sorpresa», pensó Minnie al ver la colección de delicada porcelana azul y blanca. Cualquiera de aquellas tazas pintadas debía de costar una fortuna, y allí estaban, llenas de porquería y utilizadas para exponer unas flores bastante ordinarias.

—¿Éstas? —preguntó Minnie, volviéndose para mirar a su excelencia. ¿Debía preguntarle cómo se llamaba? ¿Debía decirle su nombre?

—Sí —admitió, aunque ahora su voz parecía vacilante, y advirtió que él apretaba los puños un momento antes de avanzar hasta la mesa—. Las trajeron de China, son muy... muy exóticas.

Lo miró sorprendida al advertir que se le había entrecortado la voz.

—¿Qué clase de flores son? ¿Lo sabe?

—Tienen un nombre chino..., no lo recuerdo. Conozco a un botánico, a un tipo suizo..., él las llama «crisantemos». *Chrystos* significa «dorado», y *anth*, *anthemon*, significa... «flor».

Minnie vio cómo se le movía la garganta al tragar saliva y advirtió, alarmada, que estaba muy pálido.

—¿Señor? —intervino, mientras alargaba la mano con cautela para cogerle el brazo—. Está usted un poco... ¿Está bien?

—Sí, claro —contestó, pero respiraba muy deprisa, y el sudor le goteaba por el cuello—. Estoy... estaré... bie...

Se calló de golpe, jadeando, y se agarró a la mesa con fuerza. Las tazas se tambalearon un poco y dos de ellas chocaron produciendo un ruido agudo que le dio dentera y le puso el vello de punta.

—Quizá será mejor que se siente —opinó Minnie, agarrándolo del codo y tratando de hacer que retrocediera un paso para que no se cayera encima de los cientos de libras en porcelana de valor incalculable y las flores exóticas.

El soldado se tambaleó hacia atrás y se dejó caer de rodillas en la grava agarrándose a sus brazos. Pesaba mucho. Minnie miró a su alrededor para pedir ayuda, pero no había nadie más en el invernadero. El señor Bloomer había desaparecido.

—Yo... —Se atragantó, jadeó, tosió con más fuerza y trató de coger aire. Tenía los labios un poco azules, cosa que la asustó. Tenía los ojos abiertos, pero a Minnie le dio la impresión de que no veía nada; la soltó y empezó a rebuscar a tientas entre los faldones de su casaca—. Necesito...

—¿Qué? ¿Lo lleva en el bolsillo?

Minnie se inclinó, le apartó la mano, empezó a palpar la tela y notó algo duro. Tenía un bolsillito en la cola de la casaca, y por un momento pensó que nunca había imaginado que aquélla sería la forma en que tocaría las nalgas de un hombre por primera vez, pero consiguió encontrar el bolsillo y sacó una caja de rapé esmaltada en azul.

—¿Esto es lo que quiere? —preguntó con recelo al sacarla.

Minnie estaba convencida de que el rapé era lo menos indicado para aquella situación.

El soldado le quitó la cajita con las manos temblorosas e intentó abrirla. Ella la recuperó y se la abrió. Dentro había un frasquito sellado con un corcho. No sabía qué hacer. Volvió a mirar hacia la entrada del invernadero, pero no apareció nadie que pudiera ayudarla, así que cogió el frasco, lo descorchó y reculó jadeando cuando los vapores del amoniaco emanaron de la botellita.

Le acercó el frasco a la nariz y él también jadeó, estornudó en la mano de Minnie, después le cogió la mano, se acercó más el frasco y respiró una vez más antes de soltarla.

Se sentó en la grava con pesadez, encorvado; resolló, resopló y después tragó, mientras ella no dejaba de limpiarse la mano en las enaguas.

—Señor..., voy a buscar a alguien que pueda ayudarnos —dijo, e hizo ademán de hacerlo, pero él había alargado la mano y la agarró de la falda.

Negó con la cabeza, sin habla, pero al poco tiempo tuvo el aliento suficiente para decir:

—No. Ahora... ya está.

Minnie lo dudaba mucho. Sin embargo, lo último que quería era llamar la atención, y sí que era cierto que parecía, si no exactamente mejor, como mínimo que no iba a morir allí mismo.

Asintió con indecisión, aunque no creyó que él la viera, y después de mirar a su alrededor con impotencia un rato, se sentó con cuidado en el borde de un arriate donde había unas plantas que parecían alfileteros de varios tamaños. Algunas le cabrían en la palma de la mano (si no tuvieran tantas espinas) y otras eran mucho más grandes que su cabeza. Le apretaba el corsé e intentó respirar más despacio.

Cuando se fue tranquilizando, empezó a escuchar las voces que conversaban en el alejado invernadero de las orquídeas, que acababan de subir de tono y eran más agudas.

—Fred... rick —dijo la silueta encorvada que descansaba a sus pies.

—¿Qué?

Se agachó para mirarlo. Seguía teniendo muy mal color y hacía mucho ruido al respirar, pero por lo menos respiraba.

—El príncipe...

Agitó la mano hacia el ruido.

—¡Ah!

Minnie pensó que se refería a que el príncipe de Gales había entrado a visitar las orquídeas, y que eso había provocado el tumulto en el invernadero contiguo. Si era eso, pensó Minnie, estaban a salvo de las interrupciones de momento, ya que nadie abandonaría a Su Alteza para contemplar un montón de alfileteros y porcelana china... fueran lo que fuesen.

Su excelencia había cerrado los ojos y parecía estar concentrado en respirar, cosa que a ella le pareció positiva. Empujada por el deseo de hacer algo que no fuera quedarse mirando fijamente al pobre hombre, se levantó y se acercó a las tazas de porcelana.

Antes sólo había prestado atención a la porcelana, pero ahora examinó el contenido de las tazas. Había dicho que eran crisantemos. La mayoría de las flores eran pequeñas. Parecían pelotas en tonos crema y dorado, con tallos largos y hojas de color verde oscuro, aunque una de ellas tenía un bonito color óxido, y en otro de los cuencos crecía una profusión de pequeñas flores de color violeta. Después vio una versión más grande, de color blanco, y se dio cuenta de lo que estaba viendo.

—¡Oh! —exclamó en voz alta.

Miró con culpabilidad por encima del hombro, después alargó la mano y tocó la flor con delicadeza. Allí estaba: los pétalos curvados y simétricos; aunque tenía muchas capas, estaban espaciadas, como si la flor flotara por encima de sus hojas. Al estar tan cerca, advirtió que la flor desprendía una evidente fragancia. No tenía nada que ver con los aromas carnosos de las orquídeas; aquél era un perfume delicado y amargo, pero perfume al fin y al cabo.

—¡Oh! —repitió de nuevo en voz más baja, y respiró hondo.

Era una fragancia limpia y fresca que hizo que pensara en un viento frío, así como en cielos despejados y montañas altas.

—*Chu.* —Ponunció el hombre sentado en la grava detrás de ella.

—¡Jesús! —exclamó ella distraídamente—. ¿Se encuentra mejor?

—Las flores. Se llaman *chu* en chino. Disculpe.

Se volvió hacia él. El soldado había conseguido apoyarse sobre una rodilla, pero se tambaleaba un poco. Era evidente que estaba reuniendo fuerzas para levantarse. Minnie alargó el brazo y lo cogió de la mano con toda la fuerza que pudo. Tenía los dedos fríos, pero le estrechó la mano con firmeza. Pareció sorprenderse, pero asintió y, resollando, se puso en pie con un ligero tambaleo, soltándole la mano al levantarse.

—Le pido disculpas —repitió, e inclinó un poco la cabeza. Minnie pensó que si la hubiera inclinado un poco más se habría vuelto a caer, y se preparó para cogerlo en caso de que ocurriera— por haberla incomodado, señora.

—No se preocupe —le contestó con educación. Todavía tenía la mirada un poco perdida, y Minnie podía oír cómo le crujía el pecho cada vez que respiraba—. Mmm... ¿qué le acaba de ocurrir? Si no le importa que se lo pregunte.

Él negó con la cabeza y luego se detuvo en seco con los ojos cerrados.

—Yo... nada. No tendría que haber entrado aquí. Debería haberlo imaginado.

—Me parece que se va a volver a caer —le informó, y lo volvió a coger de la mano para guiarlo hasta el arriate, donde lo sentó e hizo lo propio a su lado.

—Debería haberse quedado en casa —dijo regañándolo—, si sabía que estaba enfermo.

—No estoy enfermo. —Se pasó la mano temblorosa por el sudor de la cara, que después se limpió de manera descuidada en la falda de la casaca—. Yo... yo sólo...

Minnie suspiró y miró hacia la puerta, y después a su espalda. No había otra salida, y el parloteo del invernadero de las orquídeas seguía siendo fuerte.

—¿Usted sólo qué? —preguntó—. No consigo sacarle más de una palabra con cada pregunta. Si no me dice lo que le pasa, entraré ahí y traeré a Su Alteza para que se ocupe de usted.

La miró con asombro y luego empezó a reírse. Y a resollar. Paró, se llevó el puño a la boca y jadeó para coger más aire.

—Ya que quiere saberlo... —intervino y cogió aire—. Mi padre se suicidó en el invernadero de nuestra casa. Hoy hace tres años. Yo... encontré su cuerpo entre el cristal, las plantas, la... la luz... —Levantó la vista hacia los paneles de cristal que había sobre sus cabezas, por donde se proyectaba el sol cegador, después clavó los ojos en la grava, donde se reflejaba la misma luz, y cerró los ojos un instante—. Me... me ha afectado. No tendría que haber venido. —Hizo una pausa para toser—. Discúlpeme. No habría venido si Su Alteza no me hubiera invitado, y necesitaba hablar con él.

La miró fijamente. Tenía los ojos llorosos e inyectados en sangre. Eran azules, de un azul muy pálido.

—Es muy improbable que no haya escuchado la historia, pero mi padre fue acusado de traición; se suicidó la noche anterior a su arresto.

—Eso es terrible —contestó Minnie horrorizada.

Era horrible en muchos sentidos. Para empezar, ese hombre debía de ser el duque de Pardloe, el que su padre había marcado como posible... fuente. Minnie evitó pensar en la palabra «víctima».

—Lo fue. En realidad no era ningún traidor, pero es lo que hay. La familia quedó deshonrada, claro. Su regimiento, el que él mismo había levantado, se disolvió. Y yo quiero volver a levantarlo.

Hablaba con tranquilidad, e hizo una pausa para volver a limpiarse la cara con la mano.

—¿No tiene pañuelo? Tenga, coja el mío.

Minnie se retorció sobre las piedras para meterse la mano en el bolsillo.

—Gracias. —Se limpió la cara más a conciencia, tosió una vez y negó con la cabeza—. Necesito apoyo, patrocinio de las altas instancias, para conseguirlo, y un amigo logró que me citara con Su Alteza, que fue muy amable de recibirme. Creo que me ayudará —añadió como meditabundo. Después la miró y sonrió con tristeza—. Y no me conviene que me vea retorciéndome en el suelo como un gusano justo después de hablar con él, ¿no cree?

—No, ya lo entiendo. —Reflexionó un instante y después se arriesgó a hacerle otra pregunta—: La *sal volatile.* —Señaló el frasco, que estaba en el suelo un poco más lejos—. ¿Se desmaya a menudo? ¿O sencillamente pensó que hoy podría necesitarla?

El soldado apretó los labios con fuerza al escuchar la pregunta, pero contestó.

—No me sucede a menudo. —Se levantó—. Ahora ya estoy bien. Siento haber interrumpido su día. Quiere que... —Vaciló mirando hacia el invernadero de las orquídeas—. ¿Le gustaría que le presentara a Su Alteza? O a la princesa Augusta; la conozco.

—¡Oh! No, no, no hay por qué —se apresuró a decir Minnie, levantándose ella también.

Al margen de lo que ella deseara, que no era precisamente llamar la atención de la realeza, le resultó evidente que lo último que quería él era acercarse a otras personas, puesto que estaba despeinado, alterado y no dejaba de resollar. Aun así, estaba recomponiéndose y la firmeza empezaba a enderezarle el cuerpo. Tosió una vez más y sacudió la cabeza con tenacidad tratando de deshacerse de la tos.

—Su amigo —dijo con la firme decisión de cambiar de tema—, ¿lo conoce bien?

—Mi ami... Oh, ¿el caballero con el que estaba hablando antes? —Por lo visto, el señor Bloomer no había desaparecido tan deprisa como creía—. No es amigo mío. Lo he conocido junto a las euforbias. —Gesticuló en el aire, como si ella y las euforbias fueran buenas conocidas—. Y ha empezado a hablarme de las plantas, así que hemos paseado juntos. Ni siquiera sé cómo se llama.

Aquello hizo que la mirara con aspereza, pero a fin de cuentas era la verdad, y su expresión de inocencia resultó, en apariencia, convincente.

—Comprendo —dijo, y fue evidente que comprendía mucho más de lo que advirtió Minnie. Se quedó pensativo un instante y después se decidió.

—Yo sí que lo conozco —afirmó con cautela, y se pasó la mano por debajo de la nariz—. Y aunque nunca se me ocurriría decirle cómo debe elegir a sus amistades, sí puedo decirle que no creo que sea un hombre con el que le convenga relacionarse. Se lo digo por si se lo vuelve a encontrar.

Guardó silencio y reflexionó un momento, pero ya no dijo nada más sobre el señor Bloomer. A Minnie le habría gustado saber cómo se llamaba en realidad, pero no le dio la sensación de que pudiera preguntarlo.

Se hizo un silencio breve e incómodo, durante el cual se estuvieron mirando el uno al otro, medio sonriendo e intentando decidir qué decir a continuación.

—Yo... —empezó a decir Minnie.

—Usted... —prosiguió él.

Las sonrisas eran ahora más sinceras.

—¿Qué? —preguntó ella.

—Iba a decirle que me parece que el príncipe ya se ha ido del invernadero de las orquídeas. Debería marcharse antes de que entre alguien. No querrá que la vean conmigo —añadió con cierta rigidez.

—¿No?

—En absoluto —dijo con un tono más suave, pesaroso pero todavía firme—, si quiere ser una persona bien vista por la sociedad. Le he dicho muy en serio lo que le he explicado sobre mi padre y mi familia. Tengo la intención de cambiarlo, pero por ahora...

Alargó los brazos, la cogió de las manos y tiró de ella volviéndose hacia la puerta del invernadero de las orquídeas. Tenía razón; la conversación allí había disminuido y ya sólo se oía el suave zumbido de los abejorros.

—Gracias —intervino él en voz baja—. Es usted muy amable.

Tenía una mancha de polvo de arroz en la mejilla. Minnie se puso de puntillas, se la limpió y después le enseñó la mota blanca que le había quedado en el pulgar.

Él sonrió, le volvió a coger la mano y, para su sorpresa, le besó la yema del pulgar.

—Márchese —le recomendó en voz muy baja, y le soltó la mano. Minnie respiró hondo y le hizo una reverencia.

—Muy bien. Yo... me alegro mucho de haberlo conocido, excelencia.

Le cambió la cara de golpe y ella se sorprendió mucho. Él consiguió controlar con la misma rapidez lo que fuera que hubiera provocado aquella expresión y volvió a parecer un civilizado oficial del rey. Sin embargo, por un breve segundo, había sido un auténtico gallo, un gallo rabioso preparado para abalanzarse contra el enemigo.

—No me llame así, por favor —añadió, y se inclinó con formalidad—. No he asumido el título de mi padre.

—Yo... sí, comprendo —dijo ella, todavía conmocionada.

—Lo dudo —opinó en voz baja—. Adiós.

Le dio la espalda, dio algunos pasos hacia las tazas de porcelana china y sus flores misteriosas, y se quedó allí observándolas completamente inmóvil.

Minnie cogió el abanico que se le había caído y también la sombrilla, y se marchó.

12

Muy vengativo

Querida señorita Rennie:

Me gustaría tener el honor de reunirme con usted cuando le vaya bien. Quiero proponerle un encargo que creo que puede encajar con sus numerosos talentos.

Su humilde servidor,

Edward Twelvetrees

Minnie frunció el ceño después de leer la nota. Era bastante breve pero también extraña. El tal Twelvetrees hablaba de sus «talentos» de un modo muy familiar; era evidente que sabía de qué clase de talentos se trataba, aunque él no se presentaba ni le facilitaba ninguna referencia sobre sus clientes actuales o contactos. La incomodó.

Y aun así, la nota no era amenazante y ella estaba en activo. Supuso que reunirse con él no le haría ningún daño. Si le daba la impresión de que era sospechoso, no tenía ninguna obligación de aceptar su encargo.

Vaciló sobre la conveniencia de citarlo en su casa, pero a fin de cuentas, él le había enviado la nota allí; era evidente que sabía dónde vivía. Le contestó y le ofreció una cita a las tres en punto del día siguiente. Decidió que le pediría a uno de los hermanos O'Higgins que llegara un poco más temprano y se ocultara en su tocador, por si acaso.

—¡Oh! —exclamó al abrir la puerta—. Así que se trataba de esto. Ya me pareció que había algo extraño en su nota.

—Si se siente ofendida, señorita Rennie, le pido disculpas. —El señor Bloomer (conocido como Edward Twelvetrees) entró sin esperar a que lo invitara y la obligó a dar un paso atrás—. Pero imagino que una mujer con su perspicacia y experiencia podrá pasar por alto estos subterfugios profesionales.

Le sonrió y ella le devolvió la sonrisa de mala gana.

—Supongo —admitió—. ¿Es usted un profesional?

—Uno siempre reconoce a sus iguales —repuso con una pequeña inclinación de cabeza—. ¿Nos sentamos?

Minnie se encogió un poco de hombros y asintió mirando a Eliza para indicarle que podía llevar una bandeja con el refrigerio.

El señor Twelvetrees aceptó una taza de té y una galleta de almendras, pero dejó esta última en el plato y se olvidó de la primera.

—No le haré perder el tiempo, señorita Rennie —anunció—. Cuando la dejé en el invernadero de la princesa la abandoné, con bastante displicencia, hay que decirlo, en compañía de su excelencia, el duque de Pardloe. Teniendo en cuenta el escándalo relacionado con su familia, pensé, en ese momento, que sabía usted quién era, pero por su forma de actuar cuando la observé hablando con él, cambié de opinión. ¿Acerté al pensar que no lo conocía?

—Así es —reconoció Minnie sin perder la compostura—. Pero no ocurre nada. Intercambiamos algunos cumplidos y me marché.

«¿Cuánto tiempo estuvo observándonos?», se preguntó.

—Ah. —La había estado observando fijamente, pero al oír aquello olvidó su cometido el tiempo suficiente para poner leche y azúcar al té y removerlo—. Muy bien. El encargo que deseo hacerle está relacionado con ese hombre.

—Vaya —exclamó con educación, y cogió su taza de té.

—Quiero que le robe unas cartas y me las entregue en persona.

Estuvo a punto de soltar la taza, pero reaccionó justo a tiempo.

—¿Qué cartas? —preguntó con brusquedad.

Ahora ya sabía qué era lo que le había extrañado de su nota. Twelvetrees. Era el nombre del amante de la condesa de Melton: Nathaniel Twelvetrees. Era evidente que aquel Edward era algún pariente.

Y recordó las palabras del coronel Quarry cuando ella le preguntó si podía hablar con Nathaniel: «Me temo que no, señorita Rennie. Mi amigo lo mató.»

—La correspondencia entre la condesa de Melton y mi hermano Nathaniel Twelvetrees.

Tomó un sorbo de té mientras notaba la mirada de Edward, que le ardía en la piel casi tanto como el vapor que emanaba de su taza. Dejó la taza con cuidado y levantó la mirada. Tenía una expresión que Minnie había visto en los halcones cuando avistaban una presa. Pero ella no era la presa.

—Podría conseguirse —afirmó con frialdad, aunque se le había acelerado el corazón—. Pero, discúlpeme, ¿está usted seguro de que existen esas cartas?

Dejó escapar una carcajada desprovista de humor.

—Existieron, estoy convencido.

—Estoy segura de que sí —dijo con educación—. Pero si la correspondencia es de la naturaleza a la que imagino que se refiere, y he oído ciertas especulaciones, ¿no cree que el duque habría quemado las cartas después de la muerte de su esposa?

El señor Twelvetrees levantó un hombro y lo dejó caer sin dejar de mirarla fijamente.

—Podría haberlo hecho —admitió—. Y su trabajo sería descubrir si esto ha sucedido. Pero tengo motivos para pensar que esas cartas siguen existiendo y, si es así, las quiero, señorita Rennie. Y pagaré por ellas. Con mucha generosidad.

• • •

Cuando la puerta se cerró tras Edward Twelvetrees, se quedó de piedra un instante, hasta que oyó cómo se abría la de su habitación, al otro lado del salón.

—Menudo listillo —observó Rafe O'Higgins, asintiendo en dirección a la puerta principal cerrada. Eliza, que había entrado a llevarse la bandeja, asintió para dar su serio consentimiento.

—Vengativo —dijo—. Es muy vengativo. Pero ¿quién puede culparlo?

«Oh, ya lo creo», pensó Minnie, y reprimió el impulso de echarse a reír. Aunque no fue por diversión, sino a causa de los nervios.

—Sí, es posible —opinó Rafe. Se acercó a la ventana, levantó la esquina de la cortina de terciopelo azul y miró la calle con detenimiento, por donde, presumiblemente, Edward Twelvetrees se estaba desvaneciendo a lo lejos—. Yo diría que su hombre busca venganza. Pero ¿qué cree que hará después con esas cartas, si es que existen?

Se hizo un breve silencio mientras los tres valoraban las distintas posibilidades.

—¿Publicarlas y venderlas a un penique? —sugirió Eliza—. Supongo que podría sacar dinero por ellas.

—Podría sacarle más al duque —terció Rafe negando con la cabeza—. Chantaje. Si esas cartas son lo bastante picantes, yo diría que su excelencia pagaría una fortuna para evitar que eso ocurriera.

—Supongo que sí —razonó Minnie un tanto ausente, pero el recuerdo de la conversación que había mantenido con el coronel Quarry ahogó otras posibles sugerencias.

«Necesita pruebas para... un asunto legal, y él no quiere permitir que nadie lea las cartas de su esposa, con independencia de que ella ya no pueda sufrir la censura pública ni las desastrosas consecuencias que todo esto puede acarrearle a él mismo si no se demuestra la aventura.»

¿Y si la numerología había resultado ser un arte menos exacto de lo habitual y Harry Quarry no era un franco y transparente cuatro después de todo? ¿Y si su preocupación por lord Melton era una farsa? Twelvetrees la había contratado abiertamente para que le hiciera el trabajo sucio, pero ¿y si Quarry tenía el mismo objetivo en mente, pero estaba jugando a dos bandas?

Y si era así... ¿estarían los dos hombres en el mismo equipo? Y de ser el caso, tanto si sabían las intenciones del otro como si no, ¿estaban en aquello juntos o enfrentados?

Recordó a Quarry y reprodujo sus conversaciones. Las analizó palabra por palabra, estudiando de memoria las emociones que había reflejado su amplio y atractivo rostro.

No. Uno de los principios del credo de su familia era «No confíes en nadie», pero una tenía que emitir juicios. Y estaba del todo segura de que los motivos de Harry Quarry eran los que había expuesto: proteger a su amigo. Y, a fin de cuentas... Harry Quarry no sólo estaba convencido de la existencia de esas cartas, sino que además sabía muy bien dónde estaban. Era cierto que no le había pedido que las robara, por lo menos no de forma explícita, pero había hecho todo lo posible para no hacerlo.

Minnie sólo le había prometido a Edward Twelvetrees que intentaría averiguar si existían esas cartas; si era así, le había dicho, podían hablar de negocios.

Muy bien. Por lo menos el siguiente paso estaba claro.

—Rafe —dijo, interrumpiendo una discusión entre Rafe y Eliza sobre si el señor Twelvetrees se parecía más a un hurón o a un obelisco (ella imaginaba que se referían a un «basilisco», pero no se quedó a averiguarlo)—. Tengo un trabajo para ti y para Mick.

13

Las cartas

El señor Vauxhall Gardens (conocido como señor Hosmer Thornapple, un adinerado agente de bolsa de divisas, como Minnie había descubierto cuando les pidió a los hermanos O'Higgins que lo siguieran hasta su casa), además de ser un cliente excelente, con un apetito insaciable por los manuscritos iluminados lituanos y las novelas eróticas japonesas, era un contacto excelente. Gracias a él había adquirido, además de un fajo de documentos que sólo debía leer su padre, dos incunables del siglo XV —uno de ellos en unas condiciones excelentes, mientras que el otro necesitaba cierta restauración— y un desvencijado pero precioso librito de María Anna Águeda de San Ignacio, una abadesa de

Nueva España, con anotaciones a mano que, según decían, había hecho la monja en persona.

Minnie no sabía el español suficiente como para comprender la mayor parte de lo que ponía, pero era la clase de libro que a uno le gustaba tener en sus manos, y había hecho un alto en su trabajo para hacer precisamente eso.

Uno de los lados del robusto aparador de su vestíbulo estaba repleto de libros, y el otro también. Estaban envueltos en una tela suave, a continuación en una capa de fieltro, una de lana y, al final, una capa exterior de seda impermeable, todo ello atado con un cordel. En la mesa del comedor había muchísimo material para enviar, y debajo había varias cajas de madera.

No confiaba en nadie para que manipulara o empaquetara los libros para enviarlos a París y, por tanto, Minnie estaba llena de polvo y había sudado, a pesar de la brisa que penetraba por la ventana. Ya había transcurrido la mitad del verano, pero seguían disfrutando de buen tiempo durante una semana, para el asombro de todos los londinenses con los que había hablado.

La vida del Alma.[7] El español se parecía lo bastante al latín como para entender a qué se refería. Tenía una encuadernación suave realizada con una fina piel de color rojo oscuro, desgastada por los años (¿toda una vida?) de lectura, y en la tapa había una minúscula estampación de vieiras enmarcadas por un cerco dorado. Tocó una con cuidado y sintió mucha paz. Los libros siempre tenían algo que decir, con independencia de las palabras que contuvieran, pero era extraño encontrar uno que tuviera un carácter tan fuerte.

Lo abrió con cuidado. El papel del interior era muy fino y la tinta había empezado a borrarse con el transcurso de los años, pero no estaba turbia. El libro tenía escasas ilustraciones, y las pocas que tenía eran muy simples: una cruz, un cordero de Jesús y la vieira, en este caso más grande. Aunque las había visto una o dos veces en manuscritos españoles, no sabía qué significaban, por lo que pensó que debía acordarse de preguntárselo a su padre.

—Ay —dijo apretando los labios—. Padre.

Había estado intentando no pensar en él hasta que tuviera tiempo de poner orden en sus emociones y de reflexionar acerca de lo que le diría sobre su madre.

Había pensado en la mujer llamada hermana Emmanuelle muchas veces desde que la dejó en su útero de luz lleno de paja.

---

[7] En español en el original. *(N. de la t.)*

La conmoción se había reducido, pero las imágenes de aquel encuentro se habían quedado grabadas en su mente de un modo tan indeleble como la tinta negra de aquel libro. Seguía sintiendo la punzada de la pérdida y el dolor de la pena, pero la sensación de paz que le provocaba el libro parecía protegerla de alguna forma, como si fuera un ala que la cubriera.

«¿Eres un ángel?»

Suspiró y volvió a dejar el libro con cuidado en su nido de tela y fieltro. Tendría que hablar con su padre, sí. Pero ¿qué diablos le iba a decir?

«Rafael...»

—Si tienes alguna respuesta —se dirigió al libro y a su autora—, por favor, reza por mí. Por nosotros.

Cuando se limpió la cara con el dobladillo del delantal polvoriento, no estaba llorando, pero tenía los ojos húmedos. Sin embargo, antes de que pudiera proseguir su trabajo, alguien llamó a la puerta.

Eliza había salido a comprar, y Minnie abrió la puerta tal como estaba. Mick y Rafe O'Higgins estaban hombro con hombro en el recibidor, los dos cubiertos de hollín y tan exaltados como una pareja de terriers siguiendo el rastro de una rata.

—¡Tenemos las cartas, Bedelia! —exclamó Rafe.

—¡Todas las cartas! —añadió Mick, levantando con orgullo un saco de correspondencia.

—Esperamos a que el mayordomo tuviera el día libre —explicó Mick, dejándole el botín delante con mucha ceremonia—. Él es quien se encarga de contratar a los deshollinadores cuando los necesitan, ¿sabe? Así que cuando nos presentamos en la puerta con los cepillos y los trapos y le dijimos que el señor Sylvester nos había hecho llamar para limpiar la chimenea de la biblioteca... Por cierto, no se preocupe por los utensilios; nos los prestaron y no tendrá que pagarlos.

—Bueno, el ama de llaves parecía un poco recelosa —intervino Rafe—, pero nos enseñó el camino, y cuando empezamos a hacer ruido, a trajinar en la chimenea y a extraer hollín, nos dejó solos. Y entonces...

Agitó la mano por encima de la mesa. Era cierto, estaban todas las cartas. Del saco había salido una cajita de madera plana, un archivador de piel y una pulcra pila de cartas atadas con un lazo negro.

—¡Buen trabajo! —exclamó Minnie con sinceridad.

Sintió un aleteo de excitación al ver las cartas, aunque fue una excitación cautelosa. Los hermanos O'Higgins habían llevado todas las cartas que habían encontrado, como era normal. Allí debía de haber más cartas, aparte de las de la condesa, y por un momento se preguntó si algunas de las otras resultarían de interés..., pero de momento olvidó ese tema. Mientras encontraran las de Esmé...

—¿Os pagaron por limpiar la chimenea? —preguntó por curiosidad.

—Nos subestima, lady Bedelia —dijo Rafe, poniéndose su viejo sombrero sobre el corazón tratando de parecer dolido. Tenía una mancha de hollín en la nariz.

—Pues claro que sí —explicó Mick sonriendo—. Si no hubiéramos cobrado no habría resultado convincente, ¿no?

Estaban muy emocionados con su éxito, y hasta que se tomaron casi media botella de madeira para celebrarlo no se marcharon, pero al final pudo cerrar la puerta. Limpió con el pulgar la mancha de hollín que habían dejado en la manecilla blanca y poco a poco volvió a la mesa para ver lo que tenía.

Sacó las cartas de sus sobres y las ordenó en tres pilas. Las cartas de Esmé, lady Melton, a su amante, Nathaniel Twelvetrees: ésas eran las que estaban en la caja de madera. Las cartas atadas con el lazo eran las que Nathaniel Twelvetrees le había enviado a Esmé. Y en el archivador de piel había otras cartas que no esperaba encontrar: de Harold, lord Melton, a su esposa.

Minnie nunca había tenido ningún problema en leer las cartas de otra persona. Sólo era algo que formaba parte de su trabajo, y si en alguna ocasión se encontraba con alguien en esas páginas cuya voz le llegaba a la mente o al corazón, alguien real, se lo tomaba como un regalo, algo que atesorar en secreto, con el dulce pesar de que nunca llegaría a conocer al escritor en persona.

Pensó que era evidente que nunca llegaría a conocer personalmente a Esmé o a Nathaniel. En cuanto a Harold, lord Melton, tan sólo con ver el desastroso montón de papeles arrugados, alisados y manchados de tinta, se le ponían los pelos de punta.

Esmé primero, decidió. Esmé era el centro de todo. Y eran sus cartas las que le habían encargado que más o menos robara. Un leve perfume emanó de la caja de madera, algo ligeramente amargo, fresco y misterioso. ¿Mirra? ¿Nuez moscada? ¿Limón seco? No era nada dulce, pensó, ni tal vez lo fuera Esmé Grey.

No todas las cartas tenían fecha, pero las ordenó lo mejor que pudo. Todas estaban escritas con el mismo papel de lino, barato, grueso al tacto y de un blanco puro. Sin embargo, los sentimientos que había escritos en ellas no eran en absoluto puros.

Mon cher... Dois-je vous dire ce que je voudrais que vous me fassiez? «¿Debería decirte lo que quiero que me hagas?»

Minnie había leído con interés toda la colección de novela erótica de su padre cuando tenía catorce años, y descubrió de manera accidental que uno no necesitaba una pareja para experimentar las sensaciones que se describía en aquellas páginas con tanta euforia. Esmé no tenía mucho estilo literario, pero su imaginación (porque supuso que gran parte de lo que escribía debía de ser pura imaginación) era extraordinaria, y se expresaba con una libertad tan descarada que a Minnie le entraron ganas de retorcerse, muy suavemente, en la silla.

Aunque no todas eran de ese tipo. Una era una sencilla nota de dos líneas donde se confirmaba una cita, otra era una carta más atenta y, por sorpresa, más íntima, en la que se describía la visita de Esmé a los fabulosos jardines de la princesa Augusta. «¡Oh, Dios!», pensó Minnie, y se secó la mano en la falda, ya que había empezado a sudar.

Esmé había dejado constancia, sin ningún pudor, de que no sentía simpatía por la princesa, a la que consideraba una pesada, tanto mental como físicamente, pero Melton le había pedido que aceptara una invitación para tomar el té con el propósito de —y aquí Minnie tradujo la expresión francesa de Esmé— «darle mantequilla» a la vulgar mujer, para así allanar el camino a Melton para que pudiera hablar de sus objetivos militares con el príncipe.

Después, mencionaba que había paseado por los invernaderos de cristal con la princesa, hacía un alto para introducir un elogio cómico y desenfadado, comparando ciertas zonas de la anatomía de su amante con diversas plantas exóticas —Minnie advirtió que mencionaba las euforbias—, y terminaba haciendo un breve comentario acerca de las flores chinas llamadas *chu*. Le había gustado —Minnie resopló al leerlo— la «pureza y la quietud» de las flores.

«*À les regarder, mon âme s'est apaisé*», había escrito. «Me relajó contemplarlas.»

Minnie dejó la carta con tanta delicadeza que parecía que se fuera a romper, y cerró los ojos.

—Pobre hombre —susurró.

• • •

Había un decantador lleno de vino en el aparador. Se sirvió una copa pequeña, con mucho cuidado, y empezó a beber de pie mientras observaba el escritorio lleno de cartas.

Era alguien real. Tenía que admitir que Esmé Grey era definitivamente real. El impacto de su personalidad era tan palpable como si hubiera sacado la mano del papel para acariciar el rostro del receptor de su correspondencia. Provocadora, erótica...

—Cruel —dijo Minnie en voz alta, aunque con suavidad—. ¿Escribirle a tu amante y mencionar a tu marido?

»Mmf —murmuró.

¿Y el socio de Esmé en esa conversación criminal? Miró el fajo de cartas que Nathaniel Twelvetrees le había enviado a su amante. ¿Qué clase de mente retorcida las guardaba? ¿Lo habría hecho por culpabilidad, estaría intentando castigarse de alguna forma?

Y si era así..., ¿se sentía culpable por haber matado a Nathaniel Twelvetrees? ¿O por la muerte de Esmé? Se preguntó cuánto tiempo habría transcurrido entre ambos sucesos. ¿Acaso la conmoción que sufrió al enterarse de la muerte de su amante le había provocado un aborto, o un parto prematuro, tal como se rumoreaba?

Era muy probable que nunca descubriera las respuestas a esas preguntas, pero aunque era cierto que Melton había matado a Nathaniel, le había dejado su voz. Nathaniel Twelvetrees podía hablar por sí mismo.

Se sirvió otra copa de vino, un potente y aromático burdeos, ya que necesitaba fuerzas, y después desdobló la primera de las cartas de Nathaniel.

Para tratarse de un poeta, Nathaniel era un escritor bastante prosaico. Expresaba sus sentimientos con un lenguaje bastante apasionado, pero con una prosa muy común, y aunque hacía un claro esfuerzo por ponerse a la altura de Esmé, era evidente que no llegaba a su nivel ni en imaginación ni en su forma de expresarse.

Aun así, él era poeta, no novelista; quizá no fuera justo juzgarlo sólo por el estilo de su prosa. En dos de sus cartas mencionaba un anexo, un poema escrito a su amada. Buscó en la caja: no había ningún poema. Quizá Melton hubiera quemado las poesías, o tal vez lo hubiera hecho Esmé. El tono que Nathaniel empleaba para presentar esos regalos literarios le recordó mucho a la descripción de un naturalista que había leído, un tipo de araña macho que le entregaba a su pareja un paquete envuelto en seda que contenía un insecto; después se abalanzaba sobre ella mientras estaba entretenida desenvolviendo el tentempié, para, por último, lograr rápidamente su propósito antes de que ella hubiera acabado de comer y pudiera engullirlo a él de postre.

—Ella lo asustaba —murmuró Minnie para sí misma con cierta simpatía, pero atenuada por un ligero desdén—. ¡Pobre gusano!

Le sorprendió advertir ese desdén, y más aún darse cuenta de que casi con toda seguridad Esmé habría sentido lo mismo.

¿Por eso había mencionado el nombre de Melton en las cartas a Twelvetrees? ¿Era un intento de despertar un ardor mayor en él? Lo había hecho más de una vez. En realidad —Minnie volvió a repasar las cartas de Esmé—, había mencionado a su marido, citando su nombre directamente y refiriéndose a él en la nota de dos líneas que había escrito para citarse con su amado: «Mi marido se habrá ido con su regimiento, acércate en el oratorio a las cuatro en punto.»

—Vaya —dijo Minnie, y se reclinó en la silla observando las cartas mientras se tomaba el vino.

Estaban dispuestas en montones, había algunas hojas sueltas y otras estaban desplegadas en abanico delante de ella, con el archivador con las cartas de Melton que todavía no había leído en el centro. Parecía una sesión de tarot (a Minnie le había tirado las cartas varias veces en París un conocido de su padre llamado Jacques, que practicaba ese arte).

—A veces es bastante sutil —le había dicho Jacques, barajando las llamativas cartas—. En especial los arcanos menores. Pero en otras ocasiones el resultado es evidente a primera vista. —Eso último lo dijo sonriendo mientras plantaba la carta de la muerte delante de ella.

Minnie no tenía ninguna opinión formada acerca de la verdad que se escondía en las cartas del tarot, tan sólo consideraba que era un reflejo de la mente del cliente en el momento de la lectura. Pero sí que tenía una opinión clara acerca de aquellas cartas, y tocó la citación de dos líneas con aire reflexivo.

¿De dónde habían salido las cartas de Esmé? ¿Acaso la familia Twelvetrees se las había enviado a lord Melton después de la muerte de Nathaniel? Era una posibilidad, pensó. ¿Qué podría hacerle más daño? Pero eso suponía una sutileza mental y una crueldad refinada que no percibía en las cartas de Nathaniel y tampoco había encontrado en la mayoría de los ingleses.

Además... ¿qué habría sido lo que había provocado que Melton retara a Twelvetrees? Esmé no podía haberle confesado su aventura. No..., el coronel Quarry había dicho, o por lo menos insinuado, que Melton había encontrado unas cartas incriminatorias «escritas por su mujer», y que eso había sido lo que...

Volvió a coger el montón de la condesa y frunció el ceño mirando las cartas. Al observarlas con detenimiento advirtió que todas tenían una mancha de tinta o algún borrón ocasional, incluso en una de ellas parecía que alguien hubiera derramado agua en la parte inferior del papel. Entonces... ¿se trataba de borradores que después pasaba a limpio para enviarle las cartas a Nathaniel? Pero si era así, ¿por qué no había tirado los borradores al fuego? ¿Por qué querría guardarlos y arriesgarse a que pudieran descubrir las cartas?

—O invitar a ello —dijo en voz alta, sorprendiéndose a sí misma. Se irguió en la silla y volvió a leer las cartas; después las dejó en la mesa.

«Mi marido no estará...» En todas. En todas ellas dejaba constancia de la ausencia de Melton y de la preocupación del duque por su nuevo regimiento.

Jacques tenía razón: a veces era evidente.

Minnie negó con la cabeza, los efluvios del vino se mezclaban con el amargo perfume de la condesa fallecida.

—*Pauvre chienne* —repuso con suavidad. «Pobre golfa.»

14

Pelmazos infames

No era necesario que leyera las cartas de Melton, pero habría sido incapaz de no hacerlo, y cogió una como si fuera una granada prendida que pudiera explotarle en la mano.

Y lo hizo. Leyó las cinco cartas enteras sin detenerse. Ninguna de ellas tenía fecha, y no había forma de saber el orden en que se habían escrito; era evidente que al escritor no le preocupaba el tiempo en absoluto, a pesar de que lo había significado todo. Aquélla era la voz de un hombre que había ascendido a una montaña en el abismo de la eternidad y había documentado su caída.

«Te amaré para siempre, no puedo hacer otra cosa, pero, por Dios, Esmé, te odiaré para siempre, con toda mi alma, y si te tuviera delante y tuviera tu largo cuello blanco en mis manos, te estrangularía como si fueras un maldito cisne y te follaría mientras mueres, maldita...»

Sólo le había faltado coger el tintero y vaciarlo sobre el papel. Las palabras eran auténticos garabatos salpicados de manchas, grandes y negras, y el papel estaba lleno de agujeros en los lugares donde había clavado la pluma.

Cuando terminó, Minnie respiró hondo, tenía la sensación de que no había tomado ni una sola bocanada de aire desde que había empezado a leer. No lloró, pero le temblaban las manos, y la última carta le resbaló de los dedos y flotó hasta el suelo. Preñada de una pérdida y un dolor que no cortaba pero arañaba y despedazaba a su presa sin piedad.

No volvió a leer las cartas. Le habría parecido una profanación. Además, tampoco tenía ninguna necesidad de releerlas; creía que jamás olvidaría ni una sola de las palabras que había en ellas.

Tuvo que salir de casa y pasear durante un rato para recuperarse. De vez en cuando notaba cómo se deslizaba alguna lágrima por la mejilla y se las enjugaba a toda prisa antes de que algún transeúnte se diera cuenta y se interesara por sus problemas. Se sentía como si llevara varios días llorando o como si alguien la hubiera golpeado. Y, sin embargo, aquello no tenía nada que ver con ella.

Se dio cuenta de que uno de los hermanos O'Higgins la seguía, pero tuvo el tacto de mantenerse a cierta distancia. Cruzó St. James's Park, después rodeó el lago y al final se sentó en un banco cerca de un grupo de cisnes, ya que estaba exhausta, mental y físicamente. Alguien se sentó en el otro extremo del banco; con el rabillo del ojo vio que se trataba de Mick.

Era la hora del té. El ajetreo de las calles empezaba a disminuir; la gente se marchaba a casa o entraba en alguna taberna para tomar un refrigerio después de un largo día de trabajo. Mick carraspeó con el propósito de que fuera consciente de ello.

—No tengo hambre —dijo Minnie—. Ve tú, si quieres.

—Venga, Bedelia. Ya sabe que no iría a ningún sitio sin usted. —Se había desplazado por el banco y ahora estaba sentado a su lado, encorvado con una actitud amigable—. ¿Quiere que le traiga un trozo de pastel? Sea cual sea el problema, le parecerá mejor con el estómago lleno.

No tenía hambre, pero se sentía vacía y, después de un momento de indecisión, cedió y dejó que le comprara una ración de pastel de carne a un hombre que los vendía en la calle. Desprendía un aroma tan intenso y delicioso que se sintió un poco mejor sólo con sostenerlo. Mordisqueó la pasta, percibió la intensa avalancha de jugos y sabores en la boca, y cerró los ojos para concentrarse en aquel bocado.

—Muy bien. —Mick, que ya hacía un buen rato que se había comido su porción, se quedó mirándola con benevolencia—. Mejor, ¿verdad?

—Sí —admitió.

Por lo menos ahora podía pensar en el asunto en lugar de ahogarse en él. Y aunque no había sido consciente de que estaba pensando en ello desde que había salido de casa, era evidente que en algún rincón de su mente le había estado dando vueltas al tema.

Esmé y Nathaniel estaban muertos. Harold, el teórico duque de Pardloe, no lo estaba. A eso se reducía todo. Podía hacer algo por él. Y descubrió que estaba decidida a hacerlo.

—Pero ¿qué? —preguntó, después de haberle hecho un resumen de la historia a Mick—. No puedo enviarle esas cartas al secretario de Guerra, es imposible que su excelencia no lo descubriera, y creo que lo mataría saber que alguien las ha leído, y más tratándose de personas con... con algún poder sobre él, ¿entiendes?

Mick esbozó una mueca, pero no añadió nada más.

—¿Y qué quiere que ocurra, lady Bedelia? —preguntó—. ¿Acaso hay otra salida?

Minnie respiró hondo y soltó el aire lentamente.

—Supongo que quiero lo mismo que el capitán Quarry: acallar la idea de que su excelencia está loco y que consiga renovar la comisión de su regimiento. Creo que tengo que hacer ambas cosas. Pero ¿cómo?

—Y no puede, o no quiere, hacerlo con las cartas...

La miró de reojo para ver si podía convencerla, pero Minnie negó con la cabeza.

—¿Y con un falso testigo? —sugirió Mick—. ¿Sobornar a alguien para que diga que la condesa y el poeta tenían una aventura?

Minnie negó con la cabeza con recelo.

—No estoy diciendo que no pueda encontrar a alguien capaz de aceptar un soborno —aclaró—. Pero no conozco a nadie a quien pudieran creer. La mayoría de las jóvenes ni siquiera saben mentir.

—No —concedió Mick—. Usted es única, ya lo creo.

Lo dijo con admiración, y ella asintió al escuchar el cumplido, pero siguió enfrascada en sus pensamientos.

—Por otra parte, lo cierto es que resulta muy sencillo crear un rumor, pero una vez que se ha iniciado, suele tener vida propia. Me refiero a que no puedes controlarlo. Si consiguiera que alguien, ya fuera hombre o mujer, dijera que era conocedor de la aventura, la cosa no se detendría ahí. Y aunque al principio fuera verdad, no puedo saber adónde llegaría. Uno no enciende una mecha sin saber qué hacer con ella —añadió, mirándolo con la ceja alzada—. Mi padre me lo decía siempre.

—Su padre es un hombre sabio. —Mick se tocó el ala del sombrero en señal de respeto—. Bueno, pues si no podemos utilizar el soborno y los falsos testigos..., ¿qué recomendaría su señoría?

—Bueno..., probablemente la falsificación —dijo encogiéndose de hombros—. Pero no creo que escribir una versión falsa de esas cartas sea mucho mejor que enseñar los originales. —Se pasó el pulgar por los demás dedos y notó la suave capa de grasa de la manteca del pastel—. Tráeme otro pedazo de pastel de carne, ¿quieres, Mick? Pensar da mucha hambre.

Cuando se terminó el segundo trozo y se sintió más fuerte, empezó a repasar mentalmente las cartas de Esmé. A fin de cuentas, era la condesa de Melton quien era el *fons et origo* de todo el misterio.

«Me pregunto si creías que valía la pena», pensó refiriéndose a la ausente Esmé. Tal vez la mujer sólo quisiera poner celoso a su marido; es posible que no hubiera tenido ninguna intención de que su esposo matara a uno de sus amigos; y con toda seguridad nunca quiso morir junto al niño. Aquella circunstancia conmocionó especialmente a Minnie y, por algún extraño motivo, la hizo pensar en su madre.

«Supongo que tú tampoco querías que ocurriera nada de lo que pasó —pensó con compasión—. Está claro que no me esperabas a mí.» Sin embargo, pensó que la situación de su madre, por lamentable que fuera, no era la tragedia teatral que había sido la de Esmé. «Como mínimo nosotras sobrevivimos.»

«Y ya que estoy hablando sola —añadió— Me alegro mucho de estar aquí. Y estoy bastante segura de que papá también.»

Un ruidito la alejó de sus pensamientos y se dio cuenta de que Mick había cambiado de postura para indicar, de forma silenciosa, que se estaba haciendo tarde y que era mejor que empezaran a caminar de vuelta a Great Ryder Street.

Tenía razón; las sombras de los enormes árboles del parque habían empezado a reptar por el camino como una mancha de té derramado. Y los ruidos también habían cambiado: las risas de las mujeres con sus sombrillas habían desaparecido casi del todo, y habían sido reemplazadas por las voces de los soldados, los hombres de negocios y los banqueros, todos ellos de camino a tomar el té con la decisión con la que los burros se dirigen a sus comederos.

Se levantó y se atusó la falda, recogió su sombrero y se lo sujetó con horquillas al cabello. Le asintió a Mick y le indicó, con un pequeño gesto de la mano, que podía pasear a su lado en lugar de seguirla. Minnie llevaba un decente pero modesto vestido de tela azul a cuadros con un sencillo sombrero de paja; podía pasar fácilmente por una doncella de casa bien que paseara con algún admirador, siempre que no se encontraran con ningún conocido, algo muy improbable a esa hora.

—Ese tipo al que mató su excelencia —dijo Mick una manzana después—, dicen que era poeta, ¿no?

—Eso dicen.

—¿Ha leído alguno de sus poemas?

Minnie lo miró sorprendida.

—No. ¿Por qué?

—Bueno, estaba pensando en eso que ha dicho de que su padre se plantea la falsificación para resolver muchas situaciones. Me estaba preguntando cómo podría ayudar la falsificación y se me ha ocurrido una cosa: ¿y si el tal Twelvetrees hubiera escrito un poema de naturaleza incriminatoria sobre la condesa? O, más bien —añadió, por si acaso ella no entendía a qué se refería, cosa que sí hacía—, ¿y si lo escribiera usted?

—Es una idea —admitió Minnie lentamente—. Quizá incluso una buena idea, pero pensemos un poco en ello, ¿de acuerdo?

—Sí —respondió Mick, que estaba empezando a entusiasmarse—. Bueno, para empezar, ¿qué clase de falsificadora es usted?

—Una no muy inspirada —admitió—. O, lo que es lo mismo, es imposible que pueda falsificar un billete. Y en realidad no he hecho muchas falsificaciones, me refiero a eso de copiar la letra de alguien. Básicamente me he limitado a escribir alguna carta falsa, pero siempre para enviarla a alguien que no conocía a la persona que la enviaba. Y sólo lo he hecho alguna vez, no mucho.

Mick hizo un ruidito, como un murmullo.

—De todas formas, tiene las cartas de ese tipo. Puede basarse en ellas —señaló—. ¿No se ve capaz de extraer algunas palabras de aquí y de allá?

—Es posible —dijo un tanto recelosa—. Pero una buena falsificación no se limita sólo a la escritura, ¿sabes? Si la va a recibir una persona que conoce al escritor, el estilo también tiene que estar bien plagiado, debe parecerse al de esa persona —se apresuró a añadir cuando vio que él empezaba a preguntarse el significado de la palabra «plagiar».

—¿Y puede tener un estilo distinto escribiendo poemas que redactando cartas? —Mick reflexionó sobre eso un momento.

—Sí. ¿Qué ocurriría si fuera conocido por escribir sólo sonetos y yo escribiera una sextina? Alguien podría darse cuenta del engaño.

—Si usted lo dice... Aunque no creo que su hombre tuviera el hábito de escribirle poemas de amor al secretario de Guerra, ¿verdad?

—No —contestó un tanto seca—. Pero si yo escribiera algo lo bastante sorprendente que justificara que su excelencia hubiera matado al hombre que lo escribió, ¿qué probabilidades habría de que el secretario se lo enseñara a otra persona? Quien, a su vez, podría decírselo a otro, y... —Hizo un gesto con la mano—. Si el poema llegara a alguien que pudiera asegurar que Nathaniel Twelvetrees no lo había escrito, entonces ¿qué?

Mick asintió con seriedad.

—¿Se refiere a que entonces podrían pensar que lo había escrito su excelencia?

—Es una posibilidad.

Por otra parte, la otra posibilidad era innegablemente fascinante.

Habían llegado a Great Ryder Street y a los limpísimos escalones blancos que conducían a su puerta. El aroma a té flotaba desde los aposentos de los sirvientes junto a los escalones, y a Minnie le rugió el estómago de agradable expectativa.

—Es una buena idea, Mick —anunció, y le tocó un poco la mano—. Gracias. Le preguntaré a lady Buford si Nathaniel publicó alguna poesía. Si pudiera leer algunas para ver...

—Apuesto por usted, lady Bedelia —repuso Mick y, sonriéndole, le cogió la mano y se la besó.

—¿Nathaniel Twelvetrees? —Lady Buford estaba sorprendida y observó a Minnie con atención a través de sus impertinentes—. No lo creo. Era más dado a recitar su poesía en fiestas, y me parece que como mucho llegó a hacer una lectura en un teatro, pero por lo poco que escuché de su poesía, bueno, lo poco que escuché que decía la gente sobre su poesía, dudo que muchos editores lo consideraran una apuesta prometedora.

Volvió a mirar al escenario, donde en ese momento había dos damas interpretando de forma mediocre distintas canciones campestres, pero se daba golpecitos en los labios cerrados con el abanico, cosa que indicaba que seguía pensando en el tema.

—Me parece —afirmó al fin cuando llegó la siguiente pausa del espectáculo— que Nathaniel llegó a publicar algunos de sus poemas de forma privada. Para sus amigos —añadió, alzando con delicadeza una de sus intensas cejas grises—. ¿Por qué lo preguntas?

Por suerte, la pausa le había proporcionado cierto tiempo a Minnie para anticiparse a esa pregunta, y contestó con rapidez.

—Sir Robert Abdy estaba hablando sobre el señor Twelvetrees en la fiesta de lady Scrogg la pasada noche, y lo hacía con bastante desprecio —añadió también con delicadeza—. Pero como sir Robert tiene sus propias pretensiones en ese sentido...

Lady Buford se rió; fue una gran carcajada contagiosa que hizo que las personas que ocupaban el palco de al lado se volvieran para mirarla, y a continuación hizo algunos comentarios desdeñosos, y muy divertidos, sobre sir Robert.

Pero Minnie siguió pensando mientras en el escenario aparecían un par de tragafuegos italianos, un cerdo bailarín (que se desmayó en el escenario para regocijo del público), dos caballeros que se suponía que eran chinos que cantaron una canción según parecía cómica y varias actuaciones más de semejante índole.

«Una edición privada. Para los amigos.» Había por lo menos dos poemas, que había escrito expresamente para Esmé, la condesa de Melton. ¿Dónde estaban?

—Me pregunto —dijo con despreocupación cuando empezaron a abrirse camino hacia la puerta entre el público— si a la condesa de Melton le gustaba la poesía.

Lady Buford sólo la estaba escuchando a medias, pues estaba ocupada tratando de llamar la atención de una conocida que había visto en el otro extremo del teatro, y le contestó de manera distraída.

—Oh, no lo creo. Esa mujer no leyó un libro en su vida, salvo la Biblia.

—¿La Biblia? —preguntó Minnie con incredulidad—. No había imaginado que fuera una... persona religiosa.

Lady Buford había conseguido llamar la atención de su amiga, que se estaba abriendo paso por la multitud hacia ellas, y le sonrió a Minnie con cinismo.

—No lo era. Pero le gustaba leer la Biblia y reírse de ella para escandalizar a la gente, cosa que, me temo, se le daba muy bien.

—No habría tirado los poemas —le argumentó Minnie a Rafe, que tenía sus reservas—. Eran para ella, sobre ella. Ninguna mujer se desharía de un poema que le hubiera escrito un hombre que le gustaba, especialmente una mujer como Esmé.

—¿Algún hombre le ha escrito algún poema de amor, lady Bedelia? —le preguntó bromeando.

—No —contestó con recato, pero notó que se sonrojaba. Lo habían hecho algunos hombres, y ella se había quedado los poemas, a pesar de que los caballeros que los habían escrito no le gustaban mucho. Aun así...

—Mmmm —concedió Rafe meneando la cabeza—. Pero quizá su tipo, Melton, los quemara. Yo lo habría hecho si algún desgraciado le hubiera estado mandando esas cosas a mi mujer.

—Si no quemó las cartas —argumentó Minnie—, tampoco quemaría los poemas. Es imposible que los poemas fueran peores.

«¿Por qué no quemó las cartas?», se preguntó como mínimo por centésima vez. Y había guardado todas las cartas: las de Esmé, las de Nathaniel... y las suyas.

Quizá fuera por culpabilidad y sintiera la necesidad de sufrir por lo que había hecho y las leyera de forma obsesiva una y otra vez. O tal vez fuera fruto de la confusión: alguna necesidad o esperanza de comprender lo que había ocurrido, lo que habían hecho todos hasta convertir su situación en una tragedia. A fin de cuentas, él era el único que quedaba para hacerlo.

O... quizá se debiera simplemente a que seguía amando a su mujer y a su amigo, que los extrañara a ambos, y no soportara la idea de deshacerse de aquellas reliquias personales. Estaba claro que sus cartas rebosaban un dolor desgarrador, del todo visible entre las manchas de rabia.

—Yo creo que ella dejó las cartas en algún lugar donde su marido pudiera verlas, y lo hizo de manera deliberada —repuso Minnie mientras observaba a un grupo de cisnes a medio criar nadando detrás de su madre—. Pero los poemas..., quizá no hubiera ninguna referencia a lord Melton en ellos. Si sólo eran sobre ella, tal vez los guardara, los escondiera en algún lugar seguro.

—¿Y? —Rafe estaba empezando a parecer receloso—. No vamos a volver a entrar en Argus House, ¿sabe? La última vez nos vieron todos los sirvientes.

—Sí, sí. —Estiró la pierna y contempló sus nuevos zapatos de piel—. Pero me estaba preguntando... ¿no tendrías una hermana quizá, o tal vez una prima a quien no le importara ganarse..., digamos..., cinco libras?

Cinco libras era la paga de medio año para un sirviente doméstico.

Rafe se quedó de piedra y se la quedó mirando.

—Por amor de Dios, ¿quiere que desvalijemos la casa o que le prendamos fuego?

—Nada tan peligroso —le aseguró, y parpadeó sólo una vez—. Sólo quiero que vosotros, o, mejor dicho, vuestra cómplice femenina, robe la biblia de la condesa.

Al final, no había sido necesario robar el libro. La prima Aoife, disfrazada de doncella recién contratada, se había limitado a pasar las páginas de la biblia, que seguía descansando castamente en la mesita junto a la cama vacía de la condesa, había extraído de ella un puñado de papeles doblados, se los había metido en el bolsillo, había descendido la escalera y había salido al servicio que había detrás de la casa, desde donde había desaparecido con discreción por un agujero que había en un seto, y no había vuelto nunca más.

—¿Ha encontrado algo que pueda utilizar, lady Bedelia?

Mick y Rafe habían subido a sus aposentos el día después de haberle entregado su premio y recoger el sueldo de Aoife.

—Sí.

Minnie no había dormido nada la noche anterior, y veía todo lo que la rodeaba un poco borroso, incluidos los dos irlandeses. Bostezó, desplegando el abanico justo a tiempo, y parpadeó al mirarlos, después se metió la mano en el bolsillo y sacó un sobre de pergamino sellado con cera negra y dirigido a sir William Yonge, secretario de Guerra.

—¿Podéis aseguraros, y me refiero a completamente, de que sir William reciba esto? Ya sé que os infravaloro —dijo con sequedad cuando vio que Rafe la miraba con ojitos de cordero degollado—. Pero hacedlo.

Los irlandeses se rieron y se marcharon, dejándola en silencio en su habitación, acompañada del papel. Pequeñas barricadas de libros protegían la mesa donde había desplegado su magia. Antes de coger la pluma, se acordó de su padre con media copa de madeira, se santiguó y pidió que su madre rezara por ella.

Nathaniel Twelvetrees, bendita fuera la erótica inclinación de su corazón, había descrito con lascivia los encantos de su amante. En uno de los poemas también había descrito distintos aspectos del lugar donde los amantes se habían divertido. Ése no estaba firmado, pero había escrito «eternamente tuyo, cariño. Nathaniel» a los pies del otro.

Después de vacilar un poco, había decidido arriesgarse para que no quedara ninguna duda y, tras llenar un par de páginas con pruebas, había cortado una pluma nueva y había escrito, con lo que a ella le había parecido una versión decente de la letra y el estilo de Nathaniel, un título para su poema sin título: «El eterno florecimiento del amor; celebrando el siete de abril.» Y al final, después de practicar mucho más: «Tuyo, en cuerpo y alma, querida Esmé. Nathaniel.»

Si tenía suerte, nadie investigaría nunca dónde había estado Esmé, condesa de Melton, el siete de abril, pero una de las cartas de la condesa había estipulado una cita para esa fecha, y los detalles que aparecían en el poema de Nathaniel coincidían con lo que Minnie sabía del lugar elegido para dicho encuentro.

El poema dejaba claro, por fin, que el duque de Pardloe había tenido motivos más que suficientes para desafiar a Nathaniel Twelvetrees a batirse en duelo con él. Y, desde luego, sugería que la condesa había provocado las atenciones de Twelvetrees, o más, pero no revelaba la verdadera esencia del asunto, ni tampoco el carácter de Esmé ni las dolorosas intimidades de su marido.

Bueno. Ya estaba hecho.

Todas las cartas seguían sobre la mesa, extendidas ante ella como si fueran las cartas del tarot, como testigos silenciosos.

—¿Y ahora qué voy a hacer con vosotras? —les preguntó. Se llenó la copa de vino y se la tomó despacio mientras meditaba.

Lo más sencillo, y de lejos la solución más segura, era quemarlas. Pero había dos cosas que se lo impedían.

Una. Si el poema no funcionaba, las cartas eran la única prueba de la aventura. Como último recurso, podía entregárselas a Harry Quarry y dejar que él hiciera el uso que pudiera, o quisiera, de ellas.

Dos. Ese último pensamiento permaneció en su mente y le arañaba el corazón. «¿Por qué las guardaba?» Tanto si era por culpabilidad, dolor, arrepentimiento, consuelo o recordatorio, su excelencia las había conservado, lo que indicaba que tenían un valor para él.

Todavía estaban a mediados de verano, de manera que el sol seguía suspendido en el aire, a pesar de que ya eran las ocho de la tarde pasadas. Escuchó las campanas de St. James's dando la hora, vació la copa y se decidió.

Tendría que devolverlas.

No sabía si se había debido a la influencia de las oraciones de su madre o a la benévola intervención de la madre María Anna Águeda de San Ignacio, pero sólo pasaron tres días desde que tomó su precipitada decisión hasta que se le presentó la oportunidad de llevarla a cabo.

—¡Qué buena noticia, querida! —Lady Buford estaba bastante colorada, tanto de calor como de excitación, y se abanicó rápidamente—. El conde de Melton va a celebrar un baile para festejar el cumpleaños de su madre.

—¿Qué? No sabía que tuviera madre. Mmm. Quiero decir que...

Lady Buford se rió mientras, poco a poco, iba recuperando el tono rosado de su piel.

—Incluso el villano de Diderot tiene madre, querida. Pero es verdad que la viuda condesa de Melton no se deja ver mucho. Tomó la sabia decisión de marcharse a Francia tras el suicidio de su marido y, desde entonces, ha estado viviendo allí en paz.

—Pero ¿va a volver?

—Oh, lo dudo mucho —opinó lady Buford, y sacó un pañuelo con mucho encaje con el que se secó la frente—. ¿Hay té, querida? Necesito tomarme una taza; el aire del verano es muy seco.

Eliza no había esperado a que se lo pidieran. Como ya conocía el gusto de lady Buford por el té, había empezado a prepararlo en cuanto la oyeron llamar a la puerta, y entró con la bandeja en ese preciso momento.

Minnie aguardó con toda la paciencia que pudo mientras se lo servían con la debida ceremonia, le añadían tres terrones de azúcar —a lady Buford le quedaban muy pocos dientes, y no era de extrañar—, una buena cucharada de nata y la mujer elegía dos galletas de jengibre. Una vez recuperada, lady Buford se limpió los labios, sofocó un suave eructo y se irguió en la silla preparada para entrar en materia.

—Como es normal, se está hablando mucho del tema —informó—. No han pasado ni cuatro meses desde la muerte de la condesa. Y aunque estoy segura de que su madre no tiene ninguna intención de hacer acto de presencia en este evento, decidir celebrar su cumpleaños es... atrevido, pero atrevido sin pretender el escándalo.

—Me parece que... mmm... que su excelencia ya ha tenido bastantes —murmuró Minnie—. Mmm... pero ¿a qué se refiere cuando dice que es atrevido?

Lady Buford estaba encantada: disfrutaba mucho haciendo gala de sus conocimientos.

—Bueno. Cuando alguien, y en especial un hombre, hace algo poco habitual, siempre debes preguntarte qué pretende al actuar así. Tanto si lo consigue como si no, la intención suele explicar muchas cosas. Y en este caso —dijo, cogiendo otra galleta de la bandeja con delicadeza para mojarla en el té con el objetivo de ablandarla— creo que su excelencia pretende exhibirse con el objetivo de demostrar a toda la sociedad que no está loco, o lo que sea —añadió con aire meditabundo.

Minnie no estaba tan segura sobre el estado mental de lord Melton, pero asintió.

—Verás... —Lady Buford hizo una pausa para mordisquear su galleta ablandada, hizo un gesto de aprobación, y tragó—. Verás, si sólo quisiera celebrar un baile normal, daría una imagen superficial, frívola con suerte, fría e insensible si no tuviera tanta suerte. También podría exponerse al riesgo de que nadie aceptara su invitación.

—Pero el caso es... —la animó Minnie.

—Bueno, está el factor de la curiosidad, que nunca puede pasarse por alto. —La puntiaguda lengua de lady Buford asomó para capturar una miga, que desapareció en su boca—. Pero al celebrarlo en honor a su madre, está aprovechándose de la lealtad de los amigos de su madre, que son muchos, y también de quienes eran amigos de su difunto padre, pero que no pudieron mostrarle su apoyo abiertamente. Y —añadió, inclinándose hacia delante con gran portento— están los Armstrong.

—¿Quiénes? —preguntó Minnie estupefacta.

Para entonces ya conocía bastante bien la sociedad londinense, pero no reconoció a ninguna persona importante que se apellidara Armstrong.

—La madre del duque es una Armstrong —explicó lady Buford—, aunque su madre era inglesa. Pero los Armstrong son una familia escocesa poderosa, de los Borders. Y se rumorea que lord Fairbairn, que es el abuelo materno del duque, y sólo es barón, pero muy rico, está en Londres y asistirá al... mmm... a la fiesta.

A Minnie le empezó a parecer que el té no era la bebida adecuada para la ocasión y se levantó para coger el decantador de madeira del aparador. Lady Buford no puso objeción.

—Por supuesto, debes asistir —dijo lady Buford después de tomarse media copa de un trago.

—¿De verdad?

Minnie estaba experimentando ese repentino vacío visceral que provocan la excitación, la expectativa y el pánico.

—Sí —afirmó lady Buford con decisión, y se terminó el vino y dejó la copa haciendo un ruido seco en la mesa—. Casi todos tus posibles pretendientes estarán allí, y no hay nada como la competencia para conseguir que un hombre se declare.

Ahora sólo sentía pánico. Entre una cosa y otra, Minnie había olvidado casi del todo que se suponía que debía buscar marido. Precisamente la semana pasada había tenido dos declaraciones, pero por suerte habían sido de dos pretendientes poco distinguidos, y lady Buford no se había opuesto a que los rechazara.

Minnie apuró su madeira y volvió a llenar ambas copas.

—Muy bien —dijo sintiéndose un poco mareada—. ¿Qué cree que debería ponerme?

—Lo mejor que tengas, querida. —Lady Buford levantó la copa como si pretendiera hacer un brindis—. Lord Fairbairn es viudo.

15

Robo y otras diversiones

La invitación llegó por mensajero dos días después, e iba dirigida a ella misma, como mademoiselle Wilhelmina Rennie. Al ver su nombre escrito, aun cuando fuera una versión equivocada de su nombre falso, sintió un escalofrío en la espalda. Si la descubrían...

«Piensa en ello, hija —dijo la voz lógica de su padre, afectuosa y ligeramente impaciente—. ¿Qué sucedería si te descubrieran? No tengas miedo de las posibilidades; imagina las distintas opciones y, después, lo que harías en cada caso.»

Como de costumbre, su padre tenía razón. Anotó todas las posibilidades que se le ocurrieron, desde que le negaran la entrada en Argus House, de que la reconociera en el baile alguno de los clientes que había conocido aquella semana, o que algún sirviente la sorprendiera devolviendo las cartas. Y entonces llamó a los hermanos O'Higgins y les pidió lo que quería.

Había llegado tarde y se había introducido con sigilo entre un grupo de jovencitas que no dejaban de reírse acompañadas de sus carabinas. Deseaba evitar la atención que recibían los invitados que llegaban solos y que el mayordomo presentaba a todos los demás. El baile había comenzado; le resultó fácil encontrar un lugar entre los alhelíes desde donde poder observar sin que nadie la viera.

Lady Buford le había enseñado el arte de atraer la mirada de los hombres. Ella ya sabía cómo evitarlas. A pesar de haberse puesto lo mejor que tenía —un vestido de color verde nilo—, siempre que mantuviera la cabeza modestamente agachada, siguiera en la esquina del grupo y no hablara, no era probable que la miraran dos veces.

Sin embargo, ella sí sabía dónde mirar. Había varios soldados de uniforme, pero enseguida vio a lord Melton como si no hubiera ningún hombre más en la sala. Estaba junto a la enorme chimenea, absorto en una conversación con otros hombres; a Minnie no le sorprendió reconocer al príncipe Frederick, cuya afabilidad destacaba, ataviado de satén castaño rojizo, y a Harry Quarry, que también lucía su uniforme con elegancia. Junto a Melton vio a un hombrecillo de aspecto feroz con una peluca de color gris acero y expresión de verdugo. Debía de ser lord Fairbairn, pensó.

Notó que tenía a alguien detrás, se volvió y vio que el duque de Beaufort le estaba sonriendo. La saludó con una gran reverencia.

—¡Señorita Rennie! Su más humilde servidor, ¡se lo aseguro!

—Encantador, como siempre, excelencia.

Pestañeó por encima del abanico. Ya había imaginado que podía encontrarse con algún conocido, y había decidido qué hacer. En resumen, nada especial. Sabía cómo flirtear y después retirarse, pasar de una pareja a otra sin ofender a nadie. Así que le tendió la mano a sir Robert, bailó con él un par de piezas, lo mandó a buscar hielo y se escondió en el aseo de señoras durante un cuarto de hora, el tiempo suficiente para que él se cansara de esperar y buscara otra pareja.

Cuando regresó, moviéndose con cautela, miró directamente hacia la chimenea y descubrió que lord Melton y sus compañeros habían desaparecido. Un grupo de banqueros y agentes de bolsa, a algunos de los cuales conocía, los habían reemplazado junto al fuego y, por el aspecto que tenían, estaban enfrascados en una profunda conversación financiera.

Merodeó con discreción por la sala, observando, pero Hal —lord Melton, se corrigió con firmeza— había desaparecido. Tampoco vio al príncipe, a Harry Quarry o al feroz abuelo escocés. Era evidente que su conversación había llegado a un punto que requería cierta privacidad.

Muy bien. Pero ella no podía hacer su trabajo hasta que ese maldito hombre apareciera. Si estaba manteniendo una conversación privada, era muy probable que lo estuviera haciendo en la biblioteca, y no quería arriesgarse a encontrarse con él.

—¡Señorita Rennie! ¡Está usted preciosa! Venga a bailar conmigo, ¡insisto!

Sonrió y levantó el abanico.

—Por supuesto, sir Robert. ¡Encantada!

Pasó más de media hora hasta que los hombres regresaron. El príncipe fue el primero en reaparecer; se acercó a una de las mesas de refrigerio con una expresión de satisfacción en la cara. Después apareció lord Fairbairn, que salió de una puerta al otro lado del salón de baile y se quedó junto a la pared observando la fiesta con la expresión más amable que le permitieron adoptar sus durísimos rasgos.

Y, después, lord Melton y Harry emergieron de la puerta que daba acceso al salón principal, conversando entre ellos con una despreocupación que no conseguía ocultar su excitación. Por tanto, fuera cual fuese el negocio que Hal se traía entre manos con el príncipe, había salido bien.

Bien. Ahora se quedaría allí para celebrarlo.

Dejó la copa de champán a medias y se marchó con discreción hacia las habitaciones.

Había tomado nota de todo lo que había podido: sobre todo la situación de las puertas y del camino más rápido en caso de tener que abandonar la casa con celeridad. La biblioteca estaba al final de un pasillo lateral, en la segunda puerta a la derecha.

La puerta estaba abierta; la estancia era cálida y acogedora, había un buen fuego en la chimenea y velas encendidas, y el mobiliario tenía un delicado tapizado azul y rosa que contrastaba con el papel pintado de la pared, de un damasco de color vino. Respiró hondo, se le escapó un pequeño eructo y notó cómo le subían las burbujas del champán por la nariz. Después de echar una ojeada rápida por el pasillo, entró en la biblioteca y cerró la puerta sin hacer ruido.

El escritorio estaba a la izquierda de la chimenea, justo como le había explicado Mick.

El metal estaba caliente por haberlo llevado pegado al pecho tanto tiempo, y le temblaban las manos. Ya se le habían caído las ganzúas dos veces.

—Es muy fácil —le había dicho Rafe mientras le daba los dos artilugios de latón—. No tenga prisa. A las cerraduras no les van las prisas, y si intenta apremiarla se cerrará todavía más.

—Como las mujeres —había intervenido Mick sonriéndole.

Bajo el paciente tutelaje de los hermanos O'Higgins, Minnie había conseguido abrir varias veces el cajón de su escritorio con la ayuda de unas ganzúas. En aquel momento se había sentido segura, pero era mucho más difícil sentirse a salvo cuando una estaba cometiendo un robo (bueno, un robo al revés, algo que era todavía peor) en la biblioteca privada de un duque, con dicho duque y doscientos testigos en una fiesta que estaba justo al lado.

En teoría, aquel escritorio tenía la misma clase de cierre, pero era más grande: una sólida chapa de latón con el borde biselado alrededor de una cerradura que, en ese momento, la estaba mirando como si fuera el cañón de una pistola. Respiró hondo, metió la ganzúa para hacer presión en el agujero y, como le habían explicado, la hizo girar hacia la izquierda.

Luego insertó la otra y la extrajo con suavidad escuchando la cerradura. Las paredes amortiguaban el rugido procedente del salón de baile, pero la música le aporreaba la cabeza y le dificultaba oír algo. Se puso de rodillas y pegó la oreja al latón de la cerradura mientras tiraba de la ganzúa. Nada.

Había estado conteniendo la respiración y la sangre le palpitaba en los oídos, cosa que le dificultaba todavía más poder oír algo. Se apoyó un momento en los talones y se obligó a respirar. ¿Lo había entendido mal?

Otra vez. Metió la ganzúa para hacer presión y la giró a la derecha. Insertó la otra lo más despacio que pudo. Le pareció que notaba algo, pero... Se humedeció los labios y tiró de la ganzúa hacia fuera. ¡Sí! Oyó un murmullo apagado cuando cayeron los pistones.

—No... tengas... prisa —susurró, se secó la mano en la falda y cogió de nuevo la ganzúa.

En el tercer intento había estado a punto de conseguirlo. Había advertido que la cerradura tenía cinco pistones, y ya llevaba tres, cada uno de ellos con su correspondiente *clic*, cuando el pomo de la puerta giró a su espalda haciendo un *clic* mucho más fuerte.

Se levantó sofocando un grito y asustó al lacayo que había entrado, casi tanto como se había asustado ella. El hombre exclamó: «¡Oh!» y soltó la bandeja que llevaba en las manos, que impactó contra el pavimento de mármol haciendo un gran estruendo, y después giró sobre sí mismo estrepitosamente hasta que se detuvo.

Minnie y el lacayo se miraron, igual de horrorizados.

—Le... le ruego que me disculpe, señora —dijo, y se puso en cuclillas para recoger la bandeja—. No sabía que hubiera nadie.

—No... no pasa nada —contestó, y guardó silencio para tragar saliva—. Yo... yo... me he mareado un poco. He pensado que me iría bien sentarme un rato. Lejos de... de la gente.

Las ganzúas sobresalían de la cerradura. Minnie dio un paso atrás y puso la mano en el escritorio para apoyarse. No era un pretexto; se le habían aflojado las rodillas y le resbalaba un reguero de sudor frío por el cuello. Pero el lacayo no podía ver la cerradura, ya que estaba oculta tras su falda verde.

—Oh. Claro, señora. —El lacayo se había pegado la bandeja al pecho como si fuera un escudo y estaba empezando a recuperar la compostura—. ¿Puedo traerle un poco de hielo? ¿Un vaso de agua?

«¡Cielo santo, no!»

Pero entonces vio la mesita al otro lado de la chimenea, flanqueada por dos sillones, y sobre ella había una bandeja de pastas saladas, varios vasos y tres o cuatro decantadores, uno de ellos, sin duda, lleno de agua.

—Oh —dijo débilmente, y gesticuló hacia la mesa—. ¿Quizá un poco de agua?

En cuanto le dio la espalda, Minnie alargó el brazo hacia atrás y sacó las ganzúas de la cerradura. Cruzó la chimenea con las rodillas temblorosas y se dejó caer en uno de los sillones, y metió las ganzúas junto al cojín ayudándose de la falda para ocultarlas.

—¿Quiere que avise a alguien, señora?

El lacayo, después de haberle servido agua, muy atento, estaba colocando los decantadores de alcohol y los tres vasos, que ahora advertía que estaban sucios, en la bandeja. Claro, allí era donde el duque había mantenido su reunión.

—No, no. Gracias. Estaré bien.

El sirviente la miró, después miró el plato de pastas saladas, y tras encogerse un poco de hombros, lo dejó en la mesa, inclinó la cabeza y se marchó tirando de la puerta con suavidad.

Ella se quedó allí sentada, inmóvil, esforzándose por respirar acompasadamente. No había pasado nada. Todo iba a salir bien. Podía oler las pastitas, que llevaban trozos pequeños de beicon, anchoa y queso. Le rugió el estómago; ¿tendría que comer algo para apaciguar los nervios y las manos?

No. Seguía estando a salvo, pero no tenía tiempo que perder. Se secó las manos en el reposabrazos del sillón, se levantó y regresó al escritorio.

Ganzúa de tensión, giro a la derecha. La otra para palpar los pistones. Sondear. Ir levantando los pistones uno a uno hasta oír un *clic* metálico. Tirar. No. ¡No, maldita sea! Otra vez.

Tuvo que levantarse dos veces, beber agua y pasearse por la habitación (algo que le habían aconsejado los hermanos O'Higgins) para tranquilizarse antes de volver a intentarlo.

Pero entonces... oyó un decisivo *clanc* metálico y lo consiguió. Le temblaban tanto las manos que apenas logró sacarse los tres paquetes de los bolsillos, pero lo hizo. Abrió el cajón y los metió dentro, después lo cerró y exclamó triunfante.

—¿Qué diablos está haciendo? —preguntó una voz curiosa a su espalda.

Gritó y se dio la vuelta. Se encontró al duque de Pardloe en la puerta y, a su lado, a Harry Quarry y a otro soldado.

—Yo diría... —empezó a decir Harry, que estaba horrorizado.

—¿Qué es todo esto? —quiso saber el otro hombre, mirando con curiosidad por encima del hombro de Harry.

—No se preocupen —repuso el duque sin dirigir la vista hacia ellos. La estaba mirando a los ojos—. Yo me ocupo de ello.

Sin darse la vuelta, cogió la puerta y la cerró en las narices de los dos hombres.

Por primera vez oyó el tictac del pequeño reloj esmaltado que descansaba en la repisa de la chimenea y el siseo del fuego. No podía moverse.

Él cruzó la biblioteca sin dejar de mirarla a los ojos. A Minnie se le había congelado el sudor y se estremeció.

La agarró con cuidado del hombro y la apartó a un lado, después se quedó mirando el cajón cerrado y las ganzúas que sobresalían de la cerradura, descaradamente acusadoras.

—¿Qué diablos estaba haciendo? —inquirió, y se volvió con dureza para mirarla. Ella apenas lo oyó, ya que la sangre palpitaba en sus oídos.

—Yo... yo... le estaba robando, excelencia —espetó. Cuando descubrió que podía hablar se sintió aliviada y cogió aire—. Supongo que debe de ser evidente.

—Evidente —repitió con una suave nota de incredulidad—. ¿Y qué se puede robar en una biblioteca?

Y eso lo decía un hombre que guardaba en sus estanterías por lo menos una docena de libros que valían mil libras cada uno; los podía ver desde donde estaba. Pero tenía razón.

—El cajón estaba cerrado —aclaró—. ¿Por qué iba a estar cerrado si no hubiera nada de valor?

Él miró el cajón de manera automática y le cambió la cara. «¡Oh, maldita sea! —pensó—. Había olvidado que tenía las cartas ahí.» O tal vez no...

Entonces se volvió hacia ella y el aire de ligera y confusa inquisición había desaparecido. No pareció moverse, pero de pronto estaba mucho más cerca de ella; Minnie podía oler el almidón de su uniforme y el ligero olor de su sudor.

—Dígame quién es, lady Bedelia —dijo—, y qué estaba haciendo aquí exactamente.

—Sólo soy una ladrona, excelencia. Lo siento.

Era imposible que pudiera llegar a la puerta, por no hablar de salir de la casa.

—No lo creo en absoluto. —La vio mirar hacia la puerta y la agarró del brazo—. Y no va a ir a ninguna parte hasta que me diga a qué ha venido.

El miedo había hecho que se mareara un poco, pero cuando el duque insinuó que podría ir a alguna parte, pareció ofrecerle la pequeña posibilidad de que no tenía ninguna intención de llamar a la policía para que la detuvieran. Además...

No pensaba esperar a que ella inventara algo. Le apretó el brazo con más fuerza.

—Edward Twelvetrees —dijo, y su voz era casi un susurro, se había puesto completamente pálido—. ¿La ha enviado él?

—¡No! —exclamó ella, pero casi se le sale el corazón por la boca al escuchar aquel nombre. Él se la quedó mirando, después bajó la vista y recorrió su brillante falda.

—Me pregunto qué encontraría si la registrara.

—Un pañuelo sucio y un frasco de perfume —le informó con sinceridad. Después añadió con descaro—: Si quiere registrarme, adelante.

A él se le dilataron un poco las aletillas de la nariz, pero tiró de ella y la dejó a un lado.

—Quédese ahí —ordenó con sequedad, y después la soltó y sacó las ganzúas de la cerradura. Metió el dedo en el bolsillito de su chaleco y sacó una llave, con la que abrió el cajón.

A Minnie le había cambiado el ritmo de los latidos del corazón, que palpitaba de forma diferente, aunque no más lento, cuando él había sugerido que iba a registrarla. Pero ahora se le había acelerado tanto que empezó a ver puntitos blancos.

No había dejado las cartas en su sitio. No había podido, ya que Mick no se había fijado exactamente en la ubicación exacta. Y él se iba a dar cuenta. Cerró los ojos.

Él dijo algo por lo bajo, en... ¿latín?

Minnie tenía que respirar, y comenzó a jadear.

La mano ahora la agarraba del hombro.

—Abra los ojos —le dijo con una voz grave y amenazadora—, y míreme.

Minnie abrió los ojos y lo miró fijamente. Tenía los ojos de color azul invierno, como el hielo. Estaba tan enfadado que notaba la vibración de su mirada en el cuerpo, como si se tratara de un diapasón.

—¿Qué estaba haciendo con mis cartas?

—Yo... —La capacidad de inventiva la abandonó, se rindió y le explicó la verdad—. Las estaba devolviendo a su lugar.

Él parpadeó. Miró el cajón abierto, con la llave todavía en la cerradura.

—Usted... mmm... me vio —dijo, y consiguió reunir la saliva suficiente para tragar—. Me vio cerrar el cajón. Mmm, ¿no?

—Yo... —Se le había formado una pequeña arruga, profunda como un corte de papel, entre sus cejas oscuras—. Sí.

Le soltó el hombro y se quedó allí plantado, mirándola.

—¿Cómo? —preguntó con cautela—. ¿Cómo consiguió mis cartas?

A Minnie todavía le rugía el corazón en las orejas, pero parte de su sangre estaba regresando a su cabeza. Volvió a tragar saliva. Sólo tenía una opción, ¿no?

—El señor Twelvetrees —repuso—. Me pidió que le robara las cartas. Yo... no lo hice por él.

—No lo hizo —repitió. Alzó una ceja lentamente; la estaba mirando como si fuera un insecto exótico que hubiera encontrado paseando por su crisantemo. Ladeó la cabeza—. ¿Por qué no?

—Usted me gustó —espetó—. Cuando nos conocimos en el cóctel que se celebró en el jardín de la princesa.

—¿Ah, sí?

Se le sonrojaron un poco las mejillas y se volvió a poner tenso.

—Sí. —Lo miró a los ojos—. Y me di cuenta de que al señor Twelvetrees no le gustaba usted.

—Por decirlo con suavidad —saltó—. Y dice que le pidió que me robara las cartas. Pero ¿por qué pensó que era la persona adecuada para esa tarea? ¿Se dedica al robo profesional?

—Bueno, no muy a menudo —confesó, tratando de conservar la compostura—. En realidad lo que hacemos, hago, es descubrir información que puede resultar de utilidad. Sólo investigo un poco, aquí y allá, ya sabe. Rumores en las fiestas, esa clase de cosas.

—¿«Hacemos»? —repitió, alzando ambas cejas—. ¿Quién es su cómplice, si no le importa que se lo pregunte?

—Sólo somos mi padre y yo —se apresuró a contestar con la esperanza de que él no se acordara de los deshollinadores—. Se podría decir que es... un negocio familiar.

—El negocio familiar —repitió de nuevo con aire de incredulidad—. Bueno..., dejando eso a un lado, si rechazó el encargo de Edward Twelvetrees, ¿por qué acabó con mis cartas?

Encomendó su alma a un Dios en el que no creía del todo y se lanzó de cabeza.

—Otra persona debió de robárselas a usted para entregárselas a él —dijo con toda la sinceridad que pudo—. Pero yo tuve ocasión de... estar en su casa, y las encontré. Reconocí su nombre. No las he leído —añadió a toda prisa—. Decidí no hacerlo en cuanto vi que eran personales.

El duque había vuelto a ponerse pálido, sin duda al imaginar a Edward Twelvetrees escarbando con avidez en sus heridas más íntimas.

—Pero yo... yo sabía lo que debían de ser por lo que me había explicado el señor Twelvetrees. Así que... las devolví.

Ahora Minnie ya respiraba un poco más despacio. Era mucho más fácil mentir que decirle la verdad.

—Las devolvió —repitió, y parpadeó, después la miró fijamente—. ¿Y entonces pensó que las podría volver a dejar en mi casa? ¿Por qué?

—Pensé que usted... que las querría —afirmó en voz baja, y notó cómo se sonrojaba ella también. «¡Oh, Dios, se va a dar cuenta de que las he leído!»

—Es usted muy amable —dijo con aspereza—. ¿Y por qué no me las devolvió de forma anónima si su única intención era devolverlas?

Tomó una pequeña y descontenta bocanada de aire y le explicó la verdad, aunque sabía que él no la creería.

—No quería que se sintiera herido. Y sabía que le dolería si usted pensaba que alguien las había leído.

—¿Qué? —preguntó con incredulidad.

—¿Quiere que se lo demuestre? —susurró, y su mano se levantó, sin que ella se diera cuenta, y le tocó la cara—. ¿Excelencia?

—¿Qué? —preguntó estupefacto—. ¿Demostrarlo?

A Minnie no se le ocurrió nada que decir, así que se limitó a ponerse de puntillas para apoyarle las manos en los hombros y besarlo. Pero no se detuvo ahí y se pegó a él, y él a ella, con la lenta certidumbre con la que las plantas se desplazan hacia el sol.

Al poco tiempo, ella estaba de rodillas en la alfombra de la chimenea y rebuscaba como una loca las cintas de sus enaguas entre los pliegues de su falda verde. Hal (ella se asustó y se alegró al darse cuenta de que estaba pensando en él como Hal) había lanzado la casaca de su uniforme al suelo. Al caer la prenda se había oído el ruido amortiguado de los botones, las charreteras y el encaje dorado, y él se estaba arrancando los botones del chaleco mientras murmuraba para sí en latín.

—¿Qué? —quiso saber ella al entender la palabra «loca»—. ¿Quién está loca?

—Está claro que usted —contestó, deteniéndose un momento para mirarla—. ¿Quiere cambiar de idea? Porque tiene unos diez segundos para hacerlo.

—¡Tardaré más todavía en quitarme el rodete de la falda!

Hal murmuró *irrumare* por lo bajo, se puso de rodillas, rebuscó entre sus enaguas y encontró el lazo del rodete. En lugar de desatarlo, tiró de él, rompió el lazo, sacó el rodete de entre la ropa como si fuera una enorme salchicha y lo lanzó sobre uno de los sillones orejeros. Después se quitó el chaleco y la tumbó boca arriba.

—¿Qué significa *irrumare*? —preguntó Minnie con los cristales de la lámpara de araña suspendidos sobre la cabeza.

—Yo también —repuso sin aliento. Le había metido las manos por debajo de la falda y las notaba muy frías en el trasero.

—¿Tú también qué?

Tenía la cadera entre sus muslos, que estaba muy caliente, a pesar de los calzones de piel de topo.

—Estoy loco —confesó como si fuera evidente, y quizá lo fuera, pensó Minnie.

»¡Ah! —añadió después de mirarse la bragueta de los calzones—, *irrumare* significa «joder».

Tres segundos después estaba muy excitado y...

—¡Dios santo! —exclamó, y se quedó helado, mirándola, con los ojos abiertos como platos y muy alarmado.

El dolor la sorprendió, y ella también se quedó de piedra mientras tomaba pequeñas bocanadas de aire. Notó cómo él cambiaba el peso, supo que estaba a punto de apartarse y lo agarró del trasero para impedírselo. Estaba tenso, sólido y cálido; era un ancla que la protegía del dolor y el miedo.

—He dicho que lo demostraría —susurró, y tiró de él con todas sus fuerzas al tiempo que arqueaba la espalda. Dio un grito sofocado cuando él se internó del todo en ella y la cogió con fuerza para que no se moviera.

Estaban cara a cara, mirándose el uno al otro, y cogiendo aire como un par de peces fuera del agua. Hal tenía el corazón tan acelerado que Minnie podía notar los latidos en la mano que le había apoyado en la espalda. Hal tragó saliva.

—Lo has demostrado —dijo al fin—. Sea lo que sea..., ¿qué era lo que querías demostrar?

Entre la tirantez del corsé y el peso de Hal, no tenía el aire suficiente para reírse, pero consiguió esbozar una pequeña sonrisa.

—Que no quería hacerte daño.

—¡Oh!

La respiración de Hal era cada vez más lenta, más profunda. «No está resollando», pensó.

—Yo tampoco quería hacerte daño —repuso con delicadeza.

Por un momento lo vio vacilar: ¿se iba a apartar? Pero entonces se decidió y agachó la cabeza para besarla.

—No duele tanto —le aseguró cuando él se detuvo.

—*Mendatrix*. Eso significa «mentirosa». ¿Quieres que...?

—No —contestó con firmeza. Ya había pasado la sorpresa inicial y le volvía a funcionar el cerebro—. Esto no va a volver a ocurrir nunca, y quiero disfrutarlo, si es que es posible —añadió un poco recelosa.

Él tampoco se rió y esbozó una sonrisa minúscula, pero llegó a asomar a sus ojos. El fuego ardió en la piel de Minnie.

—Sí que es posible —intervino él—. Deja que te lo demuestre.

Hal le tendió la mano y ella la tomó aturdida. Los dedos fríos del duque se cerraron alrededor de los suyos, y ella le devolvió el gesto estrechándole la mano.

La llevó a la escalera de atrás, donde le soltó la mano, ya que era demasiado estrecha como para ir uno junto al otro, y bajó delante de ella mirando hacia atrás de vez en cuando para asegurarse de que no había desaparecido o se había caído. Hal parecía tan aturdido como ella.

El ruido ascendía por la escalera procedente de las cocinas que había debajo: el sonido metálico de las cacerolas, voces gritando de un lado y de otro, el tintineo de la vajilla, algo que se rompía y la consecuente maldición. Minnie percibió el olor a carne asada en una ráfaga de aire caliente, y de repente se dio cuenta de que estaba hambrienta.

Hal volvió a cogerla de la mano y la alejó del olor a comida. Se internaron en un pasillo muy sencillo, poco iluminado y sin barnizar, y siguieron por otro, con el pavimento cubierto con una tela de arpillera que amortiguaba sus pasos, hasta llegar a un amplio corredor con una alfombra turca azul y dorada, y velas luciendo en sus candeleros de bronce: proyectaban un brillo suave que lo iluminaba todo. Los sirvientes pasaban por su lado como si fueran fantasmas. Llevaban bandejas, jarras, prendas de vestir o botellas, y todos miraban hacia otro lado.

Era como caminar por un sueño sin sonidos: un espacio suspendido entre la curiosidad y la pesadilla, donde no tenías ni idea de adónde ibas o de lo que te esperaba, pero estabas obligado a seguir caminando.

Hal se detuvo de golpe y la miró como si la hubiera sorprendido caminando en su sueño, y quizá fuera así, pensó Minnie, quizá lo fuera. Le posó la mano en el pecho para indicarle que se quedara donde estaba, y desapareció por una esquina.

Cuando se marchó, empezaron a despertar los sentidos aletargados de Minnie. Podía oír música, voces y risas. Percibió un fuerte olor a ponche y vino. No había bebido nada excepto aquella primera copa de champán, aunque ahora, de todas formas, se sentía muy ebria. Abrió y cerró los dedos lentamente, sintiendo, aún, el contacto de la mano de Hal, que era dura y fría.

De pronto volvió a aparecer y ella percibió su presencia como si fuera un golpe en el pecho. Tenía su capa en la mano. La extendió, se la puso sobre la espalda y la envolvió con ella. Como si formara parte del mismo movimiento, la abrazó y la besó con pasión. La soltó, jadeando, y lo volvió a hacer.

—Tú... —dijo, pero entonces dejó de hablar, porque no sabía qué decir.

—Ya lo sé —contestó él como si fuera verdad, y le posó la mano debajo del codo para llevarla a algún sitio.

Minnie ya no sentía nada, y entonces notó una ráfaga de aire nocturno frío y lluvioso, y Hal la ayudó a subir a un cabriolé.

—¿Dónde vives? —preguntó con una voz casi normal.

—En Southwark —contestó; el instinto evitó que le diera su verdadera dirección—. Calle Bertram, número veintidós —añadió, inventándoselo sobre la marcha.

Hal asintió. Estaba pálido y la noche le oscurecía los ojos. Minnie sentía cierta quemazón entre las piernas y tenía la entrepierna húmeda. Hal tragó saliva y ella vio cómo se le movía la garganta salpicada de lluvia y brillando a la luz del farol; no se había puesto el pañuelo del cuello ni el chaleco, y llevaba la camisa abierta bajo su casaca escarlata.

La cogió de la mano.

—Iré a visitarte mañana —dijo—. Para saber cómo estás.

Ella no contestó. Hal le volvió la mano y le besó la palma. Después cerró la puerta y ella se quedó sola, en aquel carruaje que traqueteaba por los adoquines y con la mano cerrada con fuerza para conservar la calidez de su aliento.

No podía pensar. Notaba que tenía las enaguas húmedas y la ligera sensación pegajosa de la sangre. Lo único que tenía en la cabeza era una frase de su padre: «Los ingleses son unos fanáticos de la virginidad.»

16

Sic transit

No le costó tanto desaparecer. Los hermanos O'Higgins dominaban el arte a la perfección, tal como le habían asegurado.

—Déjenoslo a nosotros, querida —dijo Rafe, cogiendo el monedero que le dio—. Para un londinense, el mundo que hay al final de esta calle es tan desconocido como el papa. Lo único que tiene que hacer es alejarse de los lugares donde la gente acostumbra a verla.

No tenía mucha elección. No pensaba acercarse al duque de Pardloe, o a su amigo Quarry, o a los hermanos Twelvetrees. Pero todavía tenía algunas cosas que hacer antes de poder regresar a París (libros que debía vender y comprar, envíos que hacer y recibir) y también otros pequeños negocios que atender.

Así que Minnie había escrito una nota a lady Buford en la cual liquidó la deuda que tenía con ella por sus servicios y le anunció que regresaba a París, y después se alojó en Parson's Green con la tía Simpson y su familia durante un mes. Dejó que los hermanos O'Higgins se ocuparan de hacer las cosas más sencillas y confió los encargos más complicados al señor Simpson y a su primo Joshua. Dos o tres clientes se habían negado a tratar con alguien que no fuera ella, y aunque la tentación era considerable, el riesgo era demasiado alto, y sencillamente no les había contestado.

Había regresado a la granja una vez con la tía Simpson para despedirse de su madre. Sin embargo, no había sido capaz de entrar en los aposentos de *soeur* Emmanuelle, y se había limitado a posar las manos en la madera fría de la puerta y llorar en silencio.

Pero ahora ya lo había hecho todo. Y estaba sola bajo la lluvia en la cubierta del *Thunderbolt*, que cabeceaba como un corcho por las olas del canal en dirección a Francia y a su padre.

Minnie se prometió que lo último que haría sería decirle a su padre quién había sido.

Él sabía quién era Pardloe. Conocía su entorno familiar, lo frágil que era el poco respeto que le quedaba a esa gente, y, por tanto, lo vulnerable que era Pardloe al soborno.

Quizá al soborno directo no..., por lo menos ella no quería pensar que su padre se dedicara a esas cosas. Siempre le había dicho que lo evitara, no por moralidad (porque su padre tenía principios, pero ninguna moralidad), sino por el sencillo motivo de que era peligroso.

—La mayoría de los sobornadores son principiantes —le había dicho, dándole una pequeña pila de cartas para leer, un intercambio educativo entre un sobornador y su víctima que se había escrito a finales del siglo XV—. No saben qué pueden pedir, y no saben cómo abandonar, aunque quieran hacerlo. La víctima no tarda mucho en darse cuenta, y entonces... suele morir alguien. El uno o el otro.

—En este caso —asintió en dirección a los papeles marrones arrugados— fueron los dos. La mujer a la que sobornaban invitó al sobornador a su casa para cenar y lo envenenó. Pero utilizó una droga equivocada; no lo mató en el acto, aunque el veneno funcionó lo bastante rápido como para que él se diera cuenta de lo que estaba ocurriendo, y la estranguló encima del postre.

No, probablemente no había tenido ninguna intención de sobornar a Pardloe.

Al mismo tiempo, Minnie era lo bastante inteligente como para darse cuenta de que las cartas y los documentos con los que comerciaba su padre solían ser encargados o vendidos a personas que pretendían emplearlos para sobornar a otras personas. Pensó en Edward Twelvetrees y en su hermano, y sintió un frío más intenso que el que le provocaban las ráfagas de viento del Canal de la Mancha.

Si su padre descubriera que Pardloe había desvirgado a su hija... «¿Qué haría?», se preguntó.

No tendría muchos escrúpulos en matar a Pardloe si pudiera hacerlo sin que nadie se diera cuenta, de eso estaba bastante segura. Aunque su padre era muy pragmático: quizá pidiera satisfacción en términos económicos en compensación por la pérdida de la virginidad de su hija. A fin de cuentas, era una mercancía con la que se podía comerciar.

O incluso podría intentar obligar a Pardloe a casarse con ella.

Eso era lo que había deseado: encontrarle un marido inglés rico, preferiblemente con una buena posición social.

—¡Por encima de mi cadáver! —exclamó en voz alta, y un marinero la miró extrañado al pasar por su lado.

Durante el viaje de vuelta, había ensayado cómo se lo diría a su padre y también lo que no le comentaría, así como lo que él podría argüir, pensar o hacer. Tenía un discurso preparado, que era firme, calmado y preciso. Estaba lista para que le gritara, la regañara, la repudiara o la echara. Lo que no esperaba es que él se la quedara mirando desde la puerta de la tienda, cogiera aire y se echara a llorar.

Minnie se quedó atónita y no dijo nada, y al poco tiempo él la abrazó.

—¿Estás bien? —Se separó un poco de ella para poder mirarla a la cara, y se pasó la manga por la cara húmeda, nerviosa y salpicada por una barba gris—. ¿Te ha hecho daño ese canalla?

Ella no sabía qué decir: «¿Qué canalla?» o «¿A qué te refieres?», y decidió adoptar una postura vacilante:

—No...

La soltó y dio un paso atrás, se metió la mano en el bolsillo para sacar un pañuelo y se lo ofreció. Entonces se dio cuenta de que estaba sorbiendo por la nariz y que tenía lágrimas en los ojos.

—Lo siento —dijo, olvidando todos sus discursos—. No pretendía... no... —«Pero lo hiciste», le recordó su corazón. «Sí que lo pretendiste.» Se tragó aquel pensamiento con las lágrimas y repuso—: No pretendía hacerte daño, papá.

Llevaba años sin llamarlo así, y él hizo un ruido, como si alguien le hubiera golpeado el estómago.

—Soy yo el que lo siente, niña —contestó con la voz temblorosa—. Te dejé ir sola. No debí... Sabía que... Dios, ¡lo voy a matar!

La sangre le ascendió a las mejillas pálidas y estrelló el puño en el mostrador.

—No —intervino ella alarmada—. Fue culpa mía. Yo...

«¿Yo qué?»

Su padre la agarró de los hombros y la sacudió, aunque no lo hizo con fuerza.

—No digas eso. Lo que quiera que sucediera no fue culpa tuya. —La soltó y resopló, jadeaba como si hubiera estado corriendo—. Yo... yo...

Guardó silencio y se pasó una mano temblorosa por la cara, cerrando los ojos.

Respiro hondo un par de veces más, y dijo, con un tono que recordaba mucho a su calma habitual:

—Ven a sentarte, *ma chère*. Te prepararé un té.

Minnie asintió y lo siguió después de dejar la bolsa donde la había soltado. La trastienda le resultó muy familiar y al mismo tiempo bastante extraña, como si hubieran transcurrido algunos años desde la última vez que había estado allí. Había un olor raro, y se sintió incómoda.

Pero se sentó y posó las manos sobre el desgastado mostrador de madera. La cabeza le daba vueltas, y cuando respiró hondo para intentar aliviar la sensación, se volvió a marear. El olor a polvo y a seda antigua, a té y al sudor nervioso de los muchos visitantes que pasaban por allí le creó una pelota grasienta en el estómago.

—Cómo... ¿cómo te has enterado? —le preguntó a su padre, haciendo un esfuerzo por olvidarse de la sensación de mareo.

Su padre le estaba dando la espalda mientras cortaba un trozo del ladrillo de té y lo vertía en la tetera de porcelana china con sus peonías azules. No se dio la vuelta.

—¿Tú qué crees? —dijo tranquilamente, y de pronto Minnie pensó en las arañas, en los mil ojos que colgaban inmóviles, observando...

—*Pardonnez-moi* —se excusó sin aliento, y entonces se levantó, salió corriendo por el pasillo hasta la puerta del callejón y vomitó en los adoquines de la calle.

Se quedó fuera durante casi un cuarto de hora, dejando que el aire fresco de las sombras le enfriara la cara, que regresaran a ella los sonidos de la ciudad, puesto que los ruidos de la calle le proporcionaban un suave eco de normalidad. Entonces las campanas de Sainte-Chapelle dieron la hora a lo lejos, y las demás iglesias la siguieron. El *bong* de Notre Dame de París anunció a la ciudad que eran las tres en punto.

—Ya casi es hora de la nona —le había dicho su tía—. Cuando escucha las campanas, ya no hace nada hasta que ha acabado de rezar, y a menudo suele permanecer callada después de hacerlo.

—¿Nona?

—Las horas —había explicado la señora Simpson abriendo la puerta—. Si quieres que hable contigo tienes que darte prisa.

Se limpió la boca con el dobladillo del vestido y entró. Su padre había acabado de preparar el té, y en la mesa le esperaba una taza recién servida. La cogió, tomó un trago del líquido vaporoso, se lo fue pasando por la boca y escupió en la aspidistra.

—He visto a mi madre —espetó.

Su padre se la quedó mirando. Estaba tan asombrado que parecía que no la estuviera viendo. Después de un buen rato, dejó de apretar los puños y colocó las manos en la mesa, una encima de la otra.

—¿Dónde? —preguntó en voz baja. Seguía mirándola fijamente a la cara.

—En Londres —respondió—. ¿Sabías dónde estaba, dónde está?

Su padre había empezado a pensar. Minnie vio los pensamientos flotando en su mente. ¿Qué sabía su hija? ¿Podría escapar de aquella situación mintiendo? Parpadeó, cogió aire y lo soltó por la nariz en un suspiro que a Minnie le pareció decidido.

—Sí —confesó—. He seguido en contacto con su hermana. Si has visto a Emmanuelle, supongo que también habrás visto a Miriam, ¿no?

Alzó una de sus rebeldes cejas y ella asintió.

—Me dijo... dijo que pagabas su manutención. Pero ¿la has visto? ¿Has visto donde está, cómo está?

Las emociones rugían en su interior como una tormenta cuando se aproxima, y tuvo que esforzarse para mantener un tono de voz firme.

—No —reconoció, y ella se dio cuenta de que estaba tan pálido que incluso tenía los labios blancos, aunque no sabía si se debía a la ira o a la emoción—. No volví a verla después de que me dijera que estaba embarazada. —Tragó saliva y clavó los ojos en sus manos entrelazadas—. Lo intenté —prosiguió, levantando la mirada como si ella le hubiera increpado, aunque su hija no había dicho nada—. Fui al convento y hablé con la madre superiora. Hizo que me detuvieran. —Se rió, fue una risa breve pero divertida—. ¿Sabías que desvirgar a una monja es un crimen que se castiga con la picota?

—Supongo que lo evitaste con dinero —afirmó con el tono más desagradable que pudo.

—Lo habría hecho cualquiera, *ma chère* —dijo, conservando la calma—. Pero yo tuve que marcharme de París. Todavía no había conocido a Miriam, pero sabía de su existencia. Le mandé una carta y dinero, suplicándole que averiguara lo que habían hecho con Emmanuelle, para salvarla.

—Lo hizo.

—Lo sé. —Había recuperado la compostura y la miró con dureza—. Y si has visto a Emmanuelle, ya sabes cómo está. Se volvió loca cuando el bebé...

—¡Cuando yo nací! —Dio una palmada en la mesa y las tazas repicaron en los platos—. Sí, lo sé. ¿Me haces culpable de... de lo que le pasó?

—No —intervino, haciendo un evidente esfuerzo—. Claro que no.

—Bien. —Respiró hondo y espetó—: Estoy embarazada.

Su padre se puso blanco como el papel y ella pensó que se iba a desmayar. Creyó que ella también se desmayaría.

—No —susurró su padre.

Le miró la tripa y ella sintió náuseas; pensó que iba a volver a vomitar.

—No. No dejaré... ¡No dejaré que te pase lo mismo!

—Tú...

Quería golpearlo, lo habría hecho si no hubiera estado sentado al otro lado de la mesa.

—¡No te atrevas a decirme cómo me puedo deshacer del bebé! —Tiró la taza y el plato de la mesa, que se estrellaron contra la pared y la mancharon de té—. Yo nunca haría eso, ¡nunca, nunca, nunca!

Su padre respiró hondo y se obligó a relajarse. Seguía pálido, y la emoción asomó a sus ojos, pero todo estaba bajo control.

—Eso —dijo en voz baja— es lo último que haría. *Ma chère. Ma fille.*

Minnie vio que él tenía los ojos llenos de lágrimas y notó el impacto que le provocó aquella imagen en el corazón. Él la había ido a buscar cuando nació. Fue a buscar a su hija, la cuidó y le dio cariño.

Su padre advirtió que ella dejaba de apretar los puños y se acercó, vacilante, como si caminara por encima del hielo. Pero Minnie no reculó ni gritó, y después de un paso más se abrazaron, llorando. Minnie había añorado mucho su olor a tabaco y té negro, a tinta y vino dulce.

—Papá... —Rompió el silencio, y entonces lloró con más fuerza, porque nunca había podido decir «mamá», y nunca podría, y aquella minúscula criatura que llevaba dentro nunca conocería a su padre. Nunca había estado tan triste, pero al mismo tiempo sentía un enorme consuelo.

Él se había preocupado. Había ido a buscarla cuando nació. La había amado. Siempre la amaría, eso era lo que le estaba diciendo ahora, murmurando en su cabello, sorbiendo por la nariz para evitar las lágrimas. Nunca dejaría que la persiguieran y abusaran de ella como le había sucedido a su madre, nunca dejaría que le hicieran ningún daño ni a ella ni a su hijo.

—Lo sé —dijo. Estaba agotada, apoyó la cabeza en el pecho de su padre y lo abrazó igual que él la abrazaba a ella—. Lo sé.

17

Sellado con cera roja

Hal salió del despacho de sir William Yonge haciendo repicar sus botas en el pavimento de mármol y con la cabeza alta. Asintió con cordialidad al soldado que esperaba en la puerta, bajó la escalera, siguió por el salón y salió a la calle con la dignidad intacta. Harry, muy nervioso, lo estaba esperando al otro lado de la calle.

Vio que Harry esbozaba una enorme sonrisa al verlo, y después echó la cabeza hacia atrás y aulló como un lobo para sorpresa de lord Pitt y dos compañeros, que pasaban por la acera en ese momento. Hal se esforzó por saludarlos inclinando la cabeza, y enseguida cruzó la calle, donde sacudió a Harry por los hombros, presa de una gran alegría. Lo hizo con una mano, porque con la otra sujetaba el precioso certificado de la comisión.

—¡Dios! ¡Lo hemos conseguido!

—¡Tú lo has conseguido!

—No —insistió Hal, y empujó a Harry con alegría—. Nosotros. Lo hemos conseguido. ¡Mira! —Agitó el documento bajo la nariz de Harry. Estaba doblado y sellado con cera—. ¡Incluso tiene la firma del rey! ¿Te lo leo?

—Sí, cada palabra, pero aquí no. —Harry lo agarró del codo y le hizo señas a un cabriolé que pasaba por allí—. Venga, vamos al Beefsteak; allí podremos tomarnos algo.

El señor Bodley, el mayordomo del club, los miró con benevolencia cuando entraron pidiendo champán, filetes y más champán, y en cuestión de segundos estaban instalados en un comedor desierto, puesto que eran las once de la mañana, con una botella fría y aguardando los filetes.

—«... comisionado en este día por Su Real Majestad, por gracia de Dios, Jorge II...» Oh, Dios mío, no puedo respirar..., es increíble...

Hal se rió.

Él mismo había sentido que tenía el pecho apelmazado todo el tiempo que había estado en el despacho de sir William, pero la sensación había desaparecido en cuanto había visto el certificado, con el inconfundible sello real al pie, y ahora respiraba con la misma libertad que un bebé recién nacido.

—¿Verdad que sí? —Apenas podía ponerse en pie para quitarle el certificado a su amigo, y alargó la mano para deslizar un dedo posesivo por encima de la firma del rey—. Cuando he entrado allí estaba convencido de que todo había acabado, de que sir William me iba a rechazar contándome algún cuento mientras me miraba de esa forma, como cuando la gente piensa que estás loco y que vas a sacar un hacha y a cortarles la cabeza de repente. Aunque no voy a negar que me he sentido así muchas veces —añadió con juicio, y apuró el vaso—. ¡Bebe, Harry!

Harry obedeció, tosió, y se sirvió más champán.

—¿Y qué ha pasado? Yonge se ha mostrado amigable, prosaico... ¿Qué te ha dicho?

Hal frunció el ceño y disfrutó distraídamente de la explosión de burbujas en la lengua.

—Bastante amigable... aunque creo que no puedo afirmar a ciencia cierta cómo estaba. No estaba nada nervioso. Y no tenía esa actitud recelosa que adoptan los políticos cuando están conmigo, pero están pensando en mi padre.

Harry hizo un sonido gutural que indicaba su absoluta comprensión y simpatía. Él había estado al lado de Hal después del suicidio de su padre y durante el maldito desastre que ocurrió después. Hal le sonrió y levantó la copa como agradecimiento.

—En cuanto a lo que ha dicho, me ha recibido con mucha amabilidad, me ha pedido que me sentara y me ha ofrecido una galleta de pasas.

Harry silbó.

—¡Vaya, qué honor! He oído decir que sólo les da galletas al rey y al primer ministro. Aunque imagino que también le ofrecería una a la reina si se dignara a visitar su guarida.

—Creo que es poco probable. —Hal apuró la botella y llamó para pedir otra, pero el señor Bodley ya estaba a su lado—. Gracias, señor Bodley. —Reprimió un eructo y advirtió que aunque todavía no estaba mareado, empezaba a sentirse como si flotara—. ¿Cree que los filetes tardarán mucho?

El señor Bodley ladeó la cabeza en un gesto un tanto ambiguo.

—Un poco, milord. Pero la cocinera acaba de sacar del horno unos pastelitos de anguila maravillosos. ¿Creen que puedo sugerirles que disfruten de un par de ellos mientras esperan?

Harry olisqueó el magnífico aroma procedente de la cocina y cerró los ojos anticipando el placer del bocado.

—¡Oh, Dios, sí!

A Hal se le hizo la boca agua al pensarlo, pero la idea también hizo que se pusiera tenso. Harry abrió los ojos y lo miró sorprendido.

—¿Qué te pasa, amigo?

—¿A mí? Nada. —El señor Bodley había descorchado la botella y soltó el tapón, que hizo un suave *pop*, seguido de un siseo de burbujas—. Gracias, señor Bodley. Sí, ¡tráiganos esos pastelitos de anguila!

—Pastelitos de anguila —repitió cuando el señor Bodley se marchó con discreción hacia la cocina—. Al oírlo me he acordado de Kettrick's... y de aquella joven.

¡Maldita sea! ¿Por qué no había pensado en pedirle que le dijera su verdadero nombre? Lady Bedelia Houghton, por Dios. Cada vez que le venía a la mente ese nombre, sentía la misma mezcla de emociones: lujuria, curiosidad, enfado..., ¿añoranza? No sabía si lo expresaría así, pero tenía muchas ganas de volver a verla, aunque sólo fuera para saber qué había estado haciendo en su biblioteca. Y ese deseo había aumentado después de su reunión con el secretario.

—¿Kettrick's? —preguntó Harry estupefacto—. ¿Te refieres a Kettrick's Eel-Pie House? ¿Y qué joven?

Hal percibió algo en la voz de su amigo y lo miró fijamente.

—La chica que sorprendí forzando el cajón de mi escritorio la noche del baile.

—Ah, esa chica —murmuró Harry, y enterró la nariz en la copa.

Hal miró a Harry con más dureza. No le había contado todo ni mucho menos, pero sí que le había explicado que se había quedado satisfecho con lo que ella le había explicado (en realidad, mucho más que satisfecho, pero...), y que la había mandado a casa en un cabriolé y le había pedido su dirección, y ella se la había dado.

Sin embargo, después descubrió que esa dirección no existía, y cuando había seguido la pista del cochero, un canalla irlandés, el hombre le había dicho que la chica había afirmado que tenía mucha hambre (lo que era cierto, ya que Hal había oído cómo le rugía el estómago cuando...), y le había pedido que se detuviera un instante en Kettrick's. Lo hizo, y la chica había cruzado el establecimiento, había salido por detrás, se había marchado por el callejón y ya no la había vuelto a ver, historia, según Hal, suficientemente interesante como para haber arraigado en la mente de Harry. Por no mencionar que él había nombrado a esa chica varias veces, además de los esfuerzos que había hecho para encontrarla.

—Mmf —dijo, bebió más, y sacudió la cabeza para aclararse las ideas—. Bueno, en cualquier caso..., hemos conversado un poco más, con bastante cordialidad, aunque a lo largo de la charla he percibido algo... raro... en la conducta de sir William. Estaba muy serio, lo que me ha hecho pensar que iba a rechazar mi petición, pero también... compasivo.

—¿Ah, sí? —Harry alzó sus espesas cejas—. ¿Y a qué crees que se ha debido?

Hal volvió a negar con la cabeza, desconcertado.

—No lo sé. Sólo que... al final, después de ofrecerme el certificado y de felicitarme, me ha dado la mano y ha estrechado la mía durante un instante, y... y me ha ofrecido sus condolencias por mi... por mi pérdida.

Nunca había creído que controlara las emociones, pero la punzada que sintió fue más fuerte que nunca y se vio obligado a carraspear.

—Supongo que sólo lo ha hecho por decencia —opinó Hal con brusquedad. Hal observó fascinado que Harry se estaba ruborizando.

—Sí —dijo, y se reclinó con despreocupación, con la copa en la mano, pero sin dejar de mirar a Harry—. En ese momento, estaba tan eufórico que no me habría importado que me hubiera dicho que un cocodrilo me estaba mordiendo el pie, pero después de pensarlo con más detenimiento...

Harry se rió un momento al escuchar el comentario de su amigo, pero después se concentró en su copa y fijó la vista en el mantel. El rubor se le había extendido por la nariz, que ahora le brillaba un poco.

—Me pregunto si quizá era alguna especie de referencia indirecta a aquella maldita petición. Ya sabes, la de Reginald Twelvetrees, donde afirmaba que yo había asesinado a su hermano porque había perdido la cabeza.

—No... ¿no ha llegado a mencionar la petición?

Hal negó con la cabeza.

—No.

Entonces llegaron los pastelitos de anguilas, humeantes y sabrosos, y no pronunciaron ni una palabra durante un rato.

Hal apuró la salsa del plato con un trozo de pan, masticó encantado, tragó, y después abrió los ojos y miró a Harry fijamente.

—¿Qué diantre sabes sobre esa petición, Harry?

Conocía a Harry desde que su amigo tenía dos años y él cinco. Harry podía mentir si se le avisaba antes y se le daba el tiempo suficiente para prepararse, pero a Hal no podía mentirle, y él lo sabía.

Harry suspiró, cerró los ojos, reflexionó un momento y después abrió un ojo con cautela. Hal alzó ambas cejas y apoyó las manos en la mesa para demostrarle que no tenía ninguna intención de golpearlo ni de estrangularlo. Harry bajó la vista y se mordió el labio.

—Harry —dijo Hal con suavidad—. Hicieras lo que hicieses, te perdono. Pero explícamelo, ¿de acuerdo?

Harry levantó la vista, soltó el aire y se explicó.

—*Irrumare* —exclamó Hal, más por asombro que por enfado—. Pero dices que le advertiste que no cogiera las cartas...

—Sí. Te lo juro, Hal. —El rubor se había difuminado y estaba empezando a desaparecer—. Es decir, yo sabía lo que pensabas de...

—Te creo.

Hal notaba que él también estaba un poco colorado y apartó la mirada. El señor Bodley se acercaba con platos y cubiertos limpios, seguido de uno de los camareros del club, que portaba una bandeja crepitante.

Estuvieron sentados tranquilamente mientras les servían el filete, acompañado de setas y cebollitas hervidas untadas con mantequilla. Hal observó, olió, mostró su satisfacción al señor Bodley y pidió una botella de un buen burdeos. Aunque todo aquello era muy aromático, su cabeza estaba en la biblioteca la noche del baile.

«No quería que se sintiera herido. —Todavía recordaba su cara cuando le dijo aquello, y Hal la creía tanto ahora como entonces: la luz del fuego se reflejaba en sus ojos, en su piel, en los pliegues de su vestido verde nilo—. ¿Quiere que se lo demuestre?»

Y lo cierto era que lo había hecho. Sintió un violento escalofrío al recordarlo.

—¿Estás bien, amigo?

Harry lo observaba con preocupación, mientras el tenedor con la carne se había quedado a medio camino de la boca.

—Yo... sí —contestó de inmediato—. Pero ella no estaba robando las cartas de Esmé, las estaba devolviendo. Sé que lo estaba haciendo; la vi cerrar el cajón antes de que me viera. Por tanto, no se las envió a sir William, de eso estoy seguro.

Harry asintió lentamente.

—No... no me gusta sugerir esto —dijo con cara de descontento—. Es decir... yo confié en ella por absurdo que pueda parecer. Pero ¿es posible que haya copias? Porque por cómo describes la actitud de Yonge...

Hal negó con la cabeza.

—Juraría que no. La forma en que... No. Estoy convencido. Si acaso... —Vaciló, pero a fin de cuentas estaba hablando con Harry. Tragó saliva y siguió con la vista fija en el plato aunque con la voz firme—. Si sir William hubiera visto esas cartas, no habría sido capaz de mirarme a la cara, por no hablar de comportarse como lo ha hecho. No. Algo lo ha convencido de que yo tenía motivos para retar a Twelvetrees, de eso estoy seguro, pero sólo Dios sabe qué. Quizá la... la chica... encontrara a alguien que... que supiera la verdad sobre la aventura... —Le ardieron las mejillas y se le estaba clavando el tenedor en la mano—. Si alguien con buena reputación le hubiera jurado que...

Harry soltó el aire y asintió.

—Tienes razón. Y eso es lo que yo le había pedido que hiciera. Mmm... o sea, que investigara con discreción. Lo siento.

Hal asintió, pero no podía hablar. Perdonaba a Harry, sin embargo, la idea de que algún desconocido supiera... Sintió la repentina necesidad de coger una vela de la pared y prenderse fuego en la cabeza para acabar con ese pensamiento, pero decidió cerrar los ojos y respirar hondo durante un rato. La tirantez que sentía en el pecho empezó a disminuir.

Bueno. En ese momento no podía hacer nada. Y había solucionado lo del regimiento. Recuperó parte de su anterior euforia y abrió los ojos. Sí, estaba solucionado, gracias a Dios. Había un certificado, sellado con cera roja, que estaba justo ahí, sobre el mantel de lino.

Dejó de apretar el tenedor, se obligó a coger el cuchillo y cortó un trozo de filete. De la carne brotó un hilo de jugo rojo caliente, y recordó la pequeña mancha de sangre que había quedado en la alfombra blanca. El calor lo recorrió como si el cabello le estuviera ardiendo.

—Lo que sí podrías hacer, Harry..., si no te importa...

—Lo que quieras, amigo.

—Ayúdame a encontrarla.

Harry se quedó inmóvil, con el tenedor a medio camino de la boca.

—Claro —dijo lentamente, y bajó el tenedor—. Pero...

Pero su cara decía que los dos la habían estado buscando durante las tres últimas semanas. La señorita Rennie se había desvanecido como si fuera un espíritu.

Hal se rió de repente. El señor Bodley se había materializado con una botella de burdeos y ya tenía una copa llena junto al brazo.

—¡Olvídate de los Twelvetrees! —exclamó Harry cogiendo su copa. Hal le devolvió el brindis y bebió.

Era un vino excelente, con cuerpo, fuerte y con aroma a cerezas y a tostadas con mantequilla. Otra botella de aquel vino, o tal vez dos, y quizá se sintiera capaz de enfrentarse a las cosas.

—Como siempre me decía mi padre, Harry: «Si no abandonas, no podrán vencerte.» Y —alzó la copa en dirección a su amigo— yo no he abandonado.

Harry miró a Hal con una ligera sonrisa. Le devolvió el brindis.

—No —dijo—. Que Dios nos ayude, no has abandonado.

18

Levantando el vuelo

Kalverstraat, 18
Ámsterdam, 3 de enero de 1745

Minnie sacudió el azúcar en polvo de las páginas del libro de contabilidad con mucho cuidado. Los mareos de los primeros días del embarazo habían remitido, y ahora tenía un apetito voraz, o como un búho, según su padre.

—¿Un búho? —había preguntado ella, y él había asentido sonriendo.

La conmoción de su padre había desaparecido junto con las náuseas, y a veces lo sorprendía mirándola embelesado.

—Miras la comida, *ma chère*, y después mueves la cabeza de un lado a otro como si pensaras que se va a escapar, y después te abalanzas sobre ella y desaparece.

—Tonterías —dijo, y comprobó si había más *oliebollen* en la jarra de barro, pero no, se los había terminado. Mortimer había dejado de moverse y había caído presa del estupor, como solía hacer cuando ella comía, pero Minnie seguía teniendo hambre.

—¿La comida ya está lista? —le preguntó a su padre mirando hacia el piso de abajo.

La casa era una construcción típica de Ámsterdam, larga y estrecha; la tienda estaba en la planta baja, las habitaciones arriba, y la cocina en el sótano. Desde hacía una hora era consciente del delicioso aroma a pollo asado que subía por la escalera, y estaba muerta de hambre, a pesar de todos los *oliebollen* que se había comido.

Pero en vez de una respuesta, oyó los pasos de su padre subiendo la escalera, acompañado del traqueteo del gres y el peltre.

—Todavía no es mediodía —repuso con suavidad dejando la bandeja en el mostrador—. La comida todavía tardará por lo menos una hora. Pero te he traído un poco de café y rollitos de miel.

—¿Miel?

Olisqueó con agrado. A pesar de que las náuseas ya habían desaparecido casi por completo, seguía teniendo el sentido del olfato muy agudizado, y el fuerte aroma del café y los rollitos con mantequilla fresca le hicieron la boca agua.

—El bebé ya es casi tan grande como tú —observó su padre, mirándole el enorme vientre—. ¿Cuándo dices que nacerá?

—Dentro de unos tres meses —contestó, y alargó el brazo para coger un rollito ignorando la insinuación—. Y la comadrona dice que para entonces será el doble de grande. —Se miró la tripa—. Yo no creo que eso sea posible, pero eso dice.

Su padre se rió, y se inclinó sobre el mostrador para posar una mano en la curva que se iba a convertir en su nieto.

—*Comment ça va, mon petit?* —preguntó.

—¿Por qué crees que es un niño? —quiso saber, pero no se apartó. Minnie se conmovía cuando él hablaba con el bebé; siempre lo hacía con mucha ternura.

—Bueno, lo llamas Mortimer —señaló, y apartó la mano después de darle una suave palmadita—. Supongo que eso significa que tú crees que es un varón.

—Sólo lo hago porque vi un anuncio en una botella de una medicina inglesa: el tónico disolvente de Mortimer, que elimina cualquier clase de mancha, tanto las físicas como las emocionales o las morales.

Aquello lo cogió desprevenido; no sabía si estaba bromeando. Minnie lo sacó de dudas riéndose ella primero, y le hizo un gesto con la mano para que se marchara a la cocina. A Minnie le encantaban los domingos, cuando Hulda, la doncella, se quedaba en casa con su familia y dejaba que los dos Snyder cuidaran de sí mismos (Willem Snyder era el *nom de guerre* que su padre había adoptado en los Países Bajos). Su padre era mucho mejor cocinero, y todo estaba mucho más apacible sin las atentas preguntas de Hulda, y cuando no se pasaba todo el día señalándole una y otra vez a los «caballeros agradables» que entraban en la tienda y que podrían contemplar la posibilidad de casarse con una joven viuda con un hijo, siempre que el señor Snyder estuviera dispuesto a ofrecer un incentivo lo bastante generoso.

Sinceramente, Minnie creía que su padre no estaría en desacuerdo, pero tampoco la obligaría a nada. Creía que no estaba muy dispuesto a separarse de ella ni tampoco de Mortimer, claro.

Cerró los ojos y saboreó el contraste del café amargo con un bocado de rollito con mantequilla rociado con miel. Según parecía, el café no estimuló a Mortimer, porque se estiró todo lo que pudo y Minnie tuvo que agarrarse el vientre y jadear.

—Pequeño bastardo —le dijo, y guardó silencio para tragarse el último trozo del bocado con miel—. Lo siento. No eres ningún bastardo.

Por lo menos no lo sería mientras él y el resto del mundo no lo supieran. Sería el hijo póstumo de... Bueno, todavía no lo había decidido. De momento era hijo de un capitán español llamado Mondragón, que había muerto de fiebre en alguna campaña oscura, pero pensaría en algo mejor para cuando Mortimer fuera lo bastante mayor como para hacer preguntas.

Quizá algún alemán; allí había los ducados y principados suficientes en los que ocultar un nacimiento irregular, aunque los alemanes eran muy metódicos con los registros de personas. Italia, por otro lado, era un país mucho menos metódico, y además era cálido...

Pero no sería inglés. Suspiró y posó una mano sobre el pequeño pie que le daba patadas en el hígado. Aunque era posible que Mortimer fuera una niña, Minnie no podía pensar en otra cosa que no fuera un niño, porque no podía pensar en él sin pensar en su padre.

Quizá acabara casándose. Algún día.

Ya tendría tiempo de pensar en eso. De momento, había un descuadre entre las cuentas de septiembre y octubre, y cogió una hoja en blanco y la pluma para tratar de descubrir qué había ocurrido con los tres florines que habían desaparecido.

Media hora después, cuando ya había encontrado los florines perdidos y los había anotado con firmeza en la columna correcta, se estiró, rugió, y se levantó. Su tripa, que últimamente emitía los ruidos más extraños, estaba borboteando de una forma muy rara. Si la comida no estaba lista todavía, iba a...

La campana que había colgada sobre la puerta repicó de repente y Minnie, sorprendida, levantó la cabeza. Los virtuosos protestantes de Ámsterdam jamás se plantearían ir a ninguna parte un domingo, salvo a la iglesia. Sin embargo, el hombre que aguardaba en la puerta no era ni holandés ni virtuoso. Vestía un uniforme británico.

—¿Su... excelencia? —dijo como una tonta.

—Hal —respondió—. Me llamo Hal. —Entonces la vio de cuerpo entero y se puso tan blanco como el azúcar que ella había esparcido por el mostrador—. ¡Cielo santo!

—No es... —empezó a decir ella, saliendo de detrás del mostrador—, lo que crees —concluyó en voz baja.

No importaba. Hal respiró hondo y entonces se acercó a ella. Apenas oyó a su padre subiendo por la escalera, puesto que sólo era capaz de ver aquella cara pálida atrapada entre la conmoción y la determinación. La abrazó, flexionó las rodillas y la cogió en brazos.

—¡Cielo santo! —repitió, esta vez refiriéndose a su peso, que era considerable.

Apretó los dientes y se abrió paso por la tienda tambaleándose un poco. Olía a hojas de laurel y cuero.

La puerta estaba abierta. Harry Quarry la estaba sosteniendo, y una ráfaga de aire invernal se coló en la tienda. Su sólido rostro cuadrado esbozó una sonrisa enorme cuando la vio.

—Encantado de volver a verla, señorita Rennie. Date prisa, amigo, viene alguien.

—¡Minnie! ¡Para! Tú...

El grito de su padre quedó acallado por el golpe que dio la puerta al cerrarse, y un segundo después, Hal la metió con brusquedad dentro del carruaje que los esperaba en la calle. Hal subió después de ella y Harry se quedó colgado, como pudo, del estribo del vehículo, mientras le gritaba al conductor, antes de colarse dentro y cerrar la puerta.

—¡Minnie!

Oyó el grito de su padre, apagado pero audible.

Ella intentó darse la vuelta, mirar por la ventana de atrás, pero no podía hacerlo sin levantarse y girar todo el cuerpo. Sin embargo, antes de que pudiera siquiera plantearse hacerlo, Hal se había quitado su capa militar azul y se la había puesto sobre los hombros. El calor de su cuerpo la rodeó, y su rostro estaba a sólo unos centímetros del suyo, todavía blanco. La calidez de su aliento, que también era blanco y empañaba el gélido ambiente del carruaje, le acariciaba la mejilla.

Le había puesto las manos en los hombros para protegerla del traqueteo, y Minnie pensó que iba a besarla, pero una sacudida repentina lo alejó de ella. Cayó de espaldas en el asiento opuesto, junto a Harry Quarry, que seguía sonriendo de oreja a oreja.

Minnie respiró hondo y se colocó bien la falda.

—¿Adónde crees que me llevas?

Hal la estaba mirando fijamente, pero era evidente que no la estaba viendo, porque sus palabras lo sobresaltaron.

—¿Qué?

—¿Adónde me llevas? —repitió ella más alto.

—No lo sé —dijo, y miró a Harry, que se encontraba a su lado—. ¿Adónde vamos?

—A un lugar que está en Keizersgracht —anunció Harry encogiéndose de hombros—. Se llama De Gaulde Gans.

—¿El Ganso Relleno? ¿Me llevas a un pub?

Minnie levantó la voz sin querer.

—Te llevo a un sitio donde pueda casarme contigo —repuso Hal, mirándola con el ceño fruncido.

Estaba muy pálido, y vio cómo se le contraía un músculo cerca de la boca, lo único que podía controlar, pensó Minnie. Bueno, además de a ella.

—Me casé con una dama que se convirtió en una golfa. No me podré quejar si esta vez ocurre al revés.

—Crees que soy una golfa, ¿no?

No sabía si sentirse insultada o divertida, o quizá ambas cosas.

—¿Sueles dormir con tus víctimas, señora?

Lo miró largo y tendido, y cruzó los brazos sobre su barriga incipiente.

—Yo no estaba dormida, excelencia, y si lo hubieras estado tú, creo que me habría dado cuenta.

El Ganso Relleno era un establecimiento muy poco atractivo, donde había un borracho envuelto en harapos y acurrucado en los escalones.

—¿Por qué has elegido este sitio? —le preguntó Minnie a Harry, cogiéndose la falda para evitar un pequeño vómito que había en los escalones y mirando con asco el pomo de la puerta.

—El marido de la propietaria es pastor —contestó, inclinándose para abrirle la puerta—. Y por lo que dicen no suele escandalizarse ante nada.

Como por ejemplo que le pidieron que expidiera una licencia de matrimonio en esas circunstancias, supuso Minnie. Aunque quizá no se necesitara ninguna si te casabas en otro país.

—Entra —ordenó Hal con impaciencia por detrás de ella—. Aquí fuera apesta.

—¿Y crees que dentro olerá mucho mejor? —preguntó tapándose la nariz. Pero él tenía razón: la brisa había cambiado de dirección y recibió el impacto del hedor del borracho.

—¡Oh, Dios! —exclamó, se dio la vuelta y vomitó en la otra punta del escalón.

—¡Oh, Dios! —repitió Hal—. No pasa nada, te conseguiré un poco de ginebra. Ahora entra, por el amor de Dios.

Se sacó un enorme pañuelo blanco de la manga, le limpió la boca con brusquedad y la obligó a cruzar el umbral.

Harry ya había entrado y había empezado las negociaciones, en un malo pero suficiente holandés, que enfatizó enseñando un monedero bien repleto; después lo dejó encima de la barra y el impacto provocó un fuerte tintineo.

Hal, que por lo visto no sabía hablar holandés, interrumpió la conversación de Harry con la propietaria, que aguardaba detrás de la barra, se sacó una guinea dorada del bolsillo y la lanzó sobre la barra.

—Ginebra —ordenó.

Minnie se había apoyado en un taburete en cuanto había entrado, y estaba encorvada hacia delante, con los ojos cerrados, el pañuelo de Hal en una mano e intentando no respirar. Sin embargo, un segundo después, una ráfaga limpia con aroma a enebro cruzó la miasma del pub y el olor a rata muerta. Tragó saliva, se obligó a sentarse y cogió la copa que le ofrecía Hal.

Para su sorpresa, funcionó. Las náuseas desaparecieron tras el primer trago, dejó de tener ganas de tumbarse en el suelo y al poco tiempo empezó a sentirse relativamente normal, o todo lo normal que podía sentirse estando embarazada de seis meses y a punto de casarse con Hal, pensó.

El pastor, al que por lo visto habían sacado de la cama con gripe, alternó su llorosa mirada entre Hal y Minnie, y viceversa.

—¿Quiere casarse con ella?

El tono de incredulidad se coló por la congestión nasal.

—Sí —dijo Hal—. Ahora, por favor.

El pastor cerró un ojo y lo miró, después volvió la cabeza muy despacio para mirar a su mujer, que chasqueó la lengua con impaciencia y le dijo algo rápido en holandés, acompañado de un gesto autoritario. El hombre encogió los hombros al escuchar la diatriba de su esposa, lo que dio a entender que la escena era bastante común. Cuando ella dejó de hablar, él asintió con resignación, se sacó un pañuelo sucio del bolsillo de los calzones caídos y se sonó la nariz.

Hal cogió a Minnie de la mano con más fuerza. No la había soltado desde que habían entrado en el pub, y ella dio un tirón, pero no se apartó del todo. Hal la miró.

—Lo siento —repuso, y aflojó la presión, pero no la soltó.

—Está embarazada —comentó el pastor en un tono recriminatorio.

—Ya lo sé —respondió Hal, apretándole la mano de nuevo—. Acabemos con esto, por favor. Enseguida.

—¿Por qué? —preguntó Minnie un poco irritada—. ¿Tienes que ir a algún sitio?

—No —contestó mirándola con los ojos entornados—. Pero quiero que el hijo sea legítimo, y creo que puedes ponerte de parto en cualquier momento.

—Claro que no —le dijo ofendida—. ¡Ya sabes que no estoy de más de seis meses!

—Pareces una... —Vio la mirada de Minnie y cerró la boca de inmediato, tosió, y volvió a concentrarse en el pastor—. Por favor, continúe, señor.

El hombre asintió, volvió a sonarse la nariz y le hizo un gesto a su mujer, que empezó a rebuscar debajo de la barra y emergió con un libro de oraciones lleno de salpicaduras.

Una vez que estuvo en posesión de su talismán, el pastor pareció armarse de valor y se irguió un poco.

—¿Tiene testigos? —le preguntó a Hal.

—Sí —anunció Hal con impaciencia—. Está... ¿Harry? Maldita sea, ha salido a pagarle al cochero. ¡Quédate aquí! —le ordenó a Minnie, le soltó la mano y salió del establecimiento.

El pastor lo miró con recelo y después miró a Minnie. Tenía la punta de la nariz húmeda y de color escarlata, y unas minúsculas venas le enrojecían las mejillas.

—¿Quiere casarse con este hombre? —preguntó—. Ya veo que es rico, pero quizá sea mejor que se case con un hombre pobre que la trate bien.

—*Ze is zes maanden zwanger, idioot* —dijo la mujer del pastor. «Está embarazada de seis meses»—. *Is dit die schurk die je zwanger heeft gemaakt?* —«¿Él es el granuja que te ha dejado embarazada?» Se quitó la pipa de la comisura de los labios e hizo un gesto para señalar de la puerta la tripa de Minnie.

Minnie recibió una buena patada del bebé, que la obligó a encorvarse hacia delante.

—*Ja, is die schurk* —le aseguró a la mujer mirando por encima del hombro en dirección a la puerta, donde se veía la sombra de Hal por la ventana, y por detrás de él se apreciaba otra sombra más alta que debía de ser Harry.

Los hombres entraron acompañados de una ráfaga de aire invernal y la mujer intercambió una mirada con su marido. Ambos se encogieron de hombros, y el pastor abrió el libro y empezó a pasar las páginas con impotencia.

Harry le esbozó una sonrisa tranquilizadora a Minnie y le dio una palmadita en la mano antes de colocarse con firmeza al lado de Hal. Fue extraño, pero aquello la calmó. Si un hombre como Harry era buen amigo de Hal, entonces quizá, y sólo quizá, no se había equivocado con él.

«Aunque tampoco es que eso fuera a suponer ninguna diferencia en ese momento», pensó, sintiendo un escalofrío extrañamente agradable en la espalda. Tenía la sensación de que estaba a punto de saltar de un acantilado, pero con un enorme par de alas a la espalda, incluso a pesar de que estaba mirando el viento de la calle.

—*Mag ik uw volledige naam alstublieft?* —«¿Cómo os llamáis?»

La casera había sacado un andrajoso libro de registro, que debía de ser el libro de contabilidad del pub, pensó Minnie, observando las páginas manchadas. Pero la mujer buscó una página en blanco y sumergió la pluma en el tintero con actitud expectante.

Hal pareció quedarse sin habla un instante, pero después dijo con firmeza:

—Harold Grey.

—¿Sólo dos nombres? —preguntó Minnie, sorprendida—. ¿Sin títulos?

—No —respondió—. No te estás casando con el duque de Pardloe ni con el conde de Melton. Sólo conmigo. Siento decepcionarte, si eso es lo que pensabas —añadió en un tono que pareció triste.

—En absoluto —contestó ella con educación.

—Mi segundo nombre es Patricius —espetó—. Harold Patricius Gerard Bleeker Grey.

—¿De verdad?

—*Ik na gat niet allemaal opschrijven* —objetó la mujer. «No pienso escribir todo eso.»

—Bleeker, *dat is Nederlands* —repuso el pastor con aprobación. «¿Su familia es holandesa?»

—La abuela de mi padre —contestó Hal, igual de sorprendido.

La mujer se encogió de hombros y anotó los nombres repitiendo:

—Harold... Bleeker... Grey. *En u?* —preguntó, mirando a Minnie.

Minnie había pensado que el corazón no podía latirle más deprisa, pero se equivocaba. A pesar de lo flojo que llevaba el corsé, se sentía mareada, y antes de que pudiera reunir el aliento suficiente, Hal intervino:

—Se llama Wilhelmina Rennie —le dijo a la mujer.

—En realidad, me llamo Minerva Wattiswade —repuso cogiendo aire.

Hal la miró con el ceño fruncido.

—¿Wattiswade? ¿Qué es Wattiswade?

—No es qué —contestó ella con exagerada paciencia—, sino quién. Y en realidad soy yo.

Aquello pareció demasiado para Hal, que miró a Harry como pidiéndole ayuda.

—Significa que no se apellida Rennie, amigo. Se apellida Wattiswade.

—Nadie se apellida Wattiswade —objetó Hal, volviendo su ceño fruncido hacia Minnie otra vez—. No pienso casarme contigo con un nombre falso.

—¡No me estoy casando contigo con un nombre falso! —exclamó—. ¡Ay!

—Qué...

—¡Tu maldito bebé me ha pateado el hígado!

—¡Oh! —Hal pareció un poco avergonzado—. Entonces me estás diciendo que realmente te apellidas Wattiswade.

—Sí.

Hal respiró hondo.

—Muy bien. Wattiswade. ¿Por qué...? No importa. Ya me explicarás después por qué te hacías llamar Rennie.

—No pienso hacerlo.

Hal la miró alzando mucho las cejas, y ella se dio cuenta de que por primera vez se planteaba si decir algo. Pero entonces sus ojos perdieron ese aspecto propio de un hombre que está hablando consigo mismo y la miró.

—Está bien —dijo con suavidad, y le tendió la mano, con la palma hacia arriba.

Ella volvió a tomar aire, miró al vacío y saltó.

—Cunnegunda —prosiguió, y le dio la mano—. Minerva Cunnegunda Wattiswade.

Hal no dijo nada, pero notó cómo vibraba un poco. Se esforzó por no mirarlo. Harry parecía que estaba discutiendo algo con la mujer, según creía por la necesidad de un segundo testigo, pero no pudo concentrarse lo suficiente para entenderlo bien. El olor a humo de tabaco y sudor rancio le estaba revolviendo de nuevo el estómago, y tragó saliva con fuerza varias veces.

Muy bien. Habían decidido que la señora Ten Boom podía ser el segundo testigo. Mortimer dio una voltereta y aterrizó con fuerza. A Minnie le empezaron a sudar las sienes y tenía las orejas calientes.

De pronto le aterró la idea de que su padre pudiera entrar por la puerta en cualquier momento. No tenía miedo de que detuviera aquella ceremonia improvisada; estaba bastante segura de que Hal no se lo permitiría, y eso la tranquilizaba. Aun así... no quería que estuviera allí. Aquello era algo que sólo tenía que ver con ella.

—Rápido —le dijo a Hal en voz baja—. Rápido, por favor.

—Acabemos con esto. —Se dirigió al pastor con un tono que no era particularmente alto, pero sin duda esperando obediencia. El reverendo Ten Boom parpadeó, tosió y abrió el libro.

Estaba todo en holandés. Minnie podría haberse esforzado por entender las palabras, pero no lo hizo. Lo que resonaba en sus oídos eran las frases de las cartas que nunca se habían pronunciado en voz alta.

No las de Esmé, sino las de Hal. Cartas escritas a una esposa fallecida, cuando era presa de una tristeza apasionada, furioso, desesperado. Casi podría haberse pinchado la muñeca con la pluma y haber escrito las cartas con su propia sangre. Lo miró. Estaba pálido como el viento del invierno, como si se hubiera quedado sin sangre en el cuerpo y lo hubiera dejado seco.

Pero cuando volvió su rostro de cejas oscuras hacia ella, Minnie vio que sus ojos eran de un azul pálido y penetrante, y que el fuego que anidaba en él no se había sofocado en absoluto.

«Tú no lo merecías —pensó refiriéndose a la ausente Esmé, y apoyó la mano que tenía libre en su protuberante vientre—. Pero lo amaste. No te preocupes; yo cuidaré de los dos.»

Nota de la autora

Si no has leído la maravillosa novela de Madeleine L'Engle *Una arruga en el tiempo*, todavía puedes hacerlo. Es una historia fantástica, que recomiendo encarecidamente. Pero si la has leído, estoy segura de que recordarás esta emblemática frase: «Existe algo llamado teseracto.»

En realidad, sí que existe, tanto como concepto geométrico como científico. Resumiendo, es un objeto de cuatro dimensiones, donde la cuarta dimensión es el tiempo. Y se emplea como aparato ficticio para unir dos líneas de espacio y tiempo evitando el tiempo lineal que hay entre ellas. Es mucho más útil que una torpe máquina del tiempo.

Como es sabido, las edades no son mi fuerte. Sólo tengo una noción general de la edad que tiene cada personaje de estas historias en un momento dado. Por lo general, no sé cuándo es su cumpleaños, y tampoco me importa. Esto trae de cabeza a mi editor, así como a muchos de mis lectores, a los que no les gustará, pero la verdad es que no hay nada que hacer.

Cuando escribí *El prisionero escocés*, asigné edades al azar a los hijos pequeños de Hal y Minnie sin pensar que no volveríamos a verlos hasta que fueran adultos (en realidad, los hemos visto como adultos en un momento u otro en *Ecos del pasado* y *Escrito con la sangre de mi corazón*).

Asimismo, en *El prisionero escocés*, afirmé que Jamie Fraser había conocido a Minnie antes de que ella se casara, en París, y que se habían conocido en el contexto de las conspiraciones jacobitas de aquellos años. Es una especie de punto de giro que está relacionado con el carácter de ambos y con sus acciones consecuentes, y por eso es importante.

Y permití que Minnie le explicara a lord John las circunstancias de su matrimonio con su hermano Hal. Eso también es importante, porque nos explica cosas de la relación entre Minnie y Hal, así como el motivo de que él le pida ayuda en asuntos de inteligencia que ocurren en distintos momentos de las historias posteriores.

Por tanto, esos dos elementos son importantes. La edad de los niños, en cambio, no lo es.

Pero cuando me planteé profundizar en la historia de Minnie y Hal, naturalmente quise incluir el hecho de que Minnie conociera a Jamie Fraser. Y eso tuvo que ocurrir en algún momento del año 1744, cuando los Fraser se encontraban conspirando en París.

El embarazo de Minnie y el inminente nacimiento de su primer hijo, Benjamin, tuvo mucho que ver con el matrimonio entre Minnie y Hal, y en cómo ella se sentía al respecto. Así, Benjamin tuvo que haber sido concebido en algún momento de 1744.

Como habrán advertido los lectores más quisquillosos, si Benjamin fue concebido en 1744 y nació en 1745 (como es necesario que fuera), entonces no podía tener ocho años en 1760, que es cuando transcurre la historia de *El prisionero escocés*. Sin embargo, los tenía.

Evidentemente, la única forma de resolver el problema de la edad de Benjamin, así como la de sus hermanos, Henry y Adam, es llegar a la conclusión lógica de que ocurrió un teseracto en algún punto de la escritura de *El prisionero escocés* y *Un verde fugitivo*, y que los chicos serán hombres hechos y derechos la próxima vez que los veamos, y que no importará. Por suerte, confío por completo en la habilidad mental de mis inteligentísimos lectores, que con seguridad entenderán este concepto y disfrutarán de la historia sin preocuparse por tonterías.

Pintores de ballenas

En un momento de la historia, mientras contempla el sutil color verde de su vestido, Minnie recuerda que conoció al señor Vernet, un pintor de ballenas.

La pintura de ballenas era algo real en el siglo XVIII, momento en el que existía mucha demanda de pinturas románticas con temas acuáticos y, por tanto, especialistas en estos temas. Claude Joseph Vernet fue un artista histórico real cuya profesión consistía sobre todo en pintar paisajes, muchos de los cuales incluían ballenas. Eso significa que también sería un gran experto plasmando el agua y sus diversas tonalidades y, por tanto, sería la persona indicada para explicarle a Minnie el concepto del verde fugitivo, es decir, una pintura verde de la época que se elaboraba con un pigmento que se desteñía con el tiempo, al contrario que los azules y los grises, que eran mucho más sólidos.

Y, por supuesto, todos comprendéis la alusión metafórica del título (en realidad, he incluido a Vernet para que los lectores que no hablan francés, y que no necesariamente consultan todos los detalles que desconocen, sepan que el verde nilo es una tonalidad de verde).

SITIADOS

Jamaica
Principios de mayo de 1762

Lord John Grey metió el dedo con cuidado dentro del pequeño recipiente de piedra, lo sacó, en esta ocasión brillante, y lo olió con cautela.

—¡Jesús!

—Sí, milord. Eso es lo que he dicho yo. —Su asistente, Tom Byrd, volvió a tapar el recipiente apartando un poco la cara—. Si se frotara esa cosa por el cuerpo, atraería a cientos de moscas, igual que si llevara mucho tiempo muerto —añadió, y envolvió el recipiente en una servilleta para protegerse más.

—Bueno, a decir verdad —repuso Grey con cierta desconfianza—, supongo que la ballena lleva bastante tiempo muerta. —Miró la pared del fondo de su despacho. Había varias moscas posadas en el revestimiento, como era habitual, y sus cuerpos gordos y negros, semejantes a pasas, destacaban sobre el yeso blanco. Como era de esperar, un par de ellas ya había alzado el vuelo y se acercaba perezosamente hacia el bote de aceite de ballena—. ¿De dónde lo has sacado?

—El propietario del Moor's Head tiene un barril entero; lo utiliza para encender los candiles, dice que es más barato incluso que las velas de sebo, por no hablar de las de cera.

—Me imagino.

Teniendo en cuenta el olor del Moor's Head una noche con mucha clientela, nadie advertiría el tufo a aceite de ballena dominando la sinfonía de los demás hedores.

—Supongo que en Jamaica es más fácil conseguir esto que grasa de oso —comentó Tom, agarrando el bote—. ¿Quiere que lo intente con la menta, milord? Quizá ayude —añadió, arrugando la nariz con desconfianza.

Tom había cogido el paño aceitoso que se encontraba en la esquina del escritorio de Grey, y, con una sacudida diestra, alcanzó a una de las moscas gordas que surcaban el aire.

—¿Ballena muerta con menta? Eso podría hacer que mi sangre resultara especialmente atractiva para los más refinados insectos mordedores de Charles Town, por no hablar de Canadá.

Las moscas de Jamaica eran molestas, pero no solían ser carnívoras, y la brisa del mar y las cortinas de muselina de la ventana mantenían los mosquitos a raya. Sin embargo, los pantanos de América Central... y los espesos bosques de Canadá, su último destino...

—No —saltó Grey de mala gana, rascándose el cuello al pensar en los tábanos de Canadá—. No puedo asistir a la inauguración de la nueva plantación del señor Mullryne embadurnado con aceite de ballena. Quizá podamos conseguir grasa de oso en Carolina del Sur. Entretanto..., ¿aceite dulce, quizá?

Tom negó con la cabeza muy decidido.

—No, milord. Azeel dice que el aceite dulce atrae a las arañas. Mientras uno duerme, le lamen la piel.

Lord John y su asistente se estremecieron al mismo tiempo recordando la experiencia de la semana anterior con una araña bananera, una criatura con la envergadura de la mano de un niño, que había salido de manera inesperada de un plátano maduro, seguida de lo que parecían cientos de pequeñas crías, en una fiesta que Grey había celebrado en el jardín para anunciar que se marchaba de la isla y dar la bienvenida al honorable señor Houghton Braythwaite, su sucesor como gobernador.

—Pensé que Houghton iba a sufrir una apoplejía allí mismo —intervino Grey reprimiendo una sonrisa.

—Probablemente desearía haberla sufrido.

Grey miró a Tom, y éste miró a Grey, y los dos se deshicieron en sofocadas carcajadas al recordar la cara que había puesto el honorable señor Braythwaite.

—Venga, venga —dijo lord John, recuperando el control—. Eso no servirá. Tienes...

El rugido de un carruaje adentrándose por el camino de grava de King's House lo interrumpió.

—¡Oh, Dios! ¿Es él? —Grey miró con culpabilidad el desorden del despacho: había un baúl abierto y medio lleno en una esquina, y el escritorio estaba repleto de documentos junto a los restos de la comida. No estaba en condiciones de que lo viera el hombre que lo ocuparía al día siguiente—. Ve corriendo a distraerlo, ¿quieres, Tom? Llévatelo al salón y sírvele una copa de ron. Yo iré a buscarlo en cuanto haya hecho... algo... con esto. —Hizo un gesto con la mano señalando la basura, y Tom desapareció como le había pedido.

Grey cogió el trapo aceitoso y acabó con la vida de una mosca incauta, después tomó un plato donde había algunos trozos de pan, restos de flan y peladuras de fruta, y volcó el contenido por la ventana al jardín que había debajo. Después metió el plato debajo del escritorio, donde no pudiera verse, y empezó a apilar los papeles a toda prisa, pero lo interrumpió la reaparición de Tom, que llegaba muy alterado.

—¡Milord! ¡Es el general Stanley!

—¿Quién? —preguntó Grey estupefacto.

Su mente, ocupada con los detalles de la escapada inminente, se negaba a centrarse en nada que pudiera interferir en dicha evasión, pero el nombre «Stanley» le sonaba de algo.

—¿Es posible que sea el marido de su madre, milord? —preguntó Tom, fingiendo que no estaba seguro.

—¡Ah...! Ese general Stanley. ¿Por qué no me lo has dicho? —John se apresuró a coger la casaca, que estaba colgada en un gancho, y se la puso mientras se sacudía las migas del chaleco—. ¡Hazlo pasar!

La verdad era que a John le gustaba el tercer marido de su madre, aunque cualquier intrusión militar en ese momento debía afrontarse con cautela. Su madre había contraído matrimonio con el general hacía cuatro años, y ya había enviudado en dos ocasiones.

Como de costumbre, la cautela, también en esa ocasión, estaba justificada. El general Stanley que se presentó en su despacho no era el hombre franco, alegre y confiado que había visto en compañía de su madre. Este general Stanley cojeaba apoyado en un bastón, llevaba un inmenso vendaje en el pie derecho y tenía el rostro gris a causa del dolor, el esfuerzo... y sufría una profunda inquietud.

—¡General! —John lo agarró del brazo antes de que se cayera y lo acompañó hasta el sillón más cercano, apresurándose para retirar los mapas que había dejado encima—. Siéntese, por favor. Tom, ¿serías tan amable de...?

—Aquí, milord.

Tom, que había sacado la petaca de Grey del equipaje abierto con una celeridad encomiable, se la ofreció al general Stanley.

El general la aceptó sin dudar y le dio un buen trago.

—¡Cielo santo! —exclamó, poniéndose la petaca en la rodilla con la respiración agitada—. Creía que no conseguiría salir del muelle.

Dio otro trago, esta vez más despacio, con los ojos cerrados.

—Más coñac, Tom, por favor —dijo Grey mirando al hombre.

Tom observó al general. No estaba seguro de si moriría antes de que le pudiera llevar más coñac, pero decidió apostar por la supervivencia del hombre y desapareció en busca del sustento.

—¡Dios! —El general todavía no parecía humano, pero estaba mucho mejor que hacía un rato. Le dio las gracias a John asintiendo con la cabeza y le devolvió la petaca vacía con la mano temblorosa—. El doctor dice que no debería beber vino, ya que por lo visto es malo para la gota, pero no recuerdo que mencionara el coñac.

—Bien —repuso John mirando el pie vendado—. ¿Le dijo algo del ron?

—Ni una palabra.

—Excelente. Ya sólo me queda una botella de coñac francés, pero tenemos muchísimo ron.

—Trae el barril. —El general estaba empezando a recuperar un poco el color y, en ese momento, comenzó a ser consciente del mundo que lo rodeaba—. ¿Estabas haciendo las maletas para marcharte?

—Estoy haciendo las maletas, sí —afirmó John, notando cómo el recelo le provocaba una sensación de nervios en el estómago—. Debo embarcarme esta noche hacia Charles Town.

—¡Gracias a Dios! Temía no llegar a tiempo. —El general respiró con fuerza y se recompuso—. Es tu madre.

—¿El qué es mi madre? —El recelo se convirtió en una llama de alarma—. ¿Qué le ha ocurrido?

—Nada, todavía. O por lo menos espero que no.

El general dio una palmada en el aire en un gesto tranquilizador que no consiguió su propósito.

—¿Dónde diablos está? ¿Y en qué se ha metido ahora, en nombre de Dios?

Grey hablaba con más acaloramiento del que era propio del respeto filial, pero el pánico había hecho que se pusiera nervioso.

—Está en La Habana —explicó el general Stanley—, cuidando de tu prima Olivia.

Aquello parecía una actividad más o menos respetable para una dama de la edad de su madre, y Grey se relajó un poco. Pero sólo un poco.

—¿Está enferma? —preguntó.

—Espero que no. Me explicó en su última carta que había un brote de alguna fiebre en la ciudad, pero ella estaba bien de salud.

—Bien. —Tom había regresado con la botella de coñac, y John se sirvió un vasito—. Espero que esté disfrutando del tiempo.

Miró a su padrastro alzando una ceja, y él suspiró profundamente y se apoyó las manos en las rodillas.

—Estoy convencido de ello. El problema, chico, es que la marina británica está de camino con el objetivo de sitiar la ciudad de La Habana, y creo que sería buena idea que tu madre no estuviera en la ciudad cuando llegara.

Por un momento, John se quedó de piedra, con el vaso en la mano, la boca abierta y el cerebro tan cargado de preguntas que fue incapaz de articular ninguna de ellas. Al final, apuró la bebida, tosió, y dijo con suavidad:

—Ya veo. Y dígame, ¿cómo ha llegado mi madre a La Habana?

El general se reclinó y soltó el aire.

—Todo es culpa de ese tipo, Stubbs.

—¿Stubbs...?

El nombre le resultaba vagamente familiar, pero Grey estaba tan conmocionado que no conseguía ubicarlo.

—Ya sabe, el tipo que se casó con su prima Olivia. Parece un ladrillo. ¿Cuál es su nombre de pila... Matthew? No, Malcolm, eso es. Malcolm Stubbs.

Grey alargó el brazo para coger la botella de coñac, pero Tom ya le estaba sirviendo otro vaso, que le puso en la mano a su señor. Evitó mirar a Grey a los ojos.

—Malcolm Stubbs. —Grey bebió un poco de coñac para darse tiempo para pensar—. Sí, claro. Imagino que... que se habrá recuperado, entonces.

Por una parte, eran buenas noticias. Malcolm Stubbs había perdido un pie y parte de la otra pierna al recibir el impacto de una bala de cañón en la batalla de Quebec, hacía más de dos años. Pero, por suerte, Grey había caído junto a él en el campo de batalla y había tenido el acierto de hacerle un torniquete con el cinturón, cosa que evitó que Stubbs se desangrara hasta morir. Recordaba muy bien el hueso astillado que sobresalía de los restos de la espinilla de Malcolm, y el cálido y húmedo olor a sangre y a excrementos que flotaba en el aire frío. Tomó un buen trago de coñac.

—Sí, bastante. Le pusieron un pie ortopédico y se las arregla bastante bien, incluso monta a caballo.

—Me alegro por él —dijo Grey con cierta sequedad. También recordaba otras cosas sobre Malcolm Stubbs—. ¿Él también está en La Habana?

El general pareció sorprenderse.

—Sí, ¿no te lo he dicho? Ahora es una especie de diplomático, lo enviaron a La Habana el septiembre pasado.

—Un diplomático —repitió Grey—. Vaya, vaya.

Probablemente a Stubbs se le diera bien la diplomacia, dada su demostrada capacidad para mentir, engañar y deshonrar.

—Quería que su mujer y sus hijos se fueran con él a La Habana en cuanto tuviera el alojamiento adecuado, así que...

—¿Hijos? Sólo tenía un hijo la última vez que lo vi.

«Sólo un hijo legítimo», añadió para sus adentros.

—Ahora son dos, Olivia dio a luz a una niña hace dos años; una niña preciosa llamada Charlotte.

—Qué bien. —El recuerdo que tenía del nacimiento del primer hijo de Olivia, Cromwell, era casi tan espantosamente intenso como las imágenes que recordaba de la batalla de Quebec, pero por motivos distintos. Aunque en ambos había habido sangre y excrementos—. Pero mi madre...

—Tu madre se ofreció a acompañar a Olivia para ayudarla con los niños. Olivia está otra vez en estado, y es un viaje por mar muy largo...

—¿Otra vez?

Bueno, no era que Grey no supiera que la actitud de Stubbs hacia el sexo era..., y por lo menos el hombre lo estaba haciendo con su mujer. A John le costó un poco controlarse, pero el general no se dio cuenta, y prosiguió con sus explicaciones.

—Verá, se supone que yo debía viajar a Savannah en primavera, ahora, quiero decir, para aconsejar al coronel Folliot, que está creando una milicia local para ayudar al gobernador, y tu madre iba a venir conmigo. Por tanto, parecía razonable que se adelantara con Olivia y la ayudara a instalarse, y yo me ocuparía de prepararlo todo para que se uniera a mí cuando llegara.

—Muy razonable —dijo John—. Eso es propio de mamá. ¿Y dónde encaja la marina británica en todo esto?

—El almirante Holmes, milord —repuso Tom con cierto aire de reproche—. Se lo dijo la semana pasada cuando vino a comer. Comentó que el duque de Albemarle iba a venir para arrebatarles la isla de Martinica a los franceses y que después se ocuparía de Cuba.

—Ah, sí.

Grey recordaba la comida, que había consistido en un plato bastante extraño: había podido descubrir qué eran los órganos internos de los erizos, mezclados con trozos de pescado crudo y algas previamente marinadas con zumo de naranja. Pero para evitar que sus invitados (todos ellos procedentes de Londres, y todos lamentando la escasez de rosbif y patatas en las Indias) también se dieran cuenta, había pedido que les sirvieran generosas copas del licor de palma del lugar. La argucia resultó muy eficaz, ya que cuando iban por la segunda copa, no se habrían dado cuenta de que estaban comiendo excrementos de ballena en caso de que su aventurera cocinera hubiera deseado servirlos de segundo plato. En consecuencia, sus recuerdos de aquella ocasión estaban un poco difusos.

—No dijo que Albemarle estuviera planeando sitiar la ciudad, ¿no?

—No, milord, pero ése debía de ser su objetivo, ¿no cree?

—Quién sabe —repuso John, que no sabía nada sobre Cuba, La Habana o el duque de Albemarle—. ¿O quizá usted sí, señor?

Se volvió con educación hacia el general Stanley, que empezaba a tener mejor aspecto, gracias al alivio y al coñac. El general asintió.

—No lo sabía —admitió con franqueza—, pero estuve compartiendo mesa con Albemarle a bordo de su buque insignia durante seis semanas. Lo que no sepa sobre el asalto a La Habana probablemente no tendrá ninguna importancia, aunque no me atribuyo ningún mérito por conocer esa información.

El general había descubierto la expedición de Albemarle la noche anterior a que la flota zarpara, cuando recibió un mensaje de la Oficina de Guerra, que le ordenó que subiera a bordo.

—En ese momento, ya sabía que el barco llegaría a Cuba mucho antes que cualquier mensaje que pudiera mandarle a tu madre, así que me embarqué enseguida a pesar de esto —añadió, mirando con furia su pie vendado.

—Claro. —John levantó una mano para interrumpirlo un momento y se volvió hacia su ayudante—. Tom, corre lo más rápido que puedas a casa del almirante Holmes y pídele que venga a verme lo más pronto posible. Y cuando digo «lo más pronto» me refiero a...

—A ahora mismo. Sí, milord.

—Gracias, Tom.

A pesar del coñac, el cerebro de Grey se había hecho con el control de la situación y estaba pensando en la posible actuación.

Si la marina británica se presentaba en el puerto de La Habana y empezaba a bombardear la ciudad, no sólo supondría un peligro para la integridad física de la familia Stubbs y para lady Stanley, conocida como la duquesa viuda de Pardloe, sino que además todos ellos se convertirían automáticamente en rehenes de España.

—En cuanto avistamos Martinica y nos unimos a las fuerzas de Monckton, yo... mmm... requisé un pequeño cúter para que me trajera aquí lo más rápido posible.

—¿Lo requisó, señor? —preguntó John sonriendo al escuchar el tono del general.

—Bueno, para ser sincero, lo robé —admitió el general—. No creo que a mi edad me hagan un consejo de guerra... y, de todos modos, me importa un pimiento que lo hagan. —Se irguió en el sillón, con cierto brillo en los ojos, y alzó la barbilla, que mostraba una incipiente barba gris—. Lo único que me importa es Benedicta.

Lo que el general sabía sobre el puerto de La Habana era, a grandes rasgos, que se trataba de uno de los mejores puertos de aguas profundas del mundo, capaz de albergar a cien barcos, y que estaba protegido a ambos lados por una gran fortaleza: el castillo del Morro al este, y La Punta al oeste.

—La Punta es una fortaleza puramente defensiva; tiene vistas a toda la ciudad, aunque, por supuesto, uno de los laterales se comunica con el puerto. El Morro, como lo llaman los españoles, es más grande, y entre sus muros se encuentran los cuarteles administrativos de don Juan de Prado, gobernador de la ciudad. También es donde se guardan las baterías principales con las que controlan el puerto.

—Con suerte no necesitaré saberlo —intervino John rellenando el vaso de zumo de naranja con ron—, pero por si acaso, tomaré buena nota de ello.

Tom regresó cuando el general le estaba haciendo los últimos comentarios, y le dijo que el almirante Holmes estaba al corriente de la invasión planeada, pero que no tenía detalles al respecto, aparte de que sir James Douglas, que debía tomar el control del escuadrón de Jamaica, había enviado una nota en la que se informaba que quería reunirse con el escuadrón de Haití en cuanto el almirante pudiera.

A lo largo de toda la conversación, lord John había ido anotando mentalmente todo lo que pudiera resultarle útil, además de elaborar una lista paralela de las cosas que, allí, en Jamaica, pudieran serle de ayuda para una expedición improvisada a una isla de la que desconocía el idioma. Cuando se levantó para servirle más zumo de naranja al general, le pidió a Tom, en voz baja, que fuera a buscar a Azeel a la cocina.

—¿A qué se refería cuando ha dicho que había robado el cúter? —preguntó John con curiosidad, rellenando el zumo de naranja con ron.

—Bueno, es una forma muy dramática de decirlo —admitió el general—. Normalmente el cúter asiste al *Warburton*, y creo que el capitán Grace, el hombre que lo gobierna, tenía la intención de pedirle al lugarteniente Rimes que lo utilizara para hacer un encargo. Pero yo crucé el barco de Albemarle y me adelanté a él.

—Ya veo. Y por qué... —Lord John vio a Azeel, que había llegado, pero estaba aguardando con respeto en la puerta a que la hicieran pasar—. Entra, querida; quiero presentarte a alguien.

Azeel entró, pero se quedó de piedra cuando vio al general Stanley, y la mirada de alegre expectativa de la joven se convirtió en una expresión precavida. Le hizo una reverencia al general inclinando el sombrero blanco que llevaba en la cabeza.

—General, ¿me permite presentarle a la señora Sánchez, mi ama de llaves? Señora Sánchez, éste es el coronel Stanley, mi padrastro.

—¡Oh! —exclamó la joven sorprendida, y después se sonrojó, lo que dio lugar a una imagen preciosa, ya que el color que asomó a sus mejillas oscuras le dio el aspecto de una rosa negra—. ¡A su servicio, señor!

—Su más humilde servidor, señora. —El general hizo una reverencia lo más elegante que pudo sin levantarse—. Disculpe que no me levante... —Hizo un gesto pesaroso hacia su pie vendado.

La chica respondió con un elegante gesto, quitándole importancia, y se volvió hacia John.

—Es su... —Buscó la palabra—. ¿Es el nuevo gobernador?

—No, no es mi reemplazo —afirmó John—. Es el señor Braythwaite; lo vio usted en la fiesta del jardín. No, me temo que el general ha venido a darme una noticia inquietante. ¿Cree que podría avisar a su marido, señora Sánchez? Quiero hablar de la situación con los dos.

La joven, al escuchar aquellas palabras, parecía sorprendida y preocupada, y lo observó con atención para asegurarse de que hablaba en serio. John asintió y ella inclinó de nuevo la cabeza y se marchó, mientras los tacones de sus sandalias repicaban en las baldosas con nerviosismo.

—¿Su marido? —preguntó el general Stanley con cierta sorpresa.

—Sí. Rodrigo es... mmm... una especie de factótum.

—Comprendo —dijo el general, aunque era evidente que no—. Pero si el señor Braythwaite ya está a bordo, por así decirlo, ¿no querrá encargarse personalmente de organizar la casa?

—Imagino que sí. Yo, mmm, tenía en mente la idea de llevarme a Azeel y a Rodrigo a Carolina del Sur. Pero podrían servirme de ayuda en esta expedición, si... mmm... si Rodrigo ya se ha recuperado del todo.

—¿Ha estado enfermo? —La preocupación tiñó el ceño fruncido del general—. He oído que la fiebre amarilla afecta a las Indias Occidentales en esta época, pero no creía que en Jamaica hubiera muchos casos.

—No, no ha estado exactamente enfermo. Tuvo la mala suerte de toparse con un *houngan*, una especie de, mmm, mago africano, creo, que lo convirtió en un zombi.

—¿Un qué?

La cara de preocupación fue sustituida por una expresión de sorpresa.

Grey respiró hondo y le dio un buen trago a su bebida mientras la descripción del propio Rodrigo le resonaba en los oídos.

«Los zombis son muertos vivientes, señor.»

El general Stanley todavía estaba parpadeando asombrado al escuchar la breve descripción de Grey sobre los hechos que habían culminado con su propio nombramiento como gobernador militar. Sin embargo, cuando en el pasillo volvió a oírse el sonido de unos pasos, Grey, juiciosamente, omitió el hecho de que Azeel hubiera contratado a un *Obeah man* para volver loco al anterior gobernador, y que Rodrigo había ido un paso más allá y había hecho que asesinaran al difunto gobernador Warren y lo devoraran en parte. Se acercaban dos personas: el repiqueteo de las sandalias de Azeel, que esta vez caminaba más despacio para acompasar sus pasos al ligero cojeo de las botas de la persona que la acompañaba.

Grey se levantó cuando entraron; Azeel aguardaba con aire protector detrás de Rodrigo.

El joven se detuvo y respiró hondo antes de inclinarse para saludar a los dos caballeros.

—A su... servicio, señor —le dijo a Grey, y después se irguió, giró sobre su propio eje, y le dijo lo mismo al general, que lo observaba con una mezcla de fascinación y recelo.

Cada vez que veía a Rodrigo, el corazón de Grey se debatía entre el pesar por lo que había sido aquel joven y una cautelosa alegría por el hecho de que parte de aquel espléndido muchacho siguiera estando vivo, intacto, y quizá con posibilidades de continuar recuperándose.

Seguía siendo atractivo, de una forma que hacía que Grey se tensara de pies a cabeza cada vez que veía su oscura cabeza tan bien cincelada y las altas líneas rectas de su cuerpo. Había desaparecido su encantadora gracia felina, pero había vuelto a caminar casi con normalidad, aunque todavía arrastraba un poco un pie.

Había requerido semanas de esmerados cuidados de Azeel con ayuda de Tom, que también tenía miedo, aunque admitirlo no era propio de un caballero inglés. La joven, en cambio, era el único miembro del personal que trabajaba en casa de Grey que no sentía terror ni siquiera con la mera proximidad de Rodrigo.

Rodrigo no era ni la imagen de lo que había sido cuando Grey los rescató a él y a Tom de los cimarrones que los habían secuestrado, y nadie esperaba que sobreviviera. Los zombis no sobrevivían. La víctima del *houngan*, drogada con veneno zombi y enterrada en una tumba poco profunda, despertaba algún tiempo después, para aparecer aparentemente muerta y enterrada. Grey no sabía en qué consistía el brebaje del veneno zombi, excepto que contenía el hígado de un pez venenoso.

La víctima se levantaba en un estado de desorientación mental y física, y seguía las órdenes del *houngan*, hasta que moría de hambre y también a causa de los efectos secundarios de las drogas que contenía el brebaje, siempre y cuando alguien no acabara primero con su vida. Todo el mundo tenía pánico a los zombis (cosa que a Grey le parecía justificada), incluso las personas que en su día los amaron. Como no disponían de comida, cobijo o cuidados de ninguna clase, no sobrevivían durante mucho tiempo. Pero Grey se había negado a abandonar a Rodrigo, y también Azeel. Ella había hecho que poco a poco recuperara su humanidad, y después se había casado con él, para horror de todo King's Town.

—Ha recuperado casi toda el habla —le explicó Grey al general—. Pero sólo el español, que era su lengua materna. Tan sólo recuerda algunas palabras sueltas de inglés. Nosotros —le sonrió a Azeel, que agachó la cabeza con vergüenza— esperamos que eso también vaya mejorando con el tiempo. Pero, por ahora..., habla en español a su esposa y ella me lo traduce.

Les hizo un breve resumen de la situación a Azeel y Rodrigo. A pesar de que este último podía entender un poco de inglés si el interlocutor hablaba despacio, su mujer tuvo que traducirle las palabras que no comprendía.

—Me gustaría que vinierais conmigo a Cuba —dijo Grey, alternando la mirada entre ellos—. Quizá Rodrigo pueda llegar a lugares adonde yo no podría, y escuchar y ver cosas que a mí me resultaría imposible. Pero... el viaje podría entrañar cierto peligro y, si decidierais no venir, os daría el dinero suficiente para que os fuerais a las colonias. Si, en cambio, optáis por venir conmigo, os llevaría de Cuba a América, y o bien seguiríais trabajando para mí o, si lo preferís, os encontraría otro lugar donde pudierais trabajar.

Marido y mujer intercambiaron una mirada, y al final Rodrigo asintió.

—I... iremos —anunció.

Grey nunca había visto palidecer a una persona negra, pero Azeel se había puesto del color de un hueso viejo mugriento, y se aferraba a la mano de Rodrigo como si los traficantes de esclavos se fueran a llevar a uno de ellos, o a los dos.

—¿Se marea en el mar, señora Sánchez? —le preguntó, acercándose a ellos entre la confusión de los muelles.

La joven tragó saliva con fuerza, pero negó con la cabeza, incapaz de apartar los ojos del *Otter*. Rodrigo no podía dejar de mirarla y le estaba dando palmadas nerviosas en la mano. Se volvió hacia Grey y se esforzó por hablar en inglés:

—Ella... preocupa...

Alternó la mirada con impotencia entre su esposa y su jefe. Después asintió un poco al decidirse y miró a Grey mientras señalaba a Azeel. Bajó la mano para indicar algo, o tal vez alguien, pequeño. A continuación, se volvió hacia el mar e hizo un gesto amplio con el brazo en dirección al horizonte.

—África —repuso, volviéndose hacia Grey mientras rodeaba los hombros de su mujer con el brazo. Estaba muy serio.

—¡Oh, Jesús! —le dijo Grey a Azeel—. ¿Te trajeron de África cuando eras niña? ¿Significa eso?

—Sí —admitió ella y volvió a tragar saliva—. Yo era... muy... pequeña.

—¿Tus padres? Eran...

Se le apagó la voz en la garganta. Sólo había visto un barco de esclavos en una ocasión, y lo había visto de lejos. Recordaría el olor toda su vida. Y el cuerpo que había aparecido de repente junto al barco en el que él viajaba, que el negrero había lanzado por la borda. Podía haberse tratado de un montón de algas muertas o de algún resto sangriento de algún ballenero, moviéndose con las olas, demacrado, asexuado, apenas humano. Era del color de los huesos viejos.

Azeel negó con la cabeza. No con ánimo de negar nada, sino para evitar pensar en esas cosas tan terribles.

—África —repitió en voz baja—. Están muertos. En África.

«África.» El sonido de la palabra cosquilleó en la piel de Grey como si fuera un ciempiés, y de pronto negó con la cabeza.

—Está bien —le dijo con firmeza—. Ahora eres libre.

Por lo menos eso esperaba.

Había conseguido su manumisión hacía unos meses, como reconocimiento por los servicios que había prestado durante la rebelión de esclavos en la que el gobernador Warren había sido asesinado por los zombis. O, en realidad, por hombres que creían que eran zombis. Grey tenía serias dudas de que el gobernador hubiera sido consciente de aquella diferencia.

Tampoco sabía si la chica había sido una propiedad personal de Warren, y no se lo preguntó. Había aprovechado su propia duda para decirle al señor Dawes, el anterior secretario del gobernador, que como no existía ningún registro de su procedencia, debían asumir que la joven era técnicamente propiedad de Su Majestad y, por tanto, debía ser excluida de las propiedades del gobernador Warren.

El señor Dawes, un secretario excelente, había hecho un ruido como de oveja un poco tísica, y había bajado la vista en señal de asentimiento.

A continuación, Grey había dictado una breve carta de manumisión y la había firmado en calidad de gobernador militar de Jamaica (y, por tanto, agente de Su Majestad), y le había pedido al señor Dawes que le pusiera el sello más imponente de su colección (a Grey le pareció que se trataba del sello del Departamento de Pesos y Medidas, pero lo puso en cera roja y quedó muy impactante).

—¿Llevas tu documento? —le preguntó. Azeel asintió, obediente. Pero seguía teniendo los ojos, grandes y negros, clavados con temor en el barco.

El capitán del cúter, a quien ya habían advertido de su presencia, apareció en cubierta y bajó por la palanca para saludarlos.

—¿Lord John? —preguntó con respeto inclinando la cabeza—. Teniente Geoffrey Rimes, comandante. ¡A su servicio, señor!

El teniente Rimes tendría unos diecisiete años, y era muy rubio y bajo para su edad. Sin embargo, vestía el uniforme adecuado y parecía alegre y capacitado.

—Gracias, teniente. —Grey se inclinó para saludarlo—. Entiendo que usted... mmm... ayudó al general Stanley y lo trajo hasta aquí. Y que ahora está dispuesto a llevarnos a mis acompañantes y a mí hasta La Habana, ¿es correcto?

El teniente Rimes frunció los labios en un gesto reflexivo.

—Bueno, supongo que puedo hacerlo, milord. Debo reunirme con la flota aquí, en Jamaica, pero como no es probable que lleguen hasta dentro de dos semanas, creo que puedo dejarlos sanos y salvos en La Habana, y después regresar para reunirme con ellos.

A Grey se le hizo un nudo en el estómago.

—Usted... ¿pretende dejarnos en La Habana?

—Bueno, sí, milord —dijo con cautela—. A menos que pueda hacer lo que debe en dos días, tendré que hacerlo. Son órdenes, ya sabe.

Esbozó una mueca de comprensión.

—En realidad yo no tengo que ir a La Habana —aclaró el teniente, inclinándose hacia delante y bajando la voz—. Pero tampoco tenía órdenes de quedarme en Jamaica, ya me entiende. En mis órdenes sólo se estipula que debo reunirme aquí con la flota después de darle un mensaje al almirante Holmes. Y como eso ya lo he hecho... bueno, la marina siempre está dispuesta a ayudar al ejército... cuando le conviene —añadió con sinceridad—. Y estoy pensando que no me haría ningún daño echarle un vistazo al puerto de La Habana y poder hablarle de él al almirante Pocock cuando llegue aquí. El duque de Albemarle está al mando de la expedición —repuso al ver la mirada estupefacta de Grey—. Pero el almirante Pocock está al mando de los navíos.

—Claro.

Grey estaba pensando que el teniente Rimes tenía las mismas posibilidades de conseguir un ascenso que de acabar en un consejo de guerra y ahorcado en el muelle de las ejecuciones, pero se guardó esos pensamientos para sí mismo.

—Espere un momento —dijo, llamando la atención del teniente, que se había distraído un momento al ver a Azeel Sánchez, brillante como un guacamayo, con una falda amarilla y un corpiño azul zafiro.

—¿Está diciendo que pretende entrar en el puerto de La Habana navegando?

—Oh, sí, milord.

Grey miró los inconfundibles colores británicos del *Otter*, suavemente azotados por la brisa tropical.

—Espero que sepa disculpar mi ignorancia, teniente Rimes, pero ¿no estamos en guerra contra España en este momento?

—Ciertamente, milord. Ahí es donde entra usted.

—¿Ahí es donde entro yo? —Grey sintió una especie de frío e inexorable horror que le ascendía por el cuerpo—. ¿En qué sentido, si no le importa que le pregunte?

—Bueno, milord, lo cierto es que tengo que llevarlo hasta el puerto de La Habana, puesto que es el único lugar donde se puede anclar una embarcación en esa costa. Es decir, hay algunos pueblos de pescadores, pero si le dejara en uno de esos sitios, tendría que llegar por tierra hasta La Habana, y tardaría más tiempo del que dispone.

—Comprendo... —intervino John en un tono que indicaba todo lo contrario. El señor Rimes se dio cuenta y esbozó una sonrisa tranquilizadora.

—Así que lo llevaré allí en una embarcación británica y lo presentaré como algún oficial que está de visita. No creo que disparen al cúter, como mínimo hasta que se sepa la identidad de los ocupantes. El general pensó que quizá podría llevarle algún mensaje al cónsul inglés, pero, evidentemente, usted sabrá mejor cómo actuar.

—Oh, claro.

«No me acusarían de parricidio, ¿no?», pensó. Estrangular a un padrastro, en especial bajo esas circunstancias...

—No pasa nada, milord —intervino Tom con amabilidad—. He traído su uniforme completo, por si acaso lo necesitaba.

Al final resultó que el oficial a cargo de la cadena del puerto no permitió el paso al señor Rimes, aunque tampoco se decidió a hundirlo la embarcación. Y a pesar de que el cúter atrajo muchas miradas de curiosidad, la expedición de Grey consiguió llegar a la orilla. El inglés del oficial estaba a la altura del español de Grey, pero después de una larga conversación, completada con una gran gesticulación, Rodrigo lo convenció para que les proporcionara transporte hasta la ciudad.

—¿Qué le has dicho? —preguntó Grey con curiosidad cuando al fin les permitieron el paso y cruzaron las baterías que protegían el lado oeste del puerto. En lo alto de un promontorio que se alzaba a lo lejos se erigía una imponente fortaleza, y se preguntó si se trataría del castillo del Morro o de la otra.

Rodrigo se encogió de hombros y le dijo algo a Azeel, que fue quien contestó.

—Como no entendía la palabra «cónsul», y nosotros tampoco —añadió en tono de disculpa—, Rodrigo le ha dicho que ha venido usted a visitar a su madre, que está enferma.

Rodrigo había estado siguiendo sus palabras con gran concentración, y en ese momento añadió algo que ella, a su vez, tradujo.

—Dice que todo el mundo tiene madre, señor.

La dirección que le había facilitado el general Stanley era la de la casa Hechevarria, en la calle Yoenis. Cuando Grey y sus acompañantes llegaron por fin a la casa, adonde los llevó el conductor de una carretilla cuyos pasajeros habituales parecían ser fugitivos blancos, descubrieron que el lugar era una enorme y agradable casa de yeso amarillo con un jardín rodeado por un muro con un aire de apacible ajetreo que recordaba a una colmena. Grey podía oír el murmullo de voces y alguna risa ocasional en el interior, pero ninguna de las abejas parecía dispuesta a abrir la puerta.

Después de esperar cinco minutos y de que no apareciera nadie (incluidos su madre o algo comestible), Grey dejó a su pequeño y mareado grupo en el pórtico de entrada y se aventuró a rodear la casa. El ruido del agua, los gritos y el olor a jabón de sosa parecían indicar que estaban haciendo la colada, y no muy lejos. Esa impresión se confirmó cuando dobló una de las esquinas de la casa que daban al patio trasero y recibió el azote de una espesa nube de aire caliente y húmedo que olía a ropa sucia, a humo y a plátano frito.

Varias mujeres y niños estaban trabajando alrededor de un caldero enorme que habían colocado sobre un hogar construido con ladrillos, debajo de los cuales había un fuego que, a su vez, era alimentado por dos o tres niños prácticamente desnudos que lanzaban palitos dentro. Dos mujeres estaban removiendo la mezcla que había en el interior del caldero con los enormes tenedores de madera. Una de ellas les gritaba palabras en español a los niños, y John imaginó que eran advertencias para que no se pusieran debajo, que no les salpicara el agua hirviendo y que se alejaran del cubo de jabón.

El patio se asemejaba al quinto círculo del infierno de Dante, con tétricos borbotones procedentes del caldero y ráfagas de vapor y humo que conferían a la escena una siniestra imagen estigia. Había más mujeres tendiendo la ropa húmeda en cuerdas atadas a pilares que sostenían una especie de logia, y otras se ocupaban de las planchas y los braseros que había en una esquina, de donde emanaban los fragantes olores a comida. Todas hablaban a la vez en un español interrumpido por aullidos de risa que parecían gritos de loros. Consciente de que su madre estaba mucho menos interesada en la colada que en la comida, rodeó el patio (después de ser completamente ignorado por todas sus ocupantes) para acercarse a las cocineras.

La vio enseguida. Se encontraba de espaldas a él, con el pelo recogido en una trenza larga y gruesa, y estaba hablando y gesticulando con una mujer negra como el carbón que estaba en las baldosas del patio, en cuclillas y descalza, extendiendo una especie de pasta sobre una piedra caliente untada de grasa.

—Huele bien —dijo, acercándose a ella—. ¿Qué es?

—Pan de yuca —contestó su madre volviéndose y alzando una ceja—. Y plátanos y ropa vieja.[8] A pesar de que el nombre es muy descriptivo, en realidad está delicioso. ¿Tienes hambre? ¿Por qué me molesto en preguntar? —añadió antes de que él pudiera contestar—. Naturalmente que sí.

—Naturalmente —repitió, y la tenía. Los últimos vestigios de su mareo habían desaparecido al percibir los olores a ajo y especias—. No sabía que hablabas español, madre.

—Bueno, no sé si hablo mucho —admitió, apartándose con el pulgar un mechón de cabello rubio salpicado de gris que le ocultaba el ojo izquierdo—, pero gesticulo mucho. ¿Qué estás haciendo aquí, John?

Miró por el patio; todas las mujeres seguían trabajando, pero todos los ojos se habían detenido en él y lo observaban con interés.

—¿Alguna de tus... mmm... amigas habla inglés? Me refiero a sin la necesidad de gesticular, claro.

—Algunas de ellas lo hablan un poco, sí, y Jacinto, el mayordomo, lo habla con bastante fluidez. Aunque si hablas rápido no te entenderán.

[8] En español en el original. *(N. de la t.)*

—Eso puedo hacerlo —repuso, bajando un poco la voz—. Resumiendo, tu marido me ha enviado, y..., pero antes de que te familiarices con la situación, he traído a algunas personas conmigo, sirvientes, y...

—Oh, ¿has traído a Tom Byrd?

En su rostro floreció lo que sólo se podía interpretar como una sonrisa.

—Claro. Él y dos... mmm... Bueno, los he dejado en el pórtico; no conseguía que nadie me abriera la puerta.

Su madre dijo algo en español, que imaginó que sería una palabrota, pues la mujer negra parpadeó y sonrió.

—Tenemos un portero, pero es muy dado a la bebida —explicó su madre en tono de disculpa, y llamó en español a una de las chicas más mayores que se estaban ocupando de la colada—. ¡Juanita! Aquí, por favor.

Juanita enseguida abandonó su colada empapada y se apresuró hacia ellos, donde hizo una pequeña reverencia y se quedó mirando a Grey fascinada.

—Señora.

—Es mi hijo —indicó su madre, señalándolo—. Amigos de él... —Hizo girar el dedo índice y señaló hacia la parte delantera de la casa, después apuntó con el pulgar hacia el brasero donde estaba hirviendo un recipiente de barro—. Agua. Comida. ¿Por favor?[9]

—Estoy muy impresionado —anunció John cuando Juanita asintió, dijo algo rápido e indescifrable y desapareció, presumiblemente a rescatar a Tom y a los Sánchez—. ¿La palabra «comida»[10] significa alimentos, por casualidad?

—Muy perspicaz, querido. —Su madre le hizo gestos a la mujer negra, señaló a John y a ella misma, indicó con el dedo distintos recipientes y brochetas, asintió en dirección a una puerta que había al otro lado del patio y cogió a John del brazo—. Gracias, Maricela.

Lo llevó a un pequeño comedor bastante oscuro que olía a citronela, cera de velas y el evidente hedor a cloaca propio de los niños pequeños.

—Supongo que ésta no es una misión diplomática, ¿no? —preguntó su madre, cruzando la estancia para abrir una ventana—. Ya me habría enterado.

---

[9] Todos los comentarios que intercambian la madre de Grey y Juanita están en español en el original. *(N. de la t.)*

[10] En español en el original. *(N. de la t.)*

—De momento estoy de incógnito —le aseguró él—. Y con un poco de suerte, nos habremos marchado antes de que me reconozca nadie. ¿Cuán rápido puedes conseguir que Olivia y los niños estén preparados para viajar?

Su madre se detuvo de inmediato con la mano en el alféizar, y se lo quedó mirando.

—Oh —dijo. Su expresión había mudado en un momento de la sorpresa a la estimación—. Así que ya ha ocurrido, ¿no? ¿Dónde está George?

—¿A qué te refieres con eso de que ya ha ocurrido? —quiso saber Grey sorprendido. Se quedó mirando fijamente a su madre—. ¿Es que ya sabías lo de la... —miró a su alrededor y bajó la voz, aunque por allí no había nadie, y las risas y el parloteo del patio no habían cesado— «la invasión»?

Ella abrió los ojos como platos.

—¿La qué? —exclamó su madre en voz alta y después lanzó una mirada apresurada por encima del hombro, en dirección a la puerta abierta—. ¿Cuándo? —preguntó, dándose la vuelta y bajando la voz.

—Bueno, ahora, más o menos —respondió Grey.

Se levantó y cerró la puerta muy despacio para poder hablar sin que los oyeran. El jolgorio del patio disminuyó notablemente.

—El general Stanley se presentó en mi puerta en Jamaica hace una semana y me notificó que la marina inglesa estaba de camino a Martinica y que después, si todo salía según lo previsto, se dirigiría a Cuba. Pensó que sería buena idea que tú y Olivia os marcharais de aquí antes de que llegaran.

—Estoy de acuerdo con él. —Su madre cerró los ojos y se frotó la cara con las manos, después agitó la cabeza con fuerza, como si quisiera ahuyentar a algún murciélago que se le hubiera quedado enganchado en el pelo, y volvió a abrir los ojos—. ¿Dónde está? —preguntó con cierta calma.

—En Jamaica. Él, mmm, se las apañó para tomar prestado un cúter mientras la marina se estaba preparando para tomar Martinica, y acudió a mí lo más rápido que pudo, con la esperanza de avisarte a tiempo.

—Sí, sí —repuso su madre con impaciencia—, hizo bien. Pero ¿por qué está en Jamaica y no aquí?

—Gota.

Y con toda probabilidad otras enfermedades, pero no tenía sentido preocuparla. Su madre lo miró con aspereza, pero no hizo más preguntas.

—Pobre George —dijo, y se mordió el labio—. Muy bien. Olivia y los niños están en el campo, con la señora Valdez.

—¿A qué distancia? —Grey estaba haciendo unos cálculos rápidos. Tres mujeres, dos niños, tres hombres..., cuatro, con Malcolm. Ah, Malcolm...—. ¿Malcolm está con ellos?

—Oh, no. No tengo muy claro dónde se encuentra —añadió con recelo—. Viaja mucho, y como Olivia no está, suele quedarse en La Habana; tiene un despacho en La Punta, que es la fortaleza que hay en el extremo occidental del puerto. Pero duerme aquí de vez en cuando.

—¿Ah, sí?

Grey intentó que no se le notara, pero su madre lo miró con suspicacia. Él apartó la mirada. Si su madre no estaba al tanto de las predilecciones de Malcolm, no iba a ser él quien se las explicara.

—Necesito hablar con él lo más rápido posible —la informó—. Mientras, tenemos que traer a Olivia y a los niños de vuelta, pero sin dar la impresión de que es urgente. Si pudieras escribir una nota con ese fin, yo les pediría a Rodrigo y a Azeel que la trajeran; además, los dos pueden ayudar a Olivia a hacer las maletas y a cuidar de los niños por el camino.

—Sí, claro.

Había un pequeño secreter de diseño rústico en medio de las sombras. Grey no lo vio hasta que su madre lo abrió y sacó a toda prisa papel, pluma y un tintero. Descorchó el bote, advirtió que estaba seco, dijo algo por lo bajo en griego que pareció una palabrota, aunque probablemente no lo fuera, y, después de cruzar la estancia a toda prisa, sacó un ramo de flores amarillas de un jarrón de cerámica y vertió un poco de agua en el tintero vacío.

Añadió una pequeña cantidad de tinta en polvo al recipiente y estaba removiendo la mezcla con energía con una pluma sucia cuando de pronto a Grey se le ocurrió algo.

—Madre, ¿a qué te referías cuando has dicho «ya ha ocurrido»? Porque tú no sabías nada acerca de la invasión, ¿verdad?

Ella lo miró al instante y dejó de remover. Entonces respiró hondo, como si estuviera haciendo acopio de fuerzas, tomó una decisión, y dejó la pluma y el tintero en el secreter.

—No —dijo volviéndose hacia él—. George me había explicado que se estaba hablando de ello, pero yo me marché de Inglaterra con Olivia en septiembre. Todavía no le habíamos declarado la guerra a España, aunque cualquiera se habría dado cuenta de que era cuestión de tiempo. No —repitió, y lo miró fijamente—. Me refería a la revuelta de esclavos.

John se quedó mirando a su madre durante unos treinta segundos más o menos y después se sentó muy despacio en un banco de madera que recorría un lateral de la estancia. Cerró un momento los ojos, negó con la cabeza, y los abrió.

—¿Hay algo para beber en este sitio, madre?

Una vez alimentado, limpio, y después de recuperar fuerzas gracias al brandi español, Grey dejó que Tom se ocupara de deshacer el equipaje, y volvió a recorrer la ciudad a pie en dirección al puerto, donde la fortaleza de La Punta, más pequeña que El Morro (se preguntó qué significaría la palabra «morro»), pero igual de impresionante, vigilaba la orilla occidental.

Algunas personas lo miraron, pero sin más interés del que despertaría en Londres, y cuando llegó a La Punta, se sorprendió de la facilidad con la que no sólo lo dejaron pasar, sino que además lo acompañaron a la «oficina del señor Stubbs».[11] No había duda de que los españoles tenían su propia actitud militar, pero a Grey le pareció que era bastante relajada para tratarse de una isla en guerra.

El soldado que lo acompañó llamó a la puerta, dijo algo en español y, después de asentir con brevedad, se marchó.

Se oyeron unos pasos y la puerta se abrió.

Malcolm Stubbs parecía veinte años mayor que la última vez que lo había visto Grey. Todavía tenía la espalda ancha y era un hombre corpulento, pero daba la impresión de que se hubiera ablandado o que hubiera encogido, como un melón podrido.

—¡Grey! —exclamó, y su rostro cansado se iluminó—. ¿De dónde has salido?

—De la frente de Zeus, sin duda —dijo Grey—. ¿Y de dónde has salido tú?

Stubbs tenía las faldas de la casaca llenas de polvo rojo y desprendía olor a caballo.

—He estado aquí y allá. —Malcolm se sacudió el polvo de la casaca y se dejó caer en su sillón con un gruñido—. ¡Oh, Dios! Asoma la cabeza y llama a algún sirviente, ¿quieres? Necesito un trago y comer algo antes de desfallecer.

---

[11] En español en el original. *(N. de la t.)*

Grey conocía la palabra «cerveza» en español. Asomó la cabeza por el pasillo como le había pedido y vio a dos sirvientas holgazaneando junto a la ventana del fondo. Era evidente que estaban hablando con alguien que estaba el patio, y acompañaban su conversación con muchas risitas.

Grey interrumpió el breve coloquio con un «¡Hoy!», y dijo: «¿Cerveza?» con un tono de educada inquisición, seguido de movimientos hacia su boca.

—¡Sí, señor! —exclamó una de las chicas, asintiendo con presteza y añadiendo algo más en tono de pregunta.

—Claro —contestó John con cordialidad—. Mmm... quiero decir, ¡sí![12] Mmm... gracias —añadió preguntándose a qué habría accedido. Las dos chicas inclinaron la cabeza y desaparecieron tras un frufrú de faldas, presumiblemente a buscar algo de comer.

—¿Qué significa «pulpo»?[13] —preguntó tras volver al despacho y sentarse enfrente de Malcolm.

—Pulpo —repitió Malcolm, emergiendo de los pliegues de un trapo de lino con el que se había estado limpiando la cara—. ¿Por qué?

—Curiosidad. Dejando de lado las preguntas habituales sobre tu saludo, por cierto, ¿estás bien? —Se interrumpió, agachando la mirada hacia el espacio donde solía estar el pie derecho de Malcolm.

La bota rodeaba una especie de estribo confeccionado en cuero con refuerzos de madera a los lados. Tanto la madera como el cuero estaban muy manchados debido al uso, y había una mancha de sangre fresca en la media.

—Ah, eso. —Malcolm miró hacia abajo con indiferencia—. No es nada. Mi caballo se desplomó a algunos kilómetros de la ciudad y tuve que caminar un buen rato antes de encontrar otro.

Se agachó con un rugido, se desabrochó la prótesis y se la quitó, una acción que a Grey le resultó más desconcertante que la visión del muñón.

Tenía la carne muy dañada debido al roce de la bota, y cuando Malcolm se quitó la media arrugada, Grey vio que tenía una buena rozadura en la espinilla. Malcolm siseó un poco y cerró los ojos mientras se frotaba con suavidad el muñón, donde la carne se le estaba empezando a poner de color azul pálido a causa de algún golpe reciente.

---

[12] En español en el original. *(N. de la t.)*

[13] En español en el original. *(N. de la t.)*

—Por cierto, ¿alguna vez te di las gracias? —preguntó Malcolm abriendo los ojos.

—¿Por qué? —preguntó Grey asombrado.

—Por no haber dejado que me desangrara hasta morir en aquel campo de Quebec —contestó Malcolm con sequedad—. Se te había olvidado, ¿no?

En realidad, sí. Habían ocurrido muchas cosas en aquel campo de Quebec, y los frenéticos momentos de forcejeo para quitarse el cinturón y atarlo alrededor de la pierna de Malcolm sólo eran fragmentos, aunque muy gráficos, de un período de tiempo fracturado en el que no existía ni el tiempo ni la razón; aquel día sólo había sido consciente de un estruendo distante de los cañones, de su corazón y de los cascos de los caballos indios, todos retumbando en su sangre.

—De nada —contestó con educación—. Como iba diciendo, y dejando a un lado las cortesías sociales un momento, he venido a informarte de que una flota británica bastante importante se dirige hacia aquí con el objetivo de invadir y hacerse con el control de la isla. ¿Estoy en lo cierto al suponer que el comandante local todavía no sabe que se ha declarado la guerra?

Malcolm parpadeó. Dejó de masajearse la pierna, se irguió, y dijo:

—Sí. ¿Cuándo?

Le había cambiado la cara en un instante; había pasado del cansancio y el dolor a la alerta.

—Creo que puedes tener unas dos semanas, pero podría ser menos.

Le facilitó a Malcolm los detalles que sabía y fue todo lo conciso que pudo. Malcolm asintió y, concentrado, arrugó el entrecejo.

—Así que he venido a sacaros de aquí, a ti y a tu familia —concluyó Grey—. Y a mi madre, claro.

Malcolm lo miró alzando una ceja.

—¿A mí? Te llevarás a Olivia y a los niños, claro está, y es evidente que os doy las gracias a ti y al general Stanley. Pero yo me quedo.

—¿Qué? ¿Para qué narices quieres quedarte? —John advirtió su repentina exaltación—. Además de una invasión en ciernes, ¡mi madre me ha informado de que se ha desencadenado una revuelta de esclavos!

—Bueno, sí —repuso Malcolm con tranquilidad—. Es mía.

Antes de que Grey pudiera verbalizar alguna respuesta coherente para esa afirmación, la puerta se abrió de repente y entró una chica negra con la cara sudada, un pañuelo amarillo en la cabeza y una enorme bandeja de hojalata en las manos.

—Señores —anunció en español, inclinando la cabeza sin acusar el peso de la bandeja, y la dejó encima del escritorio—. Cerveza, vino rústico y un poco de comida; moros y cristianos —destapó uno de los platos, del que emergió un olor delicioso—, maduros —Grey ya conocía los plátanos fritos—, y pulpo con tomates, aceitunas y vinagre.

—Muchas gracias, Inocencia —le contestó Malcolm también en español con un acento sorprendentemente bueno—. Es suficiente.

La despidió gesticulando con la mano, pero en lugar de marcharse, la chica rodeó el escritorio y se arrodilló delante de su pierna destrozada con el ceño fruncido.

—Está bien —repuso Malcolm—. No te preocupes.

Intentó apartarse, pero ella le puso la mano en la rodilla, lo miró y le dijo algo rápido en español, con un tono de reprimenda que hizo que Grey alzara las cejas. Le recordó a la forma en que le hablaba Tom Byrd cuando él estaba enfermo o herido (como si fuera culpa suya y, por tanto, tuviera que someterse con docilidad a cualquier terrible medicina o tratamiento que le hubieran propuesto). Sin embargo, la voz de aquella chica tenía un matiz del que carecía por completo la de Tom Byrd.

Malcolm negó con la cabeza y contestó; sus modales eran evasivos y amables a un mismo tiempo, y puso la mano sobre la cabeza amarilla de la chica. Podría haberse tratado sólo de un gesto amistoso, pero no lo era, y Grey se tensó.

La joven se levantó, negó con reprobación a Malcolm y se marchó haciendo ondear la falda con cierta actitud de flirteo. Grey observó cómo se cerraba la puerta a su espalda y después se volvió hacia Malcolm, que había cogido una aceituna de uno de los platos y la estaba chupando.

—Inocencia, y una mierda —espetó Grey sin tapujos.

Como Malcolm tenía una piel que ya de por sí era roja como un tomate, no se sonrojó, pero tampoco miró a Grey a los ojos.

—Son los nombres que les ponen a las chicas en español —contestó, dejando el hueso de la aceituna en una cuchara—. Aquí hay chicas con nombres muy parecidos: Asunción, Inmaculada, Concepción...

—Concepción, eso está mejor.

Lo dijo con tal frialdad que Malcolm dejó caer un poco los hombros, pero seguía sin mirar a Grey.

—A este plato lo llaman «moros y cristianos»; el arroz son los cristianos, y las alubias negras, los moros, ¿lo ves?

—Hablando de concepción y de Quebec —dijo Grey ignorando la comida, a pesar de su agradable aroma—. El hijo que tuviste con esa mujer india...

Malcolm lo miró. A continuación, centró la vista en su plato, terminó de masticar, tragó y asintió sin dirigir la vista a Grey.

—Sí. Hice algunas averiguaciones cuando me recuperé. Me dijeron que el niño había muerto.

Fue como un golpe en la boca del estómago. John tragó saliva con sabor a bilis y se metió en la boca lo primero que encontró en el plato de pulpo.

—Comprendo. Eso es... una verdadera pena.

Malcolm asintió sin decir ni una palabra, y comenzó a degustar el pulpo con avidez.

—¿Son recientes las noticias?

La conmoción lo había atravesado como una ola del océano. Recordaba a la perfección el día en que había cogido al niño y lo había llevado a la pequeña misión francesa de Gareon. Como su madre había muerto de viruela, John le había comprado el bebé a su abuela a cambio de una manta, una libra de azúcar, dos guineas de oro y un pequeño barril de ron. Él mismo había sostenido en sus brazos al sólido y cálido bebé, que lo había mirado con sus redondos ojos azules abiertos como platos, como si confiara en él.

—Oh, no. No, fue hace por lo menos dos años.

—Ah.

Grey se metió en la boca lo que fuera que hubiera pinchado y masticó despacio; la conmoción se transformó en un gran alivio, y después en una creciente rabia.

Como no era un hombre confiado, le había ofrecido dinero al cura para cubrir las necesidades del niño, y le había dicho que seguiría enviándole más, pero sólo si el sacerdote le mandaba a Grey un mechón de pelo del pequeño una vez al año para demostrar que seguía con vida y, supuestamente, todavía gozaba de buena salud.

El cabello natural de Malcolm era rubio y tenía las puntas rizadas como la lana de una oveja. Cuando no se lo arreglaba, surgía de la cabeza de su dueño como si se tratara de un colchón despedazado. Por eso Malcolm solía llevar el pelo recogido y se ponía peluca. Era evidente que la había llevado hacía un rato, pero se la había quitado y la había dejado a un lado, y el pelo enfurecido que estaba viendo en ese momento se parecía mucho a los dos pequeños rizos de color canela oscuro que Grey había recibido desde Canadá hasta ese momento, atados con cuidado con hilo negro y acompañados de una breve nota de agradecimiento y bendiciones del padre LeCarré. Había recibido el último mechón poco después de partir de Jamaica.

Grey sintió el fuerte impulso de empotrar la cabeza de Malcolm contra el escritorio y restregarle la cara en el pulpo, pero consiguió controlarse mientras acababa de masticar el bocado de pulpo (muy sabroso, por cierto, pero con una textura que recordaba a la goma de borrar de un dibujante) antes de decir nada. Tragó saliva.

—Pues háblame de esa revuelta de esclavos.

Malcolm lo miró con aire reflexivo. Asintió y alargó la mano para coger, con un gruñido, la media lacia y manchada de sangre que colgaba de su piel artificial.

—Subamos a las almenas —anunció—. No hay muchos sirvientes que hablen inglés, pero eso no significa que no lo entiendan. Y escuchan por detrás de las puertas.

Grey parpadeó cuando de la penumbra de una escalera de piedra salieron a un día puro y brillante. Sobre su cabeza reinaba un cielo cegador salpicado de gaviotas. Soplaba una brisa áspera procedente del mar, y Grey se quitó el sombrero y se lo puso debajo del brazo para que no saliera volando.

—Subo aquí varias veces al día —explicó Malcolm, levantando la voz por encima del viento y los gritos de las gaviotas. Había tenido el acierto de dejar el sombrero y la peluca en el despacho— para observar los barcos.

Asintió en dirección a la enorme extensión del puerto, donde había anclados varios barcos muy grandes, rodeados de grupitos de embarcaciones más pequeñas que iban y venían de la orilla.

—Son muy bonitos —dijo Grey, y lo eran—. Pero no están haciendo nada, ¿verdad?

Todas las velas estaban plegadas y las compuertas del puerto estaban cerradas. Las embarcaciones estaban ancladas y se mecían lentamente al viento. Los palos y los mástiles se balanceaban recios y oscuros contra el azul del mar y el cielo.

—Sí —admitió Malcolm con sequedad—. Son particularmente hermosos cuando están tranquilos. Por eso sé que todavía no han recibido la declaración de guerra; si lo hubieran hecho, los muelles estarían llenos de hombres y las velas estarían arriadas en lugar de recogidas. Y por eso subo aquí por las mañanas, al mediodía y otra vez por la noche —añadió.

—Sí —repuso Grey con tranquilidad—, pero... si en realidad De Prado, que creo que es el comandante de las fuerzas de La Habana, no sabe que se ha declarado la guerra, ¿por qué están aquí los barcos? Es decir, es evidente que se trata de buques de guerra y que no son embarcaciones mercantiles. Y eso lo sé incluso yo.

Malcolm se rió, aunque no con demasiado humor.

—Sí, los cañones los delatan, ¿verdad? Los españoles llevan seis meses esperando que se declare la guerra. El general Hevia trajo estos barcos el pasado noviembre, y han estado esperando aquí desde entonces.

—Ah.

Malcolm lo miró alzando una ceja.

—Exacto. De Prado está esperando que llegue esa declaración en cualquier momento. Por eso mandé a Olivia y a los niños al campo. El personal de De Prado me trata con mucha amabilidad —reprimió una sonrisa—, pero ya me he dado cuenta de que me están tomando medidas para los grilletes y la celda.

—No lo creo, Malcolm —afirmó Grey con suavidad—. Tú eres un diplomático, no un enemigo combatiente. Lo más normal sería que te deportaran o te detuvieran, pero no creo que llegaran a encadenarte.

—Sí —concedió Malcolm volviendo a fijar la vista en los barcos, como si temiera que pudieran empezar a moverse en cualquier momento—. Pero si averiguan lo de la revuelta, y lo cierto es que no sé cómo puede evitarse, me temo que eso significaría que dejarían de ver con buenos ojos que yo exigiera inmunidad diplomática.

Lo dijo con una especie de imparcialidad que impresionó a Grey, a pesar de que tenía ciertas reticencias, aunque de todos modos estaba impresionado. Miró a su alrededor para asegurarse de que no los escuchaba nadie.

Allí arriba había muchos soldados, pero como el tejado de piedra gris se extendía a lo largo de un kilómetro en todas direcciones, ninguno de ellos se encontraba lo bastante cerca como para oír su conversación. Grey podía oír a lo lejos los gritos de un oficial al otro extremo de la almena, así como a alguien que se hallaba en la torre de vigilancia. Había un pequeño grupo de trabajadores, la mayoría de ellos, negros, como advirtió Grey, con el pecho descubierto y sudando a pesar del viento, que estaban reparando un agujero de la almena con cestos de piedras. Y también vio a cuatro centinelas apostados en cada esquina de las almenas, muy tiesos, y con los mosquetes al hombro. La fortaleza de La Punta ya estaba preparada.

Un destacamento de doce hombres pasó marchando en formación de a dos bajo el mando de un joven cabo que gritó el equivalente de «¡presenten armas!» cuando pasaron por la almena achaparrada. El cabo saludó con elegancia. Malcolm inclinó la cabeza y se volvió de nuevo hacia la vasta extensión del puerto. Era un día claro. John podía ver desde allí la enorme cadena con la que abrían las compuertas de la entrada del puerto: era una fina línea oscura dentro del agua, semejante a una serpiente.

—Fue Inocencia quien me lo dijo —comentó Malcolm de pronto, cuando los soldados desaparecieron por una escalera que se encontraba en el otro extremo del tejado. Miró a Grey, pero no le dijo nada. Malcolm volvió la cabeza hacia el puerto y empezó a hablar.

Fueron los esclavos de dos grandes plantaciones de azúcar que se hallaban cerca de La Habana quienes habían planificado la revuelta. El plan original, según Inocencia, había sido el de unirse para asesinar a los propietarios de las haciendas, saquear las casas, que eran muy ricas, y después escapar por el campo hacia el golfo de Xaguas, al otro lado de la isla. Inocencia tenía noticias de primera mano, ya que su primo trabajaba en la hacienda Méndez y tenía una aventura con una de las esclavas de la casa, cuyo hermano era uno de los líderes del complot.

—Imaginaban que los soldados no los perseguirían porque estarían distraídos por la llegada inminente de los ingleses por este lado, ¿entiendes? —Malcolm parecía poco afectado por el posible asesinato de los propietarios de la plantación—. No era un mal plan si elegían el momento adecuado y esperaban a que los ingleses llegaran. Hay docenas de islas en el golfo, de manera que podrían haberse ocultado en esa zona de forma indefinida.

—Pero tú descubriste su plan, y en lugar de comentárselo al comandante...

Malcolm se encogió de hombros.

—Bueno, estamos en guerra con España, ¿no? Y si no lo estuviéramos, es evidente que acabaríamos por estarlo en cualquier momento. Me reuní con los líderes de la revuelta y, mmm, los convencí de que había una forma mejor de conseguir sus objetivos.

—¿Solo? Quiero decir..., ¿te reuniste con esos tipos tú solo?

—Claro —contestó Malcolm con tranquilidad—. No me habría podido acercar si hubiera ido acompañado. Aunque tampoco tenía compañía —añadió, esbozando una sonrisa tímida que de pronto le quitó varios años a su rostro preocupado.

»Me encontré con la prima de Inocencia al final de la plantación de Saavedra, y ella me condujo a un gran granero lleno de tabaco —prosiguió, y la sonrisa de su rostro se fue apagando—. Ya casi había anochecido y dentro estaba muy oscuro. Había muchas sombras y no podía distinguir cuántos hombres eran. Aunque tenía la sensación de que todo el lugar se movía y susurraba, tal vez sólo se debiera a las hojas secas, que son bastante grandes. ¿Sabías que una planta puede llegar a ser tan alta como un hombre? Las cuelgan de las vigas y se rozan unas con otras, haciendo una especie de crujido seco, casi como si estuvieran riéndose..., algo que pone el vello de punta.

Grey intentó imaginarse la reunión: Malcolm, con su prótesis en el pie, cojeando solo hasta un cobertizo oscuro para convencer a unos hombres peligrosos de que olvidaran sus planes homicidas en favor de los suyos. Y todo en español.

—No estás muerto, lo que quiere decir que te escucharon —repuso Grey lentamente—. ¿Qué les ofreciste?

—Libertad —se limitó a decir Malcolm—. Es decir, el ejército es proclive a liberar a los esclavos que se alistan, de manera que ¿por qué no iba a hacer lo mismo la marina?

—No estoy seguro de que la vida de un marinero sea mucho mejor que la de un esclavo —intervino Grey con recelo—. En términos de sustento, incluso puede que estén mejor como están.

—No me refería a que se alistaran, bobo —dijo Malcolm—. Pero estoy seguro de que puedo convencer a Albemarle o al almirante Pocock de que deberían liberarlos como muestra de agradecimiento por los servicios prestados. Siempre y cuando sobrevivan —añadió pensativo.

Grey estaba empezando a pensar que Malcolm podría ser un diplomático decente. Pero...

—Has mencionado que prestarían un servicio; ¿qué es lo que propones que hagan esos hombres?

—Bueno, lo primero que pensé es que podrían desplazarse por la costa después del anochecer y desenganchar y hundir la cadena que hay en la entrada del puerto.

—Una buena idea —reconoció Grey todavía receloso—, pero...

—Las baterías. Sí, exacto. No podía acercarme sin más y pedirles que inspeccionaran las baterías, pero...

Se metió la mano en un pliegue de la casaca y sacó un pequeño catalejo de latón.

—Echa un vistazo —dijo pasándoselo a Grey—. Muévelo un poco para que no parezca que estás espiando las baterías.

Grey cogió el catalejo. Tenía las manos heladas, y el latón, que estaba caliente después de haber estado en contacto con el cuerpo de Malcolm, le provocó un extraño escalofrío.

Grey había visto una de las baterías de cerca cuando había entrado en el puerto; la que había al otro lado del puerto estaba igual de equipada: seis cañones de cuatro libras y dos morteros.

—Aunque no es sólo eso, claro —quiso saber Grey, devolviéndole el catalejo—. Lo importante es el...

—El momento —concluyó Malcolm—. Sí. Incluso aunque los hombres pudieran nadar desde la orilla en lugar de cruzar las baterías, tendrían que hacerlo con la flota británica a la vista, o los españoles tendrían tiempo de volver a levantar la cadena. —Negó con la cabeza con pesar—. No. Pero lo que estoy pensando, y, por favor, corrígeme si tienes una idea mejor, es que quizá podamos hacernos con El Morro.

—¿Qué? —Grey cruzó el canal con la vista hasta el imponente castillo del Morro. Erigido sobre un promontorio rocoso, era bastante más alto que La Punta, y dominaba todo el canal, la mayor parte del puerto y también una buena parte de la ciudad—. ¿Y cómo lo haríais exactamente?

Malcolm se mordió el labio, pero no lo hizo con preocupación, sino concentrado. Asintió en dirección al castillo.

—He estado dentro varias veces. Y podría buscar la forma de volver a entrar. Tú vendrías conmigo, es una bendición que estés aquí, John —añadió, volviendo la cabeza hacia Grey—. Facilita mucho las cosas.

—¿Ah, sí? —murmuró Grey.

Empezó a sentir una leve incomodidad en la base de la espalda. Una gaviota se detuvo en el parapeto cerca de su codo y lo miró con sus diminutos ojos amarillos, cosa que no resultaba de ayuda.

—Ahora mismo, el gobernador está en cama con fiebre, pero es posible que mañana esté mejor. Le pediré una reunión para presentarte. Mientras tú hablas con De Prado, o con su teniente en caso de que De Prado siga indispuesto, yo me excusaré, me escabulliré y me las apañaré para tomar nota del plano del lugar, de las entradas y de las salidas, etcétera. —De pronto guardó silencio—. ¿Has dicho dos semanas?

—Más o menos. Pero no puede saberse, ¿no? ¿Y si Martinica no se rinde con facilidad, o hubiera un tifón cuando salieran de la isla? Podría pasar un mes o más. —Le vino a la mente otra cosa—. Y luego están los voluntarios de las colonias americanas. El teniente Rimes dice que muchas naves tienen que reunirse aquí con la flota.

Malcolm se rascó la cabeza. Sus cortos rizos dorados se agitaron al viento como la escasa hierba de otoño.

«¿Qué?», pensó John, sorprendido ante la imagen poética que había evocado su errante cerebro. Ni siquiera le caía bien Malcolm, por no hablar de...

—Dudo mucho que esas embarcaciones se acerquen al puerto hasta que se hayan unido a la flota —señaló Malcolm—. Pero dos semanas parece un tiempo razonable, y es el tiempo suficiente para sacar a Olivia y a tu madre de la isla.

—Oh, sí —concedió John, aliviado ante su aparente regreso a la realidad—. Le he pedido a mi madre que escribiera una nota para llevarlos a... ¡Oh, maldita sea! Has dicho que los mandaste al campo a propósito.

La gaviota hizo un ruido de reprobación, defecó en el parapeto y alzó el vuelo.

—Así es. Intenté convencer a tu madre para que se marchara con Olivia, pero ella insistió en quedarse. Me dijo que estaba escribiendo algo y quería estar tranquila unos días.

Malcolm le dio la espalda al puerto y, con aire reflexivo, se quedó mirando las piedras que tenía bajo los pies.

—¡Adelante!

El grito en español resonó por detrás de Grey, quien se volvió al oír el sonido de una marcha militar y el tintineo metálico de las armas. Otro destacamento de rutina. Pasaron por su lado mirando fijamente hacia delante, pero el cabo saludó a Malcolm con educación y le asintió a Grey mirándolo de reojo.

¿Eran imaginaciones suyas o aquel hombre se había entretenido estudiando su cara?

—Lo que ocurre es que... —intervino Malcolm, aguardando hasta que los soldados desaparecieron a lo lejos—. O sea... —Tosió y guardó silencio.

Grey esperó.

—Ya sé que no te caigo demasiado bien, John —dijo Malcolm de golpe—. Y que no me respetas. Yo tampoco me respeto mucho a mí mismo —añadió apartando la mirada—. Pero... ¿me ayudarás?

—No creo que tenga mucha elección —admitió Grey sin responder a la cuestión de si Malcolm le caía bien o no—. Por si sirve de algo —añadió con formalidad—, sí que te respeto.

A Malcolm se le iluminó el rostro al escuchar aquella afirmación, pero antes de que pudiera contestar nada, Grey de inmediato fue consciente del cambio que se estaba produciendo a su alrededor. Los hombres que estaban reparando el muro se pusieron en pie, gesticulaban, señalaban y gritaban muy nerviosos.

Todo el mundo estaba gritando, corría hacia las almenas y miraba hacia el puerto. Los dos ingleses, atrapados entre el alboroto, se adelantaron lo suficiente como para ver el barco. Una embarcación pequeña, un cúter español, se aproximaba raudo como el viento, con las velas hinchadas como si fueran las alas de una gaviota, y surcaba las aguas azules hacia ellos.

—¡Oh, Jesús! —exclamó Grey—. ¿Es... verdad?

—Sí que lo es. Tiene que serlo. —Malcolm lo agarró del codo y lo alejó del grupo de españoles exaltados—. ¡Vamos!

Abandonaron la claridad del tejado y se adentraron por la escalera oscura, y Grey tuvo que arrastrar la mano por la rugosa piedra de la pared para intentar no caerse. Aunque inevitablemente se cayó, ya que tropezó con uno de los escalones, que estaba hundido por el paso del tiempo. Sin embargo, por suerte, pudo agarrarse a la manga de Malcolm.

—Por aquí.

Abajo había más luz, unos destellos brillantes que procedían de las ventanas estrechas que había al fondo de los largos pasillos, el tenue parpadeo de los candiles de las paredes y un olor intenso a aceite de ballena. Malcolm lo guió hasta su despacho, adonde se dirigió con rapidez y en español al secretario, que se levantó, con aspecto de estar sorprendido, y se marchó. Malcolm cerró la puerta con llave.

—¿Y ahora qué? —preguntó Grey.

Tenía el corazón desbocado y se sentía confuso: una alerta propia de la batalla inminente, el impulso absurdo de huir, la necesidad urgente de hacer algo..., pero ¿qué? Le sangraba el primer nudillo de la mano derecha; se lo había arañado cuando había resbalado por la escalera. Se lo llevó a la boca por impulso y percibió el sabor metálico de la sangre y el polvo de la piedra.

Malcolm tenía la respiración más agitada de lo que era atribuible a su regreso acelerado al despacho. Se apoyó con ambas manos en el escritorio y clavó la vista en la madera oscura. Al final asintió, se sacudió como si fuera un perro y se puso derecho.

—No es que no haya estado pensando en esto —repuso—. Pero no esperaba que estuvieras aquí.

—No dejes que mi presencia interfiera en tus planes —comentó Grey con educación. Malcolm lo miró sorprendido, después se rió y pareció tranquilizarse un poco.

—Bien —dijo—. Hay que pensar en dos cosas, ¿no? Los esclavos y Olivia, y por supuesto tu madre —se apresuró a añadir.

Grey pensó que él habría enumerado las dos últimas personas en el sentido inverso y en función de su importancia, pero lo cierto es que no sabía lo peligrosos que podían ser los esclavos. Asintió.

—¿De verdad piensas que te arrestarán?

Malcolm levantó uno de sus pesados hombros y lo dejó caer.

—Sí, lo creo, pero no sé cuánto tiempo tardarán en hacerlo. A fin de cuentas, no les supongo una amenaza muy importante, por lo que ellos saben.

Se acercó a la ventanita del despacho y miró hacia fuera. Grey podía oír gritos en el patio que había abajo; alguien trataba de poner orden en medio de un torrente de voces que hablaban en español.

—Lo que ocurre es que —informó Malcolm, volviéndose de la ventana con el ceño fruncido— sabrán, oficialmente, que se ha declarado la guerra en cuanto el capitán de ese barco le presente las cartas al gobernador. Pero ¿crees que saben algo de la flota? —Vio la ceja levantada de Grey y se apresuró a añadir—: Es decir, los hombres del barco que trae la posible declaración habrán visto la flota o... como mínimo, habrán oído decir algo. Si es así...

Grey negó con la cabeza.

—Es un océano muy grande, Malcolm —lo interrumpió—. ¿Y harías algo distinto si los españoles tuvieran noticias de la existencia de la flota?

Las interpretaciones de Malcolm estaban empezando a impacientarlo. A él también le hervía la sangre y necesitaba moverse.

—En realidad, sí. Para empezar, correríamos los dos. Si creen que los británicos están a punto de llegar, lo que harían los españoles, después de alertar a ambas fortalezas, es arrestar a todos los ciudadanos británicos de La Habana, y es muy probable que empiecen por mí. Pero si no lo saben, quizá todavía dispongamos de cierto tiempo.

»Los esclavos de Méndez, que ya están nerviosos, se pondrán todavía más nerviosos, y cuando se enteren de la noticia, se alborotarán mucho más. Tengo que ir a hablar con ellos cuanto antes. Debo tranquilizarlos, ¿lo comprendes? Si no lo hago, podrían tomarse la declaración de guerra como una señal para abalanzarse sobre sus propietarios y asesinarlos allí mismo, cosa que, además de no ser, por lo general, nada satisfactorio en términos de humanidad, sería un desperdicio absoluto para nosotros.

—Un desperdicio, sí.

Grey sintió náuseas al imaginar a los habitantes de las haciendas Méndez y Saavedra sentados apaciblemente mientras cenaban esa noche, sin tener ni idea de que los criados que les estaban sirviendo la comida podían matarlos en cualquier momento. Entonces se le ocurrió pensar, como quizá ya lo hubiera hecho Malcolm, que los esclavos de esas plantaciones podrían no ser los únicos de la isla de Cuba que quisieran aprovechar la oportunidad de la invasión británica. Pero tampoco había mucho que Malcolm o él pudieran hacer al respecto.

—Entonces será mejor que te vayas enseguida. Yo me ocuparé de las mujeres y los niños.

Malcolm se estaba frotando la cara con fuerza, como si eso pudiera ayudarlo a pensar.

—Sí. Tendrás que sacarlos de la isla antes de que llegue la flota. Toma, coge esto. —Abrió un cajón y sacó un pequeño monedero de piel completamente lleno—. Dinero español, así llamarás menos la atención. Creo que la mejor apuesta es Cojímar.

—¿Qué es y dónde está Cojímar?

En esos momentos se oían tambores que sonaban en el patio, y el estrépito de las botas y las voces alcanzaba todos los rincones de la fortaleza. ¿Cuán importante sería la defensa del Morro?

No se dio cuenta de que había formulado aquella pregunta en voz alta hasta que Malcolm la contestó distraído.

—Tienen unos setecientos soldados, quizá cuenten con trescientos apoyos más, y también hay unos trescientos trabajadores africanos, aunque no viven en el puerto. —Miró a Grey a los ojos y asintió al adivinar su siguiente pensamiento—. No lo sé. No tengo claro si se unirían a nuestros hombres. Si tuviera tiempo... —Torció el gesto—. Pero no lo tengo, claro. Cojímar está... Oh, espera.

Se dio la vuelta, cogió la peluca que había dejado antes en el escritorio y se la ofreció a Grey.

—Un disfraz —repuso, y esbozó una breve sonrisa—. Llamas bastante la atención, John. Es mejor que la gente no se fije en ti cuando vayas por la calle.

Cogió el sombrero y se lo puso en la cabeza, después abrió la puerta y gesticuló impaciente para que Grey saliera antes que él.

John salió mientras preguntaba por encima del hombro:

—¿Cojímar?

—Es un pueblo pescador. —Malcolm estaba mirando a un lado y a otro del pasillo—. Está al este de La Habana, a unos dieciséis kilómetros. Si la flota no consigue entrar en el puerto, ése es el mejor lugar para anclar. Es una bahía pequeña, y también hay un fuerte de tamaño más reducido, el castillo de Cojímar. Será mejor que no te acerques.

—Bien, lo haré —afirmó John con sequedad—. Yo...

Iba a decir que enviaría a Tom Byrd para informar de lo que fuera, pero se quedó sin palabras. Cuando tuviera alguna noticia, probablemente Malcolm estaría en el campo, ocupándose de sus esclavos. O bien en cautividad, o tal vez incluso muerto.

—Malcolm —dijo.

Malcolm volvió la cabeza con fuerza y vio la cara de John. Se quedó de piedra un instante y luego asintió.

—Olivia —comentó en voz baja—. Le dirás que...

Guardó silencio y apartó la vista.

—Ya sabes que sí.

Le tendió la mano. Malcolm la estrechó con tanta fuerza que le crujieron los huesos. Cuando se soltaron, a Grey le ardía la piel del nudillo, y vio que había manchado de sangre la palma de Malcolm.

No volvieron a hablar, salieron al pasillo y lo recorrieron a toda prisa.

Grey pensó que la peluca le iría grande, dado el parecido de la enorme cabeza redonda de Malcolm con un melón cantalupo. El cabello de Grey (que era rubio y llamativo, como había señalado Malcolm de forma tan respetuosa) era espeso, y una vez dentro de la peluca, quedó sujeto con fuerza, aunque él se sentía un poco incómodo. Esperaba que Malcolm no tuviera piojos. Sin embargo, todas esas preocupaciones menores quedaron en un segundo plano mientras se abría paso entre la multitud de gente que poblaba las calles de La Punta.

En la calle flotaba un ambiente de curiosidad; la gente miraba la fortaleza cuando pasaba por delante, lo que indicaba que era evidente que existía cierta alteración en la rutina habitual. Pero las noticias todavía no se habían extendido; en realidad,

Grey se preguntó si la noticia habría llegado oficialmente al gobernador, o a su lecho, ya que estaba enfermo. Ni él ni Malcolm habían tenido ninguna duda: sólo una noticia urgente habría conseguido que el cúter traspasara la cadena con tal celeridad.

El guardia apostado en la calle de la fortaleza sólo lo miró con despreocupación antes de dejarlo pasar; como ocurría en tiempos de paz, había casi tantos civiles como soldados en el interior del fuerte, y había bastantes españoles de piel clara y ojos azules. El corte de su vestimenta no era de estilo español, pero iban ataviados discretamente y en un color sobrio.

Ante todo, iba a necesitar un caballo. A pesar de que era capaz de caminar dieciséis kilómetros, hacerlo con aquellos zapatos sería lento y doloroso, y recorrer los treinta y dos kilómetros de ida y vuelta a pie... Miró el cielo. Ya hacía un rato que había pasado el mediodía. Aunque sabía que en aquella latitud el sol no se pondría antes de las ocho o las nueve de la noche...

—¿Por qué narices no le he preguntado cómo puedo pedir un caballo en español —murmuró por lo bajo mientras se abría paso por un distrito de fragantes puestos llenos de fruta.

Reconoció los plátanos, las papayas, los mangos, los cocos y las piñas, pero vio unos extraños frutos de color verde oscuro con la piel granulada que no conocía, y frutas de un verde más claro que imaginó que serían chirimoyas. Fueran lo que fuesen, el olor que desprendían era delicioso. Le rugió el estómago —a pesar de que había comido pulpo, tenía muchísima hambre—, y entonces levantó la cabeza de inmediato al percibir el olor de algo muy distinto: estiércol fresco.

Cuando llegó a casa Hechevarria aquella noche ya era muy tarde. En el cielo brillaba la luna llena, y el aire estaba preñado de humo, azahar y el olor de la carne asándose a fuego lento. En Cojímar no había comido mucho. Se había limitado a señalar cosas en el diminuto mercado y a ofrecer las que le habían parecido las monedas más pequeñas de su monedero, pero Cojímar no era más que un recuerdo lejano, y de nuevo estaba muerto de hambre.

Se bajó de la mula que había alquilado, ató las riendas del animal en la verja que había delante de la casa y se acercó a llamar a la puerta. Pero ya habían advertido su presencia y la suave luz de un farol lo iluminó en los escalones de la entrada.

—¿Es usted, milord?

Tom Byrd, bendito fuera, apareció en la puerta candil en mano y con cara de preocupación.

—Lo que queda de mí —dijo Grey. Como tenía la garganta llena de polvo, carraspeó y escupió en un arbusto florido que se hallaba junto a la puerta. A continuación, entró cojeando en la casa—. Encuentra a alguien que se ocupe de la mula, ¿quieres, Tom?

—Ahora mismo, milord. ¿Qué le ha pasado en el pie?

Tom lanzó una mirada acusadora al pie derecho de Grey.

—Nada. —Grey siguió caminando hasta la sala,[14] donde había una iluminación suave procedente de una pequeña vela ubicada ante algún tipo de pintura sagrada con lo que debían de ser ángeles, y se sentó suspirando de alivio—. El tacón del zapato se me rompió mientras estaba ayudando a la mula a salir de una acequia llena de rocas.

—¿Se cayó en una acequia con usted encima, milord? —Tom estaba encendiendo más velas, y levantó una de ellas para examinar a Grey más de cerca—. Pensaba que las mulas sabían por dónde iban.

—Al animal tampoco le pasa nada —le aseguró Grey, reclinándose y cerrando los ojos un momento. La luz de las velas proyectó formas rojas en el interior de sus párpados—. Me detuve a orinar y ella aprovechó que no le estaba prestando atención para meterse en la zanja, cosa que hizo sin ninguna dificultad, por cierto. Había algunos frutos como éstos en los arbustos y quería comérselos.

Grey rebuscó en su bolsillo y sacó tres o cuatro pequeños frutos verdes con la piel lisa.

—Intenté conseguir que saliera mostrándole un puñado de éstos, pero estaba contenta donde estaba, y al final tuve que recurrir a la fuerza.

Una fuerza que aplicaron dos mujeres negras jóvenes que pasaban por allí y que se habían reído de la petición de Grey, pero que después habían resuelto la situación. Una de ellas tiró de las riendas y se dirigía a la mula en lo que parecían unos términos peyorativos, mientras su amiga le pinchaba el trasero con un palo. Grey bostezó. Por lo menos había aprendido la palabra «mula», que le pareció razonablemente semejante a la inglesa, además de unas cuantas cosas más que podrían resultarle útiles.

—¿Hay algo para comer, Tom?

---

[14] En español en el original. *(N. de la t.)*

—Eso son guabas, milord —dijo Tom, asintiendo en dirección a las pequeñas frutas que Grey había dejado en una mesita auxiliar—. Con ellas se prepara mermelada, pero puede que no se envenene si se las come crudas. —Se arrodilló y le quitó los zapatos a Grey en cuestión de segundos, después se levantó, le sacó la maltrecha peluca de la cabeza y la observó con una gran desaprobación—. Lo digo por si no puede esperar mientras voy a despertar a la cocinera.

—No la despiertes. Debe de ser más de medianoche.

Grey tocó una de las guabas con recelo. El fruto no parecía maduro, ya que estaba duro como una pelota de golf.

—No importa, milord, habrá cosas frías para comer en la despensa —le aseguró Tom—. Ah... —añadió, deteniéndose en la puerta con la peluca colgando de una mano—. Se me ha olvidado decirle que su excelencia se ha marchado.

—Su exc... ¿qué? ¿Y adónde narices se ha ido?

Grey se enderezó olvidando de inmediato la comida, la cama y sus pies doloridos.

—A última hora de la mañana, la señora Valdez ha traído una nota, milord; decía que la señora Stubbs y su hija pequeña estaban enfermas de fiebre, y le pedían a su excelencia si podía irse con ellas. Y ella se ha marchado —finalizó de forma absurda, y también desapareció.

—¡Chingado huevón! —espetó Grey en español, poniéndose de pie.

—¿Qué ha dicho, milord?

La voz de Tom sonó desde algún punto del pasillo.

—No lo sé. No importa. Trae la comida, por favor, Tom. Y cerveza, si es que hay.

Se oyó una risa suave, interrumpida por el golpe sofocado de una puerta al cerrarse. Miró a su alrededor. Quería hacer algo violento, pero un gato viejo acurrucado en el respaldo de un sillón abrió sus enormes ojos verdes y lo miró desde la penumbra, cosa que lo desconcertó.

—¡Maldita sea! —murmuró, y se dio la vuelta.

Así que no sólo Olivia y su familia no iban de camino a La Habana, sino que además su madre se había marchado. Y ¿cuánto tiempo haría que había partido de la casa? No era posible que llegara a la plantación Valdez antes de que oscureciera. Debía de haberse quedado a dormir por el camino. En cuanto a Rodrigo y Azeel, Dios sabía dónde estarían. ¿Habrían llegado ya al escondite rural de Olivia?

Empezó a caminar con cierta inquietud de un lado para otro por el frío pavimento de baldosas. No tenía ni idea de dónde se encontraba la plantación Valdez. ¿A qué distancia estaría de Cojímar?

Aunque tampoco importaba si Olivia y su hija estaban demasiado enfermas como para viajar. Hacía un momento, su mente estaba tan agotada como su cuerpo, vacía de pensamientos; sin embargo, ahora era como si se le hubiera llenado la cabeza de hormigas, todas ellas corriendo en distintas direcciones y muy decididas.

Podía buscar una carreta. Pero ¿estarían muy enfermas las mujeres? No podía meter a enfermos en una carreta, cruzar con ellos veinte, treinta o cuarenta kilómetros por caminos rocosos y después hacer que embarcaran en un navío que sólo Dios sabía cuánto tardaría en conducirlos a un lugar seguro.

¿Y la comida y el agua? El peón[15] (que así era como lo había llamado alguien, aunque él no tenía ni idea de qué significaba) que le iba a alquilar una embarcación pequeña le había prometido agua. Podía comprar comida, pero..., Dios, ¿cuántas personas podrían subir a bordo? ¿Podía dejar a Rodrigo y a Azeel para que alguien los rescatara más adelante? No, los necesitaría para que hablaran con el tipo del barco y para que los ayudaran en caso de que la mitad de sus pasajeros estuvieran postrados y enfermos, precisando atención. ¿Y si los demás también se contagiaban por el camino? ¿Y si el barquero sucumbía a la fiebre? ¿Y si su madre contraía la fiebre y moría en el mar?

Se imaginó recalando en alguna orilla abandonada en las colonias del sur con un barco lleno de familiares y sirvientes muertos o a punto de fallecer.

—¡No! —gritó apretando los dientes con más fuerza de la necesaria—. No, eso no va a ocurrir.

—¿Qué es lo que no va a ocurrir? —preguntó Tom, entrando en la habitación con una pequeña mesa con ruedas llena de comestibles—. Hay mucha cerveza, milord. Podría bañarse en ella si le apeteciera.

—No me tientes. —Cerró los ojos un momento y respiró hondo unas cuantas veces—. Gracias, Tom.

Era evidente que aquella noche no podía hacer nada, y tampoco importaba lo que hiciera por la mañana, ya que saldría mejor si comía y descansaba.

---

[15] En español en el original. *(N. de la t.)*

Aunque hacía media hora estaba hambriento, ahora tenía la impresión de que había perdido el apetito. Sin embargo, se sentó y se obligó a comer. Había pastitas elaboradas con alguna especie de morcilla de cebolla y arroz, un poco de queso duro, el ligero pan cubano de corteza fina, que creía haber oído que se llamaba «flauta», y algún tipo de encurtido. Además de cerveza. Mucha cerveza.

Tom aguardaba cerca, en silencio, pero vigilante.

—Vete a la cama, Tom. Estoy bien.

—Me alegro, milord. —Tom no se molestó en hacer ver que creía lo que le decía Grey; el asistente tenía una arruga muy pronunciada entre las cejas—. ¿Está bien el capitán Stubbs, milord?

Grey respiró hondo y tomó otro trago de cerveza.

—Estaba bastante bien cuando nos hemos separado esta tarde. En cuanto a mañana...

No tenía intención de decirle nada a Tom hasta el día siguiente; no tenía sentido destrozarle el sueño y la paz mental. Pero por cómo lo miraba su asistente, era demasiado tarde para tales consideraciones.

—Siéntate —dijo Grey—. Mejor dicho, coge otra copa y luego siéntate.

Cuando terminó de explicarle a Tom cómo estaban las cosas, en su plato ya sólo quedaban las migajas.

—¿Y el capitán Stubbs pretende hacer que esos esclavos vengan a La Habana para... hacer qué?

Tom parecía horrorizado y curioso.

—Eso, por suerte, es cosa del capitán Stubbs. ¿Mi madre ha dicho algo acerca del estado de Olivia y su hija? ¿Cuán enfermas están?

Tom negó con la cabeza.

—No, milord. Pero por la cara que ha puesto su excelencia, las noticias debían de ser bastante malas. Siento decírselo. Incluso se ha dejado su historia.

El rostro serio de Tom era visible entre el parpadeo de las sombras. El asistente había encendido media docena de velas bien gruesas, y a pesar de que las ventanas estaban cubiertas de muselina, se habían colado nubes de insectos diminutos como si fueran polvo, y sus sombras minúsculas se agitaban con frenesí en las tenues paredes blancas.

La imagen le provocó cierta picazón a Grey. Llevaba todo el día ignorando los insectos y tenía más de doce picaduras de mosquito en el cuello y los brazos. Un agudo y burlón *bzzzzz* le pasó rozando la oreja y se dio una palmada inútil por impulso. El gesto hizo que a Tom se le iluminara el rostro.

—¡Oh! —exclamó—. Espere un momento, milord, tengo una cosa para usted.

Regresó casi de inmediato con un frasco tapado de cristal azul y aspecto de estar orgulloso de sí mismo.

—Pruebe esto, milord —dijo ofreciéndoselo a su señor.

Grey lo destapó y del frasco surgió un aroma delicioso.

—Aceite de coco —anunció Tom con orgullo—. La cocinera lo utiliza, y me dio un poco. Le he puesto también un poco de menta, por si acaso, pero ella dice que a los mosquitos no les gusta el aceite. A las moscas, sí —añadió juiciosamente—, pero la mayoría de ellas no pican.

—Gracias, Tom.

Grey se había quitado la casaca para comer; se remangó la camisa y se aplicó el aceite por toda la piel. Entonces se le ocurrió una idea.

—¿A qué te referías, Tom, cuando has dicho que mi madre había dejado aquí su historia? ¿A alguna especie de libro?

—Bueno, no sé si se le puede llamar «libro» —repuso Tom con desconfianza—. Todavía no lo es, pero los sirvientes dicen que la señora escribe un fragmento cada día, así que tarde o temprano...

—¿Está escribiendo un libro?

—Eso dice Dolores, milord. Está ahí.

Se volvió y alzó la barbilla en dirección al secreter que Grey había visto utilizar a su madre aquella misma mañana.

Consumido por la curiosidad, Grey se levantó y abrió el secreter. Y allí había un pequeño taco de páginas escritas sujetas con pulcritud con una cinta azul. La primera página era la del título, y era evidente que tenía la intención de que fuera un libro. Sólo ponía: «Mi vida.»

—¿Unas memorias?

Tom se encogió de hombros.

—No lo sé, milord. Ninguno de los sirvientes sabe leer en inglés, así que no tienen ni idea.

Grey se debatía entre la diversión, la curiosidad y cierta incomodidad. Por lo que él sabía, su madre había llevado una vida bastante aventurera, y era muy consciente de que su conocimiento de esa vida era limitado, por tácito consentimiento mutuo. Había muchísimas cosas que él no quería que su madre conociera de su vida, de manera que él también respetaría sus secretos. Aunque si los estaba escribiendo...

Tocó el manuscrito con delicadeza y después cerró la tapa del secreter. La comida, la cerveza y el silencio a la luz de las velas de casa Hechevarria le habían calmado el cuerpo y la mente. Se le ocurrían miles de posibilidades, pero en realidad sólo había una cosa que pudiera hacer: cabalgar hasta la plantación Valdez todo lo rápido que pudiera y valorar la situación una vez que llegara allí.

Contaba con unas dos semanas hasta que arribara la flota británica. Dos semanas menos una. Con la ayuda de Dios, habría tiempo suficiente para solucionar las cosas.

—¿Qué has dicho, Tom?

Tom estaba apilando los platos vacíos en la mesa, pero se detuvo un instante para contestarle.

—He dicho que esa palabra que ha pronunciado usted antes... ¿cómo era?, ¿«huevón»?

—Ah, sí, se la he oído decir a una joven que he conocido cuando regresaba de Cojímar. ¿Sabes qué significa?

—Bueno, sé lo que Juanito dice que significa —contestó Tom esforzándose por ser exacto—. Dice que se utiliza para designar a un tipo que es vago porque tiene los testículos tan grandes que casi no puede moverse. —Tom miró de reojo a Grey—. ¿Una dama le dijo eso, milord?

—Estaba hablando con la mula, o por lo menos eso espero. —Grey se estiró y notó cómo le crujían las articulaciones de los hombros y los brazos, invitando a la caricia del sueño—. Vete a la cama, Tom. Me temo que mañana será un día muy largo.

Cuando salía se detuvo para observar la pintura con aquellas cosas con alas. Eran ángeles. Aunque los habían retratado con tosquedad, poseían una simpleza que los hacía extrañamente conmovedores. Cuatro de ellos sobrevolaban con aire protector al Niño Jesús, que estaba dormido en su pesebre lleno de paja. ¿Y dónde estaría durmiendo aquella noche Stubbs? ¿En un frío campo primaveral, en un oscuro cobertizo de tabaco?

—Que Dios te bendiga, Malcolm —susurró, y se fue a la cama.

Una tos modesta lo despertó bien entrado el amanecer, y se encontró a Tom Byrd junto a la cama con una bandeja en las manos. En ella llevaba el desayuno, una taza humeante de la bebida local equivalente al té, y una nota de su madre.

—Su excelencia se encontró con Rodrigo y Azeel ayer por la noche —le informó Tom—. Estaban regresando a toda prisa a buscarla y, según parece, ella se detuvo en la misma posada donde ellos habían parado a darles de beber a los caballos.

—Mi madre ¿no viajará sola?

A esas alturas de la vida ya no le extrañaría, pero...

—Oh, no, milord —le aseguró Tom con una mirada un tanto acusadora—. Se llevó a Elena y a Fátima, y a tres buenos mozos como escolta. Su excelencia no es una mujer temerosa, pero tampoco es temeraria.

Grey detectó cierto énfasis en el modo en que Tom había dicho que su madre no era temeraria que podría haberse tomado como una acusación personal, pero decidió ignorarlo para poder leer el mensaje de su madre.

> Querido John:
>
> Supongo que Tom ya te habrá contado que Olivia me hizo llegar una carta en la que me pedía que me fuera con ella a la hacienda Valdez. Me he encontrado a tus dos sirvientes en una pensión del camino. Estaban de vuelta con un mensaje similar, pero más detallado, que había redactado el sacerdote del pueblo.
>
> El padre Céspedes dice que casi todo el personal de la casa sufre la enfermedad. Afirma que, después de haber visto muchos casos de fiebre durante los años que había estado sirviendo a Dios cerca de la Ciénaga de Zapata, está seguro de que no es una fiebre intermitente como la malaria, sino, seguramente, la fiebre amarilla.

Lo recorrió un pequeño escalofrío. La palabra «fiebre» era muy imprecisa, ya que podía referirse a cualquier cosa, desde un exceso de sol hasta la malaria. Una fiebre podía ser una enfermedad pasajera de la que uno podía recuperarse con facilidad. Pero la fiebre amarilla era tan dura y definitiva como una puñalada en el pecho. La mayor parte de su carrera militar la había pasado en destinos en climas nórdicos; lo más cerca que había estado de la temida enfermedad era cuando había visto de vez en cuando los barcos en el puerto de Kingston, donde habían izado la bandera amarilla para indicar que estaban en cuarentena. Pero también había visto cómo desembarcaban los cadáveres de aquellos barcos.

Se le habían quedado las manos heladas, y rodeó la taza de cerámica caliente con la mano mientras leía el resto de la carta.

> No vengas a menos que te escriba para decirte que puedes hacerlo. Si hay algo seguro sobre la fiebre amarilla es que es terriblemente rápida. Tal vez todo se resuelva, de una forma u otra, en una semana. Eso dejará el tiempo suficiente para que pongas en práctica tu plan original. Si no..., no.
>
> Creo que volveré a verte, pero si Dios tuviera otros planes, diles a Paul y a Edgar, a Hal y a su familia que los quiero. Dile a George, bueno, él ya conoce mis sentimientos y lo que le diría si estuviéramos juntos. Y en cuanto a ti, John..., eres mi hijo querido y te llevo siempre en el pensamiento.
>
> Tu afectuosa madre

John tragó saliva varias veces antes de poder coger la taza y beber de ella. Si había viajado por la noche, cosa que parecía probable, ya estaría llegando a la plantación. Para encontrarse...

Grey dijo algo muy obsceno en alemán en voz baja. Volvió a dejar la taza y se levantó de la cama devolviéndole la carta a Tom; era incapaz de hablar con la coherencia necesaria como para transmitirle el contenido.

Tenía que orinar. Aquel acto tan básico le proporcionó cierto control, volvió a meter el utensilio bajo la cama y se estiró.

—Tom, ve a preguntar dónde podemos encontrar al médico más cercano. Me vestiré yo solo.

Tom lo miró, pero no fue la mirada de profunda duda que podría haberse esperado en respuesta a su última afirmación. Fue una mirada muy paciente y de una persona mucho más anciana de lo que era Tom.

—Milord... —dijo con mucha delicadeza, y dejó la carta encima de la cómoda—. Si su excelencia hubiera querido que le enviara un médico, lo habría dicho, ¿no cree?

—Mi madre tiene muy poca fe en los médicos. —Grey tampoco tenía mucha, pero ¿qué otra cosa podía hacer?—. Aunque eso no significa que no pueda... ayudar.

Tom lo miró un buen rato, después asintió y se marchó.

John estaba del todo capacitado para vestirse solo, pero le temblaban tanto las manos que decidió no afeitarse. La horrible peluca de Malcolm, semejante a un animal muerto, seguía en la cómoda, junto a la carta de su madre. ¿Debía ponérsela?

¿Por qué?, se preguntó. Al médico no podría ocultarle su procedencia. En cualquier caso, probablemente enviara a Jacinto a hablar con el doctor. Pero tampoco podía quedarse en la casa esperando sin hacer nada. Cogió la taza, que ahora estaba templada, y apuró su contenido amargo. ¿Qué era aquel brebaje?

Se aplicó en la piel un poco más del aceite que le había dado Tom, se cepilló el cabello, se lo recogió con un cordel y después salió de la habitación para ver qué había descubierto Tom tras hablar con los otros sirvientes.

Estaban en el patio, que parecía el centro de la casa. Sin embargo, el alegre alboroto habitual había cesado, y Ana María se santiguó e inclinó la cabeza cuando lo vio.

—Lo siento mucho, señor —le dijo en español—. Su madre... su prima y los niños... —Hizo un gesto con la mano agitándola hacia fuera para englobar a su madre, a Olivia y a los niños, y después hacia dentro, esta vez para indicar a todos los sirvientes que la rodeaban, y se llevó la otra al corazón mientras lo miraba con compasión—. Lo sentimos mucho, señor.

Grey comprendió muy bien lo que le estaba diciendo, aunque no entendiera todas las palabras, e inclinó la cabeza y asintió en dirección al resto del servicio.

—Muchas gracias...

¿Señora? ¿Señorita? ¿Estaba casada? No lo sabía, así que se limitó a repetir «Muchas gracias» con más énfasis.

Tom no estaba con los sirvientes; tal vez se hubiera ido a hablar con Jacinto sobre el tema del médico. John volvió a inclinar la cabeza mirando a los sirvientes en general y se volvió hacia la casa.

Oyó voces en la parte delantera de la casa. Hablaban en español muy rápido, con alguna palabra de desconcierto de Tom, que intentaba meterse en la conversación. John sintió curiosidad y cruzó la sala hasta el pequeño vestíbulo, donde se encontró a Jacinto y a Tom bloqueando la entrada principal, y oyó una voz de mujer fuera, que gritaba su nombre indignada.

—¡Necesito hablar con el señor Grey! ¡Ahorita![16]

—¿Qué ocurre?

Habló con aspereza, y los dos hombres se volvieron hacia él, lo que le permitió ver el pañuelo amarillo y el rostro desesperado de Inocencia.

La mujer aprovechó el momento y se abrió paso entre el mayordomo y Tom, se sacó una nota arrugada del pecho y se la puso a Grey en la mano. Después se dejó caer de rodillas y se aferró al dobladillo del vestido.

---

[16] En español en el original. *(N. de la t.)*

—¡Por favor, señor!

La nota estaba empapada con el sudor de su cuerpo, y la tinta se había corrido un poco, pero todavía era legible. No había saludo ni firma, y el mensaje era breve: «Me han cogido, amigo. Te toca.»

—¿Qué significa esto, señor? —Jacinto había leído la nota por encima de su hombro sin esforzarse ni un poco en fingir que no lo estaba haciendo—. Esto... esto no es inglés, ¿no?

—Sí que lo es —le aseguró al mayordomo, doblando la nota con cuidado y metiéndosela en el bolsillo. Ni siquiera un inglés como Tom, que estaba observando a Inocencia con el ceño fruncido completamente confundido, sabría a qué se refería aquella última y paralizante frase.

«Te toca.»

Grey tragó saliva, percibió el sabor de la bebida que se había tomado para desayunar y se obligó a respirar hondo. Después se agachó y levantó a Inocencia del suelo. Se dio cuenta de que ella también se esforzaba por respirar con normalidad y las lágrimas le resbalaban por las mejillas.

—¿Han arrestado al cónsul? —preguntó.

La joven alternó una mirada impotente entre él y Jacinto, que tosió y tradujo lo que había dicho Grey. Ella asintió con violencia mordiéndose el labio inferior.

—Está en El Morro —consiguió decir mientras se esforzaba por respirar, y añadió algo más que Grey no logró entender. Intercambiaron algunas palabras, y Jacinto se volvió hacia Grey con una expresión muy seria.

—Esta mujer dice que su amigo fue arrestado en la muralla de la ciudad ayer por la noche y lo llevaron al Morro. Allí es donde el gobierno encierra a los prisioneros. Esta... dama —inclinó la cabeza dándole a Inocencia el beneficio de la duda— vio cómo se llevaban al señor Stubbs al despacho del gobernador poco después del amanecer, y aguardó cerca de la oficina y lo siguió cuando se lo llevaron a...

Se detuvo para preguntarle algo a Inocencia. Ella negó con la cabeza y le contestó algo.

—No está en el calabozo —explicó Jacinto—. Pero está encerrado en una habitación donde confinan a los caballeros cuando tienen que retenerlos. Ella pudo acercarse y hablar con él a través de la puerta, cuando los guardas se marcharon, y él escribió esta nota y le pidió que viniera corriendo a entregársela, antes de que se marchara de la ciudad. —Jacinto miró a Grey, pero después tosió y apartó la mirada—. Dijo que usted sabría qué hacer.

Grey notó que se apoderaba de él una oscura sensación de mareo y se le erizó el vello de la nuca. Tenía los labios secos.

—Ya lo creo.

—¡No puede hacer eso, milord!

Tom se lo quedó mirando horrorizado.

—Mucho me temo que tienes razón, Tom —repuso, tratando de no perder la calma—. Pero no veo otra opción más que intentarlo.

Pensó que Tom se iba a marear; el joven asistente tenía el rostro tan pálido como el rocío de la mañana que cubría el minúsculo jardín al que habían salido en busca de un poco de privacidad. Grey estaba encantado de no haber podido tomarse el desayuno; recordó que Jamie Fraser le había dicho en una ocasión, con su inimitable acento escocés, que «tenía el estómago cerrado como un puño», una frase que describía su situación actual.

Habría dado cualquier cosa por tener a Fraser a su lado en aquella ocasión.

Habría dado casi tanto como por tener a Tom.

Pero, por lo visto, iba a entrar en batalla con el apoyo de un ex zombi tartamudo, una mujer africana de temperamento impredecible y conocidas tendencias homicidas, y la concubina de Malcolm Stubbs.

—Todo irá bien —le dijo a Tom con firmeza—. Inocencia me presentará a los líderes y los convencerá de mi *bona fides*.

Y si no conseguía persuadir a esos hombres de que Grey tenía tales intenciones, tal vez los cortaran en pedacitos a todos en cuestión de segundos. Ya había visto a varios hombres blandiendo sus machetes con asesina facilidad el día anterior en los campos de camino a Cojímar.

—Y Rodrigo y Azeel estarán allí para ayudarme a hablar con ellos —añadió con un poco más de confianza.

Para su sorpresa, cuando les había explicado la situación, los Sánchez habían compartido una larga mirada marital, después habían asentido con seriedad y por fin habían anunciado que lo acompañarían.

—Rodrigo es un buen tipo —admitió Tom con reticencia—. Pero no le resultará nada útil en una pelea, milord.

El asistente había apretado los puños mientras hablaban, y era evidente que tenía mucha mejor opinión de sus propias habilidades en ese sentido.

En realidad, pensó Grey, quizá tuviera razón. Estaba tan acostumbrado a la continua presencia de Tom, que no se había dado cuenta de que su asistente ya no era aquel chico de diecisiete años con la cara redonda que se había abierto paso hasta el servicio de Grey. Tom había crecido algunos centímetros, y aunque no tenía la corpulencia de Malcolm Stubbs, era evidente que era más fuerte. Tenía los hombros cuadrados y los antebrazos pecosos bien musculados. Sin embargo...

—Si llegamos a esa clase de pelea, no importará que me haya presentado con una compañía de infantería completa —sentenció. Le sonrió a su asistente con verdadero afecto—. Además, Tom, sólo puedo dejarte a ti al cargo de este lugar. Debes ir con Jacinto a encontrar un médico. Por el precio no te preocupes, ya que te voy a dejar todo nuestro dinero inglés, y ahí tienes el oro suficiente como para comprar la mitad de La Habana. Cuando lo hayas encontrado, tendrás que llevarlo hasta la plantación Valdez con los medicamentos y todo lo que crea que puede resultarle de utilidad. Le he escrito una nota a mi madre... —Se metió la mano en el pecho de la casaca y sacó un cuadrado doblado, lacrado con la cera de una vela y sellado con su sonriente sello de media luna—. Encárgate de que la reciba.

—Sí, milord.

Tom aceptó la nota con tristeza y se la guardó.

—Después busca algún lugar donde puedas alojarte y que se encuentre relativamente cerca de la casa. No te quedes en la casa; no quiero que te expongas a la fiebre. Pero controla la situación: visítalos dos veces al día, asegúrate de que el doctor hace todo lo que puede, ayuda a su excelencia en todo lo que sea menester y ve informándome cada día de cómo van las cosas. No sé cuándo recibiré tus cartas, o incluso si las recibiré algún día, pero envíamelas de todas formas.

Tom suspiró, pero asintió.

Grey guardó silencio. Ya no se le ocurría nada más. A esas horas, la casa ya estaba despierta, y se oía un ajetreo distante en el patio, un creciente olor a judías hervidas y la fragancia dulce de los plátanos fritos. A los sirvientes de la casa no les había comentado ni una sola palabra de su misión secreta. No podían ayudarlo y, si supieran algo, tanto ellos como él mismo estarían en peligro. Pero, sin embargo, conocían la situación de la hacienda

Valdez, y había oído el murmullo de las plegarias y el tintineo de las cuentas del rosario cuando había pasado por el patio hacía unos minutos, cosa que le había resultado extrañamente reconfortante.

Alargó el brazo, le cogió la mano a Tom y se la estrechó.

—Confío en ti, Tom —le dijo en voz baja.

La nuez de Tom subió y bajó por su garganta. Sus dedos habilidosos y fuertes estrecharon también los de Grey.

—Ya lo sé, milord —repuso—. Y puede hacerlo.

Lord John Grey había tardado más tiempo del que había imaginado en reunir todo lo necesario. Así, cuatro días después, estaba desnudo en medio de una arboleda de mangos, en una colina con vistas a la hacienda de la familia Méndez.

Cuando entraron en la plantación, vio la enorme casa, un edificio gigantesco con estancias que se habían ido añadiendo con el transcurso del tiempo: alas extrañas que surgían de lugares inesperados y edificios aledaños repartidos a su alrededor en forma de constelación desordenada. «Una de las constelaciones complicadas —pensó mientras miraba la casa—. Tal vez Casiopea o Acuario. Una para la que tienes que creer en la palabra del astrónomo cuando te dice lo que estás viendo.»

Habían iluminado las ventanas de la casa principal y se veía cómo los sirvientes circulaban de un lado a otro como si fueran sombras en la oscuridad, pero estaba demasiado lejos como para oír los ruidos del interior, y tenía la espeluznante sensación de que había visto algo fantasmal que de pronto se podría tragar la noche.

En realidad, la hacienda no era visible desde donde se encontraba en ese momento, algo que le resultaba bastante adecuado. La ropa con la que había viajado estaba amontonada en el barro donde tenía hundidos los pies, y un grupo de pequeños insectos estaban tratando sus partes íntimas con una familiaridad indecorosa. Eso hizo que primero registrara su petate en busca del frasco que contenía el aceite de coco y menta, y se lo aplicara generosamente antes de vestirse.

No era la primera vez, y estaba seguro de que tampoco sería la última, que lamentaba la ausencia de Tom Byrd. En realidad, John era del todo capaz de vestirse solo, aunque tanto él como Tom actuaban basándose en la tácita asunción de que no era así. Pero lo que más añoraba en ese momento era la sensación de solemne ceremonia que percibía cuando Tom le ponía el uniforme completo. Era como si se convirtiera en otra persona al vestirse con la casaca escarlata con encaje dorado, y el respeto de Tom hacía que Grey creyera en su propia autoridad, como si además de ponerle el uniforme lo estuviera cubriendo con una armadura.

Y le hubiera ido muy bien creerse eso en aquel momento. Maldijo por lo bajo mientras se ponía los calzones y se limpiaba las hojas de las botas antes de ponerse las calzas de seda y los zapatos. Se la estaba jugando, pero tenía la sensación de que las probabilidades que tenía de que aquellos hombres lo tomaran en serio, lo escucharan y, sobre todo, confiaran en ellos aumentarían si se presentaba no sólo como el sustituto de Malcolm Stubbs, sino también como la encarnación de Inglaterra, un representante del mismísimo rey. Tenían que confiar en que él podía hacer lo que había dicho que haría por ellos, o todo habría acabado, tanto para los hacendados como para él.

—Tampoco le vendría nada bien a la marina —murmuró, atándose el pañuelo del cuello a ciegas.

Cuando terminó y guardó su ropa de viaje en el petate, suspiró aliviado y permaneció allí plantado un minuto para coger fuerzas y acostumbrarse al uniforme.

No tenía ni idea de que los árboles del mango crecieran tanto. Aquella arboleda era muy antigua; los árboles medían más de treinta metros y las hojas ascendían y descendían con suavidad por encima de su cabeza, mecidas por la brisa de la noche, emitiendo un sonido parecido al mar. Algo se arrastró con fuerza entre las hojas caídas que había junto a él, y Grey se quedó de piedra. Pero la serpiente, si es que en realidad se trataba de eso, siguió su camino sin prestarle ninguna atención.

Rodrigo, Azeel e Inocencia estaban donde los había dejado, a sólo cien metros de distancia, pero se sentía completamente solo. Tenía la mente en blanco, y agradeció el respiro. La tormenta había hecho que cayeran de los árboles los frutos sin madurar, que se hallaban alrededor de Grey como si se tratara de pelotas de críquet de color verde pálido, aunque durante el crepúsculo, cuando se habían adentrado en la arboleda, había advertido que los que seguían en los árboles se habían puesto amarillos y habían empezado a adoptar un tono carmesí. Ahora estaba oscuro, y sólo era consciente de que había mangos cuando rozaba alguna rama baja y notaba la pesada oscilación de las frutas.

Estaba caminando, aunque no recordaba que hubiera empezado a hacerlo ni que hubiera dado el primer paso, pero sin embargo lo hacía, empujado a actuar por la sensación de que había llegado el momento.

Bajó de la arboleda y se encontró a Rodrigo y a las chicas de pie, conversando entre murmullos con una joven alta y esbelta, la prima de Inocencia, Alejandra, que los conduciría hasta el cobertizo de tabaco.

Todos se volvieron a mirar, y Alejandra abrió los ojos como platos y brillaron en la oscuridad.

—Hijo —dijo con admiración.

—Gracias, señora —contestó, y la saludó inclinando la cabeza—. ¿Vamos?

Ya se lo había imaginado de un modo muy realista, gracias a la descripción de Malcolm. La silueta del enorme granero del tabaco, la oscuridad, el susurro de las hojas secas por encima de su cabeza, la sensación de los hombres que lo esperaban... Lo que Malcolm no había mencionado era el intenso olor que flotaba en todo el cobertizo, un incienso espeso que se instaló en su garganta a diez metros de distancia. No era en absoluto desagradable, pero era tan potente que durante un momento le costó respirar, y necesitaba todo el aliento que pudiera reunir.

El hombre al que tenía que convencer se llamaba Cano, y era el cabecilla de los esclavos de la plantación Méndez. También había un cabecilla de Saavedra, llamado Hamid, pero Alejandra le había dicho que la opinión de Cano era la que más valoraban el resto de los esclavos.

—Si él dice que sí, todos lo harán —le había asegurado a Grey.

El ambiente del granero no se limitaba al intenso olor a tabaco. En cuanto entró, también percibió un hedor a sudor, así como el olor despiadado y oscuro que emanaba de los hombres furiosos.

Sólo había un candil encendido, colgado de un clavo en uno de los postes que sostenían el altísimo techo. Aunque no proyectaba demasiada luz, su brillo se extendía a lo lejos, y Grey pudo atisbar la masa de hombres que aguardaba entre las sombras: veía la curva de una cabeza, un hombro, el brillo de la luz en la piel negra o el color blanco de los ojos que lo miraban. Debajo del candil había dos hombres que se habían vuelto para recibirlo.

No había duda de quién era Cano. Se trataba de un hombre negro y alto, que iba ataviado con sólo unos calzones cortos y harapientos, aunque su compañero (y la mayoría de los hombres que aguardaban en la sombra, tal como confirmó cuando los miró de reojo) vestía calzones, camisa y un pañuelo de lunares alrededor de la cabeza.

Tampoco había duda del motivo. Cano tenía la espalda y los brazos salpicados de cicatrices grises que recordaban a las señales que dejan los percebes en las ballenas viejas: eran marcas de látigos y cuchillos. El hombre observó cómo se acercaba Grey y sonrió.

Grey pudo ver que le faltaban los dientes de delante, pero que conservaba los colmillos, que eran afilados y tenían manchas marrones de tabaco.

—Mucho gusto, señor —dijo en español.

Tenía la voz suave y burlona. Grey lo saludó inclinando la cabeza con corrección. Alejandra había entrado en el granero detrás de él, y se encargó de hacer las presentaciones en un español dulce y rápido. Estaba nerviosa; no dejaba de retorcerse el delantal con las manos, y Grey vio que el sudor le salpicaba las hendiduras que tenía debajo de los ojos. ¿Cuál sería su amante?, se preguntó. ¿Aquel hombre o Hamid?

—Mucho gusto —contestó Grey también en español con mucha educación cuando la chica terminó, y le hizo una reverencia—. Señora, ¿sería tan amable de decirles a estos caballeros que he traído dos intérpretes para que podamos estar seguros de que nos entendemos?

Al decirlo, entró Rodrigo, y Azeel apareció un paso o dos por detrás de él. La joven parecía que estuviera entrando en una piscina llena de cocodrilos; sin embargo, Rodrigo actuaba con tranquilidad y dignidad. Llevaba su mejor traje negro, con una camisa blanca inmaculada que brillaba como una baliza en la mugrienta luz tenue del granero.

Cuando lo vieron, se oyó, a partes iguales, un evidente murmullo de interés y también cierta hostilidad. Grey la percibió como una puñalada en el estómago. ¿Iba a hacer que mataran también a Rodrigo?

«Y todavía ni siquiera saben lo que es», pensó. Le habían dicho en muchas ocasiones que el miedo a los zombis era tan grande que a veces sólo el rumor de su presencia bastaba para que una muchedumbre se abalanzara sobre la persona sospechosa y la golpearan hasta matarla.

«Bueno, será mejor que empecemos.» No llevaba consigo armas, excepto el cuchillo reglamentario que estaba enfundado en el cinturón. Sólo saldría de allí hablando, así que era preferible que empezara a hacerlo.

Y eso hizo, presentando sus respetos (lo que le valió unas cuantas risas) y comentando que acudía en calidad de amigo y representante de Malcolm Stubbs, al que ya conocían. La afirmación dio lugar a asentimientos de aprobación recelosa. También explicó que acudía como representante del rey de Inglaterra, que pretendía vencer a los españoles de Cuba y tomar posesión de la isla.

Aquello fue bastante atrevido, y Azeel tartamudeó un poco cuando tradujo sus palabras, pero salió bastante bien, ya que, por lo visto, aquellos hombres compartían el mismo deseo que el rey.

—Mi amigo, el señor Stubbs, ha pedido su colaboración en esa hazaña —dijo Grey mirando, deliberadamente, de un extremo a otro del granero, para dirigirse a todos los hombres—. He venido a tratar con ustedes y a decidir la mejor forma de conseguir nuestros deseos, para que...

—¿Dónde está el señor Malcolm? —lo interrumpió Cano en español—. ¿Por qué él no está aquí?

Grey no necesitaba que le tradujeran aquello, pero se ciñó al protocolo y dejó que Azeel se lo dijera en inglés antes de contestar que, por desgracia, el señor Malcolm había sido arrestado y encarcelado en el castillo del Morro. Por eso él, John Grey, había ido hasta allí para llevar a cabo el plan del señor Malcolm.

A continuación, se oyó un pequeño murmullo de duda y pies descalzos arrastrándose por el polvo.

—Si nos ayudan, el señor Malcolm ha prometido liberarlos. Y yo también se lo prometo.

Habló con la máxima sencillez posible, con la esperanza de que transmitiera mayor sinceridad.

Se oyeron suspiros y murmullos. Estaban preocupados, y tenían motivos para estarlo. En el granero hacía calor debido al gran número de hombres que había congregados dentro, a la humedad de su sudor y al vapor que desprendían las hojas de tabaco secas. El sudor empezaba a empaparle la ropa.

De pronto, el otro hombre, que entendió que debía de ser Hamid, dijo algo repentino haciendo un gesto con la barbilla para señalar a Grey. Como el hombre tenía barba, Grey pensó que quizá fuera musulmán.

—Este caballero quiere saber cómo conseguirá lo que dice —tradujo Azeel mirando a Grey—. Usted sólo es un hombre. ¿Tiene soldados o armas?

Grey se preguntó qué pensaría el profeta de los zombis, porque era evidente que iba a tener que utilizar a Rodrigo.

Rodrigo estaba cerca de su mujer, con una expresión de relajación y serenidad en el rostro, a pesar del peso de tantas miradas. Grey vio cómo se erguía un poco y respiraba hondo.

—Dile al señor Hamid —Grey señaló con su cabeza al hombre de la barba— que es cierto que sólo soy un hombre, pero soy inglés. Y soy un hombre de palabra. Para demostrarles que lo que digo es cierto, he traído a mi sirviente, Rodrigo Sánchez, que les explicará por qué deben creer en mí y confiar en lo que les digo.

Grey dio un paso atrás con el corazón acelerado e inclinó la cabeza hacia Rodrigo. Vio que éste le estrechaba la mano a Azeel y la soltaba antes de adelantarse.

Despacio, relajado y de una forma muy civilizada, nunca vista por aquellos hombres, Rodrigo cogió un cubo de madera que había junto a la pared, lo llevó hasta el centro del granero, lo puso boca abajo justo debajo del candil, lo dejó en el suelo y se sentó en él. Azeel se acercó muy despacio a él mirando fijamente a los hombres que aguardaban entre las sombras.

Rodrigo empezó a hablar con una voz grave, suave pero tenaz. El público tomó aire al unísono, y un murmullo de horror cruzó todo el granero. Azeel se volvió hacia Grey.

—Mi marido dice...

A Azeel le tembló la voz, esperó un momento y carraspeó. Después se puso un poco más derecha, apoyó la mano en el hombro de su marido y habló con claridad.

—Dice lo siguiente: «He estado muerto. Fallecí a manos de un *houngan*, y desperté en mi tumba, oliendo la podredumbre de mi propio cuerpo. No podía moverme. ¿Cómo me iba a mover? Estaba muerto. Y algunos años después, he vuelto a sentir el aire en la cara y el contacto de una mano sobre el brazo. El *houngan* me sacó de mi tumba y me dijo que estaba muerto, que era un zombi.»

Grey percibió el escalofrío de horror que recorría la estancia, y escuchó cómo todos sus ocupantes cogían aire y el murmullo de asombro de los esclavos cuando Rodrigo dijo aquellas palabras. Pero Azeel puso ambas manos en los hombros de Rodrigo y los fulminó a todos con la mirada, moviendo la cabeza hacia todos los rincones del granero.

—Les digo que... ¡escuchen! —dijo con violencia—. ¡Escuchen! —repitió en español.

Grey vio que Cano se retiraba un poco, aunque no supo si se debía a la ofensa o a la conmoción. Pero el hombre resopló con fuerza por encima del murmullo del granero y gritó: «¡Háblanos!» Los susurros se detuvieron de inmediato, y Azeel volvió la cabeza para mirar a Cano. La luz del candil se reflejaba en los ojos y la piel de la joven.

—Háblame —le dijo muy suavemente a Rodrigo—. Sólo a mí. Háblame.

Rodrigo levantó la mano muy despacio y la posó encima de la suya. Alzó la barbilla y prosiguió mientras Azeel iba traduciendo poco a poco al mismo tiempo que él hablaba.

—Estaba muerto y era un zombi, estaba en manos de un hombre malvado, en manos del infierno. Pero este hombre... —Movió un poco la cabeza para señalar a Grey—. Este hombre vino a buscarme. Vino solo, subió a las montañas y entró en la caverna de Damballa, la gran serpiente...

Al oír aquello, los hombres se deshicieron en exclamaciones tan agitadas y confusas que Rodrigo se vio obligado a dejar de hablar, así que permaneció inmóvil como una estatua.

«Dios, qué guapo es.» El pensamiento brilló un momento en la cabeza de Grey, y se desvaneció cuando Rodrigo levantó la mano con la palma hacia fuera. Esperó y el ruido disminuyó hasta convertirse en un susurro.

—Este hombre entró solo en la caverna de las serpientes y se enfrentó a la oscuridad y a los demonios. Utilizó la magia del *houngan* contra el hechicero, y después salió de la cueva y me rescató. Él solo me rescató de la muerte.

Se hizo un momento de silencio cuando las suaves palabras de Azeel desaparecían entre las hojas muertas y los cuerpos oscuros. Entonces Rodrigo asintió una sola vez y se limitó a decir:

—Es verdad.

Durante un rato, reinó un silencio absoluto, y luego se produjo un murmullo y después otro. Las caras estaban dominadas por la sorpresa, la duda y la estupefacción. Grey pensó que el lenguaje había cambiado. Ya no estaban hablando español, sino que se trataba de otro idioma, o quizá de varios. Eran lenguas africanas. Entendió la palabra *houngan*, y Cano lo estaba mirando fijamente con los ojos entornados.

Entonces el hombre de la barba se dirigió a Grey con aspereza y en inglés.

—Dile a tu zombi que salga.

Grey intercambió una mirada con Rodrigo, que asintió y se levantó.

—Si me hace el favor, señor Sánchez.

Grey inclinó la cabeza e hizo un gesto para señalar la puerta. Rodrigo le devolvió la inclinación de cabeza, muy despacio, y caminó con la misma lentitud hacia la puerta abierta. Grey pensó que quizá estuviera exagerando un poco la rigidez con la que se movía, pero lo cierto es que tal vez él se lo estuviera imaginando.

¿Había funcionado? «Su zombi», había dicho aquel hombre. ¿Creían que había rescatado a Rodrigo del *houngan* o que era una especie de *houngan* inglés que controlaba a Rodrigo y lo había obligado a dar pronunciar el discurso? Porque si era así...

La forma negra de Rodrigo se fundió con la noche y desapareció. El ambiente se relajó de forma considerable, como si todos los ocupantes del granero hubieran suspirado aliviados.

Cano y el hombre de la barba intercambiaron una larga mirada y, poco después, Hamid asintió algo reticente.

Cano se dirigió a Grey y dijo algo en español. Azeel, que se había puesto casi tan rígida como su marido al marcharse, dejó de mirar la puerta abierta y tradujo la pregunta de Cano.

—Y entonces ¿cómo vamos a conseguirlo?

Grey soltó una larga bocanada de aire.

A pesar de lo sencillo que era el concepto, tardó bastante tiempo en explicarlo. Aunque algunos de los esclavos habían visto un cañón, y todos ellos los habían oído disparar a lo lejos, cuando los cañones de ambas fortalezas se disparaban los días de fiesta o para saludar a algún barco que llegaba, casi ninguno sabía cómo funcionaba el arma.

Limpiaron la suciedad y las hojas de tabaco pisoteadas del suelo y llevaron otro candil. Los hombres se reunieron alrededor de Grey. El inglés, con la ayuda de un palo, trazó el contorno de un cañón en el polvo rojizo mientras hablaba despacio y de forma sencilla para explicar cómo se cargaba y se disparaba el arma, y no dejaba de señalar el oído del cañón.

—Por aquí es por donde lo encienden. La pólvora —empujó el tambor— «estalla» —se produjo un murmullo de confusión y explicaciones de los que lo habían visto— y ¡*boom*!

Todos se quedaron aturdidos por un momento y después comenzaron a reír. Cuando fueron disminuyendo las repeticiones de ese ¡*boom*!, Grey volvió a señalar el oído del cañón.

—Fuego —dijo, y esperó expectante.

—¡Fuego! —exclamaron con alegría varias voces.

—Exactamente —repuso Grey en español y, sonriéndoles, se metió la mano en el bolsillo—. Miren.

Azeel lo tradujo, aunque, de hecho, no hubiera sido necesario. Todos los ojos se centraron en el clavo metálico de quince centímetros que Grey tenía en la mano. En el petate llevaba una gran bolsa repleta de clavos de diferentes tamaños, puesto que había tenido que conformarse con lo que había podido encontrar en los distintos ferreteros y comerciantes navales de La Habana, aunque por lo que Inocencia y Azeel le habían podido explicar sobre los cañones del castillo del Morro, pensó que con eso bastaría.

Se puso en cuclillas sobre su dibujo, y simuló que introducía el clavo en el oído del cañón. Después se sacó un martillo del otro bolsillo y golpeó el clavo en el suelo con fuerza.

—No fuego —dijo levantando la vista.

—¡Bueno! —exclamaron varias voces, y hubo más murmullos y codazos amistosos.

Grey tomó una buena bocanada de aquel aire espeso y embriagador. De momento la cosa iba bien. Escuchaba en sus oídos el latido de su propio corazón, que parecía que latiera mucho más deprisa de lo habitual.

Tardó bastante más tiempo en explicar el mapa. Sólo algunos de ellos habían visto un mapa o un gráfico en alguna ocasión, y para algunos era muy difícil establecer la conexión mental entre las líneas trazadas en un trozo de papel y la ubicación de los pasillos, las puertas, las habitaciones, las baterías de cañones y las reservas de pólvora del castillo de los Tres Reyes Magos del Morro. Por lo menos, todos habían visto la fortaleza cuando los habían llevado en barcos hasta el puerto para conducirlos a los mercados de esclavos de la ciudad.

A Grey el sudor le resbalaba por debajo de la casaca del uniforme, y le palpitaba todo el cuerpo debido a la humedad y la tensión mental, de manera que decidió quitarse la casaca para evitar desmayarse.

Al final llegaron a una especie de consenso. Inocencia demostró gran valentía al afirmar que ella entraría en la fortaleza con los hombres y los ayudaría a encontrar los cañones. Recibieron su comentario con un silencio momentáneo, y después Hamid asintió y miró a Cano alzando una ceja, quien, después de vacilar un momento, también asintió, y se oyó un murmullo de aprobación entre los hombres.

Ya casi estaba todo planeado. Pero Grey se resistió al impulso de abandonarse al alivio. El último punto de su plan podría hacer que lo mataran. Enrolló los esquemas que había dibujado Inocencia y se los entregó a Cano. Después sacó del petate otro papel enrollado —aunque en esta ocasión en blanco—, un tintero tapado y una pluma.

Tenía una sensación extraña en la cabeza. No le daba vueltas, sino que se sentía como si flotara, y tenía cierta dificultad para controlar la mirada. Pero se esforzó y le habló a Cano con firmeza.

—Voy a escribir aquí que van a prestar un gran servicio al rey de Inglaterra y que por ello deben recibir la libertad. Yo soy un... ¡Dios, ayúdame a hacerlo bien!... un hombre de gracia —añadió en español—, y lo firmaré con mi nombre.

La expresión «hombre de gracia» fue la más precisa que encontró Azeel para traducir la palabra «noble».

Aguardó observando sus rostros mientras Azeel traducía sus palabras. Estaban recelosos y tenían algo de curiosidad. Además, los más jóvenes desprendían un aire de esperanza que le encogió el corazón.

—Deben firmar el papel. Si no... saben escribir... pueden decirme sus nombres. Yo los escribiré y pueden hacer una marca para que quede constancia de que es el suyo.

A continuación, se produjo cierta alarma: muchas miradas iban de un lado para otro, los ojos brillaban en la oscuridad, había agitación y se había iniciado un torrente de voces. Grey alzó una mano y aguardó con paciencia. Transcurrieron varios minutos, pero al final se calmaron lo suficiente para que pudiera reanudar la explicación.

—Yo también entraré en el castillo con ustedes —señaló—. Pero ¿qué sucedería si me mataran? Pues que no podría explicarle al rey que deberían ser hombres libres. Sin embargo, este papel lo hará por mí.

Dio un golpecito con el dedo sobre el papel en blanco.

—¿Qué ocurriría si alguno de ustedes se perdiera por la ciudad cuando estemos fuera del castillo? Si más tarde van a buscar al capitán de los marineros ingleses y le dicen que han participado en esta fantástica gesta y que ahora debe liberarlos, ¿cómo les creerá?

Dio otro golpecito con el dedo.

—Este papel hablará por ustedes. Sólo tienen que mencionar su nombre al jefe inglés, y él lo leerá en este papel y sabrá que lo que dicen es verdad.

—... es verdad —repitió la joven en español.

Azeel también parecía estar a punto de desmayarse de la tensión, del calor y del miedo que le provocaba la situación, pero su voz era alta y firme.

Cano y Hamid se habían acercado y estaban debatiendo en voz baja. El sudor empezaba a descender por el cabello recogido de Grey; notaba cómo las gotas le recorrían la espalda por debajo de la camisa con la regularidad con la que desciende el contenido de un reloj de arena.

Pero al final se pusieron de acuerdo, y Cano dio algunos pasos adelante para dirigirse a Grey. Habló mirando a Grey directamente a la cara a una distancia de poco más de un palmo. Grey podía oler el aliento de aquel hombre, cálido debido al tabaco y con algunos dientes cariados.

—Dice —explicó Azeel, y se detuvo para reunir un poco de saliva—, dice que lo harán. Pero usted tiene que escribir tres papeles, uno para usted, otro para él y otro para Hamid, porque si lo matan a usted y sólo tiene un papel, ¿de qué iba a servir?

—Muy razonable —repuso Grey con seriedad—. Sí, lo haré.

La sensación de alivio le recorrió las extremidades como el agua caliente. Pero todavía no había terminado.

—Una cosa —intervino Grey, y cogió aire.

Respiró demasiado hondo y se mareó. Volvió a tomar aire de nuevo, esta vez más despacio.

Cano inclinó la cabeza, escuchando.

—En cuanto a los habitantes de las haciendas, las familias Méndez y Saavedra, tenéis que prometerme que no sufrirán ningún daño, que no los mataréis.

—... ellos no serán asesinados.

Ahora Azeel hablaba con más suavidad, con un tono más distante, como si estuviera leyendo las condiciones de un contrato, cosa que, pensó Grey, en realidad era así.

Al escuchar aquello, a Cano se le dilataron las aletillas de la nariz y entonces se oyó un sonido grave (no exactamente un rugido) que procedía de los hombres que aguardaban entre las sombras. Ese sonido hizo que a Grey se le contrajera el cuero cabelludo.

El hombre asintió, como para sí, y después se volvió hacia las sombras, primero hacia un lado, y después hacia el otro, de manera deliberada, como lo haría un abogado que quisiera valorar a su jurado. Después se volvió hacia Grey y asintió de nuevo.

—No los mataremos —repuso en español.

Azeel lo tradujo con un susurro.

El corazón de Grey había recuperado su ritmo habitual. La idea de poder volver a respirar aire fresco y limpio hizo que se relajara.

Sin pensarlo, se escupió en la mano, como hacían los soldados y los granjeros, y la tendió. Cano se quedó estupefacto un momento, pero después asintió, hizo un pequeño ruidito de consentimiento por lo bajo, se escupió en la mano a su vez y estrechó la de Grey.

Ya tenía ejército.

Lo primero que pensó al oír el fuego de artillería a lo lejos cuando se iban a cercando a la ciudad fue que era demasiado tarde. La flota británica ya había llegado, y había comenzado el sitio sobre La Habana. Sin embargo, después de respirar hondo durante un rato, el pánico desapareció. Se dio cuenta de que no importaba y se sintió más aliviado.

Desde que Malcolm le había explicado su plan, no había podido dejar de pensar en el momento oportuno: el ataque de los esclavos debía ocurrir justo antes de que llegara la flota. Pero Malcolm se refería a su plan original, según el cual los esclavos sabotearían la cadena para permitir que la flota entrara en el puerto.

Eso no habría funcionado a menos que estuvieran viendo a la flota cuando hundieran la cadena; si se retrasaban, los españoles hubieran tenido tiempo de volver a levantarla. Pero lo de clavar los cañones de la fortaleza..., eso les iría bien en cualquier momento.

Era evidente, pensó ladeando la cabeza para intentar adivinar la dirección de los disparos, que la maniobra sería mucho más peligrosa si los soldados que manejaban los cañones estaban en sus puestos. Por otra parte, dichos soldados estarían completamente concentrados en su trabajo. Y si actuaban con rapidez, era muy probable que pudieran cogerlos por sorpresa.

Iba a ser un enfrentamiento sangriento por ambas partes. No le gustaba la idea, pero tampoco la obviaba. Se trataba de una guerra, y él era, una vez más, un soldado.

Aun así, estaba intranquilo. No tenía duda de la valentía o de la voluntad de los esclavos, pero enfrentar a hombres sin ningún entrenamiento y casi desarmados contra soldados profesionales...

Un momento. ¿Y si pudieran actuar por la noche? Tiró de las riendas de la mula para que redujera el paso, ya que de esa forma le resultaba más fácil pensar.

Con la flota inglesa a las puertas de la ciudad, los cañones del Morro no dormirían nunca, pero tampoco estarían necesariamente a pleno rendimiento durante los turnos de la noche. A lo largo de su viaje a Cojímar, había visto lo suficiente para convencerse de que aquel pequeño puerto era la única base posible para dirigir un ataque sobre el castillo del Morro. ¿Qué distancia habría?

El general Stanley se había referido una y otra vez a la intención de sitiar La Habana. Era evidente que la marina conocía la existencia de aquella cadena en la entrada del puerto, del mismo modo que un sitio efectivo debía organizarse desde tierra, no desde los barcos. Por tanto...

—¡Señor!

El grito procedente de la caravana de carretas hizo que se alejara de sus pensamientos, pero se reservó la idea para seguir pensando en ella más adelante. No quería que masacraran a los esclavos si lo podía evitar, y mucho menos sufrir él también ese mismo destino.

Ahora ya veían muy bien la muralla de La Habana. Por una parte, la llegada de la flota era una suerte: una ciudad sitiada, ante todo, necesitaba víveres. Mientras pensaba en el modo de burlar los controles con cien esclavos, Hamid sugirió cargar las carretas de la plantación con todo lo que pudieran y que cada una de ellas fuera acompañada de media docena de hombres, en principio para encargarse de descargar y entregar la mercancía. Entre las dos plantaciones podían reunir diez carretas, que con el cochero y el ayudante sumaban ochenta hombres. Los demás se podrían colar con facilidad solos o por parejas.

Se trataba de un buen plan, pero Grey había preguntado qué ocurriría con los propietarios y los sirvientes de las plantaciones. Tardarían cierto tiempo en cargar las carretas y no les resultaría fácil partir sin que nadie se diera cuenta. Lo más probable es que alguien diera la señal de alarma.

Le respondieron que eso no sucedería. Las carretas las guardaban en los graneros que había junto a los campos. Las cargarían por la noche, y ya se habrían marchado antes del amanecer. Y, añadió Cano a través de Azeel, podían contar con las sirvientas de la casa para que distrajeran a los propietarios, si era necesario. Aquello hizo que esbozara su vacía sonrisa negra, momento en que sus dientes de lobo amarillos brillaron a la luz del candil.

Su plan había funcionado, puesto que nadie había salido gritando de la hacienda, exigiendo saber qué estaba ocurriendo mientras las carretas se alejaban a la luz de la luna. Aunque, ¿qué ocurriría cuando los propietarios y los capataces descubrieran que habían desaparecido cien soldados?

Era evidente que habían funcionado las distracciones que habían planeado las mujeres, ya que nadie los había perseguido.

Grey detuvo las carretas antes de que pudieran verlas desde las puertas de la ciudad, hizo unas rápidas comprobaciones con los distintos equipos, tranquilizando a los hombres y asegurándose de que todo el mundo sabía dónde y cuándo tenía que reunirse, y que llevaban bien ocultos todos los machetes. Aunque Grey había empaquetado su uniforme y volvía a ir de paisano, incluso con la peluca de Malcolm, pensó que era mejor no entrar en La Habana con las carretas. Él regresaría a casa Hechevarria con Rodrigo y Azeel, y le pediría a Jacinto que le explicara todo lo que sabía sobre la invasión. Inocencia intentaría hablar con Malcolm en el castillo del Morro y, mientras tanto, trataría de descubrir cualquier cosa que pudiera tener algún valor estratégico.

—Muchas gracias, querida —le dijo, y se inclinó sobre su mano—. Azeel, por favor, dile que no hubiéramos podido llevar a cabo esta operación sin su valentía y su colaboración. Toda la flota británica está en deuda con ella.

Inocencia esbozó una sonrisa e inclinó la cabeza a modo de respuesta, pero Grey advirtió que tiritaba debido al cansancio, y que sus brillantes ojos estaban como hundidos. Las lágrimas le temblaban en las pestañas.

—Todo saldrá bien —repuso, cogiéndole la mano—. Lo conseguiremos, y rescataremos al señor Stubbs. Se lo prometo.

La joven tragó saliva y asintió limpiándose la cara con la punta del delantal sucio. Hizo un gesto con la boca, como si quisiera decir algo, pero cambió de opinión, recuperó la mano, le hizo una reverencia, dio media vuelta y se marchó a toda prisa perdiéndose entre la multitud de mujeres del mercado, que gritaban entre empujones tratando de conseguir comida.

—Tiene miedo —comentó Azeel en voz baja por detrás de él.

«No es la única...» Grey había sentido un extraño frío en los huesos en el momento que había entrado en el granero del tabaco, y todavía no se había desprendido de él, a pesar de que el día era soleado. Aunque también notaba una pequeña llama de excitación ante la perspectiva de la acción, lo que hacía que sus nervios estuvieran justificados.

Se oyó una fuerte explosión desdel Morro, seguida de otra más, y de pronto Grey se vio en las llanuras de Abraham, en

Quebec: los cañones disparaban desde la muralla y el ejército aguardaba en aquel campo abierto, una espera agónica...

Se sacudió como si fuera un perro y se sintió mejor.

—Todo saldrá bien —repitió con seguridad, y se volvió hacia la calle Yoenis.

Enseguida se dio cuenta de que había ocurrido algo. Nadie cantaba, no se oían voces en el patio y no había nadie trabajando en el jardín. Sí que escuchó algunas voces sofocadas, y estaban cocinando, pero el aire no transportaba ese olor característico a especias. Sólo se apreciaba el aroma ligeramente jabonoso de las judías demasiado hervidas y los huevos quemados.

Cruzó a toda prisa la puerta principal y se le paró el corazón cuando oyó el aullido agudo de un bebé.

—¿Olivia? —llamó. Las voces sofocadas se silenciaron, pero los lloriqueos del bebé prosiguieron.

—¿John?

Su madre salió de la sala y miró hacia la oscuridad del pasillo en semipenumbra. Estaba despeinada, llevaba una trenza medio deshecha, y tenía un minúsculo bebé en los brazos.

—Madre.

Corrió hacia ella. De repente tuvo la sensación de que el corazón se le había salido del pecho. Ella dio un paso adelante y puso la cara en la franja de luz solar que penetraba por la ventana, y a John le bastó con una sola mirada.

—¡Jesús! —exclamó en voz baja, y alargó los brazos para abrazarla. La estrechó con fuerza, como si pudiera arreglarlo todo teniéndola cerca y pudiera evitar que hablara para no saber nada durante un minuto más. Estaba temblando.

—¿Olivia? —preguntó en voz baja con la boca pegada al pelo de su madre, y notó cómo ella asentía. El bebé había dejado de llorar, pero se estaba moviendo entre ellos. John notaba unos empujones extraños, pequeños, vacilantes.

—Sí —contestó su madre, y exhaló una larga bocanada de aire temblorosa. John la soltó y ella dio un paso atrás para poder mirarlo a la cara—. Sí, y la pequeña Charlotte también.

Se mordió el labio un momento y se enderezó.

—La fiebre amarilla tiene dos fases —explicó, y se apoyó el bebé en el hombro. Su cabeza se asemejaba a un pequeño melón cantalupo, y a Grey le recordó mucho a su padre—. Si sobrevives a la primera fase, que se alarga varios días, a veces consigues recuperarte. Si no, la fiebre remite un poco un día o dos, en los que parece que el paciente está mejorando, aunque después... vuelve.

Cerró los ojos un momento y John se preguntó cuánto haría que su madre no dormía. Daba la impresión de que tuviera cien años y, al mismo tiempo, parecía eterna, como una roca.

—Olivia —le informó, y abrió los ojos mientras daba unas palmadas en la minúscula espalda del niño— se recuperó, o eso parecía. Entonces se puso de parto, y... —Levantó al bebé para corroborarlo—. Pero al día siguiente... la fiebre reapareció. Murió en... cuestión de horas. Charlotte tardó un día más..., era tan... pequeña. Tan frágil.

—Lo siento —se lamentó Grey en voz baja.

Él le tenía mucho cariño a su prima. Su madre había criado a Olivia desde que la niña tenía diez años, cuando la pequeña perdió a sus padres. Entonces se le ocurrió algo.

—¿Y Cromwell? —preguntó, temeroso de escucharlo, pero con la necesidad de saber. Él había sido quien había ayudado a Olivia a dar a luz. Había sido un accidente, pero siempre se había sentido muy unido al niño.

Su madre esbozó una sonrisa llorosa.

—Está bien. Nunca llegó a padecer la fiebre, gracias a Dios. Y tampoco esta pequeña. —Posó la mano tras el cráneo del bebé—. Se llama Seraphina. Olivia, como mínimo, tuvo tiempo de... sostenerla entre sus brazos y ponerle nombre. La bautizamos enseguida, por si...

—Dámela, madre —dijo, y le cogió al bebé—. Necesitas sentarte y también comer algo.

—No tengo... —empezó a decir por impulso, y Grey la interrumpió.

—No me importa. Siéntate. Iré a espabilar a la cocinera.

Su madre intentó sonreír, y se sorprendió al advertir que la mueca de sus labios le recordaba a Inocencia. Y a todo lo demás. Su duelo tendría que esperar.

Si era necesario atacar una fortaleza durante la noche, a pie y casi sin armas, hacerlo con hombres negros suponía una ventaja considerable, pensó Grey. La luna, que apenas empezaba a asomar, era cuarto creciente, un hilo de luz recortado contra el cielo oscuro. Los hombres de Cano se habían quitado las camisas y, ataviados sólo con calzones de una tela áspera, no eran más que sombras que se deslizaban descalzas y en silencio por el mercado vacío.

Cano se materializó por detrás del hombro de Grey anunciando su presencia con una bocanada de aliento apestoso.

—¿Ahorita? —susurró en español.

Grey negó con la cabeza. Se había metido la peluca de Malcolm en el bolsillo, y en su lugar se había puesto la gorra de un soldado de infantería (un artilugio realizado con dos placas de acero unidas por un lazo que se colocaban debajo del sombrero del uniforme), y la llevaba cubierta con un gorro de lana negra. Tenía la sensación de que se le estaba fundiendo la cabeza, pero aquello lo protegería del impacto de la hoja de una espada, o de un machete.

—Inocencia —murmuró, y Cano gruñó a modo de respuesta y desapareció en la noche. La chica todavía no llegaba tarde; las campanas de la iglesia acababan de tocar la medianoche.

Como cualquier fortaleza digna de respeto, el castillo de los Tres Reyes Magos del Morro (el morro era la enorme roca negra que había en la entrada del puerto) sólo tenía una entrada y una salida. También estaba rodeada por un muro para evitar que nadie pudiera entrar trepando, así como para protegerse del fuego de los cañones.

Era cierto que también tenía pequeños accesos al nivel del mar, que se utilizaban para deshacerse de la basura o de los cadáveres, o para recibir las provisiones o a algún prisionero que fuera de incógnito. Aunque lo cierto es que no tenían ninguna utilidad en ese momento, pues a ellos sólo se podía acceder por barco.

Una campanada anunció las doce y cuarto. Dos cuando llegó la media. Grey acababa de quitarse lo que llevaba en la cabeza para evitar desmayarse cuando oyó un movimiento en la oscuridad.

—¿Señor? —dijo una suave voz a su lado—. Está listo. ¡Venga!

—Bueno —contestó en un susurro—. ¿Señor Cano?

—Aquí. —Cano se le acercó tan deprisa que Grey imaginó que no debía de estar muy lejos de él.

—Pues venga.

Grey hizo un gesto con la cabeza en dirección a la fortaleza y después se detuvo un momento para volver a ponerse los dos gorros. Cuando lo consiguió, ya estaban todos allí, una masa de respiración agitada como un rebaño de animales, cuyos ojos brillaban de vez en cuando.

Grey agarró a Inocencia del brazo para evitar perderla o que alguien la pisara, y entraron en silencio en la pequeña garita de piedra que protegía la entrada de la fortaleza, como si una novia y su prometido entraran tranquilamente en una iglesia, seguidos de una horda de invitados armados con machetes.

Esta absurda fantasía se esfumó en cuanto se intordujeron en la estancia iluminada por antorchas. Había cuatro guardias, uno de ellos tumbado sobre la mesa, y los demás en el suelo. Inocencia se estremeció, y cuando la observó bajo el parpadeo de la luz, vio que tenía el vestido roto por el hombro y un labio ensangrentado. Había envenenado el vino de los guardias, pero era evidente que no había funcionado con la celeridad necesaria.

—Bueno —le susurró, y le estrechó el brazo.

La joven no sonrió, pero asintió, tragó saliva con fuerza y gesticuló en dirección a la puerta que había al otro extremo de la garita.

Aquélla era la entrada a la fortaleza propiamente dicha, incluido su rastrillo, y el corazón empezó a palpitarle en los oídos cuando pasaron por debajo de sus dientes sin hacer más ruido que el que se hacía al arrastrar los pies y algún tintineo ocasional procedente de las bolsas llenas de clavos.

Había repasado una y otra vez los mapas de las distintas plantas, y sabía dónde estaban las baterías, a pesar de que desconocía cuáles se estarían utilizando en ese momento. Inocencia los condujo hasta un pasillo ligeramente iluminado por antorchas, con puertas a ambos lados. Levantó la barbilla para señalar la escalera que se encontraba al final del corredor.

Estaban subiendo. Grey podía escuchar los jadeos de los hombres que se encontraban tras él. Hacían mucho ruido incluso descalzos. Los iban a oír.

Así fue. En lo alto de una escalera, apareció un guardia con el mosquete colgado al hombro y con cara de sorpresa. Grey se abalanzó sobre él y lo derribó. Los hombres que iban detrás de él, a su vez, lo derribaron a él, y lo pisotearon empujados por la impaciencia. Se oyó un borboteo y percibió olor a sangre, y algo húmedo le empapó la rodilla de los calzones.

Volvió a levantarse. Ya no iba en cabeza, y siguió a la avalancha de hombres. Había perdido a Inocencia, pero la veía delante. Hamid y otro de los esclavos musulmanes, con sus cabezas cubiertas con pañuelos oscuros, tiraban de ella. De repente apareció otra escalera, y golpes, empujones y gruñidos procedentes de aquellos cuerpos ansiosos de pelea.

El siguiente guardia ya se había descolgado el mosquete y les disparó. A pesar de que pudo gritar, lo derribaron con presteza. Detrás de él oyó más gritos y fue consciente de una ráfaga de aire fresco. Se trataba de la primera batería en el tejado.

—¡Primero! —aulló Grey, y un grupo de esclavos se abalanzaron sobre el primer cañón. No esperó a ver cómo lo hacían; ya estaba arrojándose por la escalera que había al otro extremo del tejado, gritando—: ¡Segundo!

Después, con todas sus fuerzas, se abrió paso a manotazos por un grupo formado por unos cuantos esclavos y los soldados que manejaban el cañón, que habían aparecido por detrás de él y habían chocado con los intrusos en el estrecho espacio que se abría a los pies de la escalera.

Entonces gritó: «¡Tres, tres!», pero nadie lo oyó. El aire estaba dominado por los gritos, las palabrotas y el hedor a sangre, sudor y rabia.

Salió de la refriega y se pegó a una pared, jadeando. Estaban fuera de control. Pero oyó el golpe de un martillo contra el acero. Como mínimo, uno de los hombres había recordado su cometido... y después oyó el estallido de los demás por encima del revuelo. ¡Sí!

De pronto, el musulmán que había ido con Hamid salió de la muchedumbre con Inocencia cogida del brazo. Se la lanzó a Grey como si fuera un saco de trigo y él la agarró casi como si se tratara justo de eso, rugiendo al recibir el impacto.

—Jesús, María, Jesús, María —estaba jadeando la joven una y otra vez.

Tenía salpicaduras de sangre en la espalda del vestido y los ojos abiertos como platos.

—¿Te has hecho daño? Mmm... ¡¿dolor?! —le gritó al oído en español. Ella se lo quedó mirando sorprendida.

Tenía que sacarla de allí. La chica había hecho todo lo que había prometido.

—¡Venga! —le gritó al oído, y tiró de ella en dirección a la escalera.

—¡No! —ladeó la joven plantándose—. ¡Allí!

Grey no conocía esa palabra, pero lo estaba arrastrando hacia el otro extremo del pasillo. Aunque tuvieron que saltar por encima de los cuerpos que se retorcían en el suelo, él decidió seguirla sin oponer resistencia, interponiéndose entre ella y un cañonero armado con un escobillón. Lo alcanzó en el hombro y le dejó el brazo entumecido, pero no lo derribó. A alguien se le había caído una bolsa de clavos, que se habían esparcido por el suelo, y estuvo a punto de caerse cuando uno que repicaba sobre el suelo se le metió debajo del pie.

Ya casi habían llegado al momentáneo santuario de lo alto de la escalera cuando algo lo golpeó en la cabeza y cayó de rodillas. Lo veía todo negro y le zumbaban los oídos, pero más allá del ruido todavía escuchaba a Inocencia gritando su nombre con todas sus fuerzas.

Palpó a ciegas tratando de alcanzar la pared para poder levantarse, pero recibió otro golpe procedente de la derecha. Era un machete. Oyó cómo la hoja cortaba el aire un segundo antes de que el zumbido del metal le resonara en la cabeza.

La conmoción y las náuseas hicieron que cayera contra la pared, pero ya tenía una mano en la daga que llevaba en el cinturón. La desenvainó y, agachándose todo lo que pudo, se dio la vuelta sobre las rodillas agitando el brazo. Alcanzó a alguien. El impacto hizo que se le cayera el cuchillo, pero estaba empezando a recuperar la visión y volvió a encontrar la daga entre un borrón de luces blancas y negras.

Inocencia volvió a gritar, esta vez con auténtico terror. Grey se tambaleó al ponerse de pie con la daga en la mano. Una espalda rajada justo delante de él... Cano asestó un golpe con el machete con una fuerza asesina, e Inocencia se desplomó en el suelo mientras la sangre brotaba de su cabeza. Sin vacilar un segundo, Grey clavó la daga justo debajo de las costillas de Cano, con toda la fuerza que pudo.

Cano se puso rígido y soltó el machete, que repicó en el suelo. Se balanceó y se desplomó, pero Grey ya estaba junto a Inocencia y la había cogido entre sus brazos.

—¡Maldita sea, oh, maldita sea, Dios, por favor...!

Se tambaleó con ella hasta el hueco de la escalera y se apoyó en la pared un momento tratando de respirar. La joven se movió y dijo algo que él no conseguía oír debido al zumbido de sus oídos.

—No...

Negó con la cabeza para darle a entender que no la comprendía, y ella gesticuló con una mano y señaló con mucho énfasis, abajo, ¡abajo!

—Está bien.

La cogió con más fuerza y fue golpeándose con las paredes de la estrecha escalera, resbalando y chocando con las piedras, hasta que recuperó el equilibrio. Podía oír el rugido de la batalla sobre sus cabezas, pero también oyó, a través del decreciente zumbido de sus oídos, el impacto entre el acero y los martillos.

Intentó abandonar la escalera cuando llegaron al siguiente rellano, pero ella no tenía ninguna intención de permitírselo y lo urgió a que siguiera bajando todavía más. Grey volvía a ver puntitos con el rabillo del ojo, y percibía un olor a humedad y a algas, el aroma salobre de la marea baja.

—Dios santo, ¿dónde estamos? —jadeó.

Tuvo que soltarla, pero intentó sostenerla con un solo brazo.

—Malcolm —jadeó—. Malcolm. —Y señaló hacia un pasillo sinuoso que se curvaba hacia la derecha.

Era como uno de esos sueños en los que se repite alguna cosa sin sentido, en bucle, pensó. La joven se tambaleó y chocó contra una puerta que parecía que llevara un siglo o dos a la intemperie. «Sigue siendo bastante sólida», pensó vagamente.

—Dios, ¿me estás diciendo que tengo que derribarla?

Ella lo ignoró y se tambaleó mientras rebuscaba entre los pliegues de su falda. Tenía la cara, el pelo y el hombro empapados de sangre, y le temblaban tanto las manos que se le cayó la llave en cuanto la encontró. Aterrizó haciendo un estruendo metálico, y en las piedras de alrededor empezaron a aparecer algunas gotas de sangre.

John buscó el pañuelo que llevaba en la manga con la esperanza de detener la hemorragia, y a continuación se produjo un forcejeo extraño: él intentaba atarle el pañuelo alrededor de la cabeza y ella se agachaba para tratar, en vano, de coger la llave, que se caía cada vez que se agachaba.

Al final Grey dijo algo en alemán y cogió la llave él mismo. Le puso el pañuelo a Inocencia en la mano y metió la llave en la cerradura.

—¿Quién es? —dijo la voz de Malcolm bastante alto, junto al oído de Grey.

—¡Es mi, querida!

Inocencia se desplomó contra la puerta con las palmas pegadas a la madera, y dejó dos regueros de sangre mientras iba resbalando lentamente. Grey soltó la llave, se puso de rodillas y cogió el pañuelo de su mano flácida. Se sacó la peluca de Malcolm del bolsillo, la enrolló y se la ató lo más fuerte que pudo a la cabeza. Tenía una gran incisión en la cabeza y la oreja izquierda estaba colgando, pero por un momento Grey pensó que no era tan grave, siempre que no se desangrara hasta morir.

Estaba gris como una nube de tormenta y jadeaba con fuerza, pero tenía los ojos abiertos, clavados en la puerta.

Malcolm se había pasado los últimos minutos gritando, aporreando la puerta hasta hacerla temblar. Grey se levantó y la pateó unas cuantas veces. Las patadas y los gritos cesaron un instante.

—¿Malcolm? —dijo Grey agachándose para buscar la llave—. Vístete. Nos marcharemos en cuanto consiga abrir esta maldita puerta.

Cuando llegaron a la planta principal de la fortaleza, la mayor parte del ruido había cesado. Grey todavía podía oír gritos y sonidos de alguna refriega ocasional: se oían muchas frases en español que parecían emitidas por los oficiales de la fortaleza para dar órdenes a sus hombres con el fin de que hicieran recuento de los daños o iniciaran las labores de limpieza.

Grey les había dicho a los esclavos: «Clavad los cañones y huid. No esperéis a vuestros compañeros ni a nada más. Internaos en la ciudad y escondeos. Cuando lo estiméis oportuno, id a Cojímar, que es donde están los barcos ingleses. Preguntad por el general Stanley o por el almirante. Decidles mi nombre.»

Le había entregado una carta con la debida explicación y el documento firmado por los esclavos a Tom Byrd, con instrucciones de que encontrara al general Stanley. Esperaba que Tom hubiera llegado a la línea del cerco sin que le dispararan. Justamente había enviado a Tom por sus facciones. Nadie podría poner en duda que era inglés.

Fuera, la noche era tranquila. Respiró el limpio aire del mar y sintió la caricia suave de la brisa en la cara. Después tocó el brazo de Malcolm, quien llevaba a la chica en brazos, y señaló hacia la calle Yoenis.

—Iremos a casa de mi madre —repuso—. Te lo explicaré todo cuando lleguemos allí.

Algún tiempo después, demasiado inquieto para sentarse, cojeó de la sala hasta el jardín y se apoyó en un membrillero florecido. El ruido del acero todavía le zumbaba en los oídos y cerró los ojos en busca de silencio.

Maricela le había asegurado que Inocencia viviría. Ella misma le había suturado la oreja y le había aplicado la pulpa de algunas hierbas con nombres que Grey desconocía. Malcolm seguía con ella. Grey no había tenido las agallas de decirle que ahora era viudo en lugar de un adúltero. La noche desaparecería demasiado pronto, pero de momento, el tiempo no tenía significado. No tenía por qué hacer nada.

No sabía si había ido bien la maniobra con los esclavos, aunque estaba seguro de ello. Incluso en medio del breve frenesí de la pelea, había visto una docena de cañones clavados, y había oído el tañido de los martillos en la planta superior mientras él bajaba la escalera como podía con Inocencia. Cuando él y Malcolm habían salido de la fortaleza con ella, había oído unos gritos en español desde el tejado, furiosos y salpicados de palabrotas.

Se quedó entre los arbustos fragantes durante lo que le pareció una eternidad, sintiendo los latidos de su corazón, sencillamente contento de poder respirar. Pero se puso derecho cuando oyó que se abría la puerta del jardín y unas voces que hablaban entre susurros.

—¿Tom?

Salió de su escondite bajo el membrillero y se encontró con Tom y Rodrigo, ambos muy contentos de verlo.

—Le dábamos por muerto, milord —dijo Tom por tercera o cuarta vez mientras seguía a Grey hasta la cocina—. ¿Está seguro de que está bien?

El tono de duda acusadora de aquella pregunta le resultó tan familiar, que Grey notó que se le escapaba alguna lágrima. Pero parpadeó para que desaparecieran, y le aseguró a Tom que había recibido algunos golpes, pero que, básicamente, estaba ileso.

—Gracias a Dios —intervino Rodrigo con tal sinceridad que Grey lo miró sorprendido. Dijo algo más en español que Grey no comprendió. John negó con la cabeza y enseguida dejó de moverse de golpe haciendo una mueca.

Tom miró a Rodrigo, que hizo un pequeño gesto de impotencia ante su incapacidad de hacerse entender, y le asintió a Tom, quien respiró hondo y miró a su señor con aire inquisidor.

—¿Qué? —preguntó Grey un poco preocupado por la seriedad con la que actuaban los dos.

—Bueno, milord. —Tom se puso derecho—. Es lo que Rodrigo me ha dicho esta tarde después de que usted se marchara.

Miró a Rodrigo y el chico volvió a asentir.

—Verá, lleva queriendo decírselo desde que volvieron de la plantación, pero no deseaba que lo escucharan ni su mujer ni Inocencia. Sin embargo, le pidió a Jacinto que le tradujera para poder comentármelo a mí.

—¿Decirte el qué?

Grey se había dado cuenta de que estaba hambriento, y estaba rebuscando en la despensa. Había sacado salchichas, queso y un tarro con algún tipo de fruta en conserva.

—Bueno, me explicó lo que ocurrió cuando usted habló con los esclavos en el granero y aquel hombre le pidió que se marchara porque era un zombi.

Tom miró a Rodrigo con actitud protectora; le había perdido casi todo el miedo.

—No quería quedarse muy cerca, porque a veces la gente se molesta mucho con él, y caminó un poco en dirección a la casa de la plantación.

»Cuando estaba cerca de la casa, Rodrigo se encontró con Alejandra, la prima de Inocencia, la que había destapado la revuelta de los esclavos con la esperanza de que el amante inglés de Inocencia pudiera hacer algo antes de que ocurriera alguna desgracia.

»Alejandra estaba allí plantada en la oscuridad, con su vestido blanco, que parecía flotar en el aire junto a Rodrigo como si se tratara de un fantasma. Se había quedado junto a ella, en silencio, esperando a ver qué le diría. Pero ella no habló, sólo se quedó allí, inmóvil durante lo que le pareció mucho tiempo, aunque probablemente no lo fuera, mientras el aire de la noche le levantaba y le agitaba la falda.

»Entonces él la cogió del brazo y le dijo que debían volver, y lo hicieron. Pero... —Tom tosió con cara de preocupación y volvió a mirar a Rodrigo—. Rodrigo dijo que Azeel le explicó lo que había ocurrido en el granero cuando regresaban a La Habana. Lo que usted le había dicho a ese hombre, Cano, y lo que él le había dicho a usted sobre los dueños de la plantación.

—¿Sí?

Grey se quedó helado cuando iba a untar mantequilla en un pedazo de pan.

Rodrigo comentó algo en voz baja y Tom asintió.

—Afirmó que había visto algo extraño mientras él y Alejandra miraban hacia la casa. Algunos sirvientes entraban y salían, pero no le pareció nada natural. Y cuando oyó lo que le había dicho el tal Cano...

—«No los mataremos»[17] —intervino Grey, sintiendo una repentina inquietud—. Significa que no les quitarían la vida, ¿no?

[17] En español en el original. *(N. de la t.)*

Rodrigo asintió y Tom carraspeó.

—Uno no puede matar a alguien que ya está muerto, ¿verdad, milord?

—Ya está..., no. No, no puedes referirte a que los esclavos ya habían... No.

Pero la duda se le estaba enroscando en el estómago, y dejó el trozo de pan en el plato.

—El... viento —repuso Rodrigo con su habitual pausa agónica en busca de alguna palabra inglesa—. Muerto.

Levantó la mano, una preciosa mano esbelta, y se llevó los nudillos a la nariz.

—Conozco... el olor... a muerto.

¿Era verdad? Grey estaba demasiado exhausto como para sentir algo más que un distante horror gélido ante aquella idea, pero no podía ignorarlo. No creía que Cano fuera un hombre paciente. No le costaba imaginar que el esclavo se hubiera sentido frustrado cuando Malcolm no apareció con la suficiente rapidez y decidiera seguir adelante con su plan original. Pero cuando Grey apareció (Dios, seguro que llegó justo cuando había ocurrido... la masacre...).

Recordó su visión de la hacienda: había visto luces encendidas en el interior, pero todo estaba muy tranquilo. No había advertido ningún movimiento dentro; sólo el silencioso desplazamiento de los esclavos por fuera de la casa. Y el hedor a ira que era bastante perceptible en el cobertizo del tabaco. Se estremeció.

Se despidió de Tom y Rodrigo, pero como estaba demasiado cansado y conmocionado como para dormir, buscó refugio en la sala, donde siempre había luz. Una de las doncellas de la casa, a la que sin duda habría despertado Tom, entró con una jarra de vino y un plato de queso; le esbozó una sonrisa soñolienta, murmuró «Buenas noches, señor» en español, y se tambaleó de vuelta a su cama.

John no podía comer, ni siquiera era capaz de sentarse, y después de un momento de duda volvió a salir al patio desierto. Se quedó allí un rato mirando el cielo de terciopelo negro. ¿Qué hora era? La luna ya se había ocultado, y no había duda de que no podía faltar mucho para el amanecer, pero no había ni rastro de luz, salvo la que desprendían las estrellas a lo lejos.

¿Qué debía hacer? ¿Había algo que pudiera hacer? Pensó que no. No había forma de saber si Rodrigo tenía razón, y aunque la tuviera (y una pequeña y gélida sensación en la nuca de Grey se inclinaba por creerlo), no había nada que hacer, nadie a quien explicárselo que pudiera investigarlo, por no hablar de encontrar a los asesinos, si es que lo eran.

La ciudad estaba atrapada entre los españoles y los invasores ingleses, y era imposible saber cuándo tendría éxito el sitio (algo que él creía que ocurriría). Los cañones clavados del Morro podían resultar de ayuda, pero alguien tenía que informar a la marina para que pudieran aprovecharse de ello.

Al alba intentaría abandonar la ciudad con su madre, los niños y los criados. En su opinión, lo conseguirían con bastante facilidad; había llevado todo el oro que había podido de Jamaica, y todavía le quedaba la cantidad suficiente para sobornar al guardia que hubiera apostado en las puertas de la ciudad.

¿Y después qué? Estaba tan cansado que ni siquiera pensaba, sólo observaba vagamente mientras el futuro se desplegaba en pequeñas imágenes inconexas: un carruaje para su madre, los niños y Azeel, él montaría la obstinada mula, y dos animales más para Tom y Rodrigo.

El contrato de los esclavos... si alguno de ellos había sobrevivido..., libertad..., el general podría ocuparse de...

Malcolm y la chica..., por un momento se preguntó por Inocencia. ¿Por qué Cano había intentado matarla?

«Porque ella vio cómo él intentaba matarte, imbécil —comentó algún observador despreocupado desde lo más recóndito de su cabeza—. Y tenía que matarte por miedo a que averiguaras lo que habían hecho en la hacienda Méndez.»

Libertad... ¿incluso aunque?..., pero Cano estaba muerto, y Grey nunca sabría quién era culpable de qué.

—No es cosa mía... —murmuró, y cerró los ojos.

Se llevó la mano al pecho de la camisa y descubrió que la tenía acartonada debido a la sangre seca. Había dejado la casaca del uniforme en la cocina... quizá alguna de las mujeres pudiera limpiarlo. Iba a necesitar ponérselo de nuevo para aproximarse a las líneas británicas en Cojímar... Cojímar... una breve imagen de arena blanca, sol, barcas de pescadores... el minúsculo fuerte de piedra blanca, como una casita de muñecas... encontrar al general Stanley.

Cuando pensó en el general, sus pensamientos fragmentados se recompusieron; era un imán entre un montón de astillas de acero. Alguien en quien confiar..., un hombre con el que compartir la carga..., y eso era lo que deseaba John por encima de cualquier cosa.

—¡Oh, Dios! —exclamó en susurros, y las polillas le acariciaron la cara con suavidad en la oscuridad.

Estaba empezando a coger frío. Volvió a la sala y allí se encontró a su madre, que estaba sentada. Había sacado el manuscrito del secreter. Estaba en la mesita que había junto a ella, y tenía la mano apoyada sobre las hojas y una mirada distante en los ojos. John no creía que lo hubiera visto entrar.

—Tu... manuscrito —dijo John con incomodidad. Su madre regresó de inmediato de donde fuera que se hubiera ido; tenía una mirada despierta y relajada.

—¡Oh! —se sorprendió—. ¿Lo has leído?

—No, no —contestó avergonzado—. Yo... sólo me preguntaba..., ¿por qué estás escribiendo tus memorias? Es decir, es eso, ¿verdad?

—Sí, eso es —admitió un poco divertida—. Podrías haberlo leído. En realidad, puedes leerlo cuando quieras, aunque quizá sea mejor que esperes a que lo termine, si es que alguna vez lo hago.

John sintió una pequeña relajación al escuchar aquello. Su madre era sincera y directa por naturaleza, y cuanto mayor se hacía, menos le importaba la opinión de nadie, excepto la suya propia, aunque lo cierto es que poseía una gran percepción emocional. Estaba bastante segura de que lo que fuera que había escrito no lo avergonzaría mucho.

—Ah —intervino John—. Me preguntaba si querrías publicarlo. Muchas... —reprimió las palabras «personas mayores» justo a tiempo, y las sustituyó por—: muchas personas que han tenido vidas interesantes deciden, mmm, compartir sus aventuras publicando sus memorias.

Aquello la hizo reír. Fue sólo una risa grave y suave, pero a su madre se le saltaron las lágrimas, y John pensó que se debía a que él había roto, sin quererlo, el caparazón que su madre había construido a lo largo de aquellas últimas semanas, y había dejado que sus sentimientos emergieran a la superficie. La idea lo hizo feliz, pero agachó la mirada para ocultarlo, se sacó un pañuelo limpio de la manga y se lo dio sin decir nada.

—Gracias, querido —repuso su madre, y después de limpiarse los ojos, negó con la cabeza.

—Las personas que tienen vidas realmente interesantes nunca escriben sobre ellas, John, o, por lo menos, no lo hacen pensando en publicar sus memorias. La capacidad de guardar silencio es una de las cosas que las hace interesantes, y también es lo que hace que otras personas interesantes confíen en ellas.

—Te aseguro, madre —le dijo con sequedad—, que eres, sin ninguna duda, la mujer más interesante que he conocido en mi vida.

Ella resopló un poco y lo miró fijamente.

—Supongo que ése es el motivo por el que todavía no te has casado, ¿no?

—No sabía que una esposa tuviera que ser interesante —contestó con cierta sinceridad—. La mayoría de las que conozco no lo son.

—Muy cierto —repuso su madre—. ¿Hay vino, John? Desde que estoy aquí me he aficionado bastante al vino español.

—¿Te apetece un poco de sangría? Una de las doncellas me ha traído una jarra, pero todavía no la he probado.

Se levantó y cogió la jarra, una preciosa y suave pieza de cerámica de color mora, y la puso en la mesa con un par de vasos.

—Perfecto —repuso su madre, se inclinó hacia delante suspirando y se masajeó las sienes—. ¡Oh, Dios! Me paso el día entero con la sensación de que nada de esto es real, de que todo está tal como lo dejé, y entonces, de repente... —Guardó silencio y dejó caer las manos; en su rostro se reflejaba el dolor y el cansancio—. De repente vuelve a ser real.

Miró el secreter al decirlo, y John percibió algo en su voz. Sirvió el vino con cuidado sin dejar que los limones y las naranjas que flotaban en él cayeran en los vasos, y no habló hasta que dejó la jarra y volvió a su asiento.

—Cuando escribes... —dijo—. ¿Eso hace que las cosas sean reales de nuevo? ¿O el hecho de ponerlas por escrito las convierte en algo irreal? Ya sabes, como si fuera algo que no tuviera nada que ver contigo.

Lo que había ocurrido en El Morro había tenido lugar hacía sólo algunas horas y, sin embargo, parecía que hubieran transcurrido años. Pero el olor a sangre y a los cañones lo rodeaba como una capa, y todavía se le contraían los músculos al acordarse de la desesperación de la huida.

Sus propias palabras le recordaron las cartas que había escrito de vez en cuando. Los fantasmas, como las veía él: misivas sinceras, coloquiales, con sentimiento y muy reales, que le había escrito a Jamie Fraser. No eran menos reales porque las hubiera quemado todas.

Su madre lo miró sorprendida y después tomó un sorbo del fresco vino especiado.

—Ambas cosas —contestó por fin—. Para mí es absolutamente real mientras lo escribo, y si lo leyera después, volvería a ser real. —Guardó silencio un momento mientras pensaba—. Puedo vivir en el escrito —dijo con suavidad.

La madre de Grey apuró el vino y se sirvió otro con cuidado. Los vasos eran pequeños y tenían una base gruesa, que permitía dar un golpe con ellos en la mesa haciendo un gran estruendo al finalizar un brindis.

—Pero cuando lo termino y lo dejo... —Volvió a beber. El aroma a vino tinto y naranjas ocultaba el olor del viaje y la enfermedad de sus ropas—. Es como si, de alguna forma, se separase de mí. Puedo dejarlo a un lado, de la misma forma que dejo la página.

—Me parece muy útil —murmuró John, un tanto para sí, pensando que debía probarlo. El vino estaba disipando su propio pesar y su cansancio, aunque sólo fuera de forma temporal. La estancia se quedó en paz, y la cálida luz de las velas se proyectaba en las paredes enyesadas y en las alas de los ángeles.

—En cuanto al motivo...

Su madre le rellenó el vaso, y también el suyo.

—Es un deber. El libro, si es que podemos llamarlo así, lo imprimiré y lo encuadernaré, pero de forma privada. Es para ti y para los demás chicos, para los niños, para Cromwell y Seraphina —añadió en voz baja, y le temblaron los labios un instante.

—Mamá —susurró, y puso la mano sobre la de su madre.

Ella inclinó la cabeza y posó la mano que tenía libre sobre la de su hijo, y él vio cómo los mechones de su cabello, que seguían siendo espesos y en su día fueron rubios como los suyos propios, y ahora casi plateados, escapaban de su trenza y se le rizaban en el cuello.

—Un deber —repitió su madre, sosteniendo la mano de John entre las suyas—. El deber de una superviviente. No todo el mundo llega a envejecer, pero si envejeces, creo que se lo debes a aquellos que no lo consiguieron. Hay que explicar las historias de aquellas personas con las que compartiste tu viaje... durante todo el tiempo que pudieron.

La madre de John cerró los ojos y le resbalaron dos lágrimas por las mejillas.

Él la rodeó con el brazo y atrajo su cabeza hasta que ella se la posó sobre el hombro, y se quedaron allí sentados juntos, esperando a que regresara la luz.

Notas de la autora

Aceite de ballena

Aceite de ballena frente a espermaceti. Lo cierto es que cuando leí la totalidad del infame capítulo sobre la «lista de ballenas» de *Moby Dick*, me pareció divertidísimo. Pero debo admitir que en algún momento de mi vida fui bióloga marina (en cierta ocasión fue una carrera accidentada), así que debía de estar un poco más familiarizada con ese marco de referencia que el lector moderno, que es fácil que pensara que el aceite de ballena y el espermaceti son lo mismo (siempre y cuando asumamos que el lector moderno haya leído lo suficiente como para encontrarse con el término «espermaceti» en algún otro libro).

Sin embargo, se trata de dos sustancias completamente distintas (aunque igual de combustibles). El aceite de ballena se extrae de la grasa de las ballenas en el momento de sacrificarlas. En otras palabras, es la grasa corporal licuada de una criatura que, sobre todo, se alimenta de pequeños crustáceos. Teniendo en cuenta cómo funciona la química corporal, un organismo que almacena energía en la grasa corporal también tiende a conservar sustancias químicas sospechosas que encuentra en el mismo almacén.

Tu cuerpo, por ejemplo, almacena el exceso de hormonas en la grasa corporal, así como varios compuestos tóxicos o de naturaleza dudosa, como los bifenilos policlorados, el estroncio y los insecticidas.

Lo que quiero decir es que los crustáceos muertos resultan bastante malolientes. Recuerda la última vez que dejaste un paquete de gambas descongeladas en la nevera durante una semana. Estos compuestos aromáticos se almacenan en la grasa corporal de los animales que se comen el organismo que las fabrica.

La primera vez que pude observar este fenómeno fue cuando conseguí mi primer trabajo al terminar el doctorado, que consistía, sobre todo, en diseccionar alcatraces. Éstos son aves marinas grandes (emparentados con los piqueros) que se alimentan básicamente de calamares. Su grasa corporal huele a calamar podrido, en especial cuando los introduces en un horno de secado para disecarlos. Por tanto, si alguien utiliza aceite de ballena para encender los candiles (que era económico, como señala Tom Byrd), es bastante probable que su establecimiento huela a krill antiguo. Y al tratarse de grasa, durante la combustión produce humo.

El espermaceti, al contrario, no es grasa corporal en sí, aunque es una sustancia aceitosa muy combustible. Es un aceite que las ballenas segregan y almacenan en la cabeza (en un compartimento creado para ese fin). El aspecto de este líquido blanco, espeso y pegajoso es lo que le da nombre, puesto que los antiguos balleneros es lo que creían que era, aunque era evidente que se fabricaba en el lugar equivocado. Sin embargo, lo que nos interesa en este caso es que el espermaceti también se empleaba mucho como combustible para iluminar y como lubricante en general, porque no olía mal. Quema muy bien y casi resulta inodoro. Pero, sin embargo, es mucho más difícil de conseguir, puesto que sólo lo fabrican los cachalotes y, por tanto, tiene un precio mucho más elevado que el aceite de ballena.

Y entonces ¿para qué usa esta sustancia el cachalote? Nadie lo sabe, aunque se especula que forma parte del sistema sensorial de la ballena. Tal vez actúe como ayuda para la ecolocalización, gracias a la cual la ballena puede localizar, por ejemplo, calamares gigantes de las oscuras profundidades abisales (que son básicos en su alimentación, y me siento muy agradecida de que, probablemente, nunca nadie me pida que diseccione y analice los tejidos corporales de un cachalote).

Embajadores, cónsules y diplomáticos británicos

Un embajador es un cargo designado por el servicio diplomático británico, y es muy formal. Un embajador puede recibir declaraciones oficiales del país extranjero en el que esté destinado (declaraciones de guerra o de intenciones, notificaciones oficiales, etcétera), y, en líneas generales, actúa como la autoridad (no militar) delegada por el gobierno británico dentro del territorio del embajador (en el siglo XVIII no había embajadoras, siempre eran hombres).

Un cónsul es un cargo mucho menos oficial, aunque también lo designa el gobierno. Las obligaciones de un cónsul son velar por el bienestar de los ciudadanos británicos del país donde esté destinado. Se ocupa de ayudarlos con los permisos para montar negocios, pequeñas transacciones comerciales, la liberación de ciudadanos británicos que tengan problemas en el país extranjero, etcétera. No posee plenos poderes diplomáticos, pero suele considerarse que forma parte de los servicios diplomáticos.

Inglaterra no tuvo un verdadero embajador en Cuba hasta finales del año 1800. Sin embargo, tuvo algunos cónsules antes de la aparición del primer embajador, y Malcolm Stubbs habría sido uno de ellos.

El sitio de La Habana

Los sitios suelen ser operaciones interminables. El sitio de La Habana de 1762 (hubo más de uno, por lo que es necesario mencionar la fecha) duró varias semanas. Empezó con la llegada de la flota del duque de Albemarle (bajo el mando del almirante George Pocock, un personaje histórico real, y no tengo conocimiento de si tiene algo que ver con alguien a quien hemos conocido hace poco...) el 6 de junio, y terminó el 14 de agosto, cuando los británicos entraron en la ciudad conquistada.

Fue un sitio bastante tradicional, en el que los británicos se vieron obligados a erigir parapetos desde los que poder disparar. Es decir, tuvieron que levantar o excavar barreras para proteger a las fuerzas asediadoras; en algunos casos, era bastante rápido, mientras que en otros, no tanto.

En La Habana, no se podían excavar las rocas del promontorio sobre el que se erige la fortaleza del Morro, y eso evitó un avance frontal. Los británicos (o, mejor dicho, los voluntarios americanos, desde Connecticut hasta New Hampshire, aunque, por increíble que parezca, esos hombres eran ingleses en aquel momento) tuvieron que volar la piedra para construir trincheras en la dura roca coralina y aproximarse así desde los costados y erigir parapetos de madera sobre las trincheras para proteger los avances. Como es evidente, fue una tarea pesada, que empeoraron los mosquitos y la fiebre amarilla (que acabó con la vida de muchísimos hombres, tanto británicos como habitantes de la ciudad).

Si deseas información sobre el sitio real, hay numerosos artículos en internet, algunos de ellos con gran lujo de detalles. Sin embargo, esta historia en particular no trata sobre el sitio (por no mencionar el número de navíos de línea y cuántos hombres tomaron parte: veintiún navíos de línea y ciento sesenta y ocho embarcaciones, además de buques de transporte, que llevaban catorce mil marineros, tres mil marineros a sueldo y doce mil ochocientos sesenta y dos soldados profesionales), sino sobre lord John y su sentido personal del honor y la responsabilidad.

Por tanto, he decidido abreviar la duración del sitio de forma considerable en lugar de encontrar la forma de que lord John permaneciera otras seis semanas en La Habana sin hacer nada.

También quiero dejar constancia de que, aunque la revuelta de esclavos de las plantaciones de Méndez y Saavedra es ficticia, hubo varias revueltas de esclavos en Cuba durante la segunda mitad del siglo XVIII y, por tanto, tal acontecimiento no habría sido improbable en absoluto.

Asimismo, aunque no encontré ninguna prueba de que los británicos clavaran los cañones del Morro, es cierto que el sitio terminó por fin tras un bombardeo naval de la fortaleza (los británicos aprovecharon un silencio repentino de la mayor parte de los cañones del castillo).

Y cuenta la historia que noventa esclavos fueron liberados después de la batalla «como muestra de agradecimiento por los servicios prestados durante el sitio».

Agradecimientos

Me gustaría dar las gracias a:

Las valiosas sugerencias sobre los diálogos en francés aportadas por Bev LaFrance (Francia), Gilbert Sureau (Canadá francés) y muchísimas personas muy amables cuyos nombres, por desgracia, no anoté en su momento.

La ayuda de Maria Syzbek con el delicado tema de las palabrotas polacas (cualquier error de gramática, ortografía o la colocación de tildes es sólo mío), y de Douglas Watkins, por sus descripciones técnicas sobre acrobacias de aviones pequeños (también por sugerirme la avería que provoca el accidente que derriba el Spitfire de Jerry).

Un gran número de personas que me ayudaron a investigar distintos aspectos de la historia, las leyes y las costumbres judías para *Vírgenes*: Elle Druskin (autora de *To Catch a Cop*), Sarah Meyer (comadrona titulada), Carol Krenz, Celia K. y su madre, y especialmente Darlene Marshall (autora de *Castaway Dreams*). También estoy en deuda con el útil libro del rabino Joseph Telushkin *Jewish Literacy*. Cualquier error que pueda haber cometido debe atribuírseme a mí.

Eve Ackermann y Elle Druskin, por sus provechosas notas y referencias sobre rituales y tradiciones matrimoniales sefardíes.

Catherine MacGregor y sus colegas francófonas, en especial a madame Claire Fluet, por no tener ningún problema a la hora de ayudarme con las palabras lascivas francesas.

Selina Walker y Cass DiBello, por su amable ayuda con la geografía londinense del siglo XVIII.

Simcha Meijer, por ayudarme con los fragmentos en alemán, y a algunos lectores holandeses de Facebook, por sugerirme varios pastelitos con azúcar en polvo para una mujer embarazada.

Y a varios lectores cubanos de Facebook, por sus inestimables observaciones y sugerencias sobre el color del barro, el aspecto del pan y la comida tradicional cubanos, así como por el modo en que se escribe «Inocencia».

Y al maravilloso equipo de Penguin Random House que, como de costumbre, se han dejado la piel para editar un libro fantástico: a mi editora Jennifer Hershey, por sus comentarios y sus inestimables sugerencias; a Anne Speyer, que se encargó de la mayor parte de la corrección del libro; a Erin Kane, por sus valiosas sugerencias en español; a nuestra rápida y siempre astuta correctora Kathy Lord, y, como siempre, a Virginia Norey, por el precioso diseño del libro.

Sobre la autora

Diana Gabaldon nació en Arizona, en cuya universidad se licenció en Zoología. Antes de dedicarse a la literatura, fue profesora de biología marina y zoología en la Universidad del Norte de Arizona. Este trabajo le permitió tener a su alcance una vasta biblioteca, donde descubrió su afición por la literatura. Tras varios años escribiendo artículos científicos y cuentos para Walt Disney, Diana comenzó a publicar en internet los capítulos iniciales de su primera novela, *Forastera*. En poco tiempo, el libro se convirtió en un gran éxito de ventas; un éxito que no hizo más que aumentar con las demás novelas de la saga: *Atrapada en el tiempo*, *Viajera*, *Tambores de otoño*, *La cruz ardiente*, *Viento y ceniza*, *Ecos del pasado* y *Escrito con la sangre de mi corazón*.

dianagabaldon.com
Facebook.com/AuthorDianaGabaldon
Twitter: @Writer_DG